本书系2021年度教育部人文社会科学研究青年基金项目"罗斯金·邦德儿童短篇小说的生态意识研究"（项目编号：21YJC752004）资助成果。

九州文库

罗斯金·邦德儿童短篇小说的生态意识研究

付文中 著

九州出版社
JIUZHOUPRESS

图书在版编目（CIP）数据

罗斯金·邦德儿童短篇小说的生态意识研究／付文中著 . -- 北京：九州出版社，2025.1. -- ISBN 978-7-5225-3544-9

Ⅰ.I351.078

中国国家版本馆 CIP 数据核字第 2025JW2567 号

罗斯金·邦德儿童短篇小说的生态意识研究

作　　者	付文中　著
责任编辑	沧　桑
出版发行	九州出版社
地　　址	北京市西城区阜外大街甲 35 号（100037）
发行电话	（010）68992190/3/5/6
网　　址	www.jiuzhoupress.com
印　　刷	唐山才智印刷有限公司
开　　本	710 毫米×1000 毫米　16 开
印　　张	20
字　　数	348 千字
版　　次	2025 年 1 月第 1 版
印　　次	2025 年 1 月第 1 次印刷
书　　号	ISBN 978-7-5225-3544-9
定　　价	98.00 元

自　序

　　拙作是 2021 年度教育部人文社会科学研究青年基金项目"罗斯金·邦德儿童短篇小说的生态意识研究"的资助成果。自 2021 年 8 月立项结果公布至 2024 年 4 月书稿大体完成，大约三年时间已匆匆过去。在为拙作写"自序"的过程中，我回想了自己在过去 18 年里从事生态文学与生态批评研究的主要经历。通过回想，我发现自己与拙作所研究的罗斯金·邦德（Ruskin Bond, 1934—）这位印度儿童文学作家兼生态文学作家之间"缘分"的形成，既有偶然性，也有必然性。2005 年 9 月，进入华中科技大学外国语学院攻读硕士研究生后，我在中国知网系统中浏览胡泓导师的论文时，被她于 2002 年发表的一篇题为《"老水手"的漫长旅程——从文学视窗中看人类生态意识的衍变》的论文深深吸引，该论文主要揭示了生态意识尤其是人与自然的关系在塞缪尔·泰勒·柯勒律治（Samuel Taylor Coleridge）的《古舟子咏》（*The Rime of the Ancient Mariner*）、赫尔曼·梅尔维尔（Herman Melville）的《白鲸》（*Moby Dick*）和欧内斯特·海明威（Ernest Hemingway）的《老人与海》（*The Old Man and the Sea*）这三部文学作品中的衍变过程。该论文题目中的"生态"二字在当时的我看来特别醒目。于是我心生疑问："生态"一词理应是生物学等理科学科的研究对象，怎么会出现在文学论文中呢？带着一颗好奇心，我不仅细读了导师的论文，还到中国知网系统中搜索与"生态文学""生态批评"等相关的文章，结果发现当时国内已有相关文章大概二百篇，其中鲁枢元、王诺、韦清琦、陈茂林等专家和学者论文中的不少观点给予我较大的启发。我的生态文学和生态批评研究之路就是这样开启的。

　　由于对生态文学和生态批评怀有浓厚的兴趣，我在读研期间不仅广泛阅读国内外与生态相关的著述，而且还从生态批评角度完成每门文学课程的作业。例如，针对美国文学课程作业，我撰写了《从〈鹿苑长春〉看儿童文学的生态观培育走向》的论文，并于 2006 年将其公开发表。该论文是我公开发表的第一篇论文，该论文从生态批评角度解读了美国作家玛·金·罗琳斯（Marjorie Kinnan Rawlings）的儿童小说《鹿苑长春》（*The Yearling*，1938）中的生态意识，指出以《鹿苑长春》为代表的儿童文学作品在培育儿童生态观方面发挥着重要作用，这一观点在 2021 年我申请教育部人文社科项目的时候得到运用。2006 年国内从生态角度研究儿童文学尤其是外国儿童文学的论文寥寥无几。遗憾的是，在这篇关于《鹿苑长春》的论文发表以后的 7 年里，我没有再从生态角度研究儿童文学作品。在这几年里，我主要从生态角度研究英美国家的一些成人文学作品。2013 年暑假期间，我意外读到美国的儿童与自然关系研究专家查德·洛夫（Richard Louv）于 2005 年出版的《林间最后的小孩：拯救自然缺失症儿童》（*Last Child in the Woods*：*Saving Our Children from Nature-Deficit Disorder*，下文简称《林间最后的小孩》）一书，该书犹如 1962 年问世的《寂静的春天》（*Silent Spring*）一样警醒世界尤其是欧美国家，使人们意识到儿童与自然之间已出现巨大的裂缝，儿童对自然的日益疏远将给儿童乃至人类和自然带来极其不利的后果。书中的许多观点振聋发聩，深深触动了我的灵魂。《林间最后的小孩》这本书激发了我对"儿童与自然""儿童自然缺失症""儿童与自然的情感联结"等主题的研究兴趣，使我重新燃起从生态批评角度研究儿童文学的热情。在之后的 5 年里，我主要阅读了美国儿童文学作家的一些儿童生态文学作品，如弗吉尼亚·索伦森（Virginia Sorensen）的《枫木丘的奇迹》（*Miracles on Maple Hill*，1956）、司克特·奥台尔（Scott O'Dell）的《蓝色的海豚岛》（*Island of the Blue Dolphins*，1960）、贝兹·克罗默·拜厄斯（Betsy Cromer Byars）的《夏日天鹅》（*Summer of the Swans*，1970）、珍·克雷赫德·乔治（Jean Craighead George）的《狼群中的朱莉》（*Julie of the Wolves*，1973）、萝拉·英格斯·怀德（Laura Ingalls Wilder）的《草原小镇》（*Little Town on the Prairie*，1941）、盖瑞·伯森（Gary Paulsen）的《手斧男孩》（*Hatchet*，1987）等。尽管上述作品获得过纽伯瑞儿童文学金奖或银奖，然而我却对它们没有产生太大的研究兴趣，一方面可能是因为这些作家对自然缺乏充分的体验，另一方面可能是因为这些作品对人与自然尤其是儿童与自然之关系的书写不够深刻。我期望遇到一位真心信奉大自然且大力书写人与自然尤其是儿童与自然之关系的外国儿童文学作家。

2019 年暑假，在搜索有关生态批评的文献时，我无意间发现一篇从生态批评角度研究罗斯金·邦德的《山上的粉尘》《无处栖身的豹子》和《树岛》这三篇短篇小说的论文，该论文激发了我对罗斯金·邦德及其短篇小说的研究兴趣。之后的一段时间里，我搜集并大致阅读了邦德的一些文学作品，以及一些研究邦德作品的论文，初步认识到：罗斯金·邦德是印度现当代文坛杰出的英语作家、伟大的短篇小说家、印度现代儿童文学的先驱；2012 年他因对印度儿童文学的总体贡献获印度国家文学院设立的儿童文学奖，2014 年他因对印度英语文学的卓越贡献获印度最高公民荣誉之一的"莲花装勋章"；他是一位将根系深扎于加瓦尔喜马拉雅山（Garhwal Himalayas）、与自然形成牢固的情感"纽带"（bond）、大力书写"人与自然"尤其是"儿童与自然"关系的作家。"儿童文学""英语作家""喜马拉雅山""人与自然"等关键信息非常贴合我的研究兴趣，增强了我要从生态批评角度研究罗斯金·邦德儿童文学作品的信心和决心。我与罗斯金·邦德的"缘分"就是这样一步步形成的。由于这一"缘分"，我于 2021 年有幸中标教育部人文社科项目。由于这一"缘分"，我通过三年的不懈努力，于 2024 年 4 月完成我的第一部专著《罗斯金·邦德儿童短篇小说的生态意识研究》的书稿。

本书在生态文明思想的指引下，在借鉴国内外已有研究成果的基础上，以生态批评的相关理论为研究视阈，采用文本细读、比较、跨学科等研究方法，以人与自然尤其是儿童与自然之间的关系为着眼点，重点分析了罗斯金·邦德近 70 篇儿童短篇小说的生态意识。本书通过全面而深入的研究发现：邦德的儿童短篇小说具有鲜明的生态和谐意识、生态忧患意识和生态拯救意识，邦德是一位具有强烈的生态和谐意识、生态忧患意识和生态拯救意识的儿童生态文学作家。

有必要指出的是，本书中的"儿童"指的是广义上的儿童，即年龄不超过 18 岁的人。本书中的"自然"并非抽象的、无形的、遥不可及的自然，而是具体的、有形的、实实在在的自然存在物或自然空间，如乡间小路、林地、农场、草地、海滩、灌木丛、花园、野生动物、河流、池塘、山丘、公园、农田、沙丘等。本书所研究的"邦德的儿童短篇小说"具有跨界性，也就是说，邦德儿童短篇小说的读者具有双重性，不仅仅包括儿童读者，也包括成年读者。邦德儿童短篇小说中的思想不仅可以给儿童带来多方面的启发，也可以给成年人带来一定的启发。另需指出的是，尽管邦德是一个英裔印度人，但他始终不认为自己是移民，他十分热爱印度，坚信印度是他的世界，是他的家。他是一个在印度土生土长的人，从他出生之年至今的这 90 年间，他仅离开过印度一次。鉴于此，笔者将邦德视为印度作家，而非英裔印度作家。

本书对"罗斯金·邦德儿童短篇小说的生态意识"进行了系统而全面的研

究，是目前国内首部罗斯金·邦德研究论著。本书不仅有助于加深人们对罗斯金·邦德其人、其作和其思的认识，弥补国内外在罗斯金·邦德儿童短篇小说生态批评研究方面的不足，推动国内极其薄弱的罗斯金·邦德研究，而且可以为培育儿童生态意识、促进儿童与自然的联结、缓解生态危机、推进生态文明建设做出些许贡献。本书既适合生态文学、儿童文学、印度文学等相关专业的学习者和研究者参考，亦适合生态文学和儿童文学爱好者阅读。

由于国内关于罗斯金·邦德的研究资料极为匮乏，因而笔者在研究过程中面临着诸多的困难和挑战。此外，由于本人才疏学浅，研究时间有限，本书难免存在一些疏漏和不当之处，敬请学界前辈和同仁批评指正。

付文中

2024 年 4 月

目　录
CONTENTS

绪　论

　　罗斯金·邦德是印度现当代文坛最著名的英语作家之一、最伟大的短篇小说家之一、印度现代儿童文学的先驱之一，著有 300 多篇短篇小说、50 多本儿童读物、6 部中篇和长篇小说、4 部自传、5 本散文集、4 本诗集，他还在报纸上发表文章 400 多篇。邦德 1992 年凭借短篇小说集《我们的树仍生长在德拉》（*Our Trees Still Grow in Dehra*）获印度国家文学院奖（Sahitya Akademi Award），2012 年因对印度儿童文学的总体贡献获印度国家文学院设立的儿童文学奖，1999 年因对印度英语文学的卓越贡献获印度最高公民荣誉之一的莲花士勋章（Padma Shri），2014 年因对印度英语文学的卓越贡献获印度最高公民荣誉之一的莲花装勋章（Padma Bhushan）。有必要指出的是，邦德（Bond）是一位既与大自然形成了牢固的情感纽带（bond），又大力书写"人与自然"尤其是"儿童与自然"之关系的作家。

第一节　罗斯金·邦德儿童短篇小说生态意识的研究现状

　　我们首先回顾一下国外尤其是印度学术界所做的与"罗斯金·邦德儿童短篇小说生态意识"相关的研究。国外的相关研究在过去的 30 年间大致经历了四个主要的发展阶段。

　　第一个阶段：主要研究"自然"或"生态"之外的主题。1995 年，国际上首部罗斯金·邦德研究著作——由印度学者 P. K. 辛格（P. K. Singh）编选的《罗斯金·邦德的创作轮廓：评论文选》①一书——问世，这在某种意义上标志

---

① SINGH P K. The Creative Contours of Ruskin Bond：An Anthology of Critical Writings [C]. New Delhi：Pencraft Publications，1995.

着罗斯金·邦德研究的正式开始。此后十年间，罗斯金·邦德研究领域的代表性成果以传记为主，如印度学者米娜·霍拉纳（Meena G. Khorana）的《罗斯金·邦德的生平与作品》①、甘尼许·赛利（Ganesh Saili）的《罗斯金：我们永远的"纽带"》② 等。其中《罗斯金·邦德的生平与作品》着重论述了个人、社会、地理、政治和文学对罗斯金·邦德世界观、审美观和文学创作的影响。

在 1995-2024 年间，邦德传记、邦德作品的创作风格，以及邦德文学作品的印度性（Indianness）、旅行、冒险、探索、孤独、异化、友谊、爱情、离家出走、无家可归、人际关系、家庭影响、成长的烦恼与快乐等主题，逐渐成了国外学术界尤其是印度学术界重点关注的对象。值得指出的是，21 世纪以来，除上述主题之外，邦德作品的"自然/生态"和"儿童"主题也逐渐引起国外学术界的关注。

第二个阶段：邦德作品的"儿童"主题研究和"自然"主题研究处于割裂状态。2005 年，邦德研究领域的印度知名学者阿米塔·阿加瓦尔（Amita Aggarwal）的《罗斯金·邦德的虚构世界》③ 一书面世，该书堪称国际上首部系统研究邦德虚构作品的著作，标志着邦德虚构作品的研究取得突破性进展。阿加瓦尔在书中主要研究了邦德的长篇小说、短篇小说和儿童故事。该著作对于任何一个研究罗斯金·邦德的学者来说，都具有很高的参考价值。该著作共有九章，其中第二至第五章论述了邦德虚构作品的主要创作基调。具体来看，第二章论述了邦德的人生观。第三章论述了邦德对待大自然的态度。在阿加瓦尔看来，邦德热爱大自然，他在大自然中呼吸，为大自然写作；邦德对大自然的爱是永恒的，因为大自然的魅力是无穷的；邦德试图展现人与自然和谐相处的美好世界。第四章论述了邦德的印度情结，尤其是邦德对印度无限的热爱和忠诚。第五章分析了邦德的儿童故事。通过比较可以发现，第三章、第五章分别探讨了邦德的自然观、邦德的儿童故事。美中不足的是，该书未将"自然"和"儿童"交融在一起进行整体研究。2008 年，印度学者曼尼什·D. 巴特（Manish D. Bhatt）在其专著《短篇小说家罗斯金·邦德研究》④ 中指出，邦德

---

① KHORANA M G. The Life and Works of Ruskin Bond [M]. Westport：Greenwood Publishing Group Inc., 2003.

② SAILI G. Ruskin, Our Enduring Bond [M]. New Delhi：Roli Books, 2004.

③ AGGARWAL A. The Fictional World of Ruskin Bond [M]. New Delhi：Sarup & Sons Publishers, 2005.

④ BHATT M D. Ruskin Bond as a Short Story Writer：A Critical Study [M]. New Delhi：Sarup & Sons Publishers, 2008.

是印度最多产的短篇小说家，是印度英语写作史上唯一一位以短篇小说享有盛誉的印度作家，是印度现代儿童文学的先驱。巴特认为，邦德的短篇小说创作主题丰富多样，其短篇创作主要围绕爱情、宠物、野生动物、孤儿、普通儿童、印度风情、自然、当代生活等主题展开。巴特在该著作的第二章中依次探讨了邦德短篇小说的"自然与动物""爱情""童年"和"印度性"四大主题。遗憾的是，他也将"自然"和"童年"这两个主题分开论述。此阶段研究成果的主要特征是：邦德作品的"儿童"主题研究和"自然"主题研究处于割裂状态，未能交叉融合；一些研究成果虽然关注了邦德作品的"自然"主题，但都不是从生态批评角度论述的。

第三个阶段：生态批评视角下罗斯金·邦德短篇小说研究逐渐升温，但研究重点未放在自然与儿童的关系上。2010 年以来，伴随着生态批评思潮的迅猛发展乃至全球化，邦德短篇小说的生态研究逐渐增多，相关成果以学术论文为主，尚未有此方面的学术专著的出版。2011 年，学者库马里·希哈（Kumari Shikha）简要讨论了一些具有生态意识的印度英语作家，她将邦德与其他七位擅长描写自然的印度英语作家放在一起进行比较研究，其研究结果表明：在这些作家中，邦德是唯一一位不仅擅长描写自然，而且对自然资源的枯竭表现出极大关注的作家[1]。2012 年，胡尔希德·阿哈默德·卡齐（Khursheed Ahmad Qazi）发表的一篇论文主要分析了邦德的《山上的粉尘》《无处栖身的豹子》和《树岛》三篇短篇小说中的生态伦理意识和环境意识。卡齐指出："总的来说，罗斯金的故事体现了他对像母亲一样照顾着我们的大自然的热爱和真诚关怀。我们需要从内心深处树立环境伦理意识和生态意识，以此来证明我们对大自然的真心、无私和忠诚。从文学角度讲，这一直是任何一项生态批评研究的主要内容或重点。"[2] 2014 年，学者伊亚潘（V. Iyappan）和伽南普拉卡莎慕（V. Gananprakasham）合著的一篇论文主要解读了《山上的粉尘》《树木的死亡》《最后一次见德里》等四篇短篇作品中的人与自然关系，该论文指出：邦德许多作品中的大自然对人十分友好，让人感到温馨与宁静；邦德与喜马拉雅山结下了不解之缘，他试图用其精心选择的文字帮助读者欣赏和了解喜马拉雅山

---

① SHIKHA K. Ecocriticism in Indian Fiction [J]. Indian Review of World Literature in English, 2011, 7（1）: 1-11.

② QAZI K A. Ecological Ethics and Environmental Consciousness in Bond's Selected Short Stories [J]. International Journal of English and Education, 2012, 1（2）: 297.

的风景；在他的作品中不乏对喜马拉雅山动植物的迷人描述①。2015 年 2 月，迪尼斯·鲍斯（Dinesh Borse）发表的一篇论文从生态批评角度简要分析了《山上的粉尘》《无处栖身的豹子》和《丛林中的科波菲尔》这三篇短篇小说的生态主题。2015 年 4 月，萨维塔·辛格（Savita Singh）发表的一篇论文论述了邦德对环境问题的深切关注，主要分析了《家中的老虎》《豹子》《逃离爪哇》《西塔与河流》《花儿的希望》《树木的死亡》这六篇短篇小说中所展现的环境问题。辛格在文中写道："邦德的短篇小说反映出他对环境问题的担忧。他笔下那些纯真无邪、充满爱心的人物像邦德一样热爱大自然，他们喜欢与动物、树木和花儿互动。这些故事反映出邦德对植树造林和环境保护的关注。有的故事展现了他的祖父作为一名热心的环保人士的形象。故事里的美丽山丘和老虎令读者魂牵梦绕。最重要的是，他的故事激发了读者对环境的责任感和使命感。"② 2016 年，贾亚·蒂瓦里（Jaya Tiwari）的一篇论文论述了《山上的粉尘》《树木的死亡》《花儿的希望》和《隧道》四篇短篇小说中所反映的生态环境问题。蒂瓦里指出："邦德短篇小说的读者们会在砍伐一棵树或者毁坏一株灌木或其他植物之前进行思考，他们也会理解自然的重要性，怜悯动物，尊重动物所享有的与人类平等的权利。邦德的这些故事为人类解决严重的环境问题注入了一份活力和希望，而这份活力和希望使读者深受鼓舞，使他们更有动力去保护天地万物。"③ 令人称道的是，此阶段的成果在论述邦德短篇小说中的人与自然关系时，基本上都运用了生态批评理论。遗憾的是，他们大都将研究对象集中在《山上的粉尘》《树木的死亡》《无处栖身的豹子》等生态意识明显的少数作品上。此外，他们未把这些作品作为儿童生态文学来研究，忽视了作品中自然与儿童的密切关系。

第四个阶段：邦德儿童文学作品的生态意识研究初现端倪。近几年，极个别学者察觉到邦德儿童文学作品与儿童生态意识培育之间的联系。肖芭·拉马斯瓦米（Shobha Ramaswamy）于 2019 年发表的一篇论文概述了在印度出版的近百个英语儿童文学作品的生物多样性、环境伦理价值、自然资源保护、环境可

---

① IYAPPAN V, GNANAPRAKASAM V. The Denizens and Inseparable Relationship of Nature in the Works of Ruskin Bond [J]. Asia Pacific Journal of Nature, 2014, 1 (21): 184-185.

② SINGH S. Environmental Issues in Ruskin Bond's Select Short Stories [J]. International Journal of English Language, Literature and Humanities, 2015, 3 (2): 206.

③ TIWARI J. Environmental Concerns in Selected Short Stories of Ruskin Bond [J]. International Journal of English Language, Literature and Humanities, 2016, 4 (7): 529.

持续性等主题，强调了儿童文学对地球家园和儿童心灵的"绿化"作用。① 从某种意义上说，此成果标志着邦德作品的儿童主题研究和生态主题研究的成功联姻。美中不足的是，拉马斯瓦米仅关注了邦德的《比娜的长途跋涉》《蓝色雨伞》等四个作品，相关分析也较为单薄。鉴于此，国外邦德儿童短篇小说的生态意识研究，无论在广度还是深度上，都有待进一步提升。

然后，我们回顾一下国内学者所做的相关研究。相较于国外，国内罗斯金·邦德及其作品研究起步晚，成果少，截至目前依然处于译介阶段。21世纪以来，邦德的一些儿童短篇小说的中文版开始陆续面世，至今数量仅有10余篇，包括2001年发表在《译林》上的《邂逅》、2003年发表在《金色少年》上的《爷爷和老虎》、2005年发表在《课堂内外·高中版》上的《列车上遇到的姑娘》、2013年发表在《课外阅读》上的《榕树探险》、2014年发表在《意林·环球儿童文学》上的《八哥战士》、2015年发表在《少年文艺（中旬版）》上的《与动物同行》、2016年发表在《天天爱学习（三年级）》上的《小白鼠，一份成长的礼物》、2017年发表在《天天爱学习（四年级）》上的《榕树的世界》等。

至今，国内相关的学术论文屈指可数。国内主要研究邦德及其作品的学者为付文中。近五年来，该学者共发表4篇相关论文。2019年，该学者在其论文《论罗斯金·邦德小说中的"儿童与自然"书写》中通过简要分析邦德的《屋顶上的房间》和《山谷中的流浪者》这两部长篇小说中的儿童与自然关系，指出自然有时充当映射儿童情绪、推动故事情节发展的角色，有时对抚慰儿童心灵、塑造儿童性格和促进儿童健康成长产生积极影响。② 该论文是国内首篇研究罗斯金·邦德作品的论文，尤其是，该论文鲜明地指出"儿童与自然"是邦德作品的一个主题，这一观点为推动国内邦德研究的发展做出了不可忽视的贡献。可惜的是，该论文只是简要分析了邦德两部长篇小说中的儿童与自然的关系，却忽视了对儿童与自然关系有着更丰富书写的短篇小说的研究。

2021年，付文中相继发表了3篇从生态角度研究邦德短篇小说的学术论文。该学者在《论罗斯金·邦德〈樱桃树〉的生态意蕴》一文中指出，邦德是一位

---

① RAMASWAMY S. Greening the Young Mind：Eco－consciousness in Contemporary English Language Fiction for Children and Young Adults in India［J］. Language in India，2019，19（5）：1-2.

② 付文中. 论罗斯金·邦德小说中的"儿童与自然"书写［J］. 齐齐哈尔师范高等专科学校学报，2019（6）：65-67.

心系自然保护和儿童福祉的作家。该学者在细读邦德的短篇小说《樱桃树》的基础上，指出该短篇着力书写男孩（儿童）与樱桃树（自然）的密切关系，展现樱桃树的顽强生命以及曲折的成长历程，颂扬男孩对樱桃树的悉心关爱和守护，凸显男孩在陪伴樱桃树成长的过程中日益增强的生态意识。① 付文中在《论罗斯金·邦德短篇小说的生态忧患意识》一文中分析了邦德的三篇短篇小说中的生态忧患意识，指出邦德在《大山上的粉尘》中忧虑大山被炸为粉尘，在《无处栖身的豹子》中忧虑动物再无栖身之地，在《树木的死亡》中忧虑树木遭受大规模屠杀。② 付文中在《罗斯金·邦德短篇小说中的生态教育思想解析》一文中通过分析邦德的《山上的粉尘》《豹》《树木的死亡》《怒河》《始于渺小》《大大小小的生物》《花儿的希望》《树岛》《屋中的老虎》《逃离爪哇岛》等 12 篇短篇小说，指出邦德的短篇小说蕴含着丰富而深刻的生态教育思想，例如：揭批人类过度的欲望，展现人类对自然的戕害；书写人与自然万物的相互联系，映射"天地人神"于一体的共同体理念；表现成年人对儿童的积极影响，引领儿童走进自然、关爱自然；提倡爱树、植树、护树，反对乱砍滥伐；彰显动物的美德，消解人类的优越感；展现自然的两面性，启迪人类遵循自然法则。③

从上述三篇学术论文中，我们不难看出，付文中对邦德短篇小说所做的研究在不断拓展，从最初仅分析一篇短篇小说到后来分析十余篇短篇小说。其研究的深度在不断加深，从一开始仅分析邦德一两个方面的生态意蕴到后来分析六个方面的生态意蕴。上述三篇论文为推动国内邦德短篇小说的生态研究做出了重要的贡献。然而，邦德的短篇小说有 300 多篇，其中有 100 余篇着力表现人与自然的关系，并且这些作品蕴含着丰富多样的生态意蕴。鉴于此，迄今为止，国内尚未有人从生态批评角度全面而深入地研究罗斯金·邦德的儿童短篇小说。

---

① 付文中. 论罗斯金·邦德《樱桃树》的生态意蕴 [J]. 齐齐哈尔师范高等专科学校学报，2021（2）：77-79.
② 付文中. 论罗斯金·邦德短篇小说的生态忧患意识 [J]. 齐齐哈尔师范高等专科学校学报，2021（6）：63-65，68.
③ 付文中. 罗斯金·邦德短篇小说中的生态教育思想解析 [J]. 河南工程学院学报（社会科学版），2021，36（2）：86-92.

第二节　研究内容及研究意义

本书在生态文明思想的指引下，旨在通过对罗斯金·邦德儿童短篇小说文本的细读，全面而深入地分析其中所蕴含的生态意识，进而为普及生态意识、促进儿童与自然的联结、缓解生态危机、建设生态文明做出些许贡献。本书的主要研究内容如下：

第一章：生态批评、儿童生态文学和邦德的儿童短篇小说。本章主要围绕下述内容展开。在第一节中，笔者首先概述了生态批评的内涵、发展过程、相关理论以及对本书具有重要指导作用的理论观点，然后概述了儿童文学生态批评的内涵和发展过程。在第二节中，笔者首先阐述了儿童与自然之间的密切关系，然后简要分析了当今儿童的"自然缺失症"，最后论述了儿童与自然之间的联结对儿童乃至人类和地球的主要益处。在第三节中，笔者首先简要介绍了儿童生态教育的内涵和作用，然后阐述了儿童生态文学的内涵、功能、主要书写对象，最后简要分析了将罗斯金·邦德的儿童短篇小说划归为儿童生态文学的原因。

第二章：罗斯金·邦德生态意识的来源。罗斯金·邦德生态意识的成因主要包括五个方面，即印度日趋严重的生态问题的影响、加瓦尔喜马拉雅山的滋养和熏陶、童年经历和个人性情的影响、绿色宗教文化的濡染、长辈的榜样示范作用。

第三章：罗斯金·邦德儿童短篇小说的生态和谐意识。生态和谐意识是指个体为实现同自然的和谐相生而需具备的集生态整体意识、生态审美意识和生态伦理意识为一体的意识。邦德是一位具有强烈生态和谐意识的儿童生态文学作家，他的许多儿童短篇小说具有浓郁的生态整体意识、生态审美意识和生态伦理意识。

在第一节中，笔者主要分析了邦德儿童短篇小说的生态整体意识。生态整体意识主要体现在以下三个方面。第一，邦德在《母亲山》《始于渺小》《豹子》等5个文本中，强调了人与自然的和谐相融，以引导儿童读者理解人与自然的一体关系。具体来看，这些作品中的主要人物认为人是自然中的普通一员，回归大山犹如回归自然，回归自然犹如回归母亲温暖的怀抱，进而从中获得心灵的慰藉；他们对加瓦尔喜马拉雅山怀有深深的依恋之情，他们同树、花、石等非人类自然物建立起情感联结；他们乐于感受自然的宁静和美丽，自然的宁静和美丽吸引着他们不断地回归自然；他们认为人类同非人类自然物在诸多方面具有相似性，这凸显出人类和非人类之间的平等关系。第二，邦德在《榕树上的历险》《鹰眼》《祖父与鸵鸟的搏斗》等4个文本中，既生动地描绘了动物的外在特征和生活习性，也真实展现了动物与动物、人与动物之间的竞争或冲突，以引导儿童读者正确而全面地看待大自然内部的复杂关系，尤其是引导他们认识到：大自然中不仅存在和谐与共生的现象，也存在竞争或冲突的现象，更深入地看，动物与动物、人类与动物之间不仅存在和谐与共生的关系，也存在竞争或冲突的关系。第三，邦德在《附近的灌木丛对许多鸟儿都有益》《神圣之树》《温柔的菩提树》等7个文本中，强调了树木等植物对生态系统整体尤其是生态系统中其他成员的重要性，以引导儿童读者深入理解树木等植物对自然界和人类世界的重要作用。相关的核心观点包括：各种各样的树木都是神圣的，都是大自然中不可或缺的组成部分，对人类和非人类生命都十分重要；树木不仅具有神圣性、多样性，也具有永恒性；如果种下一棵树，它会代代相传；人人需要爱树、护树。

在第二节中，笔者主要分析了邦德儿童短篇小说的生态伦理意识。生态伦理意识主要体现在以下三个方面。第一，邦德在《家中的老虎》《无处栖身的豹子》《穆克什养羊》等7个文本中，着力书写了人与动物尤其是儿童与动物之间的相互信任和真挚情谊。这些作品中的主人公们信任和尊重豹子、老虎等非人类动物，反对肆意猎杀动物。他们对动物的欣赏、尊重、信任乃至保护，换来了动物们对他们的信任和保护。他们认为，动物像人类一样具有情感和爱好，人类应该尊重它们的情感和爱好；倘若人类以博爱和仁慈之心对待动物，便能够同它们建立持久、和谐的关系。第二，邦德在《大大小小的动物》《跳舞地带》和《来自森林的游客》中，展现了主人公们对动物生存权和自由权的尊重。主人公们热爱老虎、猴子、乌龟、蟒蛇、犀鸟等非人类动物，将它们视为朋友。他们承认和尊重动物们在地球上的生存权利，呼吁其他人承认和尊重它们的生存权利。他们认为，人类应该善待动物，不应该滥杀动物；一些动物喜欢在夜间活动，人类应该尊重它们在夜间自由活动的权利；当一些动物迫于生存或坏境的压力，不得不迁到人类的居住地栖息或避难的时候，尽管它们会给人类带来一些麻烦，但人类应该理解它们的困境，允许它们在人类居住地栖息或避难。第三，邦德在《犹如灼灼火焰一般的虎》《家中的乌鸦》和《隧道》中，表达出敬畏并保护动物生命的生态理念。作品中的主人公们认为，动物同人类一样享有在地球上自由生活的平等权利，人类不应该无缘无故地剥夺其生命。具体来看，他们尊重老虎、猴子、蜘蛛、蝎子等非人类动物的生命，个别主人公甚至不顾个人安危去救助受困的动物。

在第三节中，笔者主要分析了邦德儿童短篇小说的生态审美意识。生态审美意识主要体现在以下三个方面。第一，邦德在《四季的乌鸦》《变色龙亨利》《我的三只熊》等5个文本中，强调了自然万物皆美的生态理念。这些作品通过展现人尤其是儿童同乌鸦、变色龙、猫头鹰等非人类动物之间的友好相处，以及这些动物的诸多优点和美德，来消解人们长期以来对它们所持有的种种偏见和误解，进而为实现人与动物的和谐相处打下基础。第二，邦德在《最后一次马车之旅》《我高大的绿色朋友们》和《一朵新花》中，着力展现了人同树、花等植物之间的"主体间性"关系。作品中的主人公们将树视为朋友甚至知己，相信人与树之间存在友谊，树会主动同人建立友谊。他们认为每一棵树和每一朵花都是生命主体，人只有懂得欣赏和尊重它们，才有可能同它们建立"主体间性"关系。第三，邦德在《男孩与河流》《番石榴成熟时》《榕树上的历险》等4个文本中，着力展现儿童在自然中的诗意栖居。相关的核心观点包括：大自然是儿童的乐园，童年是属于大自然的；儿童是大自然的孩子，享有在自然中无拘无束地活动和玩耍的权利；大自然希望儿童在成为成人之前，就要像个孩子；成年人应该允许儿童诗意地栖居在童年之中，诗意地栖居在自然之中。

第四章：罗斯金·邦德儿童短篇小说的生态忧患意识。生态忧患意识是指将自然和人类的前途命运萦系于心，对人类和非人类生命可能遭遇的生态危机保持警惕并对导致危机的错误思想和行为做出反思和批判的意识。邦德虽然钟爱自然，乐于栖居自然之中，但他并不消极避世。他非常关注并且担忧生态危机、生态灭绝和自然灾害问题。他是一位具有强烈生态忧患意识的儿童生态文学作家，他的许多儿童短篇小说蕴含强烈的生态忧患意识。

在第一节中，笔者主要分析了邦德对猎杀动物、动物灭绝等生态问题的忧虑与反思。动物灭绝是生态灭绝的一部分，导致动物灭绝的元凶是人类中心主义者。邦德强烈反对人类中心主义。为了唤起人们尤其是儿童对动物灭绝问题的关注，邦德在《无处栖身的豹子》《月光下的黑豹》《犹如灼灼火焰一般的虎》《猴子们》《丛林里的一周》等6个文本中，不仅着力展现以猎人为代表的人类中心主义者对动物的肆意猎杀，以及普通人和野生动物为了维系各自的生存而发生的激烈冲突，还提出了诸多鲜明的生态观点。例如，野生动物面临严重的生存威胁，老虎、豹子等关键物种的消失对自然生态系统具有极其不利的影响，保护这些物种具有重要的生态意义；动物同人类一样享有在地球上世代生存和繁衍的权利，人类无权剥夺它们的这些权利；野生动物不应成为人类娱乐或猎杀的对象；儿童对动物未怀有不良动机，他们同情和信任动物，反对猎杀动物，而成年人却只在乎动物的外在价值或工具价值，无视其内在价值和生存权利，进而残忍地猎杀它们；猎杀动物、砍伐森林等问题导致野生动物丧失天然家园或受到伤害；动物丧失栖息地或受伤之后，为了生存下来不得不到山村附近捕食家畜甚至人，最终沦为食人兽，这为动物与普通村民之间的冲突埋下祸根；普通村民为了保护自身和家人的生命和基本利益（如家畜等）不得不杀死食人兽；人类并不是豹子或老虎的天然猎物，倘若人类中心主义者不先破坏山林，不先猎杀豹子或老虎，豹子或老虎不会沦为食人兽，归根结底，人与动物冲突的根源在于人类自身；动物捕猎的目的只是为了维系自身的基本生存，但人类狩猎的主要目的却是为了寻求乐趣或物质利益；等等。

在第二节中，笔者主要分析了邦德对摧毁大山、滥伐树木等生态问题的忧虑与反思。长期以来，人类中心主义者为了追求更多的物质利益而大肆毁山、伐木，结果导致曾经郁郁葱葱的森林变得满目疮痍，曾经生机勃勃的大山变得死气沉沉。山林生态系统的衰退乃至消亡是生态灭绝和生态危机的主要表征之一。邦德长期栖居山林间，对森林和大山怀有深深的热爱，这份爱促使他格外关注毁山、毁林等生态问题。为了唤起人们尤其是儿童读者对此类生态问题的关注，邦德在《山上的粉尘》《树木的死亡》和《智慧树》3个文本中，着力展现人类中心主义者摧毁大山和滥伐树木的生态破坏行为及其所引发的一系列严重后果，揭露生态破坏行为的原因，尤其是表达出诸多发人深省的生态观点。这些观点主要包括：石头和树木是山林生态系统的基本组成部分，滥采大山、滥伐森林不仅会导致气候变暖、季雨缺失、土地干旱等生态问题，还会导致山林间非人类自然生命的衰退乃至灭绝。人类中心主义者无视树木和石头的内在价值，只觊觎它们之于人类的工具价值；为了攫取更多的物质财富，他们无止境地毁林、炸山，导致曾经绿意盎然的山林沦为无树、无草、无水、唯有粉尘的荒漠。邦德并不反对发展，但他反对以破坏自然为代价的畸形发展模式。邦德认为，在山林中建公路虽然有利于当地人的生活和当地经济的发展，但却给无数的树木和动物带来了厄运。邦德认为大山和树木同人一样具有鲜活的生命，因而他将砍伐树视为屠杀树，将开采山视为屠杀山。邦德还强调，砍树是一种罪恶，种树是一种美德；如果人类只伐树却不种树，世界将沦为广袤的沙漠。

在第三节中，笔者主要分析了邦德对压抑自然的现代文明的反思与批判。现代文明近百年来暴露出越来越多的问题，这些问题涉及大坝建设、城市化发展、现代战争、现代教育等诸多方面。邦德在《比娜的长途跋涉》中揭露了在山林中建设大坝的诸多弊端。邦德在很大程度上对大坝建设持反对态度，他认为大坝建设是一件必须慎之又慎的大事，在山林中建设大坝虽然在发电和供水方面具有明显的益处，然而却对当地的人和非人类生命构成了严重的威胁。具体来看，大坝建设导致一大批当地人背井离乡；大坝建设是在终结大山；大坝建设侵占非人类动物的栖息地，导致许多动物被迫迁移到人类居住地活动，甚至导致一些动物面临死亡。邦德在《风筝匠》中揭露了城镇化和商业化的快速发展给自然、人性、心灵、传统文化、道德观念等带来的不利影响，具体来看：曾经富有诗意的乡村田园沦为喧嚣、浮躁的城区；制作风筝等传统手艺濒临灭绝；现代人在快节奏的生活模式下为了维持生计四处奔波，再也不能像过去那样在户外尽情享受放风筝等消遣活动；曾长期栖居乡村并与"地方"形成和谐一体关系的老人，因无法顺应现代潮流而身心分离，感到空虚、迷惘、惆怅。邦德在《逃离爪哇》中揭露了现代战争给人类和自然带来的灾难。邦德强调，现代战争吞噬了世间的宁静、自由与和平，不仅导致大量无辜民众沦为环境难民，也给非人类自然物带来巨大破坏；停止战争就是在保护人类、保护自然。邦德在《猫的眼睛》中以隐喻的方式揭露了现代教育问题。在现代畸形的教育体制下，教师犹如具有绝对权威的主宰者，学生犹如温顺、弱小的"猫咪"一样任由教师主宰，但是，"猫咪"一旦觉醒，将化身为凶猛的"豹子"，以反抗和报复主宰者。

在第四节中，笔者主要分析了邦德对自然灾害的书写和深思。大自然具有复杂多变的情绪，有时温和，有时暴怒。如今，洪水、森林火灾、地震等可怕的自然灾害比以往任何时期都更为常见。或许，大自然是在用这些灾害来警醒人类，让人类认识到自己曾对自然犯下的错误，反思该如何与自然和谐相处。邦德通过在《骑车穿过火焰》和《西塔与河流》中分别展现森林火灾和洪水对人类和非人类生命的巨大威胁，来强调自然的破坏性。尤其是，邦德通过着力书写人类和非人类生命在自然灾害面前的类似反应，来引导儿童读者认识到人类在自然面前的渺小以及人类和非人类之间的平等关系，进而学会尊重自然和敬畏自然。

第五章：罗斯金·邦德儿童短篇小说的生态拯救意识。生态拯救意识是指为了拯救地球上的人类和非人类生命而努力对人与自然关系进行重构的意识。

生态危机的实质是人性的危机、人格的危机。人类在不同历史时期展现出不同的人格主流形态，如原始社会的"族群人格"、封建社会的"依附人格"、工业文明社会的"占有式人格"、生态文明社会的"生态人格"等。占有式人格是造成人与自然对立与冲突的根源。生态人格是对占有式人格的消解，是一种谋求人与自身、人与人、人与自然之和谐关系的新型人格。生态人格主体能够将伦理关怀的范围从人类社会延伸至整个生态系统，能够同非人类生命建立情感联结，能够主动担负起保护非人类生命的责任，能够在敬畏与呵护非人类生命的过程中体验到自身生命的意义与丰盈。生态人格并不是与生俱来的，而是个体在体验自然、认识自然、理解自然和改造自然的过程中逐步生成的。儿童是人类的希望，是未来生态环保事业的主力军。培育儿童的生态人格，是构建新型的人与自然关系、走出生态危机、拯救自然和人类命运的必然路径。人格是一个整体，包括自我、本我和超我三个部分。心理能量在"三我"之间的传递和转移塑造着人格。健康的人格离不开生态心理。生态心理是生态人格的重要组成部分，是人的心态与自然生态相融合的结晶，是本我、自我和超我三者的和谐统一体。自我、本我和超我三者间的相互作用，对生态人格尤其是生态心理的形成具有重要的影响。本我渴望主宰自然，当本我在人格结构中处于主导地位时，易使人成为生态冷漠者、生态破坏者；而超我对本我的约束、对自我的指导，加上自我对本我和超我之冲突的调节，有助于人发展成为生态友爱者、生态保护者。塑造生态人格尤其是生态心理的黄金期是童年。个体在童年时期能否与自然形成积极的情感联结，不仅关系到其长大后对待自然的态度是否积极，也关系到其能否实现健康成长和全面发展。塑造儿童的生态人格尤其是生态心理离不开两个重要因素：一是长辈的榜样示范作用；二是儿童自身的自然体验经历。

在第一节中，笔者主要分析了人格结构中"三我"间的相互作用之于人对自然的态度和行为的影响。邦德将本我、自我和超我三者之间的密切关系、贯注和反贯注之间的相互作用等心理现象融入其创作之中，强调"三我"间的相互作用会影响人对自然的态度和行为。具体来看，"三我"间恶性的相互作用容易使人成为生态冷漠者、生态破坏者，"三我"间良性的相互作用有助于人发展成为生态友爱者、生态保护者。在本节中，笔者以心理生态批评为研究视阈，在细读《国王与女树神》《白象》《四季的乌鸦》等5篇儿童短篇小说的基础上，着力分析本我、自我和超我三者间的相互作用及其对主人公心理尤其是人格发展的重要影响。本节研究发现：上述作品展现了主人公们在处理与自然之关系时的心理发展过程，他们对待自然的态度经历了从生态漠视到生态友爱的转变，他们的人格经历了从占有式人格到生态人格的转变。例如，《国王与女树神》中的国王从古树掠夺者发展成为古树保护者，《白象》中的国王从大象占有者发展成为大象友好者，《四季的乌鸦》中的男孩从乌鸦残害者发展成为乌鸦保护者。

在第二节中，笔者主要分析了长辈对儿童生态人格形成的重要影响。邦德笔下的人物大体分为两类：一类是生态冷漠者和生态破坏者，另一类是生态友爱者和生态保护者。如何预防儿童沦为生态冷漠者和生态破坏者，以及如何促进儿童成为生态友爱者和生态保护者，换言之，如何培育儿童的生态人格，是一个值得深思的问题。邦德在其儿童短篇小说中为我们指出了解答这一难题的一些路径，例如，培育儿童的生态人格离不开长辈的正确引导以及长期的榜样示范。具体来看，邦德在《樱桃树》中强调了长辈在培育儿童对自然的情感以及健全人格方面的重要作用，在《我父亲在德拉的树》和《树岛》中强调了长辈在培育儿童爱树和护树的生态意识方面的榜样示范作用，在《花儿的希望》中强调了长辈在引导儿童积极探索自然以及将来从事自然保护事业方面的作用。

在第三节中，笔者主要分析了儿童与自然之间的联结对儿童生态人格形成的积极影响。儿童是未来地球家园的主要建设者，是未来拯救自然的主力军。但是，拯救自然必须首先拯救日益疏远自然的儿童，而要拯救日益疏远自然的儿童必须首先建立儿童与自然之间的联结，因为儿童与自然之间的联结对塑造儿童生态人格具有诸多积极的影响，具体来看，自然联结有助于促进儿童的身心健康，有助于培育儿童热爱自然和保护自然的生态意识，有助于激发儿童的好奇心、想象力和创造力，有助于培育儿童的自信心、同情心和博爱心，有助于促进儿童全面发展，等等。针对如何培育儿童生态人格的问题，邦德在其儿童短篇小说中除了为我们提供长辈的榜样示范这一路径之外，还为我们指出了另一路径，即儿童自身需要乐于接触自然、体验自然，尤其是要同自然建立情感联结。邦德在一些作品中强调了自然联结对生态人格的积极影响。具体来看，他在《西塔与河流》和《长笛手》中强调了自然联结对儿童生态观的积极影响，在《葬礼》《熟人之死》《路过的宾雅》等4个文本中强调了自然联结对儿童身心健康的积极影响，在《充满回忆的花园》《窗》《山中的村庄》等6个文本中强调了自然联结对儿童的视野、忍耐、谦逊等能力和品质的积极影响。

本书从生态批评视角出发，试图全方位把握罗斯金·邦德儿童短篇小说的生态意识，具有重要的理论意义和现实意义。从理论意义上看，本研究可以丰富罗斯金·邦德儿童短篇小说研究的内容和方法，拓展邦德及其作品研究的学术视野，推动国内极其薄弱的邦德及其作品研究。从现实意义上看，一方面，本研究既可以推动邦德作品的解读实践，为文本解读提供实践参照，又可以为我国方兴未艾的儿童生态文学的创作提供些许借鉴；另一方面，邦德作品中所蕴含的超前而深刻的生态意识对协调当今人与自然尤其是儿童与自然的关系具有启示和借鉴意义。鉴于此，本研究践行了"建设生态文明、坚持人与自然和谐共生"的国家方针政策，能为唤起公众的生态意识、建构儿童与自然的深度联结、促进人与自然和谐共生、缓解生态危机、推进生态文明建设做出些许贡献。

第三节　研究思路及研究方法

本书采用生态批评的视角，以人与自然尤其是儿童与自然的关系为着眼点，在厘清生态批评、儿童生态文学等概念的前提下，首先探讨邦德生态意识的成因，然后在细读近70篇儿童短篇小说的基础上，遵循问题递进的研究思路，依次研究邦德作品生态意识的三个层面，即生态和谐意识（人与自然的和谐）→生态忧患意识（人与自然的对立）→生态拯救意识（重建人与自然关系的路径）。

本书主要采用了文本细读、比较、跨学科研究等研究方法。一是文本细读法：逐篇细读邦德的近70篇英语原作，发掘并阐释隐伏其中的丰富而深邃的生态意蕴。二是比较法：邦德每篇作品的生态意蕴都不尽相同，只有细致比较近70篇作品的生态意蕴，才能把握其异同，进而才能将其归入相应的框架中。三是跨学科研究法：综合运用生态伦理学、生态美学、生态心理学等学科的知识和理论，多维度、全方位地研究邦德的儿童短篇小说。

第一章

生态批评、儿童生态文学和罗斯金·邦德的儿童短篇小说

在全球生态问题日趋严重的大背景下，生态批评（Ecocriticism）应运而生。何谓生态批评？生态批评的发展过程是怎样的？与生态批评相关的主要理论及其核心观点有哪些？何谓儿童文学生态批评？儿童文学生态批评的发展过程是什么样的？本章的第一节主要回答了上述 5 个问题。儿童与自然之间的关系理应是什么样的？现实中的儿童与自然关系又是什么样的？何谓"自然缺失症"？儿童疏远自然对儿童乃至地球会有哪些不利影响？儿童与自然之间的联结会给儿童乃至地球带来哪些益处？本章的第二节主要回答了上述 4 个问题。儿童生态教育的内涵和作用是什么？儿童生态文学的内涵和功能是什么？为何将罗斯金·邦德的儿童短篇小说划归为儿童生态文学？本章的第三节主要回答了这 3 个问题。

第一节　生态批评与儿童文学生态批评

本节首先概述了生态批评的内涵、发展过程、相关理论以及对本书具有重要指导作用的理论观点，然后概述了儿童文学生态批评的内涵和发展过程。

一、生态批评

长期以来，人类持有一种根深蒂固的观念，即认为人类是自然万物的主宰者，人类优于非人类生命形式，所有的非人类生命形式仅为了满足人类的需求而存在。这种以人类为中心的观念不仅给非人类世界也给人类世界带来巨大的破坏。尤其是 20 世纪中期以来，自然资源枯竭、人口爆炸、全球变暖、酸雨、

高温、野生动植物物种灭绝、生物多样性锐减、空气污染、水污染等生态问题接踵而至，威胁着人类的生存和发展。在生态问题日趋严重的大背景下，"生态"成了许多学科的热门术语之一。为了应对生态问题，许多学科基本上都试图从"生态"或"绿色"的角度寻找突破口。诚如一位学者所言："如果我们将历史学、哲学、法学、社会学、宗教学等学科所采用的跨学科方法联系起来，我们就会发现这些学科都在经历'绿色化（greening）'。"①"绿色化"这一词汇凸显出许多学科对生态环境问题的关注。文学批评者也试图将文学研究"绿色化"，试图从生态角度研究文学作品，继而为生态问题的解决做出应有的贡献。在此背景下，生态批评应运而生。

长期以来，文学同生活和社会紧密相连。英国诗人和评论家马修·阿诺德（Matthew Arnold）认为，诗歌的本质是对生活的批评。从更广泛的角度来看，文学是对生活的批评。文学、文学批评同生活乃至社会现实之间存在紧密的联系。在 20 世纪 60 年代至 70 年代，对文学研究产生重要影响的运动不仅有民权运动和女权运动，也有环境保护运动。20 世纪 60 年代至 70 年代的美国环境保护运动在一定程度上催生了生态批评。

生态学是一门研究生物体与其周围环境之关系的学科。生态批评是自然科学和人文科学跨学科融合的产物，尤其是生态学和文学批评跨学科融合的产物。生态批评具有鲜明的跨学科性，研究者可以借助哲学、生态学、政治学、教育学、伦理学、心理学、美学等领域的知识和理论开展生态批评。生态批评具有广义和狭义之分。从广义上看，生态批评是一股学术思潮、一门新兴学科。从狭义上看，生态批评是一种新型文学批评理论，一种研究文学与自然/环境之关系尤其是研究文学作品中的自然因子以及人与自然之关系的文学批评理论。生态批评作为一门学科始于 20 世纪 90 年代，但其作为一个术语诞生于 20 世纪 70 年代末。1978 年，威廉·鲁克尔特（William Rueckert）在论文《文学与生态学：生态批评的实验》（"Literature and Ecology：An Experiment in Ecocriticism"）中，首次提出"生态批评"术语，然而该术语在之后的十年里没有产生较大的影响。1989 年，在生态批评的主要倡导者谢丽尔·格罗特费尔蒂（Cheryll Glotfelty）的认可和推动下，"生态批评"这一术语在文学批评领域得到普及，格罗特费尔蒂因此被誉为生态批评的先驱之一。格劳特费尔蒂将生态批评定义为"对文学

---

① RIGBY K. Ecocriticism ［A］// WOLFREYS J. Introducing Criticism at the 21st Century ［C］. Edinburgh：Edinburgh University Press，2002：172.

与自然环境之关系的研究","正如女性主义批评从性别意识的角度审视语言和文学之间的关系,马克思主义批评用生产、经济和阶级的意识来阅读文本一样,生态批评则采取以地球为中心的方法进行文学研究"①。

曾有不少学者对生态批评进行过界定,但他们的定义之间存在一定的差别。哈佛大学生态批评研究专家劳伦斯·布伊尔(Laurence Buell)认为,生态批评学者必须本着致力于环保实践的精神开展生态批评研究。大卫·马泽尔(David Mazel)认为,用生态批评的方法分析文学作品可以让人们意识到大自然的重要性。M. H. 艾布拉姆斯(M. H. Abrams)对生态批评的定义如下:"生态批评这一术语出现于20世纪70年代末,是criticism('批评')同ecology('生态')的前缀'eco'的结合体,是一门研究各种形式的动植物与其自然栖息地之关系的科学。生态批评(亦称为环境批评)是指以敏锐的意识探索文学同生物和自然环境之关系的批判性写作。"② 格雷格·加勒德(Greg Garrard)在其《生态批评》(Ecocriticism)一书中给生态批评下的定义是:"生态批评是对整个人类文化史中的人类与非人类之关系的研究,并包含对'人类'一词本身的批判性分析。"③ 理查德·凯里奇(Richard Kerridge)认为:"生态批评试图从……作为应对环境危机的措施的有用性的角度对文本和思想进行评价。"④ 有的学者将生态批评等同于环境批评,其实两者具有一定的差别,谢丽尔·格罗特费尔蒂曾指出它们间的区别:相较于生态批评的英文前缀"eco",环境批评的英文前缀"enviro"具有人类中心主义色彩,凸显人与自然关系的二元性,意味着"我们人类处于中心位置,周围是除我们之外的一切,即环境"⑤,而生态批评的英文前缀"eco"具有生态整体主义色彩,强调人是自然中的普通一员,凸显人与周围自然物之间的一体关系。

① GLOTFELTY C. Introduction: Literary Studies in an Age of Environmental Crisis [A] // GLOTFELTY C, HAROLD F. The Ecocriticism Reader: Landmarks in Literary Ecology [C]. Athens: The University of Georgia Press, 1996: xviii.

② ABRAMS M H, HARPHAM G G. A Glossary of Literary Terms [M]. New Delhi: Thomson Wadsworth, 2005: 71.

③ GARRARD G. Ecocriticism (New Critical Idiom) [M]. New Delhi: Atlantic Publishers Pvt Ltd, 2012: 5.

④ GARRARD G. Ecocriticism (New Critical Idiom) [M]. New Delhi: Atlantic Publishers Pvt Ltd, 2012: 4.

⑤ GLOTFELTY C. Introduction: Literary Studies in an Age of Environmental Crisis [A] // GLOTFELTY C, HAROLD F. The Ecocriticism Reader: Landmarks in Literary Ecology [C]. Athens: The University of Georgia Press, 1996: xx.

　　早期的生态批评学者主要将西方自然文学作品作为解读对象。为何西方自然文学作品会受到他们的青睐呢？自古以来，自然一直是世界各国文学最重要的母题之一。古今中外许多文学作家在其作品中都或多或少地书写过自然。从某种意义上说，文学中的自然主题同《希伯来圣经》（*Hebrew Bible*）中的伊甸园故事一样古老。公元前三世纪，古希腊诗人忒俄克里托斯（Theocritus）开创了"牧歌"（田园诗）这一文学体裁。牧歌中包含大量的自然书写，旨在表现牧人的田园生活情趣。从忒俄克里托斯起，西方世界里的许多文学作家不时地书写自然。法国18世纪启蒙思想家、教育家、浪漫主义文学流派的开创者让-雅克·卢梭（Jean-Jacques Rousseau）高举"回归自然"的大旗，对当时的文明社会进行了猛烈的批判。一些作家被卢梭的"回归自然"思想感召，踏上自然写作之路。

　　在18世纪的英国和美国诞生了一些优秀的自然文学作家。英国诗人詹姆斯·汤姆生（James Thomson）于1726年创作的长诗《四季》（*The Seasons*）是西方文学中一部里程碑式的作品，该作品标志着汤姆生开创了"自然写作"（Nature Writing，亦可译为"自然文学"）这一文学体裁。英国博物学家和散文作家吉尔伯特·怀特（Gilbert White）被誉为英国第一位生态学家，他倡导和推广自然写作，他的代表作《塞尔伯恩博物志》（*Natural History and Antiquities of Selborne*，1789）堪称一流的自然文学作品。怀特在该作品中展现了他对英国乡村自然环境和野生动物的敏锐观察和无限热爱。在美国，早期自然文学的典范是博物学家和散文作家威廉·巴特兰（William Bartram）的《游记》（*Travels through North & South Carolina，Georgia，East & West Florida*，1791），该作品被誉为美国自然文学的奠基之作。

　　在19至20世纪英美国家，浪漫主义作家们热爱自然，讴歌自然，对自然写作特别感兴趣；维多利亚时代的现实主义作家们着重展现工业文明给自然带来的负面影响；一些探险家和博物学家围绕他们新发现的地方以及这些地方中的野生动植物进行创作。上述作家们的作品颇受生态批评者的青睐。

　　具体来看，在19世纪的美国作家中，以下作家颇受生态批评学者的关注。最受生态批评学者关注的作家当属美国著名散文家和哲学家亨利·大卫·梭罗（Henry David Thoreau）。梭罗的《瓦尔登湖》（*Walden*，1854）堪称自然写作和生态文学的典范，是最早成为生态批评研究对象的文学作品之一。在1845年7月至1847年9月期间，梭罗独居瓦尔登湖畔，试图远离尘嚣，在自然中寻求一种诗意的生活、一种本真的生存状态。《瓦尔登湖》一书详细记录了梭罗在差不多两年零两个月的时间里在瓦尔登湖畔的所见、所闻、所思、所想。梭罗是自然之子，他热爱自然、崇尚自然，他与自然交友，与湖水、森林和飞鸟对话，他在林中细心观察动植物，在船上吹笛，在湖边钓鱼，他夜晚在小木屋中记下自己的所见、所想。《瓦尔登湖》堪称一部展现人与自然和谐相处之道的优秀生态文学作品。笔者所研究的作家罗斯金·邦德曾承认其对自然的态度受到了梭罗的《瓦尔登湖》和英国自然文学作家理查德·杰弗里斯（Richard Jefferies）的《我心灵的故事》（*The Story of My Heart*）的影响。第二个最受关注的作家是美国散文作家拉尔夫·沃尔多·爱默生（Ralph Waldo Emerson）。爱默生的哲学著作《论自然》（*Nature*，1836）集超验主义思想之大成，全面体现了爱默生的超验主义自然观，超验主义自然观的核心是"天人合一"的思想。此外，威廉·卡伦·布莱恩特（William Cullen Bryant）、詹姆斯·柯克·波尔丁（James Kirke Paulding）、詹姆斯·费尼莫尔·库珀（James Fenimore Cooper）、纳撒尼尔·霍桑（Nathaniel Hawthorne）、沃尔特·惠特曼（Walt Whitman）等作家的作品也受到生态批评学者较多的关注。

在 19 世纪的英国作家中，以下作家颇受生态批评学者的关注。在 19 世纪上半叶，英国浪漫主义诗人强烈反对 18 世纪理性至上的观念，并找到了表达思想和情感的新方式。威廉·华兹华斯（William Wordsworth）是英国浪漫主义运动最重要的代表人物。法国大革命结束后，华兹华斯意识到大自然对人身心的疗愈作用，并在大自然的怀抱中得到庇护。他在《迈克尔》（"Michael"，1800）、《出游》（"The Excursion"，1814）、《序曲》（"The Prelude"，1850）等诸多著名诗歌中表达了他的自然观。具体来看，《迈克尔》描绘了一个深深依恋自然的纯真的牧羊人。《序曲》系统展现了他的自然理念，在他看来，自然具有神性，最接近上帝；自然可以净化人的思想，纯洁人的感情；自然是人类的家园，回归自然是人类的精神追求。其他杰出的浪漫主义诗人包括塞缪尔·泰勒·柯勒律治、约翰·济慈（John Keats）、拜伦勋爵（Lord Byron）、珀西·雪莱（Percy Shelley）等，他们的诗歌中包含大量的自然书写。英国浪漫主义诗人对自然的浓厚兴趣及其倡导的自然理念是他们受到生态批评学者关注的主要原因之一。约翰·克莱尔（John Clare）是一位经常在土地上劳作的浪漫主义诗人，他的作品主要以植物、动物和家乡为书写对象。克莱尔对自然和土地有着独到的理解，他试图用自然诗歌批判新型的资本主义机器，这使他有别于其他浪漫主义诗人。

在 19 世纪后期的英国，著名小说家托马斯·哈代（Thomas Hardy）是一位描绘大自然的高手，他在其最具代表性的"性格与环境小说"中，不仅对自然环境进行了浓墨重彩的描绘，还着力展现了人与自然环境之间的紧密关系，尤其是自然环境对人物性格的重要影响。马修·阿诺德（Matthew Arnold）的爱情诗《多佛海滩》（"Dover Beach"，1867）被誉为英语诗歌中对"地方"（place）描述得最好的诗歌之一。约翰·罗斯金（John Ruskin）、托马斯·卡莱尔（Thomas Carlyle）等散文作家试图揭露资本主义工业化给自然带来的种种破坏。

虽然生态批评这一术语直至 20 世纪 70 年代末才出现，但是，一些具有生态批评性质的重要著述在该术语出现之前就已经面世，如亨利·纳什·史密斯（Henry Nash Smith）的《处女地：作为象征与神话的美国西部》（*Virgin Land*：*The American West as Symbol and Myth*，1950）、利奥·马克思（Leo Marx）的《花园中的机器：技术与美国的田园理想》（*The Machine in the Garden*：*Technology and the Pastoral Ideal in America*，1964）、罗德里克·弗雷泽·纳什（Roderick Frazier Nash）的《荒野与美国人的思想》（*Wilderness and the American Mind*，1967）等。这三部具有开创意义的著作为推动生态批评的发展发挥着重要作用。《花园中的机器：技术与美国的田园理想》展现了 19 世纪早期美国文化中的"田园"理想和"进步"理想之间的紧张关系，堪称美国生态文学研究领域的一部经典著作。上述三部文献表明，生态批评或许并非一个新思潮或新现象，生态批评犹如它所分析的文学作品一样是对当时生态环境问题的一种回应。

自 20 世纪中叶以来，随着全球生态危机的加剧，越来越多具有科学家和自然资源保护者身份的作家们开始就生态问题发出警告。奥尔多·利奥波德（Aldo Leopold）的《沙乡年鉴》（*A Sand Country Almanac*，1949）和蕾切尔·卡森（Rachel Carson）的《寂静的春天》（*Silent Spring*，1962）是两部颇具代表性的环境警示录，书中的警告激起了人们对荒野消失、环境污染等生态问题的关注。利奥波德在《沙乡年鉴》中强调所有非人类自然存在物都有生存权利，并敦促人类在利用自然资源时需持有谨慎的态度，尤其是他在人类历史上首次提出"土地伦理"概念，他鲜明地指出："土地伦理改变了人类的角色，使人从土地共同体的征服者转变为共同体中的普通成员和公民。"① 利奥波德因其土地伦理思想而被誉为西方第一位真正的环境伦理学家。

20 世纪 90 年代初期，生态批评已发展成为一个公认的且具有强劲发展势头

---

① LEOPOLD A. A Sand County Almanac with Other Essays on Conservation from Round River [M]. New York：Ballantine，1970：240.

的文学研究领域。1991 年，由哈罗德·弗洛姆（Harold Fromm）组织的题为
"生态批评：文学研究的绿化"的学术会议举行，该会议推动了生态批评的快速
发展。1992 年，该流派拥有了自己的组织——文学与环境研究协会（Association
for the Study of Literature and Environment，简称 ASLE）。1993 年，该流派拥有了
自己的学术期刊——《文学与环境跨学科研究》（*Interdisciplinary Studies in
Literature and Environment*，简称 ISLE），该期刊如今已经发展成为生态批评领域
中的重要传播媒介。1996 年，谢丽尔·格罗特费尔蒂和哈罗德·弗洛姆合编的
论文集《生态批评读者：文学生态研究的里程碑》（*The Ecocriticism Reader：
Landmarks in Literary Ecology*，1996）面世，该书系生态批评学界的第一部生态
批评论文集。此后，在世界许多国家和地区，开始有越来越多的学者出版生态
文学研究著作，或者在文学研究期刊上发表生态批评相关的文章。

就生态批评而言，生态批评学者们至今虽然已经构建出一些具体的理论，
如深层生态学、生态女性主义、后殖民生态批评等，但却未构建出系统且完整
的生态批评理论体系。尽管如此，他们在一些重要议题上持有一致的观点，这
些观点包括：传统人类中心主义认为，人类是自然的主宰者，是衡量万物的尺
度，优越于非人类自然物，为了实现自己的目的可以随心所欲地利用自然资源；
生物中心主义、生态中心主义尤其是生态整体主义认为，人只是大自然的一分
子，大自然存在的目的并非只是为了人类，非人类自然存在物并不是人类的附
属物，它们同人类一样具有内在价值和生存权利，它们的栖息地应该得到人类
的保护；等等。具体来看，凯特·索珀（Kate Soper）在其《自然理念》（*The
Idea of Nature*）一书中，质疑了人类肆意干预自然的行为，认为人类致命的缺点
在于人类中心主义，尤其是人类征服、驯化、主宰和利用每一种自然存在物的
强烈欲望。不少生态批评学者支持生物中心主义，在他们看来，生物中心主义
传达出这样一种信念："人类既不比自然界中的其他生物（如动物、植物、细
菌、岩石、河流等）高贵，也不比它们低等，而只是与它们处于平等地
位。"[1] 尤其是，"以人类为中心的观点仅对人类有利，但是，以生物为中心的
观点对人类和生物圈都有利"[2]。生态批评有助于消解人类的人类中心主义意
识，树立生物中心主义意识，"生态批评有助于人类以更广阔的视野看待自然。

---

[1]　CAMPBELL S. The Land and Language of Desire［M］. London：University of Georgia Press，
1996：245.

[2]　BALACHANDRAN K. Critical Essays on Australian Literature［C］. New Delhi：Arise
Publishers and Distributors，2010：14.

尽管人类因其自私本性而成为不可救药的人类中心主义奉行者，但生态批评却敦促他们树立生物中心主义观"①。

生态批评是一种建立在诸多具体生态理论之基础上的文学批评，其中较具影响力的理论是深层生态学理论。"深层生态学"（Deep Ecology）一词由挪威环境伦理学家、生态保护主义者阿恩·奈斯（Arne Naess）于 1973 年首次提出。深层生态学是当代西方环境主义思潮中最具革命性和挑战性的生态哲学，也是当今最具影响力的环境行动主义哲学。

一些深层或激进的生态批评学者认为，只有彻底反对人类中心主义，才能解决生态危机，因为人类中心主义主张人类是超越自然的，是大自然的主宰者。相反，一些浅层或务实的生态批评学者却认为，缓解危机的希望在于学习和发展西方以人为本的宗教学、哲学和伦理学思想，这些思想通常认为人类与非人类的关系并非主宰与被主宰的关系，而是一种托管关系。通过对《圣经》的生态批评解读，我们不难发现上帝造人的目的是让人类"管理"鱼、鸟、牲畜、昆虫等生物乃至整个大地，"管理"仅意味着人类是"造物的管家"，并不意味着人类是"造物的主人"，也就是说，上帝赋予人类的只是"托管权"，但是"托管权"不等于"统治权"，更不等于"破坏权"②。"托管权"虽然在一定程度上意味着人类可以利用自然，但更意味着人类对自然负有不可推卸的照管责任。

深层生态学理论的主要观点有：人类的需求和权利并不比非人类生命形式的重要；人只是自然界这一复杂网络中的普通一员，并不具有优越性或独特的价值；每一种非人类生命形式在地球上都占据一个特定的位置，即生态位；地球上的非人类生命形式皆具有内在价值；人类不能仅觊觎非人类自然物的外在价值或工具价值，却忽视它们的内在价值；人类不能一味地按照自己的奇思、幻想和欲望来管理自然，更不能肆意降低非人类生命形式的多样性，因为多样性是确保自然生态系统稳定、和谐以及可持续发展的重要前提；大自然中的资源足以满足人类的基本需求，因而生态问题之所以发生，其主要原因并不是人类为满足自身的基本需求而利用自然的行为，而是人类为满足自身过度的欲望而不断向自然索取的行径；等等。

---

① SELVAMONY N, ALEX R. Essays in Ecocriticism [C]. New Delhi: Sarup & Sons Publishers, 2007: 190-191.

② 张娜，付文中. 论海明威的生态伦理思想及其成因 [J]. 文学教育（上），2012（4）: 34-35.

阿恩·奈斯和乔治·塞申斯（George Sessions）于 1984 年提出深层生态学的八项原则，这些原则后来被多次修订。大卫·罗森伯格（David Rothenberg）在《思考是否太痛苦——与阿恩·奈斯的对话》（"Is It too Painful to Think? Conversations with Arne Naess"）一文中介绍了这些原则：

> 人类与非人类生命形式的繁荣皆具有内在价值。非人类生命形式的价值与它们对人类目的的有用性无关。
>
> 地球上的生命形式（包括人类文化形式）的丰富性和多样性，具有内在价值。
>
> 人类无权减少这种丰富性和多样性，除非是为了满足其基本需求。
>
> 人类生活和文化的繁荣，与人口数量的大幅减少保持一致。
>
> 目前人类对非人类世界的干预是过度的，而且这种问题正在恶化。
>
> 上述四点表明，到目前为止，人类有必要改变其在处理同地球整体的关系时所采用的主导方式。这些改变将从根本上影响政治、社会、技术、经济和意识形态的结构。
>
> 富裕国家意识形态的变化，将主要体现在提升对生活质量而非更高物质生活水平的欣赏上，从而为全球生态的可持续发展做好铺垫。
>
> 赞同上述观点的人承担着尝试以非暴力方式推动必要变革的直接或间接的义务。①

在上述八项原则中，第一和第二项原则至关重要，这两项原则强调地球上所有的非人类生命形式均具有内在价值，它们的内在价值与它们对人类是否有用不存在任何关系。简言之，即便一些非人类生命形式对人类没有丝毫的用处，但是，它们依然具有内在价值。人类虽然只是自然的一个组成部分，却一直妄图控制整个自然界。人类想当然地认为生存权利和内在价值是人类独有的东西，进而凭借这种错误意识主宰和剥削地球上的非人类生命形式。艾伦·德伦森（Alan Drengson）和井上有一（Yuichi Inoue）曾指出，正是每种生命形式的内在价值"否认了集权控制的适当性"②。承认非人类生命形式的内在价值和生存权

---

① GUHA R. Environmentalism：A Global History［M］. New Delhi：Oxford University Press, 2000：116-117.

② DRENGSON A, INOUE Y. The Deep Ecology Movement：An Introductory Anthology［C］. Berkeley：North Atlantic Books, 1995：92.

利，就相当于颠覆了认为仅有人类才具有内在价值和生存权利的人类中心主义观。第三项原则强调，人类为了满足自身的"基本需求"可以利用自然，这意味着除满足自身的基本需求外，人类不应为满足其过度的"欲望"或"非基本需求"而干预乃至破坏自然。此外，深层生态学强调了"需求"（needs）和"想要"（wants）之间的区别。"需求"主要指的是人为了维持自身的基本生存所需要的东西，但是，"想要"指的是超过基本需求之外的"非必要的需求"，是过度欲望作用的结果。人类对非人类世界的"非必要的需求"和无端的干预，导致非人类生命形式丰富性和多样性的锐减乃至丧失。虽然深层生态学要求人类在利用自然时只满足自身的基本需求，要克制不必要的欲望，但这并不意味着深层生态学反对经济或社会的发展。事实上，深层生态学从未反对过经济或社会的发展。第五项原则强调目前人类对非人类世界的过度干预导致各种生态问题的发生，深层生态学极力反对人类利用现代技术和工具过度地干预和支配自然，因为这种做法将导致自然"失去活力"①，"变得沉默"②。

　　深层生态学试图通过上述八项原则来推动思想变革，这场变革所产生的影响不亚于 17 世纪英国科学革命时期的变革。卡洛琳·麦茜特（Carolyn Merchant）曾在其著作《激进生态学：寻找宜居世界》中指出，这场变革是一种逆向转变，这种转变不是"生产和再生产的转变"，而是发生在"与生态有关的意识和世界观层面"的转变。③ 深层生态学专注于生态范式对传统机械范式的替代，因而它需要"新型的形而上学、认识论、宗教、心理、社会政治和伦理原则"④。简言之，在深层生态学家看来，人类的思想需要从以人为中心的层面转向以地球为中心的层面。

　　深层生态学强调"生物平等主义"（biospheric egalitarianism）和"机体平等"（oganismic democracy）。只有当人类具有星球意识，与地球建立深层联结，不再将地球对象化和物质化的时候，"机体平等"的理想才有可能实现。卡洛琳·麦茜特在其著作《激进生态学：寻找宜居世界》中谈到"生物平等主义"

① SHELDRAKE R. The Rebirth of Nature：Greening of Science and God ［M］. Rochester, VT：Park Street Press, 1991：4.

② MANES C. Nature and Silence ［A］// CHERYLL G, HAROLD F. The Ecocriticism Reader：Landmarks in Literary Ecology ［C］. Athens：The University of Georgia Press, 1996：15.

③ MERCHANT C. Radical Ecology：The Search for a Livable World ［M］. New York：Routledge, 2005：92.

④ MERCHANT C. Radical Ecology：The Search for a Livable World ［M］. New York：Routledge, 2005：91.

时，使用了"机体平等"这一词汇。麦茜特也曾写道："人类的生存依赖于生态圈，人类不应该像奴隶主剥削奴隶那样去剥削生态圈。"① 在她看来，"生命"（亦指"生物""机体"）之间的关系并不是科学唯物论视野中的"物物关系"，更不是剥削与被剥削、主体与客体的关系，而是一种所有生命形式之间彼此平等的"主体与主体"的关系。简要地看，"机体平等"强调了星球上人类生命形式与非人类生命形式之间的平等，有助于维护所有生命形式在星球上的可持续存在。

笔者认为，生态批评最主要的思想资源不是来自生态学，而是来自生态哲学。生态批评是在生态哲学思想指导下的文学、文化和艺术批评。生态哲学观主要包括生态整体观、生态伦理观、生态审美观、生态心理观、生态教育观等。具体来看，生态整体观主要强调：自然界是一个鲜活的有机整体，人类及非人类自然存在物皆是自然生态系统这张"无缝之网"上的一个"节"；人类要尊重自然法则，尊重自然的多样性、整体性和平衡性，追求天人合一的生态整体境界。生态伦理观主要强调：把伦理视野从人类拓展到非人类自然存在物，承认非人类自然存在物的内在价值和生存权利，要求人类敬畏并爱护非人类生命。生态审美观主要强调：懂得欣赏大自然的原始美、野性美；注重人与自然的交融，构建人与自然之间的主体间性关系；倡导人类诗意地栖居大地之中，即谦逊地、简朴地、内在丰富地生存于地球之上。生态心理观主要强调：亲近自然有利于人的心理健康，而疏远自然往往会导致人精神生态的紊乱；疏远自然的一个严重代价是患上"自然缺失症"，其主要表现为各种感官的退化，易患忧郁症、焦虑症等心理疾病，缺乏灵性、好奇心、创造力和自信心，丧失对自然的热爱和敬畏之心，等等。生态教育观主要强调：生态教育是应对全球生态危机、构建生态文明社会的重要手段；生态教育必须从儿童抓起；儿童能否树立生态意识，关系到人与自然关系的走向，以及生态文明建设事业的成败。生态整体观、生态伦理观、生态审美观、生态心理观和生态教育观为笔者解读罗斯金·邦德的儿童短篇小说打开了一扇视窗。

二、儿童文学生态批评

儿童文学生态批评是一类以儿童文学为主要解读对象、以儿童与自然关系

---

① MERCHANT C. Radical Ecology: The Search for a Livable World [M]. New York: Routledge, 2005: 93.

为主要研究点的生态批评。长期以来，生态批评相关的研究基本上都是围绕成人文学展开，针对儿童文学的生态批评研究还比较少，甚至，"儿童文学和生态批评在很大程度上是两个独立的问题"①。文学批评界中的少数学者较早地意识到"儿童文学"和"生态批评"分离的问题，并为实现二者的结合做出了不可小觑的贡献。生态批评始于美国，巧合的是，儿童文学生态批评也始于美国。

儿童文学生态批评始于美国是有一定原因的。不可忽视的第一个原因是，美国是一个很早就重视儿童文学创作和研究的国家，尤其是，美国是世界上最早设立儿童文学奖的国家，这一儿童文学奖名为纽伯瑞儿童文学奖（The Newbery Medal for Best Children's Book）。该奖由美国图书馆儿童服务学会（Association for Library Service to Children）于 1922 年创设。该奖每年颁发一次，奖励上一年度出版的优秀的英语儿童文学作品。被誉为"儿童文学诺贝尔奖"的国际安徒生奖（Hans Christian Andersen Award）于 1956 年创设，其创设时间比前者晚了 34 年。值得注意的是，在荣获纽伯瑞儿童文学奖的美国儿童文学作家中，有不少作家的作品都着力书写"人与自然"尤其是"儿童与自然"之间的关系。例如，弗吉尼亚·索伦森的《枫木丘的奇迹》、司克特·奥台尔的《蓝色的海豚岛》、贝兹·克罗默·拜厄斯的《夏日天鹅》、珍·克雷赫德·乔治的《狼群中的朱莉》、玛格莉特·亨利（Marguerite Henry）的《风之王》（*King of the Wind*, 1948）、菲利斯·雷诺兹·奈洛尔（Phyllis Reynolds Naylor）的《喜乐与我》（*Shiloh*, 1991）等，曾荣获纽伯瑞儿童文学金奖。萝拉·英格斯·怀德的《草原小镇》、盖瑞·伯森的《手斧男孩》、斯特林·诺斯（Sterling North）的《淘气小浣熊》（*Rascal*, 1963）、葆拉·福克斯（Paula Fox）的《一只眼睛的猫》（*One-Eyed Cat*, 1984）等，曾荣获纽伯瑞儿童文学银奖。上述儿童文学作品因书写儿童与自然的关系而成为美国的儿童文学生态批评者的主要关注对象。简言之，美国对儿童文学创作的较早鼓励以及美国儿童文学作家对人与自然尤其是儿童与自然之主题的较早关注，在一定程度上促进儿童文学生态批评在美国的诞生。

不可忽视的第二个原因是，美国的儿童文学研究开始较早，且有一大批从事儿童文学研究的知名学者。1972 年，美国首家儿童文学研究刊物《儿童文学》创立，其首卷封面上印有"了不起的边缘者"的字样，这在一定意义上标

---

① BHALLA A. Eco-Consciousness through Children's Literature—A Study ［J］. Indian Review of World Literature in English, 2012, 8 (2): 3.

志着美国的儿童文学研究迈出了从边缘学科向独立学科转变的重要一步。20 世纪 90 年代以来，美国的儿童文学研究已呈现出"学术多元"和"文化多元"的面貌。研究理论和方法丰富多样，包括历史学、心理学、教育学、社会学、政治学等学科的理论和方法。伴随着美国的儿童文学研究的多元化和全球生态问题的日趋严重，儿童文学生态批评应运而生。

儿童文学生态批评的主要开拓者如下。1995 年，贝蒂·格林纳韦（Betty Greenaway）受《儿童文学季刊》（*The Children's Literature Quarterly*）杂志社邀请编辑的 1994–1995 年冬季刊用大量版面刊发了以"生态与儿童"（Ecology and the Child）为主题的数篇论文，这在某种意义上标志着"儿童文学"和发轫于 1978 年的"生态批评"的成功联姻①。1995 年 12 月，《狮子与独角兽》（*The Lion and the Unicorn*）杂志社推出以"绿色世界：自然与生态"（Green Worlds：Nature and Ecology）为主题的研究特刊。《美国自然写作通讯》（*American Nature Writing Newsletter*）1995 年春季刊专门探讨了"儿童文学与环境"（Children's Literature and the Environment）这一主题。1996 年，国际学术刊物《文学与环境跨学科研究》冬季刊刊发研究美国儿童文学作家苏斯博士（Dr. Suess）图画书的系列论文。上述四家权威学术刊物相续刊发的成果打破了"儿童文学"和"生态批评"之间的学术界限，代表着儿童文学生态批评研究的正式开始。

21 世纪以来，美国的儿童文学生态批评研究不断升温。最具代表性的成果为西德尼·I. 多布林（Sidney I. Dobrin）和肯尼斯·B. 基德（Kenneth B. Kidd）合编的论文集《野性生命：儿童文化与生态批评》（*Wild Things：Children's Culture and Ecocriticism*，2004）。该书的出版标志着儿童文学生态批评研究正式成形。② 此书收录的 16 篇论文从生态批评角度探讨了经典文学作品、自然杂志、环保音乐、环保视频、迪斯尼"动物王国"主题乐园等儿童文化形式中蕴含的地方意识和生态意识。该书在儿童文化生态批评领域做出了创见性的贡献。

笔者认为，儿童文学生态批评是在生态整体观、生态伦理观、生态审美观、生态心理观等生态观念指导下的儿童文学批评。伴随全球生态问题的持续恶化以及生态批评在世界上越来越多国家的持续升温，儿童文学生态批评如今已经从美国发展到世界上的许多国家。越来越多的学者尝试采用生态批评理论和方

---

① GAARD G. Children's Environmental Literature：From Ecocriticism to Ecopedagogy [J]. Neohelicon，2009，36（2）：323.

② GAARD G. Children's Environmental Literature：From Ecocriticism to Ecopedagogy [J]. Neohelicon，2009，36（2）：324.

法解读本国或他国的儿童文学作品。在此背景下，笔者试图用生态批评的相关理论和方法解读印度儿童文学作家罗斯金·邦德的儿童短篇小说。

第二节 儿童与自然

人类作为大自然中的普通一员，不应割裂同自然的天然联系。在各个年龄段的人群中，儿童是最贴近自然的群体。儿童具有亲近自然、体验自然和游戏自然的天性。儿童与自然之间的关系本应该是亲密的、一体的，然而，事实并非如此。由于种种原因，当代儿童被剥夺了在自然中栖息和游戏的机会，他们"穴居"在钢筋水泥筑成的"丛林"中，他们的眼睛、耳朵、鼻子等感官都是封闭的，他们感受不到田野里绚丽的阳光、和煦的春风，看不到美丽的蓝天白云、万丈霞光，听不到美妙的鸟叫虫鸣、欢快的溪流声，闻不到泥土的气息、浓郁的花香。简言之，他们患了"自然缺失症"。缺失自然体验对儿童具有种种不利的影响。构建儿童与自然之间的联结对儿童和自然均具有诸多益处。

一、儿童与自然的密切关系

英国浪漫主义诗人华兹华斯不仅强调过儿童乃成人之父的观点，也强调过儿童乃自然之子的观点。在他看来，儿童降临于世，离自然最近，与自然有着最为亲密的关系。简要地说，儿童具有亲近自然、依恋自然和游戏自然的天性。如果用一个术语来描述儿童的这一天性的话，那就是"亲生命性"（biophilia，又译为"生物恋"）。20 世纪 80 年代初，哈佛大学生物学家 E. O. 威尔逊（E. O. Wilson）提出了著名的"亲生命性"假说，"亲生命性"是指"人类天生具有关注生命以及类生命之过程的倾向"①，简言之，人类具有关注生命、热爱生命和亲近自然的天性。人类源于自然，离不开自然。自然不仅哺育了人类的身体，也滋养了人类的灵魂。人类尤其是儿童的身心健康和全面发展在一定程度上得益于与自然的亲密接触和互动。

儿童与自然相联相生、不可分割，又相互影响、相互作用。自然之于孩子

---

① WILSON E O. Biophilia：The Human Bond with Other Species ［M］. Cambridge：Harvard University Press，1984：1.

的重要性，丝毫不亚于维生素 A、B、C、D 之于孩子的重要性。一旦孩子身体中缺失维生素 A、B、C、D，他们生理上很可能会出现一些病症。同理，一旦孩子生活中缺失自然体验，他们生理乃至心理上也可能会出现种种问题。为了凸显自然之于儿童的重要性，美国的儿童与自然关系研究专家理查德·洛夫将自然喻为"维生素 N"，其中字母 N 代表 Nature（自然）。"自然犹如他们（儿童）每日所需的良好的营养和足够的睡眠一样重要，自然之于儿童的重要性不亚于水之于生命的重要性。"① 我国著名教育家陶行知先生非常重视户外自然体验之于儿童发展的重要影响，他倡导解放儿童的空间，鼓励儿童到户外进行自然体验，他要求"解放小孩子的空间，让他们去接触大自然中的花草、树木、青山、绿水、日月、星辰……自由的对宇宙发问，与万物为友"②。

二、儿童的自然缺失症

对于在 20 世纪 80 年代中期之前出生的人而言，他们是幸运的，因为他们每天待在户外的时间比较长，在户外玩的自然游戏也更多样，如爬树、野炊、打雪仗、玩泥巴、小河中嬉戏、花丛中捉蝴蝶、田野里捉迷藏、雨中跑步、用石头打水漂、从山坡上翻滚下去等，其童年是快乐的，其童年才是真正意义上的童年。与之相比，当今的孩子却是不幸的，因为他们待在室内的时间过长，他们形成了在室内久坐的生活方式，他们对户外自然体验的兴趣偏低，其身心日益疏远自然，其童年是缺乏自然体验的童年。用理查德·洛夫的话来说，他们患了"自然缺失症"。"自然缺失症"这一术语最早由查德·洛夫于 2005 年在其《林间最后的小孩》一书中提出。"自然缺失症"并非医学诊断的结果，而是一个用以描述人类尤其是儿童因疏离自然而付出的种种代价的术语，这些代价包括注意力难以集中，以及身心疾病的高频发生等。③ 《林间最后的小孩》"如同 1962 年问世的《寂静的春天》（*Silent Spring*）一样惊醒世界，向人类发出振聋发聩的警告：儿童与自然之间已出现令人惊异的巨大裂缝，这将给人类乃至自然带来灾难性后果"④。"自然缺失症已成为当今全球化时代人类的通病。

---

① 付文中．论儿童与自然再联结的益处及实现策略［J］．教育导刊：下半月，2020（8）：44.

② 陶行知．陶行知全集（第 4 卷）［M］．成都：四川教育出版社，2005：450.

③ LOUV R. Last Child in the Woods：Saving Our Children from Nature‐Deficit Disorder［M］．Chapel Hill：Algonquin Books，2005：34.

④ 付文中．论自然对儿童的重要影响［J］．鄱阳湖学刊，2019（3）：73.

疏远自然给人类尤其是儿童带来诸多负面影响，如导致儿童患注意缺陷多动症和其他精神障碍，各种感官能力退化，削弱儿童的身心素质和社交能力，致使未来环保者的数量减少，等等。"①

当今儿童疏远自然或缺乏自然体验的主要原因如下：一是室内科技娱乐产品的诱惑。室内越来越多的科技娱乐产品，尤其是动画节目、电脑游戏、手机游戏等，吸引孩子长时间待在室内。室内的虚拟世界如此精彩，以致他们不愿意到户外体验真实的自然世界。二是过于紧凑的日常生活。对于一般家庭而言，家长忙于生计和工作，孩子忙于学习和作业，此类现象十分常见。孩子白天基本上是在教室里度过，傍晚回到家后还要继续在室内做作业。他们几乎没有到户外接触自然的机会。三是日益萎缩的绿色空间。城市里到处是钢筋混凝土构筑的"森林"，真实的树林、草地、溪流等绿色空间大大减少。绿色空间的锐减意味着玩耍空间的减少。玩耍空间的减少在一定程度上降低了儿童到户外进行自然体验的兴趣。四是对户外潜在危险的恐惧。孩子在户外可能遇到各种各样的风险，如交通事故、晒伤、冻伤、摔伤、溺水、拐卖等，这些风险令家长颇为担心，于是他们阻止孩子到户外体验自然。

三、自然联结对儿童的主要益处

"自然联结是指人有意识地观察自然、亲近自然、体验自然，向自然学习，最终同自然建立一体关系的活动。自然联结主要包括三个阶段：在第一个阶段，个体有意识地对自然进行短时间的观察、接触；在第二个阶段，个体自觉并长时间地体验、学习、感悟自然；在第三个阶段，个体养成融入自然乃至尊重和保护自然的习惯，同自然建立起牢固的情感纽带。培育儿童的自然联结意识要依据这三个阶段逐步推进。"② 在上述三个阶段中，无论哪个阶段的自然联结对儿童均有益。自然联结对儿童的主要益处如下：

一是自然联结有助于促进儿童的身体健康。当代儿童无论是待在家里还是学校里的时候，其身体活动量都十分少。许多孩子因经常待在室内而患上肥胖症。美国疾病控制与预防中心的一项研究表明，在1980年至2010年间，美国儿童肥胖率增加一倍多，而导致肥胖率增加的一个主因是身体活动量太少。更令

① 付文中. 论自然对儿童的重要影响 [J]. 鄱阳湖学刊，2019（3）：73.
② 付文中. 基于自然联结的教学对儿童学习的积极影响——基于30年来欧美学界相关文献的考察 [J]. 山东青年政治学院学报，2022，38（6）：45.

人担忧的是，越来越多的孩子因肥胖症而患上以前仅有成年人才可能患上的高血压、糖尿病等疾病。当今孩子亟须通过增加身体活动量来应对各种身体健康问题。而在户外自然环境中玩耍，是增加孩子身体活动量、提升身体素质的一种简易且有效的方式。在户外，儿童有充分的机会去跑、跳、爬、滚、跃、藏，所有这些动作都能提供有氧运动和力量训练。户外身体活动还能增强免疫系统，提高维生素 D 水平，从而预防骨质疏松症、心脏病、糖尿病等疾病。"许多研究表明，儿童待在户外尤其是自然环境中的时间长度与他们的身体活动频率和身体健康水平之间存在较大关系。户外活动对锻炼儿童的眼、耳、心、脑、肺、四肢都十分有益。"①

　　二是自然联结有助于增进儿童的心理健康与福祉。古今中外许多名人都强调过自然联结对心理健康的益处。例如，美国《独立宣言》的签署者兼心理健康研究先驱本杰明·拉什（Benjamin Rush）宣称，挖土对治疗精神疾病具有良效。美国海洋生物学家蕾切尔·卡森曾强调，常思大地之美的人能够从自然中撷取生命力量，融入自然的人能够从大自然的周期性节律中获取无限的疗愈力量。美国散文家和环保运动的代表人物约翰·伯勒斯（John Burroughs）认为，走进自然能缓解心理问题。此外，大量科学研究也一致表明，自然是缓解儿童精神压力、抚慰儿童心灵、增进儿童心理健康与福祉的重要因素。如今，越来越多的孩子出现精神障碍或心理病症，如注意力缺陷多动症、焦虑症、抑郁症等。压力是导致心理病症的一个主要原因。户外自然体验是缓解乃至治愈儿童心理病症的主要方式之一。一般而言，无论是在儿童接触自然期间，还是在接触自然之后，其生理和心理上的压力会减少，其注意力缺陷多动症、焦虑症、抑郁症得以减轻。"自然被视为疗愈儿童精神问题的最佳场所。接触自然有益于治疗、辅助治疗或预防诸如忧郁症之类的精神障碍，但这一点常常被人忽视。接触自然是缓解儿童精神压力的一个行之有效的方法。"②

　　能够支持自然联结对儿童心理健康有益这一观点的一个著名理论是"注意力恢复理论"。我们从下述引文中能了解该理论的核心观点，尤其是城市环境和自然环境对心理的不同影响：

　　　　人的注意包括有意注意和无意注意。有意注意是指有预定目的、需要

---

① 付文中．基于自然联结的教学对儿童学习的积极影响——基于 30 年来欧美学界相关文献的考察［J］．山东青年政治学院学报，2022，38（6）：47．
② 付文中．论自然对儿童的重要影响［J］．鄱阳湖学刊，2019（3）：79．

做出一定意志上努力的注意；无意注意是一种自然而然发生的、不需要做出任何意志上努力的注意。根据密歇根大学环境心理学家卡普兰夫妇（Rachel Kaplan and Stephen Kaplan）所提出的'注意力恢复理论'，城市环境基本上都需要有意注意，这消耗了太多的精力，使我们的大脑变得疲惫不堪。而自然环境对大脑的吸引力属于无意注意。自然所具有的"柔性魅力"（soft fascination），无须人费力去保持注意力，能让人的大脑有机会休息，尤其是能带来审美、愉悦和放松的感受。例如，徜徉于林荫小道上，躺在青青草地上欣赏蓝天白云，站在山顶感受春风拂面，心情会随之开朗。①

相较于城市环境，自然环境有助于儿童放松自我、减少消极情绪、树立积极情绪。简言之，"自然如同一座心灵港湾，在不愉快时投入其怀抱，你会静下心来，不再焦虑和忧伤；在自然中，你可以远离烦恼、痛苦与是非"②。

英国浪漫主义诗人威廉·华兹华斯乐于亲近自然，他将其在自然中的一次次美好体验称为"凝固的时间点"（spots of time）。当华兹华斯在喧嚣的城市中感到失落、浮躁或惆怅的时候，回忆"凝固的时间点"能给他带来莫大的心灵安慰。美国科罗拉多大学博尔德分校"儿童、青年与环境研究中心"的教授露易丝·查乌拉（Louise Chawla）用华兹华斯首创的"凝固的时间点"，喻指个体在其童年时期所经历的令人难忘的自然体验。在自然体验中，儿童"尚未将自己与周围环境区分开来"③。也就是说，儿童与自然是一体的。成年人时常忆起小时候在自然环境中度过的那些神奇的"凝固的时间点"，继而从中汲取营养，慰藉心灵。

三是自然联结有助于激发儿童的好奇心、想象力和创造力。自然中的神奇现象，以及儿童在自然中的尽情体验，为激发儿童的好奇心和想象力创造了大量的机会，而好奇心和想象力是创造力得以形成的重要前提。"体验自然时，儿童往往会获得某种神奇的感觉，而这种感觉是创造力得以形成的重要

---

① 付文中. 论儿童与自然再联结的益处及实现策略 [J]. 教育导刊：下半月，2020（8）：46.

② 付文中. 论自然对儿童的重要影响 [J]. 鄱阳湖学刊，2019（3）：80.

③ CHAWLA L. Spots of Time：Manifold Ways of Being in Nature in Childhood [A] // KAHN P H, KELLERT S R. Children and Nature：Psychological, Sociocultural, and Evolutionary Investigations [C]. Cambridge：The MIT Press, 2002：213.

前提。"①

　　创造力的形成和发展同个体早期的自然体验之间存在重要的联系。露易丝·查乌拉认为，自然对于天才的形成和发展来说是不可或缺的。大多数的发明者和创始者都曾有一个令其"心醉神迷的地方"（ecstatic place），此地"在我们一生中，埋藏于我们心间，犹如闪闪发光的宝石一般，放射着能量"。令人心醉神迷的地方主要指的是个体在童年时期所发现的自然之地，这些地方及其所引发的美好回忆，在孩子长大后将给其带来"有意义的图像，内心的平静，与自然交融一体的感觉，并使一些人产生创造力倾向"②。

　　古今中外许多著名的思想家、发明家、科学家乃至文学家具有非凡想象力和创造力的一个重要原因是，他们在童年时期具有亲近自然和探索自然的良好习惯。例如：

　　约翰·缪尔（John Muir）在童年时期就喜欢沉湎于奇妙的荒野美景中。塞缪尔·兰霍恩·克莱门斯［Samuel Langhorne Clemens，即马克·吐温（Mark Twain）的原名］14岁时，每天下午3点做完一份劳累的工作后，就去河边钓鱼或游泳。克莱门斯栖息于自然环境中，梦想成为一名猎手或海盗时，却渐渐化身为举世闻名的作家。

　　……

　　英国著名博物学家、童话作家比阿特丽克斯·波特（Beatrix Potter）对大自然情有独钟。小时候，波特胆子非常大，常常偷偷摸摸地把青蛙、鲤鱼、小鸟、蘑菇、毛毛虫、甲壳虫、蛇皮等自然物带回家，并将它们都画出来。另外，波特还乐于和动物成为亲密的朋友，喜欢和兔子、小松鼠、小刺猬一起玩耍，这让她更加了解动物的内心。与自然的亲密接触点燃了波特的创作灵感，令她创作出一系列欧美国家家喻户晓的动物童话。③

　　四是自然联结有助于培育儿童的同情心和博爱心。观察蚯蚓、养蜗牛、给小芽浇水、给蚂蚁喂食这些小事看似是在浪费时间，实际上却培育了儿童的同情心和博爱心。孩子们在观察蚯蚓或蜘蛛的过程中，或许会突然认识到，这些

---

①　付文中. 论自然对儿童的重要影响［J］. 鄱阳湖学刊，2019（3）：79.

②　CHAWLA L. Ecstatic Places［J］. Children's Environments Quarterly，1990，7（4）：20-21.

③　付文中. 论自然对儿童的重要影响［J］. 鄱阳湖学刊，2019（3）：80.

小生命并不像大家所说的那样讨厌、可怕，它们也有可爱的一面。孩子们在收养一只蜗牛后，或许会认识到，照顾蜗牛是他们应尽的责任。孩子们通过给小芽浇水逐步认识到，自己平时的一个简单之举将关系到小芽的生死。在同非人类自然生命不断接触的过程中，孩子们的同情心、同理心和博爱心得到培育。

五是自然联结有助于培育儿童热爱自然和保护自然的意识。童年时期的自然体验有助于增强儿童对自然的理解和欣赏，培养其热爱自然、尊重自然和保护自然的意识。个体只有在童年时期经常体验自然，并与自然建立情感联结，将来才有可能成为真正热爱自然和保护自然的人。

美国著名的发展心理学家埃里克·埃里克松（Erik Erikson）用25年时间研究"依恋理论"（Attachment Theory）以及儿童成长的生态模式。埃里克松发现，儿童一旦与一方土地紧密融合，就很容易找到归属感和生存意义，这不仅有益于孩子的健康成长，也有益于这方土地。"倘若孩子对一方土地缺乏依恋，那么他/她就难以从自然中获得身心慰藉，也不会予以这方土地持久而无私的爱。"①

拯救自然必须首先拯救越来越多日益疏远自然的儿童，正如理查德·洛夫所言："我们若要拯救环保主义和环境，我们还必须拯救一个濒危物种：大自然中的孩子。"② 推进生态保护事业，必须将数量充足的热爱自然的儿童作为后备军。"不仅仅是儿童需要自然，自然也很需要儿童。自然与儿童命运相系，一荣俱荣，一损俱损。大自然中一旦看不到孩子自由玩耍的身影、听不到孩子天真无邪的嬉闹声，生态环保主义恐将成为一句空头口号；儿童时常融入自然，身心健康了，生态环保事业才能后继有人。"③

儿童是未来生态环保事业的有生力量。自然是儿童健康成长的根基。自然能否得到保护，自然环境是否良好，将关系到儿童身心是否健康。儿童是否亲近自然，其身心是否健康，将关系到生态文明建设的成败。儿童健康问题和生态建设问题，正如一个钱币的两个面，是密不可分的。发挥自然联结对儿童的积极影响，既有利于增进儿童健康福祉、促进儿童全面发展，又有助于培育儿童热爱自然、尊重自然和保护自然的意识，最终为实现中华民族伟大复兴和美丽中国梦打下良好的基础。

---

① 付文中. 论自然对儿童的重要影响 [J]. 鄱阳湖学刊，2019（3）：81.
② LOUV R. Last Child in the Woods：Saving Our Children from Nature - Deficit Disorder [M]. New York：Algonquin Books，2008：158.
③ 付文中. 儿童自然缺失症略论——基于英国学界的文献考察 [J]. 江苏第二师范学院学报，2021，37（2）：42.

因此，儿童与自然之间的联结无论对于儿童本身还是对于整个人类乃至地球而言都具有非常重要的意义。那么，如何促进儿童与自然之间的联结呢？促进儿童与自然之间的联结离不开儿童生态教育尤其是儿童生态文学的作用。

第三节　儿童生态文学与罗斯金·邦德的儿童短篇小说

若要从根本上解决生态问题，必须从培育儿童的生态意识入手。而要培育儿童的生态意识，离不开儿童生态教育这一重要手段。文学具有教育功能，文学是"改变意识和提高生态敏感性的潜在媒介……有助于促进政治和社会实践的改变"①。相较于成人文学，儿童文学的教育功能更为明显。作为儿童文学的一个组成部分，儿童生态文学具有培育儿童的生态世界观、生态价值观、生态伦理观和生态审美观的功能，在培育儿童生态意识方面发挥着"润物细无声"的作用。罗斯金·邦德的许多儿童短篇小说符合儿童生态文学的特征，堪称优秀的儿童生态文学作品。

一、儿童生态教育

20 世纪后半叶以来，山林面积锐减、水土流失、河流污染、动物灭绝、气候变化、生物多样性锐减等全球性生态问题接踵而至。解决生态问题、促进人与自然之联结以及实现人与自然和谐共生的关键，在于人类自身，因为"在人同自然的关系中只有人才是主体……也只有人才能担负保护自然和解决生态危机的道德责任"②。但是，若要发挥人的主体作用，必须首先提升其生态意识的整体水平，而这需要从培育儿童的生态意识做起，这主要是因为童年是施教的黄金阶段。而要培育儿童的生态意识，必须借助于儿童生态教育这一手段。儿童生态教育，是一种倡导儿童回归自然、体验自然、向自然学习、重视自然规律、关怀非人类生命，同时积极培育其正确的世界观、伦理观、审美观和价值观，以促进儿童与自然之情感联结和培养具备生态素养和健康人格的人为指归

---

① GERSDORF C, MAYER S. Nature in Literary and Cultural Studies：Transatlantic Conversations on Ecocriticism［C］. Amsterdam：Rodopi, 2006：51.

② 聂珍钊. 从人类中心主义到人类主体：生态危机解困之路［J］. 外国文学研究, 2020, 42（1）：23.

的教育。

推进儿童生态教育的策略颇多。例如，有些人建议借助新闻报纸、广播、电视等大众媒体来提高儿童的生态意识。他们认为，借助大众媒体宣传滥伐森林、走私珍稀动物、北极冰盖融化、海洋污染等严重的生态问题，有助于唤起儿童对生态问题的关注。有些人建议通过学校教育来提升儿童的生态意识。在美国，有不少中小学把户外实地考察纳入课程教学。"儿童与自然网络"2012年发表的一项研究成果表明，儿童在野生自然环境中的活动，有助于他们长大以后对自然环境采取积极的态度和行为。[1] 有些人认为，儿童文学同大众媒体一样，具有展现大自然的美丽、揭露生态环境问题、培育儿童生态意识的作用，因而他们建议利用儿童文学培育儿童的生态意识。以下三项研究均表明儿童文学有助于提升儿童的生态意识。第一项研究表明，利用儿童文学对儿童进行生态教育十分有益，儿童文学有助于培育儿童的环境意识、提升儿童对环境的欣赏能力、增加儿童的环境知识、提高儿童的环境管理能力。[2] 第二项研究表明，儿童文学是"提升儿童生态意识的一种非常有用的工具"[3]。第三项研究是安比卡·巴拉（Ambika Bhalla）的学术论文《通过儿童文学培养生态意识》，巴拉在该论文中强调，如果我们想把健康、安全的世界留给孩子，那么，当务之急便是保护环境；让孩子了解环境问题是当今时代的迫切任务；利用儿童文学这一形式进行生态写作可以提高人们的环境意识；儿童文学是培养人们环境意识的有效媒介[4]。

"文学与教育学两个学科之间关系密切"，"文学能够教育是公认的理念"，

---

① CHARLES C, WHEELER K. Children and Nature Worldwide: An Exploration of Children's Experience of the Outdoors and Nature with Associated Risks and Benefits [EB/OL]. spacecrafted. com. (2022-01-12) [2023-04-14]. https://static. spacecrafted. com/a60a 6756a1124f3b8aa05f622e7ba46e/r/ad128d0cb61e49de836c0ab46715578d/1/d19248adc8ab4b f182a7e448fb72001b. pdf.

② MAKWANYA P, DICK M. An Analysis of Children's Poems in Environment and Climate Change Adaptation and Mitigation: A Participatory Approach, Catching Them Young [J]. The International Journal of Engineering and Sciences, 2014, 3 (7): 10-15.

③ TAMRIN A F. Children's Literature: As a Way of Raising Environmental Consciousness—A Study [EB/OL]. OSFHOME. (2018-05-28) [2023-05-14]. https://osf. io/ft9yj/.

④ BHALLA A. Eco-consciousness through Children's Literature—A Study [J]. Indian Review of World Literature in English, 2012, 8 (2): 1-8.

尤其是，儿童文学与教育之间存在"内在联系"①。儿童文学的教育作用体现在，儿童在阅读和欣赏儿童文学作品的过程中，不仅在思想、品德方面受到潜移默化的启发和教育，而且在情感、精神境界方面受到潜移默化的感染和影响。倘若儿童文学能够充分发挥对儿童生态世界观、生态伦理观、生态审美观和生态价值观的培育，那么，这将为生态问题的解决打下坚实的基础②。作为儿童文学的一个组成部分，儿童生态文学具有培育儿童生态意识的功能。利用儿童生态文学对儿童进行生态教育不失为一条可行的路径。

二、儿童生态文学

儿童生态文学是一类以广大儿童为主要阅读对象，以"儿童"和"自然"这两个"弱势者"为关注焦点，在题材和观念两方面着力表现"自然与人"尤其是"自然与儿童"之关系的儿童文学。儿童生态文学既试图通过潜移默化的教育来消弭儿童与自然之间的沟壑、推进儿童与自然之间的联结、培育儿童生态意识、促进儿童健康成长，也试图通过让儿童关爱自然、让自然浸润儿童心灵来促进人与自然健康发展、和谐共生。儿童生态文学在促进儿童与自然之联结，培育儿童亲近自然、尊重自然和保护自然的意识等方面，发挥着"润物细无声"的作用。

儿童文学具有培育儿童世界观、价值观、伦理观和审美观的功能。儿童生态文学作为儿童文学的一个分支，具有培育儿童的生态世界观、生态价值观、生态伦理观和生态审美观的功能。为了充分发挥儿童生态文学的生态教育功能，儿童生态文学作家们在创作儿童生态文学作品的过程中需要考虑以下若干层面的生态意识书写：

一是生态整体意识书写：强调人类是自然中的普通一员，书写人类与非人类自然物之间的平等关系；凸显儿童与自然相互依存、和谐一体的关系；展示自然万物之间的客观联系，呈现非人类自然物的原生态生存状态，揭示顺自然规律则生、逆自然规律则亡的自然法则；揭批人类中心主义，揭露人类中心主义者征服自然和统治自然的行径等。

---

① 王卓. 新文科时代文学与教育学跨学科融通的学科意义、路径及发展构想［J］. 山东外语教学，2022，43（1）：65.

② 付文中，胡泓. 从《鹿苑长春》看儿童文学的生态观培育走向［J］. 现代语文，2006（7）：75-76.

二是生态审美意识书写：呈现原始的、未受人类破坏的自然美，表现自然的神奇性、神圣性和审美性，引导儿童发现和享受自然美、和谐美、生命美；呈现儿童与自然的主体间性关系，暗合"自然复魅"的观点；书写浓郁的家园意识，表现儿童对家园的企盼与追寻，建构归属感；书写儿童"诗意地栖居于大地上"的生存状态，歌颂物质生活简单、精神生活富有的生活方式。

三是生态伦理意识书写：书写儿童对动物生命的悲悯与关怀，呈现人与动物的和睦相处，暗合敬畏生命的伦理思想；书写儿童在戕害动物生命后的心灵忏悔与救赎，展示儿童生态伦理意识的形成过程；塑造原生态动物形象，赞美动物生命的狂野、自由和美丽，彰显动物的内在价值和生存权利。

四是生态心理意识书写：书写儿童对现代城市生活的厌倦与逃离，揭露现代城市生活对儿童身心的负面影响，展现儿童的自然缺失症；凸显自然/乡村对儿童身心健康的积极影响；展现自然对儿童的吸引力，表现儿童对自然的感官和心理反应；刻画儿童/动物生命在荒野困境中呈现出的积极向上的心态，强调自然对儿童生存能力的提升作用和良好品格的塑造作用；彰显儿童亲近自然的天性，刻画乐于游戏自然的"顽童"形象；倡导儿童回归自然，"回归"不仅意味着回归自然环境，也意味着回归自我天性，回归儿童天性是回归自然的一个重要维度。

学者安比卡·巴拉曾指出，罗斯金·邦德是一位尝试通过自己的短篇小说去唤醒儿童环境意识的作家①。罗斯金·邦德是印度杰出的儿童生态文学作家，他的儿童短篇小说以"儿童与自然"为关注点，着力书写生态整体意识、生态审美意识、生态伦理意识和生态心理意识，堪称优秀的儿童生态文学作品。

三、属于儿童生态文学范畴的邦德的儿童短篇小说

罗斯金·邦德是印度现当代文坛著名的儿童文学作家、短篇小说家和生态文学作家。笔者之所以将他的许多儿童短篇小说归为儿童生态文学，主要是因为以下三点：

一是邦德的许多儿童短篇小说不仅包含大量的自然书写，而且触及生态问题。自印度吠陀时代（Vedic Times）以来，自然一直是印度文学的母题之一。就印度现当代英语文学创作而言，有不少作家擅长书写自然，展现生态问题，

---

① BHALLA A. Eco-consciousness through Children's Literature—A Study［J］. Indian Review of World Literature in English, 2012, 8（2）：6.

如拉贾·拉奥（Raja Rao）、R. K. 纳拉扬（R. K. Narayan）、巴巴尼·巴达查亚（Bhabani Bhattacharya）、卡玛拉·马克坎迪亚（Kamala Markandya）、阿妮塔·德赛（Anita Desai）、阿兰达蒂·洛伊（Arundhati Roy）、基兰·德赛（Kiran Desai）、阿米塔夫·高希（Amitav Ghosh）、罗斯金·邦德等。具体来看，拉贾·拉奥擅长描绘南印度村庄文化和环境，展现那里的人与自然关系。他在小说《坎塔普拉》（*Kanthapura*）中展现了河流和山脉在人类生活中的重要性。文中，人们把山称为肯查玛女神，认为山决定着他们的兴衰。拉奥写道："肯查玛是我们的女神。她伟大而富饶……她从未让我们失望过。"① R. K. 纳拉扬在其诸多作品中虚构了一个颇受读者喜爱的地方——"马尔古迪"（Malgudi）。马尔古迪这个具有美丽风景的地方不仅仅是纳拉扬诸多小说的背景。纳拉扬还赋予马尔古迪以生命，甚至把这个地方视为作品里的一个重要角色。纳拉扬小说中的自然与人物具有紧密的关系。例如，在《暗室》（*The Dark Room*）中，河流以及被毁坏的寺庙对萨维特里（Savitri）的性格和命运产生重要影响；在《向导》（*The Guide*）中，流淌不息的萨拉尤河、被毁坏的寺庙对拉朱（Raju）的命运产生影响，并促使他成为圣人。巴巴尼·巴达查亚在其代表作《如此多的饥饿者》（*So Many Hungers*）中再现了 1943 年孟加拉大饥荒，当时有 300 万印度人被饿死。卡玛拉·马克坎迪亚的代表作《筛中的花蜜》（*Nectar in a Sieve*）也再现了 1943 年孟加拉大饥荒。这两部灾难文学作品一致表明：人类的生存离不开大自然；大自然远比人类强大；如果人类肆无忌惮地伤害自然，自然不会沉默不语，她将通过饥荒、干旱、洪水、地震等自然灾害来报复人类。阿妮塔·德赛擅长描绘包括动植物在内的自然景观，并借助自然景观来映射人物的内心世界。例如，在《哭吧，孔雀》（*Cry, the Peacock*）中，德赛通过描绘自然环境来表现主人公玛雅（Maya）复杂的内心世界。阿兰达蒂·洛伊的半自传体小说《微物之神》（*The God of Small Things*）对自然环境有着大量的书写，尤其是展现了阿亚门奈姆（Ayemenem）村庄的空气污染以及米南查尔河（Meenanchal）的水体污染，试图强调城市化和工业化对自然的不利影响。基兰·德赛的小说《失落》（*The Inheritance of Loss*）以位于喜马拉雅山麓地带的犹如世外桃源一般的卡林蓬（Kalimpong）为背景。小说里反复出现的干城章嘉峰（Kanchenjunga，系喜马拉雅东山脉的一座山峰）代表着大自然，代表着终极真理。然而，该山峰的美丽在人类为争夺权力而发动的战争中被摧毁，沦为人类残暴行为的牺牲品。《失

---

① RAO R. Kanthapura［M］. New Delhi：Oxford University Press，2006：1-2.

落》包含深刻的生态意蕴，非常适合研究者用生态批评理论进行解读。阿米塔夫·高希在《饿潮》（*The Hungry Tide*）中强调了每种生物在生态系统中的重要角色。例如，螃蟹作为潮乡生态系统中的"关键物种"在维护潮乡生态系统平衡方面发挥着非常重要的作用，它们在潮乡生态系统中的角色犹如人类世界中的卫生队和清洁队的角色，它们通过清除红树林中的落叶和垃圾来维持红树林的生命。倘若没有螃蟹，红树林会因过多的落叶和垃圾而窒息。螃蟹的脚以及身体两侧长满了毛，这些毛构成微小的刷子和勺子，螃蟹用这些刷子和勺子刮掉附着在每粒沙子上的硅藻以及其他可食用物质。① 高希在《饿潮》中还展现了大自然的愤怒情绪和巨大破坏力，以及在大自然面前脆弱得不堪一击的人。

对于罗斯金·邦德而言，早在生态批评术语面世之前，他就已经开始撰写有关人与自然之关系尤其是生态环境保护的文学作品，因此，他是一位颇有远见和洞察力的生态文学作家。邦德是同时代印度作家中唯一一个把加瓦尔喜马拉雅山作为其故事来源的人。他常把德拉（Dehra）和穆索里（Mussoorie）及其周边的自然风景和村庄作为其作品的背景，因而他被称为"地方"作家。德拉是位于加瓦尔喜马拉雅山下的杜恩山谷（Doon Valley）中的一个小镇。邦德觉得德拉就是他在印度的"家"，那里承载着他太多的童年记忆。穆索里是位于加瓦尔喜马拉雅山麓中的丘陵地带的一个小镇。相较于小镇本身，小镇周围的山丘、森林、溪流等优美、怡人的自然风景以及村庄对他产生了更大的吸引力。他着迷于自然，与自然合为一体。邦德在其作品中没有将自然视为机械一般的背景，他对自然有着深层思考，他赋予自然以神圣性，将自然视为同人类平等的主体。他在其作品中展现了全球变暖、高温、火灾、洪水、干旱、野生动物灭绝等生态问题，意在激发读者的生态忧患意识。他在作品中分析了生态问题发生的原因，批判了人类滥伐森林、滥采大山、滥杀野生动物等恶劣行径。他期盼解决生态问题，实现人与自然的和谐相生。他为实现人与自然的和谐相生提供了不少良好的建议，如植树造林、保护野生动物、尊重动物在地球上的生存权利、培育儿童的生态意识等。通过将罗斯金·邦德和上述几位作家放在一起比较，笔者发现：在这些作家中，罗斯金·邦德是对自然描绘最多、最擅长书写自然以及拥有最强烈的生态意识和最宽广的生态视野的作家。邦德在其儿童短篇小说中对自然的大量书写以及对生态问题的深切关注，是笔者将其儿童

---

① GHOSH A. The Hungry Tide [M]. London：HarperCollins Publishers，2004：142.

短篇小说归为儿童生态文学的第一个原因。

二是邦德诸多的儿童短篇小说着力展现"人与自然"尤其是"儿童与自然"之间的关系。邦德儿童短篇小说中主人公的年龄大都在 12 岁至 18 岁之间，他们热爱自然、亲近自然，甚至同自然形成和谐一体的关系。邦德对儿童与自然关系的大力书写，以及对培育儿童生态理念的重视，是笔者将其儿童短篇小说归为儿童生态文学的第二个原因。

三是邦德的许多儿童短篇小说具有生态教育作用。优秀的儿童文学作品既要有娱乐作用，也要有教育作用，邦德的儿童短篇小说兼有两者。邦德创作儿童文学作品的目的主要有两个：一是为儿童读者提供娱乐，二是向儿童读者传递有价值、有意义的信息。他的许多儿童短篇小说不仅能娱乐儿童，而且能为他们提供丰富且重要的生态信息，这些信息可以引导他们了解滥伐森林、摧毁大山、动物灭绝等生态问题，认识生物多样性以及自然万物之间的客观联系，纠正自己对自然和动物的错误看法，体会人与自然之间的相互影响，进而树立积极向上的生态意识。此外，邦德的儿童短篇小说融现实性、故事性、科学性、趣味性、幻想性、成长性和启发性为一体，有助于儿童吸收和消化作品中的生态理念。由于邦德是印度最受欢迎的儿童文学作家之一，以及他的儿童短篇小说具有明显的生态教育作用，因而他的一些儿童短篇小说已经被印度许多以英语为教学语言的学校列为必读书目。许多中小学生被邦德的儿童短篇小说深深吸引，成了邦德作品的忠实读者。一位印度学者曾评价道："邦德已经促使三代印度学童成了他作品的读者。他的短篇小说、诗歌、散文，甚至那些写于四五十年前的作品，都被广泛地选入学校教材，他的许多书在印度许多以英语为教学语言的学校成了必读书目。"① 邦德的儿童短篇小说不仅读起来饶有趣味，而且可以浸润儿童的心灵，塑造其美好的品格，因而堪称极好的生态教育工具。邦德的儿童短篇小说具有突出的生态教育作用，这是笔者将其儿童短篇小说归为儿童生态文学的第三个原因。

本书主要研究了邦德的近 70 篇儿童短篇小说，这些作品包括《母亲山》（"Mother Hill"）、《来自森林的游客》（"Visitors from the Forest"）、《漫步于加瓦尔》（"A Walk through Garhwal"）、《始于渺小》（"From Small Beginnings"）、《山中往事》（"Once Upon a Mountain Time"）、《风筝匠》（"The Kitemaker"）、

---

① KHORANA M G. The Life and Works of Ruskin Bond [M]. Westport：Greenwood Publishing Group Inc.，2003：146.

《家中的老虎》（"The Tiger in the House"）、《无处栖身的豹子》（"No Room for a Leopard"）、《男孩与河流》（"A Boy and a River"）、《国王与女树神》（"The King and the Tree Goddess"）、《樱桃树》（"The Cherry Tree"）、《充满回忆的花园》（"The Garden of Memories"）、《军中的八哥》（"Regimental Myna"）、《豹子》（"The Leopard"）、《隧道》（"The Tunnel"）、《最后一次马车之旅》（"The Last Tonga Ride"）、《我父亲在德拉的树》（"My Father's Trees in Dehra"）、《熟人之死》（"Death of a Familiar"）、《我的三只熊》（"My Three Bears"）、《穆克什养羊》（"Mukesh Keeps a Goat"）、《淘气的猴子》（"Monkey Trouble"）、《哈罗德：我们的犀鸟》（"Harold：Our Hornbill"）、《家中的猫头鹰》（"Owls in the Family"）、《我高大的绿色朋友们》（"My Tall Green Friends"）、《一朵新花》（"A New Flower"）、《柯吉之歌》（"Koki's Song"）、《白象》（"The White Elephant"）、《树岛》（"An Island of Trees"）、《火车上的动物》（"Animals on the Track"）、《骑车穿过火焰》（"Riding through the Flames"）、《长笛手》（"The Flute Player"）、《榕树上的历险》（"Adventures in a Banyan Tree"）、《家中的乌鸦》（"A Crow in the House"）、《变色龙亨利》（"Henry：A Chameleon"）、《番石榴成熟时》（"When the Guavas are Ripe"）、《丛林里的一周》（"A Week in the Jungle"）、《蓝色雨伞》（"The Blue Umbrella"）、《祖父与鸵鸟的搏斗》（"Grandpa Fights an Ostrich"）、《四季的乌鸦》（"A Crow for All Seasons"）、《月光下的黑豹》（"Panther's Moon"）、《隧道里的老虎》（"The Tiger in the Tunnel"）、《鹰眼》（"The Eyes of the Eagle"）、《猴子们》（"The Monkeys"）、《猫的眼睛》（"Eyes of the Cat"）、《附近的灌木丛对许多鸟儿都有益》（"A Bush at Hand Is Good for Many a Bird"）、《神圣之树》（"Sacred Trees"）、《温柔的菩提树》（"The Gentle Banyan"）、《木棉树》（"The Silk Cotton Tree"）、《千树园》（"Garden of a Thousand Trees"）、《跳舞地带》（"Zone for Dancing"）、《智慧树》（"The Tree of Wisdom"）、《山中的村庄》（"A Village in the Mountains"）、《寻找香豌豆》（"In Search of Sweet Peas"）、《屋顶上的猴子》（"Monkey on the Roof"）、《与我的银行经理一起旅行》（"Travels with My Bank Manager"）、《奥利弗先生来了》（"Here Comes Mr. Oliver"）、《大大小小的动物》（"All Creatures Great and Small"）、《犹如灼灼火焰一般的虎》（"Tiger，Tiger，Burning Bright"）、《山上的粉尘》（"Dust on the Mountains"）、《树木的死亡》（"Death of the Trees"）、《逃离爪哇》（"An Escape from Java"）、《西塔与河流》（"Sita and the River"）、《花儿的希望》（"The Prospect of Flowers"）、《葬礼》（"The

Funeral"）、《路过的宾雅》（"Binya Passes By"）、《窗》（"The Window"）、《隐蔽的池塘》（"The Hidden Pool"）、《比娜的长途跋涉》（"A Long Walk for Bina"）等。

第二章

罗斯金・邦德生态意识的来源

罗斯金・邦德生态意识的成因主要包括五个方面，即印度日趋严重的生态问题的影响、加瓦尔喜马拉雅山的滋养和熏陶、童年经历和个人性情的影响、绿色宗教文化的濡染、长辈的榜样示范作用。

第一节　印度日趋严重的生态问题的影响

自 20 世纪 50 年代中期以来，印度面临着各种各样日趋严重的生态环境问题，如空气污染、水污染、山林破坏、自然资源的过量消耗、垃圾污染等。虽然罗斯金・邦德长期栖居自然环境之中，但他并不是一个避世者。他深爱印度，非常关注印度的社会问题尤其是生态环境问题。日趋严重的生态环境问题塑造出他的生态意识尤其是生态忧患意识。具体来看，印度的主要生态环境问题如下：

一是人口数量的激增。在印度，自 20 世纪 50 年代中期至今，人口数量一直在不断增长。根据联合国于 2023 年 4 月 19 日发布的世界人口统计数据可知，印度人口超过 14.28 亿，略高于中国的 14.25 亿；印度已成为世界上人口最多的国家。人口数量的快速增长对生态环境尤其是自然资源造成巨大压力。随着人口数量的不断增长，人们对居住空间的需求不断增加，于是越来越多的农业用地和森林被摧毁，转为住房用地。此外，越来越多的人涌向城市，导致城市环境问题日益严重。

二是水污染问题。印度的水污染问题十分严重。印度大部分地区缺乏便捷的排污系统。大部分生活污水和工业废水被排放到河流和湖泊中，从而导致严重的水污染。大部分生活垃圾得不到合理处置，最后被倾倒入河中。就印度污水处理厂而言，有些不能正常运作，有些缺乏定期维护，因而其污水处理能力较为薄弱。印度的许多河流已经被严重污染。被称为印度最神圣之河的恒河曾经是干净的，如今遭受严重污染，甚至夺走了许多人的生命。为了治理恒河污染问题，印度政府专门设立了一个负责处理这一问题的部门，然而成效并不明显。为了提高农业产量，印度西北地区使用了大量的化肥和农药，这些化学物给河流、湖泊和地下水带来很大污染。此外，在印度的一些地区，每年都下暴雨，而暴雨有时会引发洪水，固体废弃物以及受污染的土壤被洪水冲入河流和湖泊中，继而加重水污染问题。

三是空气污染问题。印度的空气污染问题比较严重。导致印度空气污染的一个主要原因是工业化的快速发展。印度作为一个发展中国家，为加快经济的发展，建立了越来越多的工厂，而这些工厂排出的废气导致空气污染。空气污染是造成酸雨、雾霾、"亚洲褐云"等生态环境问题的主要原因，其中亚洲褐云往往会导致季风雨的推迟。季风雨的推迟或者缺失往往会导致土地干旱乃至粮食歉收。焚烧农作物秸秆是印度西北地区的一种常见做法，这一做法是德里以及旁遮普邦和西孟加拉邦的一些主要城市在冬季出现烟雾和雾霾问题的主要原因之一。另外，薪材、农业废料以及汽车数量的快速增加也是导致印度空气污染问题的原因。

四是固体废弃物污染问题。固体废弃物污染在印度的城市和乡村较为常见。许多人环保意识较为淡薄，将固体垃圾随意扔在街道上。此外，印度政府管理固体废弃物的措施缺乏效果。尽管印度总理为了让国家变得干净起来而发起了以"清洁印度（Clean India）"为主题的运动，但是，人们自觉清理废弃物和保持环境清洁的意识似乎并未被激发出来。

五是土壤污染问题。土壤污染问题的主要原因是人为活动。尽管土壤维系着土地上所有的人类和非人类生命的生存，然而人类却无视这一点，仍然以各种方式污染土地。印度的农业从事者为了提高农作物产量而使用了大量的化肥、杀虫剂、除草剂，结果给土壤生态系统造成严重的污染和破坏。造成土壤生态系统污染和破坏的其他因素包括森林火灾、水土流失，以及来自城市和工业区的大量固体废弃物等。

六是自然资源枯竭问题。地球上的自然资源是人类赖以生存和发展的根基，然而大部分自然资源却是有限的、不可再生的。随着印度人口数量的不断增加，他们对石油、煤炭、天然气、贵金属、木材等自然资源的需求量随之增加。人们对自然资源的大量消耗导致空气污染、水污染等生态环境问题。此外，为了开采这些自然资源，许多的大山和森林被摧毁。人类以发展的名义砍伐树木，森林面积日益萎缩。当今不少人为了满足自己的物质欲望肆意开采自然资源，他们从不考虑子孙后代和非人类生命的福祉。如果滥采自然资源的行为得不到遏制，自然生态系统将失衡，继而引发全球变暖、高温、水土流失、干旱、野生生物灭绝、生物多样性锐减等生态问题。导致森林面积锐减的其他原因包括：对居住地的需求增加，开山采矿，工业化和城市化的快速发展，在山林中建设水坝或水库，获取建筑材料或薪柴等。

七是动物物种灭绝问题。随着印度人口数量的不断增加，更多的土地和自然资源亟须被开发出来以满足新增人口的需求。于是，他们向自然进军，大片的森林被砍伐，大片的山被摧毁，大片的农田被改造为住房用地。在上述情况下，人类获得了物质利益，满足了物质欲望，然而非人类动物却因此面临种种困境。许多动物丧失了天然栖息地和食物来源，它们不得不迁到人类居住地附近活动。此外，为了防止老虎、豹子等野生动物捕食家畜，人类对它们进行猎杀。因此，越来越多的动物物种濒临灭绝。

邦德长期生活在印度，热爱印度，上述发生在印度的生态环境问题不可避免地会引起他的关注和思考，进而激发出他的生态忧患意识和生态拯救意识。

第二节　加瓦尔喜马拉雅山的滋养和熏陶

在罗斯金·邦德心目中，伟大的喜马拉雅山象征着永恒、神圣、和谐，真正的印度风景和文化蕴藏于喜马拉雅山之中。邦德是个忠诚的自然爱好者、不知疲倦的自然探险家，他与加瓦尔喜马拉雅山建立了持久的情感联结。他乐于欣赏和探索加瓦尔喜马拉雅山中的峰峦、河流、峡谷、沟壑、湖泊、冰川、圣地等景观，这些景观不仅融入他的心灵和血液之中，也成为他作品的重要组成部分。从某种意义上说，他的名字已成为加瓦尔喜马拉雅山的代名词。

邦德的童年基本上是在加瓦尔喜马拉雅山度过的，他在童年时期已经与加瓦尔喜马拉雅山形成亲密的关系。邦德在其人生中只离开过印度一次。为了在文学领域开辟出一片属于自己的天地，年仅17岁的邦德于1951年只身一人到英国伦敦接受进一步的教育。身处英国的时候，由于远离印度，远离加瓦尔喜马拉雅山，邦德深刻地体会到印度和大山对他的重要性。虽然身在英国，但他依然心向印度，他渴望再次见到大山。他曾在其自传《一个作家的生活场景》（*Scenes from a Writer's Life*）中写道："当我刚踏上西方土地时，我就想回到印度，回到我所熟悉和热爱的地方。"① 而他所熟悉和热爱的地方大体上指的是加瓦尔喜马拉雅山。

邦德认为，大山可以丰富生活，充实人生，因而一个人倘若没有在大山中生活过，那么他的人生是不完整的。邦德心中始终怀有这样一个坚定的信念：一旦喜马拉雅山融入一个人的血液，那么这个人将会一次又一次地回到山间。当邦德待在伦敦这个大都市的时候，喜马拉雅山对他的吸引力不减反增，他渴望回归大山的欲望与日俱增。他渴望再次见到喜马拉雅山，渴望投入它们的怀抱。他曾在其作品中表达了这种感受："当我居住在英国的时候，在伦敦的喧嚣和细雨中，我忆起喜马拉雅山最生动的景象，我在那些蓝色和棕色的大山中长大，它们滋养了我的血液。因此，尽管我与它们相隔数千英里的海洋、平原和沙漠，但是，我无法将它们从我的身心中去除。大山总是如此。一旦你同它们一起生活过一段时间，你就属于它们了。"② 1955 年，在印度尤其是喜马拉雅山的感召下，邦德回到印度。这次回来之后，他再也没有离开过印度。

邦德钟情于印度，印度在他心目中不仅仅意味着一片土地，更意味着一种氛围，而这种氛围主要是指加瓦尔喜马拉雅山的氛围。他在自传中写道："通过我所结交的朋友，通过在我脑海中留下不可磨灭印象的高山、峡谷、田野和森林，我爱上了印度，因为印度对我而言不仅是一片土地，也是一种氛围。"③ 加瓦尔喜马拉雅山的独特氛围深深吸引着和影响着年轻的邦德。

从伦敦回来之后，邦德在 1955 至 1958 年间居住在德拉小镇，他看到了现代化和城市化给小镇带来的诸多负面影响：马车被汽车和出租车取代；人口大量增加，集市更加拥挤，建筑越来越多；老虎等野生动物大量减少并濒临灭绝；等等。在这几年里，邦德经常忆起他与父亲在德拉周边的自然环境中度过的美好时光。

---

① BOND R. Scenes from a Writer's Life [M]. New Delhi: Penguin Books India Pvt Ltd, 1997: xv.

② BOND R. Rain in the Mountains: Notes from the Himalayas [M]. New Delhi: Penguin Books India Pvt Ltd, 1996: 92.

③ BOND R. Scenes from a Writer's Life [M]. New Delhi: Penguin Books India Pvt Ltd, 1997: xv.

在 1959 至 1962 年间，邦德在印度德里这个喧嚣和躁动的大城市工作，期间他对大山的向往之情日益增加。在德里居住一段时间后，邦德发现德里是一个喧嚣、炎热、尘土飞扬的地方，城市里嘈杂的声音和飞驰的汽车令他心烦意乱。他厌恶大城市快节奏的生活。他觉得自己与城市环境格格不入，觉得在熙熙攘攘的人群中找不到自我。在德里，他变得焦躁不安，他怀念在德拉度过的宁静生活，他觉得大山在召唤他。此外，在德里，他缺少创作灵感，难以产出成果。为了寻找创作灵感，他觉得自己必须再次回归自然，亲近群山和森林。诚如他所言：“如果要像以前那样娴熟地创作的话，我需要一座迷人的山。”① 邦德曾自问道：“关于喜马拉雅山，什么是值得我喜欢和忆起的呢？”针对这一问题，他写道，他最难忘的是“……掉落在地上的松针的气味、牛粪烟的气味、春雨的气味、青草的气味、山间纯净的溪水、深邃和蔚蓝色的天空。几乎每个地方的大山都具有这些神奇的东西”②。

为了感受潮湿而芬芳的土地，融入大山的怀抱，获得树木的祝福，寻找创作灵感，邦德于 1963 年辞去在德里的那份工作，搬到了加瓦尔喜马拉雅山区的穆索里小镇。他首先租住在“枫林小屋”（Maplewood Cottage）的二楼。小屋背靠巴拉以萨山（Balahissar），小屋前面是帕里蒂巴山（Pari Tibba，亦译为“仙女山”）。尤其是，山上的森林特别醒目，令他精神愉悦。由于他从小就接触喜马拉雅山，因而他很快便熟悉了这个地方，继而在其作品中对这里的峡谷、山坡、小溪、森林等自然景观进行了细致的描述。需要指出的是，他的描述从地理学和生物学角度来看是准确无误的。由于他的小屋位于高海拔区域，且小屋的窗户直面森林，因而他内心中很容易产生独自与自然相处的感觉。他在《我们的树仍生长在德拉》一书的序言中强调，这是一个“永恒的地方”，他在这里立即感到自己与小屋周围的自然风景建立起情感联结，“这里有两扇大窗户，当我推开第一扇窗户时，森林似乎向我涌来。枫树、橡树、杜鹃花和一棵老胡桃树，也许是出于好奇而靠近我，一根树枝敲打着窗玻璃。突然从下面的峡谷里传来啸鸫深沉的歌声”③。邦德感觉这里的树木和鸟儿好像在对他表示欢迎。邦

---

① BOND R. Notes from the Small Room [M]. New Delhi: Penguin Books India Pvt Ltd, 2009: 95.

② BOND R. Notes from the Small Room [M]. New Delhi: Penguin Books India Pvt Ltd, 2009: 115.

③ BOND R. Our Trees Still Grow in Dehra [M]. New Delhi: Penguin Books India Pvt Ltd, 1991: X.

德在"枫林小屋"一直住到 1975 年。当时为了在穆索里周围的山林间修建公路，政府不惜摧毁大量树木，炸毁部分山体。邦德不愿意看到被破坏的景象，便选择搬离"枫林小屋"。

后来，邦德搬到了加瓦尔喜马拉雅山麓地带的兰杜尔（Landour）山站，租住在"常春藤小屋"（Ivy Cottage），他至今仍住在那里。该小屋位于高海拔区域，这为邦德独自在山中安静地散步提供了便利。用邦德自己的话说，小屋似乎已经与自然融为一体，小屋似乎向山倾斜，仿佛要拥抱山。邦德通过小屋的窗户向上可以看到高耸入云的山峰，向下不仅可以欣赏到森林，还可以看到遥远的平原。此外，他还可以欣赏溪流的景色。山间的溪流翻滚过光滑的卵石，越过被岁月打磨成黄色的岩石，流向平原和小河，最后流向神圣的恒河。

定居兰杜尔后，邦德便将自己的家永久地安在了大山上。邦德自认为已成为大山的一部分，他甚至不敢想象要与大山分离。由于长期生活在喜马拉雅山区，他已经与树木、野花、岩石等大山中的非人类成员建立了密切的联系。作为大山中的一分子，邦德真切感受到大自然尤其是大山带给他的种种益处。因此，每当离开大山一段时间之后，他总要再次回归大山，想看看山中茂密的枝叶、像海绵一样柔软的苔藓、在树干上生长的大鹿角蕨、山间的百合花和兰花等。当他遇到清澈的小溪、挺拔的雪杉、开满山花的山谷、恒河的发源地等自然美景的时候，他能获得无限的喜悦。他认为，大山是大自然母亲的象征，因而他在山中很容易找到安全感和情感的慰藉。他感谢自然之神赐予他在山中接触万物的机会，他写道："我要感谢我的上帝赐予我树叶和草，赐予我万物的气味，赐予我薄荷、香桃木和受损的丁香的气味，赐予我万物的触感，赐予我青草、空气和天空的触感，赐予我蔚蓝天空的触感。"①

在喜马拉雅山间的自然体验促使邦德形成泛神论思想。在他心目中，以喜马拉雅山为代表的自然是神祇存在的一种方式。自古以来，印度许多圣人将喜马拉雅山视为神祇的居所，他们试图揭开喜马拉雅山的神秘面纱。例如，古印度诗人迦梨陀娑（Kalidasa）曾写道："喜马拉雅山是伟大的众神之母、伟大的精神存在，她从西边一直延伸到东边的大海，犹如一根可以衡量世界到底有多大的测量杆。"② 邦德像迦梨陀娑一样信奉和推崇伟大而神圣的喜马拉雅山。

---

① BOND R. Rain in the Mountains：Notes from the Himalayas［M］. New Delhi：Penguin Books India Pvt Ltd, 1996：96-97.

② GOPAL R. Kalidasa：His Art and Culture［M］. New Delhi：Concept Publishing Company, 1984：119.

邦德认为，山是印度的灵魂，喜马拉雅山象征着永恒；大山具有原始、纯真的特征，山中的居民也具有类似的特征；人要具有大山所代表的崇高品格，大山以其坚定不移的精神激励着人类不为困难和灾难所动摇；山不仅能给人带来诸多启发，还对人的精神和灵魂具有深刻的影响。

大山有益于包括邦德在内的作家的创作，喜马拉雅山自古以来是许多印度作家和一些英国作家创作灵感的来源。大山自邦德到山中生活的那一刻起就对他十分亲切，是他创作动力的来源。在创作散文、游记、短篇小说、中篇小说、长篇小说的时候，邦德从喜马拉雅山中的人、村庄、动物、植物以及其他非人类自然物中获得大量的素材。大山成为邦德许多作品的主要背景，学者曼尼什·D. 巴特曾评论道："他（邦德）的作品主要以今天北阿坎德邦的喜马拉雅山区、杜恩山谷以及其他地方为背景。他从自然与人之关系的角度来描绘这些地方的自然环境。"①

邦德认为，地球上人迹罕至的地方如海洋、沙漠、山脉等，似乎对孤独的人具有巨大的吸引力，无论这个孤独的人是作家还是冒险家。他认为康拉德（Joseph Conrad）、梅尔维尔、史蒂文森（Robert Louis Stevenson）、梅斯菲尔德（John Masefield）等著名作家大都在其各自作品中给予海洋大量的赞美，但他想不出有哪位作家曾长期赞美大山并把大山作为其主要的创作主题。他认为，只有从中国古代道家诗人那里，才能体会到对山的真切感受。在他看来，喜马拉雅山似乎没有催生出令人难忘的印度文学作品，至少在现代时期是这样的。当今大多数印度作家都专注于对人类的社会、心理、政治和文化等主题的书写。与他们不同的是，邦德却专注于书写喜马拉雅山。

邦德依据他在喜马拉雅山的旅行经历以及对山中景观的观察，创作出散文集《恒河的发源地》（Ganga Descends）。该书由 16 篇散文组成。邦德在这些散文中表达了对喜马拉雅山壮丽风景的颂扬，还向读者介绍了喜马拉雅山中的朝圣地，以及山中居民的生活方式。从此书中，我们可以感受到喜马拉雅山对邦德的深刻影响。他在书中陈述了他喜爱喜马拉雅山的一个原因，即它们一直是"遥远、神秘和有神祇出没的"地方，并且一直保持着自身的"神秘和含蓄"②。

喜马拉雅山上各种各样的树木给邦德留下了深刻的印象。他在《恒河的发

---

① BHATT M D. Ruskin Bond as a Short Story Writer：A Critical Study ［M］. New Delhi：Sarup & Sons Publishers，2008：XII.

② BOND R. Ganga Descends ［M］. Dehradun：The English Book Depot，1992：13.

源地》中描述了位于不同海拔地区的不同品种的树："在海拔四千英尺的地方，生长着长叶松。在海拔五千英尺以上的地方，生长着几种常绿橡树。在海拔六千英尺以上的地方，你会发现杜鹃花、雪松、枫树、山柏树和美丽的马栗树。再往上，银杉变得很常见。但是，在海拔一万两千英尺的地方，生长着桦树、杜松以及因生长不良而变得过于矮小的冷杉。此外，在这个高度，在黄色的款冬蒲公英、蓝色的龙胆草、紫色的耧斗菜，以及银莲花和火绒草之中，生长着野生的覆盆子。"① 邦德犹如一位生物学家，对喜马拉雅山上的树木等植物具有准确的认识。

源自喜马拉雅山的一些河流给邦德留下了深刻的印象。他在散文《沿着曼达基尼河河岸旅行》（"Along the Mandakini"）中，不仅对喜马拉雅山的轮廓进行了全景式描述，还生动描绘了在鲁德拉普拉亚格（Rudraprayag）交汇的两条河流。一条是曼达基尼河（Mandakini），另一条是阿拉克南达河（Alaknanda）。这两条河之所以受人尊敬，主要是因为它们将在下游处汇入神圣的恒河。邦德立刻爱上了曼达基尼河，他写道："位于较高海拔地区的阿拉克南达河谷又深又窄，那里的悬崖峭壁悬在旅行者头顶上，十分险恶。而曼达基尼河谷则更为宽阔、徐缓……河两边许多地方都是绿色的草地。不知何故，人们并不觉得自己会受曼达基尼河的摆布，而总觉得会受到突然会发生山体滑坡和洪水的阿拉克南达河的摆布。"② 两条河之间的巨大反差令邦德感到惊讶。在他看来，总体而言，曼达基尼河比较平缓，植被丰富，有些地方犹如一幅充满诗意的田园风景画；阿拉克南达河看起来十分可怕、险峻，充满威胁，对于那些必须在其范围内生活的人来说似乎是不适合居住的。在《沿着曼达基尼河河岸旅行》中，邦德还引用了作家兼旅行家贝利·弗雷泽（Baillie Fraser）1820 年参观甘戈特里（Gangotri）时所写的内容："我们现在处于喜马拉雅山的中心，这是世界上最崇高或许也是最崎岖的山脉。"③ 而恒河就源于这个中心位置。

邦德赞扬了巴吉拉蒂河（Bhagirathi）的美丽。他认为，在他所描绘的四条主要河流中，巴吉拉蒂河是最美丽的河流。他写道："巴吉拉蒂河似乎拥有一切——温和的性情、幽深的峡谷和森林、开阔的山谷，以及逐渐延伸至河流发源地的层层种植地。"④ 邦德希望巴吉拉蒂河能永葆美丽的姿态，希望它的水永

---

① BOND R. Ganga Descends [M]. Dehradun: The English Book Depot, 1992: 27.
② BOND R. Ganga Descends [M]. Dehradun: The English Book Depot, 1992: 37.
③ BOND R. Ganga Descends [M]. Dehradun: The English Book Depot, 1992: 61.
④ BOND R. Ganga Descends [M]. Dehradun: The English Book Depot, 1992: 62.

远不会被污染，希望那里的原始森林永远不会被砍伐。

邦德在喜马拉雅山上参观过巴德里纳特（Badrinath）、克达尔纳特（Kedarnath）、甘戈特里（Gangotri）、亚穆诺特里（Yamunotri）、通纳特（Tungnath）等朝圣地，这些朝圣地增强了他对喜马拉雅山的敬畏之情。在这些朝圣地中，最令邦德敬畏的是通纳特神庙。他在散文《通纳特的魔力》（"The Magic of Tungnath"）中生动描述了他到通纳特神庙旅行的经历。尤其是，他描述了从峭普塔（Chopta）到通纳特神庙的冒险之旅，虽然两地的直线距离仅为3.5英里，但他必须徒步三千英尺的上坡路才能到达通纳特神庙，而这段上坡路是一条近乎垂直的山路。然后，他描述了位于海拔大约一万两千英尺的通纳特神庙，这是喜马拉雅山上最高的朝圣地。

在加瓦尔喜马拉雅山麓地带生活60多年的邦德，已经把大山视为他平时生活和创作的一个重要组成部分。他完全赞同英国作家鲁德亚德·吉卜林（Rudyard Kipling）的那句名言："谁回归大山，谁就找到了母亲。"① 邦德认为，生活在大山间就像是生活在一个坚强的、令人开心的、总是能抚慰灵魂的母亲的怀抱中。在山间待过一段时间后，一个人将会越来越难以离开大山。邦德与喜马拉雅山之间持久而牢固的情感联结便是明证。

第三节　童年经历和个人性情的影响

人生经历，特别是童年时期的经历，对一个人的自然观具有重要的影响。罗斯金·邦德的童年既是不幸的，亦是幸运的。不幸的是，邦德的亲生父母在他八岁时离异，其生父在其十岁时离世。其生母再婚后，对年少的邦德缺少关爱。接二连三的不幸使年少的邦德感到悲伤、孤独、迷茫、惆怅。幸运的是，大自然成了他的守护人，守护着他的健康成长，抚慰着他受伤的灵魂。不幸的童年经历不仅是邦德自然观形成的重要原因，也是他乐于创作儿童文学作品的重要原因，他曾解释道："如果我的童年充满幸福和快乐，我想我难以创作出这

① BOND R. The Rupa Book of Ruskin Bond's Himalayan Tales［M］. New Delhi：Rupa and Company，2005：12.

么多关于童年和儿童的作品。"①

　　这里有必要具体介绍一下罗斯金·邦德童年时的不幸经历。罗斯金·邦德于 1934 年 5 月 19 日出生于印度卡绍利（Kasauli）山站，他的父亲奥布里·亚历山大·邦德（Aubrey Alexander Bond）因为喜欢英国维多利亚时代著名作家和艺术评论家约翰·罗斯金所书写的审美的生活、想象的生活和沉思的生活，而用该作家的姓氏给小邦德起名为"罗斯金"。在邦德小时候，父亲给他讲述了许多经典幽默的儿童故事，而他最喜欢的则是英国作家刘易斯·卡罗尔（Lewis Caroll）的《爱丽丝梦游仙境》（*Adventures in Wonderland*）②。

　　邦德的母亲名叫伊迪丝·克勒克·邦德（Edith Clerke Bond），她年轻，有魅力，性格开朗，但遗憾的是，她未能很好地养育邦德，也未能给他提供安全、稳定的成长环境。邦德母亲的性格同其父亲的截然不同。在邦德小时候，父母时常吵架，母亲时常离家出走。父母间的频繁矛盾导致年少的邦德缺乏自信和安全感。邦德回忆道："我在童年时没有安全感，这种感觉一直伴随着我。即使在我成年后，当我看到身边的亲人发生争吵时，我都会为他们的孩子感到担忧，因为父母间的争吵首先影响到的人是孩子。"③

　　在邦德八岁时，父母离婚。尽管父亲尽力挽留母亲，但还是未能留住她。母亲后来嫁给了印度旁遮普人哈尔班斯·拉尔·哈里（Harbans Lal Hari），哈里先生在德拉拥有一家二手车经销店和一家汽车修理店。在邦德看来，哈里先生是一个花花公子，他喜欢喝酒、跳舞和聚会。邦德对母亲和哈里之间的交往感到反感，因而他与母亲的关系日益疏远。

　　离异后，父亲获得了邦德的监护权，这使得父子之间的关系变得更为亲近。父亲给邦德讲述了许多关于鬼魂、人力车和魔法森林的故事，在他稚嫩的心灵中播下了写作的种子。④ 邦德乐于陪父亲做些事情，和父亲相伴的时光是令他终生难忘的快乐时光，他回忆道："我帮父亲收集邮票，陪他看电影，陪他到瓦格

①　BOND R. Scenes from a Writer's Life［M］. New Delhi：Penguin Books India Pvt Ltd, 1997：4.
②　BOND R. Scenes from a Writer's Life［M］. New Delhi：Penguin Books India Pvt Ltd, 1997：5.
③　BOND R. Scenes from a Writer's Life［M］. New Delhi：Penguin Books India Pvt Ltd, 1997：4.
④　BOND R. Strange Men, Strange Places［M］. New Delhi：Rupa Publications India Pvt Ltd, 1992：85-90.

纳家喝茶、吃松饼，帮他把书或唱片带回家。一个八岁的小男孩还能做些什么呢？"① 这些生活中的小事加深了父子之间的亲情，在某种程度上让邦德这个敏感的男孩感觉到，他也有一个正常的童年。

父亲计划在第二次世界大战结束后带邦德回英国，但不幸的是，父亲于1944 年离世，回英国的希望随之消失。父亲离世时，邦德年仅十岁。得知父亲离世的消息后，他喃喃自语道："上帝比我更需要我的父亲，当然，我知道发生了什么事……我一直不明白为什么上帝比我更需要我的父亲……如果上帝是爱神，那他为什么要摧毁我迄今为止所知道的唯一充满爱的关系呢？"② 自此，邦德进入了他人生中最孤独难熬的阶段。尤其令邦德感到痛苦的是，当时竟没人安排他去参加父亲的葬礼。

年幼的邦德接连经历了父母离异、母亲改嫁和父亲去世这些不幸的事件。这些事件对他的一生产生了重要的影响。后来，虽然邦德可以获得母亲和继父的陪伴，但他依然感到孤独和沮丧，因为他无法从母亲和继父那里获得他所需要的爱，他感觉自己被冷落了、被忽视了。他曾在其自传中描绘了他在父亲去世后的第一个寒假回家时的惆怅心情：

> 当我在德拉敦站从火车上下来时……我以为我的母亲，或者至少是她新家里的某个人会来接我。但是，我在站台上等了至少一个小时，等到站台上的乘客都走完了……等到站台上的狗也溜走了，因为我没有任何东西可以喂它们，我从学校带的三明治已经在前天晚上吃光了。当时，一种不安全感开始涌上我的心头，这种感觉后来会不时地出现，并成为我余生的精神负担。③

在接二连三的悲剧降临到邦德身上的时候，如果他没有缓解压力的方式，如果他没有逃入自然世界和书本世界，那么，他的心理将遭受十分不利的影响。换言之，接触自然和读书成了邦德缓解压力、孤独感和空虚感的两个重要方式。当他感到孤独、空虚、迷茫、惆怅的时候，他可以从不求回报的大自然中获得

---

① BOND R. Scenes from a Writer's Life [M]. New Delhi：Penguin Books India Pvt Ltd, 1997：22.

② BOND R. Scenes from a Writer's Life [M]. New Delhi：Penguin Books India Pvt Ltd, 1997：30.

③ BOND R. Scenes from a Writer's Life [M]. New Delhi：Penguin Books India Pvt Ltd, 1997：32.

爱和友谊。他学会了向自然倾诉情感，他能够从自然中获得心灵的慰藉。自然中的大山、树木、河流、鸟儿等非人类存在物给予他种种恩泽。对于邦德这个孤儿来说，自然成了他的守护人，抚慰着他那颗受伤的灵魂，守护着他的健康成长。

童年经历在一定程度上塑造着个体的性情。性情是指人的性格和情感倾向，包括气质、性格、脾气等诸多方面。性情往往会影响个体的行为、思维方式，以及个体与他人、与自然的关系。不同寻常的童年经历促使邦德成了一个性情内向、沉稳的人，他不善于向他人表达情感，于是他时常走进自然，和自然物交流，向自然物倾诉情感。随着时间的推移，他对自然的情感日益加深，喜欢亲近自然、体验自然的性情慢慢养成，其生态意识随之增强。

邦德童年时期的自然体验经历颇多，有些是快乐的，有些是不快乐的。通过这些经历，他逐渐认识到大自然既有美好的一面，也有不美好的一面。邦德时常忆起留在他记忆深处的那些快乐的经历，例如"在海滩上收集贝壳，在火鸡农场喂火鸡，在长满高大波斯菊的林间空地漫步，在湖边看村里的男孩们给水牛洗澡"①。他也会忆起一些令他终生难忘的不快乐的经历，例如，在他五岁时，他不小心打掉一个蜂窝，随即遭到一群蜜蜂的攻击。从这次痛苦的经历中，他明白了大自然对人类并非总是仁慈的、友好的。

邦德乐于亲近自然和体验自然的性情主要体现在以下若干方面：

邦德渴望见到自然。无论身在何处，邦德总渴望见到自然迹象，渴望投入自然的怀抱。在位于兰杜尔的常春藤小屋中，他时常欣赏窗外的自然物。他的朋友迪利普·鲍勃（Dilip Bobb）曾写道："罗斯金·邦德所住的常春藤小屋坐落在穆索里山丘上的一个尖坡上，看起来十分危险。他坐在书桌前，透过窗户向外看，可以欣赏和聆听我们视而不见、听而不闻的事物。"② 即便身在城市，邦德也渴望亲近自然，他曾宣称："无论我住在哪里，无论所住的地方是城市、小镇还是山间避暑地，我总能找到一个角落。在这个角落里，鸟儿在歌唱，鲜花在生长，小动物在生存。甚至在我在新德里的一家疗养院住院的那几天里，我发现病房的天窗里住着一些鸽子，它们让我觉得我仍然属于外面的世界。"③ 邦德一直心向大自然。

---

① BOND R. The Book of Nature ［M］. New Delhi：Penguin Books India Pvt Ltd, 2008：vii.

② BOBB D. Natural Bond ［A］// SINGH P K. The Creative Contours of Ruskin Bond：An Anthology of Critical Writing ［C］. New Delhi：Pencraft Publications, 1995：249.

③ BOND R. The Book of Nature ［M］. New Delhi：Penguin Books India Pvt Ltd, 2008：29.

邦德喜欢独处。他喜欢独自一人静静地和自然相处。对他而言,"在孤独的夜晚,即使是一只疯狂的蝙蝠也是一位陪伴者"①。他像在瓦尔登湖畔栖居的梭罗一样喜欢独处,因为独处能他带来各种益处。例如,独处有助于激发创作灵感,邦德曾写道:"在雨季,看着湿淋淋的树木和充满薄雾的山谷,我写了大量诗歌。独处对诗人很有价值。"② 此外,独处使他结交了许多非人类朋友,如鸟、兽、花、树等。每当看到小鸟,他的心情便由烦恼变为欢乐,他疲惫的心灵便重新焕发活力。他试图通过与鸽子、麻雀等动物的相处来获得爱和安全感,继而克服孤独感以及对这个世界的疏远感。小动物们不仅让他觉得他仍然属于这个世界,而且让他觉得他必须为增进它们的福祉做点什么。需要指出的是,在山林间独处时,邦德特别反感卡车的喇叭声、卡车排出的柴油烟的气味以及卡车掀起的浓浓灰尘,因为这些破坏了大自然的宁静与和谐。

邦德具有同华兹华斯一样的性情——钟情于自然。邦德被印度的头号英文杂志《今日印度》(India Today) 誉为"印度的华兹华斯"。邦德对待自然的态度同英国浪漫主义诗人华兹华斯的既有相似之处,也有不同之处。相似的是,他像华兹华斯一样钟情于自然。就像华兹华斯在重游怀河河谷里的丁登修道院(Tintern Abbey) 的时候同那里的自然物建立亲密关系一样,邦德在德拉或穆索里栖居期间同那里的山、树、鸟等非人类自然物亦建立亲密的关系,并将它们视为其生活中不可或缺的组成部分。两者之间也存在某些差别。印度学者穆卡勒尔(Benny M. J. Joseph Mukalel) 曾就他们之间的差别写道:

> 对华兹华斯而言,自然关乎快乐,他从幼年到童年再到成年,都喜欢欣赏自然。在他人生的各个阶段,尤其是在他与自然神秘结合的阶段,他对自然的主要感受是惊奇和喜悦。对邦德而言,自然消除了他的孤独感和悲伤。华兹华斯对自然为他做的益事感到开心;邦德对他为自然做的益事感到开心,并且这些事得到了自然的认可。③

邦德喜欢过简单且有意义的生活。他乐于在自然中享受简单的生活,做些简单的事,例如给植物浇水、阅读旧书、看蓝松鸦飞翔、听鸽子的咕咕声、坐

---

① BOND R. The Book of Nature [M]. New Delhi: Penguin Books India Pvt Ltd, 2008: 45.
② BOND R. Our Trees Still Grow in Dehra [M]. New Delhi: Penguin Books India Pvt Ltd, 1991: 91.
③ MUKALEL B M J J. Vistas: A Study on the Early Writings of Ruskin Bond [M]. Nagpur: Dattsons, 2013: 107.

在窗边的床上看日升、赤脚行走在沾满露水的草地上等，这些事为他的生活增添了不少乐趣。

邦德喜欢草地。在他看来，如果地球上没有草地，世间将会缺少许多乐趣。他乐于坐在长椅上静静地欣赏草场，这样一来，他不仅可以欣赏到绿色的草地，还能倾听飞来飞去的雀鸟和拟啄木鸟的叫声。邦德还在不少作品中描绘过为蟋蟀、瓢虫等小生物提供庇护所的草地。

邦德喜欢黑夜。邦德认为："没有哪种景象看起来像黑夜那么神秘。"① 在他看来，黑夜因神秘而格外吸引人。他将黑夜视为朋友，黑夜尊重他的隐私，给予他无限的自由。他在位于加瓦尔喜马拉雅山麓地带的兰杜尔居住期间，感到自由、快乐，因为他可以在月光、星光、灯光、火光甚至萤光照亮的夜晚独自在山间漫步。夜晚在山间漫步时，他可以静静地观察树木，欣赏一只狐狸在月光下跳舞，欣赏一只飞鼠从一棵树的顶部跳到另一棵树的顶部，这些夜间景象给他带来了无限的欢乐。他曾这样写道：

> 午夜，在兰杜尔，当我步行回家时，我体验到相当多的趣事，……人们一直以为周围的树木和灌木丛中的生活是寂静的。但是，我闻到了豹子的气味，尽管没有看到它。我见到豺狼在四周潜行。我观察到狐狸在月光下跳舞。我见到飞鼠从一棵树的树顶飞到另一棵树的树顶。我观察到松貂在夜间旅行，也听到了夜鹰、猫头鹰以及其他夜行鸟的叫声。②

邦德喜欢在夜间倾听鸟儿的叫声，他曾写道："为了与自然和谐相处，我们必须成为善于倾听的人。"③ 虽然邦德的视力不太好，但他具有良好的听力，他在夜间依靠听力能够准确辨别每种生物尤其是每种鸟的叫声，例如他能够辨别出鹰鹃、噪鹃、猫头鹰、巨嘴鸟、黑鸫鸟、黄腰太阳鸟、翔食雀等鸟的叫声。他就不同鸟的叫声写道：

> 印度夜莺的求偶交配声类似于石头擦过结冰的池塘表面时所发出的声音；……另一种鸟发出响亮刺耳的叫声，当靠近它时，其声听起来就像鞭子抽打空气时的声音。"霍斯菲尔德夜莺"（我在穆索里更熟悉这种鸟）发

① BOND R. The Book of Nature［M］. New Delhi：Penguin Books India Pvt Ltd, 2008：45.
② BOND R. The Book of Nature［M］. New Delhi：Penguin Books India Pvt Ltd, 2008：39.
③ BOND R. Classic Ruskin Bond Vol. 2：The Memoirs［M］. New Delhi：Penguin Books India Pvt Ltd, 2012：188.

出的声音类似于锤子敲击木板时的声音……小型丛林鸲鹛的叫声既圆润又动听。①

邦德认为，如果人世间存在一项在夜间观察动物并聆听其叫声的任务，那么，这项任务或许只能由他来完成，因为除了他之外，或许没有人会对这一任务感兴趣。

邦德热爱登山探险。由于对大山的喜爱，邦德成了一个高山探险者，他喜欢探索未知的区域。他对探险有着独到的理解，他曾写道："探险的意义不在于抵达目的地，而在于途中的经历。探险的过程是不能预料的，探险意味着惊喜。你不是在选择你将在世界上看到什么，而是在给世界一个看到你的机会。"② 邦德认为登山探险有助于增强人的身心活力，他在其作品《德里不远》（*Delhi is Not Far*）中通过描述年轻人爬山前后的变化强调了这一点。刚开始爬山的时候，他们感到疲惫，但后来壮丽而浩瀚的群山使他们精神焕发，消除了他们的疲惫感。文中写道："虽然我们在山上通过攀登和骑马减轻了体重，但清新的空气改善了我们的血液。当我们回到皮帕尔纳格尔时，我们感觉自己就像斯巴达人。苏拉吉（Suraj）的体力变得更好了。"③

邦德热爱户外徒步。邦德是一名徒步爱好者和徒步旅行者。他爱上徒步的一种重要原因是，他可以走进自然，进而更好地了解生活，他曾写道："当我们走近自然的时候，我们便对生活有了更好的理解，因为我们来自自然界，我们仍然属于自然界。"④ 徒步于山林间，尤其是徒步于一条将他引向林间空地、村庄、小溪和山顶的古老小路上，有助于他感受大自然非凡的魅力。为了充分享受徒步带来的乐趣，他打消了买摩托车和汽车的念头。有时，他喜欢赤脚漫步，赤脚行走可以建立人同大地之间的真正联结，让人获得不一样的感觉，"我光着脚，不是因为我买不起鞋，而是因为我觉得光脚行走的时候很自由，因为我喜欢踩在温暖的石头和凉爽的草地上时的那种感觉"⑤。

① BOND R. The Book of Nature [M]. New Delhi：Penguin Books India Pvt Ltd, 2008：47-48.
② BOND R. Classic Ruskin Bond Vol. 2：The Memoirs [M]. New Delhi：Penguin Books India Pvt Ltd, 2012：146.
③ BOND R. The Best of Ruskin Bond [M]. New Delhi：Penguin Books India Pvt Ltd, 1994：415.
④ BOND R. The Book of Nature [M]. New Delhi：Penguin Books India Pvt Ltd, 2008：60.
⑤ BOND R. The Book of Nature [M]. New Delhi：Penguin Books India Pvt Ltd, 2008：61.

邦德热爱河流。邦德在童年时期就特别喜欢体验河流。他喜欢观看在水中自由自在地游来游去的鱼儿，他喜欢用四肢去感受水流。长大后，他依然喜欢像孩子一样赤脚在水流中行走。尤其是，他已经习惯于听山间潺潺的流水声，这种声音犹如美妙的音乐一样吸引着他、呵护着他，他曾对此写道："我已经习惯了持续不断的水流音乐。一旦离开它，我仿佛失去了停泊处，进而感到孤独，缺乏安全感。这就好比一个人在每日早晨习惯了茶杯发出的令人愉快的咔嗒声之后，一旦某日，当他醒来时没有听到这种声音，他会感到死一般的寂静和一瞬间的恐慌。"①

邦德喜欢大海。邦德长期生活在加瓦尔喜马拉雅山区，接触大海的机会很少。邦德在其父亲在世的时候，同父亲一起到海边生活过一段时间。邦德非常喜欢亲近大海，喜欢在海边收集贝壳，喜欢欣赏帆船飘动的样子，喜欢聆听海浪翻滚咆哮时的声音，喜欢感受凉爽的海风。父亲离世后，邦德在很长一段时间里未再接触大海。长大后，每当想听大海的声音时，他就把小时候在海边捡到的大贝壳放在耳边倾听。

邦德喜欢雨季。印度大体属于热带季风气候，一年分为四季，即冬季（1月至3月）、夏季（又称为"前季风季"，4月至6月）、雨季（又称为"季风季"，7月至9月）、后季风季（10月至12月）。大多数印度人在经历炎热夏季的时候，时常盼望着雨季的及时到来。像大多数印度人一样，邦德对雨季有着强烈的感受，雨季是他最喜欢的季节。从小时候至今，他一直喜爱雨季。在他看来，雨季不仅可以消除夏季的枯燥和沉闷，而且具有传播快乐的作用。在他童年时期，雨季为他提供了在雨中冒险和玩耍的机会，冲走了困扰他心灵的无聊感，给孤独的他带来了欢乐。

邦德喜欢平静、和谐、有趣的自然生活，厌烦喧嚣、浮躁、无聊的城市生活。对邦德而言，城市中的生活意味着对身心的束缚，而山林中的生活则意味着内心的自由、平静和充实。邦德反感并逃避城市生活，渴望回归自然，他曾写道："为了逃避不断压抑我的城市生活，我会穿过主干道走进田野，寻找旧井、灌溉渠、骆驼、水牛，观察那些不再栖居城市的鸟类和小动物。奇怪的是，正是我对城市生活的这种反应促使我对自然界产生了更大的兴趣。"② 邦德认为，有山作伴，有写作这项工作，对他而言已经足够。他曾在《马杜的故事》

① BOND R. The Book of Nature [M]. New Delhi：Penguin Books India Pvt Ltd，2008：69.
② BOND R. The Book of Nature [M]. New Delhi：Penguin Books India Pvt Ltd，2008：39.

（"The Story of Madhu"）中表达了这一观点，他写道："比起在城市中可能经历的社交生活，我更喜欢山间小镇中的独处生活。我的书、写作以及周围的山，对于我的乐趣和职业来说已经足够。"①

邦德喜欢树木。邦德对德拉的树木怀有深深的依恋，树木已经成为他生活中不可或缺的组成部分，没有树木的生活令他感到痛苦。小时候，他喜欢与荔枝树、芒果树、番石榴树、菠萝蜜树、柠檬树等树为伴。后来，他与婆罗双树、阔叶黄檀、橡树、杜鹃花树、巨大的榕树、神圣的菩提树等树建立了深深的友谊。当他从橡树树冠下走过时，他觉得自己已成为森林的一部分。当他抚摸一棵老树的树皮，向它表达爱意时，树叶拂过他的脸庞，对他的爱做出积极回应。他喜欢透过窗户观察枝叶摆动的姿态，聆听风在枝叶间的快乐交谈。树木令他感到愉快，他曾写道："树木令人愉快，特别是在夏季它长满叶子的时候。微风一吹，树叶便开始交谈，树叶发出的沙沙声令人愉快。"② 邦德喜欢杜鹃花树。杜鹃花树生长在喜马拉雅山西北部海拔八千英尺高的地方，树干虬曲，树上长有一簇簇粉红色或深红色的喇叭形花朵，因而被视为喜马拉雅山上最受人赞美的树之一，他曾对杜鹃花树描述道："杜鹃花还被认为具有治疗功效，但我不确定它到底能治什么病。山里人用其花朵制作美味的果酱，我曾看到一群吵闹的红嘴黑鸭因吸食太多的杜鹃花蜜而陶醉。杜鹃花在三月盛开，看起来宛如从黑暗森林中跃出的火舌。"③ 邦德将树木视为他的哨兵，以及能评价其作品的最好评论家。邦德认为树木是神圣不可侵犯的，他反对人类肆意砍伐树木。当他目睹加瓦尔喜马拉雅山区的树木被肆意砍伐的景象时，他感到悲伤，他担心滥伐树木会导致生态失衡。他认为没有树木的世界如噩梦一样可怕，这是他绝不喜欢在没有树的月亮上生活的原因。

邦德喜欢爬树。他小时候在树枝的怀抱中度过许多个快乐的日子。在树上，他有时惬意地品尝多汁的水果，有时沉浸在阅读之中，有时把心爱的宝贝藏在树干的小洞里。对邦德而言，树木不仅成了快乐的源泉，也成了他童年美好记忆的载体。

邦德喜欢鸟儿。邦德始终保持着对鸟儿的热爱之心。鸟儿作为大自然的一

---

① BOND R. Collected Fiction ［M］. New Delhi：Penguin Books India Pvt Ltd, 1999：99.

② BOND R. Rain in the Mountains：Notes from the Himalayas ［M］. New Delhi：Penguin Books India Pvt Ltd, 1996：132.

③ BOND R. Notes from the Small Room ［M］. New Delhi：Penguin Books India Pvt Ltd, 2009：48.

个重要组成部分，深深吸引着邦德。他爱各种各样的鸟，如画眉、麻雀、蓝松
鸦、长尾鹦鹉、八哥、粉红椋鸟、无冠红耳鹎、巨嘴鸟、亮绿色鹦鹉、绿鸽子、
黄褐短脚鹎、赤胸拟啄木鸟、长尾夜鹰等。他不仅喜爱名贵、美丽的鸟，也喜
爱那些不受人欢迎或长相不佳的鸟。邦德对鸟儿的喜爱受到英国散文家和自然
文学作家威廉·亨利·赫德森（William Henry Hudson，1841-1922）的影响。赫
德森是一位孤独而仁慈的自然观察者，他乐于全神贯注地观察森林特别是鸟类
的生活，他认为所有的野生生物都是世界的重要组成部分，他的主要自然文学作
品包括《拉普拉塔地区的博物学家》（*The Naturalist in La Plata*，1892）、《在巴塔
哥尼亚的悠闲岁月》（*Idle Days in Patagonia*，1893）、《伦敦的鸟》（*Birds in
London*，1898）、《丘陵地带的自然风光》（*Nature in Downland*，1900）、《鸟儿与
人类》（*Birds and Man*，1900）、《徒步英格兰》（*Afoot in England*，1909）、《牧
人的生活》（*A Shepherd's Life*，1910）、《鸟界探奇记》（*Adventures Among Birds*，
1913）等。邦德喜欢阅读赫德森的自然文学作品。在赫德森的无形影响下，邦
德成了一位敏锐的鸟儿观察者和优秀的自然文学作家。

邦德喜欢花儿。邦德喜欢各种形态、颜色和大小的花，他想知道世界上每
种花的名字。他对喜马拉雅山中的许多花儿有着深入的研究。例如，他曾就含
笑花这种罕见的植物写道："含笑花是最早出现在地质记录中的一种真正的开花
植物。它一度具有非常广泛的地理分布，但却在生存之战中遭遇重创，现在它
们的生存区域仅限于喜马拉雅山和美洲部分地区。"[①] 邦德认为，花是大自然中
最美丽的存在物之一，能为人提供精神激励和心灵慰藉。花同树木一样有助于
他的创作，这是他平时在书桌上放些鲜花的原因。他觉得如果没有花儿的陪伴，
他的生活将变得索然无味。他曾就花儿对他的重要作用写道：

> 我想如果没有花儿的陪伴，我便无法度过一生。它们支撑并激励着我。
> 我的书桌本来只是一个工作台，直到有个孩子在上面放了一瓶花，它才变
> 成一个令人愉悦的地方。无论瓶里的花是玫瑰、菊花还是简单的雏菊，
> 都会对我的工作有所帮助。它们提醒我，生活中也有美好的时刻。当我
> 在户外散步时，我会寻找野花，哪怕是那些藏在山坡隐蔽处的最不起眼
> 的花。如果我不知道它们的名字，我会给它们起名字，因为靠名字认识

---

① BOND R. The Book of Nature [M]. New Delhi: Penguin Books India Pvt Ltd, 2008: 98-
99.

某物是件好事。①

邦德比较喜欢散发香气的花。例如，生长在他家门阶旁的牵牛花以及摆放在他桌子上的甜豌豆花因能散发出柔和的香气而颇受他的喜爱。他甚至能辨别不同的花香。虽然邦德比较喜欢散发香气的花，但他绝不会因为某一种花没有香气而轻视它。尽管大丽花、剑兰等花几乎没有香气，但其颜色和外形十分夺目，因而邦德非常喜欢它们。邦德经常将花卉世界与人类世界联系在一起，他认为一朵美丽的花会让人反复思考这朵花的种植者。从某种意义上说，邦德是一位优秀的花卉鉴赏家。

总之，大自然是邦德最贴心的守护者；邦德是大自然的忠实崇拜者，他渴望投入大自然母亲的怀抱，他对自然怀有深深的依恋，他同自然建立了不可分割的情感联结。他离不开自然，他渴望从自然中获得精神滋养和心灵慰藉，自然已经成为他生命和生活的一部分。大自然中的山丘、峡谷、溪流、植物、动物等非人类自然物给他的生活增添了意义。他掌握了生活的艺术——通过自然来让内心获得幸福、快乐与平静。倘若没有大自然的陪伴，他不知如何生活下去。邦德乐于亲近自然和体验自然的性情在很大程度上塑造出他的生态意识尤其是生态和谐意识。

第四节　绿色宗教文化的濡染

宗教是文化的重要组成部分。宗教不仅影响着人们的日常生活，也规范着人的思想和行为。印度教系印度的国教和第一大教，在印度文化中占据着重要的地位，印度80%以上的人信奉印度教。随着生态环境问题的日趋严重，印度教思想中的绿色成分日益凸显。在印度生活80多年的罗斯金·邦德或多或少地受到过印度教绿色思想的影响。邦德曾在其作品中写下这样几句诗："我像雨水一样，歌唱。/我像树叶一样，跳舞。/我像大地一样，安静。/在此，神啊，/我照您的旨意行。"② 在这里，邦德将自己亲近自然的原因归因于顺从神的旨

---

① BOND R. The Book of Nature [M]. New Delhi：Penguin Books India Pvt Ltd, 2008：167.

② BOND R. Rain in the Mountains：Notes from the Himalayas [M]. New Delhi：Penguin Books India Pvt Ltd, 1996：144.

意。他祈求神的祝福，期望神能赋予他永远接触喜马拉雅山中的树木、山丘、溪流、池塘等非人类自然物的机会。在神的指引下，他在大自然中领悟到印度古老的智慧。邦德在与尼利玛·帕塔克（Nilima Pathak）谈论人与自然的联结时，曾强调自然元素不仅是印度教的重要组成部分，也是其作品的重要组成部分，他说道：

> 在过去的35年里，我一直生活在山间，离自然非常近。但是，即使在那之前，我与这个国家的森林和广泛的植物群也有过亲密的接触。在印度特别是在印度教中，存在着很强的自然元素。在过去的许多年里，在我的许多书和故事中，自然界是一个很重要的组成部分。[1]

从某种意义上说，印度教思想的影响是邦德生态思想尤其是生态整体主义思想、动物伦理思想和树木保护思想得以形成的原因之一。

印度有一句古老的梵语"Vasudhaiva Kutumbakam"，这句梵语出自印度古老的《吠陀经》（Veda），其意为"天下一家""世界是一个家庭"。"天下一家"的理念与当今"同一个地球，同一个家园，同一个未来"的理念十分吻合。"天下一家"不仅强调了世界各国的共同命运和共同未来，也强调了所有人类和非人类生命的共同命运和共同未来，凸显出地球乃至整个宇宙中所有生命之间的紧密联系。《吠陀经》是印度宗教、哲学和文学的基础，是古印度婆罗门教（Brahmanism）和现代印度教最根本的经典。婆罗门教起源于古印度，是现在的印度教的古代形式。在印度古代宗教和文学名著《薄伽梵歌》（Bhagvad Geeta）中，克里希纳神（Krishna）把世界比作一棵具有无数树枝的，能为所有的动物、人类和半神半人者提供栖息地的大榕树。邦德持有同克里希纳神一样的观点，他也认为整个世界是一个大森林。简言之，邦德信奉印度教，推崇"天下一家""世界是一个森林"的生态整体主义理念。

印度教中的许多教义都与自然有关。印度教崇拜自然，敬畏雷霆、风暴、洪水、河流、太阳、月亮、树木等非人类自然物，认为自然是神祇的象征，是生命的源泉。印度教倡导人们保护动植物等非人类自然生命，反对虐待动物和破坏自然的行为。印度教相信，破坏自然的人将受到惩罚，而保护自然的人将受到庇佑。《莲花往世书》（Padma Purana）中的诗篇《博米坎达》

---

① PATHAK N. Bonded to Nature［EB/OL］. LifePositive.（2015-05-01）［2023-08-08］. https://www.lifepositive.com/bonded-to-nature/.

（"Bhoomikhanda"）曾警告道，从事杀生、破坏花园、污染池塘和储水池的人将会下地狱。① 《野猪往世书》（*Varaha Purana*）中曾写道："种下一棵菩提树、一棵楝树、一棵芭蕉树、十棵开花植物或攀缘植物、两棵石榴树、两棵橘子树和五棵芒果树的人，不会下地狱。"② 作为一位自然信徒和泛神论者，邦德认为神存在于自然万物之中，自然万物是神的显现，他崇拜树木、热爱动物，反对肆意砍伐树木和猎杀动物的行为，他的这些理念与印度教的上述基本观点十分吻合。

德国哲学家马丁·海德格尔（Martin Heidegger）曾提出"天地人神"四方共属一体的理念。海德格尔的"神""神性"概念，大致相当于早期希腊人所理解的自然神灵与人的关系，也就是主客对立之前的自然与人浑然不分的状态。③ 在海德格尔看来，"天空、大地、人、神"四方共属一个共同体，在此共同体中缺少任何一方都是不完整的。人诗意地栖居大地之上、天空之下；天空与大地为人的栖居提供存在空间，在这样的空间里，人与天地间的自然万物和谐相生，人不再是万物的主宰者，而是万物中的一分子；人与天、地、神和谐共融。印度教神学家认为，宇宙是由处于永恒三角关系中的"自然、人和神"构成的一个大家庭。"自然、人和神"这一永恒的三角关系，从本质上来说相当于海德格尔的"天地人神"四方一体关系。受印度教的影响，邦德不仅在其心中树立了"自然、人和神"一体的理念，而且在其诸多作品中有意书写"自然、人和神"之间的密切关系，表达生态共同体思想。例如，在短篇小说《怒河》（"Angry River"）中，女孩西塔（Sita）的祖母认为，自然是诸神的化身，诸如：克里希纳神是鸟类和动物的朋友；因陀罗（Indra）是雷雨之神；毗湿奴（Vishnu）的坐骑是一只大白鸟；甘尼什（Ganesh）具有大象的头；哈努曼（Hanuman）是猴神。

树木和动物不仅是印度教主要关注和保护的对象，也是邦德平时关注和保护的对象。在 20 世纪 70 年代，印度喜马拉雅山区的农村妇女们为了反对强权肆意砍伐原始森林而发起了著名的"抱树运动"（Chipko Movement）。发生在 20 世纪的"抱树运动"实际上源于公元 1730 年比什诺伊人（Bishnois）发起的抱

① DWIVEDI O P. World Religions and the Environment［M］. New Delhi：Gitanjali Publishing House，1989：6.

② NOOROKARIYIL S. Children of the Rainbow：An Integral Vision and Spirituality for Our Wounded Planet［M］. New Delhi：Media House Publications Pvt Ltd，2007：115.

③ 周宪. 20 世纪西方美学［M］. 北京：高等教育出版社，2004：198.

树运动。长期生活在加瓦尔喜马拉雅山区的邦德难免不受这些著名生态环保运动的影响。这里有必要介绍比什诺伊教（Bishnoism）的生态环保教义，以及比什诺伊人的生态环保理念和实践。

诞生于印度拉贾斯坦邦塔尔沙漠边缘的比什诺伊教，是印度教的一个分支，是印度最早的环境友好型宗教团体。500多年来，比什诺伊人世代遵循生态环保信条，热爱和保护动物、树木等非人类自然生命。他们的绿色环保理念和环保精神渗透到其日常生活的点点滴滴。比什诺伊人的绿色环保理念和环保精神在一定程度上塑造着邦德热爱自然、尊重自然和保护自然的理念。

500多年前，在印度西部拉贾斯坦邦塔尔沙漠边缘诞生了印度教的一个分支——比什诺伊教。该教派创始人制定了29项信条，其中6项与环境保护密切相关，如不砍绿树、不杀动物、爱护所有生命等。鉴于此，该教派被认为是印度最早倡导野生动物保护、树木保护和绿色生活的宗教团体。自比什诺伊教问世以来，一代又一代的比什诺伊人遵循29项信条，崇尚自然，对非人类自然存在物具有强烈的奉献精神。其信仰已与环境保护理念密切结合在一起，甚至可以说，环保理念已深深地溶于其血液中。公元1730年，363名比什诺伊人为保护绿树免遭皇家军队的砍伐而壮烈牺牲，该事件堪称印度最早的环保运动。在日常生活中，比什诺伊人通过一切可能的方式追求人与自然的和谐相生。

印度拉贾斯坦邦西部地区，是比什诺伊教创始人詹布赫什沃上师（Guru Jambheshwar，1451-1536）的出生地。比什诺伊教产生于艰苦的岁月。在工业化前的社会，拉贾斯坦邦的气候和地理条件对其政治、经济、社会尤其是宗教产生了很大影响。阿拉瓦利岭将拉贾斯坦邦大体分为两部分：西北部和东南部。西北部属于干旱和半干旱区，主要是干旱平原、流动沙丘，连同其附近的塔尔沙漠，被称为"死亡之地"。在环境如此恶劣的地方，动植物数量十分有限，当地人生存维艰。如何使人的可持续发展与当地有限的自然资源协调一致，成为当时亟须思考和解决的难题。在此背景下，比什诺伊教应运而生。

詹布赫什沃上师出生在拉贾斯坦邦焦特普尔地区的一个小村庄。他大智若愚，7岁尚未开始说话，34岁时还一边放牧一边在沙丘上打坐。他早早地与大自然结下了不解之缘，在拉贾斯坦邦10年大干旱期间，目睹人们为获取食物、喂养动物而不断砍伐树木的场景，结果随着干旱的持续，人、树和动物皆面临生存困境，他体恤人与非人自然物的苦难，冥想生命的短暂，思索如何普度众生。修行时，他脑海里时常出现一幅沙漠绿洲的景象：沙漠边缓缓流淌着一条清澈的小溪，小溪两岸长着绿色的植被和树木，沙漠行人和野生小鹿共饮溪中水。慢慢地，他体悟到普度众生的关键在于人与自然的和谐相生，尤其是人要从内心深处敬畏绿树和动物的生存权利，要从行动上切实保护自然。公元1485年，詹布赫什沃最终找到了解决其多年来百思不得其解的问题的答案——创立比什诺伊教，同时立下了29项信条，力图通过塑造信仰来实现人与人、人与社会、人与自然的和谐相处。Bish 表示 20，noi 表示 9，Bishnoi 即为 29，该教派的名称就从这个数字而来。

在 29 项信条中，有 10 项针对个人卫生和全民健康，如每天早上洗澡，吃家里烹制的食物，不吃在不清洁条件下烹饪或保存的食物，过滤水、牛奶、薪柴，不使用鸦片，不吸烟和使用烟草，不服用大麻，不饮任何类型的酒等。有 9 项涉及社会公德和积极健康的社会行为，包括保持谦逊；消除欲望、愤怒、贪婪；保持良好的品格，知足常乐，有耐心；非常真诚地说纯净的话；不偷窃；不谴责；不说谎；不把时间浪费在争论上；发自内心地宽恕、原谅、赦罪。有 4 项与敬神有关。其余 6 项则与生态环境保护密切相关，包括同情和爱护所有的生命；保护环境，不砍伐绿树；不对家畜进行绝育；保持纯素食，不吃肉；不穿蓝色衣服，不从绿色靛蓝植物中提取蓝色；为动物提供庇护所，不宰杀动物，确保它们能够有尊严地过完一生。这 6 项都源于他们可持续发展的现实需要。当地经济主要靠畜牧业维持，而畜牧业离不开动物，禁止伤害或宰杀动物有助于维持畜牧业的可持续发展，进而维持人们的生计。同样，他们禁止砍伐绿树，因为伐树会减少动物获取饲料的机会，特别是在绿色植物稀少的沙漠地区。

从生态学和生态文明的角度来看，29 项信条的基本目标是：保护生态环境和生物多样性，维持畜牧业的可持续发展；改进个人卫生，促进身心健康，塑造公德心和正能量的社会行为；确保社群形成健康向上、环境友好型的社会生活方式，促进人与非人自然物在沙漠生态系统中世代繁衍生息、共同繁荣。29 项信条源于当时的现实需要，符合普通民众的根本利益，从实质上来看就是要鼓励人们与环境建立更好的关系，以便在恶劣的沙漠气候中拥有和谐、繁荣的生活。① 数世纪以来，比什诺伊人在 29 项信条的指引下，为保护绿树、动物、自然而不懈奋斗着。

许多人看到大度和善、仁慈博爱、具有自然习性的比什诺伊人时，可能会想当然地认为他们太过温和，在保护自然方面不敢付诸行动。有些人甚至把他

---

① CHAPPLE C K. Religious Environmentalism: Thomas Berry, the Bishnoi, and Satish Kumar [J]. Dialog, 2011, 50 (4): 337.

们的自然习性视为懒惰。然而这些猜测都远离事实。比什诺伊人在面对砍伐者、偷猎者时，变得极为勇敢，丝毫不示弱。他们在保护自然方面的热情和奉献精神是其他宗教团体都难以相比的。为了保护自然，他们甚至会采取集体抗议活动，其中最具影响力的当属公元 1730 年的抱树运动，此运动彰显了比什诺伊人对 29 项信条的严格遵循。

这场运动发生在当地一个名叫柯荚丽的村庄，村名即源于村里随处可见的柯荚芮树（其学名为牧豆树）。在比什诺伊人心目中，柯荚芮树具有重要的生态、经济和药用价值，其与榕树、菩提树一样，皆为圣树。1730 年 9 月的一个"黑色星期二"，柯荚丽村原本祥和平静的氛围被一帮闯入者打破，他们是焦特普尔国王阿布哈·辛格派来的一队人马，要砍伐绿色的柯荚芮树，获取木材，为国王建新宫殿。其砍伐行为遭到了以妇女阿姆瑞塔·德维（Amrita Devi）为首的柯荚丽村民的抵抗，他们采取了非暴力的抗议方式——用双臂环抱树木，以身体作为盾牌。为执行国王的命令，皇家军队企图杀害抵抗者。态度最坚决的阿姆瑞塔紧紧抱住树，临死前大喊道："为救一棵树，哪怕被砍头，也是值得的。"① 随后其头颅被士兵用斧子砍下。军官威胁道，任何阻止砍树的人都将落得此下场。阿姆瑞塔的一言一行激励着同村人，她的三个女儿艾苏、拉特尼和巴古丝毫未被恐吓住，她们走上前去，勇敢地抱住树，结果也被砍下头颅。

阿姆瑞塔和她的三个女儿牺牲的消息很快传遍了附近的 83 个村庄，闻讯而来的比什诺伊人纷纷抱住树不肯松手，也同样不幸地被士兵们一一斩首。然而，自愿牺牲的行为一直未中断。国王得知比什诺伊人的勇气和大规模流血事件后，十分震惊，立即赶往现场，叫停伐木行为，向比什诺伊人道歉，并宣布比什诺伊人居住的地方为保护区。而截至此时，已有 363 名比什诺伊人为保护圣树、捍卫信仰而牺牲，他们来自 49 个村庄，包括 294 名男性和 69 名女性，其中还有一对在冲突白热化之际路过柯荚丽村的新婚夫妇②。

此事件促使行政机构在不久之后颁布了一项禁止在比什诺伊人居住区砍树和狩猎的皇家法令，并将其刻在紫铜板上。这项法令至今在该地区仍然有效。

比什诺伊人将动物、植物等非人类自然生命纳入伦理关怀的范围，系世上最早视环境保护为宗教信仰的古老社群之一。500 多年来，他们对环境保护的热

---

① JAIN P. Bishnoi: An Eco – Theological "New Religious Movement" in the Indian Desert [J]. Journal of Vaishnava Studies, 2010, 19 (1): 3.

② ALAM K, HALDER U K. A Pioneer of Environmental Movements in India: Bishnoi Movement [J]. Journal of Education & Development, 2018, 8 (15): 283-287.

情从未消减，不仅在日常生活中践行 29 项信条，更在 29 项信条的启发下与时俱进，集体采取某些新型的环保做法。① 平和、仁慈、博爱的比什诺伊人凭借坚定的信仰在塔尔沙漠边缘创造了一个又一个动物、树林与人和谐相处的诗意栖息地。

如今在塔尔沙漠边缘可以见到大型的比什诺伊社区，它们好似沙漠中的绿洲，绿树环绕村庄，其间不少动物在自由漫步。羚羊是比什诺伊社区中最常见的一种动物。据传说，詹布赫什沃上师声称自己死后，经过生命的轮回，将变为一只印度黑羚，重回故地。比什诺伊人世代对印度黑羚怀有崇高的敬意，或许是在期许自己来生也可以化身为黑羚。他们认为鹿亦是神圣的动物，并能和鹿进行交流互动。比什诺伊妇女如果遇到一只丧失父母的幼鹿，会把它当作自己的亲生孩子来养育，甚至用自己的乳汁哺育它。他们爱护进入其社区的任何动物，如印度瞪羚、秃鹫、鹧鸪、孔雀以及濒危的黑冠鹭鸨等，它们在这里找到了安全的港湾。他们允许野生动物在其农田上吃草甚至庄稼。他们提前为动物储备饲料，以备不时之需。他们在酷暑时期把珍贵的水分给动物一部分。他们是素食主义者，禁止屠杀和食用动物，其饲养的动物通常会老死，死后被埋进土里，以滋养沙漠中有限的植被。他们熟谙食物链的运作规律，不会为保护某一物种而猎杀其天敌。他们对动物的悉心照料换来了动物对他们的信任，有些动物仿佛心有灵犀，选择留在社区中与他们一同生活。

比什诺伊人不仅热爱动物，也热爱绿树，甚至用生命保护绿树。他们认为砍树是无耻的行为，是对其宗教信仰的侮辱。他们在荒漠中积极种植和培育灌木、矮树丛等绿色植物。他们尊崇和保护柯莝芮树，因为艰难的生存条件使他们早已认识到，柯莝芮树不仅是他们最主要的辅助食品来源，也是其牲畜的饲料来源，更是防风固沙的绿色屏障。他们同柯莝芮树一起顽强地生长在沙漠之中。他们设法节约自然资源，不会通过砍绿树获取薪材，他们主要以枯树的枯枝和晒干的牲畜粪为燃料来源。在名为"哈凡"（一种将谷物、酥油等献祭物制成圣火，用以纪念出生、婚姻等特殊时刻的仪式）的祭祀仪式上，比什诺伊人制造圣火通常所用的材料并非木材，而是椰子壳。比什诺伊妇女绝不会为了获取燃料或食物而砍伐绿树。比"禁止砍树"的信条更进一步的是，她们耐心地沿着湖泊和放牧区步行数小时，寻找和收集动物粪。比什诺伊人无论在穿着还

---

① KUMAR M. Claims on Natural Resources：Exploring the Role of Political Power in Pre-Colonial Rajasthan, India［J］. Conservation and Society, 2005, 3（1）：134-149.

是其他方面都禁止使用蓝色，因为蓝色主要来自靛蓝染料，而靛蓝染料需要从绿色灌木中提取。禁止使用蓝色的根本目的就是保护绿树。另外，他们认为，蓝色不仅会吸收太阳的有害光线，还与死亡和不法行为有关，因而比什诺伊男性的服装通常是白色的，这是他们最理想的选择①。

其他生活细节也凸显了比什诺伊人的生态环保理念。比什诺伊人过着如同原始部落一般的简单朴素、自给自足的生活。他们注重房屋和院落的清洁卫生，通常住在简朴的圆形小屋里，屋内通风、干净。他们经常擦洗小屋和庭院的地面，在泥地上抹上牛粪以驱除害虫。他们用土炉子做饭。他们具有运作良好的传统集水系统，尤其是通过地下水箱收集雨水。他们在庭院里建有粮仓，以储存多余的谷物。他们过滤水和薪柴，以免伤害其中的微生物。他们虽然生活清贫，但男女老少都散发着健康的气息。他们积极探索和调整农作物的栽培方式，使其与当地环境相适应，成功种植了小米、小麦、胡萝卜、萝卜、芝麻等多种农作物。他们在艰苦的环境下既做到了物质生活上丰衣足食，也做到了精神生活上充实富足。从某种意义上说，他们在日常生活中所采取的各种环保策略不仅是适宜的，而且对当代人具有启发性。

比什诺伊教系当代将环境保护作为重要信条的为数不多的宗教团体之一。1730 年 363 名比什诺伊人为护树捐躯的事件，堪称一场轰轰烈烈的环保运动，已成为环保精神的象征。可是在当代社会，没有多少人了解这一宗教团体及其1730 年的环保运动，对这场运动的主要领导者阿姆瑞塔·德维知之更少。尽管如此，比什诺伊人坚定的环保理念和执着的环保精神在新时代继续激荡回响。

鉴于比什诺伊人在 1730 年的运动中首创了"抱树"的策略，此运动通常被认为给印度当代的"抱树运动"带来了灵感。20 世纪 60 年代在印度北方邦的喜马拉雅山区，森林砍伐严重，不仅导致水土流失、水资源枯竭、洪涝灾害的发生，还导致农业产量下降，危及当地人的生存。1970 年，森林砍伐所导致的洪水泛滥致使 200 多人丧生，此灾难让当地人深知森林砍伐的巨大危害性。1973 年 4 月，在北阿坎德邦阿拉克南达河谷上游的曼达尔村附近发生了 20 世纪第一次"抱树"抗议活动。当政府将一块很大的林地分配给一家体育用品制造公司时，村民们感到极为愤怒。环保主义者羌迪·普拉萨德·巴特（Chandi Prasad Bhatt）带领村民进入森林，拥抱树木，阻止砍伐。抗议活动持续多日后，

---

① DEVI P. Bishnoi Community：The Ecologist［EB/OL］. traveldiaryparnashree. （2012-10-13）［2023-07-20］. https：//traveldiaryparnashree. com/2012/10/bishnoi-community-ecologist. html.

政府取消了该公司的伐木许可①。之后，"抱树运动"似星星之火，迅速蔓延到整个印度喜马拉雅山区，共拯救了数十万棵树。

在阿姆瑞塔·德维不怕牺牲的大无畏精神的感召下，印度政府以其名设立了两个重要的环保奖项，即"阿姆瑞塔·德维·比什诺伊传承奖（Amrita Devi Bishnoi Smriti Award）"和"阿姆瑞塔·德维·比什诺伊野生动物保护奖（Amrita Devi Bishnoi Wildlife Protection Award）"。前者用以表彰那些已经在或正在为环境保护和生物多样性保护做出突出贡献的人，后者主要授予给在野生动物保护领域表现出巨大勇气、做出重要贡献的人。

柯莱丽村已成为一处著名的历史文化遗产。1988 年，印度政府正式纪念"柯莱丽村大屠杀"，将柯莱丽村设为印度第一个国家环保纪念馆。该遗址上坐落着一座庄严的烈士纪念碑，作为对在大屠杀中丧生的 363 名比什诺伊人的纪念。为了缅怀先烈、传承环保精神，后人在该地区种植了大量的柯莱芮树，如今该地区有一大片葱郁的树林，仿若世外桃源。

比什诺伊人朝拜的"达姆"（Dham，其意为圣地）已成为讲述生态故事、传播生态理念的地方。柯莱丽村即为一个达姆。每个达姆既反映了比什诺伊教的宗教哲学，也讲述着与本圣地有关的逸闻轶事等。尤其是，每个达姆都具有自己的环保故事，这些故事与詹布赫什沃上师一生中从事的环保活动有关，如植树、恢复树的活力、维护神圣的小树林、建池塘、合理用水、为鸟类和动物设立饲养区和庇护所等。圣地通过讲述鲜活的环保故事，传播着比什诺伊人的环保理念。在圣地举办大型的纪念活动，有助于培育公众的环保意识。

比什诺伊人具有 500 多年的自然崇拜史，堪称当代与自然相处最融洽的社群或部落之一。他们认为树木、动物等非人类自然生命是神圣的，并从内心深处尊重和敬畏它们，尤其是为了保护它们不惜献出自己的生命。他们世世代代播撒绿色，保护动物，在沙漠中营造出一片片人与非人自然物共享的绿洲。比什诺伊人的环保理念、环保实践和环保精神，已成为一种文化符号和精神风貌，为当代人处理人与自然的关系树立了标杆。

印度教尤其是比什诺伊教的绿色教义和比什诺伊人的环保事迹，已经成为印度传统文化的一个组成部分。鉴于邦德十分了解并推崇崇尚自然和保护自然的印度传统文化，他不可避免地会受到印度教尤其是比什诺伊教绿色思想的影响。

---

① GADGIL M, GUHA R. Ecological Conflicts and the Environmental Movement in India [J]. Development and Change, 2010, 25 (1)：101-136.

第五节 长辈的榜样示范作用

父母、祖父母等长辈生态意识的强弱在一定程度上关系着儿童生态意识的强弱。邦德生态意识的形成离不开其父亲和祖父的榜样示范作用。邦德的父亲和祖父乐于亲近自然和保护自然。在他们潜移默化的影响下，邦德的生态意识逐渐树立起来。

父亲和祖父在自然氛围浓厚的环境中将邦德抚养长大，培育了他亲近自然、热爱自然和保护自然的意识。具体来看，他继承了父亲和祖父热爱种树的品质。邦德的父亲乐于种树，也时常带他去植树。邦德在其自传体长篇小说《雨季往事》（*Once upon a Monsoon Time*）中，叙述了小时候同父亲一起到一个岩石小岛上种树的经历。种下树苗后，他们希望树苗不会被洪水冲走，不会被遗弃。父亲对他说道："试着想象一下！十年后，这个小岛也许会成为绿色天堂，那时，鸟儿、松鼠和昆虫都会栖息在我们所种的树上。"[1] 后来，父亲渴望构建绿色天堂的梦想成了邦德的梦想。邦德还曾在其作品中写道："他（父亲）在树林里总是很快乐，这种快乐也传递给了我。"[2] 在父亲的影响下，邦德对植树、亲近树产生越来越大的兴趣。此外，童年时期的邦德喜欢和父亲一起远足，父亲在散步期间时常关注自然中的花、鸟、树、昆虫等自然元素。在父亲的影响下，邦德养成了在自然环境中远足的习惯，进而与途中所遇见的种种自然物建立了持久的联系。

相较于父亲，祖父在培育邦德生态意识方面发挥着更大的作用。在邦德的童年时期，祖父多次向他强调爱树和植树的重要性。祖父曾在印度林业局工作多年，他热爱树木，热爱植树。祖父喜欢在位于德拉的自家庭院里及其周围种菩提树、婆罗双树、阔叶黄檀、桉树、金链花树、圣诞红、荔枝树等树木，这些树把庭院装扮得十分漂亮。祖父也喜欢将各种树苗和插条种植在荒野里，以期培育出一片森林。邦德曾在《回到德拉》（"Coming Home to Dehra"）中，强

---

① BOND R. Once upon a Monsoon Time［M］. New Delhi：Penguin Books India Pvt Ltd, 1988：53.

② BOND R. The Night Train at Deoli and Other Stories［M］. New Delhi：Penguin Books India Pvt Ltd, 1998：145.

调德拉是一个非常适合树木等植物生长的地方:

> 德拉一直是一个适合树木生长的好地方。山谷中的土壤非常肥沃,降雨量相当大;只要给予机会,几乎什么植物都可以在那里生长。道路两旁种满了楝树、芒果树、桉树、波斯丁香树、蓝花楹树、腊肠树等。花园里种有芒果树、荔枝树、番石榴树,有时也种有菠萝蜜树和木瓜树。我并不是一下子就了解所有这些树的,而是随着时间的推移,才逐渐了解它们。①

德拉的树有许许多多种,邦德并非在短时间内就了解了所有的树,他是在祖父的默默影响下,随着时间的推移,才慢慢了解每一种树。此外,祖父也热爱种植花卉。祖父乐于欣赏蝴蝶在庭院里翩翩起舞的景象,他觉得只有通过种花才能吸引蝴蝶驻足庭院,于是他以吸引蝴蝶为由,鼓励家人在庭院里种植花卉。在祖父的影响下,邦德也爱上了花卉。

在祖父的言传身教之下,邦德认识到树木同人类一样具有生命,它们可以从一个地方移到另一个地方。祖父曾向他解释道,很久以前,树木经常从一个地方移到另一个地方。但是,有一天,有人对它们施了魔法,于是它们便扎根于一个地方。尽管如此,它们仍然会移动。祖父以榕树为例证明了这一观点。巨大的榕树可以长出许许多多的气根,气根是一种暴露于空气中且具有呼吸功能的根。这样一来,榕树借助气根达到不断迁移的目的。

在祖父的影响下,邦德在童年时候就爱上了树木,长大后对树木有了更深、更全面的理解。他逐渐认识到这些有关树木的哲理:树木是人类最好的朋友之一;树木不仅是人类赖以生存的自然资源,也是野生动物赖以生存的天然栖息地;树木犹如巨大而结实的保护伞,保护着一代又一代人免受酷暑、严寒、风暴和洪水的侵袭;一个没有树木的世界犹如一个可怕的噩梦。

祖父不仅热爱树、花等植物,也热爱动物。祖父在家里收养了一些被人遗弃或虐待的动物,如乌鸦、犀鸟、猴子、乌龟、兔子、蟒蛇、松鼠、山羊、变色龙、驴、白鼠等,还给它们起了名字,如乌鸦凯撒、犀鸟哈罗德、猴子托托、变色龙亨利、驴娜娜等。祖父用爱心对待每一个动物,尊重它们的生存权利。祖父和动物们打交道的方式深深地塑造着邦德的动物伦理观。在祖父潜移默化的影响下,邦德不仅从与动物的交往中获得了无限的乐趣,也逐渐认识到这些有关动物的哲理:动物是人类的朋友;动物无论大小、强弱、美丑,都是大自

---

① BOND R. Collected Fiction [M]. New Delhi: Penguin Books India Pvt Ltd, 1999: 438.

然中不可分割的组成部分，都具有内在价值和生存权利；动物并不是低人一等的客体或他者，而是有情感的主体；动物在地球上同人类一样享有平等的生存权利。尤其是，邦德在平常生活中也能做到关爱、尊重、敬畏和保护动物。简言之，祖父在培育邦德动物伦理意识方面发挥着重要的作用。

邦德在其诸多自传体或半自传体的儿童短篇小说中展现了父亲或祖父对动物和植物的热爱，这些儿童短篇小说包括《大大小小的生物》《我父亲在德拉的那些树》《家中的老虎》《哈罗德：我们的犀鸟》《变色龙亨利》《淘气的猴子》《家中的猫头鹰》《智慧之树》《樱桃树》《树岛》《葬礼》等。鉴于本书的第三章、第四章和第五章已经对这些作品进行了细致的分析，这里不再赘述。从这些作品中，我们或多或少地可以感受到父亲或祖父对邦德生态意识形成的积极影响。

第三章

罗斯金·邦德儿童短篇小说的生态和谐意识

　　生态和谐意识是指个体为实现同自然的和谐相生而需具备的集生态整体意识、生态审美意识、生态伦理意识为一体的意识。具备生态和谐意识的主体通常持有以下主要观点：无论是人类还是非人类自然存在物，皆为地球生态圈中的普通一员，并在其中扮演不可忽视的角色；人与自然万物相互依存、相互作用；自然万物皆美，人与自然各美其美、美美与共，人与自然之间的关系不是主客二分的关系，而是"主体间性"的关系；人应诗意地栖居大地之上；人应将伦理关怀施予非人类自然存在物，敬畏非人类自然存在物，承认它们的内在价值和生存权利。罗斯金·邦德就是这样一位具有生态和谐意识的儿童文学作家和生态文学作家。阿米塔·阿加瓦尔曾指出："美感、和谐与自由是邦德世界的基点。"① 邦德不仅在现实世界中一直欣赏和追求美丽、和谐与自由，而且在其虚构的世界中也着力展现美丽、和谐与自由。和谐尤其是生态和谐，是其诸多儿童短篇小说的一个重要主题。

　　邦德具有强烈的生态整体意识。尽管邦德是一位英裔印度人，但他却认为印度是他的家，他是印度之子，他对印度尤其是加尔瓦尔喜马拉雅山怀有深深的依恋。他自称是大自然之子，他自幼生活在加尔瓦尔喜马拉雅山区，对那里的自然景观怀有深深的依恋之情。他是一位细心的自然观察者，乐于观察并擅长描绘加瓦尔喜马拉雅山间独特的自然景观，印度学者玛格丽特·迪弗霍尔特（Margret Deefholts）曾就此对邦德赞扬道："没有哪个人能够像他（邦德）那样捕捉到喜马拉雅山的景观，包括它的情绪、季节以及动植物。"② 邦德认为自然

---

　　① AGGARWAL A. The Fictional World of Ruskin Bond [M]. New Delhi：Sarup & Sons Publishers，2005：23.

　　② DEEFHOLTS M. A Chat with Ruskin Bond [EB/OL]. margaretdeefholts. (2000-10-26) [2023-08-10]. http：//margaretdeefholts. com/ruskinbond. html.

并非彼此分离的多个部分的简单集合，而是一个有机的整体。他强调自然万物间存在客观而复杂的联系，自然万物相互影响、相互依存，没有哪个成员可以脱离其他成员而独立存在。他认为，人类绝不是大自然的主宰者，而只是大自然这个大家庭中的普通一员；自然才是至高无上的存在，是促使万物生生不息的万能力量；大自然中的每一个非人类自然存在物都是神圣的，人们应该珍惜和保护它们。他强调既然人是大自然的一分子，那么，人类就不应该疏远自然，而应该积极融入自然。他与大山、树木、花草、河流、鸟类、兽类、昆虫等非人类自然存在物建立起亲密的关系，甚至将它们视为亲友，不愿与它们分离。长期栖居山林的邦德已经与非人类自然存在物建立了深深的情感联结，已经与自然融为一体。他把自然视为人类的守护者。他认为，人类栖居自然之中，会感到安全，就像孩子在母亲温暖的怀抱中感到安全一样；人类在大自然母亲的怀抱中可以获得心灵的慰藉。他认为，每种非人类自然存在物对于维持生态共同体的和谐、稳定、美丽和健康都是不可或缺的；树木等植物是大自然的重要组成部分，对维系生态系统的平衡和人类社会的可持续发展发挥着重要的作用；树木是人类的陪伴者，树木与人类相伴的历史十分久远，人和树之间存在着共生的关系。他呼吁人类尊重和保护树木。他具有宽广而深邃的生态视野，不仅看到了大自然的外在美和外在价值，还能管窥大自然的深层意义和内在价值。

邦德具有浓厚的生态伦理意识。美国著名物理学家阿尔伯特·爱因斯坦（Albert Einstein）曾说道："人类是被我们称为宇宙的这个整体中的一部分……我们认为自己的体验、思想和感情是与其他部分分离的，这种认识是一种意识错觉。这种错觉是我们的牢狱，它把我们限制在个人的欲望，以及与我们最亲近的几个人的感情上。我们的任务必须是，通过拓展我们的同情圈以及拥抱所有的生物乃至整个自然界及其美丽，来把我们自己从牢狱中解放出来。人类若要生存下去，将需要一种全新的思维方式。"① 爱因斯坦认为，现代人类需要拓展"同情圈"，将所有的生物乃至整个自然界纳入伦理关怀范围中，唯有如此，人类才可能在地球上可持续地生存和发展下去。邦德同爱因斯坦一样持有博大的生态伦理视野，他亦将伦理关怀的范围从人类拓展到非人类动物生命。学者尼兰詹·莫汉蒂（Niranjan Mohanty）曾鲜明地指出邦德对动物的伦理关怀："邦德明确表示，动物同人类一样重要，两者都关乎生态平衡。邦德对动物和昆虫

---

① EINSTEIN A. Bite-Size Einstein: Quotations on Just about Everything from the Greatest Mind of the Twentieth Century [M]. New York: St. Martin's Press, 2015: 15.

的爱，不仅使他得到自然的呵护，而且增强了他与自然之间的联系以及他对自然的热爱。他意识到，动物和昆虫是大自然不可或缺的一部分。"①

邦德像生物学家和博物学家一样，长期与鸟类、昆虫、爬行动物、哺乳动物等非人类动物保持密切的关系，将它们视为朋友，对它们的生活习性有着全面而深入的理解。他试图将其生活区域里的每种动物都纳入其写作范畴。他在故事中描绘出一个个鲜活的动物形象和一幅幅以动物与人的和谐关系为焦点的动人图景，或许正因为这一点，他被誉为印度现当代文坛上唯一一位以严谨的态度、丰富的想象和细腻的笔触将动物编织进故事肌理的作家。他认为非人类动物，无论大小、强弱、美丑，都是大自然中不可分割的组成部分，都在自然中享有特定的位置，都具有内在价值和生存权利。他为非人类动物代言，将它们置于与人类平等的地位，将它们视为人类的同胞。他敬畏非人类动物的生命，主张非人类动物在地球上同人类一样享有神圣不可侵犯的生存权利，他敦促人类保护非人类动物。他期盼人类和非人类动物的和谐共生，认为人类只有对非人类动物心怀善意、同情和博爱，才有可能同它们建立情感联结，进而实现人与动物的和谐共生。邦德的儿童短篇小说不仅生动、有趣，而且富有教育意义，他在故事中没有打着"拯救濒危物种"的口号对儿童进行说教，也没有鼓励儿童不顾自身的生命危险去与动物交朋友。他为我们展现了真实的人与动物关系，他希望儿童读者在享受故事带来的乐趣的同时，吸收其中的生态观点，进而提升自身的生态伦理意识。

邦德具有强烈的生态审美意识。邦德对自然怀有无限的热爱，他力图用优美的文字将加瓦尔喜马拉雅山的宁静与美丽永远保存在其作品中。他欣赏每一种非人类自然存在物。在他心目中，山、河、树、鸟、兽、虫等非人类自然存在物，并不是低人一等的客体或他者，而是同人类平等共享生态空间的主体。他试图在人与自然间构建"主体间性"关系，这种关系的典型特征是人与自然这两类主体之间的共在性、平等性、互动性。在"主体间性"关系中，人将树木、动物等非人类自然存在物视为与人平等的主体，他们平等交流、互动。邦德认为所有的非人类自然存在物都是美丽的，哪怕是泥巴、泥潭、淤泥也是美丽的。他在故事中讴歌那些被人类歧视已久的动物，彰显它们的优点和美德，

---

① MOHANTY N. The Quest for Slyvan Solitude ［A］// SINGH P K. The Creative Contours of Ruskin Bond: An Anthology of Critical Writing ［C］. New Delhi: Pencraft Publications, 1995: 251.

试图以此来扭转人们对它们的错误看法。他强调儿童与自然的一体性，倡导儿童走进自然、游戏自然，在自然环境中诗意地栖居。

邦德的许多儿童短篇小说具有浓郁的生态和谐意识。本章主要基于生态整体意识、生态审美意识和生态伦理意识这三个层面，通过重点分析邦德在作品中如何展现和思考自然万物（包括人类）之间的和谐相生、相亲相爱、美美与共，对邦德儿童短篇小说的生态和谐意识展开论述。

第一节　邦德儿童短篇小说的生态整体意识

生态整体主义倡导"人类跳出数千年来的旧思路，努力去认识生态系统"，主张"把生态系统的整体利益作为最高价值而不是把人类的利益作为最高价值，把是否有利于维持和保护生态系统的完整、和谐、稳定、平衡和持续存在作为衡量一切事物的根本尺度"①。邦德具有生态整体主义思想，他的不少儿童短篇小说蕴含生态整体主义意识。例如，在《母亲山》《始于渺小》《豹子》等5个文本中，邦德强调人与自然的和谐相融。具体来看，这些作品中的主要人物对喜马拉雅山怀有深深的热爱，他们同树、花、石等非人类自然物建立起情感联结；他们认为人是自然中的普通一员，人回归大山意味着回归自然，回归自然犹如回归母亲温暖的怀抱，进而从中获取心灵的慰藉；他们乐于感受大自然的宁静和力量，大自然的宁静和力量吸引着他们回归自然；他们认为人类同非人类成员在诸多方面具有相似性，进而凸显人类和非人类之间的平等关系。在《榕树上的历险》《鹰眼》和《祖父与鸵鸟的搏斗》中，邦德以写实手法展现野生动物的外在特征和生活习性，没有将它们浪漫化、理想化。邦德通过真实展现动物与动物、人与动物之间的激烈竞争或冲突，意在让儿童认识到大自然中不仅存在和谐与共生的现象，也存在矛盾与竞争的现象。在《附近的灌木丛对许多鸟儿都有益》《神圣之树》《温柔的菩提树》等6个文本中，邦德强调了树木对生态系统中其他成员的重要性，相关的核心观点包括：各种各样的树木都是神圣的，都是大自然不可或缺的一个组成部分，对人类和非人类生命都十分重要；树木不仅具有神圣性、多样性，也具有永恒性，如果种下一棵树，它会

---

①　王诺."生态整体主义"辩［J］.读书，2004（2）：25.

代代相传；人人需要爱树、护树。

一、《母亲山》《始于渺小》《豹子》等 5 个文本：人与自然的和谐相融

《母亲山》（"Mother Hill"）表达了邦德对喜马拉雅山的热爱和向往，彰显了人与大山的密切关系及大山对人心灵的积极影响。该故事的叙述者实际上是邦德本人。在故事开头，邦德强调了大山的永恒性。大山非常顽强，即便人类为了挖矿而在其身上炸开了许多洞或者为了交通运输而在其身上开凿出长长的隧道，它们依然拒绝移动。尽管人类大肆破坏大山，但是它们依然存在。大山的永恒性是邦德喜爱大山的原因之一。邦德认为，那些住在城市里的人大都错过了大自然赋予大山的魅力和自由。邦德乐于融入大山，因而他能真切感受自然尤其是大山的魅力和自由。

在山林间的长期生活使邦德成了大自然的一部分。他同树、花、石等自然物已建立起情感联结，文中展现了这种联结："我喜欢这样去想象：想象着自己已成为这座山或这条独特山脉的一部分，想象着长期生活在这里的自己能够与树木、野花甚至岩石等大山中不可缺少的组成部分建立联系。昨日黄昏时分，当我从宛如穹顶的橡树树冠下经过时，我觉得自己已成为森林的一部分。我伸手摸了摸一棵老树的树皮。当我转过身时，它的叶子拂过我的脸庞，好像在跟我打招呼。"[①] 邦德爱树木，"觉得自己已成为森林的一部分"，树木也爱他，向他"打招呼"。人与树木等非人类自然物之间的情感联结在这里得到强调。

邦德将山视为母亲，认为大山犹如母亲一般，能给予生活在其间的人以极大的安全感和心灵的慰藉。文中，邦德引用了鲁德亚德·吉卜林的一句名言："谁回归大山，谁就找到了母亲。"[②] 在吉卜林和邦德的心目中，大山犹如母亲。文中进一步写道："因为生活在山里就像生活在一位坚强、偶尔自豪、但总能给人以安慰的母亲的怀抱里，因而每次在我离开大山之后，再次回归大山的感觉都是温柔而珍贵的。我越来越难以离开大山了。"[③] 在邦德看来，母亲总是悉心

---

① BOND R. The Rupa Book of Ruskin Bond's Himalayan Tales [M]. New Delhi: Rupa and Company, 2005: 11.

② BOND R. The Rupa Book of Ruskin Bond's Himalayan Tales [M]. New Delhi: Rupa and Company, 2005: 12.

③ BOND R. The Rupa Book of Ruskin Bond's Himalayan Tales [M]. New Delhi: Rupa and Company, 2005: 12.

呵护她的孩子，同样，大山母亲也会安慰住在山间的人；就像孩子在母亲的怀抱里感到安全一样，住在山间的人在大山里也感到安全；人是自然中的一员，是自然之子，人回归大山意味着回归自然，回归自然犹如投入母亲温暖的怀抱，借以获得心灵的慰藉。简言之，大山的怀抱，是心灵的港湾，每一刻都能让人感受到温暖与宁静。和大山的长期近距离接触，已经使邦德同大山建立起深深的情感联结，以至于他"越来越难以离开大山"。

文中还写道："当你同时获得他人给予你的爱以及只有大山才能给予你的自由时，你几乎接近天堂了。"① 在邦德看来，如果一个人既能从他人那里获得关爱，又能在大自然中实现心灵的自由，那么，这个人的生活犹如"天堂"般的生活，他获得了人世间最大的幸福和快乐。

《始于渺小》（"From Small Beginnings"）展现了人与自然的和谐一体关系，强调人与自然的和谐相处有助于人获得归属感。该故事的叙述者是邦德的代言人。为了强调自然对人的强大吸引力以及人与自然之间的密切关系，作者在故事第一段中便引用了鲁德亚德·吉卜林的如下名句："白天，从看不见的村庄吹来的最后一阵风，带来了正在冒烟的潮湿木头、热乎乎的煎饼、湿漉漉的灌木丛、腐烂的松果所散发出的气味。这才是喜马拉雅山真正的气味。一旦它渗入一个人的血液，这个人最终会忘却一切，回归大山直至死去。"② 喜马拉雅山的独特气味和独特魅力吸引着那些热爱它的人一次又一次地投入它的怀抱。邦德之所以能够长期地栖居加瓦尔喜马拉雅山麓地带，是因为他的血液已经与该山融为一体。

叙述者对树木等非人类自然物具有敏锐的洞察力，他与非人类自然物已形成密切的联系。文中描述道：

> 当树木看到我时，它们似乎都转向了我。一阵从远处雪山吹来的风吹过山谷。一只长尾蓝鹊受到惊吓，从一棵橡树间大声飞出。蝉突然安静下来。但是，树木记得我。它们在微风中轻轻低下头，招呼我走近一点，欢迎我回家。三棵松树，一棵蔓延的橡树，还有一棵野樱桃树。我走到它们中间，用手抚摸它们的树干，感谢它们对我的欢迎。樱桃树的树干平整、

---

① BOND R. The Rupa Book of Ruskin Bond's Himalayan Tales [M]. New Delhi: Rupa and Company, 2005: 12.

② BOND R. Our Trees Still Grow in Dehra [M]. New Delhi: Penguin Books India Pvt Ltd, 1991: 83.

光滑；松树的树干有螺环状的图案；橡树的树干粗糙，多瘤，富有沧桑感。①

上述描述犹如一幅展现人与树和谐相处的美景图。树欢迎叙述者归来，叙述者抚摸着树，感谢它们对他的欢迎。在叙述者心中，松树、橡树和樱桃树已经不再是如同机械一般的客体，而是与人平等的鲜活主体，是他的老朋友。

叙述者乐于感受大自然的宁静和力量，大自然的宁静和力量吸引着他回归自然。当他迫于经济状况不得不到德里这个大城市工作和生活时，他没有忘记那棵他七年前在德拉种下的樱桃树。到了秋天，当他回到德拉，发现樱桃树上开满淡粉色的花朵时，他的心不禁翻腾起来。到了夏天，他躺在樱桃树下的草地上，感受大自然的宁静和力量，文中对此描述道：

> 去年夏天，我在松树山里过了一夜，睡在樱桃树下的草地上。我睡在那里，在那里躺了好几个小时，听着溪流的潺潺声和夜鹰偶尔发出的当当声；透过头顶的树枝，看着星星在天空中转动；我感受到了天空和大地的力量，以及一颗小小樱桃种子的力量……
>
> 因此，每当雨季过去，我都会来到这里，感受此地的宁静和力量。②

每当在城市里居住一段时间后，叙述者总是听从自然的召唤，回归自然。在自然的怀抱中，他感受到天空与大地的宁静和力量，甚至感受到一颗种子的神奇力量。大自然的宁静和力量，只有真心亲近和关爱自然的人才能感受到，而叙述者就是这样的人。

该短篇还对比了拥有自然信仰的山民和缺少自然信仰的平原人。当叙述者迷失在到处是如机械人一般的平原人的世界中时，他怀念山民曾经与自然和谐相生的美好时光，他反思道："我本该知道，山民并没有完全消失。时常有精灵在其间出没的岩石，不会让山民走得太远，以免永远失去他们。"③ 山民之所以在大山中具有安全感和归属感，是因为山神会庇佑他们，不会让他们离开太远。

---

① BOND R. Our Trees Still Grow in Dehra［M］. New Delhi：Penguin Books India Pvt Ltd，1991：83-84.

② BOND R. Our Trees Still Grow in Dehra［M］. New Delhi：Penguin Books India Pvt Ltd，1991：84.

③ BOND R. Our Trees Still Grow in Dehra［M］. New Delhi：Penguin Books India Pvt Ltd，1991：86.

对大山的归属感对山民的可持续生存来说至关重要。对于像机械人一般的平原人而言，他们往往缺少自然归属感，缺少将自己同自然和神祇联结在一起的信念，因而他们常常迷失自我。简言之，山民能够做到与大山、自然、神祇的合二为一，而平原人难以做到这一点。两者之间的对比得以凸显。

《豹子》（"The Leopard"）的主人公兼叙述者"我"厌烦城市生活，乐于融入自然。叙述者住在山林附近的一间小屋里，他已经心归大山，对自然怀有深深的依恋之情，自然是他心灵的栖息地。故事开头写道："每当我在城市里生活太久以后，就要回到山间以更新自己的身心。一旦你在大山中生活过一段时间，你就属于它了，之后必须一次又一次地重返其间。"① 作者接着描述了喜马拉雅山脚下一个幽深的峡谷，峡谷附近有一条隐秘的小溪。叙述者几乎每天创作两三个小时之后，都会到小溪附近散心，进而缓解精神压力，获取创作灵感。叙述者将这个美好的地方称为"天堂"，"山间驻地的夏季游客们还未发现这个到处是野生绿色存在物的天堂。我开始觉得这个地方是属于我的"②。叙述者认为，这里不仅是绿色植物和野性动物的"天堂"，也是他自己的天堂。叙述者在这里建立起与自然的一体关系，获得了心灵的自由。

在《山中往事》（"Once upon a Mountain Time"）的开篇处，邦德引用了美国作家托马斯·默顿（Thomas Merton）的如下观点："我的独处不是我自己的。我现在明白了，我的独处在很大程度上是与他们连在一起的。我不仅对我自己的独处负责，也对他们的独处负责。正是因为我与他们是一体的，因而我应该允许他们独处。当我独处时，他们不再是他们，而是我自己。这里没有陌生者。"③ 这里的"他们"可以理解为非人类自然存在物。同默顿一样，邦德也认为，个体在自然中独处时，看似是一个人在独处，实则并非一个人，因为独处的人周围还有许多同人平等的非人类自然存在物。独处的最高境界是达到"物我合一""相看两不厌"的境界。只有当独处者真正乐于亲近自然，并与自然建立一体关系的时候，才有可能将"他们"视为知己，进而通过与"他们"的交流来消除自身的孤独感。

人是大自然中的普通一员，人同大自然中的非人类成员在诸多方面具有相

---

① BOND R. Collected Fiction ［M］. New Delhi：Penguin Books India Pvt Ltd, 1999：147 - 148.

② BOND R. Collected Fiction ［M］. New Delhi：Penguin Books India Pvt Ltd, 1999：148.

③ BOND R. Rain in the Mountains：Notes from the Himalayas ［M］. New Delhi：Penguin Books India Pvt Ltd, 1996：3.

似性。为了在人类与自然之间建立关联，凸显二者的相似性，邦德在《风筝匠》（"The Kitemaker"）中展现了人和植物在生命成长和衰亡方面的相似性。文中写道："树与人之间存在极为密切的联系。如果不受伤、不挨饿、不被砍伐，我们两者的生长速度基本相同。在青春时期，我们是光彩夺目的存在物，而到了暮年，我们有些弯腰曲背，我们回忆往事，我们在阳光下伸展我们脆弱的四肢。最后，伴着一声叹息，我们落下最后一片叶子。"① 这一描述简要地展现出世间万物亘古不变的成长规律，尤其是展示出人和树成长过程的相似性，凸显出人和树之间的平等关系。

此外，作者还在老风筝匠迈默德（Mehmood）与老榕树、老风筝匠的孙子阿里（Ali）与幼小的含羞草之间做类比，"迈默德就像那棵老榕树，他的双手像树根一样苍老、扭曲。阿里就像生长在院子尽头的那株幼小的含羞草，两年后，两者都将获得青春的力量和信心"②。这里，作者将老榕树和含羞草这两个非人类生命提升到同人类平等的位置，通过类比的方式强调人类和非人类在生命成长和衰亡方面的相似性。邦德在故事结尾处写道："阳光斜照在老人的头上，一只白色小蝴蝶停留在他飘动的胡须上……蝴蝶离开老人的胡须，飞向含羞草。"③ 这处关于蝴蝶从老人身上飞向含羞草的细节，或许在向我们暗示生命更替的自然规律。儿童读者们通过此故事可以了解到这一生态知识：通常情况下，非人类生命和人类具有类似的生长过程，两者在年轻时都富有青春活力，但在年老时都变得衰弱无力，这都是自然规律的表现。

二、《榕树上的历险》《鹰眼》《祖父与鸵鸟的搏斗》等 4 个文本：大自然中也存在矛盾和竞争

生态整体主义要求我们不仅要看到大自然中的和谐与共生的现象，也要看到矛盾与竞争的现象。大自然中存在这样的生存法则：物竞天择、优胜劣汰、弱肉强食。在这一法则的约束下，不同物种之间甚至同一物种内部的不同个体之间存在着激烈的竞争或矛盾。捕食是野生动物的生存本能，是其维系自身生

---

① BOND R. The Kitemaker: Stories [M]. New Delhi: Penguin Books India Pvt Ltd, 2011: 211.

② BOND R. The Kitemaker: Stories [M]. New Delhi: Penguin Books India Pvt Ltd, 2011: 211-212.

③ BOND R. The Kitemaker: Stories [M]. New Delhi: Penguin Books India Pvt Ltd, 2011: 212.

存的重要方式。捕食与被捕食是大自然中的一个普遍现象，人们应该正确看待自然中的捕食与被捕食现象。大自然中不仅存在动物与动物之间的矛盾或竞争，也存在人与动物之间的矛盾或竞争。动物与动物之间的矛盾或竞争，甚至动物与人之间的矛盾或竞争是喜马拉雅山区的一个常见现象。邦德是一位现实主义作家，他以写实手法展现野生动物的真实特征和习性。尽管他对山林间的野生动物怀有尊重和同情之心，但他从未试图掩饰野生动物的野性、残酷性及其可能给人类带来的潜在威胁，也未将它们浪漫化、理想化。邦德自然而然地为儿童读者展现大自然中动物与动物、人与动物之间的激烈矛盾或竞争，意在让儿童了解野生动物的真实特征、大自然中的生存法则，以及大自然内部万物之间的客观联系。

邦德的《榕树上的历险》（"Adventures in a Banyan Tree"）通过展现眼镜蛇与猫鼬之间的激烈对决，来引导儿童了解大自然中的矛盾与竞争现象，认识大自然中的丛林法则。在《榕树上的历险》中，叙述者以第一人称"我"的口吻讲述了"我"小时候在榕树上所体验到的种种乐趣，其中最大的乐趣便是在榕树上观看树下眼镜蛇与猫鼬的激烈对决。

那是四月的一个下午，天气炎热，家里的其他人都待在屋里休息。叙述者爬上树，坐在树上的一个平台上。向下看时，他发现一条黑色眼镜蛇从仙人掌丛中钻出，随后一只猫鼬也钻出，走向眼镜蛇。叙述者好奇地等待着眼镜蛇和猫鼬之间的生死搏杀。眼镜蛇是一名富有战斗经验的战士，它移动速度快，攻击迅猛。此外，眼镜蛇的尖牙里充满了致命毒液。猫鼬有三英尺长，聪明、好斗，是一名出色的战士。

这是一场冠军争夺战。眼镜蛇把身体抬到三英尺高，舌头进进出出，它撑开头颈部，展示出宽阔的兜帽。猫鼬脊柱上浓密的毛竖立起来，这可以保护其身体不被蛇咬到。眼镜蛇左右摇摆，试图误导猫鼬，让它做出错误反应。但是，猫鼬十分聪明，它知道眼镜蛇那双又圆又亮、犀利有神的眼睛具有欺骗性，因而它没有直视它的眼睛，而是盯着它兜帽里的一个黑点。

除叙述者之外，还有两个观众——一只丛林乌鸦和一只八哥——站在不远处的仙人掌丛上观看这场决斗。乌鸦和八哥想参与蛇和猫鼬之间的决斗。它们似乎选择站在猫鼬的一方，它们想转移蛇的注意力，以便为猫鼬提供帮助。乌鸦和八哥第一次一起冲向眼镜蛇时，不幸中途相撞，而后又飞回仙人掌上。两只鸟再次冲向眼镜蛇时，却再次相撞，然后又飞回到仙人掌上。它俩第三次冲向蛇时，虽然没有相撞，但是八哥却中途退出战斗，逃回到仙人掌上。令人敬佩的是，乌鸦坚定地朝蛇飞去。眼镜蛇发现它后，把头猛地向后一甩，给了乌鸦一次狠狠的袭击，倒霉的乌鸦很快便在离眼镜蛇不远的地方死去。八哥没有进一步干预决斗，只是在一旁观战。

眼镜蛇渐渐变得衰弱，猫鼬敏捷地跳到一边，在蛇背上猛咬一口，然后它靠后腿站起来，咬住蛇鼻，紧紧抓住蛇身，直到它不再扭动为止。当猫鼬把蛇拖进灌木丛时，八哥向它尖叫，以示祝贺，然而飞走了①。

所有这一切都发生在叙述者眼前。该故事不仅可以让儿童读者享受到在现实中很难见到的眼镜蛇与猫鼬之间的激烈搏杀，还有助于他们了解故事中所传达出的生态道理：第一，自然界中不仅存在能够和谐相处的朋友，也存在相互竞争的对手。第二，大自然中没有绝对的强者。依照大自然的生存法则，没有哪个人或哪个动物是不可战胜的。虽然眼镜蛇是一种致命的动物，虽然它的一次强力攻击足以杀死任何一个动物或者人，但它却输给了猫鼬。

《犹如灼灼火焰一般的虎》（"Tiger, Tiger, Burning Bright"）展现了大自然中弱肉强食的丛林法则，向儿童读者传递了一些有关丛林法则的生态理念。该故事有助于儿童读者理解人类与动物之间的差别和相似之处，思考人类是否真的比动物优越的问题。有一次，拉穆（Ramu）和希亚姆（Shyam）这两个男孩发现一只被丛林猫咬死的大野兔，还看到一只老鹰抓着一只小野兔在空中飞翔。看到这些死亡场景后，希亚姆觉得野兔们很可怜，但拉穆向他解释说，这就是丛林法则，丛林猫和老鹰不得不通过捕食其他小动物来养家糊口，而捕食行为必然会造成生命的死亡。希亚姆继而想起一个问题："我想知道我们人类是否比动物更好？"拉穆对这个问题的回答如下："也许我们在某些方面更好。祖父常说：'笑和仁慈，是唯一能使人比野兽更好的东西。'"② 邦德通过两个男孩之间的对话强调，仁慈和怜悯之心是使人优于动物的重要因素。也就是说，只有心怀仁慈和怜悯之心的人，才可能优于动物，而那些丧失仁慈和怜悯之心的人却连动物都不如。

作者对比了动物和人对待死亡的不同态度。邦德在故事中描述了老虎杀死一只温顺的白斑鹿的过程。老虎速度快，力度强，很快便将白斑鹿扼杀，一条鲜活的生命瞬间消逝。作者认为这就是丛林生活和丛林法则。动物们在丛林中

---

① BOND R. Children's Omnibus [M]. New Delhi：Rupa and Company，2007：139.

② BOND R. Dust on the Mountain：Collected Stories [M]. New Delhi：Penguin Books India Pvt Ltd，2009：268.

从一个地方迁移到另一地方的过程中，尽管死亡事件时常发生在它们眼前，但它们不会过多地顾虑或反思死亡。如果它们这样做，它们将难以在丛林中生存下去。在丛林中，捕食者和被捕食者之间的矛盾是不可调和的，意想不到的死亡不仅时常发生，而且很快便会被幸存者遗忘。文中写道："野生动物没有考虑过这个问题，因而它们中的某一个体如果在林中突然被捕食者杀死，这只是个短暂事件，很快便会被幸存者遗忘。"① 与动物相比，人类却在死亡事件上花费过多的时间和精力，尤其是对死亡怀有强烈的恐惧，一旦经历死亡事件，很难从死亡事件中走出来。

在大自然中，不仅动物与动物之间存在竞争或冲突，甚至人与动物之间也存在竞争或冲突。生态整体主义强调，人类是大自然中的一分子，人类同动物之间不仅存在和谐共生的关系，也存在矛盾或竞争的关系。邦德的《鹰眼》（"The Eyes of the Eagle"）展现了牧童贾伊（Jai）为保护羊群而与素有"喜马拉雅天空之王"之称号的金雕（属于鹰科）斗智斗勇的故事。

在喜马拉雅山间的草地上放羊时，每当听到刺耳、熟悉的金雕声，贾伊便立即停止手中的事情，抬头紧盯着天空，防止金雕偷袭小羊。贾伊有一只毛发乱蓬蓬的牧羊犬，名叫莫图（Motu），它是贾伊的得力助手，既可以帮他放羊，也可以帮他抵御金雕的偷袭。

其他牧羊人的小羊大都被金雕叼走过。贾伊为自家的小羊从未被金雕叼走过而感到自豪。但是，好运不长，一天，一只凶猛的金雕蠢蠢欲动，伺机偷袭贾伊的小羊。金雕瞬间用其可怕而强劲的爪子牢牢抓住一只小羊，将其叼走。莫图拼命追赶，但金雕很快逃脱，丝毫不理会失败者的愤怒。被叼走的是一只可爱的小羊，因而贾伊颇为恼火。他将剩余的羊赶回家后，天性乐观的祖父安慰他不要难过。祖父向男孩解释，捕食是金雕的本能，金雕必须靠捕食其他动物才能生存下去，并且金雕只捕食进入其领地的动物。这里，作者借助祖父的话引导儿童读者认识到捕食与被捕食是大自然中的常见现象，大自然中有捕食者，就有被捕食者。虽然自家的小羊被金雕叼走，但是，祖父在孩子面前没有对金雕表现出一丝仇恨，更没有将它视为恶魔，他只是耐心地向孩子解释金雕捕食小羊的客观原因。简单来看，人驱赶金雕、保护小羊，是为了维系人的基本生存，而金雕捕食羊，则是为了维系金雕的基本生存。在普通人与金雕的冲

---

① BOND R. Dust on the Mountain：Collected Stories ［M］. New Delhi：Penguin Books India Pvt Ltd，2009：267.

突中，没有孰是孰非之分，双方为了维系各自的生存而产生的竞争属于自然法则的一部分。

虽然金雕对牧羊人的基本利益构成了威胁，但是作者在描述金雕和牧羊人之间的冲突时始终保持中立立场，试图以客观的态度来展现两者之间的关系。他没有因为金雕捕食人的家畜而贬低或歧视金雕。相反，他给予金雕一定的赞美，例如他赞美金雕的外形："金雕立起身时，几乎和贾伊一样高。它的翅膀张开着，它那双凶残的眼睛似乎在不停地打量着男孩。""这只大雕具有强劲的喙和爪，它是男孩和狗无法匹敌的对手。后爪是它最危险的武器，后爪的弯曲处有四英寸长。当它展开双翼时，两翼尖之间的距离超过八英尺。"[1] 作者还赞美了金雕敏锐的眼睛："金雕立于突出的岩石上，威严地凝视着整个山谷。没有什么东西能逃过它那双冷酷、不眨动的眼睛。它那双奇异、橙黄色的眼睛能识别出一百多年前的田鼠或草原鼠兔。"[2]

祖母批评贾伊粗心大意，提醒他以后要谨慎些，尤其是在把小羊赶到山坡上以后，更要谨慎。在之后的几天里，贾伊和莫图细心照看羊群，不让它们离开自己的视线范围。

作者描述了金雕与莫图的直接冲突。当狡猾的金雕俯冲而下，直接扑向小羊时，贾伊没有及时发现它，但莫图发现了，它迅速跑到小羊身边，和金雕发生激烈冲突。金雕边叫边用巨喙啄莫图的腿。莫图痛苦地叫着。贾伊闻声赶来，金雕因害怕而飞走。贾伊撕下一块布，包扎莫图的伤口。虽然莫图因受伤而无法站立，但它为自己救回一只小羊而开心地叫着。贾伊大声向爷爷求助，爷孙俩把莫图抬回家治疗。

一天，祖父让祖母从房间的一个角落里拿出一根用野樱桃木做成的古老木棒。他告诉贾伊，这根木棒代表着优秀，这是他在通寺里从一个流浪者那里获取的。祖父认为现在是把木棒交给贾伊的时候了，以便他能用此棒驱赶金雕。

作者再次描述了金雕与贾伊的直接冲突。当贾伊和羊群在高海拔的草地上漫游时，乌鸦的叫声使他意识到金雕就在附近。贾伊提前隐藏起来。当金雕扑向一只小羊时，贾伊靠着木棒赋予他的力量和信心，迅速将木棒举过头顶，然后狠狠地给了金雕一击，它痛叫着飞走了。即使贾伊用木棒驱走了金雕，但它并不害怕，"相反，它飞到山坡上，瞪着男孩，就像一个国王瞪着一个胆敢用小

① BOND R. Panther's Moon and Other Stories [M]. New Delhi：India Puffin, 1991：76.
② BOND R. Panther's Moon and Other Stories [M]. New Delhi：India Puffin, 1991：76.

石子砸他的卑微臣民一样"①。在邦德的笔下，金雕成了国王，而以男孩为代表的人类却成了卑微的臣民。这一描述消解了以人类为中心的观念，凸显出以生物为中心的生态理念。

贾伊将小羊扛在肩上。不幸的是，另一只金雕（可能是刚才那只金雕的配偶）扑向贾伊肩上的小羊。结果，贾伊和小羊一起顺着斜坡滚入刺毛越桔丛中。丧失木棒的他开始大声求助。金雕们听到其他人以及莫图赶来的声音后，立即飞走。回到家后，贾伊才想起丢失的木棒。幸运的是，莫图把它衔了回来。祖父为贾伊的勇敢行为感到骄傲，说道："重要的不是木棒，而是拿着木棒的人。"②

该故事生动地展现了人与金雕之间的激烈冲突。在一次又一次的冲突中，金雕为维系自己的基本生存而拼命捕食人类的家畜，以贾伊为代表的人类为保护自身的基本利益（家畜）而与金雕展开激烈斗争。捕食和被捕食是自然界中的一种常见现象、一个基本法则，贾伊与金雕之间的冲突是彰显这一自然法则的典型例子。该故事有助于加深儿童读者对人与动物之冲突及其背后的自然法则的理解。

在《祖父与鸵鸟的搏斗》（"Grandpa Fights an Ostrich"）中，邦德不仅展现了鸵鸟的特征和性情，也展现了人与鸵鸟之间的矛盾和冲突。作者对两者之间矛盾和冲突的描述不仅逼真，而且富有趣味性。祖父工作的地方离其居住地大约十二英里远。他经常骑马回家，但有一天，马儿受伤，他只能步行。他带着他的宠物狗试图抄近路，他们穿过一个个山丘，这可以让他少走大约七英里的路程。途中，他路过一个鸵鸟养殖场。在鸵鸟繁殖的季节，雄性鸵鸟异常凶猛，路人从养殖场旁经过时，稍不留神便可能遭受鸵鸟的攻击。祖父想当然地认为，一旦他遭受攻击，他的宠物狗一定会来救他。不幸的是，狗当时离开他，去追野兔了。他大声呼唤狗回来。鸵鸟们被祖父的声音惊扰，四处乱窜。其中一只雄性鸵鸟突然从灌木丛中钻出，追赶祖父，用腿猛烈地攻击他。祖父回忆道："我稍微改变了路线，冲向最近的灌木丛，待在那里一边喘气，一边等待追赶者。那只大鸟很快就要追上我了，一场奇异的交锋要开始了。"③ 祖父抓住鸵鸟的一个翅膀，自认为鸵鸟会因此而害怕，然后逃跑。可是顽强的它并没有逃

---

① BOND R. Panther's Moon and Other Stories [M]. New Delhi: India Puffin, 1991: 81.

② BOND R. Panther's Moon and Other Stories [M]. New Delhi: India Puffin, 1991: 81.

③ BOND R. Panther's Moon and Other Stories [M]. New Delhi: India Puffin, 1991: 21.

走，它围着祖父转来转去。祖父拗不过它，只好放开其翅膀。在祖父认为死亡即将降临其头上的时候，鸵鸟却突然返回养殖场。或许是远处传来的狗叫声救了祖父一命。及时赶来的狗不停地舔祖父的脸和手。在接下来的路途中，狗再也没有离开过祖父，一直陪伴他回到家中。

在《祖父与鸵鸟的搏斗》中，邦德为我们展现了人与鸵鸟之间的冲突，以及鸵鸟的特征和性情。为儿童读者真实展现动物的特征和性情以及人与动物之间的矛盾和冲突，是儿童生态文学作家需要承担的一项重要任务。邦德在此方面为我们树立了榜样。

三、《附近的灌木丛对许多鸟儿都有益》《神圣之树》《温柔的菩提树》等7个文本：彰显树木等植物对生态系统中其他成员的重要性

生态整体主义要求我们认识到大自然中不同成员之间的客观关系，尤其是一个成员对于其他成员的重要性。朱莉娅·克里斯蒂娃（Julia Kristeva）曾写道："虽然我们生活在自然中，是自然的一部分，并且处处被自然围绕，但是，我们对自然的理解却很少。"[1] 邦德持有类似的观点。在他看来，尽管我们在日常生活中经常见到树等植物，时常被树等植物围绕，但是，我们对树木等植物及其生态价值的了解却十分有限。为了增加人们尤其是儿童读者对树木等植物的了解，邦德在《附近的灌木丛对许多鸟儿都有益》《神圣之树》《温柔的菩提树》等7个文本中描述了树木等植物的特征，强调了它们对生态系统中其他成员的重要性。

在《附近的灌木丛对许多鸟儿都有益》（"A Bush at Hand Is Good for Many a Bird"）中，邦德以经常被人无视的灌木丛为书写对象，展现了灌木丛的诸多生态价值，表达了对灌木丛的喜爱。在作者看来，灌木是大自然的一个重要组成部分，灌木无论是对于人类还是非人类自然存在物而言皆具有重要的作用。

邦德在故事的开头将灌木与树木进行了比较。大多数树木都长得高大，其个头通常比人的高，需要人带着惊奇和敬意去仰视。但是，灌木的个头同人的差不多，对人而言很容易接近，人可以与它们平等相处。因此，相较于树木，邦德更喜爱灌木。作者就灌木的诸多优点写道：

[1] ELAMPARITHY S. From Waste Land to Wonder Land：The Psychology of Eco-degradation and the Way Out ［A］// SURESH F. Contemporary Contemplation on Ecoliterature ［C］. New Delhi：Authors Press，2012：127.

尽管一棵灌木可能已经在地上生长了三四十年甚至更长时间，但它仍然保持着本色，与人一般大小，平易近人。灌木可能向周边蔓延，也可能变得更加茂盛，但它的个头很少会高过你。这意味着我可以亲近它，了解它的叶子、花蕾、花朵和果实的特性，以及栖息在灌木丛里的居民们，无论它们是昆虫、鸟类、小型哺乳动物还是爬行动物。①

在邦德看来，树木可以为人类提供庇护所和荫凉地，而灌木丛可以为许多昆虫、小鸟和爬行动物提供庇护所和栖息地；灌木丛因其高度同人一样而显得平易近人，人可以近距离观察灌木丛中的一切。此外，邦德认为灌木丛可以像树木一样用其根系将土壤颗粒紧紧地黏结在一起，进而预防水土流失。

邦德还从以下几个方面介绍了灌木丛：夏天浆果成熟时，麻雀、绿鸠、鹎、绿侏鹦鹉等以水果为食的鸟儿会光顾覆盆子丛；小檗这种喜马拉雅原生灌木，与覆盆子丛相似，不仅吸引着鸟儿在其间栖息，也吸引着男孩在其间游戏；犬蔷薇、野生黄茉莉、醉鱼草等可以开花的灌木十分美丽。

在故事结尾处，邦德将他小屋附近的那片灌木丛视为鸟类的休闲区，重申故事标题中的核心信息——附近的灌木丛对许多鸟儿都有益，"你可以把我的灌木林称为小鸟们的休息室。如果它们愿意，它们可以自由地在这里栖息。它们的存在给我的生活增添了快乐。附近的灌木丛对许多鸟儿都有益"②。长期以来被人类忽视的灌木丛却在邦德心目中占有很重的分量。作为一位生态整体主义者，邦德既能看到灌木丛之于人类的益处，也能看到它们之于非人类生命的益处。

邦德在《神圣之树》（"Sacred Trees"）中强调，所有树木都是神圣的，它们对人类和非人类自然存在物十分重要，人们需要多了解和保护树木。作者指出，如果对生长在印度某个地方的一种树的历史或神话进行探究，不难发现，这种树曾在生活在这个地方的人的心中占据着重要位置。作者认为，树自古以来就与神祇联系在一起，据说树是从神祇的甘露中生长出来的。通过文中如下的解释，我们可以了解树木在印度被视为神圣之物的部分原因。

对早期的人类来说，它们（树）是令人敬畏和惊奇的存在物。它们生长的奥秘，它们叶子和枝条的运动，它们看似死去然而又在春天复活的行

---

① BOND R. The Book of Nature［M］. New Delhi：Penguin Books India Pvt Ltd，2008：43.

② BOND R. The Book of Nature［M］. New Delhi：Penguin Books India Pvt Ltd，2008：45.

为方式，种子里突然生出的幼苗，所有这些现象都像是奇迹，的确如此！由于树木奇妙的生长过程，人们开始认为树上栖息着神祇，于是对树的虔诚也就变成了对栖息在树上的神祇或树神的虔诚。①

或许正是基于这个原因，对于居住在印度中部地区的原住民贡德人（Gonds）而言，他们在砍树之前必须求得树的宽恕，此外，他们晚上一般不会摇树，因为他们担心这会惊扰正在树上休息的树精灵。

邦德在文中介绍了印度楝树、长叶马府油树、鸡蛋花树、紫铆、阿拉伯金合欢、芒果树等树的重要性。首先，他详细介绍了印度楝树。在下雨天，掉落在地上的楝树豆荚被踩碎后，会散发出浓郁、提神的香气，香气在空气中可持续数日之久，"这是因为楝树比大多数树木能释放出更多的氧气"②。邦德还描述了楝树的空气净化作用，及其树叶、树皮和树液的药用价值。其次，邦德描述了长叶马府油树。在印度，这种树被许多部落奉为神圣之树。对于信奉印度教的巴格迪（Bagdi）部落而言，在结婚日的清晨，新郎去迎娶新娘之前，通常要先同一棵长叶马府油树进行模拟结婚。第三，邦德描述了在印度民间传说中占有一席之位的紫铆树。在印度的洒红节期间，人们互相抛洒用紫铆花制成的红粉，以迎接春天的到来。邦德还介绍了其他三种树。阿拉伯金合欢虽然外貌不出众，但它可以在平原上的任何一个地方生长，许多古老的信仰都与这种树有关。在印度民间传说中，芒果树是一种"如愿树"。

邦德认为，所有的树木和森林都是神圣的。在印度贝拉尔（Berar）地区，没有人敢购买或砍伐树木。数世纪以来，马图拉城（Mathura）附近的神圣小树林之所以一直受到保护，主要是因为那里曾是克里希纳神小时候玩耍的地方。作者认为，除了这些林地之外，其他的树木和森林也应该永远得到保护。

当今，随着人口数量的不断增加，对土地的需求量在不断增加，在此背景下，树林面积正在萎缩。在故事结尾处，邦德对这一现象深表担忧："但是现在，唉，为了给满足日益增长的人口的需求让路，就连神圣的小树林也在消失。真遗憾呀！每个人都需要一棵属于自己的树。即使你不崇拜树精灵，你也可以爱树。"③ 为了遏制树木不断减少的趋势，邦德希望人人都认领一棵树，人人都爱树。

---

① BOND R. The Book of Nature [M]. New Delhi：Penguin Books India Pvt Ltd, 2008：146.

② BOND R. The Book of Nature [M]. New Delhi：Penguin Books India Pvt Ltd, 2008：145.

③ BOND R. The Book of Nature [M]. New Delhi：Penguin Books India Pvt Ltd, 2008：149.

　　《温柔的菩提树》（"The Gentle Banyan"）展现了菩提树的诸多特征，及其对于人类和非人类生命的主要益处。故事开篇处，邦德把高大的树比作高大的男人，就像高大的男人往往比较温柔一样，高大的树往往比较友好，以此强调菩提树可能是所有树木中最高大、最友好的树。

　　邦德细致描述了菩提树的气生根。除长有主根和侧根之外，菩提树还长有满树的气生根。菩提树的枝干上有许多皮孔，从孔里可以长出悬垂的气生根。当气生根垂落至地面，长入土壤后，便生根发芽，逐渐长成新的树干，这种树干被称为"支柱根"。菩提树的支柱根看起来犹如支撑一座宫殿的支柱。菩提树拥有漫长的生命。上千年后，一棵菩提树可以演化为一片菩提树林。邦德建议人们不要在房屋附近种植菩提树，否则，它可能穿透墙壁，毁坏房屋。

　　菩提树的树冠亭亭如盖，遮天蔽日。人坐在树冠下休息时，感到十分惬意。此外，菩提树易于攀爬，因而颇受孩子们的喜爱。菩提树是许多生物的栖息地。邦德把菩提树比作人类和非人类生命的旅馆或休息室。文中描述道："菩提树非常好客。除了吸引男孩和女孩之外，菩提树还吸引了大量的访客——鸟类、松鼠、昆虫、飞狐等，许多有趣的生物实际上都栖居在菩提树上。树上有许多阴暗、隐私的角落，适合各种游客居住。菩提树就像一家旅馆或寄宿公寓，许多不同的家庭比邻而居，互不干涉。"① 在枝繁叶茂的巨树里栖息着各种各样的小生物，它们"比邻而居"，"互不干涉"，一幅万物和谐相生的自然美景展现在我们眼前。

　　在故事的最后，邦德认为，菩提树在炎热的夏季能为人们提供清凉的树荫，这或许是菩提树值得我们爱护的重要原因之一。文中写道："没有别的树能在炎炎夏日提供如此清凉的树荫，正因为这一点，如果没有其他原因的话，这种高贵的树值得我们爱护。"② 邦德通过这一故事不仅向人们尤其是儿童读者普及了有关菩提树的诸多知识，而且意在引导他们认识到菩提树对人类和非人类生命的种种益处，进而学会尊重和爱护菩提树。

　　邦德的《木棉树》（"The Silk Cotton Tree"）主要展现了木棉树对人类和非人类生命的益处。木棉树是一种先开花后长叶的树。木棉花盛开之时，犹如尽情燃烧、欢快跳跃的火苗。

　　木棉树身上的各个部分几乎对人类都具有使用价值。木棉树木质较软，渔

① 　BOND R. The Book of Nature [M]. New Delhi：Penguin Books India Pvt Ltd，2008：131.
② 　BOND R. The Book of Nature [M]. New Delhi：Penguin Books India Pvt Ltd，2008：133.

民可用它制作渔网上的浮子。木棉树的种子可用于制作牛的食物。木棉树蒴果内的棉絮不适合纺纱、织布，但可以用来填充枕头和垫子。树皮中的树胶可用于制作草药。

木棉树在印度传统文化中占据一席之地。在印度的中央邦有一个名叫玛丽亚（Maria）的森林部落，每当该部落发现一个村庄的时候，他们通常会在村庄的中心区域种一棵木棉树。

木棉树对非人类生命具有重要的生态价值。木棉树吸引许许多多的鸟儿和小动物前来参观和栖息。文中对此描述道：

> 木棉树因其花色艳丽、花朵繁多而引人注目。在开花期，有大量鸟儿前来观赏。有些鸟儿到这里，是为了获取蕴藏在又大又红的花朵中的花蜜；有些鸟儿到这里，是为了寻找成千上万只躲在花杯底部的昆虫；还有些鸟儿到这里，是因为这种树木质较软，很容易将其挖空作为筑巢之地。①

木棉树是乌鸦、八哥、巨嘴鸟、鹎、燕卷尾、噪鹃等鸟儿获取食物和栖息地的良好来源。除了鸟儿之外，棕榈灰鼠、粉红椋鸟、印度大蜜蜂等小动物也成了木棉树上引人注目的访客。在此故事中，邦德强调了木棉树对于大自然中非人类成员的重要价值。在他看来，倘若大自然中没有木棉树，或许，许多的生物将面临生存危机。

《千树园》（"Garden of a Thousand Trees"）展现了芒果树对人类和非人类生命的重要性，以及作者对芒果树的喜爱。在作者看来，芒果树是印度最庄严的树之一，芒果树在印度不少地方是一道靓丽的风景。在印度哈扎里巴格地区有一个包含着一千多棵芒果树的果园，该园被称为"千树园"。

邦德赞美了芒果树的多汁果实，这是人们喜欢芒果树的一个主要原因。"任何一个心智正常的人都不愿意砍伐一棵芒果树。哪怕是野生的芒果树，也会慷慨地产出多汁的果实，其果实有时被称为'神祇的甘露'，有时被称为水果之王。"② 芒果树慷慨地向人们提供美味的果实，因而任何一个心智正常的人都不应该砍伐芒果树。砍伐芒果树，就相当于糟蹋大自然赠予人类的美味食物。

邦德还从以下几个方面介绍了芒果树。芒果树对印度古吉拉特邦人具有重要的意义。在古吉拉特邦，妇女们在每年的七八月份种下一棵芒果幼苗并敬奉

---

① BOND R. The Book of Nature [M]. New Delhi：Penguin Books India Pvt Ltd, 2008：134.

② BOND R. The Book of Nature [M]. New Delhi：Penguin Books India Pvt Ltd, 2008：136.

它，希望它能庇护她们的孩子免受疾病的侵害。在印度的平原地区，芒果林较为常见，芒果林是疲惫的农民休息和吃薄饼的地方。如果你问他们是谁种了这些芒果树，他们或许给不出答案，因为在他们很小的时候，芒果林就已经在那里了。芒果树尚未结果的时候，蓝松鸦、小而绿的铜匠鸟等鸟就开始拜访芒果树了。在芒果成熟的季节，果园看守人格外细心，以保护果实不被淘气的孩子和翠绿色鹦鹉偷食。

邦德在《千树园》中不仅强调了芒果树对人类和非人类生命的重要性，还强调了树木的永恒性。在他看来，一棵树被种下后，会代代相传；我们植树，不仅为了当代人，更为了我们的子孙后代。

《寻找香豌豆》（"In Search of Sweet Peas"）展现了叙述者对香豌豆、花菱草等花儿，以及罗望子树、芒果树、榕树、雪杉树等树木的喜爱。故事的第一人称叙述者其实就是邦德本人。作者在该故事中强调了树木对大自然家庭中的人类和非人类成员的重要性，并揭露了世上的树木日益减少的问题。

故事的第一部分凸显出叙述者对花儿的喜爱。故事一开始，叙述者便明确表示，如果让他在写一篇关于泰姬陵的文章和写一篇关于夏天最后一朵玫瑰花的文章之间做选择，他会毫不犹豫地选择后者，这是因为洁白、冰冷的大理石令他感到寒冷、失落，而美丽、芬芳的玫瑰却让他感到温馨、愉快。

冬天到来后，山坡是棕色的、干燥的，就连叙述者的花园也显得十分凄凉。唯一的彩色来自生长于石灰岩石间的小酸模（俗称"红酢浆草"）。当叙述者从普雷姆（Prem）那儿得知镇上一所公立学校的花园里仍有大量香豌豆在盛开的消息后，由于很久没有闻到香豌豆的清香了，因而他变得坐立不安，最终决定下山到学校里闻一闻香豌豆的气味。遗憾的是，由于学校放假，门卫不允许他进校观赏香豌豆。他只能四处闲逛，无意间找到一个没有围栏的公园。在公园里，他发现一个可爱的小花园，那里生长着鲜黄色的花菱草，近距离接触这些花儿令他感到颇为开心。

在故事的第二部分，叙述者介绍一些他比较熟悉的树，并强调这些树对人类和非人类生命的重要性。他认为，树的寿命比人的长得多；树能让人变得年轻，一个地方的树越古老，生活在这个地方的人看起来可能越年轻。他举例阐述了这些观点。世界上最古老的树是一种生长在美国加利福尼亚州的松树，据说，其寿命长达五千年，这或许是加州人看起来比较年轻的原因。叙述者还提到，他亲眼见过的最古老的树是一棵桑树，它生长在喜马拉雅山上一个名叫乔斯希马特（Joshimath）的寺庙小镇，该树被人们称为"劫簸树"（Kalpavriksha，

又名"不朽之树"），据说 16 世纪印度伟大的哲学家和神学家商羯罗大师
（Shankaracharya）曾在这棵树下冥想，并获得开悟。

叙述者描述了一棵古老的罗望子树，该树位于德拉最繁忙十字路口的中央
位置。他认为，在过去的四十年里，德拉以及印度北部其他城镇的人口增长了
十倍，许多树因此被毁，但幸运的是，这棵罗望子树却在拥挤而喧嚣的城镇中
幸存下来。

叙述者回忆道，过去每个印度村庄里都长有一棵枝叶繁茂的榕树，它不仅
为当地人提供了绿荫，也为松鼠、鸟类、飞狐和大甲虫提供了栖息地。榕树对
人类和非人类生命具有重要的作用，但是，如今为了给人类社会的发展腾地，
榕树正逐渐消失，文中写道："在印度的一些地方仍能找到古老的榕树。但是，
随着村庄发展为城镇，城镇发展为城市，榕树正在逐渐消失。榕树需要大量的
空间来维系其气生根的拓展……然而，如今，空间已变得稀缺。"① 城镇的快速
发展以及乡村的快速萎缩，导致榕树的生存空间不断缩小，最终导致榕树的慢
慢消失。

叙述者介绍了一片芒果林，这是一个适合静心漫步或午后小憩的好地方。
不过，一旦芒果成熟，芒果林将不再清静，这是因为芒果成熟后，无论是孩子
们还是小动物们，都争先恐后地来到芒果树上品尝新鲜、美味的果实，此番景
象十分热闹。

在叙述者居住的穆索里镇的周边地区生长着许多巨大的喜马拉雅雪杉。穆
索里镇只有一百六十年的历史，但这些雪杉的年龄至少是小镇的两倍。叙述者
将覆盖在大山上的雪杉比作一支正在行进的军队，并且表示非常喜欢这支军队。
邦德通过叙述者之口表达了对森林砍伐问题的忧虑："虽然世界上的森林覆盖面
积已减少一半以上，但是……这些强壮的巨树看起来似乎还能存在很长一段时
间。"② 如今，世界森林覆盖率逐年下降，虽然喜马拉雅雪杉尚能存在一段时
间，但是若干年后，这种树可能也会濒临灭绝。

叙述者认为，植树造林是一项长远而伟大的事业，是一项可以造福人类和
非人类生命的千年投资。常言道，前人栽树，后人乘凉。植树造林虽然有时候
不能造福当代人，还一定能造福子孙后代。叙述者的植树观颇具启发性和前瞻
性。阅读邦德的《寻找香豌豆》不仅有助于儿童读者们了解树木对大自然中的

① BOND R. Funny Side Up [M]. New Delhi：Rupa Publications India，2006：35.
② BOND R. Funny Side Up [M]. New Delhi：Rupa Publications India，2006：36.

人类和非人类成员的重要性，而且有助于树立其爱树和植树的意识。

邦德在《犹如灼灼火焰一般的虎》（"Tiger, Tiger, Burning Bright"）中强调了睡莲等植物之于人类的益处。在可怕的饥荒时期，村民们的食物匮乏，但大自然却为他们提供了睡莲等食物。他们通过食用睡莲的根才得以生存下来。"虽然睡莲的花很美，但村民们更看重它的根。将根煮熟后，可以做成一道美味、强身的菜肴。这种植物繁殖快，总是供应充足。在村里发生饥荒的那一年，仅睡莲的根就使许多人免于饥饿。"① 学者塔库尔（Ram Kulesh Thakur）写道："人与自然的关系首先是躯体的、物质的关系，这是人类赖以生存的基础和条件。邦德表现了人类为获得维系生存的基本用品而依赖大自然的事实。他通过文学作品颂扬大自然的仁慈力量。"② 邦德试图通过这一情节让读者们认识到，慷慨、仁慈的大自然是人类赖以生存的物质基础，人类的生存须臾离不开大自然。

第二节　邦德儿童短篇小说的生态伦理意识

罗斯金・邦德具有强烈的生态伦理意识，他的许多儿童短篇小说亦彰显强烈的生态伦理意识。在《家中的老虎》《无处栖身的豹子》《穆克什养羊》等7个文本中，邦德着力书写人与动物之间的相互信任和真挚情谊。作品中的主人公们信任和尊重各种非人类动物，反对猎杀动物。他们对豹子、老虎等动物的欣赏、尊重、信任和保护，换来了动物们对他们的信任和保护。他们认为，动物同人类一样具有自身的情感和爱好，人类应该尊重它们的情感和爱好；倘若人类以博爱和仁慈之心对待动物，便能够同它们建立和谐、持久的关系。在《大大小小的动物》《跳舞地带》和《来自森林的游客》中，邦德呼吁人们尊重动物的生存权和自由权。作品中的主人公们热爱老虎、猴子、乌龟、蟒蛇、犀鸟等动物，将它们视为朋友；他们意识到动物们具有自身的生存权利，并呼吁人类承认和尊重它们的生存权利。他们认为，人类应该善待动物，不应该滥杀

---

① BOND R. Dust on the Mountain: Collected Stories [M]. New Delhi: Penguin Books India Pvt Ltd, 2009: 266.

② THAKUR K R. Ruskin Bond: Interpreter of Human Relationship [M]. Bhubaneswar: Prakash Book Depot, 2011: 43.

动物；一些动物喜欢在夜间活动，人类应该尊重它们在夜间自由活动的权利；当一些动物迫于生存或环境的压力，不得不进入人类的生活空间时，尽管它们可能会给人类带来一些麻烦，但人类应该理解它们的困境，允许它们在人类的空间中栖息或避难。在《犹如灼灼火焰一般的虎》《家中的乌鸦》《隧道》等4个文本中，邦德传达出敬畏并保护动物生命的生态理念。作品中的主人公们尊重老虎、猴子、蜘蛛、蝎子等非人类动物的生命，他们对动物的尊重、仁慈和博爱换来了动物们对他们的信任和救护。他们认为，动物应该同人类一样享有在地球上自由生活的平等权利，人类不应该无缘无故地杀害动物。尤其值得称赞的是，有的主人公不顾个人安危去救助身处困境中的动物。简言之，邦德的儿童短篇小说具有深刻的生态伦理意识，阅读邦德的儿童短篇小说有助于儿童读者树立生态伦理理念。

一、《家中的老虎》《无处栖身的豹子》《穆克什养羊》等7个文本：人与动物间的相互信任和真挚情谊

邦德的《家中的老虎》（"The Tiger in the House"）主要展现了"我"的祖父与老虎"蒂莫西"（Timothy）之间的相互信任和关爱。该故事的第一人称叙述者"我"实际上是邦德本人。人们通常基于动物没有心智这一点而想当然地认为动物比人类低等、无情，甚至认为猎杀动物是合理的。然而在《家中的老虎》中，以蒂莫西等老虎为代表的老虎物种似乎都记住了祖父对它们的仁慈，进而信任祖父。在虐待动物事件依然层出不穷的当今社会，邦德试图用这一故事告诉人类：人类已经迷失方向，让动物来教导我们吧！

故事一开始，叙述者就明确表示，祖父一直反对狩猎这项野外运动，他热爱野生动物，喜欢在家里将猴子、蟒蛇等动物作为宠物饲养。接着，叙述者叙述了祖父曾参与的一次狩猎探险活动。除了祖父之外，探索队中的人大都是来自德里的上层人士。由于祖父对西瓦利克山林这个打猎地有更多的了解，因而他被要求作为向导陪他们到此地狩猎。猎人们狩猎的主要目标是一只老虎，但他们一直没有找到它，最终他们放弃了猎杀老虎的念头，转而射杀其他动物。就在猎人们忙于打猎的时候，祖父却在林间小路旁发现一只孤独的虎崽。文中描述道：

> 猎人们一直没有见到老虎，也没有打到其他猎物，尽管他们看到了许多鹿、孔雀和野猪。就在他们对找到老虎不抱任何希望，并开始捕猎胡狼

的时候，祖父却在林间小道上漫步。他在离其他队员有一段距离的地方，发现一只大约十八英寸长的小老虎正躲在纵横交错的榕树树根间。①

狩猎队伍虽然装备精良，却连老虎的影子都没见到，甚至连鹿、野猪等动物都没有猎到，只能空手而归。邦德一直反对人类猎杀动物，因而他在其诸多儿童短篇小说中，将许多猎人都描述为像《家中的老虎》中那些未能实现狩猎目标的猎人一样的人。

仁慈的祖父把虎崽带回家养育。家中养虎不仅困难，而且十分危险，但祖父却有信心做好这件事情。祖母对虎崽疼爱有加，将它当作孩子来养育，给它起名为蒂莫西。蒂莫西幼年时，其主要食物是牛奶。随着年龄的增长，牛奶逐渐被鸽子和兔子取代。

蒂莫西虽然是一只野生的虎，但它在幼年时却像宠物狗一样可爱。幼年的蒂莫西没有表现出任何攻击人的迹象。它有两个玩伴——猴子托托和一只小狗，它们也是祖父在路上捡来的。托托是个调皮捣蛋的家伙，经常拉蒂莫西的尾巴。蒂莫西起初有点怕小狗，但很快就与它建立了友好关系，并允许它骑在自己背上。它同人一样喜欢保持自身的清洁，时常用爪子擦洗自己的脸。它晚上睡在厨师的房间里，早上被放出来时十分开心。叙述者在祖父家居住期间，成了蒂莫西的好伙伴，"蒂莫西最喜爱的娱乐活动之一，就是悄悄跟踪任何一个愿意和它一起玩耍的人，因此，我到祖父家生活后，便成了它最要好的伙伴之一"②。蒂莫西爱玩弄叙述者的脚。当叙述者带着它到街上散步时，路人看到它后，都感到不安。简言之，蒂莫西小时候温驯、可爱，看起来一点也不凶恶。

但是，随着年龄的增长和体型的增大，蒂莫西开始显露出凶猛的样子，变得有些危险。它在六个月大的时候，发生了较大变化。它开始抓捕邻居的宠物，还把家中的家禽当作猎物。有时，它潜藏在厨师的房间里，似乎要将厨师视为它的猎物。它的这种行为使家人产生了不好的预感。祖父意识到问题的严重性，认为蒂莫西不适合继续留在家中，于是将它交给勒克瑙（Lucknow）动物园照管。

六个月后，祖父在去勒克瑙镇探望远房亲戚时，趁机到动物园看望蒂莫西。

① BOND R. Time Stops at Shamli and Other Stories [M]. New Delhi: Penguin Books India Pvt Ltd, 1989: 153.

② BOND R. Time Stops at Shamli and Other Stories [M]. New Delhi: Penguin Books India Pvt Ltd, 1989: 155.

一到动物园,祖父就径直走向蒂莫西所在的笼子。他站笼子旁,欣赏它优美的体态。当祖父将手臂伸进笼子的时候,老虎走向他,允许他抱住它的头,也允许他抚摸它的前额,挠它的耳朵。每当老虎咆哮时,祖父就用手轻拍它的嘴,就像他以前在家中对待它那样。一名刚工作不久的动物管理员看到笼子附近聚集着许多人,便急忙赶来。管理员看到这一幕,颇为震惊。他告诉祖父,这只虎平时脾气很坏,从不让任何人靠近,连他都不敢碰它。祖父向管理员讲述了他和这只虎之间的故事。印度学者诺拉·尼维蒂塔·肖(Nora Nivedita Shaw)认为,尽管老虎是凶猛、残暴的动物,甚至可以轻而易举地咬断人的手臂,但它在祖父面前却表现得像安德罗克勒斯(Androcles)的狮子一样温柔,静静地舔舐祖父的手。肖认为,此故事既是"对人兽关系的赞歌,也是对天地万物之和谐的赞歌"①。祖父与老虎和谐相处的关键,在于祖父之于老虎的关爱和信任。

蒂莫西静静地舔舐祖父的手。只有当隔壁笼子里的豹子朝它咆哮时,它才不安地跳开。祖父"'嘘'走豹子,老虎又过来舔他的手"②。祖父和老虎之间的亲密互动吸引许多游客前来观看,他们目瞪口呆地盯着祖父和老虎。由于隔壁笼子里的豹子时不时吓唬蒂莫西,因而祖父决定去找动物园负责人,希望他能给蒂莫西换个地方。可是,他没有找到负责人,于是想向蒂莫西道别。就在他抚摸蒂莫西的时候,另一名管理员惊恐地看着他。祖父认出了这名管理员,他就是六个月前接收蒂莫西的人。祖父希望他能给蒂莫西换个地方。祖父对他说道:"你为什么不把它放到别处呢?"③ 这显示了祖父对蒂莫西的关心。管理员礼貌地向祖父讲述了真相:眼前这只虎并非祖父最初交给动物园的那只,他的蒂莫西在两个月前已死于肺炎。他还告诉祖父,眼前这只虎非常凶猛、危险,它上个月被困在山上的陷阱里,被人发现后,送到了这里。

祖父得知真相后,惊呆了一会,但是,笼中那只虎或许是因为从祖父的眼神中看到了爱意,仍在舔舐他的手,舔得津津有味。"祖父花了很长时间才把手

① SHAW N N. Ruskin Bond of India: A True Son of the Soil [M]. New Delhi: Atlantic Publishers and Distributors Pvt Ltd, 2008: 54.
② BOND R. Time Stops at Shamli and Other Stories [M]. New Delhi: Penguin Books India Pvt Ltd, 1989: 156.
③ BOND R. Time Stops at Shamli and Other Stories [M]. New Delhi: Penguin Books India Pvt Ltd, 1989: 156.

从笼中抽出。他把脸靠近它的脸，咕哝道：晚安，蒂莫西。"① 祖父向蒂莫西道别后，轻蔑地看了管理员一眼，然后离开了动物园。

祖父对老虎充满爱意，老虎以同样的方式回应祖父。"因信任而生的信心可以驯服每一只像蒂莫西一样的虎。"② 祖父与蒂莫西之间的相互信任，使他也能够与其他虎建立信任关系。即便笼子里的老虎已不是蒂莫西，即便它的脾气很坏，但是，当祖父走近笼子时，它却主动朝祖父走来，允许他抚摸它，甚至以舔手的方式回应他的爱意。即便它多次被隔壁笼里的豹子惊吓，但是它却没有攻击对它表达爱意的祖父，尤其是，它每次都会返回他身旁，继续舔他的手。

祖父同蒂莫西以及新来的老虎之间的和谐相处，源于祖父一生中与动物之间频繁且真诚的交流，及其对动物生命的深刻理解。邦德通过祖父同两只虎友好相处的故事，向儿童读者传递出这样一条生态哲理：倘若人类真心信任动物，动物也会真心信任人类；人类只有以博爱和仁慈之心对待动物，才能够同它们建立和谐、持久的关系。

《无处栖身的豹子》（"No Room for a Leopard"）主要展现了男孩与豹子之间的相互信任和相互尊重。该故事的主人公兼第一人称叙述者"我"是一个无名的十二岁男孩。男孩住在山林附近的一间小屋里，每天早晚都要穿过丛林。他渴望融入自然，大自然是他心灵的栖息地。尤其是，他信任和尊重各种非人类生命。

男孩喜爱大山和森林，尊重和信任非人类动物，希望人类与非人类动物能够和平相处。男孩时常在没有任何防护措施的情况下独自漫步于山林间，他逐渐与山林中的动物建立起密切的关系。他对动物的尊重和信任，换来了动物对他的信任。由于男孩进入森林的目的不是猎取或掠夺东西，因而动物们很快便习惯了他的存在，能听出他的脚步声，逐渐对他产生信任。男孩叙述道："由于我不是来森林里取走任何东西的，所以鸟兽们很快就习惯了我的存在……听出了我的脚步声……我的接近没有打扰到它们。"③

作者以细腻的笔触描述了男孩与叶猴、叉尾鸟、橙金豹等动物之间的近距

①　BOND R. Time Stops at Shamli and Other Stories［M］. New Delhi：Penguin Books India Pvt Ltd，1989：157.

②　AGGARWAL A. Ruskin Bond：The Writer Saint of Garhwal Himalaya［M］. New Delhi：Sarup Book Publishers，2010：56.

③　BOND R. Treasury of Stories for Children［M］. New Delhi：Penguin Books India Pvt Ltd，2000：139.

离友好接触。由于男孩尊重叶猴、叉尾鸟、橙金豹、野鸡、红狐、白鹇、松貂等动物,不干扰其正常生活,因而这些动物开始将他视为山林中的一员。作者对此描述道:"他的接近没有惊扰到它们。鸟儿们不再飞走,仍然栖息在溪流中间的一块大圆石上,而他则通过几码外的其他大圆石走过溪流。橡树和杜鹃树上的叶猴只是有些好奇地看了他一会儿,然后继续啃食树上长出的嫩嫩绿芽。"① 鸟儿、叶猴等动物对男孩的"忽视",意味着它们默认男孩是山林中的一员而非它们的敌人。

作者描述了男孩与橙金豹首次相遇的场景。基于对男孩的信任,叶猴和鸟儿在危险即将降临到男孩身上的时候,通过发出激烈的叫声来提醒他注意即将到来的危险——一只橙金豹。一天傍晚,"当我穿过小溪,开始爬山时,咕咕声和唧唧声越来越大,好像叶猴试图警告我留意潜在的危险。陡峭山坡上的卵石如雨点般哗啦啦地落下。我抬头一看,只见一只健壮的橙金豹镇定地站在位于我上方大约 20 英尺处的一个大岩石上"② 。这只豹没有看男孩,似乎对他的出现丝毫不在意。为了给自己壮胆,男孩使劲拍了拍手,豹子毫无声息地窜进灌木丛,消失在阴影之中。男孩为他的这一举动干扰了豹子的正常捕食行动而自责,"我打扰了这只正在寻找食物的动物"③ 。但是,当他听到一阵鹿叫声的时候,松了一口气,他意识到自己刚才的举动并没有干扰豹子的捕食行为。从上述情节,我们可以看出男孩对豹子的尊重。如果人类时常带着尊重非人类生命的心态进入自然,那么这种进入对自然而言并非一种干扰。豹子似乎认同男孩在森林中的存在,没有将他视为一种干扰或一个敌人。学者莫汉拉吉(S. Mohanraj)对此评论道:"即使像豹子这样的野生动物也有值得我们欣赏的品质。整个植物群和动物群是如此的通融,以至于它们几乎不把一个人的出现视为一种干扰。在此故事中,邦德告诉我们,虽然男孩好几次遇到同一只凶猛的豹子,但这只豹子并没有伤害他,这是因为他没有邪恶的意图。"④

---

① BOND R. Treasury of Stories for Children [M]. New Delhi: Penguin Books India Pvt Ltd, 2000: 140.

② BOND R. Treasury of Stories for Children [M]. New Delhi: Penguin Books India Pvt Ltd, 2000: 140.

③ BOND R. Treasury of Stories for Children [M]. New Delhi: Penguin Books India Pvt Ltd, 2000: 140.

④ MOHANRAJ S. Eco-phile: Ruskin Bond [A] // SINGH P K. The Creative Contours of Ruskin Bond: An Anthology of Critical Writing [C]. New Delhi: Pencraft Publications, 1995: 121.

一天下午，男孩发现一只叉尾鸟向上游飞去，他试图跟随它。儿童对未知自然物怀有强烈的好奇心，这种好奇心驱使他沉迷于追鸟等自然游戏。由于林间的岩石比较锋利、光滑，因而他很难追上叉尾鸟。他追鸟并不是为了捕捉鸟，而仅是出于好奇心，他想知道鸟的巢穴在哪里。在追鸟的过程中，他再次遇到豹子。于是他停止追鸟，对叉尾鸟的好奇心让位于对豹子的好奇心。这次，豹子同样没有伤害他。

男孩喜爱和尊重橙金豹。豹子慢慢对男孩产生信任，以友好的方式默认乃至欢迎男孩的来访。文中就豹子对男孩的信任写道：

> 也许它正秘密地蹲在某个黑暗的地方，看着我，认出了我，知道我就是那个独自行走在森林里、身上未携带任何武器的人。
>
> 我认为它就在那里，它认识我，它以最友好的方式——完全无视我——来承认我的来访。
>
> 也许我使它变得自信了，太自信了，太粗心了，太相信它身边的人了。我不敢再往前走了。我没有疯。我没有寻求身体上的接触，甚至没有去看一眼它那从一块岩石跃到另一块岩石上的矫健、美丽的身躯。我想要的是它对我的信任，我想它已经将信任给了我。①

豹子认出了男孩，知道男孩就是那个常在林间独自行走且没有携带武器的人，它以"完全无视"男孩这一最友好的方式来承认男孩在林间的存在。通过多次展现男孩与豹子之间的和平相处，邦德意在强调，豹子通常不会主动攻击人，不会无缘无故地伤害人；豹子似乎认同男孩在山林间的存在，没有将他视为猎物；男孩对豹子的欣赏、尊重和信任，换来了豹子对他的信任。信任不仅是人与人之间和谐相处的纽带，也是人与豹子之间和谐共生的根基和秘诀。

动物对男孩的信任源于男孩对它们的欣赏、理解和尊重。男孩没有和动物们说过一句话，但无声胜有声，他已经和它们默默建立起情感联结。男孩热爱、信任动物，反过来，动物接纳、信任他。男孩天真无邪，对动物没有怀有任何不良动机，他从未想过从它们身上谋取任何私利，更不会给它们施加痛苦。《无处栖身的豹子》不愧为一篇展现儿童与动物之间相互信任与和谐相处的优秀文本。

---

① BOND R. Treasury of Stories for Children ［M］. New Delhi：Penguin Books India Pvt Ltd, 2000：146.

《穆克什养羊》("Mukesh Keeps a Goat")展现了男孩穆克什与山羊帕里(Pari)之间的情谊。穆克什是一名动物爱好者,他喜欢收养和照顾动物,他拥有一个私人动物园,里面住着一些他平时收留的流浪动物,如鹦鹉、驴以及他最喜欢的狗等。一天,穆克什步行回家的时候,在田野里遇见一只迷路的山羊,它一直跟随他。回到家后,他对母亲解释说,这只羊是他的新朋友,名叫帕里。他在羊脖上系了一个小铃铛作为它的身份证明。母亲提醒他,狗不会喜欢这个新来的朋友,但令她惊讶的是,狗丝毫不在意这个新朋友,因为"一个不会挖骨头的食草动物不会成为它的竞争对手"①。

随着时间的推移,穆克什与帕里之间的情谊慢慢加深。有一次,帕里毁坏了父亲种的香豌豆,父亲很生气,于是让报童纳图(Nathu)帮忙把羊牵到集市上卖掉。在分别之日,穆克什有些伤心,山羊在离开的途中不时地回头看穆克什,并且咩咩叫,"可能它在想为什么穆克什不陪它走完这段特别的路"②。幸运的是,纳图没有将羊卖给他人,而是自己买下了。几天后,穆克什发现帕里和纳图待在一起后,感到很开心。在邦德笔下,山羊不再是任人宰杀的客体,而是同人一样有情感的生命主体。邦德通过展现两个男孩与山羊之间的友好关系,让我们认识到人类同动物之间是有可能建立和谐关系的。

《奥利弗先生来了》("Here Comes Mr. Oliver")展现了奥利弗先生(简称"奥利")与宠物狗之间的友好相处。奥利弗先生是小学数学老师兼童子军队长。四十多岁的他依然单身,其爱情之路颇为不顺。在结婚日那天,当他在教堂里翘首以盼,等待未婚妻的到来,渴望和她一同步入婚姻殿堂的时候,未婚妻却和一个水手私奔。奥利弗先生的心碎了,他再也不相信爱情了。

幸运的是,奥利弗先生养有一只达克斯猎狗(又名猎獾狗、腊肠狗),他很喜欢这只宠物狗,这是他生活中的唯一伴侣。这只狗对奥利弗先生十分忠诚,当他在林中散步或者去小镇的时候,它都会跟着他。故事的叙述者是一名十来岁的男孩,他和他的好朋友都是奥利弗先生的学生,他们给狗起了个外号——"希特勒"(Hitler)。叙述者创作了一首描述奥利弗先生和狗之关系的歌曲,部分歌词如下:"奥利养有一只小狗,/它从不离开他的视线,/奥利遇到任何一个

---

① BOND R. Nature Omnibus: A Bond with Nature [M]. New Delhi: Ratna Sagar Pvt Ltd, 2007: 79.

② BOND R. Nature Omnibus: A Bond with Nature [M]. New Delhi: Ratna Sagar Pvt Ltd, 2007: 82.

人后，/狗一定会咬此人！"① 歌词充分表明狗对于奥利弗先生的忠诚，以及两者形影不离的关系。

一日，奥利弗先生亲眼看见他心爱的狗所遭遇的悲剧。黄昏时分，当奥利弗先生回学校的时候，一只饥饿的黑豹突然从树影中窜出，用强而有力的嘴巴袭击了狗，然后迅速消失在黑暗的森林中。奥利弗先生吓呆了，他焦急地四处寻狗，但是，他既没有找到狗的踪迹，也没有找到黑豹的踪迹。

邦德的父亲去世后，邦德的母亲嫁给了一位印度商人，邦德与母亲之间的关系日益疏远。因此，邦德在童年的一段时期里时常有迷茫和失落的情绪。为了消除不好的情绪，获得心灵的慰藉，他时常独自走进自然，以自然为伴。或许，奥利弗先生也是以这样的方式来获得心灵的慰藉。心爱的狗死后，奥利弗先生十分沮丧，无心情做任何事。叙述者及其三个朋友比马尔（Bimal）、塔塔（Tata）和奇普（Chippu），想改变奥利弗先生消极的心态，进而帮助他恢复正常的生活。于是，他们想买一只小狗送给他。起初，奥利弗先生拒绝了他们的好意，不想再养狗。后来，在奥利弗先生不知情的情况下，男孩们把小狗悄悄放在他家门口，敲了敲门后，立刻离开了。叙述者一连四天没有见到奥利弗先生和小狗的身影，他以为老师把小狗送给了别人。出乎意料的是，第五天晚上，奥利弗先生带着小狗出门散步了，他手里拿着一根胡桃木手杖，以防黑豹伤害小狗。不久后，小狗成了奥利弗先生形影不离的"伴侣"。

狗驱散了奥利弗先生的忧愁，成了他的好朋友。倘若人时常以同理心和同情心对待动物，那么，动物就愿意同人建立友好关系。当人同动物真正建立起友好关系的时候，人才能从这种关系中获得内心的宁静与平和。

《淘气的猴子》（"Monkey Trouble"）展现了叙述者及其祖父母对猴子图图（Tutu）的关爱，以及他们与图图之间的快乐相处。故事的第一人称叙述者"我"实际上就是童年时期的邦德。一天，祖父看到街头艺人在戏耍一只小猴，于是他心生怜悯，认为"这只戴着项圈和链子的小猴看起来很可怜，如果将它养在自己家里，它将会很快乐"②。祖父同情小猴，认为自家的私人动物园是它美好的归宿，于是买下它，并给它取名为图图。叙述者及其祖父母把图图当作家庭里的一个成员，对它没有任何的偏见和欺凌，因而它在新家过得十分快乐。

---

① BOND R. Dust on the Mountain：Collected Stories ［M］. New Delhi：Penguin Books India Pvt Ltd，2009：589.

② BOND R. Nature Omnibus：A Bond with Nature ［M］. New Delhi：Ratna Sagar Pvt Ltd，2007：34.

调皮的图图在祖父的动物园里时常搞出一些恶作剧。叙述者对它评价道："如果说大脑中有块区域是专门负责搞恶作剧的，那么，图图大脑中的这块区域肯定非常发达。"①

图图善于模仿人的动作。有一次，它看完"我"洗澡的过程后，便学会了洗澡。作者对图图洗澡过程的描述十分细致。文中描述道："印度北部的冬天十分寒冷。晚上，图图的一大乐趣是，在祖母给它准备好的一大盆温水里洗澡。图图用手轻轻地试探水温，然后先慢慢地把一只脚放入水盆里，接着放入另一只（就像它看见我做的那样），最后缓缓地蹲入盆中，直至水升至其脖子处。"② 此外，图图还会往身上涂肥皂。上述有趣的行为凸显出猴子与人之间的相似性。

作者认为，动物同人类一样有着自己的情感和偏好，我们人类应该尊重它们的情感和偏好。故事中的图图像人一样有着丰富的情感，例如，作者以幽默的语气写道："如果有人在图图洗澡的过程中嘲笑它，它会感到伤心，并拒绝继续洗澡。"③ 人害怕被嘲笑，图图也害怕被嘲笑。《淘气的猴子》凸显出人对动物的尊重和关爱，为我们展现出一幅幅关于动物与人快乐相处的温馨画面。

《哈罗德：我们的犀鸟》（"Harold：Our Hornbill"）展现了叙述者及其祖父母对犀鸟哈罗德的关爱，以及他们与哈罗德之间的友好相处。在叙述者的童年时期，叙述者及其祖父母都十分喜爱哈罗德，同它建立了友好关系。哈罗德头大，身材矮小，长相不漂亮，但是性格温厚、友善。十二年来，它一直同祖父母和谐相处。一次，当叙述者及其祖父拿着食物走向哈罗德时，它高兴地向他们打招呼，"祖父和我意味着食物的到来，它通过伸长脖子、抖动张开的嘴、发出响亮的呱呱声，来迎接我们"④。

叙述者及其祖父母尊重哈罗德，乐意同哈罗德一起分享快乐。当哈罗德在雨中快乐地跳舞时，"雨点被风吹到阳台上。哈罗德时而张开翅膀跳舞，时而像

---

① BOND R. Nature Omnibus：A Bond with Nature［M］. New Delhi：Ratna Sagar Pvt Ltd，2007：38.
② BOND R. Nature Omnibus：A Bond with Nature［M］. New Delhi：Ratna Sagar Pvt Ltd，2007：39.
③ BOND R. Nature Omnibus：A Bond with Nature［M］. New Delhi：Ratna Sagar Pvt Ltd，2007：39.
④ BOND R. Nature Omnibus：A Bond with Nature［M］. New Delhi：Ratna Sagar Pvt Ltd，2007：9.

马戏团中的小丑一样在地上滚来滚去。我和祖父母来到阳台，分享它的快乐"①。叙述者及其祖父母对犀鸟怀有同理心，看到犀鸟快乐玩耍时，他们也感到快乐。《哈罗德：我们的犀鸟》彰显出人对动物的尊重和热爱，以及在尊重和热爱的基础上所形成的人与动物的和谐相处。邦德通过这个故事告诉读者：动物是人类的朋友，善待动物就是在温暖世界，保护动物就是在缔造和谐。

《军中的八哥》（"Regimental Myna"）展现了叙述者的曾祖父与观赏鸟八哥之间的情谊。故事开篇处，叙述者叙述道，在他曾祖父那个年代，留在印度的不少英国士兵都喜欢宠物，其中一些士兵喜欢曾祖父养的那只名叫狄更斯（Dickens）的八哥。八哥十分聪明，很容易与士兵们玩到一起。曾祖父曾保护狄更斯免遭许多危险。不幸的是，有一天，狄更斯因遭遇恶劣的天气而死亡。曾祖父十分伤心，在海边用风笛吹奏《最后的证明》（"The Last Proof"）一曲，以此曲为狄更斯送行，然后将其葬于大海之中。在曾祖父心中，狄更斯已不再是一只鸟，而是一个人、一位朋友。人对动物的热爱以及人与动物间的深情厚谊，在此故事中得到充分的体现。

二、《大大小小的动物》《跳舞地带》《来自森林的游客》：尊重动物的生存权和自由权

生态伦理要求人类将其道德关怀的范围从人类社会延伸到非人类自然存在物，要求人类承认并尊重动物权利。生存权和自由权是动物权利的重要组成部分。生存权是指动物享有生存的权利。自由权是指动物享有自由行动的权利。一些国家已经通过立法的手段来保障动物权利，例如瑞士 1992 年已经从法律上确认动物为"存在物"（beings），而非"物品"（things）。有关动物权利的基本观点包括：动物同人类一样，也有权利和利益；动物不应当被当作人类的一般财货或是为人类效力的工具；动物应当享有不被虐待的权利；动物应当享有支配自己生活的权利；动物应当享有一定的精神上的权利；人类应当尊重动物的生命权和生存空间。邦德对动物权利具有深刻的理解，他尊重动物的基本权利，他在《大大小小的动物》《跳舞地带》和《来自森林的游客》三篇儿童短篇小说中引导人们尊重动物的生存权利和自由活动权利。

邦德的祖父不仅热爱树、花等植物，也热爱老虎、猴子、乌龟、蟒蛇、犀

---

① BOND R. Nature Omnibus：A Bond with Nature［M］. New Delhi：Ratna Sagar Pvt Ltd，2007：12.

鸟等动物，尤其是将它们视为"朋友"，承认并尊重它们的生存权利。邦德小时候在祖父家生活过很长一段时间，他在祖父家的生活是快乐的，因为祖父家有许多鲜活的动物与其相伴。他曾近距离观察和接触过许多动物，因而十分了解它们。尼兰詹·莫汉蒂恰如其分地评论道："邦德对动物和昆虫的热爱强化了他与自然的联结以及他对自然的理解。"① 邦德对动物的热爱促使他更深入地认识动物，尤其是认识到动物同人一样也有生存权利。邦德的《大大小小的动物》（"All Creatures Great and Small"）是一篇半自传体儿童短篇小说。从某种意义上说，故事的第一人称叙述者"我"就是邦德本人。叙述者回忆了在祖父家度过的那些与动物相伴的快乐日子，展现了祖父同猴子、蟒蛇、乌龟、印度犀鸟、水牛等动物的和谐相处，歌颂了祖父对非人类动物生命的热爱和尊重。该故事不仅具有很高的娱乐价值，也有很高的教育价值，教育价值主要体现在该故事不仅向儿童读者们普及了大量关于上述动物的生态知识，而且有助于他们理解并尊重动物的生存权利和自由活动权利。

由于祖父家里养了各种各样的动物，因而叙述者将祖父的家命名为"祖父的私人动物园"。这些动物陪伴叙述者一起长大。文中写道："在印度，我没有兄弟姐妹陪我一起长大。陪我一起成长的是各种奇怪的动物，其中包括一只猴子、一只乌龟、一条蟒蛇和一只大印度犀鸟。在家中负责照管这些动物的人，是我的祖父。"② 叙述者小时候和各种奇怪的动物一起成长，这些动物为他的童年增添了无限的乐趣。

叙述者在祖父家中的日常生活是一种丰富多彩、充满乐趣的体验。祖父熟知每种动物的独特习性，能够与它们和谐相融。"我"受到祖父的熏陶，也爱上了这些动物。"我"在这个由人和动物组成的"大家庭"里，时常与动物相伴，因而容易忘记不开心的事。

叙述者首先描述的动物是一只可爱而淘气的红猴子，它名叫托托（Toto）。这只猴子是祖父从一个马车车夫那里买来的。它那双明亮的眼睛总是闪烁着淘气的光芒。其他家庭成员反对祖父养猴子，但是，由于祖父是一家之主，因而无人能阻止他养这只猴子。叙述者讲述了有关托托的一些趣事。例如，托托最

---

① MOHANTY N. The Quest for Slyvan Solitude ［A］// SINGH P K. The Creative Contours of Ruskin Bond: An Anthology of Critical Writing ［C］. New Delhi: Pencraft Publications, 1995: 255.

② BOND R. Dust on the Mountain: Collected Stories ［M］. New Delhi: Penguin Books India Pvt Ltd, 2009: 147.

喜欢的娱乐活动是抓老鼠，有一次，当它被关在储藏室里捉老鼠的时候，它竟吃光了祖母辛苦酿制的果酱；托托想自己用温水洗澡，不幸的是，它跳进装有热水的铁锅里，差点被烫死，幸亏祖母及时发现，救了它一命。祖母起初并不喜欢托托，但后来她渐渐爱上了它。托托在祖父家里住了一年多，在第二年冬天死于肺炎，被葬在花园里那棵它最喜爱的芒果树下。

托托死后，祖父花了六卢比从一个耍蛇人那里买了一条四英尺长的蟒蛇，然后将它缠绕在脖子上回家。虽然祖母不怎么反对祖父养鸟和动物，但她对爬行动物十分排斥。祖母第一眼看到蟒蛇时，差点被吓晕，于是她命令祖父把蛇带走。祖父解释说，这只是一条小蟒蛇，它很快会适应这里的生活。但祖母生气地说，她无论如何都不会允许蟒蛇住进这个家，尤其是，非常怕蛇的梅布尔姑姑（Aunt Mabel）第二天要来祖父家做客。在祖母的坚决反对下，祖父只好带着蟒蛇返回集市，想把蛇退给耍蛇人，不幸的是，耍蛇人已离开。祖父只能把它带回家，养在浴室里。然而不幸的是，蛇通过没有上锁的窗户逃了出去。祖父和"我"在外面找了好长一段时间，也没有找到，于是认为它可能爬过河床到丛林里生活去了。但几天后，它突然出现在祖父家。梅布尔姑姑惊讶地发现它待在花园的番石榴树上。当祖父赶来时，它已经逃走了。第二天早上，叙述者看见蟒蛇蜷缩在梳妆台上，凝视着镜子中的自己。叙述者去喊祖父，但当他们赶回来时，它又逃走了。过了一段时间，它返回到梳妆台上，再次盯着镜子里的自己看，或许，它迷恋上了镜子中的那条蛇。祖父说，也许大家对它的过分关注使它变得有点自以为是了①。梅布尔姑姑因为害怕蟒蛇而早早离开了祖父家。

为了捉住蟒蛇，祖父准备了一个装有一面大镜子的大笼子，笼子里还放了一只美味多汁的鸡以及其他食物。可是，一连几天，它都没有进入笼中。一天早上，叙述者准备上学时，发现蟒蛇蜷缩在笼中，已将里面的食物吃光。它轻松地看着镜子，脸上带着类似微笑的表情。趁它不注意，叙述者轻轻锁住笼门。祖父和园丁用车将笼子拉到河床附近，将笼子卸在丛林间。祖父打开笼门，想让它回归自然家园，可是它依然迷恋镜子中的那条蛇，不愿意离开。祖父说道："我不忍心把镜子拿走，这是我第一次看到陷入爱恋的蛇。"② 尽管蟒蛇令许多

①　BOND R. Dust on the Mountain：Collected Stories［M］. New Delhi：Penguin Books India Pvt Ltd，2009：152.

②　BOND R. Dust on the Mountain：Collected Stories［M］. New Delhi：Penguin Books India Pvt Ltd，2009：153.

人畏惧和反感，但是祖父却将它当作人看待，承认和尊重它的生命权以及一定的精神上的权利，最终将它放归荒野。

叙述者接着讲述了有关青蛙的趣事。祖父把一些青蛙带回家，将其养在窗台上的一个玻璃瓶里，之后把它们忘得一干二净。第二天清晨，全家人被抑扬顿挫、此起彼伏的蛙鸣声惊醒。后来，几只大青蛙从瓶里跳出来，逃回到池塘里。

叙述者最后讲述了发生在池塘的童年趣事，回忆了与水牛、放牛童拉穆（Ramu）一起度过的快乐日子。在夏季，叙述者时常探索池塘，在那里他结识了拉穆。拉姆的年龄比叙述者大一点。在下午的时候，他们时常在池塘周边玩耍。有时拉穆教叙述者游泳，有时他们一起和水牛赛跑，有时他们一起观赏青蛙。一天下午，他们在池塘边的泥土里发现一只小乌龟，叙述者把它送给了祖父，希望小乌龟成为祖父动物园里的一员。

拉穆来自低种姓的农民家庭，没上过学，但他"精通民间传说"，"对鸟类和动物也很了解"①。他告诉叙述者，许多鸟和动物都是神圣的，特别是蓝松鸦和松鼠。蓝松鸦在印度神话中扮演着湿婆神的角色，蓝松鸦和湿婆神都被人们称为尼迦堤（Nilkanth）。克里希纳神喜欢松鼠，松鼠在克里希纳神的生活中扮演着重要角色②。

叙述者对自己身为池塘世界中的一员感到开心。文中写道："水牛和青蛙一直是我们的知己，它们把我们视为它们的世界——泥泞而舒适的池塘——的一部分。在我离开德拉后，它们以及拉穆肯定以为我会像鸟儿一样回来的。"③ 叙述者热爱水牛和青蛙，将它们视为自己的"知己"，可见，叙述者具有动物权利意识。由于叙述者对动物的热爱和尊重，因而水牛和青蛙将他视为池塘世界的"一部分"。在儿童尊重自然的基础上，儿童与动物之间和谐共生的关系才得以形成。

叙述者从祖父和拉姆那里学到了人应该尊重动物的生存权利的道理。拉姆和祖父都认为非人类生物享有生存权利，人类应该善待鸟类和动物，不能无端

---

① BOND R. Dust on the Mountain：Collected Stories［M］. New Delhi：Penguin Books India Pvt Ltd，2009：155.

② BOND R. Dust on the Mountain：Collected Stories［M］. New Delhi：Penguin Books India Pvt Ltd，2009：155.

③ BOND R. Dust on the Mountain：Collected Stories［M］. New Delhi：Penguin Books India Pvt Ltd，2009：156.

杀害或虐待鸟类和动物。文中写道："拉穆和祖父都认为我们应该对鸟类和动物更温柔一些，不应该杀死那么多的鸟类和动物。"① 祖父之所以对鸟类和动物充满爱心，是因为他认为它们同人一样享有生存权利，它们的权利应当受到人类的尊重。祖父说道："同样重要的是，我们要尊重它们，我们必须承认它们的权利。"② 英格兰农民诗人约翰·克莱尔（John Clare，1793-1864）在其《索迪泉的悲歌》（"The Lament of Swordy Well"）一诗中，以"一片土地"的口吻哀叹圈地运动给农民带来的苦难，表达对家乡田园生活的向往和眷恋。诗中写道："虽然我并非人类，也没有错/但可寻求某种权利/我很高兴/倘若一首歌能赋予我说话的空间。"③ 克莱尔具有超前的生态意识，早早意识到土地具有自身的权利。同样，罗斯金·邦德及其祖父也具有超前的生态意识，他们早早意识到动物和鸟类具有自身的生存权利，并要求人类承认和尊重它们的生存权利。

祖父要求人类尊重动物的生存空间，反对人类破坏鸟类和动物的栖息地——森林。他认为如果人类肆意破坏森林，鸟类和动物将随着森林的消失而不断迁徙。祖父说道："无论哪个地方的鸟类和动物都发现自身的生存变得愈加困难，这是因为我们正试图摧毁它们及其所栖居的森林。随着森林的消失，它们不得不继续迁徙。"④ "德拉附近的森林尤其如此，那里的老虎、野鸡和梅花鹿开始消失。"⑤ 祖父是一位真正的生态伦理思想践行者，他忧虑动物们因森林消失而面临的生存困境，他希望人类能够尊重动物的生存空间和生存权利。

邦德崇拜祖父，深受祖父言行的影响。在祖父的影响下，邦德从小就熟悉了许许多多的动物。邦德在《大大小小的动物》中对动物细致而生动的描述，不禁让人想起印度前总理贾瓦哈拉尔·尼赫鲁（Jawaharlal Nehru，1889-1964）在其《自传》（An Autobiography）中对监狱中的蜥蜴、鸽子等动物的生动描述。《大大小小的动物》是一篇具有很强娱乐价值和教育价值的故事。邦德通过这个

---

① BOND R. Dust on the Mountain：Collected Stories［M］. New Delhi：Penguin Books India Pvt Ltd，2009：155.

② BOND R. Dust on the Mountain：Collected Stories［M］. New Delhi：Penguin Books India Pvt Ltd，2009：155.

③ CLARE J. The Lament of Swordy Well［A］// CLARE J，WILLIAMS M，WILLIAMS R. John Clare：Selected Poetry and Prose［C］. London：Routledge，1986：94.

④ BOND R. Dust on the Mountain：Collected Stories［M］. New Delhi：Penguin Books India Pvt Ltd，2009：155.

⑤ BOND R. Dust on the Mountain：Collected Stories［M］. New Delhi：Penguin Books India Pvt Ltd，2009：155.

故事呼吁人们尤其是儿童读者认识到：人类需要承认并尊重动物的生存权利和生存空间，不能无缘无故地剥夺动物的生命，也不能无缘无故地破坏它们的栖息地。

《跳舞地带》（"Zone for Dancing"）取材于邦德夜晚在加瓦尔喜马拉雅山麓地带的兰杜尔漫步的经历，不仅展现了邦德对夜晚的喜爱，更展现了他对动物自由权的尊重。故事的第一人称叙述者实际上就是邦德本人。

故事以这样一句富有哲理性的话语开始："夜晚并不像看起来那么黑暗。"① 一般而言，人们认为夜晚是黑暗的、可怕的，因而害怕在夜晚独自出行，特别是不敢在夜晚步入僻静且偶尔有野兽出没的森林。但是，叙述者却认为夜晚并不是黑暗的、可怕的，尤其是他已经爱上了夜晚。夜晚已成为他的朋友，尊重他的隐私，给予他无限的自由。有些人认为，在屋里整夜开着灯睡觉，更让人有安全感。有些人认为，住在城市里比住在山村里安全。与之相比，叙述者觉得山间的夜晚更令他感到安全，夜间在山间步行比在城市里步行还要安全，"我知道，倘若我住在……一个大城市里，无论那里的夜空多么令人愉悦，我都会再三考虑午夜时要不要步行回家"②。

叙述者认为，午夜在兰杜尔散步是一件令人兴奋的事情，因为途中可能会遇到野生动物，甚至可以欣赏狐狸在月光下跳舞的景象。一天夜里，他看到一只狐狸在跳舞。他认为夜晚是属于狐狸的，因而为了不打扰狐狸跳舞，他选择走另外一条路。邦德在该故事中用如下一些诗句表达了他对动物权利的呼求。

> 昨晚步行回家时，
> 我看见一只孤独的狐狸在明亮的月光下
> 翩翩起舞。
> 我站在附近观看，
> 然后朝下坡路走去，
> 因为我知道夜晚理应属于它。③

① BOND R. The Book of Nature [M]. New Delhi：Penguin Books India Pvt Ltd, 2008：45.
② BOND R. The Book of Nature [M]. New Delhi：Penguin Books India Pvt Ltd, 2008：46.
③ BOND R. The Book of Nature [M]. New Delhi：Penguin Books India Pvt Ltd, 2008：47.

上述诗句充分反映出作者对狐狸自由活动权利的尊重。邦德认为，野生动物同人类一样享有自由权和一定的精神上的权利，喜欢隐私，具有自己特有的生活方式。通常情况下，野生动物倾向于选择在白天休息，在夜间活动，因为它们喜欢夜晚安静的氛围，想与人类保持距离，而人类倾向于选择在夜间休息，在白天活动。人类应遵守自然给人类和动物做出的安排，无权干扰动物们正常的夜间活动，无权剥夺它们基本的自由活动权利。

邦德的《来自森林的游客》（"Visitors from the Forest"）通过描述野生动物到叙述者所在的林间小屋中避难或栖息的故事，展现了叙述者对动物生命的关爱和敬畏。叙述者的小屋位于加瓦尔喜马拉雅山谷中，该屋在下雨之际对许多野生动物而言是它们最便于到达的避难所之一，因而它们时常到那里寻求庇护。叙述者允许鸟类、爬行动物、昆虫等动物进入小屋。尽管它们会带来一些麻烦，但叙述者认为，人类应该在下雨之际或自然灾害期间为它们提供庇护①。

叙述者描述了一些参观其小屋或到其小屋里避难的动物。当他看到一只竹甲虫掉进水壶的时候，虽然他有些失去耐心，但仍然把它从水壶里救出，放在窗户边。他刚盖上水壶，竹甲虫就进入了一盆野生大丽花里，他允许它待在那里。接着，叙述者描述了一只紫啸鸫，它站在窗台上欣赏窗外的雨景。尽管它从叙述者那里获得了庇护，但它一直与叙述者保持着一定的距离。雨一停，它便飞走了。当松鼠在橡树上的巢被雨水淋湿后，它有时也来小屋里寻求庇护。一只翠绿色的螳螂也来过这个小屋。在夜晚来到小屋的访客中，最有趣的当属一只小蝙蝠，它喜欢从敞开的大门飞进小屋，只有在别无选择的情况下才从窗户飞入。叙述者查阅了关于蝙蝠的博物学资料，发现这只小蝙蝠是一种稀有动物。一想到自己能为这种稀有动物的可持续生存做些贡献，叙述者便感到些许开心。

动物平时希望与人类保持距离。只有在下雨或自然灾害之际，它们才有可能到人类居住地附近寻求庇护。人类应该理解它们的处境，允许它们在人类居住地附近休息或避难。一旦雨停，它们一般不愿意再待在人类的居住地附近。

作者在此故事中对比了动物和人类面对不速之客时的不同做法。当人类不想让兽类、鸟类、爬行动物和昆虫进入人类的家园时，人类可以通过关闭门窗的方式来阻止它们的进入。但是，当人类闯入动物的天然家园（如森林、草地

① BOND R. The Rupa Book of Ruskin Bond's Himalayan Tales [M]. New Delhi: Rupa and Company, 2005: 69.

等），干扰它们的正常生活时，动物们却无法通过关闭门窗的方式来阻止人类的进入。

邦德的《来自森林的游客》给我们带来如下生态信息：一般而言，动物迫于生存或环境的压力，才进入人类的居住地；尽管它们暂时会给人类带来一些麻烦，但人类应该理解它们的处境，允许它们在人类居住地栖息或避难。简言之，《来自森林的游客》彰显出人对动物生存权利的尊重和保护。

三 、《犹如灼灼火焰一般的虎》《家中的乌鸦》《隧道》 等 4 个文本：敬畏并保护动物的生命

生态伦理要求人类敬畏生命。"敬畏生命"是德国伦理学家阿尔贝特·施韦泽（Albert Schweitzer）生命伦理思想的核心与基石。施韦泽"敬畏生命"理论的主要观点包括：人要敬畏一切生命，只有当人类认为所有的生命（包括人的生命和非人类的生命）都是神圣的时候，他才是伦理的；人不仅要敬畏人的生命，也要敬畏一切动物和植物的生命；人要把爱的原则扩展到动物和植物；生命神圣不可侵犯，生命价值至高无上，生命权是每个人和每个生物与生俱来的基本权利；善是保持和促进生命，恶是伤害和毁灭生命；人的存在有赖于非人类生命，生命之间的普遍联系要求人类敬畏一切生命；任何生命都有自身的价值和存在的权力；尊重生命的一个重要目的，是培养人的道德本性；人类担负着保护自己、他人以及非人类动物生命的义务。邦德具有强烈的敬畏生命的意识，他的《犹如灼灼火焰一般的虎》《家中的乌鸦》《隧道》等 4 个文本传达出敬畏并保护动物生命的生态理念。

《犹如灼灼火焰一般的虎》（"Tiger，Tiger，Burning Bright"）展现了男孩与林间最后一只虎之间的相互尊重、相互保护。以猎人为代表的人类中心主义者觊觎猎杀老虎，而两个大约十二岁的男孩拉穆（Ramu）和希亚姆（Shyam）却尊重、信任和保护老虎。两个男孩来自古加尔（Gujars）部落，这是一个靠饲养水牛以及出售牛奶和牛油为生的游牧部落。两个男孩时常到山林间放牛，期间偶尔听到老虎的叫声，他们相信老虎不会伤害他们。老虎多次看到两个男孩，却没有攻击他们，这是因为它已经将他们默认为森林中的一员。

拉穆和希亚姆之间的对话是该故事重要的组成部分。邦德通过两人之间的对话传递出他的如下坚定信念：老虎不会无缘无故地伤害人类；如果老虎不被激怒或者挑衅，它对攻击人类并不感兴趣。正如拉穆所言："它（老虎）不是食

人兽。除非它非常愤怒、害怕或绝望，否则，它不会攻击人。"①

作者通过两个男孩之间的如下对话展现出他们对老虎的敬畏。

> "它在那儿！"拉穆说道。他从嘴边取出笛子，指向小山丘。他并不害怕，因为他知道这只老虎对人类不感兴趣。"你看见它了吗？"
>
> "就在它消失之前，我看到了它的尾巴。这是一只大老虎！"
>
> "不要叫它老虎，要叫它叔叔或者王公。"
>
> "哦，为什么呢？"
>
> "你不知道把老虎称为老虎是不吉利的吗？我父亲总是给我讲这些。但是，如果你遇到一只老虎，用叔叔称呼它，它就会远离你。"②

拉穆把老虎尊称为"叔叔"或者"王公"，这体现出他对老虎的尊重和敬畏。作者通过上述对话告诉读者：倘若人类尊重和敬畏老虎，老虎就会"远离"人类，不伤害人类。

作者借拉穆之口道出丛林之于老虎的重要性，"人需要土地，就像老虎需要丛林一样"③。老虎离不开森林，正如人类离不开土地一样。丛林是老虎的家园，人类对丛林的毁坏导致老虎丧失家园。拉姆犹如一位生态环保者，主张为了增进野生动物的福祉而保护森林。当他说出上述富有哲理性的话语时，我们不仅能感受到他对老虎的关心，对生态系统整体与个体成员之关系的深入理解，更能感受到他的生态主张：动物同人类一样享有在地球上生存的权利；人类应当尊重动物的生存空间和生命权。

老虎与两个男孩似乎达成了要和谐相处的无言约定。老虎对男孩们在林中的存在并不感到惊讶或困惑，因为它与包括两个男孩在内的村里人似乎已达成相互尊重、互不侵犯的约定，"它知道只要它不打扰水牛，村里的人就不会伤害它"④。老虎深知，只要它不伤害水牛等家畜，村里的人就不会伤害它，这是当地人与老虎和平相处的关键。

---

① BOND R. Dust on the Mountain：Collected Stories ［M］. New Delhi：Penguin Books India Pvt Ltd，2009：270.

② BOND R. Dust on the Mountain：Collected Stories ［M］. New Delhi：Penguin Books India Pvt Ltd，2009：267.

③ BOND R. Dust on the Mountain：Collected Stories ［M］. New Delhi：Penguin Books India Pvt Ltd，2009：268.

④ BOND R. Dust on the Mountain：Collected Stories ［M］. New Delhi：Penguin Books India Pvt Ltd，2009：266.

老虎认为村里的人不会伤害它，同样，男孩们认为自己不会受到老虎的伤害，因为人类不是老虎的天然猎物。有一天，拉穆放牛的时候，感觉附近有老虎，但他并没有感到害怕，因为他认为"老虎对人类不感兴趣"①。出生于印度的英国博物学家和作家 R. E. 霍金斯（R. E. Hawkins）在其短篇小说集《吉姆·科比特的印度》（*Jim Corbett's India*）中对老虎的这种行为做出如下解释："人类不是老虎的天然猎物，只有当老虎因受伤或因年老而丧失能力的时候，它们为了生存下去才不得不以人为食。"② 邦德同霍金斯持有类似的观点，他也认为人类并不是老虎的天然猎物。

拉姆尊重和信任老虎，换来了老虎对他的救护。一天，拉穆爬到长叶马府油树上采摘花的时候，偶遇一只待在树上的小熊。他与小熊近距离对视。像大多数动物一样，熊也害怕人类。受惊的小熊从约十五英尺高的树枝上落下，掉到一堆干草上。令拉穆惊愕的是，闻声赶来的母熊以为是拉穆欺负了小熊，想报复他。当它伸爪抓他时，附近的老虎发出一声吼叫，将熊吓跑。幸亏老虎的及时干预，拉穆才保住了性命③。这一情节表明人对动物的信任和关爱可以换来动物对人的信任和关爱。

一天早上，拉穆在林间发现一群带着枪支的猎人，他们来这里的目的是猎杀老虎。猎人们的邪恶计划令拉穆感到不安，他担心老虎的安危，想帮助它避开猎人的追捕，于是他绕着老虎经常出没的区域走了一圈，把碎衣服片挂在小树和灌木丛上，试图以此提醒老虎远离这片区域。他想通过这一行为来报答老虎对他的救命之恩。诺拉·尼维蒂塔·肖认为，邦德在其故事中完美地描绘了"人与野生动物之间无形的、神圣的纽带"④。在该故事中，拉穆与老虎之间存在着一条"无形的、神圣的纽带"。在神圣纽带的联结下，两者相互理解、相互尊重、相互救护。拉穆对老虎的理解、尊重和救护彰显出他敬畏生命的意识。

《屋顶上的猴子》（"Monkey on the Roof"）展现了作者对猴子、蜘蛛、蝎子等非人类动物生命的尊重和敬畏。在邦德看来，人类不应该无缘无故地杀害

① BOND R. Dust on the Mountain：Collected Stories ［M］. New Delhi：Penguin Books India Pvt Ltd, 2009：267.

② CORBETT J, HAWKINS R E. Jim Corbett's India ［M］. Oxford：Oxford University Press, 1987：78.

③ BOND R. Dust on the Mountain：Collected Stories ［M］. New Delhi：Penguin Books India Pvt Ltd, 2009：268.

④ SHAW N N. Ruskin Bond of India：A True Son of the Soil ［M］. New Delhi：Atlantic Publishers and Distributors Pvt Ltd, 2008：56.

任何一个生物。他在《屋顶上的猴子》中通过故事的第一人称叙述者"我"表达了这一观点。叙述者"我"是邦德的代言人。叙述者在清晨有时因云雀的叫声而醒来，有时因猴子在铁皮屋顶上跳跃时所产生的声音而醒来。他时常思索这样一个问题：为什么山间的房屋上一定要有锈迹斑斑的铁皮屋顶呢？现在他搞懂了原因。锈迹斑斑的铁皮屋顶不仅可以为猴子、田鼠、猫、蜘蛛、蝎子等动物提供栖息地或庇护所，也可以防止它们打滑、跌倒，进而可以增进它们的福祉。叙述者并不讨厌蜘蛛、蝎子等令许多人畏惧的小动物。他不介意蜘蛛在其房间中生存，因为他相信蜘蛛是无害的。他也不反感蝎子。当他在枕头上发现一只蝎子时，他并没有立即驱赶或杀死它，而是将它从屋里移到了窗外。

叙述者明确表示自己不愿意剥夺动物的生命，文中写道："如果我有办法的话，我不会夺走生物的生命。猫就不那么正派了，晚上它们钻到铁皮屋顶和木制天花板之间，给住在那里的老鼠们造成巨大破坏。清晨，如果我没有关上窗户，猴子们会把我早餐桌上的食物吃个精光。"① 这里，叙述者将自己和猫进行了对比，猫为了吃到老鼠，不惜捣毁它们的家园，给藏在铁皮屋顶里面的老鼠们带来巨大伤害。但是，对叙述者而言，尽管老鼠们会制造噪声，尽管猴子们有时会偷吃其早餐，但是他仍然允许它们生活在其居所附近，他不会伤害它们，更不会夺走它们的生命。

上述细节凸显出叙述者对猴子、蜘蛛、蝎子等动物的关爱之情，他以生态伦理的情怀对待非人类生命。《屋顶上的猴子》彰显出作者"敬畏一切生命"的生态伦理意识。

邦德的《家中的乌鸦》（"A Crow in the House"）是一篇有趣且感人的儿童短篇故事，展现了人与乌鸦之间的友好相处，歌颂了人敬畏和救护乌鸦生命的生态伦理精神。故事的第一人称叙述者"我"是邦德的代言人。叙述者回忆了自己小时候在祖父家同乌鸦凯撒（Caesar）之间的友好相处。

一天，一只小乌鸦从树上的巢里掉落下来，受了重伤，在路上不停地挣扎。叙述者发现后，出于怜悯，将它带回家治疗。它的身体状况比较糟糕，但在叙述者和祖父的细心照料下，它不久便康复了。他们给它起名为凯撒。文中描述了叙述者和祖父对乌鸦的细心照料，"但是，我和祖父还是想尽最大努力使它恢复正常。我们用铅笔轻轻撑开它的嘴巴，往里面塞了一点面包和牛奶，然后拿开铅笔，让它把食物吞下去。我们改变它的饮食结构，偶尔让它喝点祖母自制

---

① 　BOND R. Funny Side Up［M］. New Delhi：Rupa Publications India，2006：6.

的梅子酒。结果是这只小乌鸦不久便康复了"①。在叙述者和祖父心中，一只受伤的小鸟也是一个生命，也应当受到人类的怜悯和救护。我们从这一细节可以体会到他们对非人类动物生命的尊重和敬畏。

凯撒康复后，家人一致决定释放它，给它自由，但它不愿意飞走。随着年龄的增长，它变得有些焦躁不安，也爱惹麻烦。在祖母的建议下，凯撒被关进笼子里，但它不喜欢被囚在笼里，因而它十分生气，用激烈的叫声和拍打声进行反抗。它的反抗见效了，它被从笼中释放出来。文中写道："我们曾试过把凯撒关在笼子里，但它非常生气，强烈地呱呱叫和拍打翅膀，以此进行反抗……我们还是让它在屋里自由活动了。"②

凯撒是一只大嘴乌鸦。由于它从小一直和人生活在一起，因而变得有些势利，不愿意和同类混在一起，甚至还同家里的另一只鸟——犀鸟哈罗德（Harold）——进行争吵。调皮的凯撒把它的活动范围扩大到了邻居家，从那里偷了一些小东西，如钢笔、铅笔、牙刷、发带、梳子、毽子、钥匙、假牙等。它特别喜欢收集牙刷，把牙刷放在叙述者房间里的一个柜子的顶部。它有时还从附近的小商店里偷些糖果。

不幸的是，当凯撒偷吃邻居家的豆子时，生气的邻居猛地朝它扔了一根木棍，刚好打中它。叙述者将它带回家治疗。尽管叙述者和祖父尽力拯救它，但是这次他们未能将它从死神之手中救回来，它几天后死去。为了让凯撒在天堂也有玩具玩，叙述者和祖父将它曾收藏的牙刷等小物品同它一起葬在花园里一个小小的坟墓里。

邦德通过《家中的乌鸦》这个故事呼吁人类应该以仁慈和博爱之心对待鸟类。人对鸟类的仁慈和博爱，是实现人与鸟和谐相处的根基，是生态伦理精神尤其是生命伦理精神的重要体现。

邦德的《隧道》（"The Tunnel"）歌颂了隧道看守人不顾个人安危保护豹子生命的伦理精神。《隧道》不仅是邦德著名的动物故事之一，也是他著名的铁路故事之一。在许多铁路故事中，邦德都描述了一条穿越大山、供火车通行的隧道。邦德在《隧道》中所描述的隧道位于茂密的丛林中。男孩兰吉（Ranji）是故事的主人公，他骑车离开城镇来到隧道附近，期望亲眼看到蒸汽邮车像怪兽一样穿过隧道时的样子。他从隧道的一边看向另一边，发现洞口犹如一个小

---

① BOND R. Children's Omnibus［M］. New Delhi：Rupa and Company, 2007：141.
② BOND R. Children's Omnibus［M］. New Delhi：Rupa and Company, 2007：142.

光圈。

兰吉在隧道附近遇到隧道看守人基申·辛格（Kishen Singh）。辛格平时独自居住在隧道入口处附近的一间小屋里，其主要职责是每天在火车到来之前检查隧道是否安全，并向火车司机发出准确的信号。由于辛格平时几乎没有访客，因而当他见到兰吉时，十分开心。辛格同山林中的一只豹子之间具有密切的关系。两人围绕这只豹子是否危险的问题展开对话。

　　"我在山上看到一只动物，但我不确定是什么动物。它很快就跑走了。"兰吉说道。

　　"你看到的是一只豹子，"看守人说道，"我的豹子"。

　　"你真的有一只豹子吗？"

　　"是的。"

　　"我没有。"

　　"它危险吗？"

　　"如果你不去管它，它就不危险。它每月都会来这片丛林里待上几天，因为这里还有鹿，鹿是它的天然猎物。它会远离人。"①

从某种意义上说，基申·辛格是罗斯金·邦德的代言人，辛格在对话中所表达的观点代表着邦德的坚定信念，即豹子等野兽只有在无法获得天然猎物的情况下才会变得危险。也就是说，只要豹子拥有属于自己的栖息地，只要山林中还有它可以捕食的天然猎物，只要人类不去干扰或侵犯它，那么，豹子对人类而言通常是无害的。

辛格邀请兰吉第二天来观看夜间邮车。兰吉接受了邀请，然后他问辛格，夜晚独自待在丛林中是否安全。辛格的回答印证了邦德对丛林生活的看法，即丛林生活比城市生活安全。辛格来自大山，因而他非常熟悉且不害怕大山、森林以及山林里的动物。但是，他害怕城市，他解释道："住在丛林里比住在城镇里安全，这里没有无赖。就在上周我进城的时候，我口袋里的东西被扒了！豹子不会偷人口袋里的东西。"②邦德以此细节凸显出现代城市的弊端以及丛林的优点。

第二天傍晚，兰吉来到辛格的小屋，准备欣赏夜间邮车穿过隧道时的景象。

---

①　BOND R. Collected Fiction ［M］. New Delhi：Penguin Books India Pvt Ltd，1999：312.

②　BOND R. Collected Fiction ［M］. New Delhi：Penguin Books India Pvt Ltd，1999：312.

在火车还未到达的时候，从隧道里传出豹子的叫声。辛格担心豹子的安危，担心如果不能在火车到来之前将它赶出隧道，它可能会被火车碾死。而兰吉的担心是，如果他们试图驱赶豹子，可能会遭遇它的攻击。为了挽救豹子的生命，尽管面临被攻击的危险，辛格还是决定冒险一试。文中展现了两人之间的对话：

> "但是，如果我们试图把它赶出去，它难道不会攻击我们吗？"兰吉问道，他开始和看守人一样担心起来。
>
> "它很了解我。我们见过多次面了。我想它不会攻击我们。即便如此，我还是要带上我的斧头。你最好留在这儿，兰吉。"①

可是，兰吉勇敢地跟着辛格进入了隧道。当灯光照到豹子身上时，它蓄势待发，准备扑向他们。辛格和兰吉一起大喊，豹子受到惊吓，逃出隧道，消失在黑暗中。没过多久，火车驶来。就这样，辛格和兰吉冒着生命危险救下一只差点被火车碾死的豹子。

大概一周后，当兰吉同父亲一起乘火车路过隧道的时候，虽然他没有看到他的好朋友辛格，但他看到了那盏照亮黑夜的灯，他知道辛格不仅在为成千上万乘坐火车的人做着贡献，也在为在隧道中漫游的豹子等动物提供着帮助。如果每个人都能像辛格那样，不顾个人安危去救助受困的动物，或许，世界上许多动物将不会丧生。辛格勇敢地担负着保护豹子生命的义务，他的善举是在保持生命、促进生命。辛格是一位具有生命伦理意识的人。

第三节　邦德儿童短篇小说的生态审美意识

生态美学是 20 世纪中期兴起的一种崭新的美学观念，是一种生态视野中的存在论美学。生态美学涉及人与自然、人与社会、人与他人以及人与自身的生态审美关系。生态审美是一种生态美学观念指导下的、基于生态学和美学原理的、强调人与自然和谐共处的审美方式。与生态审美相关的主要观点包括：第一，万物皆美。美是普遍存在于大自然之中的，是大自然的本质属性之一。自然中不存在绝对非美的对象。人不仅应当将自然在本质上看作是美的，而且应

---

① BOND R. Collected Fiction [M]. New Delhi: Penguin Books India Pvt Ltd, 1999: 314.

当将生命在本质上也看作是美的。生态审美要求人们克服人类中心主义的价值判断和审美偏好。第二，人与自然是"主体间性关系"。生态审美并不是人类的专属活动，而是人与自然共同参与的过程。作为审美主体的人与作为审美对象的自然不是主客二分的关系。自然应当被提升到与人平等的位置，人与自然之间的关系应当是一种交互主体性关系，即主体间性关系。第三，人应当诗意地栖居在大地上。德国哲学家海德格尔认为，人应当诗意地栖居在大地上。生态美学以人的诗意的栖居为其指归。当代人为了生活或名利而疲于奔波，他们日益疏远自然，不断被生活异化。"小娃撑小艇，偷采白莲回""两人对酌山花开，一杯一杯复一杯""采菊东篱下，悠然见南山"等诗句所描述的诗意生活对于当代人而言已成为一个难以实现的梦想。生态审美要求人回归自然，回归人的自然天性，像孩子一样对自然和生活永葆好奇和激动。邦德热爱自然，热爱生活，具有强烈的生态审美意识，他的诸多儿童短篇小说蕴含着深刻的生态审美意识。在山林中，邦德不仅喜爱蝴蝶、毛毛虫、甲壳虫、松鼠、蓝鸟、戴胜鸟等可爱的小动物，也喜爱乌鸦、变色龙、猫头鹰、蛇、蜥蜴、水蛭等经常被人们厌恶的动物。《四季的乌鸦》《变色龙亨利》《我的三只熊》等5个文本蕴含自然万物皆美的生态理念，这些文本通过展现人同乌鸦、变色龙、猫头鹰、蛇、熊等动物的友好相处，以及这些动物的诸多优点和美德，来颠覆人们对这些动物的传统认知，消解人们长期以来对它们怀有的种种偏见和误解，进而为实现人与动物的和谐相处创造有利条件。《最后一次马车之旅》《我高大的绿色朋友们》和《一朵新花》着力展现了人与树、花等植物之间的"主体间性"关系。作品中的主人公们将树视为朋友甚至知己，相信人与树之间存在友谊，树作为主体会主动同人建立友谊。他们认为每一棵树和每一朵花都是独立的生命主体，人只有懂得欣赏和尊重树木和花儿，才有可能与它们成为朋友，进而建立"主体间性"的和谐共生关系。《男孩与河流》《番石榴成熟时》《榕树上的历险》等4个文本着力展现了儿童在自然中的诗意栖居。邦德在这四个作品中表达出的主要理念包括：大自然是儿童的乐园，童年是属于大自然的；儿童是大自然的孩子，享有在自然中无拘无束地活动和玩耍的权利；大自然希望儿童在成年之前，就要像个孩子；成年人应该让儿童诗意地栖居在童年之中，诗意地栖居在自然之中。

一、《四季的乌鸦》《变色龙亨利》《我的三只熊》等 5 个文本：自然万物皆美 消除对动物的偏见

乌鸦是一种黑色的鸟，在许多文化中通常被视为不祥之物，成为黑暗、邪恶、厄运、神秘和死亡的象征。在许多国家，人们普遍歧视和贬低乌鸦，讨厌它的颜色、声音和外貌，对它具有强烈的畏惧或避讳。此外，乌鸦在许多国家的文学、艺术、民间传说和神话中都受到过关注。罗斯金·邦德在一些作品中描写过这种鸟。他的儿童短篇小说《四季的乌鸦》（"A Crow for All Seasons"）通过展现乌鸦的种种优点和美德，来颠覆人们对乌鸦的传统认知，消解人们长期以来对乌鸦抱有的种种偏见和误解。

该故事有两个主人公：一个是名叫小萨伊布（Junior sahib）的男孩，他同他的爷爷上校萨伊布（Colonel sahib）以及他的奶奶萨伊布夫人（Memsahib）住在山脚下的一个平房里；另一个是一只名叫斯皮迪（Speedy）的乌鸦，它是该故事的第一人称叙述者，它向我们讲述了它在与人类打交道的过程中的所见、所闻、所感。斯皮迪是一只很有智慧的乌鸦，它的智慧不亚于《动物农场》（Animal Farm）、《格列佛游记》（Gulliver's Travels）等经典文学作品中的动物角色的智慧。诺拉·尼维蒂塔·肖认为，邦德的伟大之处"不在于描述鸟类有趣的小动作以及具体的特征，而在于尊重它们的独立存在和天生性格"[1]。邦德在《四季的乌鸦》中尊重乌鸦的"独立存在"和"天生性格"，将乌鸦置于故事的中心位置，强调乌鸦不再是低人一等、如同机械一般被人随意对待的客体，而是能够与人平等互动、有着丰富情感甚至有报复能力的主体。

文中，一只乌鸦唱出如下一首歌曲，读者从歌词中不难发现乌鸦的诸多典型特征。歌词如下：

> 哦，为了乌鸦的生命！
> 乌鸦是一种信息灵通的鸟。
> 虽然我们被诅咒了，
> 但我们永远不会被驱散，
> 我们永远忙忙碌碌！
> 我知道我有点捣蛋。

① SHAW N N. Ruskin Bond of India: A True Son of the Soil [M]. New Delhi: Atlantic Publishers and Distributors Pvt Ltd, 2008: 63.

（我的声音不会被视为土腔）。

没有谁的嘴

能像乌鸦的嘴那样光亮、整洁，

所以他们要把我的照片登在《时尚》杂志上！

哦，为了乌鸦的生命！

我收获了我从未播种过的东西。

因此他们把我称作小偷，

诅咒我不久后便会遭难。

但是无人能根除乌鸦。①

从上述歌词中，我们可以看出乌鸦的一些典型特征："信息灵通"表明乌鸦十分聪明；"忙忙碌碌"表明乌鸦不怕辛苦；"光亮、整洁"表明乌鸦爱干净，注重形象；"收获了从未播种过的东西"表明乌鸦具有食用垃圾的习性。

邦德通过斯皮迪之口赞扬乌鸦的优点，揭露人类的缺点。从斯皮迪的角度看，乌鸦具有诸多人类没有的优点，人类可以从乌鸦身上学到许多有益的东西。斯皮迪首先赞扬乌鸦早起劳作的习惯。一天通常始于乌鸦的叫声，它们在日升之前就已开始一天的工作。斯皮迪评论道："早睡早起，使乌鸦健康、富有、明智。它们说此道理也适用于人类，我对此不太确定。但此道理绝对适应于乌鸦。"② 清晨，乌鸦赶在清洁工拉着垃圾车到来之前，就已经把垃圾桶和垃圾堆里可食用的东西挑出来了。相比之下，很多人却没有养成早起劳作的习惯。

斯皮迪认为，乌鸦们不仅会共享房屋，过群居生活，而且通常彼此之间没有争吵和误解。斯皮迪及其表弟斯洛（Slow），以及其他几只乌鸦，已经适应于在上校萨伊布的平房周围生活。平房里不仅住着上校萨伊布、萨伊布夫人以及小萨伊布，还住着一个厨师、一个园丁、一只名叫泰格（Tiger）的狗。不仅人类看不起乌鸦，就连泰格这只狗也看不起乌鸦，例如泰格嫌弃吃乌鸦的肉。

斯皮迪等乌鸦自食其力，选择以上校萨伊布家的废弃食物为食，它们每日为了维持生计忙个不停。值得强调的是，乌鸦是自然界中一种重要的食腐动物或者说"清道夫"，它们在清理天然垃圾和人造垃圾方面发挥着重要作用。相比之下，小萨伊布十分懒惰，整日寄生于上校萨伊布家中，过着不劳而食的生活，

---

①　BOND R. Panther's Moon and Other Stories［M］. New Delhi：India Puffin，1991：90—91.

②　BOND R. Panther's Moon and Other Stories［M］. New Delhi：India Puffin，1991：84.

其品格真的不如乌鸦。斯皮迪同人一样具有收集物品的爱好，它说道："我更喜欢收集牙刷，这是我的一种爱好，真的，就像人类喜欢集邮一样。我收藏了一小批精品，将它们藏在了花园墙上的一个洞里。"①

人们通常低估乌鸦的智商。事实上，乌鸦的智商高得惊人。文中，乌鸦时常捉弄狗。例如，有一次，在狗享用午餐的时候，斯皮迪可以轻而易举地通过分散狗的注意力将其盘中的食物偷走。斯皮迪之所以敢捉弄狗，是因为它认为，"乌鸦的智商远远高于其他所有的鸟，这不是没有道理的。我敢打赌，它比狗的智商还要高"，而狗却是一种"头脑简单，四肢发达"的动物②。

邦德通过斯皮迪之口揭露了地球上人口数量和垃圾数量过多的问题。斯皮迪将地球上垃圾数量的激增归因于人口数量的迅速增加，"随着人口数量的迅速增加，他们所产生的垃圾的数量也在成倍增加"③。挪威环境伦理学家阿恩·奈斯所提出的第四条深层生态学原则是："人类生活和文化的繁荣，与人口数量的大幅减少保持一致。"④ 邦德通过这个细节意在表明，为了减少垃圾数量，实现人类生活和文化的繁荣，人类需要合理控制乃至减少人口数量。

人口数量的激增，只是导致垃圾数量增加的一个次要原因，其根本原因是人类对自然的错误认识。人类长期以来坚信自然是人类的附属品，却没有充分认识到人是自然的附属物。在人类中心主义意识的支配下，人类在地球上造就出一个个"垃圾王国"。在此语境下，生态批评家哈罗德·弗洛姆在其论文《从超验到退化》（"From Transcendence to Obsolescence"）中提出的如下观点不啻对世人的警告：

> 富裕的青少年从酷气的跑车中扔出啤酒罐，然后驱车离开。这些罐子看似消失了，但事实上并没有消失，它们仍在那里。令人震惊的是，它们在其被丢弃的地方附近不断滚动着。这些青少年回到其家所在的社区后，遇见了其他青少年随手丢弃的啤酒罐。社区成了到处是啤酒罐的地方；海洋成了到处是毒性污水的地方；天空成了垃圾所排放出的毒气之地。令人深感痛苦的是，人类不仅长有一个不可战胜的头脑，竟还长有一张可以吃

---

① BOND R. Panther's Moon and Other Stories [M]. New Delhi：India Puffin, 1991：84-85.

② BOND R. Panther's Moon and Other Stories [M]. New Delhi：India Puffin, 1991：86.

③ BOND R. Panther's Moon and Other Stories [M]. New Delhi：India Puffin, 1991：86.

④ GUHA R. Environmentalism：A Global History [M]. New Delhi：Oxford University Press, 2000：117.

东西的嘴巴。更糟糕的是，人类所食用的东西竟也是垃圾，是他们自己制造的垃圾！①

在弗洛姆看来，人类对自然的错误认识和垃圾的无视导致地球上各式各样的垃圾污染问题日益严重，垃圾污染问题反噬人类，人类最终自食其果。

邦德通过乌鸦斯洛之口嘲讽了西方国家争夺他国领土和资源的做法。在上校萨伊布一家离家数日后，家中的可食用垃圾越来越少。斯皮迪、斯洛等乌鸦面临生存困境。斯皮迪建议到隔壁人家的庭院里寻找食物，斯洛对此反驳道："然后被其他乌鸦赶出来？你知道，那不是我们的领地。我们可以过去帮助它们，或者请求它们的帮助，但是，我们不应该抢它们的食物。老伙计呀，这是不公平的。"② 乌鸦们具有很强的领地意识，尊重其他乌鸦的领地主权。这里，作者赞扬了乌鸦们互不侵犯领地的做法。相较于乌鸦的做法，如今一些西方国家公然违反国际公约，肆意侵占他国的领土，掠夺他国的资源。这里，人类的做法和乌鸦的做法形成了鲜明的对比。

人类通常认为，乌鸦是一种已经坏到无可挽救之地步的鸟。斯皮迪援引印度古代智者普拉特亚萨塔卡（Pratyasataka）的一句格言"没有什么可以改善乌鸦"③ 对此进行反驳，同时强调乌鸦是一种近乎完美的鸟。斯皮迪对这句格言的理解不同于人类，它解释道："人类智者的思维不是很清晰，人们对格言所要表达的意思一直存在一些误解。人们喜欢这样理解格言……乌鸦太坏了，以至于无法再改善了。但是，我们乌鸦更聪明，我们对这句格言的理解是这样的：乌鸦太完美了，以至于不可能再改善了。"④ 人们通常认为乌鸦是一种有着太多恶习以至于无法改善的鸟，但乌鸦却自认为是一种近乎完美、无须再改善的鸟。人们通常认为乌鸦是丑陋的、有很多缺点的鸟，但是邦德却认为，乌鸦是一种美丽的、有许多优点的鸟。作者在《四季的乌鸦》中试图通过凸显乌鸦的优点和人类的缺点来消除人类尤其是儿童对乌鸦的偏见，进而为构建人与动物和谐相处的生态共同体创造有利条件。

邦德的《变色龙亨利》（"Henry：A Chameleon"）展现了叙述者"我"及

① FROMM H. From Transcendence to Obsolescence ［A］// GLOTFELTY C，FROMM H. The Ecocriticism Reader：Landmarks in Literary Ecology ［C］. Athens：The University of Georgia Press，1996：35.

② BOND R. Panther's Moon and Other Stories ［M］. New Delhi：India Puffin，1991：96.

③ BOND R. Panther's Moon and Other Stories ［M］. New Delhi：India Puffin，1991：87.

④ BOND R. Panther's Moon and Other Stories ［M］. New Delhi：India Puffin，1991：87.

其祖父对一只变色龙的喜爱，以及他们同变色龙之间的友好相处，试图以此来消除人们对变色龙的偏见和误解。亨利是祖父私人动物园中一只与众不同的宠物。故事开头描述了变色龙的特征。变色龙跟常见的蜥蜴是近亲，是一种喜欢栖息于树上的奇特而又有趣的爬行动物。不同于人类，变色龙没有双眼视觉，即它无法用两眼同时观察物体。邦德在故事中对亨利的描述不禁让人想起美国诗人卡罗琳·韦尔斯（Carolyn Wells）在其诗歌《如何识别野生动物》（"How to Know the Wild Animals"）中对变色龙的描述：

> 真正的变色龙很小，
> 就像蜥蜴一样；
> 它没有耳朵，
> 也没有翅膀。
> 如果树上什么动物都没有，
> 那么你看到的就是变色龙。①

人们通常以厌恶的眼光看待变色龙，想当然地认为变色龙是一种丑陋、危险的爬行动物。这种错误认识导致人们对变色龙产生强烈的畏惧，不愿意接近它们，也不愿意把它们当作宠物养，尤其是会无端杀害它们。但是，在叙述者及其祖父眼中，变色龙却是一种美丽、无害的动物，他们还把它当作宠物养。

祖父在去拜访朋友的途中，看到有人一边叫喊，一边用石头砸一只躲藏在灌木丛中的变色龙。祖父出于同情，救了它，把它带回家养育。故事中描述了这一情节：

> 许多人认为变色龙是一种危险且有毒的爬行动物。祖父去乡下拜访一位朋友时，在花园的门口遇到喧闹的场景。男人们大喊大叫，有的投掷石块，有的挥舞棍棒。事情的起因是，当园丁发现一只变色龙在灌木上晒太阳时，该园丁说这种东西在二十英尺外就能毒死人，结果全家人群起攻之。祖父及时把变色龙从死亡线上救了回来，还把这只小型爬行动物带回了家。②

---

① WILDER M P. The Wit and Humor of America（Volume 4）［C］. New York：Funk and Wagnalls Company，2006：650.

② BOND R. Panther's Moon and Other Stories［M］. New Delhi：India Puffin，1991：145.

人们对变色龙的错误认识，导致其不断遭受歧视和虐待。如果不是祖父的及时相救，或许亨利已经被人杀死了。祖父救下亨利，把它带回家养育。在祖父眼里，亨利既没有毒，也不危险，是一种无害的动物。

在叙述者及其祖父看来，变色龙天生是非暴力的。由于祖父和"我"对亨利的信任和热爱，亨利也信任祖父和"我"。即使"我"把手指伸入它嘴中，它也不会咬。文中描述道：

> 亨利是个无害的动物。如果我把手指放入它嘴里，即使在它最疯狂的时候，它也会一直等到我把手指抽出来，才合上嘴。由于它坚硬的双颚上长着许多尖细的牙齿，因而我认为它会咬人。但是，亨利确信，上天赋予它的这些牙齿只是用来咀嚼食物的。①

亨利在祖父家中生活得很平静，不会故意在家里制造麻烦。但是，有一次，它到祖父家附近的一所幼儿园里制造了麻烦。它闯进一间教室，爬到一张桌子上。孩子们吓得惊慌失措，四处奔逃。在一片混乱中，亨利消失不见了。叙述者对亨利制造的麻烦感到不悦，因而他再也不想要这个宠物了。但是，忠诚的亨利最后返回了家中，而且令人惊讶的是，它甘愿被捕获。文中写道："由于幼儿园离我们家有三栋房子远，因而我认为亨利不会再回到我们身边。但是，三天后，我发现它趴在花园墙上晒太阳。它欣然接受我递给它的食物，并甘愿被我抓回来。"②

故事以一个趣事结尾。为了表示道歉，祖母给幼儿园园长高希先生（Mr. Ghosh）送了一篮番木瓜，可是，祖母不知道的是，亨利早已悄悄钻入篮子里。当高希太太（Mrs. Ghosh）打开篮子看到亨利的时候，吓得大叫起来。亨利从篮子里溜出来后，消失在花园里。

《变色龙亨利》这个故事为儿童读者们提供了诸多有关变色龙的科普知识。在家里将变色龙作为宠物养育的做法十分少见，但祖父却成功在家里养了一只变色龙。变色龙引起的麻烦为这个故事增添了不少趣味。该故事给儿童读者们带来娱乐的同时，还传达出一些有价值的生态信息：变色龙是一种无害的爬行动物，它们不会无缘无故地伤害人；人类应该摒弃对变色龙的偏见和误解，不应该一见到它们就心生芥蒂；发现动物的美是构建人与动物和谐关系的关键。

---

① BOND R. Panther's Moon and Other Stories [M]. New Delhi: India Puffin, 1991: 145.
② BOND R. Panther's Moon and Other Stories [M]. New Delhi: India Puffin, 1991: 146.

邦德的《我的三只熊》（"My Three Bears"）是一篇生动、有趣的儿童短篇小说，通过展现叙述者"我"在加瓦尔喜马拉雅山谷与三只喜马拉雅熊的奇妙相遇，来凸显熊憨厚、可爱的一面。该故事还向儿童读者普及了有关喜马拉雅熊的诸多知识，如喜马拉雅熊不会无缘无故地攻击人等。加瓦尔喜马拉雅山谷里有一些村庄，村庄里的房屋均由粗糙的花岗岩制成，屋顶是倾斜的石板。叙述者首先回忆了他第一次遇见喜马拉雅熊时的情景。十月的一个夜晚，叙述者在村庄里的一个朋友家睡觉时，被屋顶上的砰砰声惊醒。他叫醒朋友，问他发生了什么事。朋友告诉他，只是一只熊想让屋顶上的南瓜早点成熟而已。过了一会儿，叙述者透过小窗户向外看，果然看到一只黑熊像小偷一样抱着一个南瓜。此外，朋友还告诉叙述者另一个有趣的知识：如果被熊追赶，你一定要选择下坡跑而不是上坡跑，因为熊通常擅长上坡跑而不是下坡跑。喜马拉雅黑熊搞怪而有趣的行为，给叙述者留下了深刻的印象。

叙述者接着回忆了他和一只小熊的相遇。当叙述者静静地坐在一棵云杉树上，期望发现住在附近的一对松貂的时候，一只小熊呼哧呼哧地喘着气跑来，然后爬到一棵野李子树上，在最顶端的树枝上坐下来。直至此刻，它还没发现附近的叙述者。当小熊的目光与叙述者的目光相遇时，它害怕得立刻缩回了头，遮住了脸，然后从树上掉下，落在一堆枯叶上。

最后，叙述者回忆了他和第三只熊的相遇，这是一只爱在夜晚到玉米地里偷玉米的成年熊。叙述者在其朋友普雷姆家所在的村庄逗留期间，遇到了这只熊。叙述者和普雷姆站在一块高大岩石上，这样他们便能清楚地看到月光下的田野。午夜刚过，一只大熊出现在田野边缘。它可能闻到附近有人，于是起了疑心。饥饿的它再三确认田野里无人后，便小心翼翼地走向玉米地。它的注意力突然被挂在两棵树之间的几面藏族经幡吸引住了。意识到那些经幡没有攻击它的意图后，它径直走进玉米地。但是，普雷姆可不想再失去玉米，于是大声喊叫，村民们被惊醒，敲着鼓和空煤油罐从家里跑出。最后，饥肠辘辘的熊生气地逃走了。

作者在这个故事中描述了喜马拉雅熊的诸多特征，尤其强调喜马拉雅熊不会无缘无故地攻击人。文中写道："冬天，当高海拔的山被大雪覆盖的时候，喜马拉雅棕熊和黑熊会下到低海拔区域寻找食物。有时，它们到田野里觅食。由于它们眼睛近视，对任何移动的物体都心存疑虑，因此它们很危险。但是，像大多数野生动物一样，它们会尽可能地避开人类，它们只有在陪伴幼崽的时候下才具有攻击性。"①

邦德的《我的三只熊》不仅有助于纠正熊在人们心中的可怕形象，还向儿童读者普及了诸多有关喜马拉雅熊的生态知识：和其他野生动物一样，喜马拉雅熊也喜欢避开人类；在陪伴幼崽的时候，如果遇到了人类，为了确保幼崽的安全，它们才可能显示出攻击性。

蛇在人们心目中通常是一种令人恐惧和厌恶的动物，是丑恶的象征。阴森凝视的目光、古怪少见的花纹、细长且分叉的舌头，没有四肢却能有动如风的神力，以及少数毒蛇臭名昭著的行径，给人留下了极其不好的印象。邦德的《火车上的动物》（"Animals on the Track"）通过展现叙述者及其祖父母同四只宠物——鹦鹉波沛（Popeye）、老虎蒂莫西（Timothy）、松鼠奇普斯（Chips）、蟒蛇——一起从德拉到勒克瑙的火车之旅，试图改变蛇等动物在人们心目中的不好形象。该故事还向儿童读者普及了有关蟒蛇等动物的知识，使他们了解到蟒蛇等动物不会无缘无故攻击人。

为方便照看宠物，祖父专门预订了头等车厢里的座位，但旅途中仍然出现了一些意外。蒂莫西是唯一一个在整个旅程期间能够做到举止得体的宠物。波沛和奇普斯给旅途带来了一些麻烦。蟒蛇是旅途中最大的麻烦制造者。起初，祖母坚决反对带蟒蛇一起旅行，于是祖父只好把它留在家里，但不知怎么回事，它竟然偷偷溜进祖母的午餐篮里，然后上了火车。尤其是，它藏于篮子里的时候，几乎吃光了里面的食物。

祖父把装有蟒蛇的篮子藏到铺位下方。午夜刚过，走廊尽头传来一阵嘈杂声，紧接着传来蛇的叫声。祖父意识到蟒蛇从篮子里爬出去了。他赶紧跑过去，把蛇捉回来。旅客们急忙给他让路。文中写道：

> "大家不用担心，"祖父乐呵呵地说，"这只是一条无害的蟒蛇。它已经吃过饭了，所以没有人会有危险。"②

祖母看到蟒蛇后，很生气。祖父向祖母解释蛇是如何蜷伏的，但祖母却说，祖父一旦离开动物，便活不下去。火车到站后，梅布尔姑姑正站在站台上迎接

① BOND R. Nature Omnibus: A Bond with Nature [M]. New Delhi: Ratna Sagar Pvt Ltd, 2007: 86.
② BOND R. The Rooms of Many Colours [M]. New Delhi: Penguin Books India Pvt Ltd, 2009: 15.

他们，她期盼着吃祖母带给她的美味食物。她从祖母手中接过篮子，希望到家后再享用美食。当她在家掀开篮子的盖子的时候，发现里面竟有一条半睡半醒、嘴里还含着个苹果的蟒蛇，她瞬间被吓晕了。祖父立即捡起蟒蛇，把它缠在番石榴树枝上。梅布尔姑姑恢复意识后，坚持说篮子里有蛇，祖父给她看了看篮子，里面什么也没有。

《火车上的动物》是一个十分有趣的儿童短篇故事。梅布尔姑姑在邦德的诸多故事中都出现过，她害怕蛇等爬行动物。自她从祖母手中接过午餐篮的那一刻起，读者们或许一直期待着一场闹剧的发生。当她打开篮子看到蛇，紧接着被吓晕的时候，故事达到了高潮。这个故事让我们看到了蟒蛇温驯、可爱的一面，纠正了蟒蛇在人类脑海中的固有形象。该故事还向我们传递了这样一则生态信息：即使是像蟒蛇这样危险的爬行动物，如果它们不饥饿或不被激怒，通常不会伤害人。

人们通常认为猫头鹰同乌鸦一样是一种不吉利、不受人欢迎的动物，它们的出现往往意味着不祥之兆。但是，邦德却认为没有哪种鸟会带来厄运，他对猫头鹰没有丝毫的歧视和偏见。他喜欢猫头鹰，认为猫头鹰是最有名的夜鸟。邦德在《家中的猫头鹰》（"Owls in the Family"）中描述了猫头鹰的美丽特征，展现了人和猫头鹰之间的友好相处，以此来消除人们对猫头鹰的误解和偏见。

该故事的叙述者作为邦德的代言人，认为猫头鹰的外貌是美丽的，叫声是宜人的、动听的，他难以接受人们对猫头鹰的错误看法。文中写道：

> 大多数猫头鹰的叫声非常宜人。丛林鸺鹠（又名丛林矮小猫头鹰）的声音既柔和又动听。一位不明真相的作家曾将它的叫声比作摩托车的启动声，这是对它的中伤。倘若摩托车的声音听起来真的像丛林鸺鹠的声音，那么，这个世界将成为一个更加安宁的、更适合生活和入眠的地方。①

许多人之所以讨厌猫头鹰，主要是因为其奇怪的叫声。有些人将猫头鹰的叫声比作婴儿的哭泣声，有些人将它的叫声比作摩托车的启动声。然而，作者却认为，这些看法都是对猫头鹰的误解甚至"中伤"。事实上，猫头鹰的声音既柔和又动听，非常宜人。这里，作者试图消除人们对猫头鹰的误解和歧视，试图让人们重新认识猫头鹰，尤其是发现它的美丽之处。

---

① BOND R. Nature Omnibus：A Bond with Nature ［M］. New Delhi：Ratna Sagar Pvt Ltd，2007：61.

　　叙述者认为他在童年时与猫头鹰相处的经历是他一生中最难忘的事情之一。一个冬日的清晨，叙述者及其祖父发现家里来了一只小猫头鹰，它看起来十分害怕。祖父给它喂些食物后，它不那么怕人了。第二天，他们在同一地方又发现一只小猫头鹰。小猫头鹰们逐渐适应了在祖父动物园中的生活。祖母有时给它们喂些意大利面。大约十天后，当叙述者和祖父准备将两只小猫头鹰带到花园里放生时，他们却遭遇猫头鹰妈妈的攻击，可能是因为猫头鹰妈妈误以为是人类偷走了它的孩子。从这一情节，我们似乎可以感受到，尽管猫头鹰是非人类动物，但它们同人一样具有感情。猫头鹰妈妈与小猫头鹰之间的亲情，不亚于人类社会中的母亲与自己孩子之间的亲情。猫头鹰妈妈对小猫头鹰的爱是无私的，诚如祖父对小猫头鹰所言："现在你们有了一个无私的母亲。可以清楚地看出，她希望拥有一个美好的家。"① 人类渴望同丢失的孩子团聚，渴望拥有一个美好的家，同样，非人类动物也渴望同丢失的孩子团聚，也渴望拥有一个美好的家。相信小读者们在读完邦德的《家中的猫头鹰》之后，会对猫头鹰有全新的认识。

二 、《最后一次马车之旅》《我高大的绿色朋友们》《一朵新花》：人与自然间的"主体间性"关系

　　在《最后一次马车之旅》（"The Last Tonga Ride"）中，故事的第一人称叙述者"我"乘马车回到位于德拉的老家，重温了同老家周围的那些树之间的情谊。即便几十年过去了，叙述者依然感觉那些树是他的朋友，树木对他的友好触摸依旧能抚慰他的心灵，叙述者与树之间的关系是一种"主体间性"关系。

　　叙述者强调德拉是一个非常适合树木生长的地方，文中写道："正如父亲曾告诉我的那样，德拉是个种树的好地方，祖母房子周围种满了好几种树——琵琶树、印度楝树、芒果树、菠萝蜜树、木瓜树，还有一棵古老的榕树。有些树是我父亲和祖父种下的。"②

　　叙述者回到小时候同父母一起居住过的老房子，试图恢复同依然生长在那里的树木之间的亲密关系。叙述者再次看到那些树后，非常激动。尤其是，一棵年老的菠萝蜜树引起他的关注。祖母向他讲述了这棵树的故事。在叙述者的

---

① BOND R. Nature Omnibus：A Bond with Nature ［M］. New Delhi：Ratna Sagar Pvt Ltd，2007：63.

② BOND R. Collected Fiction ［M］. New Delhi：Penguin Books India Pvt Ltd，1999：448.

父亲生日那天，叙述者的祖父专门种下一棵菠萝蜜树为他庆生。祖母说道："当时正值雨季。我记得那天是你父亲的生日，因而我们种下一棵树来庆祝这个日子。"① 以种树的方式来庆生，具有重要的生态意义。倘若人人在庆生的时候，不举办豪华宴会，不浪费食物和资源，而是采用植树这一简单的方式，那么这对保护地球生态系统而言具有重要的意义。

叙述者相信人与树之间存在友谊，树愿意同人建立友谊。老家屋后长有一棵古老的榕树，它比祖父母还要老，比房屋还要老，同德拉一样老。文中如此描述这棵树：

> 这是一棵巨大的树，大约六十英尺高。我第一次看到它时，激动得浑身颤抖，因为我以前从未见过如此奇妙的树。我慢慢地甚至小心翼翼地靠近它，因为我不确定这棵树是否需要我的友谊。我看它好像藏着很多秘密。树枝上发出声音，而且有动静，但我看不到是谁或者什么物体在发出声音。②

当叙述者靠近榕树时，他感觉榕树想和他建立友谊。榕树首先采取行动，让一片树叶飘落下来，以此表达它想与人类建立友谊的愿望。树木有时会主动采取和人类建立友谊的行动，可是，麻木的人类却不理解甚至无视它们的行动。叙述者理解树的行动和想法，然后仔细观察它的树叶，温柔地抚摸它粗糙的树皮，以此来表示他愿意和它成为朋友。

叙述者小时候喜爱爬树，如今见到小时候爬过的那棵榕树，心中燃起爬树的欲望。他犹如一位将要步入圣地的朝圣者一样，先脱掉鞋和袜，然后开始爬树。书中写道："当我向上爬的时候，好像有人在帮我。一双无形的手——树精灵的手——触碰着我，帮我爬树。"③ 爬到树上后，他突然发现树上栖息着许多鸟儿。除一只犀鸟之外，其他鸟儿看到他后都惊恐不安。面对这么多的鸟，叙述者说道："这么多的生物栖息在这里。我希望它们中没有一个是危险的。"④ 叙述者在宽大的树枝上平躺了一会儿，觉得自己仿佛置身于另一个世界。榕树给他的心灵提供·份慰藉，使他忘却所有的烦恼与忧愁，"我试图装出生气的样子，

---

① BOND R. Collected Fiction ［M］. New Delhi：Penguin Books India Pvt Ltd, 1999：448.
② BOND R. Collected Fiction ［M］. New Delhi：Penguin Books India Pvt Ltd, 1999：448.
③ BOND R. Collected Fiction ［M］. New Delhi：Penguin Books India Pvt Ltd, 1999：449.
④ BOND R. Collected Fiction ［M］. New Delhi：Penguin Books India Pvt Ltd, 1999：450.

但在这样一个灿烂、清新、生气勃勃的早晨，我不可能会生气。大风吹散乌云，太阳破云而出。鸟儿们尤为活跃"①。可见，人一旦融入美丽的自然，往往会忘记心中的不快。为了不干扰树上生物们的正常生活，叙述者在树上休憩一会儿后，便下来了。

学者亨利·沃恩（Henry Vaughan）认为罗斯金·邦德的作品富含自然神秘主义色彩，"宁静、美丽、柔和的氛围使读者们能够享受到回荡在他作品中的生命节律和自然节律，并能感受到自由天堂的再现"②。在《最后一次马车之旅》中，叙述者独自待在榕树上的时候，那种氛围是宁静、美丽、柔和的，人生命的节律同非人类生命的节律乃至自然的节律是协调一致的。一切是如此的和谐，让人感觉仿佛身处天堂一般。在如此和谐的氛围中，人与自然是一体的，人与自然的关系是主体间性关系。

在《我高大的绿色朋友们》（"My Tall Green Friends"）中，故事的第一人称叙述者"我"曾在位于加瓦尔喜马拉雅山七千英尺高处的一个被树木环绕的小屋里居住多年。小屋有一扇比较大的窗户，窗外是一片森林，一些树几乎触手可及。小屋周围的四种树——核桃树、雪杉树、橡树和松树——成了他最要好的朋友。叙述者回忆并介绍了这些树朋友，表达了对它们的无限热爱。

首先，叙述者回忆并介绍了他的树朋友——核桃树：

> 冬天，核桃树的树枝光秃秃的，但它们像贾米尼·罗伊（Jamini Roy）画作中女人的胳膊一样光滑、笔直、圆润。春天，每根树枝都长出了又硬又亮的新叶。到了仲夏，整棵树都长满了叶子。到雨季结束之时，包裹在绿色外皮里面的核桃已经成熟。之后，外皮裂开，露出坚硬的黑壳，这就是核桃坚果。仔细观察坚果，你会发现它的形状很像人脑。难怪古人用核桃治头痛病！③

文中对核桃树的描述既科学，又生动形象。叙述者小屋旁边的一棵核桃树每年都会结出一篮子核桃，但今年不知何故，核桃频繁消失。送奶工的儿子毕朱（Biju）和一只胖胖的叶猴是主要嫌疑对象。但是，叙述者后来发现，真正

---

① BOND R. Collected Fiction [M]. New Delhi：Penguin Books India Pvt Ltd，1999：450.

② AGGARWAL A. The Fictional World of Ruskin Bond [M]. New Delhi：Sarup & Sons Publishers，2005：52.

③ BOND R. Nature Omnibus：A Bond with Nature [M]. New Delhi：Ratna Sagar Pvt Ltd，2007：140.

的"元凶"是一个常在山坡上割草的老妇人。六十岁的她依然能快速爬上树。叙述者之所以没有就偷核桃的事情责怪她，主要是因为他为她爬树的能力所折服。在叙述者看来，核桃树是一棵十分友好、令人愉悦的树。夏季，树上长满了叶子，一缕风吹过，树叶便发出沙沙声，窃窃私语起来，此景、此声令其心情愉悦。

其次，叙述者回忆并介绍了他最喜欢的树——喜马拉雅雪杉（deodar），此树在加瓦尔和库马翁地区被称为"dujar"或"devdar"，在喜马偕尔邦的部分地区被称为"kelu kelon"。"deodar"一词源于梵语"deva-daru"（神树）。尽管喜马拉雅雪杉被称为神圣的树，但是它们却无法像平原上的菩提树那样受到人们的崇拜和保护。文中就此写道："它是喜马拉雅山上一种神圣的树，但它既不像平原上的菩提树那样被人崇拜，也不像菩提树那样受人保护。它之所以被视为神圣的树，是因为它的木材一直被用来制造寺庙的门、窗、墙壁甚至屋顶。"① 人们仅从外在价值看待喜马拉雅雪杉，仅看到了它们对寺庙建设的价值，却没有看到它们的内在价值，这或许是喜马拉雅雪杉不像菩提树那样受人崇拜和保护的主要原因。叙述者希望人们应该像对待平原上的菩提树那样去对待喜马拉雅山上的雪杉。

叙述者真心崇拜和敬畏喜马拉雅雪杉。在他看来，喜马拉雅雪杉因美丽和庄严而成为最崇高的被造物。人类中心主义认为，人最为高贵，人是最崇高、最完美的被造物。但是，叙述者却认为最崇高、最完美的被造物是喜马拉雅雪杉，这一观点消解了人类中心主义观。叙述者时常到喜马拉雅雪杉林中散步，用手抚摸树干，以示敬意。文中详细描写了喜马拉雅雪杉的一些独有的特征和个性：

> 在喜马拉雅雪杉下生活过的人都不会否认，它是喜马拉雅山上最神圣的树。它挺拔、高贵。虽然它在强风中会发出哼哼声、叹息声和呻吟声，但它并不屈服于强风。积雪从它富有弹性的树枝上轻轻滑落。春季时，它的新叶是嫩绿色的。雨季时，微小的球果像花朵一样分散在深绿色的树枝褶皱中。喜马拉雅雪杉在雨中茁壮成长，享受着同类的陪伴。在一棵喜马拉雅雪杉生长的地方可以找到其他的雪杉。一棵幼小的雪杉一旦被孤立，

---

① BOND R. Nature Omnibus：A Bond with Nature［M］. New Delhi：Ratna Sagar Pvt Ltd，2007：143.

往往会枯萎。①

第三，叙述者回忆并介绍了一棵橡树。橡树在那里生长的时间最长，风吹弯或扭曲了它的诸多树枝，因而它看起来有些蓬乱、平庸。叙述者对橡树如此介绍道："这是一棵适合鸟类栖息的好树，它歪曲的树枝分散开来，没有产生特别的效果；有时，这棵树看起来好像没有生物在其间栖息。但是，当从远处传来一阵犹如直升机靠近时所发出的嗡嗡声的时候，这意味着一群长尾蓝喜鹊正在穿过林间空地。"② 这群鸟或许将要落到橡树上栖息。

第四，叙述者回忆并介绍了一些松树，如喜马拉雅蓝松、长叶松等。叙述者小屋下方不远处有一棵小蓝松。有时，他坐在蓝松树下，聆听风从树枝间轻轻吹过时所发出的美妙声音。

通过对核桃树、雪杉树、橡树和松树四位朋友的回忆，叙述者相信他和这些树之间存在着情谊。他很了解这些树，这些树也了解他，它们不仅知道他在窗前观看它们，倾听它们的秘密，也知道他在它们伸出的手臂前低头，以寻求它们的祝福。在《我高大的绿色朋友们》中，作者将树称为"高大的绿色朋友们"，将树抬高到与人类平等的位置，进而凸显出树的主体性以及树与人之间的"主体间性"关系。此外，该故事给我们带来这样的启示：我们应该学会尊重树木，让生命之树在人类的呵护下健康成长，唯有如此，我们才能与树木成为朋友，继而与其建立和谐共生的关系。

邦德的《一朵新花》（"A New Flower"）主要展现了故事的第一人称叙述者"我"以及九岁女孩乌莎（Usha）对花儿的喜爱，以及他们与花儿的亲密关系。当叙述者行走在通往山顶小屋的山路上时，乌莎追上他，让他观看一株花树上开出的第一朵花，这是一朵黄油色的单瓣花，看起来犹如冬日单调夜空中的一颗明亮之星。这种花可能已记录在某部植物学大辞典中，但是叙述者对它一无所知。乌莎告诉他，附近山村中的人把它称为"Basant"（春天）。这朵花令乌莎兴奋不已，于是她想把它摘下，送给叙述者，但叙述者建议她把它留在原处，看看它会不会结籽，然后开出更多的花。文中展现了两者的对话：

---

① BOND R. Nature Omnibus：A Bond with Nature ［M］. New Delhi：Ratna Sagar Pvt Ltd, 2007：143.

② BOND R. Nature Omnibus：A Bond with Nature ［M］. New Delhi：Ratna Sagar Pvt Ltd, 2007：144.

"我可以把它摘下来送给你吗？"乌莎问道。

"不，不可以，"我说，"这可能是唯一的一朵。如果我们把它摘下来，可能树上就再也长不出花了。让我们把它留在那里吧，看看它以后会不会结籽。"①

女孩听从叙述者的建议，没有摘花。女孩最初只把花儿视为无生命的客体，她与花儿的关系是主体与客体的关系，因而她想把花儿摘下来。但是，在叙述者给出建议后，女孩对花儿的态度发生变化，她开始把花儿视为有生命的主体，并懂得欣赏它的美丽。叙述者劝女孩不要随意折花的情节同我国教育家陶行知先生在《百花生日前一夜的梅香》中所讲述的一个童话故事有些类似，陶行知先生写道："你若是爱花，须到山里去看他，莫要摘回家。如果摘回家，便是杀了他。"② 无论是邦德先生还是陶行知先生，他们都在通过自己的作品教育儿童要爱护环境，不要乱折花草。

文中，女孩和叙述者一起仔细地观察这朵娇嫩的花，其花瓣十分柔软，看起来好像随时都可能掉落。那天晚上，下起了大雨，雨中夹杂着雪和冰雹。第二天，叙述者行走在山路上时，原以为花儿已不复存在，可是令他意想不到的是，尽管第一朵花因大雨而凋落，但另外两个花蕾已经开放。乌莎因忙着准备考试而将花的事忘得一干二净。

数月后的一天，当乌莎发现花树上已形成一小簇金色的星形花时，她开心不已，她为自己过去没有摘下第一朵花而感到欣慰。对叙述者而言，女孩与鲜花融为一体的美景虽然不那么壮丽，却令他陶醉。文中写道："我抬头看见她正站在一小簇金色的星形花后面，也许此景不像华兹华斯笔下的金色水仙花那般壮丽，但对于我这样一个为了它们的永久存在而尽了微薄之力的人来说，却是一番令人陶醉的景象。"③ 叙述者曾经对女孩做出的善意劝导，以及女孩的真心改变，共同维护了花儿的美丽以及持续存在，最终创造出一幅人与花和谐相生的"令人陶醉"的诗意美景。

邦德的儿童短篇小说中有诸多像乌莎一样纯真无邪的小女孩，她们都留着

---

① BOND R. Nature Omnibus：A Bond with Nature［M］. New Delhi：Ratna Sagar Pvt Ltd，2007：95.

② 陶行知. 陶行知全集（第12卷）［M］. 成都：四川教育出版社，2005：203.

③ BOND R. Nature Omnibus：A Bond with Nature［M］. New Delhi：Ratna Sagar Pvt Ltd，2007：96.

辫子，辫子上扎着红头绳，她们渴望得到鲜花、樱桃等自然物，也渴望将它们奉献给他人。她们不禁让人联想起英国浪漫主义诗人华兹华斯笔下的露西（Lucy）。诺拉·尼维蒂塔·肖就此评论道："同华兹华斯笔下的露西一样，她们似乎已成为大自然母亲的一部分。确实，她们对自然的认同是如此彻底，以至于在效法自然的过程中获得了人生中最大的喜悦和满足。"① 小女孩乌莎懂得尊重、效法和顺应花的成长规律，将花视为有生命的主体，进而构建起人与花的主体间性关系，达到对自然的完全认同，获得其人生中巨大的"喜悦和满足"。这种"喜悦和满足"，或许她一辈子都不会忘记。

《一朵新花》展现出叙述者对花的喜爱以及对女孩的悉心教育，更展现出女孩与花儿关系的积极变化。在叙述者的指导和教育下，小女孩了解到每一朵花的重要性，认识到每一朵花都是一个美丽的生命，进而与花建立起"主体间性"关系。该故事不仅能激发儿童对花儿的兴趣，而且向他们传达出一则宝贵的生态信息：当我们在自然区域游玩时，如果我们发现一朵美丽的花，我们不应该采摘它，我们应该保护它，让它繁衍出更多的美丽之花。

三、《男孩与河流》《番石榴成熟时》《榕树上的历险》等 4 个文本：儿童在自然中的诗意栖居

邦德认为，儿童是大自然的孩子，享有在自然中无拘无束地活动和玩耍的权利；成年人应当让儿童诗意地栖居在童年之中，诗意地栖居在自然之中。在邦德笔下，喜马拉雅山间的儿童在大自然的怀抱中自由生活、快乐玩耍，有的孩子在山林间探险，有的在池塘里骑水牛，有的爬到番石榴树上玩，有的躺在草地上休憩，有的在凉爽的树荫下午睡，有的在林间享受鸟儿和昆虫的陪伴，等等。邦德期望当代儿童多走进自然、游戏自然，同自然建立情感联结，最终诗意地栖居在大地之上。

邦德的《男孩与河流》（"A Boy and a River"）展现了男孩对一条他从未见过的河流的向往及其在河流中的快乐体验。题目中的"男孩"就是故事的第一人称叙述者"我"。在该故事中，"我"回忆了自己十二岁时独自探索一条神秘之河的经历。对男孩而言，河流是他梦寐以求的诗意之地。

男孩住在山间的一个小村庄里，在离村庄七英里远的地方有一条美丽而神

---

① SHAW N N. Ruskin Bond of India：A True Son of the Soil［M］. New Delhi：Atlantic Publishers and Distributors Pvt Ltd，2008：108.

秘的河,此河被茂密的森林掩盖着。村里仅有几个人见过这条河,他们有时向孩子们介绍这条河。听完大人们的介绍后,男孩心生一个愿望:想亲眼看看这条河,亲自触摸一下河水。文中写道:"我从未亲眼见过这条河,但我从村民那里听说过它,听说过它里面的鱼,听说过它的岩石、水流和瀑布。现在,我只想摸摸河水,亲自了解它。"① 男孩对河流的向往,代表着他对自然的向往。男孩渴望亲自触摸河流,代表着他渴望亲自体验自然。我们从中可以感受到儿童与自然的密切联系,以及儿童渴望探索自然和游戏自然的激情。

在神秘之河和男孩所在的村庄之间有一座大山。男孩寻找河流的经历是艰辛的。他先找到一条通往河流的小路,这条路寂静无声。他顺着小路赤脚向前奔跑,尽管一路上见不到任何人,但他没有放弃的念头。在奔跑的过程中,他感受到石头的温暖和草地的凉爽,更感受到自由。未见河流之貌,先闻河流之声。男孩先是听到河水奔腾之声,然而看到了他梦寐以求的河。他被壮观的河流景象惊呆了。他兴奋不已,一直跑到河水没到脚踝的地方,享受河水从脚趾间流过时带给他的那种美妙感觉。文中写道:"我开始跑起来,惊喜得不停地喘气。我脚一滑,跌了一跤,然后站起来,继续跑,直至跳进凉爽的河水里。河水蓝蓝的,非常奇妙。"② 男孩对河流的向往和体验,以及河流对男孩想象力和激情的点燃,在故事中得到淋漓尽致的展现。男孩体验河流之后,会对河流拥有更深的理解。邦德通过《男孩与河流》这一故事不仅展现了男孩在河流中的诗意栖居,而且试图告诉我们:儿童在自然中的诗意栖居是一件对儿童健康成长和全面发展十分有益的事。

邦德的《番石榴成熟时》("When the Guavas are Ripe")展现了儿童在番石榴园中的快乐体验和诗意生活。在邦德看来,番石榴树不仅容易攀爬,而且结出的果实非常美味,因此,番石榴园成了孩子们乐于游玩的地方。

该故事着重叙述了小男孩岚基(Ranji)和小女孩柯吉(Koki)在番石榴园里的愉快体验。岚基家对面有一个很大的番石榴园。一天,岚基独自穿过马路,翻过围墙,钻进番石榴林里。他相中了果园中间的一棵树,因为在那里无人能打扰到他。可是,当他爬到树上后,发现他的好朋友柯吉正在附近的一棵树上享受着果实。他俩享受完美味的番石榴后,便离开了。

---

① BOND R. My Favourite Nature Stories [M]. New Delhi: Rupa Publications India Pvt Ltd, 2016: 101.

② BOND R. My Favourite Nature Stories [M]. New Delhi: Rupa Publications India Pvt Ltd, 2016: 105.

第二天，岚基和柯吉想再次到果园里玩。跟在柯吉后面的是她的弟弟泰儒（Teju）。泰儒虽然只有六岁，但非常调皮。三人很快进入果园，然后爬上树。由于三人同时爬树，并且爬的树不同，因而产生了很大的响声。果园的主人雇了一个名叫戈帕尔（Gopal）的看园人来看管果园，以防孩子、鸟儿和猴子进入果园。戈帕尔被响声吵醒后，拿起棍子，要到果园里查看一下。看到戈帕尔后，柯吉和岚基迅速逃走，但泰儒由于年龄小，跑不快，便哭起来。柯吉和岚基不得不跑回来帮他。幸运的是，三人及时逃出了树林。

第三天，孩子们刚到果园旁，就被在那里等候已久的戈帕尔拦住了。天真又聪明的孩子们用甜言蜜语称赞戈帕尔的优点尤其是他巨大的摔跤力量。戈帕尔听后，十分高兴，便允许他们进入了果园，还在果园里给他们讲述他曾获得的一些伟大成就。然后，他把番石榴心甘情愿地送给孩子们，并叮嘱他们不要吃太多。他还热情地邀请他们以后还来果园玩，以便给他们讲更多的故事①。即使番石榴成熟的季节已经过去，即使戈帕尔已经没有什么故事可讲了，孩子们还是想到果园里玩，因为他们已经爱上了番石榴园，也爱上了戈帕尔这个憨厚、可爱的看园人。番石榴园是孩子们渴望的诗意之地。在番石榴园里，孩子们可以亲近自然，感受生命，感受爱，感受友谊，最终获得快乐。番石榴园代表着大自然。邦德通过《番石榴成熟时》这个故事来呼吁家长们和教育工作者应该允许孩子们在自然中诗意地栖居、快乐地成长。

在《榕树上的历险》（"Adventures in a Banyan Tree"）中，叙述者以第一人称的口吻叙述了自己童年时在榕树上的快乐体验。叙述者小时候和祖父母一起居住。在祖父母的庭院里生长着一棵古老的大榕树，这棵树成了一些小动物的栖身之所。这棵榕树比六十五岁左右的祖父还要老，比祖父家的房屋还要老。叙述者被榕树深深吸引着，他认为房子和田地虽然归属于祖父，但那棵榕树却归属于他。这里可以看出叙述者对榕树的情有独钟。文中描述了这棵榕树："榕树向下伸展的枝条垂落到地面，在地上扎根，形成了许多曲折的通道，给我带来无尽的乐趣。通道中有松鼠、蜗牛和蝴蝶。这棵树比房子还要古老，比祖父还要老，与德拉敦一样古老。我可以藏在浓密绿叶后面的树枝间，窥视下面的世界。"②

叙述者在榕树上同一只小松鼠建立了相互信任的关系。叙述者觉得榕树是

---

① BOND R. Children's Omnibus [M]. New Delhi: Rupa and Company, 2007: 103.

② BOND R. Children's Omnibus [M]. New Delhi: Rupa and Company, 2007: 136.

他的地盘，他喜欢爬到树上玩，喜欢把自己隐藏在茂密的树枝间。他喜欢与蜗牛、蝴蝶等生物互动，尤其是他和一只小松鼠成了朋友。叙述者无意进入小松鼠的栖息地，侵犯了它的隐私。小松鼠一开始有些害怕叙述者，但当它发现他手里没有弹弓或气枪后，开始对他不再畏惧。叙述者给了它几块蛋糕和饼干。慢慢地，小松鼠胆子变大了，敢于主动到叙述者的口袋里找东西吃。但是，小松鼠的亲戚和朋友却认为，人类总是在破坏它们的栖息地，还用弹弓或气枪攻击它们，因而它们不信任人类。当它们得知小松鼠竟然和叙述者成为朋友的时候，它们认为小松鼠太任性，很愚蠢。其实，并非所有的人都歧视或伤害动物。有些人同叙述者一样真心热爱动物，这些人对动物而言是值得信赖的。人对动物的尊重、信任和关爱，是构建人与动物和谐关系的根基。

春天的时候，榕树上结满了小小的红色"无花果"。为了品尝这些美味的果实，红耳鹎、鹦鹉、八哥、乌鸦等许许多多的鸟儿竞相飞到榕树上。榕树成了花园里最为热闹的地方。

叙述者在榕树的半腰处搭建了一个平台，夏季时他在平台上度过了一个个快乐而充实的下午。叙述者坐在平台上，阅读了一些世界经典名著，如《金银岛》《哈克贝利·费恩历险记》、埃德加·赖斯·巴勒斯的科幻小说、路易莎·梅·奥尔科特的小说等。当他不想读书的时候，会爬到榕树的顶部，透过树叶之间的缝隙，欣赏树下的世界，如看祖母洗衣服、晾衣服，看厨师和卖水果的小贩争吵，看祖父在花园里消磨时间等。在《榕树上的历险》中，榕树代表着大自然，叙述者小时候在榕树上的快乐体验代表着儿童在自然中的诗意栖居。

叙述者小时候把自己的生命和榕树世界中的非人类生命紧密地联系在一起，借此实现了诗意的栖居、获得了快乐的生活。邦德或许通过这个故事希望更多的孩子能够诗意地栖居在自然之中。

《柯吉之歌》（"Koki's Song"）展现了十二岁女孩柯吉在花园中的诗意栖居。柯吉同母亲、祖母一起住在河边一个孤零零的房子里。母亲平时忙于劳务，无暇顾及柯吉。祖母有时给她讲些故事，逗她开心。在河对岸有个美丽的花园，柯吉将花园视为她的乐园，她平时喜欢到那里游玩，她尤其喜欢在那里静静地观察动物。哪怕站在花园墙外看动物喝水，也令她感到开心。

有一次，柯吉被一只鹿深深吸引，两者相互对视，都"被对方迷住了，既没有动，也没有发声"①。这一细节展现了女孩与鹿之间的"主体间性"关系。鹿成了与女孩平等的主体，两者各美其美，女孩欣赏鹿的美，鹿欣赏女孩的美，二者构成一幅"美美与共"的诗意图景。在花园这片乐土中，女孩同非人类生命处于平衡、和谐的关系中，进而在此基础上消除了孤独感，获得了快乐，实现了诗意的栖居。

---

① BOND R. Nature Omnibus：A Bond with Nature ［M］. New Delhi：Ratna Sagar Pvt Ltd，2007：16.

第四章

罗斯金·邦德儿童短篇小说的生态忧患意识

为了凸显地球的脆弱性以及人与地球之间的关系，英国著名生态批评家乔纳森·贝特（Jonathan Bate）在其生态批评著作《大地之歌》（*The Song of the Earth*）的结论部分，要求读者"在脑海中浮现出一张从太空拍摄的地球照片：地球的绿色和蓝色因云层的移动而变得模糊⋯⋯在周边黑暗的衬托下，它显得如此渺小，以至于你幻想着用手捧起它。地球是脆弱的。我们是地球的一部分，但我们并不拥有它"①。英国著名历史学家阿诺德·约瑟夫·汤因比（Arnold Joseph Toynbee）在其《人类与地球母亲》（*Mankind and Mother Earth*）一书中曾给出这样一个结论："我们目前的生物圈是我们拥有的或者说可能拥有的唯一可栖居的空间。"② 从上述两位学者令人警醒的话语中，我们认识到地球虽然仅是浩瀚宇宙中的一个小小的星球，却是全人类赖以生存的唯一家园。然而，对于这样一个脆弱的、唯一可供人类栖居的空间，人类不仅不懂得珍惜，甚至通过各种手段来破坏它，结果是地球上出现自然资源枯竭、动植物物种灭绝、生物多样性锐减、全球变暖等生态问题。日趋严重的生态危机给人类敲响了末日警钟，使人心生危机感，尤其是促使不少作家产生生态忧患意识。

生态忧患意识是指将人类、自然乃至地球的前途命运萦系于心，对人类和非人类生命可能遭遇到的生态危机保持警惕并对导致危机的错误思想和行为做出反思和批判的意识，主要包括生态危机意识和生态批判意识。生态危机意识是指对滥伐树木、摧毁大山、猎杀动物、物种灭绝等生态灭绝或生态灾难事件及其影响的认知和警觉。生态危机意识的提升，有助于人类认识到自身行为对

---

① BATE J. The Song of The Earth［M］. Cambridge：Harvard University Press，2000：335.

② COUPE L. The Green Studies Reader：From Romanticism to Ecocriticism［C］. London：Routledge，2000：225.

生态环境的影响，对于解决或缓解生态危机问题具有重要意义。生态批判意识是指对导致生态危机的错误观念和行为，如人类中心主义、人类无限膨胀的欲望、人对自然规律的违背、人类发动的战争等，进行反思和批判的意识。邦德虽然钟爱自然，时常栖居自然之中，但他并不避世，他非常关注现实社会中的生态问题，他是一位具有强烈生态忧患意识的生态文学作家和儿童文学作家。他在许多儿童短篇小说中着力展现生态灾难和生态灭绝事件，强调任何肆意破坏自然的行为都是一种犯罪，例如他在其短篇小说《树木的死亡》中用"屠杀"（slaughter）一词来形容人对树木的滥伐，凸显人对树木所犯下的罪行。早在20世纪70年代就出现了一个用来指代人对大面积的自然环境所犯下的罪行的术语，这个术语就是"生态灭绝罪"（Crimes of Ecocide）。

这里有必要介绍术语"生态灭绝"（Ecocide）的内涵以及术语"生态灭绝罪"的提出过程。"生态灭绝"完整的英文表述是"Ecological Genocide"，简称为"Ecocide"。"Ecocide"的前缀"eco"源自希腊文"oikos"，其意为房屋、居住地、住所、地方、家园。其后缀"cide"源自拉丁文"caedere"，其意为杀戮、殴打、砍伐、击倒。英文单词"Ecocide"最早是由美国植物学家和生物伦理学家阿瑟·W. 加尔斯顿（Arthur W. Galston）于1970年在华盛顿举行的"战争与国家责任"（"War and National Responsibility"）会议上提出。当时他向大会提出禁止生态灭绝罪的建议，他写道："在我看来，蓄意对一个民族按照自己选择的方式所栖居的环境造成永久性破坏，同样应当被视为一种危害人类的罪行，这种罪行可以用生态灭绝一词来指定……目前，美国独断专行，在另一个国家（越南）大规模使用化学脱叶剂和除草剂，可能已经犯下生态灭绝罪。"[1] 在加尔斯顿看来，美国在20世纪六七十年代美越战争期间给越南生态环境带来严重破坏，这实际上就是一种生态灭绝罪。

《国际刑事法院罗马规约》（下文简称《罗马规约》）是由联合国关于设立国际刑事法院的全权代表外交会议于1998年7月17日通过的旨在保护国际人权、打击国际犯罪的刑事法律。该规约将种族灭绝罪、危害人类罪、战争罪和侵略罪列为整个国际社会所关注的最严重犯罪，但该规约忽略了生态灭绝罪。自20世纪70年代以来，对于是否要将生态灭绝罪列为一种国际罪行一直存在争议。2010年4月，致力于地球环境保护事业的英国知名律师波莉·希金斯

---

① MCNEILL J R, UNGER C R. Environmental Histories of the Cold War［C］. Cambridge：Cambridge University Press，2010：237.

（Polly Higgins）女士从法律角度向联合国递交一份大胆的计划，呼吁联合国通过有关惩罚生态灭绝罪的国际刑事法律，试图促使生态灭绝罪同种族灭绝罪、危害人类罪、战争罪和侵略罪一样成为受国际社会关注的最为严重的反和平罪，并建议将其定为第五项反和平罪。在希金斯看来，生态灭绝主要指的是"不论是人为原因还是其他原因所导致的某一地区的生态系统遭受广泛的损害、破坏或丧失，以致该地区的居民对平静生活的享受已经或者将要被严重削弱"①。她强调："生态灭绝从本质上看完全是生命的对立面……是一种反和平的罪行。"②

同希金斯一样，全球有不少国家和地区要求将生态灭绝罪列为《罗马规约》中的第五项国际罪行，其给出的理由通常是保护国际人权、保护自然环境、防止气候变化等。至今，格鲁吉亚、乌克兰、白俄罗斯、哈萨克斯坦、吉尔吉斯斯坦、亚美尼亚共和国、塔吉克斯坦、乌兹别克斯坦、越南等国已经公开宣布生态灭绝罪是和平时期的一项罪行。但是，也有一些国家和地区反对将生态灭绝罪列为第五项国际罪行，其给出的两个主要理由是：如果将生态灭绝罪列为第五项国际罪行，那么，这是在给全人类定罪，尤其是，这种做法是反发展的；如果将不可确定的生态灭绝定为一种罪行，那么，这种做法不仅是徒劳的，而且是错误的，因为天灾或不可抗拒的自然力无法被定罪。

生态灭绝大体分为可确定的生态灭绝（ascertainable ecocide）和不可确定的生态灭绝（non-ascertainable ecocide）。学者马丁·R. 梅森（Martin R. Mason）在其《末日景象》（*Doomsday Scenarios*）一书中介绍了这两类生态灭绝。可确定的生态灭绝是指人类对自然环境的大规模破坏或者对不可再生自然资源的过度开发所导致的生态系统的彻底损坏。严重污染生态环境、过度砍伐森林、过度开山采矿、过度破坏生物栖息地、大肆破坏自然环境中的动植物等人为活动，都有可能导致可确定的生态灭绝。鉴于可确定的生态灭绝通常是人类行为的结果，因而这类生态灭绝亦称为人为的生态灭绝。在这类生态灭绝事件中，通常可以确定导致生态系统彻底损坏且对此负有主要责任的一个人或多个人。在不可确定的生态灭绝中，灾难或灭绝通常是由非人为因素引起的。洪水、地震等自然灾害所引发的灾难在法律上被称为不可抗力事件或"天灾"，这类事件之所以被称为"不可确定的生态灭绝"，"一方面是因为它们是自然发生的，另一方

---

① MASON M R. Doomsdays Scenarios［M］. Wilton Manors：AMF Publishing，2015：25.

② JOWIT J. British Campaigner Urges UN to Accept "Ecocide" as International Crime［EB/OL］. 350resources.（2010-04-10）［2021-09-24］. https：//www.350resources.org.uk/2010/04/10/british-campaigner-urges-un-to-accept-ecocide-as-international-crime/.

面是因为无法确定肇事者"①。因此,在不可确定的生态灭绝中,无法确定哪个人或哪些人应该为此类事件负责。

如下一些学者的观点主要涉及生态破坏、自然终结、生态危机等,有助于我们更好地理解生态灭绝的含义。美国学者格伦·A. 洛夫(Glen A. Love)在其《实用生态批评》(*Practical Ecocriticism*)一书中介绍了各种各样的生态破坏:

> 一个令人不安的事实是,我们已经对有关人类灾难和自然灾害的坏消息习以为常……辐射中毒、化学战、细菌战这些真实存在的问题,皆因恐怖主义的兴起而变得更具威胁性。发生在印度博帕尔的工业事故,导致两三万人遇难。地球的保护性臭氧层遭到破坏。世界上仅存的大森林已被过度砍伐。动植物灭绝速度加快,每天约有七十四个物种灭绝,每年约有两万七千个物种灭绝。荒漠化、环境污染以及人类居住地的蔓延,导致可耕地和地下水损失严重。还有过度捕捞以及对世界各个海洋的毒害问题。②

洛夫所提到的各种各样的生态破坏和生态灾难,实际上都是生态灭绝的典型例子。美国著名的环保主义理论家比尔·麦克本(Bill Mckibben)在其《自然的终结》(*The End of Nature*)一书中指出,全球变暖问题预示着地球上已经不存在未被人类染指过的自然区域,预示着纯粹自然的终结,他写道:"通过改变气候,我们把地球上的每个地方都变成了人造的和人工的地方。我们剥夺了自然的独立性,而这对自然而言是致命的。"③ 除气候变化和全球变暖问题之外,物种灭绝、雨林破坏、自然资源耗竭等日益严重的生态问题,也预示着自然的终结。从某种意义上看,自然终结大致相当于生态灭绝。澳大利亚道德哲学家 H. J. 麦克洛斯(H. J. McCloskey)在其《生态伦理与政治》(*Ecological Ethics and Politics*)一书中就生态危机写道:

> 这一危机不仅威胁到人类所享受的生活的质量,而且威胁到人类的生存;生态学表明,智人已经成为或有可能成为一种濒危物种;此外,人类正在以一种不计后果、不负责任的方式"蹂躏"地球,对地球造成"不可

---

① MASON M R. Doomsdays Scenarios [M]. Wilton Manors: AMF Publishing, 2015: 27.
② LOVE G A. Practical Ecocriticism: Literature, Biology and the Environment [M]. Charlottesville: University of Virginia Press, 2003: 14-15.
③ MCKIBBEN B. The End of Nature [M]. London: Viking Penguin, 1990: 54.

逆转的破坏"，从而降低了地球自身及其成员们（包括人类）的价值。①

在麦克洛斯看来，现代人类长期以来以不计后果、不负责任的方式蹂躏地球，结果是给地球造成了"不可逆转的破坏"，这里的"不可逆转的破坏"类似于生态灭绝。如果"不可逆转的破坏"持续进行下去，最终人类自身也有可能沦为"濒危物种"。

生态危机、生态灭绝和生态灾难已成为包括罗斯金·邦德在内的诸多生态文学作家和生态批评家主要关注的问题之一。邦德在不少儿童短篇小说中大力书写人类对自然的漠视、亵渎和破坏，着力展现滥伐森林、肆意开山、滥杀动物等人类行为给人类和非人类自然存在物带来的破坏，对生态危机、生态灭绝和生态灾难予以极大的关注。学者乌沙·班德（Usha Bande）认为，邦德早已认识到树木、山脉和河流所面临的严重问题，班德写道："对他（邦德）来说，树木、山脉和河流有着特殊的吸引力，它们同人类一样具有诸多美丽之处，但也同人类一样面临着诸多问题。"② 邦德在接受阿米塔·阿加瓦尔的采访时，说道："森林砍伐、环境污染以及野生动物的衰退一直是我的故事和散文的主题之一。这样一来，我触及了社会问题。"③ 印度学者拉什米·阿特里（Rashmi Attri）曾指出，邦德的自然文学作品展现了现代人类给环境带来的威胁，批判了现代人类对自然的滥用，她写道：

> 邦德的作品既具有美国人所称的赞扬口吻，也具有英国人所称的威胁口吻，威胁口吻试图警醒人们认识到政府、工业、商业和新殖民势力给环境带来的威胁。他的作品主要是自然文学作品，细致描写了大自然的奇观与美丽；同时，其作品不仅批判了现代化对非人类自然物的滥用，还表明自然是人类必须尊重的主体。④

邦德犹如一名布道者，将提醒或警醒读者认识到生态危机、生态灭绝和生

---

① MCCLOSKEY H J. Ecological Ethics and Politics [M]. Totowa：Rowman and Littlefield，1983：3.

② SINGH P K. The Creative Contours of Ruskin Bond：An Anthology of Critical Writing [C]. New Delhi：Pencraft Publications，1995：103-104.

③ AGGARWAL A. The Fictional World of Ruskin Bond [M]. New Delhi：Sarup & Sons Publishers，2005：57.

④ RASHMI A. An Aesthetics of Earth：An Ecocritical Reading of Ruskin Bond's Short Stories [J]. Journal of English Literature and Language，2010（4）：2.

态破坏问题视为自己义不容辞的责任。他在其作品中展现了各种各样的生态问题。例如，由于人类肆意砍伐森林，动物们被迫不断迁徙以寻找新的食物和庇护地。如果人类继续一味地破坏森林，动物们将再无生存空间。人类中心主义者以进步或发展的名义肆无忌惮地借助炸药来开山、采矿、建路，给大自然带来各种创伤，例如自然资源日益枯竭、自然生命不断衰亡、自然景观日益荒芜、山林沦为沙漠等。如果人类一味地砍树而不种树，世界将沦为荒漠。山林是大多数动物的天然栖息地，一旦山林被毁，许多动物将丧失家园，其生命岌岌可危。以猎人为代表的人类中心主义者为了攫取物质财富或者寻求打猎带来的快感而肆意猎杀动物，对动物生命构成巨大威胁。豹、虎等大型野生动物一旦受伤，将丧失捕食天然猎物的能力，进而不得不到人类居住地附近捕食羊、牛、狗等家畜，最终沦为食人兽。老虎等野生动物的濒临灭绝对自然生态平衡而言是一个很大的威胁。邦德在其作品中着力书写生态灭绝和生态危机的主要目的，是让人们充分意识到悬在人类头上的"达摩克利之剑"（Damocle's Sword）。

邦德认为，如今生态灭绝和生态灾难事件日益增多，而导致生态灭绝和生态灾难的罪魁祸首是人类自身。诚如法国浪漫主义文学流派的开创者让-雅克·卢梭所言："上帝创造的所有事物皆是善的，但是一经人类的干预，则变成了恶。"① 简言之，人类应该对绝大部分的生态问题负责，人类中心主义是导致现代文明与自然生态之冲突尤其是导致生态问题的根源。人类中心主义将人视为宇宙的中心，其实质是："一切以人为中心，或一切以人为尺度，一切为人的利益服务，一切从人的利益出发。"② 自然从不偏袒其中的任何一个成员，而人类虽为自然中的一员，却一直妄图控制和主宰自然，试图将自己置于自然万物之上，坚持以自身的喜好和利益为标准来衡量自然万物是否有用。自然为人类提供了可以满足其基本需求的一切，但人类却没有对自然表现出感恩之情，甚至无视自然之于人类的重要性。邦德不反对发展，也不赞成过度开发自然，但他反对人类以进步和发展的名义毁坏大山和森林。人类为了追求所谓的发展给自然带来了一系列严重问题，如自然资源的日益枯竭、动植物物种的加速灭绝、生物多样性和生物栖息地锐减等。邦德反对人类肆意破坏自然，他希望人类能够深入思考人与自然的关系，以及人对自然的破坏给人类和非人类生命带来的

① ROUSSEAU J-J. The Social Contract [M]. CRANSTON M, trans. London：Penguin Books, 1968：35.

② 余谋昌. 走出人类中心主义 [J]. 自然辩证法研究, 1994, 10 (7)：8.

负面影响。自然借助洪水、干旱、高温、火灾、地震、气候变暖等不同形式的灾害，来惩罚人类曾对自然做出的冒犯行为，启发人类认识到人在自然面前的渺小和脆弱，提醒人类时刻保持对自然的敬畏之心。

邦德强调，人类需要认识到自然不是人类肆意攫取物质财富的场所；大自然具有充足的资源和强大的能力来满足人类的基本生存需求，因而生态问题之所以发生，其根本原因不在于人类为满足自身基本生存需求而利用自然的行为，而在于其为满足自身无止境的欲望而不断向自然索取的行径。现代人欲壑难填，被欲望蒙蔽了双眼，不仅与人类同胞产生矛盾和冲突，也与非人类同胞产生矛盾和冲突。

邦德对野生动物怀有深深的感情，深切担忧虎、豹等大型野生动物的生存问题。他在其作品中提出了一些有关野生动物的重要观点。例如，山林不仅是人类获取各种资源的天然仓库，更是虎、豹等野生动物的天然栖息地；人类和野生动物为了维系各自的生存或利益而发生冲突，动物沦为食人兽的直接原因是人对山林的破坏或者人对动物的伤害，根本原因是人类的贪婪欲望；一桩桩食人兽被伤害或杀害的悲剧的起因往往源于人类；动物世界是纯真的世界，动物们通常不会主动伤害人，除非它们首先被人激怒；动物因生存空间受到人类的挤压或者食物的匮乏而不得不迁移到人类生活区域，有时它们不得不掠食家畜甚至人，人类应该理解它们的生存境况。

邦德坚信，人从来不是老虎、豹子等大型野生动物的天然猎物，倘若人类不破坏山林，不猎杀动物，老虎、豹子等动物不会沦为食人兽。英国博物学家R. E. 霍金斯曾就食人虎的杀戮频率写道："食人虎的杀戮频率取决于三个因素：（a）它活动区域中的天然林的供应量；（b）导致它成为食人虎的残疾特征；（c）它是一只雄性虎还是一只带幼崽的雌性虎。"① 邦德持有类似的观点，他也认为，如果一只成年老虎有充足的天然栖息地和天然猎物，如果它没有被猎人打伤、变残进而丧失捕食能力，如果它的幼崽没有受到人类的威胁，那么，这只虎一般不会变为食人兽。对于一只已经沦为食人兽的老虎而言，如果它活动的区域中有充足的天然林，如果它不残疾，如果它的幼崽没受到威胁，那么，它杀戮的频率就会很低；反之，它杀戮的频率就会比较高。归根结底，人与虎、豹等野生动物冲突的根源在于人类自身。

---

① CORBETT J, HAWKINS R E. Jim Corbett's India [M]. Oxford: Oxford University Press, 1987: 245.

　　邦德认为，虎、豹等野生动物猎杀其他动物，只是为了维持自身的基本生存需求，而人类猎杀动物，却是为了生计之外的非必要需求。邦德强调，野生动物不是被人展览或娱乐的对象；享有天然的栖息地、基本的食物和自然繁殖是它们应有的权利，它们应当同人类一样享有过上自由、平静和安全之生活的权利。邦德指出，已有无数的动物物种从地球上消失，也有许多的动物物种濒临灭绝，可悲的是，许多人尚未意识到人类行为可能给动物带来的不可逆转的破坏，因而他呼吁人类敬畏并保护野生动物。

　　邦德认为，人类对大自然的破坏不仅是对地球母亲的摧残，也是对人类自身的摧残。主宰和剥削自然的行为不仅导致自然的异化，也导致人类心灵的异化。邦德哀叹人与自然生命共同体的瓦解，强调如果人类一错再错，世界末日终会降临，人类的子孙后代将因此受难。正如印度学者贾亚·蒂瓦里所指出的那样："罗斯金·邦德是这样一位作家：他不断地向我们暗示，由于人类肆意开山、伐林，以及无休止地开采上帝赐予我们的大量自然资源，因此，未来一代将承受严重的后果。"①

　　邦德的许多儿童短篇小说犹如一个个挽歌，不仅向当代人尤其是儿童读者展现滥伐树木、肆意毁山、非法偷猎等行为所导致的一系列可确定的生态灭绝和生态灾难事件，而且强调这些破坏自然的行为实际上就是一种剥夺自然生命、破坏人类与非人类之和谐关系的罪行，进而吁求人类根除对自然的暴力行为。此外，邦德在作品中也展现了洪水、火灾、地震等一些不可确定的生态灾难事件，意在用这些灾难唤醒人类麻木已久的灵魂，激起人类的生态忧患意识。本章在细读邦德诸多儿童短篇小说的基础上，通过重点分析邦德对各种生态问题的书写以及对导致生态问题的各种原因的思考，对这些作品的生态忧患意识从以下四个层面展开论述。

第一节　对猎杀动物、动物灭绝等
生态问题的忧虑与反思

　　随着现代文明向荒野的不断进军，猎杀动物的行为不断增加，地球上越来

---

①　TIWARI J. Environmental Concerns in Selected Short Stories of Ruskin Bond［J］. International Journal of English Language, Literature and Humanities, 2016, 4（7）: 526.

越多的动物物种濒临灭绝。动物灭绝是生态灭绝的一部分，近百年来所发生的动物灭绝基本上都属于可确定的生态灭绝，而导致动物灭绝的元凶却是人类。邦德从小和各种各样的动物打交道，他热爱并尊重每一种动物，他颇为担忧动物灭绝问题。为了唤起更多的人尤其是儿童对动物灭绝问题的关注，他在《无处栖身的豹子》《月光下的黑豹》《犹如灼灼火焰一般的虎》《丛林里的一周》等儿童短篇小说中，不仅着力展现以猎人为代表的人类中心主义者对野生动物的肆意猎杀，以及普通人和野生动物为了维系各自的基本生存而发生的激烈冲突，还提出了诸多鲜明的生态观点。例如，许多野生动物面临严重的生存威胁，老虎、豹子等关键的捕食性动物的消失将给自然生态系统带来极其不利的影响，保护老虎、豹子等关键的捕食性动物具有重要的生态意义；动物同人类一样享有在地球上生存和繁衍的基本权利，人类无权剥夺它们的这些权利；野生动物并不是满足人类娱乐欲望或猎杀欲望的物品；儿童尚未受到人类中心主义的影响，尚未学会从人类利益的角度看待动物，他们对动物未怀有不良动机，他们同情和信任动物，反对猎杀动物，而受人类中心主义影响颇深的成人只会从人类利益的角度看待动物，他们只在乎动物的外在价值或工具价值，无视其内在价值和生存权利，进而残忍地猎杀它们；猎杀动物、砍伐森林等生态问题导致动物受伤或者丧失天然家园；动物丧失栖息地或受伤后，为了生存下来不得不迁到山村附近捕食家畜甚至人，最终沦为食人兽，这为动物与普通村民之间的冲突埋下了祸根；普通村民为了维护自身和家人的生命和基本利益（如家畜等）不得不杀死食人兽；动物捕猎的目的只是为了维系自身的基本生存，而人类狩猎的主要目的却是为了寻求乐趣或过度的物质利益；等等。

一、《无处栖身的豹子》《月光下的黑豹》等 3 个文本：豹子面临生存危机

伴随全球城市化、工业化和商业化进程的不断加快，地球上的荒野之地日益萎缩，可供非人类动物栖息的自然空间越来越少。尤其是，对于世代生存于偌大的喜马拉雅山间的动物们而言，它们的栖居空间不断受到人类的侵占。邦德的《无处栖身的豹子》（"No Room for a Leopard"）着力展现了一只鲜活的豹子因猎人的贪婪而被残忍杀害的悲剧。在猎人们眼中，豹子仅具有满足人类快感和物质欲望的工具价值。邦德通过故事主人公兼叙述者"我"（12岁男孩）之口，批判了猎人肆意猎杀野生动物的行径，表达了对豹子物种灭绝问题的忧虑。从某种意义上说，男孩是邦德的代言人。

在当今的印度，豹子、老虎等野生动物的数量不断减少。尽管在山林中遇到一只虎或豹是一件十分罕见的事，但人们似乎对动物灭绝的问题无动于衷。滥伐树木致使动物的天然栖息地遭到严重毁坏，因而它们不得不向人类居住地迁徙，其结果却是将自己置于更大的冲突和危险之中。男孩对豹子物种濒临灭绝的状况表示担忧，"像猫科动物中的其他成员一样，豹子在印度也濒临灭绝，而我竟然在离穆索里如此近的地方发现了一只。可能是周围山上的森林砍伐行为把鹿驱赶到这个绿色山谷中，而豹子自然随之而来"①。

人类具有各种剥夺非人类自然物的生命并从中获利的手段，其中较为典型的当属人类为满足自身的物质欲望而残忍猎杀动物、倒卖兽皮的行径。虽然印度政府曾颁布不少禁止猎杀和买卖动物的法规和条令，但是，这些法规和条令对于不少违法者来说形同虚设，尤其是一些政府人员和偷猎者沆瀣一气，对偷猎行为置若罔闻。

故事中，有一天，男孩在林间发现一只毛冠鹿的残骸，其身上的肉只被吃掉一部分。为什么其余部分未被吃掉或者藏起来呢？男孩据此推断，豹子一定是在食鹿的过程中被人打扰了。男孩在爬山途中，遇到一群在橡树下休息的猎人，他们觊觎通过杀死一只豹子来换取一笔钱。他们问男孩森林里是否有一只豹子，男孩否认豹子的存在，而他们却坚信有豹子。猎人非法猎豹并倒卖豹皮的行为令男孩颇感不安，文中写道："他们说他们知道森林里有只豹子。他们告诉我，每张豹皮在德里的售价超过一千卢比。虽然有禁令禁止出口兽皮，但他们想让我明白，他们还是有办法和手段去做到的……我感谢他们为我提供这些信息，然后继续前行。我感到不安和担忧。"② 尽管倒卖兽皮的行为在印度被明文禁止，但一些盗猎者却总能找到出口兽皮的办法和手段，这引起了男孩的担忧。他担忧如果倒卖兽皮的行为不被根除，或许将有更多的动物因此而丧生。男孩的担忧，其实正是邦德的担忧。

猎人们觊觎豹皮带来的高额利润。为快速获取豹皮，他们对豹子鲜活的生命未怀有丝毫的敬畏，只是一味地盲目射击，结果是一些无辜的动物却因此而丧生。文中写道："在猎人发现鹿的尸体，以及随后发现豹子的爪痕后，更多的猎人接连不断地进入森林里。几乎每个傍晚，我都能听到他们的枪声，他们几

---

① BOND R. Treasury of Stories for Children [M]. New Delhi：Penguin Books India Pvt Ltd, 2000：142.

② BOND R. Treasury of Stories for Children [M]. New Delhi：Penguin Books India Pvt Ltd, 2000：144.

乎对所有的东西都做好了射杀的准备。"① 由于人类对非人类自然生命的肆意猎杀，林间的动物和鸟不断减少，它们不再信任人类，"能看到的鸟更少了，甚至连叶猴也迁徙到别处了。红狐没有露过面。原本胆子挺大的松貂现在一见我走近，就躲起来。一个人的气味如同其他任何人的气味一样"②。对动物和鸟而言，男孩的气味同猎人们的气味是一样的，都是人的气味，因而它们开始不信任甚至害怕、躲避男孩。

男孩对猎人和森林动物的态度截然不同。他喜爱森林动物，却反感猎人。他明确说道："我不再想这些人，我对他们的态度不同于我对森林动物的态度。这些人难以捉摸。如果可能的话，我要尽量避开他们。"③ 男孩同情森林动物，选择站在动物的一方。他反感那些狡猾的猎人，只希望和他们划清界限，不愿意与他们为伍。

男孩尊重豹子在山林中的存在，而豹子似乎也尊重男孩在山林中的存在。多次的友好接触使豹子认为男孩不会伤害它，它对男孩的信任逐渐增强。豹子信任男孩后，天真地认为其他的人也会像男孩一样值得信赖，于是它开始对人类丧失"恐惧"，尤其是对那些试图要它命的猎人们掉以轻心、"毫无防备"。结果，可怜的它无意害人，却惨死于猎人们的枪口之下，"第二天，猎人们朝小溪边走来，一边打鼓，一边高喊。他们肩上扛着一根长竹竿，竹竿上悬挂着豹子的尸体，它四脚朝上，头朝下，颈部和头部均中弹"④。猎人们心中装的只是金钱和利益。为了金钱和利益，他们宁可将田园诗般的自然世界践踏得支离破碎。他们对动物的猎杀行为引发一个严重的后果：砍断了人类与非人类动物生命之间最重要的纽带——信任，加速了非人类动物生命的衰退乃至灭绝。

印度当代英语诗人马德胡比尔（R. K. Madhubir）在其诗歌《猎人，猎人，无情的猎人》（"Hunter Hunter Pitiless Hunter"）中揭批了现代人对自然尤其是动物的无情态度，他将现代人称为"无情的猎人"，现代人将打猎视为获取娱乐和满足虚荣心的手段，甚至将无辜的动物误认为是凶猛的动物，对其进行大肆

---

① BOND R. Treasury of Stories for Children ［M］. New Delhi：Penguin Books India Pvt Ltd，2000：144.

② BOND R. Treasury of Stories for Children ［M］. New Delhi：Penguin Books India Pvt Ltd，2000：144.

③ BOND R. Treasury of Stories for Children ［M］. New Delhi：Penguin Books India Pvt Ltd，2000：145.

④ BOND R. Treasury of Stories for Children ［M］. New Delhi：Penguin Books India Pvt Ltd，2000：145.

杀戮。《无处栖身的豹子》中的猎人们就是典型的"无情的猎人"，他们无情地剥夺了包括一只豹子在内的许多无辜动物的生命。

猎人们杀死豹子后，不仅没有一点愧疚感和负罪感，反而为此成就大肆庆祝，甚至将豹子的尸体视为精美的"标本"。男孩和猎人之间的简短对话彰显出两者对豹子的不同态度。

> "我们告诉过你，森林里有只豹子！"他们兴致勃勃地喊道，"它难道不是一个精美的标本吗？"
> "不，"我说，"它是一只美丽的豹子。"①

邦德极为重视措辞。在他看来，两个词语之间的差别虽然细微，却能反映出不同的情感或态度。"精美的标本"和"美丽的豹子"这两个短语恰如其分地表情达意，体现出猎人和男孩对豹子的不同情感和态度。在猎人眼中，豹子只是供人类利用的、如机械一般的、毫无感情的客体，"精美的标本"凸显出猎人对豹子生命的漠视和亵渎。但是，在男孩心中，豹子却是具有内在价值的、同人类平等的主体，其生命同人类的生命一样美丽。"美丽的豹子"凸显出男孩对豹子生命的欣赏和尊重。

男孩为豹子的死感到难过。他反思了豹子的死因，认为它对自己的信任是导致其死亡的直接原因。文中写道："但是，豹子一旦信任一个人后，会犯信任其他人的错误吗？难道是我对所有的恐惧——我自己的恐惧以及豹子为保护自己而产生的恐惧——的驱除，竟让它变得对人毫无防备吗？"②当豹子逐渐信任人类的时候，猎人们却辜负了它的信任。豹子死后，男孩深刻意识到，对于林间其他动物而言，人类是不值得信任的，"我穿过寂静的森林回家。四周一片寂静，好像鸟儿和动物们已经知道，它们对人类的信任被亵渎了"③。猎人们辜负、亵渎了豹子对人类的信任，最终其他动物不再信任人类。

故事结尾处，豹子的死亡令男孩忆起英国作家劳伦斯（D. H. Lawrence）的《美洲狮》（"A Mountain Lion"）一诗中的一句话："这个世界曾容得下一只山

---

① BOND R. Treasury of Stories for Children ［M］. New Delhi：Penguin Books India Pvt Ltd，2000：145.
② BOND R. Treasury of Stories for Children ［M］. New Delhi：Penguin Books India Pvt Ltd，2000：146.
③ BOND R. Treasury of Stories for Children ［M］. New Delhi：Penguin Books India Pvt Ltd，2000：147.

狮和我。"① "山狮"代表非人类动物,"我"代表人类。在前工业社会,动物具有充足的栖息空间,人与豹、狮、虎等大型丛林动物互不干涉、和谐相处。但如今,人类却僭越边界,打破平衡,动物们的栖息空间几乎被挤压殆尽,世间很难再现人与豹、狮、虎等大型动物和谐共处的美好景象。

故事中,儿童与自然之间的关系同成人与自然之间的关系形成了鲜明的对比。男孩天真无邪,尚未受到人类中心主义的影响,对豹子等动物未怀有任何不良动机,他不期望从动物身上谋取任何私利,他用善良和慈爱之心赢得了动物们对他的信任。与男孩截然相反,现代成年人信守人类中心主义观念,他们的行为大都与某种私欲或贪念纠缠在一起,因而他们无视并残害动物生命。天真的动物们却不知道,并非所有的人都像男孩一样值得信赖,结果是它们对猎人放松了警惕,陷入其魔爪之中。一位印度学者评论了该故事中的儿童和成人对动物的不同态度:

> 儿童和成人在想法和行为上的差异已经显现出来。儿童热爱自然,喜欢鸟类和动物,……在他们纯真的心灵中没有任何别有用心的杂念,他们永远不会有伤害动物的想法,更不会想着利用动物为自己谋利。但成年人却被唯利是图的想法驱使着。如果豹皮能卖个好价钱,他们会不假思索地杀死一只豹子,怜悯、信任和爱心对他们来说毫无意义。一个田园诗般的世界被他们自私而残忍的行为粉碎。②

在邦德的一些儿童短篇小说中,无论是已被驯服的动物还是未被驯服的动物,基本上都是无害的。邦德希望人类尤其是儿童早早树立敬畏和保护野生动物的意识。在接受阿努贾·阿图拉(Anuja Atula)的采访时,邦德就金钱豹和黑豹说道:"它们从不伤人。我们应该对它们多些理解,并保护它们,我希望培养孩子们的这种意识,因为我从他们身上看到了希望。现在只有孩子才能保护我们的野生动物遗产。"③ 在邦德看来,儿童作为未来的地球家园托管者,是关

---

① BOND R. Treasury of Stories for Children [M]. New Delhi: Penguin Books India Pvt Ltd, 2000: 147.

② SITESH A. The Short Story: Indian English Literature [M]. New Delhi: Indira Gandhi National Open University, 2003: 60.

③ REVATHY M, ARPUTHAMALAR A. The Art of Teaching Morals through the Short Stories with Reference to Ruskin Bond's Select Short Stories [J]. International Journal of Mechanical and Production Engineering Research and Development (IJMPERD), 2020, 10 (3): 2820.

爱和保护野生动物的有生力量。邦德通过《无处栖身的豹子》这个故事告诉我们尤其是当代儿童：豹子等野生动物的生存岌岌可危，当代人尤其是儿童应全面而正确地认识豹子等野生动物，关心它们的生存问题，不要辜负它们对人类的信任，并为维护它们在大自然家园中的可持续存在做出应有的贡献。

《月光下的黑豹》（"Panther's Moon"）是一篇包含九个独立部分的儿童短篇小说，着力展现了普通人与黑豹为了维系各自的生存而发生的激烈冲突，并强调了以猎人为代表的人类中心主义者是导致普通人与黑豹之冲突的根源。关于此故事标题的含义，邦德曾解释道："在月亮出现于夜空，但尚未变为满月之前，黑豹开始捕食。月光能帮助它寻找猎物。"① 故事中，邦德称赞黑豹善于伪装的高超本领："黑豹被偷袭的例子并不多见，因为它的视力和听力都极为敏锐。它是伪装艺术大师，它那一身带有斑点的毛皮非常有助于它进行伪装。藏身时，它不需要茂密的丛林。一小片灌木丛，加上周围树木的光影，就足以使它近乎隐形。"② 黑豹借助强大的伪装和隐形本领，通常可以轻易地伏击猎物甚至人。

该故事的主人公是一个年近12岁的男孩比斯努（Bisnu），他的家位于喜马拉雅山谷中一个名叫曼佳瑞（Manjari）的小村庄。该故事不仅展现了比斯努等普通人与黑豹的冲突，同时还告诉我们，人和黑豹冲突的根源在于人类自身。黑豹沦为食人豹的原因主要有两个：一是贪婪的猎人试图猎杀黑豹，结果是黑豹腿部受伤，残疾的黑豹无法正常捕食天然猎物，不得不捕食山村里的家畜；二是人类不断毁坏茂密的森林，摧毁了黑豹等动物赖以生存的栖息地。由于这两个原因，黑豹不得不潜行至人类村庄附近活动，捕食家畜甚至人，进而沦为了人们眼中的食人豹。食人豹引发了多起流血事件，先后咬死比斯努的爱犬谢鲁（Sheroo）、邮递员梅拉·拉姆（Mela Ram）、邻村的一位老人等，还咬伤了村民卡拉姆·辛格（Kalam Singh）的9岁儿子桑杰（Sanjay）。

故事的第一部分主要展现了比斯努日常的生活和学习。黎明时分，比斯努早早起床，在谢鲁的陪伴下朝小溪方向走去。邦德描绘比斯努在山林中行走的情景时，不忘描绘自然美景，以及比斯努与叶猴等动物之间的和谐关系。邦德将叶猴称为"高贵的群体"，它们"已经习惯了比斯努的来来往往，并不害怕

① AGGARWAL A. The Fictional World of Ruskin Bond [M]. New Delhi: Sarup & Sons Publishers, 2005: 170.
② BOND R. Panther's Moon and Other Stories [M]. New Delhi: India Puffin, 1991: 50.

他"①。从小在山中生活的比斯努与那里的野生动物保持着和谐共生、互不侵犯的关系。"共生"（symbiosis）主要是指两个或两个以上不同物种之间互惠互利的关系，"共生一词有时与共栖（mutualism）一词具有相同的意义"②。从某种意义上说，比斯努与叶猴等动物之间的关系就是"共生"或"共栖"式的关系。

比斯努在小溪里洗完澡后回家。他回到家时，其母亲在做薄饼，其姐姐普雅（Puja）还在睡觉。普雅因家庭经济拮据而上不起学，她白天帮妈妈做家务、干农活，晚上从比斯努那里学点知识。父亲去世后，比斯努成了家中的顶梁柱，承担起养家的责任。

比斯努向象头神祈福后，开始了上学之旅。比斯努所在的曼佳瑞村仅有五户人家，附近没有小学。比斯努每天需要步行五英里到肯普提（Kemptee）小镇里的一所学校上学。学校里的其他孩子大都像比斯努一样来自偏远的地方。比斯努是曼佳瑞村中唯一一个上学的孩子。没有人强迫他上学，他喜欢上学，他渴望学习知识，希望通过学习知识来了解山外的世界，在他看来，"似乎大山的尽头才是世界的起点"③。比斯努从小没有接触过大山之外的世界，他渴望通过学习来了解外面的世界。为了心中的理想，他不怕每天来回步行十英里，也不怕途中可能遇到的潜在危险。因此，当他在谢鲁的陪伴下行走在危险的小路上的时候，他没有感到畏惧，也未注意到那只潜伏于丛林中的食人豹。

上学途中，比斯努乐于欣赏大山、河流、树木以及山脚下迷人的村庄。有时，他会偶遇他的同学萨鲁（Sarru）。"比斯努走出树丛，越过一条小溪。他停下来，喝了一口新鲜、干净的泉水。溪水从山上流下，在离比斯努村庄不远的地方汇入河流。从另一方向延伸出一条路。在两条路的交会处，萨鲁在等他。"④ 萨鲁住在另一个村庄，他通常拿些罐装牛奶到学校去卖。

比斯努从萨鲁那里得知黑豹在邻村出没的消息。萨鲁告诉比斯努，前天晚上有只受伤的黑豹闯入其村庄。比斯努认为，黑豹通常不会攻击人，它偶尔会攻击粗心大意的狗或迷路的山羊。比斯努是邦德的代言人。比斯努认为，黑豹攻击家畜甚至人的主要原因之一是黑豹因被猎人打伤而变残疾。作者通过萨鲁和比斯努之间的如下对话展现了黑豹攻击家畜甚至人的主要原因。

---

① BOND R. Panther's Moon and Other Stories［M］. New Delhi：India Puffin，1991：30.
② ODUM E P. Fundamentals of Ecology［M］. Dehra Dun：Natraj Publishers，1996：213.
③ BOND R. Panther's Moon and Other Stories［M］. New Delhi：India Puffin，1991：31.
④ BOND R. Panther's Moon and Other Stories［M］. New Delhi：India Puffin，1991：32.

"它腿上有颗子弹。那些猎人造成了所有的麻烦，他们认为射杀一只黑豹十分容易。如果他们完全没打中它，那就更好了，可是他们通常会打伤它。"

"然后豹子的行动就变得太慢，它追不上毛冠鹿，于是开始攻击我们的家畜。"

"我们很幸运，它还没有变成食人豹。你还记得六年前的那个食人兽吗？那时我还小。我父亲将一切告诉了我，仅在我们的山谷中就有十个人被它杀死。"①

从两个男孩的对话内容来看，我们可以发现黑豹吃家畜甚至人的直接原因是，它因腿部中枪而丧失了正常的捕食能力。当猎人用枪打伤它的大腿后，它再也捕不到鹿等奔跑速度很快的动物，于是它只能潜伏于村庄周围伺机猎捕狗、羊等动物。归根结底，人与黑豹冲突的根源在于人类自身。

在喜马拉雅山区的丘陵地带出现豹子、老虎等野生动物，是一个常见的现象。豹子、老虎等野生动物通常不会给当地人带来麻烦，只有在冬季它们的天然猎物（如鹿等）变得稀少的时候，它们才会出现在村庄周围。文中描述道："除了在冬季天然猎物稀少的时候，它们（黑豹）通常不会惹麻烦。偶尔会有一只黑豹出没在村庄周边，抓走一只粗心的狗或一只迷路的山羊。"② 但是，一旦黑豹因为自身的残疾、栖息地的破坏、天然猎物的匮乏而沦为食人豹，它便开始对村民及其家畜构成严重威胁。简而言之，人对山林的侵占以及对豹子等野生动物的猎杀，是导致人与豹和谐关系遭到破坏的根本原因。

在故事的第二部分，作者主要描述了邮递员梅拉·拉姆、比斯努的老师诺蒂亚先生（Mr. Nautiyal）以及在教会医院工作的泰勒医生（Dr. Taylor）的日常活动。泰勒医生大约 50 岁，但精力充沛，她在印度生活了 20 年，较为了解比斯努的家庭状况，钦佩他勤奋学习的精神。

这一部分还展现了比斯努与黑豹的首次相遇。谢鲁在陪伴比斯努回家的途中，不幸沦为黑豹的猎物。放学后，比斯努和谢鲁一起回家，他们通常在天快黑的时候到家。走到小溪边时，他突然想起为普雅买手镯的事。于是，他决定返回买手镯。可是，当他回头想给谢鲁说话时，发现它不见了。然后他听到从山坡边的灌木丛中传来一阵响声，他立刻明白谢鲁遇到了麻烦。他钻入丛林，

---

① BOND R. Panther's Moon and Other Stories［M］. New Delhi：India Puffin, 1991：32-33.

② BOND R. Panther's Moon and Other Stories［M］. New Delhi：India Puffin, 1991：32.

没有找到谢鲁，只在地上找到一块已沾满鲜血的项圈。他知道，有只豹子悄悄袭击了谢鲁，在它毫无挣扎的状况下将它叼走了。比斯努眼里噙着泪水回到家中。那晚，他难以入眠，他满脑子里想的都是他心爱的狗。

比斯努与谢鲁之间的友情是该故事的亮点之一。阿米塔·阿加瓦尔认为，邦德的友情观"不仅适用于人类，也适用于动物和植物"①。比斯努与谢鲁之间的情谊便是证明这一观点的一个恰当的例子。

故事的第三部分以描述比斯努的悲伤开始。白天，比斯努一直无精打采。当他经过医院大门口时，泰勒医生向他问起谢鲁没跟随他的原因，他简单答道："有只豹子把它叼走了。"② 泰勒医生知道无人能抚慰他的伤痛，因为在他心中谢鲁已成为他的亲人。诺蒂亚先生得知谢鲁遇难的信息后，也十分同情比斯努，允许他提前放学。但是，坚强的比斯努不愿意提前放学。

故事的第四部分描述了黑豹对卡拉姆的儿子桑杰的袭击。自黑豹袭击谢鲁之后，村民们提高了警惕。黑豹还没有攻击过曼佳瑞村里的任何人。不幸的是，他成了村里的第一个受害者。当桑杰夜晚在门边睡着时，黑豹将他迅速拖走，桑杰因痛苦而发出的哭喊声惊醒了家人乃至全村人。卡拉姆在村民的帮助下，赶走了豹子。桑杰头部的一侧被黑豹咬伤，他躺在血迹斑斑的地上，昏迷不醒。村民们认为桑杰可能活不过当晚，但幸运的是，桑杰恢复了意识。

邦德在书写冲突、死亡等令人紧张的氛围时，不忘展现善良、真诚、奉献等美好的品质。第二天清晨，卡拉姆背着桑杰，穿过布满岩石的山路，来到肯普提医院。泰勒医生对桑杰的关爱犹如母亲对孩子的关爱。比斯努和萨鲁在医院里陪桑杰度过一段美好的时光。

在故事的第五部分，黑豹袭击桑杰的事件导致村民们都不敢独自外出，比斯努由于无人陪他上学而暂时休学，但是，他不愿意休学，因为期末考试即将来临。黑豹已经一周没出现了，村民们想当然地认为它可能已经迁往山的另一边或更远的山谷了，于是他们又开始像往常一样四处走动。渴望上学的比斯努终于可以上学了。诺蒂亚先生很高兴看到比斯努来上学，并建议他补课。比斯努回应道，由于他这些天要小心黑豹，因而他必须赶在天黑前到家。回家的路上，他遇到邮递员梅拉·拉姆。拉姆告诉他，黑豹已经转移到其他地区。比斯

① AGGARWAL A. The Fictional World of Ruskin Bond [M]. New Delhi: Sarup & Sons Publishers, 2005: 36.

② BOND R. Panther's Moon and Other Stories [M]. New Delhi: India Puffin, 1991: 37.

努回到家后，再次忘记给姐姐买手镯。

在故事的第六部分，在穿过橡树林回家的途中，比斯努发现一只脱离羊群的小羊朝他蹒跚走来。当比斯努听到从离他一两百码远的地方传来的豹子的咕噜声时，故事进入高潮。比斯努非常了解豹子的习性，他想如果这是一只普通的豹子，当它发现小羊和他待在一起时，会走开。但是，倘若它是一只食人豹，它会毫不犹豫地将他和小羊都当作猎物。不幸的是，它是一只食人豹。于是，他抱起小羊朝家的方向跑去。然后，他突然意识到，唯一能把他和小羊从食人豹的魔爪下解救出来的办法就是爬到树上去。居住在偏远、崎岖山区的人大都意志坚强，具有爬树等诸多有助于他们生存下来的本领，年龄尚小的比斯努已是爬树能手。他不失时机地爬上一棵柔韧性很强的云杉树，爬到了离地面十二英尺高的地方，这个高度是黑豹无法触及的。近距离看到食人豹后，比斯努被吓得身体发抖。作者将男孩和食人豹之间的对峙状态描述如下：

> 比斯努待在树上一动不动，向他能想到的所有神祇祈祷。但是，小羊突然咩咩叫了起来。黑豹抬起头，发出低沉、刺耳的咕噜声，这种可怕的声音足以令任何动物感到恐惧。许多猴子曾被其吼声吓得从树上掉落下来，沦为其食物。这只食人豹也尝试着用同样的技巧吓男孩。尽管男孩吓得浑身发抖，但他依然紧紧抱住树干。①

男孩一只手紧紧抱住树，另一只手紧紧搂住小羊。黑豹在灌木丛中消失一段时间后，突然又出现在树下。它看着树上的男孩，颇为失望，于是开始愤怒地抓树皮。比斯努大声呼救。

由于比斯努在天黑之后还未到家，母亲和姐姐变得十分焦急。卡拉姆向她们询问比斯努的情况，普雅说道："他还没回来。我们非常担心。他一个小时前就该到家了。你觉得那只黑豹今晚会出现吗？今晚会出现月亮。"② 卡拉姆等村民带着武器，一起去寻找比斯努。普雅提着灯笼，跟在他们后面。比斯努听到村民们的声音后，变得大胆起来，朝着受挫的黑豹投掷小树枝。随着村民们的不断靠近，黑豹因害怕而逃走，消失在丛林中。比斯努和小羊得救。

故事的第七部分展现了比斯努深夜在家中与食人豹的激烈斗争。当比斯努家的房屋被黑暗吞噬，母亲和姐姐还在熟睡的时候，一种摩擦声把他惊醒。仔

---

① BOND R. Panther's Moon and Other Stories [M]. New Delhi: India Puffin, 1991: 44.

② BOND R. Panther's Moon and Other Stories [M]. New Delhi: India Puffin, 1991: 44.

细辨别摩擦声后，比斯努推断这是食人豹用强而有力的爪子抓门所产生的声音。深夜，比斯努不想惊动村民，他想独自应对食人豹。他抓起自制的长矛——一根其中一端绑有一把锋利刀的长竹棍，将长矛伸到窗外，用尽全力将锋利的一端狠狠刺入黑豹的臀部。黑豹因疼痛而吼叫起来，从门阶上跌落下去，然后消失在黑暗中。在这次冲突中，比斯努靠着智慧、信念和勇气，驱走了食人豹。

故事的第八部分展现了比斯努在田地中与食人豹之间的较量。黑豹对村民来说已成为神秘之物，他们无法预测它何时出现，何时进行攻击。它有时表现得像个胆小鬼，有时表现得非常大胆，甚至将自己故意暴露在人面前。黑豹再次出现时，十分大胆。当时，比斯努和普雅正在田间劳作。当比斯努看到一只大型动物从小山走向田地的时候，他被它的样貌迷住了，"它看起来非常巨大。有一瞬间，他以为那是一只老虎。但是，比斯努本能地意识到，那是食人豹"①。当比斯努发现黑豹在悄悄跟踪普雅的时候，他打破了魔咒，惊慌失措地大叫起来，提醒普雅小心黑豹。普雅及时跳进一条灌溉渠里，黑豹没有得逞。比斯努虽然年龄小，但表现得非常勇敢。比斯努及两名男子拿着斧头跑过去。卡拉姆手持长矛赶来，用力将矛尖刺入黑豹的脖子，给了它致命一击。

受了重伤的食人豹逃入树丛中，然后蹚过一条小溪。溪边的岩石上留下斑斑血迹，溪水染成了血红色。村民们小心翼翼地追踪它，最后发现它躺在堤岸上死去。"他们砍下一根又长又粗的竹子，用绳子把黑豹的四脚绑起来。然后，他们把仇敌倒挂在竹竿上，返回村庄。"②

卡拉姆查明这只黑豹就是那只曾经夺去多人性命的食人豹。食人豹死后，欣喜若狂的卡拉姆在自己家里举办了一场庆祝宴，邀请所有村民参加。他把黑豹的爪子作为战利品送给比斯努。食人豹死后，曼佳瑞村村民终于松了一口气，他们可以放心地四处走动了。

在故事的最后一部分，比斯努英勇杀豹的故事像森林之火一样蔓延开来，比斯努在学校受到老师们的表扬和同学们的崇拜。在期末考试结束的那天，比斯努在回家途中遇到萨鲁。文中展现了两人之间的对话：

"唉，我希望一段时间内不要再出现食人豹了，"他（萨鲁）说道，"我因为不能把牛奶送到肯普提而损失了很多钱。"

"只要猎人不再伤害另一只黑豹，我们应该是安全的。那只食人豹的大

① BOND R. Panther's Moon and Other Stories [M]. New Delhi：India Puffin，1991：52.
② BOND R. Panther's Moon and Other Stories [M]. New Delhi：India Puffin，1991：54.

腿上有一处旧枪伤，这是它不能在森林里猎食的原因。对它来说，鹿跑得
太快了。"①

　　邦德通过两个男孩之间的对话传递出如下重要的信息：黑豹的大腿曾被猎
人用枪打伤过，因而它难以正常捕食，尤其是无法捕食奔跑速度很快的鹿，于
是它只能潜伏村庄周围，伺机猎捕家畜甚至人，最终沦为食人豹。在邦德看来，
由于猎人用枪打伤了豹子、老虎等大型动物，因而它们丧失了敏捷性。为了生
存下来，它们不得不捕食家畜甚至人。豹子等动物沦为食人兽的根本原因是猎
人对它们的捕杀。倘若猎人不杀豹子，人类从来就不是豹子的天然猎物。猎人
伤害豹子，豹子捕食家畜甚至人，遭殃的人开始报复豹子，导致这一恶性循环
的元凶是人类自身。故事结尾处，比斯努回到家里，这一天他没有忘记为姐姐
买手镯的事。普雅终于戴上了她期盼已久的手镯。

　　同《豹子》一样，《月光下的黑豹》也表现出成人和儿童对豹子的不同态
度。当村里的成年人忙着庆祝杀死食人豹的喜事时，比斯努虽然对黑豹的死感
到些许欣慰，但他更对它的死感到遗憾。他不安地思考着黑豹的死因，他深知
这一悲剧是由人类一手酿成的。邦德将人与豹冲突的根源归咎于人类自身，尤
其是猎人对野生动物的无情猎杀。

　　故事《与我的银行经理一起旅行》（"Travels with My Bank Manager"）指出
了在山林间越来越难以见到豹子的原因。在叙述者与他的银行经理欧里（Ohri）
旅行期间，他们讨论了如今在山林中很难遇见豹子的问题。叙述者是一名野生
动物爱好者。在故事的第三部分，欧里开车带着叙述者一起去观赏一只在巴洛
冈吉（Barlowganj）附近出没的黑豹。他告诉叙述者，黑豹现在已经十分罕见。
那天晚上，欧里和叙述者决定熬夜待在巴洛冈吉，期望能够一睹黑豹的身姿。
可是，他们等了将近一夜，连黑豹的影子都没见到。叙述者给出了见不到黑豹
的原因，他说道："人太多了，到处是人。没有给豹子留下生存空间，不管它们
是黑豹还是金钱豹。"② 在叙述者看来，越来越多的人向森林进军，导致黑豹、
金钱豹等野生动物的生存空间日益萎缩，这是它们不敢露面且数量不断减少的
一个主要原因。幸运的是，他们在第二天清晨听见从灌木丛中传出的吼声，这
表明世上还有豹子。

---

①　BOND R. Panther's Moon and Other Stories［M］. New Delhi：India Puffin, 1991：54-55.
②　BOND R. Funny Side Up［M］. New Delhi：Rupa Publications India, 2006：100.

二、《犹如灼灼火焰一般的虎》《隧道里的老虎》：老虎面临生存危机

邦德的《犹如灼灼火焰一般的虎》（"Tiger，Tiger，Burning Bright"）揭露了人类滥杀野生动物、滥伐森林等生态问题，展现了老虎所面临的生存危机。该故事的标题源自英国浪漫主义诗人威廉·布莱克（William Blake）的著名诗歌《老虎》（"The Tiger"）的第一诗行。故事的发生地是发源于喜马拉雅山麓的恒河左岸的一片茂密森林，林中的野生动物因人类的猎杀行为而数量锐减。故事开篇直指人类给野生动物和森林带来的巨大破坏：

> 在发源于喜马拉雅山麓的恒河的左岸，曾有一长段茂密的森林，森林边缘有些村庄，村里住着一些伐木工和农民，那里几乎没有商业或旅游迹象。然而，猎人们在七十年前发现这片区域后，一直将其视为理想的狩猎场。因此，动物没以前多了，树木也在慢慢消失。另外，随着森林的消退，动物们失去了食物和隐蔽处，它们开始不断地向山脚迁移。慢慢地，它们被剥夺了生存权利。①

从上述描述中，我们不难看出两个主要的生态问题：一是滥伐森林问题。由于人类对树木的不断砍伐以及对林地的不断侵占，森林面积大大缩小。二是猎杀动物问题。由于森林沦为了理想的狩猎场，加上森林面积的不断缩小，野生动物的数量锐减，尤其是，动物们丧失天然栖息地后，不得不向山脚下人类生活区域迁徙，于是它们慢慢被剥夺了在山林中生存和繁衍的权利。

邦德具体描述了森林面积的不断萎缩给一群大象带来的生存危机。为了建造难民安置营，人们大肆摧毁森林，结果导致一群大象丧失食物和栖息地。它们不得不离开家园，寻找新的栖息地。迁徙途中，它们对妨碍其迁徙进程的人类空间进行了大肆破坏。文中描述道：

> 两年前，为了给难民安置营腾空间，一大片森林被清除。一群大象发现它们最喜欢的食物——竹子的嫩芽——变得短缺，于是，它们涉水过河，冲过赫里德瓦的郊区，撞倒了工厂的一堵围墙，掀翻了几个铁皮屋的屋顶，拦住了一列火车。它们在其前行的途中留下了一连串的破坏痕迹，最后，

---

① BOND R. Dust on the Mountain：Collected Stories ［M］. New Delhi：Penguin Books India Pvt Ltd，2009：264.

它们在一片尚未开发的新森林里安了家。①

当人类为了扩张自己的居住空间而侵占动物们的生存空间时，后者将会反抗和报复人类，这一点在大象对人类的工厂、房屋和火车的破坏方面得到了充分的体现。工厂、火车等工业化产物出现在森林附近，象征着现代文明对野性自然的入侵。而大象在人类生活空间中的横冲直撞，象征着野性自然对现代文明的反拨和报复，反拨和报复的直接后果是人类的空间遭受"一连串的破坏"。作者通过这一具体例子告诉我们：随着人类对森林的不断侵占，野生动物不得不离开家园以寻找新的食物来源和栖息地，这是它们不得不进入人类居住地乃至干扰人类日常生活的原因之一。

幸运的是，大象在远离人类的地方找到了一块尚未没开发的地方。即便大象等动物在新栖息地安了家，但它们依然生活在恐惧之中，因为人类随时都有可能开着拖拉机或推土机，拿着猎枪和炸药，再次侵占它们的家园，扰乱它们平静的生活。

故事中的老虎同大象一样具有相似的命运。老虎们也因人类砍伐森林和猎杀动物的行径而遭遇种种不幸。恒河左岸的茂密森林里曾栖居着三四十只虎。但是，由于森林面积的锐减以及猎人们对动物的肆意捕杀，如今森林中仅剩一只深谙人类伎俩的虎，这只虎十分精明、狡猾，它挫败了猎人们对它的种种不良企图。文中写道：

> 曾有一段时间，恒河左岸的森林为三四十只老虎提供了食物和栖息地。但是，为了获取猎物，人们几乎把它们射杀殆尽。现在丛林中仅剩一只年长的老虎。许多猎人都想猎杀它，但它是一只精明、狡猾的老虎，它深谙人类的手段。到目前为止，它躲过了人类对它实施的所有猎杀行动。②

邦德对这只幸存的老虎进行了精彩的描述："老虎虽已过壮年，却未失去一点威严。其金黄色皮毛之下的肌肉看起来犹如泛起的涟漪。它自信地走过高高的草丛，相信自己仍然是这片土地的国王，尽管它的臣民少了许多。它从树叶

---

① BOND R. Dust on the Mountain：Collected Stories ［M］. New Delhi：Penguin Books India Pvt Ltd，2009：264.

② BOND R. Dust on the Mountain：Collected Stories ［M］. New Delhi：Penguin Books India Pvt Ltd，2009：264.

间探出硕大的脑袋，它的尾巴高高地摆动着，偶尔从这片草海中露出来。"① 老虎虽已过了壮年，但它依然不失"威严""自信"，依然相信自己是森林之王。从此描述中，我们不难看出邦德对老虎的敬畏之情。

由于林中的水资源十分有限，林中的一片沼泽地成了许多动物经常光顾的地方。长角黑鹿、沼泽鹿、野猪、鬣狗、豺狼、豹子、小巧玲珑的白斑鹿以及那只孤独的老虎等动物，常来这里解渴、避暑、玩耍甚至捕食。每当老虎来到沼泽地附近的时候，水边几乎所有的动物都会瞬间消失。附近村庄的水牛也常来这里打滚。虽然水牛们不是野生水牛，但它们却知道"老虎喜欢吃鹿肉"②。这一描述具有深刻的生态内涵。虽然水边有水牛、鹿、野猪等诸多猎物，但老虎不会肆意猎杀它们，它只在最需要的时候捕食。与之形成鲜明对比的是人类，人类沉迷于狩猎，只要见到猎物，就想杀之，其猎杀的目的不是为了满足自身的基本生存需求，而是为了满足过度的私欲。换言之，人类以非法狩猎的方式所获取的战利品，并不是他们为了维系自身生计而需要的必需品，而是他们为了满足自身私欲而觊觎占有的非必需品。

邦德一向反对人类无缘无故地捕杀老虎等野生动物。具体来看，他反对人类为了获取虎皮和虎牙而捕杀老虎的行径。老虎到达沼泽地附近时，先向四周观察一会儿，以确保周边没有猎人。它知道此地是猎人们最喜欢的狩猎场，他们曾多次在此地试图猎杀它，以获取"它的条纹、它黄金色的躯体、它优质的牙齿、它的胡须和它高贵的头颅"，"他们想把它的毛皮挂在墙上，想将它的头颅制成标本供人观赏，想用玻璃碎片替换它凶狠的眼睛"③。此外，邦德在其短篇小说《时间停在沙姆利》（"Time Stops at Shamli"）中也揭露了人类将动物做成标本或装饰品的行径，他就一个已被装裱的牡鹿头颅写道："任何一个真正爱美的人怎么会喜欢上一个被装裱得如此怪异的动物头颅呢？这与它活着时候的样子截然不同。"④ 猎人们仅看到了老虎的外在价值，却完全无视其内在价值，鲜活的老虎生命在他们眼中沦为了毫无生机的商品和死气沉沉的标本或装

① BOND R. Dust on the Mountain: Collected Stories [M]. New Delhi: Penguin Books India Pvt Ltd, 2009: 264-265.

② BOND R. Dust on the Mountain: Collected Stories [M]. New Delhi: Penguin Books India Pvt Ltd, 2009: 265.

③ BOND R. Dust on the Mountain: Collected Stories [M]. New Delhi: Penguin Books India Pvt Ltd, 2009: 265.

④ BOND R. Our Trees Still Grow in Dehra [M]. New Delhi: Penguin Books India Pvt Ltd, 1991: 39.

饰品。老虎确信沼泽地附近没有任何危险后，才朝水边走去，这表明老虎像人一样具有智慧，尤其是具有推理和制定策略的能力。从某种意义上说，老虎的智慧不亚于猎人，这是它多次挫败猎人们的阴谋诡计的主要原因之一。

老虎非常了解人类的杀戮本能。在它看来，"一个拿着枪的人忍不住要开枪，无论其枪口对着的是一只兔子还是一个人"①。在老虎眼中，人具有杀戮的本能，拿着枪的人禁不住想射杀兔子甚至同胞，因而它对冷酷无情的猎人时刻保持着高度的警惕。

老虎曾有一个幸福而温馨的家庭，可是，这样的家庭却被猎人们摧毁了，"它的伴侣被猎人杀害，它的两个幼崽被野生动物交易者捕获"，如今"它成了一只孤独的雄兽，它已经五六年没再找伴侣了"②。人类的猎杀行为导致老虎找不到同类做伴，它被孤独折磨着，"有时，当这只年老的虎感到非常孤独时，它会大吼一声，其吼声响彻森林。村民们以为它是因愤怒而吼叫，但丛林却知道它是因孤独而吼叫"③。它被孤独折磨着，它因此大声吼叫，期望能有同类来回应它的吼声。可悲的是，它的这一微小的愿望却很难实现。

邦德通过拉穆和希亚姆两个男孩间的对话，强调了动物们所面临的多重生存困境。例如：严重的干旱导致林间水资源匮乏，动物们很难找到水喝；人类砍伐森林，不仅剥夺了动物的栖息地，还在丛林和河流之间开辟出大量令它们畏惧的开放空间；动物们在开放的空间里无法隐藏自己，它们害怕开放的空间和带枪的人。他们之间的部分对话内容如下：

> 希亚姆说："今年池塘里的水没有往年深。"
> "我们这里自一月起就没下过雨"，拉穆说。
> "如果再不下雨，沼泽地也可能会完全干涸。"
> "那我们该怎么办呀？"
> "我们？我不知道。村里有一口井，这口井也可能会干涸。我父亲曾告诉我，在我出生那年，水井干涸了，人们不得不步行十英里的路到河边取水。"

①　BOND R. Dust on the Mountain：Collected Stories［M］. New Delhi：Penguin Books India Pvt Ltd，2009：266.

②　BOND R. Dust on the Mountain：Collected Stories［M］. New Delhi：Penguin Books India Pvt Ltd，2009：269.

③　BOND R. Dust on the Mountain：Collected Stories［M］. New Delhi：Penguin Books India Pvt Ltd，2009：270.

　　"那动物们怎么办呢?"

　　"有些动物留在这里,然后死去。其他的动物会去河边,但是现在河边不仅有太多的人,还有寺庙、房屋和工厂,因此它们都不得不远离河边。树木也被砍伐了,动物们在丛林和河流之间的地带找不到藏身之处。它们害怕开放的地带,害怕带枪的人。"①

　　动物们因严重的干旱而需要到河边喝水,但是,河边如今却住着越来越多的人。人类对树木的大肆砍伐,不仅导致动物们丧失了天然栖息地,还导致它们在丛林和河流之间的开放地带找不到藏身之处,以致很容易在开放地带沦为猎人们的靶子。米娜·霍拉纳认为,在邦德的故事中,非人类动物因为人类的恶行而丧失宝贵的生命,这是"一种偏离自然法则的现象"②。人类肆意猎杀野生动物,破坏其栖息地,确实是违反自然法则的行径。

　　拉姆憎恶猎人们滥杀动物的行径。猎人狩猎的目的并不是为了维系自身的基本生存,而是为了寻求乐趣或追求过度的物质利益。由于猎人们的疯狂狩猎,动物们即便是在夜间也无法过上安宁的生活。拉姆和希亚姆之间的对话揭露了猎人们肆意猎杀动物的丑恶行径。

　　"甚至在晚上吗?"

　　"晚上,人们拿着探照灯,开着吉普车,杀鹿取肉,杀虎豹、卖兽皮。"

　　"我不了解虎皮的价格。"

　　"它比我们人类的皮还值钱,"拉穆会意地说道,"每张虎皮可以卖六百卢比,谁愿意为我们中任何一个人的皮支付那么多钱呢?"③

　　由于虎皮、豹皮等兽皮可以为猎人们带来丰厚的利润,因而为了快速从动物身上获取最大的物质利益,他们甚至在夜晚的时候仍要猎杀虎、豹等动物。人类的贪欲在这里得到淋漓尽致的体现。

　　故事的后半部分展现了老虎因人类的猎杀行为而离开栖息地,甚至与人发

---

①　BOND R. Dust on the Mountain: Collected Stories [M]. New Delhi: Penguin Books India Pvt Ltd, 2009: 268.

②　KHORANA M. The Teller of Tales [A] // SINGH P K. The Creative Contours of Ruskin Bond: An Anthology of Critical Writings [C]. New Delhi: Pencraft Publications, 1995: 215.

③　BOND R. Dust on the Mountain: Collected Stories [M]. New Delhi: Penguin Books India Pvt Ltd, 2009: 268.

生冲突的情况。邦德揭露了老虎离开栖息地的另一个原因——人为引发的火灾。由于一些难民在户外用火时麻痹大意，导致干草起火。小火变为大火。大火不仅把山坡上的植物烧成烟灰，甚至蔓延到老虎所在的丛林腹地。文中描述道："几乎两个月没有下雨了，高高的草丛犹如波浪起伏的、干燥的、黄色的海洋。在树林被清理后的地方，住着一些难民，他们做饭时粗心大意，引发丛林火灾。慢慢地，火势蔓延至丛林腹地，刺鼻的气味和烟雾把老虎熏至丛林边缘。"① 人为引发的火灾迫使它从丛林腹地迁至丛林边缘，老虎与人类发生冲突的概率大大增加。

老虎需要长草或茂林才能将自己隐藏起来，但是，由于草地、茂林等天然栖息地的日益萎缩，老虎的生存步履维艰。"对于丛林之王来说，这是一个糟糕的形势。但是，即便是现在，它还在犹豫要不要离开此地，因为它对更东边的森林——那些很快就会被人类居住地吞噬的森林——怀有深深的疑虑和恐惧。它本可以去北方，但那里没有它所需要的长草。"② 由于人类不断吞噬动物的天然栖息地，老虎不得不因能否找到新的栖息地而犯愁。

在火灾的威胁下，老虎的天然猎物鹿、野猪等不得不进一步向东迁移。老虎因找不到天然猎物而饥饿难耐，不得不去捕食村民们的家畜。作者将老虎捕食行为的变化归咎于人类侵占林地的行为，文中写道："十年前，它（老虎）右方还有可供其藏身的丛林。但是，为了给人和房屋腾出空间，那里的树木早已被砍光。现在它只能向左方、向河边迁移。"③ 学者米娜·霍拉纳曾指出，由于人类的贪婪和畏惧、对森林的快速滥伐、对生态的破坏，以及对自然给予人类的信任的违背，老虎被迫改变了其固有的捕食和生活习惯④。

邦德能够深刻理解捕食性动物、猎物和栖息地三者之间的密切关系，试图维系三者之间的平衡。学者格伦·阿尔布雷奇（Glenn Albretch）曾就捕食性动物、猎物和栖息地三者之间的关系写道："要做到从生态学的角度思考问题，我

---

① BOND R. Dust on the Mountain：Collected Stories［M］. New Delhi：Penguin Books India Pvt Ltd，2009：283.

② BOND R. Dust on the Mountain：Collected Stories［M］. New Delhi：Penguin Books India Pvt Ltd，2009：283.

③ BOND R. Dust on the Mountain：Collected Stories［M］. New Delhi：Penguin Books India Pvt Ltd，2009：283.

④ KHORANA M. Ruskin Bond：In the Lap of the Himalayas［A］∥ SINGH P K. The Creative Contours of Ruskin Bond：An Anthology of Critical Writings［C］. New Delhi：Pencraft Publications，1995：149-155.

们需要'像大山一样思考'，并欣赏捕食性动物、猎物和栖息地三者之间的全面平衡。我们要转变思维方式，要从试图依据个别单位来评估自然，转向依据累积的多样性和复杂性来评估自然。"① 故事中的老虎系捕食性动物，其持续生存在很大程度上依赖于充足的猎物和完整的栖息地。一旦猎物数量锐减或栖息地遭受严重破坏，它的生存将受到巨大挑战。邦德因此呼吁人们要像大山一样思考，要欣赏和维护捕食性动物、猎物和栖息地三者之间的全面平衡。

虎和村民们曾经都有边界感，互不干涉，承认并尊重对方的领地。由于森林面积的锐减、季雨的迟迟不来、人为火灾的发生，尤其是天然猎物的大幅减少，老虎在相当长的一段时间里处于饥饿状态。有时，它太饿了，不得不越界去捕食村民们的水牛等家畜。有一次，饥饿的老虎袭击了一头独自漫游到沼泽地的水牛。老虎在攻击之前犹豫了一会，因为它知道村民肯定会因此而发怒。但是，强烈的饥饿感迫使它扑向水牛。虽然水牛一度奋力反抗，但还是被它杀死了。这一事件前所未有，完全出乎村民们的意料，他们因此对老虎愤怒不已。在尚未搞清老虎捕食家畜的根本原因之前，他们便下定决心捕杀它。他们当晚就对它发起攻击，但只是打伤了它，它侥幸逃走了。

老虎后来因饥饿又捕杀了一头水牛。村民们变得更加愤怒，决定对老虎实施大规模的报复。有的村民拿着枪，有的敲打着鼓或罐，试图把它从隐蔽之处驱赶到河边开放地带。当老虎被驱逐到开放地带时，希亚姆的父亲昆丹·辛格（Kundan Singh）双手托起一把老式双管枪，向它射击，第一枪击中它的大腿，第二枪射穿了它的肩膀。在村民们的追击下，老虎不慎从吊桥上落入恒河中，然后漂到河对岸，在那里寻求庇护。村民们在堤岸上搜寻数英里，却没有找到它的尸体。

老虎是森林中的关键物种，老虎的死亡将对森林生态系统乃至当地人产生极其不利的影响。在最后一只虎消失之后，村民们终于松了一口气。但是，后来他们逐渐意识到，随着老虎的消失，他们觉得自己生命中的某种重要东西亦随之消失，他们为自己曾经对老虎造成的伤害感到后悔，进而感到内心的空虚和生存的危机。他们最终领悟到，那只消失的老虎竟是他们的救星。文中写道：

　　起初，村民们十分开心，因为他们觉得自家的水牛终于安全了。后来，他们开始觉得有些东西从他们的生活中消失了，从森林的生命中消失了。

---

① ARMSTRONG S J，BOTZLER R G. The Animal Ethics Reader［C］. New York：Routledge，2003：424.

他们开始觉得森林不再是森林，森林在逐年萎缩。过去，只要老虎还在那里，只要村民们夜间能听到其吼声，他们便知自己依然是安全的，自己还没有受到那些企图砍伐树木、吞噬土地、让洪水流入村庄的闯入者和新来者的影响。但是，现在老虎消失了，犹如守护者消失了一般，这导致森林沦为一个敞开的、脆弱的、易被摧毁的地方。一旦森林被毁，他们也将身陷危险之中……①

村民们在老虎消失一段时间之后，才真正认识到老虎之于森林和当地人的重要性。从某种意义上说，老虎是森林和当地人的"守护者"，它不仅守护着森林生态系统的健康和稳定，也守护着当地人的生计和灵魂。村民们原以为老虎死了，实际上它并没有死，河水把它带到了离其原来的栖息地几英里远的地方。在那里，它没有闻到人类的气味，但闻到了一只雌虎的气味。它们有幸结为伴侣。从远处传来的震彻山林的虎吼声给村民们带来了希望，这预示着未来的森林里将会出现更多的虎，只要他们不再像过去那样残害它们。

生物多样性是衡量一个地方的生态系统是否健康、完整、可持续的最重要指标之一。老虎这一关键的捕食性动物的消失，在一定程度上预示着丛林生态系统的瓦解。邦德通过此故事向我们尤其是儿童读者传递出这样一则明确的生态信息：没有老虎，丛林将无法生存；没有丛林，人类将无法生存。

故事中，作者通过拉穆的祖父之口告诉我们，由于人类仍在破坏森林和动物，因而动物仍面临着诸多生存困境，并呼吁我们尊重动物，保护其天然栖息地，承认和尊重其生存权利。文中写道：

> "我们应该尊重它们，这一点也很重要"，祖父说道，"我们必须承认它们的权利。鸟类和动物发现，无论它们在哪里生存，其生存都将变得更加艰难，因为我们正试图破坏它们以及森林。随着树木的消失，它们必须不断地迁移。"②

印度德拉附近的森林尤其如此，那里的老虎、野鸡和梅花鹿的数量在逐年减少。这里，邦德表达了对野生动物数量锐减、森林面积日益萎缩等生态问题

---

① BOND R. Dust on the Mountain：Collected Stories［M］. New Delhi：Penguin Books India Pvt Ltd，2009：284.

② BOND R. Dust on the Mountain：Collected Stories［M］. New Delhi：Penguin Books India Pvt Ltd，2009：284.

的担忧。他试图通过此故事引导读者们认识到，动物不应该被无缘无故地杀害，它们应该同人类一样享有在地球上过上无忧无虑之生活的平等权利。诚如印度学者古奈兹·法特玛（Gulnaz Fatma）所言："罗斯金·邦德认为，野生动物不是供人类娱乐或消遣的对象，它们应该同人类一样享有过上优雅、无忧无虑之生活的平等权利。"①

邦德不仅认识到老虎之于森林生态系统和当地人的重要影响，也认识到老虎之于印度的重要意义。故事结尾处，拉穆想起祖父曾说过的一句话："老虎是印度的灵魂，当印度最后一只虎消失的时候，这个国家的灵魂亦随之消失。"② 邦德把老虎视为印度之魂，我们从中可以体会到他对老虎的深深敬畏之情。邦德对老虎在印度的濒临灭绝深表担忧，他无法想象缺失老虎的印度会是什么样子。在邦德看来，印度虎象征着高贵、优雅和尊严，是印度的国宝、灵魂和荣耀，然而如此高贵的动物却已经成为濒危动物。老虎的消失不仅预示着一种高贵而优雅的物种的消失，甚至预示着印度之国魂和民族精神的消失。邦德试图通过《犹如灼灼火焰一般的虎》这一作品引起人们对物种灭绝问题的关注和思索，希望人们都应该为老虎在森林中的可持续存在做些贡献，因为保护老虎就是在守护印度这个国家的灵魂。

邦德对老虎的热爱和敬畏之情在其所写的《愿世间永远有虎》（"Tigers Forever"）一诗中亦得到充分的体现，该诗的主要内容如下：

> 愿老虎永远存在，
> 存在于丛林和高草间。
> 愿老虎的吼声能被听到，
> 愿他雷鸣般的怒吼
> 在这片土地上能为人所知。
> 愿他在月光下森林里的池塘边畅饮，
> 抬起头，闻着夜风。
> 愿他在牧民经过时，
> 蹲伏于草丛中，

① FATMA G. Ruskin Bond's World: Thematic Influences of Nature, Children, and Love in His Major Works [M]. Ann Arbor: Modern History Press, 2005: 55.
② BOND R. Dust on the Mountain: Collected Stories [M]. New Delhi: Penguin Books India Pvt Ltd, 2009: 284.

在太阳升起时，

沉睡于黑暗的洞穴中。

愿世间永远有虎。①

在这首诗中，作者用人称代词"他"而非"它"来指代老虎，这凸显出老虎的主体性以及老虎与人之间的平等关系。作者希望老虎能够自由自在地生活在属于他们自己的土地上，希望地球上的老虎永远不会灭绝，"愿世间永远有虎"。

邦德的《隧道里的老虎》（"The Tiger in the Tunnel"）展现了主人公巴尔迪欧（Baldeo）与老虎之间的激烈冲突。巴尔迪欧在一个被茂密丛林遮住的无名小站台工作，他是一名信号员，其职责是通过操作信号灯来提前告知邮政火车司机隧道里是否有障碍物，进而确保火车安全通过隧道。巴尔迪欧是一个对工作和家庭都很负责的男人。为了养家糊口，他不惜选择到食人虎时常出没的地方工作。他对工作尽心尽责，即使在有野兽出没的严寒之夜，也会离开温床，到站台值班。

巴尔迪欧的家离站台大约三英里远，他十二岁的儿子坦布（Tembu）想陪他工作，但他却让儿子待在家里照顾妹妹和母亲。巴尔迪欧是个勇敢的男人，他多次听说隧道附近有只食人虎出没。他上班已经一个多月，但还未亲眼见过这只虎。巴尔迪欧夜晚行走在林中的时候，一直随身携带一把小斧头。他擅长使用斧头。如果用它砍树，他三四下便能砍倒一棵树，他为拥有这样的技能而自豪。有位军官愿意出高价买他的斧头，但他不愿意为金钱而舍弃自己的心爱之物。

一日深夜，巴尔迪欧听到从隧道里传出不寻常的声音，他断定那是一只食人虎。他来到隧道口，感到紧张。他紧握斧头，做好了战斗的准备。食人虎向他步步逼近，他用力掷出斧头，将其劈入虎的肩部。老虎因痛苦而发出雷鸣般的吼叫。丧失武器的巴尔迪欧在发怒的老虎面前变得不堪一击，"老虎冲向巴尔迪欧，将他扑倒，然后撕咬其衰弱的身体。几分钟后，一切都结束了"②。没过多久，火车驶来，受伤的老虎还未跑出隧道，就被碾死。一段时间过后，黑夜中除了待在父亲尸体旁的坦布的哭泣声之外，没有其他任何声音。坦布守护着父亲，防止尸体被野兽拖走。

---

① BOND R. Hip-Hop Nature Boy and Other Poems［M］. New Delhi：India Puffin，2017：6.

② BOND R. Panther's Moon and Other Stories［M］. New Delhi：India Puffin，1991：7.

　　父亲虽死，但活着的人还要坚强地活下去。坦布一方面继承父亲的工作，承担起为火车护行的职责，另一方面用柔弱的双肩担起家庭的重担，成了家庭的顶梁柱和守护者。坦布为父亲杀死老虎的英勇行为感到骄傲。他拥有和父亲一样的勇气和信心，他拿起父亲遗物——斧头，他知道如何利用它。在黑夜里，他向森林之神祈祷后，独自前往站台工作。

　　斧头是人类征服自然和改造自然的重要工具。美国著名生态学家奥尔多·利奥波德在其散文《手中的斧头》（"Axe in Hand"）中，将斧头和铲子的作用进行了对比，他写道："上帝给予生命，也夺取生命，但如今，不再仅有上帝能这样做了。当我们的某个先人发明了铲子之后，他便成了一个给予者，因为他可以用铲子种树。但是，当他发明了斧头之后，他便成了一个夺取者，因为他可以用斧头砍倒树。任何一个拥有土地的人，都已承担起创造植物和毁灭植物的神圣职能，不管其是否意识到这一点。"① 在邦德儿童短篇小说中的人物中，有的人用工具创造生命，如邦德的祖父用铲子种树等；有的人用工具毁灭生命，如巴尔迪欧用斧头砍伤老虎等。在人类所发明的所有工具中，用于毁灭生命的工具远远多于用于创造生命的工具。在人类征服和改造自然的过程中，斧头、枪等被用于剥夺非人类自然生命的工具可以为人提供极大的帮助，但是，人类一旦丧失这些工具，就很容易被自然打败，其最终的命运无异于巴尔迪欧的命运。

三、《猴子们》：人对猴子的射杀以及猴子对人的报复

　　《猴子们》（"The Monkeys"）这一故事中弥漫着诡异神秘、阴森恐怖的气氛，包含着诸多超自然元素，着力展现了费尔柴尔德女士（Miss. Fairchild）对猴子的射杀以及猴子对她的报复。在故事开端，第一人称叙述者"我"声称这个故事可能只是个梦，也可能真的在其生活中发生过，但不管是哪种情况，"我"确信在半夜听到了一些狗的叫声，这些狗包括"一只金色可卡犬、一只寻回犬、一只狮子狗、一只腊肠犬、一只黑色拉布拉多犬，还有一两只毫无特色的狗"②。

　　叙述者一周前搬到乡下的一个小屋里，他现在的邻居包括退伍军人范肖上

---

① LEOPOLD A. A Sand County Almanac with Essays on Conservation from Round River [M]. New York：Ballantine，1970：448.

② BOND R. Panther's Moon and Other Stories [M]. New Delhi：India Puffin，1991：17.

校（Colonel Fanshawe）、未婚的英裔印度老姑娘们、一位送奶工、一位来自旁遮普地区的实业家等。除英裔印度老姑娘们之外，其他邻居的家里都养有狗。叙述者将他半夜听到狗叫声的事情告诉了范肖上校。范肖上校对他安慰道，这里的每户人家几乎都有狗，有时夜间会出现捕食狗的豹子，因而不必对此大惊小怪。第二日半夜的时候，叙述者又听到狗叫声，他还看到至少六只狗，"这些狗朝树上汪汪直叫，但我没看见树上有什么东西，甚至连只猫头鹰也没看见"①。白天，叙述者再次向范肖上校询问夜晚发生的怪事。上校向他讲述了十五年前费尔柴尔德女士的悲剧。他告诉叙述者，这些狗是费尔柴尔德女士家的，她生前就住在叙述者现在居住的小屋里。她死后，这些狗也随之消失了。

上校向叙述者讲述了费尔柴尔德女士与猴子之间的冲突，以及冲突所引发的死亡悲剧。费尔柴尔德女士四十来岁，体格健壮，喜欢种植大丽花。她在花园里种了许多大丽花，但猴子们却在夜晚来到花园里偷吃和破坏这些花。上校说道：

> 费尔柴尔德女士非常讨厌那些猴子。她非常喜爱大丽花，在花园里种了一些珍贵的品种，但猴子们却在夜晚来到花园里，挖出大丽花，吃掉其球茎。显然，它们发现大丽花的球茎很合胃口。费尔柴尔德女士对其大发雷霆。对于热爱园艺的人而言，当他们种植的最好的植物被毁坏时，他们往往会心态失衡。我想这是人之常情。②

费尔柴尔德女士认为其花园是神圣而不可侵犯的，因而她无法容忍猴子们对其花园的亵渎和破坏。范肖上校继续说道：

> 费尔柴尔德女士一有机会就让狗儿们去咬那些猴子，即使是在深夜。可是，当猴子们逃到树上时，狗在树下叫个不停。后来的一天……费尔柴尔德女士采取了极端措施。她借了一把猎枪，坐在窗边。等猴子们到来后，她开枪打死了其中的一只。③

叙述者听到猴子死亡的悲剧后，对其顿生怜悯之情。第二日白天时，叙述者对其小屋附近的猴子们观察了一段时间。猴子们正忙着啃食橡树叶，没有注

---

① BOND R. Panther's Moon and Other Stories［M］. New Delhi：India Puffin, 1991：18.
② BOND R. Panther's Moon and Other Stories［M］. New Delhi：India Puffin, 1991：19.
③ BOND R. Panther's Moon and Other Stories［M］. New Delhi：India Puffin, 1991：19.

意到他。文中对这些猴子描述道："它们是漂亮的动物，皮毛呈银灰色，尾巴又长又弯。它们优雅地从一棵树跳到另一棵树上，它们相互交流时的举止十分礼貌、端庄，不像平原上那些鲁莽、粗鲁的红猴子。一些年幼的猴子在山坡上窜来窜去，像小学生一样嬉戏、打闹着。"① 邦德坚信，喜马拉雅山自然环境不仅会影响人的行为，还会影响猴子等动物的行为。由于受到大山自然环境的陶冶，山上的猴子比平原上的猴子礼貌、端庄。

那天晚上，叙述者不仅听到了狗叫声、猴子的尖叫声，还听到了一个女人的惨叫声。这些声音令其毛骨悚然。他从床上一跃而起，冲到窗前，透过窗户目睹了悲惨的景象：一个女人躺在地上，三四只猴子压在她身上，正在撕咬她的胳膊，抓她的喉咙，逐渐咬穿她的身体。叙述者拿起一把斧头冲出小屋，所有猴子瞬间消失了。

第三日早晨，叙述者向上校询问费尔柴尔德女士的死因。上校把真相告诉了他，费尔柴尔德女士是被猴子们杀死的，它们把她撕成了碎片。在她枪杀一只猴子之后，其他的猴子决定报复她。得知费尔柴尔德女士被猴子们杀死的消息后，叙述者感到颇为震惊。故事以上校对费尔柴尔德女士射杀猴子之行为的评论结束，他说道："她不应该射杀其中的一只猴子。永远不要射杀猴子，你要知道，这不仅因为猴子们对印度教徒来说是神圣的，而且因为它们长得像人。"② 这里，邦德通过上校之口提醒读者们不要射杀猴子，因为猴子不仅在印度的宗教或神话中被视为神圣的生命，而且它们同人类长得很像，它们同人类一样享有不可侵犯的生存权利。

《猴子们》中的费尔柴尔德女士只顾及自己的大丽花，只顾及自身的利益和喜好，却无视猴子们的福祉和生存权利，结果是惨遭猴子们的报复。邦德通过该故事传达出如下宝贵的生态信息：猴子是大自然中的一员，人类应当学会尊重它们，永远不应该射杀它们；当面对与动物的冲突时，人不能丧失理智，不能随意采取诸如射杀之类的极端措施，否则将会招致动物对人类的报复。

四、《丛林里的一周》：揭露人类为寻求乐趣而猎杀动物的行径

《丛林里的一周》（"A Week in the Jungle"）是一篇半自传体儿童短篇小说，展现了来自城市的猎人们为了寻求娱乐和刺激而猎杀动物的行径，以及儿

---

① BOND R. Panther's Moon and Other Stories [M]. New Delhi: India Puffin, 1991: 20.

② BOND R. Panther's Moon and Other Stories [M]. New Delhi: India Puffin, 1991: 22.

童对狩猎的反感、对野生动物的关爱、对动物权利的尊重。该故事的主人公兼叙述者是一个 12 岁男孩，他是邦德的代言人。故事开篇处，男孩叙述了其祖父对人类狩猎行为的反感。在祖父心中，动物同人类一样享有在地球上生存的权利；人类为了获取乐趣、成就感和物质利益而猎杀野生动物的行为应该被禁止。祖父的狩猎观对男孩产生重要影响，因而男孩也十分反感打猎。

邦德的另一篇短篇小说《丛林中的科波菲尔》（"Copperfield in the Jungle"）同《丛林里的一周》在内容上大体相同。《丛林里的一周》中所描述的狩猎经历与邦德童年时的生活经历有些相似。邦德在其自传《一个作家的生活场景》中回忆道：

> 当我母亲和哈里先生外出进行为期两三天的狩猎之旅时，我通常会待在家里。但是，有一两次，他们带着我一起去狩猎，也许是希望培养我对狩猎大猎物的热爱！
>
> 我曾在《丛林中的科波菲尔》一书中描述过其中的一次短途旅行，这里我想用这样一句话来概括这个故事：在我们下榻的森林客栈里，我发现了一个书架，这缓解了我的无聊和厌倦。①

在《丛林里的一周》中，男孩不得不跟着亨利叔叔及其狩猎界的朋友到西瓦里克山（Siwaliks）的特莱（Terai）丛林中进行为期一周的狩猎探险。男孩像童年时期的邦德一样，不愿意加入狩猎队。他一想到要在狩猎队中度过一个星期就感到沮丧，尤其是他觉得射杀动物很无聊。

狩猎队中的其他成年人都和亨利叔叔一样热衷于狩猎。该短篇同其他短篇存在一个不同之处，即该短篇中以豹子为代表的野生动物没有首先侵入人类的世界，而是人类为了寻求打猎带来的刺激和快感而首先侵入动物的世界，进而干涉它们的正常生活，剥夺它们的生命。

男孩不仅像祖父一样具有平和的性情，而且是个书迷。第一天，其他人外出打猎后，男孩独自留在客栈，他在客栈后阳台的一个角落里发现一个书架，书架上有许多他喜爱的书，如 P. G. 伍德豪斯（P. G. Woodhouse）的《小鸡间的爱情》（*Love among the Chicken*）、詹姆斯（M. R. James）的《古代收藏者的鬼故事》（*Ghosts Stories of an Antiquary*）、爱德华·汉密尔顿·艾特肯（Edward Hamilton

---

① BOND R. Scenes from a Writer's Life [M]. New Delhi: Penguin Books India Pvt Ltd, 1997: 38.

Aitken）的《潜行的博物学家》（*A Naturalist on the Prowl*）、查尔斯·狄更斯（Charles Dickens）的《大卫·科波菲尔》（*David Copperfield*）等，其中《小鸡间的爱情》是他最喜爱的书之一。阅读这些好看的书有助于他打发无聊的时光。

狩猎者们不仅以获得战利品为荣，还相互攀比，甚至极度吹嘘自己的狩猎成就，这令男孩十分不悦。文中写道："他们只会说他们猎获过这只老虎或那头白象，而事实上，如果他们幸运的话，他们猎获的只不过是一只野兔或鹧鸪。"① 猎人们这次到林间打猎的主要目标是豹子或者老虎。第一天打猎结束后，他们收获甚微，只猎到一只可怜的、体重不达标的白鸡。猎人们连无害且弱小的白鸡都不放过，这凸显出他们对非人类动物生命的漠视。

第二天早上，猎手们兴奋地朝不同的方向出发后，男孩依然选择待在客栈里看书。在读书期间，男孩的注意力被打断一次，当时"我抬头一看，发现一只梅花鹿正穿过平房前的空地，然后消失于娑罗树间。然后，我的注意力又回到了书上"②。

第三天，男孩阅读一本珍贵的书时，无意间透过客栈的窗户看到一只豹子。"早晨十点的时候（这时户外很少有野生动物出没），我突然听到从空地传来一声尖叫。我抬头一看，发现一只身体已发育成熟的黑豹嘴里叼着一只狗跑进丛林里。"③ 在男孩看来，豹子为了满足自身的基本生存需求而猎食其他动物，这属于正常的自然现象，因而男孩对豹子捕食狗的行为没有感到不安，他继续读书。倘若是猎人们看到这只豹子，他们的态度肯定和男孩的不一样，他们一定会兴奋地拿起枪，追杀之。

狩猎队回到客栈后，十分失望，因为他们在丛林里几乎找不到任何可以狩猎的野生动物。当男孩把他上午看见豹子的事告诉狩猎队时，他们不仅不相信他，甚至嘲笑他，认为这是他过于活跃的想象在搞怪。男孩上床睡觉，而他们则开始讨论丛林里动物数量的巨大变化及其原因。

"这些丛林里已经没有猎物了"，狩猎队的主要成员说道，这个成员曾因接连射杀两只食人虎和一条晒太阳的鳄鱼而闻名。

"这是天气的缘故，"另一个成员说，"今年冬天没下一点雨。"

---

① BOND R. Children's Omnibus［M］. New Delhi：Rupa and Company, 2007：148.
② BOND R. Children's Omnibus［M］. New Delhi：Rupa and Company, 2007：149.
③ BOND R. Children's Omnibus［M］. New Delhi：Rupa and Company, 2007：149.

"真不知道这个国家将会变成什么样,"第三个成员抱怨道。①

狩猎者把丛林中动物数量的锐减归因于天气等客观原因,却一点也不反思自身的问题。其实,人类毫无原则的猎杀行为才是导致野生动物数量锐减的一个主要原因。

邦德认为鸟类和动物应当同人类一样享有平等的生存权利,因而他批判人类为了所谓的乐趣或刺激而猎杀动物的行径。另外,他赞同人类为了获取必要的食物而猎杀动物的做法。在男孩的祖父看来,鸟类和动物同人类一样享有平等的生存权利;人类为了维系自身的基本生存,在必要的时候可以猎杀动物,但猎杀动物绝不是为了寻求乐趣或刺激。诚如文中所写:"祖父从不猎杀野生动物,他无法理解竟然有人能从猎杀森林动物中获取乐趣。他认为,鸟类和动物同人类一样享有平等的生存权利。他说,我们可以为了食物而杀死动物,因为即使是动物也会为了食物而猎食其他动物,但猎杀动物绝不是为了寻求乐趣。"②

同故事中的祖父一样,邦德也认为,人类不应该为了寻求乐趣而猎杀动物,但是可以为了获取满足人基本生存需求的食物而猎杀动物。邦德对狩猎的态度是务实的,他不是一位理想主义者,而是一位现实主义者。由于大部分印度人并非素食主义者,因而邦德为人们猎杀动物以获取满足其基本生存需求的食物的做法进行了合理的辩护,但是他坚决反对人类为了娱乐而猎杀动物。

人类和野生动物对待狩猎的态度截然不同。邦德认为许多猎人狩猎的目的主要是寻求狩猎带来的乐趣,而野生动物捕猎的目的只是为了满足自身的基本生存需求。英国作家鲁德亚德·吉卜林持有类似的观点,他在《丛林之书续篇》(*The Second Jungle Book*)中将现代文明人和远离现代文明的丛林动物进行了鲜明的对比,强调现代人类要对动物所遭受的无尽痛苦负责,现代人类的狩猎手段极其恶劣,包括"套索、圈套、隐蔽的陷阱、从白烟(步枪)中飞出的刺人的苍蝇(子弹)"③。动物捕食的动机同人类的完全不同,它们从不以捕杀为乐。当已经杀过一个人的舍尔汗(Sher Khan)宣称其拥有杀人的权利时,"丛

---

① BOND R. Children's Omnibus [M]. New Delhi: Rupa and Company, 2007: 150.
② BOND R. Children's Omnibus [M]. New Delhi: Rupa and Company, 2007: 147.
③ KIPLING R. The Second Jungle Book [M]. London: Macmillan Children's Books, 1984: 27.

林法则"就此指责舍尔汗，因为"杀人总是可耻的"，杀人"玷污了好水"①。"丛林法则"还建议道："你们可以为了你们自己、你们的配偶、你们的幼崽而进行捕杀，如果捕杀只是为了满足生存需求的话。但是，不要为了寻求快乐而进行捕杀。"② 邦德的狩猎观同吉卜林的基本相同，二者均反对人类为了所谓的快感而猎杀动物。

　　邦德通过《丛林里的一周》这个故事揭批了人类肆意猎杀动物、干扰动物正常生活的行径。一般而言，野生动物喜欢生活在远离人的丛林中，喜欢过隐秘而安静的生活。如果动物们能在自己的栖息地获取食物，它们一般不会到人类居住地捕食，更不会为了追求乐趣而杀人。与野生动物形成鲜明对比的是亨利叔叔等狩猎者，他们是人类中心主义的典型代表，他们的言行充分表明，他们只在乎野生动物的外在价值或工具价值，无视它们的内在价值和生存权利。这些猎人为了寻求乐趣而闯入野生动物的家园，不仅在猎不到豹子、老虎等大型野生动物的情况下肆意剥夺小动物的生命，甚至用他们刺耳的枪声干扰丛林动物的平静生活。不同于成年人，男孩虽然只有十二岁，却十分同情野生动物，反对猎杀动物。简言之，《丛林里的一周》向人们尤其是儿童读者们传达出这样一则生态信息：动物和人类在地球上享有平等的生存权利；人类有必要尊重和维护动物的生存权利。

第二节　对摧毁大山、滥伐树木等
生态问题的忧虑与反思

　　长期以来，为了追求所谓的发展和进步，为了从自然中榨取更多的利润和利益，人类中心主义者大肆毁山、伐林，结果导致曾经郁郁葱葱的森林变得满目疮痍，曾经生机勃勃的大山变得支离破碎。森林和大山生态系统的衰退乃至消亡是生态灭绝和生态危机的主要表征之一。邦德长期栖居山林间，对森林和大山怀有深深的热爱之情，这份爱促使他格外关注摧毁大山、滥伐森林等生态

---

① KIPLING R. The Second Jungle Book［M］. London：Macmillan Children's Books, 1984：18.

② KIPLING R. The Second Jungle Book［M］. London：Macmillan Children's Books, 1984：31.

破坏行为。他在《山上的粉尘》《树木的死亡》《智慧树》等儿童短篇小说中着力展现人类中心主义者摧毁大山和滥伐树木的生态破坏行为及其所引发的一系列严重后果，揭露了生态破坏行为的原因，尤其是围绕毁山和伐木问题给出了诸多发人深省且容易被儿童吸收的生态观点，这些观点如下：石头和树木是自然生态系统的基本组成部分；石头、树木能否持续存在，关系到山林中的动物等非人类生命的生死存亡。人类中心主义者无视树木和石头的内在价值，只看到它们之于人类的工具价值；他们将树木和石头仅视为一种可以为人类创造价值和利润的商品；为了攫取更多的物质财富，他们无止境地毁林、炸山，导致曾经绿意盎然的山林沦为无树、无草、无水、唯有粉尘的荒漠。滥采大山、滥伐森林不仅会导致气候变暖、季风雨缺失、长期干旱等生态问题，还会导致山林中的非人类生命面临生存危机。邦德并不反对发展，但他反对以破坏自然为代价的发展模式；在山林中建公路虽然有利于当地人的生活和当地经济的发展，但却给无数的树和动物带来了厄运。大山和树木同人一样具有鲜活的生命，因而邦德将砍伐树视为屠杀树，把开采山视为屠杀山，杀树、杀山同杀人一样严重。砍树是一种罪恶，种树是一种美德。如今地球上的树木越来越少，如果人类一味地伐树而不种树，世界将沦为广袤的沙漠，因而邦德呼吁人类停止对树木的滥伐。

一、《山上的粉尘》《母亲山》：全面揭露大山的自然生态危机

《山上的粉尘》（"Dust on the Mountains"）主要展现了人类肆意摧毁大山和滥伐森林的生态破坏行为及其导致的一系列生态问题。该短篇的主人公是12岁男孩比斯努（Bisnu）。比斯努来自加瓦尔山区的一个小村庄，是印度贫困农民的典型代表，他迫于生计，背井离乡，到穆索里镇打工谋生。通过这段打工之旅，他逐渐了解到滥采大山、滥伐森林、森林火灾、气候变化等生态问题，并充分认识到大山和树木之于人类的重要性。尽管比斯努目睹了种种令其担忧的生态问题，但他对大自然却抱有乐观的态度。

邦德在该故事中描述了森林火灾，明确指出人类的粗心大意和不负责任的行为是导致森林火灾的主因之一。一天晚上，比斯努、比斯努的妹妹普嘉（Pooja）以及他们的母亲，看到离家很远的森林大火在不断蔓延。作者对大火以及引发大火的原因简要写道：

> 一条红红的火线横贯这片山。喜马拉雅山上成千上万的树在大火中灭

亡，其中包括橡树、雪杉、枫树、松树，以及其他花数百年的时间才长成的树。如今一些露营者不经意间点起的火，借助干草和强风，被引到山上。没有人能扑灭它。它需要数天时间才能自行熄灭。①

由于露营者等人的粗心大意，干草被点燃，火势迅速蔓延到广阔的森林区域，甚至达到人类无法控制的程度，结果是许多稀有、珍贵的树木被烧死。此类事件不仅在喜马拉雅山，甚至在世界许多地方都发生过，然而不少人依然想当然地认为，此类灾难离自己十分遥远，或者说根本不会发生在自己身上，因而他们对此类问题漠不关心，更不会主动采取拯救措施。

邦德通过火灾揭示了自然相较于人类的优越性。一旦森林火灾大范围蔓延开来，人类很难在短时间内将其扑灭，但一场大雨却可以在几分钟内抑制甚至浇灭大火，进而拯救成千上万棵将要被烧死的树。更深入地看，大自然具有及时纠正人类错误的能力。意识到这一点的比斯努乐观地说道："倘若季风雨明天到来的话，大火将会熄灭。"② 森林火灾是世界上诸多国家所面临的一个重要生态问题。例如，2016 年 4 月，印度北阿坎德邦发生森林火灾，印度政府不得不派出悬挂着消防灭火吊桶的印度空军 MI-17 直升机前往灾区执行灭火任务。20多天后，尽管印度政府为控制火灾做出了巨大努力，但火势仍未得到有效控制。与之相比，5 月 3 日的降雨却在较大程度上抑制了火势的蔓延。上述对比凸显出大自然相较于人类的优越性。

邦德在故事中还揭露了气候异常和土地干旱问题。文中写道：

> 冬天来了又去，期间几乎没怎么下过雨。整个夏天，山坡都是褐色的，田地里光秃秃的。比斯努家的瘦牛拉着旧犁，在坚硬的土地上耕作，但几乎未在土地上留下任何痕迹。尽管如此，比斯努仍时刻准备着播种。如果有个好的雨季，就可以收获足够的、能让这个家庭度过下一个冬天的玉米和大米。③

---

① BOND R. Dust on the Mountain：Collected Stories ［M］. New Delhi：Penguin Books India Pvt Ltd，2009：489.

② BOND R. Dust on the Mountain：Collected Stories ［M］. New Delhi：Penguin Books India Pvt Ltd，2009：489.

③ BOND R. Dust on the Mountain：Collected Stories ［M］. New Delhi：Penguin Books India Pvt Ltd，2009：489.

　　比斯努对家乡极其干燥、缺乏雨雪的状况深感担忧。上述描述不仅暗示出山区惨淡的农业前景以及雨季之于当地农民的重要性，还暗示出气候异常尤其是全球变暖这一全球性生态问题。由于比斯努的家乡天气异常干燥，严重缺乏雨雪，结果是山坡晒成褐色，田地荒芜，农作物严重歉收。从深处来看，雪雨匮乏的主要原因是人类对大山的破坏、对森林的滥伐。

　　在 20 世纪，地球表面以前所未有的速度加速变暖。人类对自然界的过度干预，尤其是滥伐树木、燃烧化石燃料、快速的工业化和城市化等违背自然规律的人类活动，是导致地表温度不断升高乃至气候模式紊乱的重要原因。具体来看，滥采大山、滥砍树木，导致喜马拉雅山区气候紊乱，进而导致许多山峰再也没有皑皑白雪的景象。比斯努母亲的话折射出气候变化问题及其原因。她说道："除了今年的冬天之外，我不记得哪个冬天没下过雪……你父亲去世的那年，雪下得很大，村民们花了好几个小时的时间都无法点着用于火葬的柴堆，而现在到处都是火。"① 比斯努母亲的话不仅具有讽刺性，而且具有隐喻性和象征性。在过去，人亲近自然，过着与自然一体式的生活。那时的气候是正常的，冬季里一定有大雪降临。而现在，人们脱离自然，破坏自然，导致气候异常，结果是冬天变得极为干燥，在该下雪的季节却下不来雪，取而代之的却是随处可见的火。从另一层面来看，雪代表着自然，象征着人与自然的和谐关系；火代表着现代文明，象征着现代人的贪欲，贪欲破坏自然，将所有的人类和非人类生命置于偌大的危险和灾难之中。

　　包括比斯努在内的村民已经切实感受到气候异常给当地生态环境带来的负面影响。气候异常的一个突出表现是季风雨的迟迟不来乃至消失。由于去年的雨雪极度匮乏，因而山区的小溪和河流都干涸了，果树和农作物歉收甚至绝产。例如，一棵杏树"通常每年夏天都会产出满满一篮的杏子，但今年结出的杏子不仅少，而且缺乏汁液和美味。这棵树看起来将要死去，叶子绝望地蜷缩着"②。

　　尽管如此，比斯努对季风雨的到来依然持有乐观的态度，他期望一个预示着粮食大丰收的雨季赶快到来，不幸的是，他的希望落了空，"云聚集在地平线上，但这些云是白绒团状的，很快就消失了。真正的季雨云应该是黑沉沉的、

---

① BOND R. Dust on the Mountain：Collected Stories［M］. New Delhi：Penguin Books India Pvt Ltd，2009：489.

② BOND R. Dust on the Mountain：Collected Stories［M］. New Delhi：Penguin Books India Pvt Ltd，2009：489.

带着湿气的。……缺少这些迹象，则预示着一个漫长而干燥的夏季"①。雨季本该有丰沛的雨水，然而雨水却迟迟不来。结果是，雨季变成了"漫长而干燥的夏季"。气候异常问题在此得到凸显。

邦德也描述了其他一些表明气候变化问题的自然迹象。文中写道：

> 鸟儿沉默不语，或者干脆缺席。喜马拉雅山啄木鸟，通常会站在云杉树顶处发出刺耳的叫声，以预示雨季的到来，但今年这种鸟还没有被看到过，它的声音也没有被听到过。蝉通常在感受到雨季行将到来的迹象后，会在橡树上奏响震耳欲聋的序曲，而现在它们的声音似乎也完全消失了。②

动物是气候变化问题的敏锐感知者和预言者。喜马拉雅山啄木鸟和蝉的奋力鸣叫通常预示着雨季正式拉开序幕，然而今年它们都沉默不语或者干脆缺席，这预示着雨季的缺失，折射出气候紊乱问题。

动物鸣叫等行为是比斯努等当地人理解自然现象和读懂自然奥秘的主要依据之一。大自然发生重要变化之前往往会给人类发出若干提示或警示。只有善于理解自然、探索自然和亲近自然的人，才有可能读懂和解密这些提示或警示。学者莫西娅·伊莱德（Mircea Eliade）认为："了解动物尤其是鸟类的语言，就相当于读懂了大自然的秘密。"③ 比斯努了解鸟类和动物的语言，因此能据此理解大自然的变化，破译大自然的奥秘。

气候变暖、季风雨的缺失、长期的干旱导致农作物歉收，农作物歉收继而导致比斯努等贫困农民的生活举步维艰。他们不得不背井离乡，到穆索里镇打工挣钱。文中写道："那年夏天，一直没有下雨。因此，男孩向亲人们挥手告别，到山谷中的小镇寻找工作。"④ 比斯努的生存困境是印度贫苦农民的缩影。在印度，近些年来，每年都有一些关于农民因土地干旱而自杀的新闻。从某种意义上说，以比斯努为代表的贫困农民是全球气候变化尤其是气候变暖问题的

---

① BOND R. Dust on the Mountain：Collected Stories ［M］. New Delhi：Penguin Books India Pvt Ltd，2009：490.

② BOND R. Dust on the Mountain：Collected Stories ［M］. New Delhi：Penguin Books India Pvt Ltd，2009：490.

③ ELIADE M. Shamanism：Archaic Techniques of Ecstacy ［M］. Princeton：Princeton University Press，1972：98.

④ BOND R. Dust on the Mountain：Collected Stories ［M］. New Delhi：Penguin Books India Pvt Ltd，2009：490.

无辜受害者。全球变暖问题已经影响到所有的发达国家和发展中国家，无数像比斯努一样的贫困农民深受其害。印度学者范达娜·席瓦（Vandana Shiva）曾写道："生活在工业化或全球化经济之外的农民、土著人和手工业者，尽管他们没有对地球或其他人施加过任何伤害，然而却成了气候紊乱问题的最大受害者。"① 像比斯努这样的农民虽然不曾破坏自然，然而却成为气候变化问题的最大受害者，他们不得不背井离乡，到所谓的"应许之地"谋求生计。

邦德将过去的人和自然关系同现代的人和自然关系进行了对比。过去的人一生在家园或故乡生活，他们不愿意离开家园或故乡，更不会给家园或故乡带来破坏。而现代人却日益疏远甚至永久抛弃家园或故乡，对家园或故土丧失情感联结，成了无根漂泊之人。诚如一位西方学者所言："在现代的西方社会，我们几乎忘记了这一点：我们许多的农民祖先与其在地球上的生存之地的联结是如此紧密，以至于在他们看来，与地方分离的命运似乎比死亡还要糟糕。"② 作为一家之主的比斯努迫于生计，离开难舍的家园到穆索里打工。他离开家园后的所见所闻证实他这次与家园的分离对他而言真的"比死亡还要糟糕"。

人类虽然只是大自然中的普通一分子，却总是高傲地宣称自己的优越性，总是试图主宰和征服非人类自然生命。在比斯努乘坐公共汽车前往穆索里的途中，当他望着远处高耸的山峰和浩瀚的天空时，不由自主地说出一句富有哲理的话："我们是多么渺小啊……我们每个人都不过是一颗雨滴……我希望我们能有几颗雨滴！"③ 邦德通过比斯努的上述话语强调人类在大自然面前的渺小和无助，消解其优越性。比斯努话语中的雨滴具有两重隐喻或象征意义。一方面，雨滴作为大自然的有机组成部分，代表着大自然。雨滴虽小，但其关乎人类的生死存亡。雨滴的长期缺乏容易导致土地干旱，而土地的长期干旱将威胁人类和非人类自然物的生存。雨滴的过多将酿成暴雨和洪水，而暴雨和洪水有可能夺走许多的人类和非人类生命。大自然仅用小小的雨滴就可以主宰人类的命运，甚至导致人类曾取得的成就化为乌有。邦德以此告诫人类勿要对抗或征服自然。另一方面，一颗雨滴象征着一个人。单颗雨滴的作用十分微小，但是一旦它们汇集在一起，就可以构成溪水、河流乃至汪洋大海。诺拉·尼维蒂塔·肖曾对

---

① FRAULEY J. C. Wright Mills and the Criminological Imagination：Prospects for Creative Inquiry［C］. London：Routledge，2016：225.

② HILTNER K. Milton and Ecology［M］. Cambridge：Cambridge University Press，2003：1.

③ BOND R. Dust on the Mountain：Collected Stories［M］. New Delhi：Penguin Books India Pvt Ltd，2009：491.

水滴的作用评论道："每颗水滴都反映了创造。后来，我发现，这条泉水与其他泉水汇合后，形成一条湍急、翻滚的溪流。该溪流沿山下泻，汇入其他溪流，最后在平原上成为一条河流的一部分。这条河流又汇入另一条更强大的、数公里后可以汇入大海的河流。"① 雨滴和水滴可以逐渐汇聚成溪流、河流、大海。同理，单个人为生态环保事业所做的贡献看似微乎其微，但是，当千千万万的有志之士团结在一起时，他们的生态环保合力将是无法想象的。

随着公共汽车的前行，森林的景象逐渐减少乃至消失。比斯努通过与车上一位长者的交谈，了解到森林砍伐问题，认识到曾经绿意葱茏的山地如今沦为荒芜之地的主要原因。当比斯努提出"为什么这里没树？"的问题后，长者向他解释了树木消失的原因："你知道吗？这里曾经有许多树，但承包商们把雪松树砍掉后取走，将其做成了家具和房屋。人们在松树上不断切口以采集松脂，结果导致它们的死亡。橡树的叶子被剥掉喂牛。如果你细看的话，还能看到一些树的骨架。剩下的灌木丛被山羊吃光了！"② 由于以承包商们为代表的人类中心主义者尤其是物质主义者为追求自身利益的最大化而不断毁林、开山，因而这个曾经具有原始、壮丽风景的地方如今变得凋敝不堪。

邦德认为山林中修建公路虽然有利于当地人的生活和当地经济的发展，但却对当地自然生态系统构成了严重的威胁。长者告诉比斯努，道路尚未延伸到的某些地方暂时逃脱了森林承包商和木材走私者的危害："道路虽然有助于你我四处走动，但也更容易让其他人为非作歹。城里的有钱人来到这里，买走他们想要的东西——土地、树木和人！"③ 在山林中建设道路有助于不法商人到山林中夺走可以给他们带来高额利润的土地、树木乃至人。比斯努和长者之间的对话揭示了当今世界所面临的一个两难困境。一方面，人类社会需要发展或进步。另一方面，发展或进步的实现通常是以大自然的破坏为代价。为了实现发展或进步，人类对自然进行了过度的开发和掠夺，结果导致自然生态系统的失衡乃至崩溃。阿米塔·阿加瓦尔就邦德的发展观和保护观指出，在邦德看来，为了便于进入偏远的山区，为了便于向山里人提供医疗援助和邮政服务，道路是必

① SHAW N N. Ruskin Bond of India: A True Son of the Soil [M]. New Delhi: Atlantic Publishers and Distributors Pvt Ltd, 2008: 10.

② BOND R. Dust on the Mountain: Collected Stories [M]. New Delhi: Penguin Books India Pvt Ltd, 2009: 491-492.

③ BOND R. Dust on the Mountain: Collected Stories [M]. New Delhi: Penguin Books India Pvt Ltd, 2009: 492.

要的，但是，他对人们以发展的名义亵渎大山伦理、破坏自然生态的行径十分不满①。邦德虽然不反对发展，但他反对人类以发展的名义对自然进行种种破坏。

比斯努在和长者交谈的过程中，仿佛上了一堂鲜活的生态教育课，其生态意识得到一定程度的提升。坐车几个小时后，比斯努到达穆索里。穆索里山站的主干道上挤满了来自各个城市的游客。比斯努在电影院大厅处找到一份当茶童的工作，主要向观影者提供茶点。他在这里认识了两个茶童——奇特鲁（Chittru）和巴利（Bali）。巴利做完茶童工作后，接着干贴海报的工作。文中针对海报描述道，这些海报是用纸浆制成的，而纸浆来自那些被富人无情砍倒的树木，这一简单的描述凸显出人类对树木工具价值的过度追求以及对其内在价值的无视。

季风雨迟迟不来，比斯努开始思念家乡，想念母亲和妹妹，担忧她们的生活。他觉得这里的生活与家乡的完全不同。在他看来，穆索里山站看起来只是一个漂亮的礼品盒，其实里面什么都没有。电影院停业以后，比斯努被迫继续寻找工作。比斯努面临两个选择：一是和巴利一起去德里找工作，二是和奇特鲁一起到山上的采石场找工作。比斯努选择了后者。

故事的后半部分以感伤为感情基调，描述了人类中心主义者对大山的肆意开采及其引发的一系列严重后果。比斯努和奇特鲁一起到离穆索里大约八英里远的一个石灰石采石场找工作。他们尚未到采石场，就看到一团团石灰尘飘浮在空中，几乎遮住了一整座山。文中描述道："当他们看到一团团云状的石灰石粉尘悬浮于空中时，他们知道已经接近采石场了。灰尘遮住了下一座山。当他们真正看到这座山时，发现其山顶不见了。采石场的人用炸药炸掉了山顶，以便触到储存在地表之下的丰富的石灰岩层。"② 作者这里选择用"丰富的"（英文为 rich）这个形容词来修饰石灰岩层，具有一定的讽刺效果。"rich"这个单词既具有"丰富的"意思，也有"值钱的、生财的"意思。在采石场老板眼中，大山里的石灰岩层不仅是丰富的，而且还能生大量的财富，他们仅看到了大山的外在价值尤其是经济价值。为了从大山中榨取更多的经济价值，他们不惜将完整而美丽的大山炸得支离破碎、遍体鳞伤。

---

① AGGARWAL A. Ruskin Bond: The Writer Saint of Garhwal Himalaya [M]. New Delhi: Sarup Book Publishers, 2010: 50.

② BOND R. Dust on the Mountain: Collected Stories [M]. New Delhi: Penguin Books India Pvt Ltd, 2009: 496.

在采石场附近的所见所闻深深触动了比斯努的灵魂，加深了他对滥开山、滥采矿、滥毁林等生态破坏行为的认识。建设高楼大厦所需的石料如石灰石、大理石、花岗岩、砂岩、板岩等，都需通过开采大山的方式来获取。开山采石能带来高额利润。为了快速获利，开发商们不惜动用大量炸药爆破大山，但这却对当地自然生态环境造成一系列不利影响，如导致空气污染、水污染、噪声污染，破坏生物栖息地，减少生物多样性等。比斯努和奇特鲁在采石场附近亲身体验到一阵强烈的爆炸。爆炸震动了整个山坡，这一爆炸景象不仅令比斯努感到震惊，而且使他真正明白了山上无树、无生机的原因。过去，这里生长着丰富的植物，但现在这里除了几棵树的骨架之外，其他一切的非人类自然生命几乎消失殆尽。作者描述了爆炸所造成的生态灭绝景象："低坡上仅残留着几棵树的骨架。其他所有的东西——草、花、灌木、鸟、蝴蝶、蚱蜢、瓢虫等，几乎都消失了。一只岩石蜥蜴从裂缝中探出头，看了看入侵者，然后像一些史前幸存者一样迅速钻入它的地下避难所。"①滥开大山和滥伐森林导致山林中的非人类生命近乎灭绝。从某种意义上看，这番景象预示着"大山的终结""自然的终结""生态的梦魇"和"生态的灭绝"。在蜥蜴眼中，人类是大山的"入侵者"和毁坏者，正是人类一手酿成了大山不再生机、不再美丽的恶果。

奇特鲁在采石场很快就找到一份合适的工作，但是比斯努因个头小难以找到工作。好在卡车司机普里塔姆·辛格（Pritam Singh）雇他当卡车清洁工，每日工资为十卢比。普里塔姆的主要工作是每日开车往返至少两次，把采石场里的石灰石运到山脚下的仓库里。工作六个月后，比斯努不仅成了一个熟练的清洁工，而且与普里塔姆成了好朋友。邦德描述两个主要人物的关系后，开始描述大山上生态衰退的景象："山上光秃秃的，十分干旱。大部分森林早已消失。陡峭的山坡上生长着几棵瘦骨嶙峋的老橡树。这一富含石灰石的独特山脉因人类的开采而变得凌乱不堪。"②

普里塔姆经常在崎岖不平的山路上行驶，比斯努坐在副驾驶位置。一次，两人在前往采石场的途中，因遇到山石爆破而不得不中途停车，他们近距离目睹了大山被炸毁后的衰败样貌。比斯努是个敏锐的观察者，他默默坐在车里，环视四周，到处是伤痕累累的石头，几乎找不到任何生命迹象。突然间，比斯

---

① BOND R. Dust on the Mountain：Collected Stories ［M］. New Delhi：Penguin Books India Pvt Ltd，2009：496.

② BOND R. Dust on the Mountain：Collected Stories ［M］. New Delhi：Penguin Books India Pvt Ltd，2009：498.

努看到一处山坡向外鼓起，紧接着听到巨大的爆炸声。岩石从山上猛冲而下以及树枝被炸飞的恐怖景象，令比斯努感到震惊。爆炸结束后，灰尘四起，"到处都是灰尘。卡车上满是灰尘。灌木丛和几棵树的叶子上布满了厚厚的灰尘。比斯努感觉到其眼皮和嘴唇附近都粘有灰尘。当他们接近采石场的时候，灰尘更多了，但这里的灰尘是一种不一样的灰尘，这种灰尘颜色更白，刺痛着眼睛，刺激着鼻孔"①。引文中的"灰尘"（dust）和"白色"（white）具有隐喻和象征作用。"灰尘"既指在石灰石生产过程中衍生出的影响工人身体健康的物质，也象征着压迫。覆盖在眼皮上的灰尘象征着意识形态式的压迫，处于此类压迫之下的人被阻止看人类中心主义式活动所产生的危害。采石场是开山采石等人类中心主义式活动的核心位置。比斯努接近采石场的时候，灰尘变得"更白"。"白色"通常象征着虔诚和纯洁，但在后殖民时期，白色原有的内涵被颠覆和消解，开始具有黑色和邪恶的内蕴。在崇尚发展的现代人看来，发展因为对人类具有诸多益处，而被认为是洁白、无邪的活动。但是，在邦德等生态爱好者看来，如果发展的代价是破坏自然，那么，发展就是黑色、邪恶的人类活动。

对于比斯努而言，颜色更白的灰尘更易刺痛眼睛，刺激鼻孔。这种颜色更白、更具刺激性的灰尘，其实就是矿物性粉尘。飘逸在大气中的矿物性粉尘通常含有铅、汞、砷、铬、锰、镉等有毒成分，除了给眼睛和鼻子带来危害之外，还会引起其他诸多严重的危害：其一，会污染空气，对生态环境产生负面影响。例如，降落在植物叶面的粉尘会阻碍光合作用，抑制植物的生长，致其死亡。其二，危害人体健康，引发多种严重疾病。人体长期吸入粉尘后，容易患中毒性肺炎、矽肺、肺癌等疾病。尽管粉尘对身体的危害很大，但是工人们迫于维持生计，不得不从事此类高危工作。尤其是，采石场老板对工人们的健康漠不关心。这里，我们不难体会到人与人之间的不平等关系。从某种意义上说，人对自然的剥削是同人对人的剥削纠缠在一起的。简单来看，只要存在人对自然的剥削，就存在人对人的剥削。

邦德通过比斯努和普里塔姆之间的如下对话，让我们了解到比斯努家乡的山和树是幸运的，因为它们尚未遭受类似的厄运。

"你们那里的山像这些山一样光秃吗？"普里塔姆问道。
"不，我们那里还有一些树，"比斯努答道，"还没有人开始炸山。我家

---

① BOND R. Dust on the Mountain: Collected Stories [M]. New Delhi: Penguin Books India Pvt Ltd, 2009: 499.

门前有一棵核桃树，每年能给我们产出两篮子核桃，还有一棵杏树。但是，今年水果的收成不好，因为没有下雨，而且溪流又太远。"①

每当比斯努听到巨大的爆炸声，或者看到非人类自然生命被扼杀的景象，他感到既恐惧又难过，他开始担心家乡的未来，担心家乡的树和山是否会有朝一日也遭受类似的厄运。

比斯努惊恐地看着灌木和小树被抛入空中。一直令他感到害怕的，与其说是岩石被炸成碎片的景象，还不如说是树木被摧毁、抛到远处的景象。他因此想起家乡的树——胡桃树、果子树和松树，他想知道它们是否有朝一日也会遭受同样的厄运，想知道群山是否也会像这片特殊的山一样沦为沙漠。没有树，没有草，没有水，仅有从矿山和采石场里散发出的令人窒息的粉尘。②

比斯努作为邦德的代言人，具有强烈的生态忧患意识。他从眼前衰败的大山景象联想到家乡树木和群山的命运，担心其他的山也会像此山一样沦为无树、无草、无水、仅有粉尘的沙漠。从某种意义上说，比斯努对家乡未来的忧虑，其实就是邦德对地球未来的忧虑。邦德以此悲剧警告我们：如果人类一味地开采大山、毁坏森林，其结果必定是，曾经郁郁葱葱的山林沦为无树、无草、无水、唯有呛人粉尘的荒漠。

石头是构成大山生态系统的基石。石头能否持续存在，关系到山中的树、草、动物等非人类生命能否持续存在。以采石场承包商为代表的人类中心主义者无视大山和石头的内在价值，只看到它们之于人类的工具价值或外在价值。为了从大山中开采出更多的石灰石，攫取更多的物质财富，最大程度地榨取大山的外在价值，他们不惜采取令人发指的破坏行为，炸毁了一座又一座山。他们将一个采石场中的所有石灰石掘尽之后，会将此采石场及其周边地带一同抛弃，然后继续寻找新的采石场进行开采。他们从未考虑过开山采石给当地生态环境带来的危害，更不会反思他们在开采过程中所犯下的种种错误。

到达爆破现场后，比斯努看到工人们在忙碌工作，"一些工人正在锤击大岩

---

① BOND R. Dust on the Mountain：Collected Stories［M］. New Delhi：Penguin Books India Pvt Ltd，2009：499.

② BOND R. Dust on the Mountain：Collected Stories［M］. New Delhi：Penguin Books India Pvt Ltd，2009：499.

石，把它们分解成数块易被处理的石头。一堆石头等待装车，其他刚被爆破出的岩石还散落在山坡上"①。当工人们往车上搬石头时，承包商邀请普里塔姆喝茶。比斯努没有选择休息，而是去帮助工人们搬石头。承包商提醒比斯努，他不会因此而获得任何报酬。比斯努回应道："别担心，我没有为承包商们工作，我为普里塔姆·辛格工作。"② 比斯努对工人们的同情或许源于他对大山的同情。采石场的承包商们是人类中心主义者的典型代表，他们只想从采石场中采出更多的石灰石，攫取更多的物质财富，他们从未考虑过开山采石给大山带来的严重破坏，也从未考虑过采石工人的生存困境。《山上的粉尘》实为一篇揭露大山灭绝和森林灭绝问题的优秀儿童短篇小说，阅读该作品有助于激发儿童读者的生态忧患意识。

在《母亲山》（"Mother Hill"）中，邦德表达了对动物灭绝等问题的深切忧虑。邦德提醒人们要认识到，如果人类给野生动物带来太多麻烦，甚至杀害它们的幼崽，那么，它们将会不断地迁徙。邦德也十分关注滥伐树木的问题，他为森林和绿地的逐渐消失感到悲伤。文中写道：

> 有一天，我想，如果我们给这些美妙的动物带来太多麻烦，干扰它们的生活，杀死它们的幼崽，那么，它们将被迫离开出生地，向远方迁移。整个森林也都在移动，移过一个又一个山，远离人类的居住地。我已经目睹许多森林和绿地在逐渐减少和消失。现在有一种强烈的呼声。做个环保主义者突然变得时尚起来，这很好。也许，现在拯救剩下的一小部分还不算太晚。③

这里，邦德揭露了森林和绿地面积锐减以及动物生存维艰的问题。邦德认为，如果我们人类给野生动物带来太多麻烦，干扰它们的生活，杀死它们的后代，那么，它们将被迫迁移到远离人群的地方；同样，如果我们人类给大山中的森林带来太多麻烦，砍伐它们并摧毁它们的幼苗，那么，它们也将自行离开危险之地，远离人类的居住地，迁移到远方。邦德目睹过许多森林和绿地被摧

① BOND R. Dust on the Mountain: Collected Stories [M]. New Delhi: Penguin Books India Pvt Ltd, 2009: 499.
② BOND R. Dust on the Mountain: Collected Stories [M]. New Delhi: Penguin Books India Pvt Ltd, 2009: 500.
③ BOND R. The Rupa Book of Ruskin Bond's Himalayan Tales [M]. New Delhi: Rupa and Company, 2005: 11.

毁的场景。邦德用一种略带讽刺的语气说道,尽管成为一名环保主义者已成为一种时尚,但事实上,真正了解和关心生态环境的人十分少,这是森林不断被砍伐和动物不断被猎杀的主要原因之一。邦德在此故事中向我们传递了一则宝贵的生态信息:现在行动起来去拯救地球上为数不多的自然环境,还"不算太晚"。

二、《树木的死亡》:伐树犹如杀树 开山犹如杀山

在《树木的死亡》("Death of the Trees")中,邦德揭批了人类打着追求快速发展的幌子肆意毁树和毁山的行径,他对许多无辜的树被砍倒深表惋惜。该故事的第一人称叙述者"我"是邦德的代言人。在邦德看来,非人类自然存在物同人类一样具有鲜活的生命和平等的生存权利,他把砍伐树视为屠杀树,把开采山视为屠杀山,杀树、杀山同杀人一样严重,树木和大山的死亡在一定程度上预示着自然的消亡。英国浪漫主义诗人华兹华斯曾写道:"自然挥洒出绝妙篇章;/人类的理智却横加干预/扭曲了万物的完美形象——/剖析无异于谋杀生命。"① 华兹华斯认为,山、树等非人类自然物都有生命,都是有机体,然而人类的理智尤其是人类中心主义意识扭曲了万物完美的形象,甚至谋杀了它们的生命。邦德像华兹华斯一样也将自然万物的衰亡归因于人类中心主义。

邦德并不反对发展,但他坚决反对人类为了追求发展而肆意毁坏山林的做法。邦德曾在《山上的粉尘》中揭批人类为了追求发展而毁林和毁山的行径,他在《树木的死亡》中继续揭批此类问题。喜马拉雅山中存在许多不易到达的地方,这些地方因缺乏绕行公路而与世隔绝。对于长期生活在这些地方的人来说,步行是唯一的交通方式。政府以进步和发展的名义在山林间建设的公路,为当地人同外界建立联系、接受更好的教育、发展经济等提供了诸多便利,然而所有这些好处的获得却是以牺牲珍贵的生态、资源和环境作为代价的。例如,在印度的泰米尔纳杜邦尤其是该邦的首府钦奈,曾出现诸多为了追求发展而破坏生态环境的例子。一个典型的例子是,政府为了建一条六车道公路而将道路两旁的树砍伐殆尽,换言之,这条公路是以成千上万棵树的死亡为代价建成的。阿米塔·阿加瓦尔曾对邦德作品中的此类现象评论道:"以进步和发展的名义有计划地破坏山坡上的树是他(邦德)许多故事的主题。道路当然对山民有益,

---

① WORDSWORTH W. The Complete Poetical Works of William Wordsworth [M]. London: Macmillian and Co., 1888: 230.

但道路使贪婪的城市人很容易进入山中，这些人为了获得自己的利益而破坏宁静的环境。"① 在山林中建绕行公路使一些贪婪的城市人获得了巨大的物质利益，但是，其物质利益的获得是以牺牲无数非人类自然存在物的生命为代价换取的。

叙述者回忆了其人生中的一段时期，当时的政府和公共工程部（Public Works Department，简称PWD）决定在枫树山再建一条绕行公路，而"我"的小屋位于枫树山的山腰处，离公路比较近。承包商们认为公路周边的数千棵树是妨碍公路建设的主要障碍，他们只在乎道路建设项目给他们带来的高额利润，却不在乎树木鲜活的生命，因而他们决定砍掉这些树。邦德为枫林山上和平与宁静的消失感到惋惜。文中，他揭露了公路建设给数千棵无辜的树带来的厄运，他把砍伐树喻为"屠杀"树。

> 冬天，枫树山上的宁静永远消失了。政府决定再修一条进山的路，公共工程部认为自己适合承担这个项目……
>
> 仅在小屋附近的一小片地方，就有二十棵橡树被砍倒。当绕行公路建到离这里大约六英里远的贾巴尔赫特（Jabarkhet）时，将有一千多棵橡树被屠杀（slaughtered）。另外，还有许多其他优良的树——枫树、雪杉和松树——被屠杀。在被砍伐的树中，大部分的树是没必要被砍掉的，因为它们生长在离公路大约五六十码的地方。②

"屠杀"（slaughter）最常见的含义是指故意对人进行大批残杀的行为。作者在这里采用了比喻的修辞手法，他用"屠杀"一词描述人类对树木的乱砍滥伐，意在强调任何滥伐树木的行为从本质上看都是对树木犯下的罪行。尽管许多树离拟建公路较远，丝毫不妨碍公路建设，但它们依然未逃脱被"屠杀"的厄运。叙述者认为，受害最严重的树当属橡树，在大约六英里长的范围内有一千多棵橡树被"屠杀"。除橡树之外，许多其他优良的树如枫树、雪杉、松树等也未逃脱被屠杀的厄运。

为了维护人类的物质利益，非人类自然生命的福祉被无情剥夺。从根本上

---

① AGGARWAL A. The Fictional World of Ruskin Bond [M]. New Delhi：Sarup & Sons Publishers, 2005：57.

② BOND R. Dust on the Mountain：Collected Stories [M]. New Delhi：Penguin Books India Pvt Ltd，2009：460.

看，非人类自然生命的衰落源于人类的生命伦理意识的退化。公共工程部只关心公路能否快速完工，能否快速产生收益，他们对树木的死活丝毫不在乎，对以树为代表的非人类自然生命的福祉漠不关心。具有最起码生命伦理意识的人应当认识到，树木是有生命的非人类存在物，公路是无生命的人造物。但是，公共工程部却缺乏这种意识，他们为了无生命的公路而滥伐有生命的树木，他们对树木未怀有任何的同情和敬畏。

叙述者对一棵曾陪伴他十多年的核桃树怀有深深的爱意。文中写道：

> 他们已经砍掉了大部分的树。在首批被砍掉的树中有一棵核桃树，我和它一起生活了十多年。我看着它成长，就像看着普雷姆的小儿子拉凯什（Rakesh）成长一样……我期望看到它的新芽，期望它夏季时的宽阔绿叶在九月份变成金色叶，那时核桃已经成熟，将要从树上脱落。相较于其他树，我对这棵树有着更多的了解。它生长在我窗户下方，而那里正在兴建公路的扶壁。①

这棵和叙述者朝暮相处十余年的核桃树亦没有逃脱被屠杀的厄运，它的死令叙述者感到惋惜。除了对核桃树的死感到惋惜之外，叙述者亦对一棵雪杉树的死感到惋惜，因为他曾给予这棵雪杉树无私的关爱和照顾。当雪杉树因被几棵橡树的树枝遮蔽而难以获得充足的光照，进而其生长速度受限的时候，叙述者果断剪掉橡树的一些树枝，后来，雪杉树才得以快速成长。然而，不幸的是，这棵光彩夺目的雪杉树却在盛年时期被公共工程部的人无情屠杀。

邦德曾在另一篇儿童短篇小说《惹麻烦的幽灵》（"Ghost Trouble"）中通过祖父之口批判了滥伐树木的行为。由于祖父家的一棵古老的菩提树和一堵墙妨碍了道路的扩建，因而公共工程部决定除掉两者。祖父气愤地向他们问道："菩提树在这里已经生存几百年了，我们凭什么要砍掉它？"② 作者通过祖父之口表达了其对公共工程部肆意砍伐百年古树之行为的批判态度。邦德在《树木的死亡》中亦批判了公共工程部滥伐树木的行为。美国生态哲学家卡洛琳·麦钦特（Carolyn Merchant）曾写道："人类的生存依赖于生态圈，人类不应该像奴

① BOND R. Dust on the Mountain：Collected Stories［M］. New Delhi：Penguin Books India Pvt Ltd，2009：460.
② BOND R. Children's Omnibus［M］. New Delhi：Rupa and Company，2007：49.

隶主剥削奴隶那样去剥削生态圈。"① 邦德同麦钦特持有相似的观点，他也认为人类并非大自然的主宰者，非人类自然生命并不是人类的"奴隶"，因而他坚决反对人类对树木等非人类自然生命的"剥削"和"屠杀"。

在《树木的死亡》中，为凸显追求过度发展给自然生态系统和当地人带来的双重危害，作者将雪杉树之死和叙述者的哥哥之死进行了类比："它今年刚成材，却在全盛期被砍倒。它和我那上个月在去德里的途中因车祸而死的哥哥一样，都成了公路的牺牲品：树被公共工程部杀死，我的哥哥被卡车杀死。"② 叙述者为哥哥和树木都沦为公路建设的牺牲品感到痛心。作者用这一类比警示我们：人类对大自然的过度掠夺和侵占，不仅会导致非人类自然生命的死亡，亦会导致人类自身的死亡。

邦德认为许多当代人仅从功利性的角度看待树，他们对树缺乏全面而正确的认识。在他们眼中，一棵树的价值仅取决于它对人类的有用程度，也就是说，如果一棵树对人类没有用处，那么它就没有任何价值。令叙述者痛心的是，当地几乎没有人真正关心树木或者反对公共工程部对树木的无端屠杀。不少人认为树木是阻碍发展的一大障碍，并且他们只从树木对人类是否有益的角度来衡量它们是否有价值。叙述者感叹道："问题是，几乎没有人（除了购买被伐树木的承包商之外）真正相信树和灌木是必要的。"③ 承包商们只看到树木的工具价值和外在价值，许多人都没有意识到树木对于人类和自然生态系统的必要性。作者接着写道："'它们太碍事了，不是吗？'我的送奶工说：'唯一有用的树是那种其叶子可以被摘下来做成饲料的树！'"④ 在送奶工看来，只有当一棵树的叶子可以被用来做成饲料时，这棵树才是有用的、有价值的，否则，它毫无用处，毫无价值。叙述者还谈到一位年轻人对树的错误态度，年轻人觉得树木阻碍了开发进程，干扰了人们对景观的欣赏，他说道："你应该来保里，那里的风

---

① MERCHANT C. Radical Ecology：The Search for a Livable World ［M］. New York：Routledge，2005：93.

② BOND R. Dust on the Mountain：Collected Stories ［M］. New Delhi：Penguin Books India Pvt Ltd，2009：460.

③ BOND R. Dust on the Mountain：Collected Stories ［M］. New Delhi：Penguin Books India Pvt Ltd，2009：460.

④ BOND R. Dust on the Mountain：Collected Stories ［M］. New Delhi：Penguin Books India Pvt Ltd，2009：460.

景好极了，根本没有树阻挡视野！"① 在年轻人看来，没有树阻挡视野的风景才是美丽的风景。无论对于牛奶商还是年轻人而言，树木不再是具有内在价值的生命体，而仅仅是一种可以为人类创造价值和利润的商品或工具，这种信念是自然生态环境不断遭受破坏的根源。

在邦德看来，树木无论是对于人类还是非人类生命而言都意味着巨大的福祉。树木是自然生态系统中不可或缺的组成部分，它们是动物和鸟类的食物来源和天然栖息地。公共工程部为建公路而用炸药爆破大山的行径，不仅毁坏了大山和森林，破坏了宁静的自然氛围，还吓跑了许许多多的动物和鸟类。随着山林的逐渐消失，成千上万只鸟将丧失栖息地，它们不得不迁往另一片未被人类侵扰过的山林，在那里寻找新的栖息地。当叙述者所熟悉的鸟儿迁走后，他因缺乏鸟儿的陪伴而感到闷闷不乐。而今，山林间仅剩下一些乌鸦了。文中描述道：

> 现在这里没有枫树了，没有鲜红的、似火焰一般的树叶在空中飘舞了，也没有鸟了！
>
> 也就是说，房屋附近没有鸟了。我再也不可能一打开窗户就可以看到赤红山椒鸟在深绿色的橡树叶间飞舞了，再也看不到长尾喜鹊在树丛间滑翔了，再也看不到在树顶处不停鸣叫的巨嘴鸟了。林中所有的鸟儿现在都要去寻找其他幸存的森林了。唯一的访客是乌鸦，因为它们已经学会了与人类一起生活。②

公共工程部对山林的无情毁坏甚至导致叶猴等胆子很大的动物也不敢露面。文中描述道："除了最勇猛的鸟和动物之外，其他所有的鸟和动物都被吓跑了。就连那些大胆的叶猴也有两个多星期没有露面了。"③ 鸟类和动物从此片山林的离开反映出此地生物多样性的减少，而生物多样性是衡量一个地方的生态系统是否完整、健康、美丽、可持续的最重要指标之一。

叙述者想象着这个地方未来的景象，担心此地的宁静和美丽将被混乱和喧

① BOND R. Dust on the Mountain：Collected Stories ［M］. New Delhi：Penguin Books India Pvt Ltd，2009：460.

② BOND R. Dust on the Mountain：Collected Stories ［M］. New Delhi：Penguin Books India Pvt Ltd，2009：460-461.

③ BOND R. Dust on the Mountain：Collected Stories ［M］. New Delhi：Penguin Books India Pvt Ltd，2009：461.

器取代，鸟儿欢快的歌声将被车辆刺耳的喇叭声和齿轮的摩擦声取代，千年之久的岩石难逃被炸毁的厄运。文中描述道："卡车在夜里隆隆驶过……留下齿轮的摩擦声、汽车的喇叭声。能听到头顶上画眉的鸣叫吗？千年之久的岩石被炸毁，爆炸声不断打破山的宁静。"①

邦德虽然在整篇故事中着力表现人对树和山的屠杀，但其在结尾处却笔锋一转，强调了自然相较于人类的优越性，"没关系。人来人往，大山犹在"②。邦德始终认为自然远比人类优越、强大。为了凸显自然的优越性，作者在另一作品中对比了人类生命的短暂性和大山的永恒性：

> 时间流逝，然而时间又未流逝。人来人往，但大山犹在。大山十分固执，拒绝移动。你可以从它们身上炸出一个个洞以获取矿物资源，或者剥去它们身上的树木和树叶，或者在它们身上筑坝以拦截水流、改变水流方向，或者建造隧道、道路和桥梁。但是，无论人类如何努力，都无法真正除掉大山。这就是我喜欢大山的原因。它们始终存在着。③

"大山犹在"中的"山"代表着自然或地球。相较于地球的寿命，人类在地球上的存在时间是极其短暂的。自然在漫长的演化过程中，迎来并送走了无数代各种各样的生命形式（其中包括人类）。无论人类改造自然的能力有多么强大，支配自然的技术有多么发达，毁坏自然的程度有多么严重，最终首先面临灭亡的无疑是人类。遭受巨大创伤的自然经过漫长的自身疗愈，依然能够复原，但是，人类一旦灭亡，就会像恐龙一样将永远从地球上消失。总之，邦德通过《树木的死亡》向读者发出这样的提醒：人类并非地球的主宰者，只是地球上的一个过客；人类作为地球上具有独特能力的物种，应该在不伤害地球母亲的前提下，合理利用自然资源，追求与自然的和谐相生，而不是横加干涉大自然的正常运行，更不是肆意屠杀非人类生命，否则，最终受害的必将是人类自己。

三、《智慧树》：砍树是罪恶 植树是美德

在《智慧树》（"The Tree of Wisdom"）中，邦德不仅介绍了有关菩提树的

---

① BOND R. Dust on the Mountain：Collected Stories ［M］. New Delhi：Penguin Books India Pvt Ltd，2009：461.

② BOND R. Dust on the Mountain：Collected Stories ［M］. New Delhi：Penguin Books India Pvt Ltd，2009：461.

③ BOND R. Classic Ruskin Bond Vol. 2：The Memoirs ［M］. New Delhi：Penguin Books India Pvt Ltd，2012：197.

生态知识和生态文化，而且对当今滥伐树木的现象深表担忧。故事开篇处，作者描述了菩提树（英文名为 peepal tree，梵文名为 Bodhi）的典型特征：

> 即使没有微风，它们美丽的叶子也会像陀螺一样旋转，以吸引人们的注意，邀请人们进入其树荫下；它们不仅能给人送来清凉的气流，而且其长长的树尖还会不停地相互触碰，发出犹如淅淅沥沥的雨滴声一般的声音；在其他所有树木中，没有哪种树的叶子能像菩提树叶那样逐渐变得尖细，最后汇集于完美的顶点。①

或许正是因为菩提树的这些美丽特征，以乔达摩佛陀（Gautam Buddha，又名释迦牟尼）为代表的古印度圣人才会选择在菩提树下静坐冥想、参禅悟道，而这或许是菩提树被后人称为"智慧树"的原因之一。

邦德介绍了与菩提树有关的宗教信仰和神话。印度民间认为，菩提树上的主要栖居者是各种鬼怪和调皮的精灵。其中最调皮的精灵是栖居在孤独的菩提树上的孟贾（Munjia），它会冲向马车、牛车和公共汽车，试图干扰它们的正常行驶。

邦德强调菩提树是一种非常长寿的树。在印度教的哈德瓦（Hardwar）圣地生长着一些古老的菩提树，其寿命甚至比圣地所在的小镇的历史还要长。此外，一棵在公元前 288 年被人从印度带到斯里兰卡的菩提树至今仍然枝繁叶茂。

邦德还告诉我们其他一些有关菩提树的知识。例如，菩提树的种子落在哪里，它就生长在哪里；如果有机会，它会在墙壁上、屋顶上甚至其他树的分叉处生根发芽；菩提树应被种在离建筑物有一定距离的地方，因为它强大的根系可以穿透砖块和灰泥，进而毁坏建筑物。

邦德不仅爱菩提树，还爱其他各种各样的树，不管其外貌如何，也不管它们生于何处。文中写道："在山上，我爱上了森林。在平原上，我爱上了一棵棵独自成长的树。一棵生长在荒凉而平坦的平原上的孤独的树，即便它细瘦、扭曲、平庸，也会在孤寂且不稳定的生存状态中展现出美丽与高贵。"②

邦德对树的爱已经深深根植其心间，因而他呼吁人们停止对树木的滥伐。邦德在故事结尾处介绍了关于砍伐菩提树和种植菩提树的古老信仰："砍伐一棵菩提树曾被视为一种巨大的罪恶。另一方面，据说，任何种下菩提树的人都会

---

① BOND R. The Book of Nature [M]. New Delhi：Penguin Books India Pvt Ltd, 2008：133.
② BOND R. The Book of Nature [M]. New Delhi：Penguin Books India Pvt Ltd, 2008：133.

得到子孙后代的祝福。"① 在邦德看来，砍树是一种罪恶，而种树是一种美德，种树的人可以获得子孙后代的祝福。邦德呼吁读者们从古老的信仰中吸取经验和智慧，多为子孙后代着想，不仅要种菩提树，也要种其他树，"我们不仅要种植更多完全有能力照顾好自己的菩提树，还要种植各种能提供荫凉处和庇护处、能开花结果、既美观又实用的树，这样一来，我们就可以赢得子孙后代的祝福"②。

邦德在《智慧树》中表达了对当代印度人只伐树却不种树之现象的担忧，他就未来印度无树之问题所引发的严重后果向印度人发出警告。文中写道：

> 如果我们像现在这样一味地砍树而不种树，那么，这个国家很快就会变成广袤的沙漠。你能想象一个没有任何树木且因此而沦为了广阔沙漠的国家吗？哎！如果我们继续砍伐我们的树木和森林，而又不屑于在它们原来的位置上种植新树，那么，这种问题很容易在我们这里发生。③

邦德希望读者们认识到，如果人们只伐树却不种树，那么，印度这个国家将沦为广袤的沙漠。同样，如果世界各国都不种树，那么，地球这个人类共同的家园也将沦为广袤的沙漠。

第三节　对压抑自然的现代文明的反思与批判

近百年来，随着现代文明进程的加快，越来越多的问题已经暴露出来，这些问题涉及大坝建设、城市化发展、现代战争、现代教育等诸多方面。邦德虽然长期栖居山林间，但一直关注和思索现代文明问题。他在《比娜的长途跋涉》《风筝匠》《逃离爪哇》《猫的眼睛》等儿童短篇小说中揭露了现代文明的种种问题或弊端，并围绕现代文明问题提出了诸多值得人们深思的生态观点。例如，在《比娜的长途跋涉》中，邦德对大坝建设持反对态度，他认为大坝建设是一件必须慎之又慎的大事，在山林中建设大坝虽然有助于解决供电和供水问题，

---

① BOND R. The Book of Nature［M］. New Delhi：Penguin Books India Pvt Ltd, 2008：135.
② BOND R. The Book of Nature［M］. New Delhi：Penguin Books India Pvt Ltd, 2008：135.
③ BOND R. The Book of Nature［M］. New Delhi：Penguin Books India Pvt Ltd, 2008：136.

然而却对当地的人和非人类生命构成了严重威胁。具体来看，大坝建设导致许多当地人背井离乡；大坝建设是在终结大山；大坝建设侵占非人类生物的栖息地，导致许多动物被迫迁移到人类居住地附近活动，甚至导致一些动物物种面临灭绝的危险。在《风筝匠》中，邦德认为，城镇化和商业化的快速发展给自然、人性、传统文化、道德观念等带来诸多不利影响，如：诗情画意般的乡村田园之地沦为喧嚣、浮躁的市区；制作风筝等传统手艺濒临灭绝；现代人在快节奏和重压力的生活模式下，为了维持生计而四处奔波，再也不能像天真无邪的孩童那样尽情享受户外的消遣活动；曾长期栖居乡村并与"地方"建立了和谐一体关系的老人，因无法顺应现代潮流而身心分离，感到空虚、迷惘、惆怅。在《逃离爪哇》中，邦德认为，现代战争不仅导致人类付出沉重的代价，也给非人类自然物带来巨大破坏。战争摧毁当地生态环境，吞噬世间的宁静、自由与和平，导致无辜的民众沦为环境难民。停止战争就是在保护人类、保护地球。在《猫的眼睛》中，邦德认为，在现代畸形的教育体制下，教师具有绝对的权威，学生犹如温顺而弱小的"猫咪"一样任由教师主宰，但是，"猫咪"一旦觉醒，将化身为凶猛而强大的"豹子"，去反抗和报复主宰者。

一、《比娜的长途跋涉》：大坝建设的弊与利

《比娜的长途跋涉》（"A Long Walk for Bina"）是一篇包含十个组成部分的儿童短篇小说。该故事不仅描述了比娜（Bina）、普拉卡什（Prakash）和索努（Sonu）三个小学生为了上学而进行的长途跋涉，还展现出邦德对大坝建设之利和弊的思索。邦德在该故事中给出的核心观点是：在特赫里（Tehri）附近的山林中建设大坝对当地的人和非人类动物生命构成了严重的威胁，一方面，建设大坝导致当地居民被迫离开家乡；另一方面，建设大坝需要炸毁山林，侵占非人类动物的栖息地，这导致豹子等动物不得不离开原来的家园，到人类居住地附近活动。

在故事的第一部分，邦德首先描写了一只在山涧附近静静休息的体格健壮的豹子。一听到有人走近，它便消失在丛林中。走来的是比娜、普拉卡什和索努三个孩子。普拉卡什是个十二岁的男孩，身体长得结实。比娜的年龄也是十二岁。索努年龄为十岁，他是比娜的弟弟。三个孩子都来自喜马拉雅山中一个名叫科里（Koli）的小村庄，科里村及其附近没有小学，孩子们每天需要步行数英里到诺蒂（Nauti）村旁的一个小学上学。该故事展现了山村孩子在上学途中可能遭遇的种种困难和危险，例如：可能遭受食人兽的袭击；可能遭遇山体

滑坡、森林火灾等自然灾害；山上的天气变化很快，孩子们随时都有可能被雨水淋成落汤鸡。尽管困难和危险较多，但孩子们勇敢地面对一切，完成了一次又一次的上学之旅。比娜、普拉卡什和索努经过艰难跋涉来到学校。

在第二部分，邦德首先描写了马尼老师（Mr. Mani）的外貌和性格。马尼老师是一位即将退休的教师，大约五十五岁，有些守旧和心不在焉。他早晨因散步而迟迟没来上课，令师生们颇为担心。刚从邻村回来的送奶工说，他途中不仅看到一只豹子卧在松树林附近的一个大石头上休息，还在黑莓树丛中看到了马尼老师的衣服。人们据此认为马尼老师一定是被豹子偷袭了，而事实上，他的衣服只是风被吹到了那里。

邦德坚信，豹子等野生动物，如果不是因为天然猎物的匮乏或者受到人类的挑衅和伤害，一般不会主动攻击人。文中表达了这一观点："人们一直在谈论……因大坝建设而不得不离开家园的豹子等动物。但迄今为止，还没有人听说过豹子攻击人的事件。"[1]

第三部分首先展现了比娜和新来的拉莫拉老师（Miss Ramola）之间的愉快交流。在孩子们放学回家的途中，他们遇见一名邮递员，邮递员提醒他们天黑前一定赶到家，因为小溪附近隐藏着一只豹子。孩子们听从邮递员的建议，途中不敢浪费一点时间，最终安全到家。

第四部分展现了三个孩子对豹子以及大坝的看法。一天，在放学回家的途中，索努无意间看到一具羊的遗骸，这只羊很可能是几天前被豹子杀死的。三个孩子围绕豹子展开了对话：

> 普拉卡什说："只有豹子才能做到这一点。"
> "那我们快走吧"，索努说，"它可能还在附近！"
> "不，这里没什么可吃的了，它现在应该到别处猎食了，也许它已经转移到下一个山谷了。"
> "不过，我还是很害怕"，索努说，"可能还有更多的豹子！"
> 比娜拉着他的手说道："豹子不会攻击人！"
> "它们会的，倘若它们喜欢人体的味道的话！"普拉卡什坚持说道。
> "哦，但这只豹子还没攻击过任何人。"比娜说道，尽管她对此不能确定。

---

[1]　BOND R. The Essential Collection for Young Readers［M］. New Delhi：Rupa Publications India Pvt Ltd，2015：136.

不是有传言说有只豹子袭击了大坝附近的一些工人吗？但是，为了不让索努感到害怕，她没有提起此事，她只是说："它可能是因为大坝附近的一切活动才来这里的。"①

比娜是邦德的代言人。从上述三个孩子之间的讨论可知，比娜同邦德一样认为：豹子等动物不会无缘无故地攻击人；为了在山林中建设大坝，人类不断炸山、毁林，结果导致豹子等野生动物被迫离开其天然栖息地，这是它们不得不到人类居住地附近活动的一个主要原因。

在故事的第五部分，拉莫拉老师组织了一次户外野餐活动，目的地是大坝建设用地附近。野餐期间，拉莫拉老师和马尼老师就是否应该在山林中兴建特赫里大坝（Tehri Dam）发生争论。拉莫拉老师主要阐述了大坝的益处，而马尼老师主要阐述了大坝的弊端。

刚步入老年期的马尼老师是个因循守旧的传统主义者，他因主要看到了大坝建设对当地生态环境的破坏而反对大坝建设。而刚参加工作的年轻教师拉莫拉是一位追求变革的老师，她因主要看到了大坝建设对发展的益处而支持大坝建设。保护与发展是矛盾体的两个方面，不易兼顾。到底是要生态环境保护，还是要经济和社会的发展，这是该故事关注的一个主要问题。

在自然生态系统中建设大坝是一件必须慎之又慎的大事。现代人在自然中开展的一些有悖于生态环保理念的发展项目，特别是在山林中兴建水坝这类大型发展项目，不仅会导致一大批当地人背井离乡甚至流离失所，还会严重侵占非人类生物的天然栖息地，致使一些动物物种处于灭绝的边缘。对于非人类动物而言，天然栖息地的丧失在很大程度上意味着生命的终结。

大坝建设的利与弊都十分突出。文中展现了大坝建设的一些弊端。例如，大坝建设会破坏大山生态系统。马尼老师和拉莫拉老师目睹山体被炸的场景后，进行了简单的辩论。两人就大坝建设是否会导致大山生态系统的退化持有不同的看法。对拉莫拉老师来说，爆破大山仅仅是在爆破物质，但对马尼老师来说，这不仅仅是在爆破物质，更是在"终结大山"②。在马尼老师心中，大山并不仅仅是由岩石和泥土构成的无生命的物体，更是一个包含着丰富多样的非人类生

---

① BOND R. The Essential Collection for Young Readers [M]. New Delhi：Rupa Publications India Pvt Ltd, 2015：142—143.

② BOND R. The Essential Collection for Young Readers [M]. New Delhi：Rupa Publications India Pvt Ltd, 2015：144.

命，并且与山外丰富多样的生命紧密相连的存在物。从某种意义上说，马尼老师是邦德的代言人。邦德通过马尼老师之口表达出他对大坝决堤事件的担忧。马尼老师认为："大坝位于地震带，是一个威胁。如果大坝决堤，将会带来可怕的灾难！"① 马尼老师深知，在地震带建设大坝无论是对当地人还是当地的非人类生物都构成了严重的威胁。拉莫拉老师坚持认为，大坝建设具有诸多益处，例如，"将为该地区大片区域以及周边地区带来电力和灌溉用水"②。拉莫拉老师认为，大坝建设是解决当地以及周边地区发电和供水问题的重要举措，但她忽视了大坝建设给许多生物及其自然栖息地带来的巨大破坏。她主要用供水和发电这两个主要益处来支持大坝建设，却不能给出其他的理由，因而她难以就此话题辩论下去，只得转移话题。

邦德在很大程度上对大坝建设持反对态度，他认为大坝建设无论是对当地居民还是野生动物都构成了严重的威胁。当地人被迫离开其世代生存的家园，迁到陌生之地谋生。野生动物因失去其世代依存的栖息地而面临死亡甚至物种灭绝的风险。随着时间的推移，平原上的城镇居民将会感受到大坝建设给他们的生活带来的重要影响。但是，大山附近的乡村人已经明显感受到大坝建设给他们以及动物的生活带来的负面影响，"人们一直在谈论……因大坝建设而不得不离开家园的豹子等动物"③。

由于大坝建设给野生动物的栖息地带来了巨大破坏，因而如今越来越多的动物游荡在人类居住地附近。例如，如今夜间豺狼的叫声增多，豹子出没于人类生活环境中的次数增多，豹子沦为食人豹的可能性大增。随着大坝四周森林面积的锐减，尤其是鹿等天然猎物的不断减少，豹子不得不把山村及其周边地带作为捕食区域，"开始攻击村庄附近的狗和牛"④。

比娜深知豹子等动物出没于人类生活区域的原因。在她看来，豹子就像大

---

① BOND R. The Essential Collection for Young Readers [M]. New Delhi：Rupa Publications India Pvt Ltd, 2015：144.

② BOND R. The Essential Collection for Young Readers [M]. New Delhi：Rupa Publications India Pvt Ltd, 2015：145.

③ BOND R. The Essential Collection for Young Readers [M]. New Delhi：Rupa Publications India Pvt Ltd, 2015：136.

④ BOND R. The Essential Collection for Young Readers [M]. New Delhi：Rupa Publications India Pvt Ltd, 2015：148.

多数其他动物一样，"可能是因为大坝附近的各种活动而来这里的"①。虽然豹子出现在人类的生活环境中，甚至与孩子们不期而遇，但它却没有攻击他们。

由于马尼老师从小就生活在大山生态环境中，时常探索野生森林，因而他对当地的生态环境怀有深深的感情，他担忧生态环境因大坝建设而遭受破坏。马尼老师的观点给比娜带来些许启发，她继而从更宽广的角度思考大坝决堤的危害："她想知道，该地区的动物会怎么样？"② 动物们丧失赖以生存的天然栖息地后，将面临死亡甚至灭绝的危险，这是大坝建设给当地动物造成的最严重危害。

在故事的第六部分，作者通过比娜和拉莫拉老师之间的讨论，凸显大坝建设对当地居民的不利影响。到达大坝建设的所在地后，比娜发现工程人员已经在山体中挖出一条宽宽的隧道，该隧道可以将河水引向入另一河道。作者通过比娜之口揭露出大坝建设给城镇带来的一个主要危害，即大坝里流出的水可能会淹没附近的城镇，包括"钟楼、旧宫殿……长长的集市，以及寺庙、学校、监狱，还有在山谷中绵延数英里的成百上千座房屋"③。比娜向拉莫拉老师问道："整个城镇会不会被大坝流出的水吞没？过去没有大坝，他们（当地人）过得很开心，难道不是吗？如今此地无论发生什么事，都无所谓吗？"④ 比娜提出的上述问题使拉莫拉不知如何应答，拉莫拉只是一味地阐述大坝建设的益处。拉莫拉说道："但大坝不仅仅是为了他们（当地人），也是为了生活在下游以及平原上的数百万人……当地人可以在其他地方获得新家园。"⑤ 拉莫拉认为，为了给大坝建设让路，住在特赫里地区的人可以迁到平原地区，在那里建立新家园。但对于比娜而言，她认为当地人迁到平原后的生活将是痛苦的、无法忍受的，"一个城镇和数百个村庄被迁移，安置在天气炎热、尘土飞扬的平原上的某

---

① BOND R. The Essential Collection for Young Readers ［M］. New Delhi：Rupa Publications India Pvt Ltd，2015：143.
② BOND R. The Essential Collection for Young Readers ［M］. New Delhi：Rupa Publications India Pvt Ltd，2015：145.
③ BOND R. The Essential Collection for Young Readers ［M］. New Delhi：Rupa Publications India Pvt Ltd，2015：146.
④ BOND R. The Essential Collection for Young Readers ［M］. New Delhi：Rupa Publications India Pvt Ltd，2015：146.
⑤ BOND R. The Essential Collection for Young Readers ［M］. New Delhi：Rupa Publications India Pvt Ltd，2015：146.

个地方，这对她来说似乎是无法忍受的"①。

故事的第七部分主要描述了老师和学生们旅行归来时的情景。他们到达诺蒂村时，已是深夜，因而大多数孩子只能待在那里。夜间，他们听到一只毛冠鹿发出尖锐的叫声。鹿是豹的天然猎物，而今山林中的鹿所剩无几，加上大坝建设摧毁了大面积的森林，因而豹子开始袭击村庄附近的狗和牛。该部分以豹子杀死毛冠鹿这一情节结束。

在故事的第八部分，邦德描述了喜马拉雅山区的自然灾害。六月，山区天气干燥，尘土飞扬，森林火灾导致许多灌木、树木、鸟类和动物的死亡。科里村没有受到火灾的影响，但诺蒂村却被大火包围了近三天。孩子们不得不停学三日。六月底，随着季风雨的到来，火灾结束。一天，孩子们在上学途中听到低沉的雷声，雷声越来越大。他们抬头望对面的山，发现有几棵树在摇晃，土壤和岩石隆起，紧接着发生了山体滑坡。上学的路被冲毁，孩子们只得返回家中。

在故事的第九部分，孩子们又三天没去上学。比娜害怕耽误期末考试。普拉卡什找到另一条通往诺蒂村的路，不过这条路比之前的路要长一英里，但比娜对此毫不介意。新路唯一的问题是它靠近豹子的巢穴。孩子们顺着这条新路上学时，一只豹子突然出现在他们附近。这次相遇无论是对孩子们还是对豹子来说都是始料未及的。邦德认为野生动物不会无缘无故地攻击人，这一点在此次相遇中得到充分的体现。文中写道："他们站在原地一动不动。他们不敢动，也不敢说话。而豹子肯定也感到惊讶，它盯着他们看了几秒，然后飞快地穿过小路，进入橡树林中。"②

就像《逃离爪哇》中的鲨鱼在自己的栖息地生活时没有伤害那些为了逃难而乘坐橡皮筏穿越大海的人一样，《比娜的长途跋涉》中的豹子也没有伤害那些为了上学而不得不经其栖息地的孩子。几天后，三个孩子看到一只母豹带着两只幼崽站在远处的岩石上。母豹看起来十分威严，它完全不理睬三个孩子，因为它知道他们还只是孩子。

"它知道我们在这里，"普拉卡什说，"但它不在意，它知道我们不会伤

---

①　BOND R. The Essential Collection for Young Readers［M］. New Delhi：Rupa Publications India Pvt Ltd, 2015：146.

②　BOND R. The Essential Collection for Young Readers［M］. New Delhi：Rupa Publications India Pvt Ltd, 2015：149.

害它们。"

"我们也是幼崽！"索努说。

"是的，"比娜说，"而且仍有足够的空间供我们所有人使用。即使大坝建成，豹子和人类仍有生存空间。"①

比娜作为邦德的代言人，她像邦德一样对动物和人的未来满怀希望。在她看来，尽管人和动物的生存空间都在变小，但是，人和动物和谐共享有限生存空间的美好愿景依然能够实现。

在故事的最后一部分，作者展现了三个孩子的梦想。期末考试结束了，雨季也结束了。在学期的最后一天，比娜、普拉卡什和索努在放学回家的路上谈及他们将来想从事的职业。索努想当飞行员，普拉卡什想当长笛演奏家，比娜想当老师。文中写道：

"我想我会成为一名教师，"比娜说，"我要教孩子们有关动物、鸟类、树木和花卉的知识。"

"教这些比教数学好！"普拉卡什说。②

如今，大多数青少年都想从事一些有利于他们谋生和赚钱的职业，但是比娜却愿意当一名能够教孩子们自然知识的教师。邦德希望更多的青少年乐于学习自然知识，并乐于从事将自然知识传递给下一代的职业。

印度学者珀·高希（Peu Ghosh）在她的《印度政府与政治》（*Indian Government and Politics*）一书中指出，大坝建设这样的大型建设项目将导致"文化灭绝"（cultural genocide，简称 culturocide）和"生态灭绝"，这两类灭绝分别代表着建设项目对当地文化和生态环境的系统性破坏③。无论是比娜、马尼老师还是邦德本人，他们或许都是因为担心大坝建设将导致"生态灭绝"和"文化灭绝"而反对在山林中建设大坝。

二、《风筝匠》：城市化对自然、人性和传统文化的侵蚀

《风筝匠》（"The Kitemaker"）主要对比了年老的风筝匠迈默德（Mehmood）

---

① BOND R. The Essential Collection for Young Readers ［M］. New Delhi：Rupa Publications India Pvt Ltd, 2015：150.

② BOND R. The Essential Collection for Young Readers ［M］. New Delhi：Rupa Publications India Pvt Ltd, 2015：151.

③ GHOSH P. Indian Government and Politics ［M］. New Delhi：PHI Learning, 2017：410.

往昔的美好生活和他如今的不幸生活，揭露了现代文明尤其是城市化对人性、自然、传统文化以及伦理道德的侵蚀。迈默德曾是一名技艺娴熟的手工艺人，他制作风筝的手艺备受称赞。迈默德怀念过去的美好时光，当时放风筝是一项颇为流行的户外活动。今不如昔。如今在吞噬人性的物质主义、吞噬自然的混凝土丛林、令人窒息的现代生活的影响下，放风筝这项曾经颇有意义的消遣方式和做风筝这项传统手艺在慢慢消失，曾经开阔的放风筝场地也已不复存在。而今，迈默德老人只能通过为其孙子阿里（Ali）做风筝来寻找存在的意义和价值。

故事开篇处，阿里的风筝卡在一棵老榕树上，于是他光着脚匆匆跑回家向祖父求助。祖父独自静静地坐在后院，回忆过去人与自然之间的和谐关系。男孩的求救声打断了他的思绪。祖父知道阿里年纪尚小，不太会放风筝，因而丝毫没有责怪他。祖父用竹纸和细丝又为阿里做了个风筝，这个风筝有条绿色的小尾巴。他把风筝交给阿里，阿里亲吻他凹陷的脸颊以示感谢。在男孩心中，这是祖父送给他的珍贵礼物，他向祖父承诺不会再丢失风筝，他会让它像鸟儿一样飞向高空。

故事发生地的周围是不断蔓延的现代化城镇。无序蔓延的城镇化和商业化吞噬了田园诗意之地，"城市吞噬了那片从旧堡垒的墙壁一直延伸到河岸的开阔草地"[1]。美丽、开阔的草地曾是放风筝的理想之地，是众人尤其是儿童的乐园，而今却被不断蔓延的城镇"吞噬"。在现代文明尤其是现代经济发展模式的侵蚀下，当地人将土地视为商品，仅看到土地的工具价值。这里，作者揭露了快速城镇化和商业化对人和自然的负面影响：第一，曾经生气勃勃的户外乐园变为了喧嚣而浮躁的城市；第二，在现代快节奏生活模式的影响下，人们再也不能像天真无邪的孩童一样去享受放风筝这一户外消遣活动。

以"草地"为代表的原野被城镇不断吞噬，与之相伴的是，迈默德曾经平静而充实的内心逐渐被掏空。挪威环境伦理学家阿恩·奈斯在其文章《自我实现：个体存在于世上的生态途径》（"Self-realisation：An Ecological Approach to Being in the World"）中阐述了个体与地方的关系，他认为个体与地方的关系是构成自我的重要组成部分，倘若地方被摧毁，那么，个体内心深处的某些东西

---

①　BOND R. The Kitemaker：Stories［M］. New Delhi：Penguin Books India Pvt Ltd, 2011：210.

会随之消失①。十年前，迈默德同其所在的"地方"之间的关系是相互连接的、和谐一体的，那时他做的风筝引人瞩目。尽管当时做风筝比较辛苦，但是他乐在其中。十年后，相互联结、和谐一体的关系被肢解。曾经从迈默德那里买风筝的孩子如今已长大成人，他们在城镇化趋势和快节奏生活模式的影响下，为了生计而四处奔波，他们无暇停下脚步和老人一起追忆往事。迈默德因无法顺应现代潮流而心生失落感、徒劳感、虚无感。

美国生态科学家博特金（Daniel B. Botkin）曾指出："只要我们相信不受干扰的大自然是不变的，我们就有了一个可以评判我们行为的简单标准。假如我们是平静池塘里的一个倒影，且我们在池塘边的位置既明显又固定，那么，这一倒影将为我们提供一种令人欣慰的连续感和永恒感。放弃这一信念将会让我们陷于一种极端的生存状态：我们就像一只行驶在时间之海中的没有锚的小船；我们多么渴望能在海岸边找到一个避风港。"② 博特金通过上述比喻告诉我们：只要我们人类守好自己的本分，不越界，不干扰自然，我们就可以与自然建立和谐的关系，就可以实现诗意的生存；否则，人类就如同无根的流浪者、无锚的小船一样，永远无法找到可以安放其疲惫身心的温馨家园。澳大利亚环境哲学专家弗雷亚·马修斯（Freya Matthews）曾就身体、意识和生态系统三者之间的关系写道："所指的个体不单单是由个体的身体以及个体的自我或意识构成的。我的一部分确实是由与我最直接相关的身体和精神结构构成的，此外，我也是由我同我所处的环境中的其他组成部分之间的生态关系构成的。在这种生态关系中，我的身体和意识的结构得以确立。我是我所在的生态系统的一个组成部分。"③ 在过去，迈默德老人是其所在的"地方"乃至"生态系统"的一个有机组成部分，他同其所在的"地方"中的其他组成部分建立了和谐一体的生态关系。在这样的关系中，他能确立自己的"身体和意识的结构"，他能实现身心合一，能够找到自我，能够实现诗意的栖居，因而他是开心的、知足的。而今，由于人类肆意开发自然，曾经和谐的关系被摧毁，曾经可以安放心灵的温馨家园已不复存在。老人曾经与地方中的其他成员之间的和谐关系已被肢解，曾经牢固的"身体和意识的结构"已变得松散，因而他就像"无根的流浪者"

① NAESS A. Self – Realisation：An Ecological Approach to Being in the World ［J］. The Trumpeter，1987，4（3）：35-42.

② BOTKIN D B. Discordant Harmonies：A New Ecology for the Twenty-first Century ［M］. New York：Oxford University Press，1992：188-189.

③ HILTNER K. Milton and Ecology ［M］. Cambridge：Cambridge University Press，2003：12.

一样，身心分离，找不到自我，感到空虚、迷惘、惆怅。

和迈默德相伴的，除了他的孙子阿里之外，还有一棵老榕树。十年前，老榕树及其周边地区是众人欢聚之地，而今只有迈默德还愿意和老榕树相伴。作者哀叹老人和老榕树相似的命运："两者都像永恒的固定装置，他们对于周围的那些喧闹的、流着汗的人来说毫无用处。"① 老人和老榕树曾经为人们带来许多欢乐，做出许多贡献，如今却被众人无视，甚至被抛弃，沦为"毫无用处"的存在物。在当代人眼中，老榕树和老人已丧失价值和用处。以老榕树为代表的非人类自然物，并不是低人一等的客体或他者，而是同人类息息相关且同人类共享生态空间的存在物，它们理应受到人类的尊重和关怀。同理，以迈默德为代表的现代社会中的老人并不是低人一等的他者，他们具有情感需求，他们害怕孤独，他们需要关怀。当代人对自然、老人、传统文化的无视，及其道德观念的弱化，是现代文明畸形发展的结果。

三、《逃离爪哇》：现代战争给人类和自然带来的灾难

邦德不仅通过书写人类对森林、大山和动物的肆意破坏来凸显自然遭受的严重创伤，而且还通过书写战争对人类和自然的破坏来凸显世界末日般的景象。据记载，从公元前 3200 年到公元 1964 年这 5164 年里（期间和平的时间只有 329 年），世界上共发生战争 14513 万次，这些战争致使 36.4 亿人丧生。二战之后的 50 年间，共爆发了 500 多起局部战争（期间和平的时间只有 26 天），这些战争致使近 1000 万人死亡。战争所造成的最恶劣影响体现在两大方面：一是戕害人类生命；二是破坏生态环境，戕害非人类生命。随着社会的发展和科技的进步，自然生态系统的和谐性与稳定性不断遭受各种因素的威胁，其中战争是最具威胁性的因素之一。从某种意义上说，战争对自然生态系统的破坏属于可确定的生态灭绝。战争的发生在很大程度上源于人性的丧失、欲望的膨胀和思想的贫乏，正如伦理学研究者陈泽环所言："我们现在能看到思想贫乏，它低估生命。对于可以用理性力量加以解决的争端，我们却诉诸战争。然而，谁也不会是胜利者。战争毁灭了成百万人，还给成百万无辜的动物带来了痛苦和死亡。为什么？我们还没拥有敬畏什么的最高的理性主义。正因为我们还没有拥有这

---

① BOND R. The Kitemaker：Stories［M］. New Delhi：Penguin Books India Pvt Ltd, 2011：211.

种伦理，各民族就相互残杀，并使大家陷于恐怖和畏惧之中。"①

地球上的自然资源十分有限，有限的自然资源不仅是人类与非人类竞相争夺的目标，也是世界各国竞相争夺的目标。世界各国对资源的争夺通常会引发战争，而战争不仅会让人类付出沉重的代价，也会给大自然带来巨大的破坏。美国奥古斯塔州立大学和平经济学研究专家尤尔根·布劳尔（Jurgen Brauer）教授强调了战争对自然资源的巨大损耗，他认为战争影响到地球上所有的有机的或非有机的、人类的或非人类的组成部分，"制造每一颗子弹，建造每一间营房，起航的每一艘战舰，都要消耗自然资源。没有人知道需要消耗多少资源，即便是近似值也很难计算出来"②。像布劳尔一样，邦德也深刻体会到战争给人类和自然带来的巨大破坏。为此，他在《逃离爪哇》（"An Escape from Java"）中着力展现现代战争给人类社会和大自然带来的危害，表达出他对战争的反感以及对和平的向往。

《逃离爪哇》的主人公兼第一人称叙述者是一个名叫罗斯金（Ruskin）的九岁男孩。故事背景是第二次世界大战期间，准确来说，是日本及其盟国占领并控制印度尼西亚爪哇岛大部分区域的时候。该短篇通过展现罗斯金在战争期间的所见、所闻、所感，以及他和他的父亲逃离战火纷飞的爪哇岛的艰难过程，使读者们真切感受到战争的残酷性，尤其是战争给人类和自然带来的巨大破坏。

罗斯金的父亲在位于爪哇的一家橡胶制品经营公司工作。由于日本侵略者对新加坡领土的大肆侵占，有传言说爪哇很快也会沦陷，传言的依据是荷兰（当时印度尼西亚是荷兰的殖民地）的实力难以匹敌英国，因而荷兰难以抵御日本侵略者的入侵。

故事开头，作者描述了战争对美丽自然物的摧残，"当第一批炸弹落在巴达维亚（现称雅加达）时，决明子树才刚刚开花，亮粉色的花朵散落在街道上的残骸上"③。美丽的花代表着生机勃勃的自然，而如今花儿因炸弹的轰炸而早早凋落，落在街道上的残骸上，这一落败的景象凸显出战争对自然的摧残。

战争不仅摧毁了自然生态环境，也扰乱了人们的日常生活，吞噬了世间的

---

① 陈泽环，朱林．天才博士与非洲丛林：诺贝尔和平奖获得者阿尔贝特·施韦泽传[M]．南昌：江西人民出版社，1995：157.

② ELVEY A，DYER K，GUESS D. Ecological Aspects of War：Engagements with Biblical Texts[C]．New York：T & T Clark，2017：70.

③ BOND R. Dust on the Mountain：Collected Stories [M]．New Delhi：Penguin Books India Pvt Ltd，2009：359.

宁静、自由与和平。例如，天空中飞行的战机尤其是战机的狂轰滥炸，成了人们心中的阴影，他们不得不躲藏在室内。对罗斯金而言，甚至放风筝这样一个在和平年代极其平常的消遣活动都难以实现，"轰炸很快导致放风筝活动的结束。空袭警报不分昼夜地响着。尽管一开始大多数炸弹都落在离我们居住地几英里远的码头附近，但我们还是不得不躲在室内"①。由于战壕数量较少，人们不得不躲在床或桌子下面。罗斯金叙述道："我不记得是否有战壕。可能当时根本没有时间去挖战壕，而现在仅有时间去挖坟墓了。"②"仅有时间去挖坟墓"暗示出因战争而亡的人数之多。

战争导致许多无辜的人沦为环境难民（environmental refugee）。罗斯金目睹了他父亲办公楼旁边的一栋建筑被炸弹击中的景象，建筑里的人无一生还。同父亲一起站在码头的时候，罗斯金看到一艘来自新加坡的船，船上载着为迁往某个无战事的地方而不得不离开故土的逃难者，他们脸色苍白，身心疲惫，神情忧伤。他们是环境难民的一个缩影。环境难民不仅是指因地震、火山爆发、洪水、海啸等自然灾害而逃离家园的人，还指那些"因迫害、压迫、战争等原因而逃离家园的人"③。故事中的环境难民属于因战争原因而逃离家园的人。

在战争年代，少年依然喜爱户外体验。尽管空袭不断，但是罗斯金和他的朋友索诺（Sono）依然冒险到户外野餐。两人在回家途中因迷失方向而来到一个陌生之地。此时，日本飞机刚好飞到此地并对该地进行轰炸。幸运的是，两个男孩奇迹般地活了下来。

由于战况不断恶化，父亲决定迁到印度避难。父亲的一位荷兰同事胡肯斯先生（Mr. Hookens）开车带他们穿过安静的街道，经过一个个"被烧毁的卡车和被摧毁的建筑"④。不久，城市被抛在身后，他们爬上了被森林覆盖的山丘。夜晚的森林本该是安静的、祥和的，但是在战争时期，森林的寂静却被"战机

---

① BOND R. Dust on the Mountain：Collected Stories［M］. New Delhi：Penguin Books India Pvt Ltd，2009：359.

② BOND R. Dust on the Mountain：Collected Stories［M］. New Delhi：Penguin Books India Pvt Ltd，2009：360.

③ PAEHLKE R C. Conservation and Environmentalism［C］. Chicago：Fitzroy Dearborn Publishers，1995：259.

④ BOND R. Dust on the Mountain：Collected Stories［M］. New Delhi：Penguin Books India Pvt Ltd，2009：365.

的嘤嘤声打破"①。战争剥夺了人类和非人类生命享受平安之夜的权利。

文中对野生动物及其栖息地有不少诗意的描述，这有助于读者从轰炸所引发的紧张和恐惧氛围中暂时解脱出来。文中描述道："偶尔会出现一只巨松鼠（一种大型爪哇松鼠），它因被过往的卡车惊吓而在林中不断跳跃，然后消失在森林深处。我们看到了孔雀、丛林鸡等许多的鸟，还有一次，我们看到一只冠鸽威严地站在路边，尽管它在远处，但它巨大的体型和华丽的羽毛却引人注目。"② 战争致使松鼠、孔雀、冠鸽等非人类生命像人类一样四处逃亡。

大自然能够激发人的活力，给人以希望。艰辛的逃难历程使人身心疲惫，但是海鸥的突然出现唤起了他们的活力，赋予他们以希望，激励他们以乐观的心情继续前行。文中写道："我们看到了海鸥。这是一个可靠的信号，表明陆地离我们不会太远了。"③ 逃难者看到鲜活的海鸥，仿佛看到了重生的希望，他们因此重获生存力量，忘却所有的痛苦，继续一步步地前行。

邦德通过对逃难者和鲨鱼之关系的描述，以及对逃难者和鲨鱼的品格的鲜明对比，凸显出动物和自然的优点以及人类和现代文明的缺点。在人类眼中，鲨鱼通常是凶恶的代名词，具有极大的破坏性，但在此故事中，鲨鱼被描绘为一种十分仁慈的动物。当一些逃难者乘坐橡皮筏穿越大海的时候，有一只鲨鱼一直尾随他们。虽然鲨鱼紧跟在他们后面，但它丝毫没有攻击他们的意图。可恨的是，面对不愿意攻击人的鲨鱼，橡皮筏上的一个人自以为是，竟然用鞋子砸鲨鱼，这预示着人类和非人类之间的和谐关系将要遭受破坏。幸运的是，鲨鱼仍然没有攻击他们。人和鲨鱼的品格在此处得到鲜明的对比。在现代文明世界，人类不惜动用大规模杀伤性武器杀害同类以及无数的非人类自然生命。但是，在象征自然的大海中，强大而危险的鲨鱼不仅没有伤害逃难者，甚至饶恕个别挑衅者，它试图维持人类世界和非人类世界之间的和谐关系。故事以所有的逃难者被一艘缅甸渔船拯救结束。

邦德试图通过《逃离爪哇》这一故事让我们明白这样的道理：战争不仅会危害人类生命，破坏人类世界，也会危害非人类生命，破坏大自然；战争不仅

---

① BOND R. Dust on the Mountain：Collected Stories ［M］. New Delhi：Penguin Books India Pvt Ltd，2009：365.

② BOND R. Dust on the Mountain：Collected Stories ［M］. New Delhi：Penguin Books India Pvt Ltd，2009：365.

③ BOND R. Dust on the Mountain：Collected Stories ［M］. New Delhi：Penguin Books India Pvt Ltd，2009：372.

会破坏人与人、国与国之间的和谐关系，也会破坏人类与非人类之间的和谐关系。邦德借此故事呼吁人类要反对战争、停止战争，反对战争和停止战争就是在保护人类和非人类生命，就是在保护人类和非人类共享的地球家园。

四、《猫的眼睛》：畸形教育体制下"猫"向豹子的转变以及对压迫者的反抗

邦德创作儿童文学作品时，善于从印度民间传说中获取创作灵感。他的《猫的眼睛》（"Eyes of the Cat"）受到了印度民间某一传说的启发。在该传说中，人会变为怪异的动物，借以惩罚他们的敌人，进而伸张正义。《猫的眼睛》展现了在现代畸形教育体制下的玛代姆（Madam）这位嚣张跋扈的教师对小女孩宾雅（Binya）的支配和剥削，以及宾雅对玛代姆的反抗。从某种意义上说，玛代姆代表着高高在上的人类，而宾雅代表着长期被人类支配的温顺而弱小的动物。

在玛代姆经营的一家女子私立学校里，宾雅因家境贫寒而成为玛代姆嘲笑、奚落和侮辱的对象。另外，宾雅性格内向，不会阿谀奉承老师，当老师嘲笑她时，她总是沉默不语。文中讽刺了畸形的现代教育体制："在玛代姆的私立女子学校，阿谀奉承已成为课程的一部分。"① 不会阿谀奉承的宾雅经常遭受老师的嘲笑，成了被边缘化的"他者"。该校有个受玛代姆控制的"猫咪社团"（Kitten Club），该名字颇具讽刺意味。一般而言，"猫咪"是温顺、可爱、懂事、听话等好性格的代表词。在玛代姆的支配下，社团中的女生必须像猫咪一样天真、无邪、温顺、听话、懂事，否则就会遭受训斥或惩罚。

在邦德笔下，宾雅被赋予了两种身份：一种是处于正常状态（人形状态）下的宾雅，在此状态下的她是一个弱小、温顺、遵从一切规定的小学生；另一种是处于非正常状态（兽形状态）下的宾雅，在此状态下的她突破传统的自我，转变为一只拥有绝对自由和独立性的黄褐色豹子。

下午放学后，宾雅在她的两个朋友乌莎（Usha）和苏尼塔（Sunita）的陪伴下回家，两个朋友哀叹老师对宾雅做过的蠢事。宾雅想抄近路——穿过森林——回家，于是她告别了两个朋友。她不害怕在夜间独行于橡树林中的荒凉小道上。无论是作为一个小女孩还是作为一只豹子，宾雅待在山林中时感到自由自在，她没有表现出任何的恐惧或忧虑。夜空中满月的出现对宾雅而言具有

---

① BOND R. Panther's Moon and Other Stories [M]. New Delhi: India Puffin, 1991: 57.

特殊的意义，这意味着她变身为豹子的时机到了。回到家后，她没吃饭就进入了自己的小房间，在房间里慢慢变成了一只豹子。宾雅化身的豹子虽然和普通的"猫咪"都属于猫科动物，但却是猫科动物家族中极为凶猛且对人极具威胁性的成员。

宾雅平时在玛代姆面前一直保持着听话、温顺的"猫咪"形象。被侮辱、折磨已久的宾雅不想再一味地忍受下去，她决定对玛代姆实施报复。那晚，当玛代姆还没有回到自己家的时候，宾雅化身的豹子提前来到玛代姆的家门口，静静地卧在台阶上，"像听话的女生那样耐心地等待着"①。接着，作者描述了豹子对玛代姆的报复："玛代姆刚一看到卧在台阶上的豹子，便丢下手提包，张嘴想尖叫。但是，还没等她发出声，她的舌头已经变得无用，既不能用来品尝咖喱鸡肉饭，也不能用来嘲笑她的学生了，因为豹子已扑向她的喉咙，扭断了她的脖子，把她拖入了灌木丛中。"②

该故事具有两层象征意义。从第一层意义上看，傲慢、自负的玛代姆对弱小、沉默的宾雅的主宰，象征着人类中心主义者对动物尤其是被人类圈养的动物的主宰。如果人类一味地贬低、剥削、压榨非人类动物生命，或许终有一天，它们会像宾雅化身的豹子一样报复人类。从第二层意义上看，在畸形的现代教育体制下，小学生被驯服得像猫咪一样天真、无邪、温顺、听话、懂事，他们的个性和自由被抹杀，他们身心失衡，出现各种各样的心理问题，最终可能会做出伤害他人的事情。该故事对于我们协调人与自然、学生与教师之间的关系具有一定的启示意义。

第四节　对自然灾害的书写和深思

人具有复杂多变的情绪，有时喜，有时怒。同样，大自然也具有复杂多变的情绪，有时温柔，有时暴怒。火、水、风、雨等都是大自然的基本组成部分，它们都具有多变的情绪。例如，小火能给人以温暖，但是小火一旦失控，将变为熊熊大火甚至火灾，继而将给人类和非人类生命带来灾难。同样，和煦的风

---

① BOND R. Panther's Moon and Other Stories [M]. New Delhi: India Puffin, 1991: 59.
② BOND R. Panther's Moon and Other Stories [M]. New Delhi: India Puffin, 1991: 59.

有时可以变为猛烈的飓风，缓缓流淌的山间小溪有时会变为极具摧毁力的山洪。简言之，大自然具有两面性，能够对人产生正反两种巨大的力量："一是助力。自然界的光线、空气、食物、饮料，在常态之下都是扶助人类生长的东西……二是阻力。例如狂风、暴雨、水患、旱灾、虫害种种，都是自然界与人为难的东西。"① 法国浪漫主义作家维克多·雨果（Victor Hugo）也曾强调大自然的两面性，他写道："大自然是善良的慈母，同时也是冷酷的屠夫。"② 如今，洪水、火灾、干旱、地震等自然灾害发生的频率比以往任何时期都要高。或许是大自然在以这些可怕的方式让人类认识到曾经对自然犯下的错误，进而反思该如何与自然和谐相处。

在邦德心目中，大自然具有两面性，她不仅具有温柔的性格，也具有暴怒的性格；她不仅能够造福于人类和非人类，也能够毁灭人类和非人类。邦德在接受阿米塔·阿加瓦尔的采访时就这一点说道：

> 在过去的四十年里，我一直亲近大自然。在我的小说中存在着人与自然的斗争。而那些与自然共存的人总能生存下来，比如《西塔与河流》中的女孩西塔以及《月亮下的黑豹》中的比斯努。我相信，大自然既有温柔的一面，也有破坏性的一面，但占主导地位的是温柔的一面。我的作品展现了大自然的真实面貌。③

邦德在《自然之书》（*The Book of Nature*）的引言中更深入地表达了他对自然两面性的看法：

> 自然就在那里，等我们去欣赏、去理解、去栖居、去热爱。它以自己的方式给予我们一切，其中包括大地、海洋和天空给予我们的慷慨恩赐，食物、水、我们呼吸的空气，以及所有被我们视为理所当然的存在物。
>
> 有时，当我们把自然的慷慨当成理所当然，或者滥用它的慷慨时，它就会转而与我们作对，它释放出地震、海啸、台风、洪水、干旱等力量，将我们击垮。但随后，自然又平静下来，恢复了它的慷慨，因为这一切都

---

① 陶行知. 陶行知全集（第1卷）[M]. 成都：四川教育出版社，2005：77.
② 转引自：肖辉，刘铁桥，肖蒙，等. 构建全球统一的生态环境治理法律运行机制探究[J]. 河北环境工程学院学报，2023，33（5）：23.
③ AGGARWAL A. The Fictional World of Ruskin Bond [M]. New Delhi：Sarup & Sons Publishers，2005：170.

与更新——季节和天气、阳光和黑暗、生长的紧迫性、种子和卵的可繁殖性——有关。尽管政权有兴衰，机器会生锈，高楼大厦会倒塌，但是，大山依然屹立不倒，江河依然流入大海，大地上依然草木葱茏。

大自然给予，然后带走，然后再给予。①

在邦德看来，人类是大自然的一分子，自然有时在人类面前表现出仁慈的样子，有时表现出愤怒的样子。自然对人类的态度通常取决于人类对自然的态度。如果人类善待自然、顺应自然规律，自然对人类十分慷慨，给予人类丰富的馈赠。如果人类蹂躏自然、滥用自然资源、违背自然规律，自然则会通过释放破坏性力量惩罚人类，夺走曾给予人类的所有馈赠。一旦经历灾难的人懂得敬畏自然，宽厚仁慈的自然仍会原谅人类，进而再次对人类慷慨起来，给予人类丰富的馈赠。

自然的两面性尤其是自然的破坏性在《骑车穿过火焰》《西塔与河流》等儿童短篇小说中得到了充分的体现。邦德通过对自然灾害以及人类和非人类在灾害面前的相似反应的书写，来引导人们尤其是儿童读者认识到人在自然面前的渺小和脆弱以及人类与非人类之间的平等关系，最终学会尊重自然、顺应自然和敬畏自然。

一、《骑车穿过火焰》：森林火灾对人类和非人类生命的巨大威胁

邦德在《比娜的长途跋涉》中曾描述过森林火灾的破坏力，尤其是森林火灾给生物多样性带来的不利影响，他写道："七月初，山丘干燥，尘土飞扬。森林大火爆发，摧毁了灌木丛和树木，杀死了鸟儿和小动物。松树上的松球致使树木燃烧得更为猛烈。风将树上的种子带走，带到干草和树叶之间，这样一来，新的森林就会在旧的森林消失之前孕育而生。"② 熊熊大火不断蔓延，剥夺了许多动植物生命。此外，大火象征着人类不可满足的欲望，人类过度的欲望导致自然景观看起来犹如世界末日。

数百万年前，地球上大部分的陆地被森林覆盖，那时的人类同动植物一样都是森林生态系统的有机组成部分，他们栖居林间，懂得如何与森林和谐相处。然而，随着时间的推移和文明的进步，森林面积不断萎缩。造成这一结果的原

---

① BOND R. The Book of Nature［M］. New Delhi：Penguin Books India Pvt Ltd, 2008：ix.

② BOND R. The Essential Collection for Young Readers［M］. New Delhi：Rupa Publications India Pvt Ltda, 2015：148.

因颇多，森林火灾是其中的一个重要原因。森林火灾包括可确定的森林火灾和不可确定的森林火灾。可确定的森林火灾一般是由人类导致的。不可确定的森林火灾一般是由自然力引发的。森林火灾带来的危害颇多，诸如：破坏生物栖息地；扰乱各种动物的正常生活；减少生物多样性，致使一些动植物物种灭绝；导致空气污染、水污染乃至全球变暖等。

《骑车穿过火焰》（"Riding through the Flames"）的主人公是一个名叫罗米（Romi）的十二岁男孩。该故事不仅描述了罗米冒险穿过森林大火的回家之旅，以及喜马拉雅山林中的野生动物面对火灾时的种种反应，也展现了森林火灾这一严重的生态灾难给人类和非人类生命带来的威胁和毁坏。

故事的第一部分从罗米离开他朋友家开始。离开朋友家时，罗米看到远处的森林里升起浓烟，他意识到森林起火了。朋友建议罗米当晚留在他家中，但罗米没同意，因为他父亲身体不好，他必须尽快把医生开的药带回家。罗米的父亲是个种甘蔗的农民，为了方便罗米上学，便给他买了一辆自行车。罗米家所在的村子离朋友家约有七英里远。罗米向朋友告别后，便骑着自行车飞快地离开了。

故事的第二部分描述了罗米骑自行车回家的旅程。没过多久，罗米便进入森林里。途中，一只流浪狗追着他狂吠，仿佛它已意识到即将到来的危险，因而警告罗米不要再前行。罗米鼓励它跟上，但由于烟越来越浓，它停止了追赶。尽管罗米闻到了木材燃烧时所散发出的浓浓气味，但他前方的路仍是畅通的。邦德在故事中对比了今昔的道路状况。平时这条路安静而空荡，但今日却充满了喧嚣和嘈杂。野生动物们因受到大火的侵扰而拼命逃生。文中描述了动物们拼命逃窜的场景："罗米看到的第一个动物是一只野兔，它从他所在的道路一跃而过。紧接着，又有几只野兔跃过去。接着，一群猴子涌了过来，它们因受惊而吱吱唧唧着。"① 森林是许多野生动物的天然栖息地，森林火灾对这些非人类生命构成了严重威胁。为了逃生，它们不得不离开自己的栖息地。

罗米同情那些拼命逃生的动物和鸟类。罗米意识到，大火难以越过道路，因而动物和鸟一旦到达路的另一边将会安全。突然，几只野鸡从快速行驶的自行车前低空飞过。为了不撞到它们，罗米急刹车，结果是从车上摔下来。尽管受了些伤，但他为自己的车没有撞到动物而感到幸运。文中描述道："他现在骑

---

① BOND R. The Rooms of Many Colours [M]. New Delhi: Penguin Books India Pvt Ltd, 2009: 42.

得慢了一些，因为鸟类和动物不断地从灌木丛中出来。不仅有野鸡，也有一些更小的鸟儿——鹦鹉、丛林乌鸦、猫头鹰、喜鹊——从路上飞过，空气中充满了它们的叫声。"① 由于火势的不断蔓延，大量无助的动物或鸟类不断地从灌木丛中跳出或飞出，它们在拼命求生。动物或鸟类仓皇逃生的景象令罗米对它们心生怜悯之情。

随着罗米的不断前行，他离红色而炽热的火焰越来越近。野生动物们的尖叫声和树木的燃烧声越来越大。他第一次对火产生恐惧。

在故事的第三部分，罗米遇到八岁男孩泰儒（Teju）。泰儒是附近村庄中的一个送奶工的儿子。罗米认出了他，骑车载着他一起前行。泰儒不停地敲打着他的牛奶罐，以提醒动物们远离自行车。泰儒告诉罗米，他在路中间见到一条蟒蛇，然后小心地从它身上迈了过去。

一条河把森林和甘蔗地隔开。罗米认识到这条河能够阻止火势的蔓延，大火一旦蔓延到河边，便无法再蔓延下去。因此，无论是动物们还是两个男孩都朝河边跑去。罗米和泰儒计划先到河上的小木桥那里。一旦到了那里，他们就安全了。

在故事的第四部分，当两个男孩听到越来越大的火声时，他们感到更加恐惧。路边一棵高大的丝棉树着火了，树上一根正在燃烧的大树枝掉落在路上，挡住了他们前行的路。男孩们不得不从自行车上下来，推着自行车绕行。直到离燃烧的树有一段距离后，他们才回到路上。

两个男孩接着看到一头脱离象群的大象。它焦急地站在道路中间，不知该往何方前行。当听到象群首领的紧急召唤后，它才离开道路。文中对此描述道：

> 大象离我们大约有四十英尺远。它不安地走来走去，大耳朵不停地扇动着，头左右转动着，不知该往哪边走。在左边的远处，那里的森林还未受到影响，一群大象在向河边移动。象群首领举起鼻子，发出呼叫声。道路上的那头象听到呼叫声后，也举起鼻子，发出回应的叫声。然后，它摇摇晃晃地朝着象群的方向走去，使道路变得畅通起来。②

---

① BOND R. The Rooms of Many Colours [M]. New Delhi：Penguin Books India Pvt Ltd，2009：43.

② BOND R. The Rooms of Many Colours [M]. New Delhi：Penguin Books India Pvt Ltd，2009：45.

　　在第五部分，罗米无视即将到来的大火，继续骑车前行。虽然罗米十分同情动物的遭遇，但他告诉泰儒，如果他们想活下来，就不能停下来救它们。他们途中遇到一只因受不了高温和浓烟而躺在路中间休息的胡狼，但罗米没有停下来救它。最后，他们来到河边，发现木桥已着火。

　　在故事的最后一部分，由于木桥已着火，罗米和泰儒别无选择，只好跳入河里。幸运的是，河水不深，他们安全到达河对岸，逃离了燃烧的森林。过河后，疲惫的他们坐在岸边休息。罗米突然想起父亲的药，不幸的是，药已被水浸湿。两个男孩幸存下来，但大火仍在林中蔓延，"他们看着大火继续在森林中蔓延。大火越过了他们来时的路。天空是鲜红色的，河水倒映着天空的颜色"①。罗米最初以为道路能够阻止大火的蔓延，然而事实却是，大火越过了道路。可见，人不能低估大自然尤其是大火的威力。

　　邦德通过描述和比较作为人类代表的罗米和作为非人类代表的蟒蛇、野鸡、大象、豺狼等动物在火灾面前的冒险前行及其在面对火灾时的反应，试图告诉我们如下道理：人类同非人类动物一样都是大自然的一分子，大自然对二者一视同仁，不会区别对待；大自然具有两面性，有时给人类提供滋养和庇护，有时给人类带来挑战和威胁；人类和非人类动物在自然灾难面前一样脆弱，并无高低贵贱之分；在自然灾难面前，所有的生命，不管他们生性凶猛还是温和，也不管他们是强大者还是弱小者，都具有相似的反应，都要为活下来而拼命奔波。

　　虽然作者用大量篇幅展现森林火灾的可怕之处，但故事的结局却是美好的。故事中的儿童以及大多数动物都安全抵达河对岸。河流帮助人类和非人类动物脱离了火海，拯救了他们的生命，成了他们的庇护所。动物们在河水中焕发生机与活力，大象们用鼻子互相喷水，鹿等许多动物在凉爽的岸边栖息。罗米和泰儒在火灾发生之前彼此并不熟悉，但是经历这次冒险之后，他们成了患难与共的好朋友。

　　河水象征着重生、活力。人类和非人类动物皆因河水而获得重生。儿童和动物一同在河水中避难的景象，象征着人类和非人类生命在灾难面前的相互陪伴以及在身心恢复过程中的相互依赖。这条拯救了人类和非人类生命的河流，使笔者联想起《出埃及记》中的红海。在《出埃及记》中，在耶和华神的佑护

①　BOND R. The Rooms of Many Colours［M］. New Delhi：Penguin Books India Pvt Ltd，2009：47.

下，以色列人安然渡过红海，摆脱了埃及人的追杀，获得了重生和自由。《骑车穿过火焰》中人和动物逃离火灾并到达河对岸的情形，与《出埃及记》中摩西（Moses）带领长期遭受压迫的以色列人逃离埃及并越过红海的情形十分类似。摩西具有博爱的情怀、非凡的远见、卓越的领导力，因此在耶和华神的指引和帮助下，他成功带领以色列人脱离苦海，到达平安之地。可是，《骑车穿过火焰》中的人却没有表现出帮助非人类生命度过灾难的情怀和能力。邦德在故事中试图通过展现人类和非人类生命在灾难面前的相似性，来消解人类的优越性，反驳人类中心主义。人类中心主义认为，人类优于非人类，具有非人类所没有的超凡智慧和能力，因而在大自然中处于高高在上的地位。果真如此的话，现代人为何不利用自己的优越能力帮助那些陷于困境中的非人类生命呢？在《骑车穿过火焰》中，邦德没有将两个男孩描绘为具有博大情怀和卓越领导力的人，而是将他们描绘得同非人类动物一样无助，进而颠覆了认为人类优于非人类的人类中心主义观念。

森林火灾发生的原因有很多，有些原因是客观的、不可确定的，如火山爆发、闪电等自然现象。有些原因是主观的、可确定的，例如：旅游者在林中游玩时随意丢弃烟头；徒步者在林地点燃篝火，离开时却未将火扑灭；一些农民为增加耕地面积而采用刀耕火种的方法消除杂草，结果导致火情失控。人类不负责任的活动是导致森林火灾的最主要原因。

邦德通过《骑车穿过火焰》这个故事，强调了森林火灾给人类和非人类生命带来的严重威胁。阿米塔·阿加瓦尔曾写道："《骑车穿过火焰》这个故事展现了森林中不同类型的冒险。故事中的男孩们震惊地发现，可怕的森林大火危及成千上万的野兽、鸟类以及各种植物的生命。"[①] 邦德十分担忧森林火灾给人类和非人类生命带来的危害，因而他试图用这个故事提醒人们尤其是儿童读者要严防森林火灾，要充分意识到森林火灾的危害性。

二、《西塔与河流》：洪水对人类和非人类生命的巨大威胁

河流是自然界的一个重要组成部分，河流与人类之间存在密切的联系，人类的持续存在和发展离不开河流。通常情况下，河流是平静的、宜人的。但是，有时它会变得十分凶猛、危险，以洪水的形式对岛屿以及村庄中的人类和非人

---

① AGGARWAL A. The Fictional World of Ruskin Bond [M]. New Delhi：Sarup & Sons Publishers，2005：89.

类生命造成巨大破坏。即便河流有时会泛滥，但是已经习惯在河流附近生活的人在经历洪灾之后仍然不愿意远离它，因为河流是他们赖以生存的根基，他们已经成为河流的一部分。河流的两面性尤其是河流的破坏性，在邦德的《西塔与河流》（"Sita and the River"）中得到充分的体现。故事中的河流象征着大自然。通过了解河流的两面性，我们不难理解自然的两面性，尤其是自然的破坏性。

在《西塔与河流》中，主人公西塔是个大约十岁的女孩，她和年迈的祖父母在几年前迁到恒河——一条发源于喜马拉雅山、止于孟加拉湾的河流——中的一个小岛上居住，他们的小屋建在一个巨石上。恒河是西塔一家食物的主要来源。故事开篇大致交代了有关河流、岛屿和小屋的基本信息："在这条始于喜马拉雅山、止于孟加拉湾的河流中央，有个小岛……在小岛被河水淹没之后的二十多年里，无人在岛上住过。但几年前，一个小家庭来到岛上居住，现在岛上有个小屋，小屋的墙是泥墙，其屋顶是倾斜的茅草屋顶。"① 这一描述预示着河流作为一个具有能动性的主体，不仅能够影响故事的发展进程，也能够左右西塔一家人的命运。

西塔一家人主要依靠小岛上以及河流中的自然资源维生，他们在河里捕鱼，在岛上饲养动物、种植植物。例如，他们养了几只山羊、几只母鸡，开辟了一块瓜地、一块菜地、一小块金盏花地。岛上最引人注目的自然物是那棵矗立在岛中央、具有三百年树龄的菩提树，这是岛上唯一的一棵树。邦德对此树描述道："菩提树可以生长在任何地方，它们可以穿过古庙的墙壁，穿过墓碑，甚至穿过屋顶……即使在二十年前的大洪水中，这棵菩提树依然岿然不动。"② 从此描述中，我们不难看出菩提树顽强的生命力以及作者对菩提树的敬畏之情。菩提树不仅为鸟儿等动物提供了栖息之地，而且成为西塔一家获取荫凉和庇护的地方。祖母甚至将菩提树叶比作伟大的克里希纳神的身体。

河流为西塔一家提供了各种各样的鱼。祖父是个渔夫，有着十多年捕鱼经验，所以他知道"在哪里可以找到纤细的银色奇尔瓦鱼、又大又漂亮的印度鲃、长有长须的辛哈拉鱼；他知道哪里的水深，哪里的水浅；他知道什么时候该用

---

① BOND R. Dust on the Mountain: Collected Stories [M]. New Delhi: Penguin Books India Pvt Ltd, 2009: 219.

② BOND R. Dust on the Mountain: Collected Stories [M]. New Delhi: Penguin Books India Pvt Ltd, 2009: 219.

蠕虫作鱼饵，什么时候该用胚芽作鱼饵"①。西塔一家离不开鱼，鱼是他们赖以生存的物质基础。祖父对鱼类等自然资源的利用是为了满足家人的基本生存需求，而不是为了私欲。

西塔的生活圈主要局限于小岛，她从未上过学，也没去过任何城市。她大部分时间都在做家务或者照顾祖父母。在雨季，那里时常下雨。作者在故事中描绘了在暴雨来到之前河流颜色的变化过程："傍晚时分，河水变了颜色。太阳从云层后面露出头来，低悬在空中。河水慢慢从灰色变成金色，又从金色变成深橙色。然后随着太阳的下山，所有这些颜色都淹没在河水中，河水呈现出黑夜的颜色。"② 不久后，西塔发现天空被黑色季风云笼罩着，很快下起大雨。雨下了一整夜，似乎仍不会停止。河水发出雷鸣般的声音。为了把母鸡们赶进庇护所，西塔冒着瓢泼大雨跑到屋外。她偶然间发现"一条无害的、被水从洞里淹出来的棕色蛇正穿过一个开放的洞口"③。蛇通常令人产生恐惧、仇视的情绪，但是西塔却没有畏惧和敌视它。她认识到蛇具有控制老鼠和青蛙之数量的作用，她敬畏蛇，因此她用棍子挑起蛇，把它放在一堆石头后面。这一行为表明西塔具有敬畏和保护非人类自然生命的意识。

西塔在日常生活中与非人类世界保持着密切的联系，尤其是找到了与非人类生命和谐相生的方法。她的生活方式同现代人的有很大不同。现代文明社会中的许多人信守人类中心主义尤其是享乐主义和物质主义理念，为了满足个人的私欲不惜亵渎和杀害非人类生命。而西塔对待非人类生命的态度属于生态整体主义伦理观，她将非人类生命视为同人类平等的存在物，她热爱、敬畏和保护非人类生命。阿米塔·阿加瓦尔认为，邦德将爬行生物视为"他住所的一部分"④。同邦德一样，西塔之所以不畏惧蛇等爬行动物，是因为她将它们视为她家园的一个组成部分。小岛不仅是西塔一家人的栖息地，也是蛇等非人类生物的栖息地。

夜晚，西塔的祖母发烧，呼吸困难。祖父决定第二天早上带她到沙冈镇

---

① BOND R. Dust on the Mountain: Collected Stories [M]. New Delhi: Penguin Books India Pvt Ltd, 2009: 220.

② BOND R. Dust on the Mountain: Collected Stories [M]. New Delhi: Penguin Books India Pvt Ltd, 2009: 222.

③ BOND R. Dust on the Mountain: Collected Stories [M]. New Delhi: Penguin Books India Pvt Ltd, 2009: 223.

④ AGGARWAL A. Ruskin Bond: The Writer Saint of Garhwal Himalaya [M]. New Delhi: Sarup Book Publishers, 2010: 65.

（Shahgunj）的一家医院治疗。清晨，祖父让西塔独自待在家中照看家园。西塔并不害怕独自待在家里，但她不喜欢看到不断上涨的河水。祖父建议西塔，如果河水漫进小屋，她应该爬到菩提树上去，因为河水不会漫过树。给出建议后，祖父划着小船，带着祖母和三只山羊，朝沙冈镇的方向行去。祖父打算将三只羊带到小镇后卖掉，以支付祖母的医药费。当西塔感到孤独时，她非常依恋姆塔（Mumta）——她亲手做的一个布娃娃。姆塔是她唯一的心灵伴侣，她常和它分享她的秘密。

由于连绵不断的降雨，河水持续上涨，岛四周的泥岸被水慢慢侵蚀，岛看起来比以前小多了。西塔十分担心祖父母的安全，她祈求因陀罗神保佑祖父母。为了对即将到来的洪水有大致的了解，西塔勇敢地爬上菩提树。在树上，她看到一个大而臃肿的东西——一头被淹死的公牛——漂浮在水面上。她还看到水面上漂浮着一些木板、小树、灌木和一个木床。

西塔平时一直热爱的河流如今变得这么凶险，甚至给她的生命带来了严重的威胁。小屋四面都被汹涌的河水包围着，她以前从未经历过这种危险，而今却要独自应对危险。西塔自己做了一顿饭，但由于河水没有退去的迹象，她无心思吃饭。她再次爬上菩提树，这次她爬得更高了，她发现树枝上有个鸟巢，巢里有四个鸟蛋。一只乌黑的丛林乌鸦坐在蛋上，发出凄厉的叫声。虽然乌鸦的叫声听起来有些凄惨，但它的存在还是给西塔的心灵带来些许慰藉。至少她现在不会感到孤独，有只乌鸦陪伴着自己总比孑然一身好。

仁慈的河流如今变为愤怒的河流。或许大自然意在用洪水这一灾难提醒人类：人类绝不是自然万物的主宰者，大自然拥有最终的决定权。邦德曾在《自然之书》中强调过这一点。他认为，与人类相比，大自然有着更为强大的力量，"地震、海啸、飓风、洪水、暴风雪，所有这些灾难都在提醒我们，人类终究不是天地万物的主宰者。尽管我们可以践踏我们的自然遗产，竭力破坏它，但大自然的力量比人类的更为强大。大自然总是拥有最终的决定权"①。在《西塔与河流》中，邦德具体描述了愤怒的河流给人类和非人类生命带来的巨大危害，"河流现在非常愤怒，它从山上汹涌而下，以雷霆万钧之势横扫平原，带来了动物的尸体、被连根拔起的树木、生活用品和被漩涡泥浆呛死的大鱼"②。邦德借

---

① BOND R. The Book of Nature [M]. New Delhi：Penguin Books India Pvt Ltd，2008：248.
② BOND R. Dust on the Mountain：Collected Stories [M]. New Delhi：Penguin Books India Pvt Ltd，2009：229.

此凸显大自然对人类和非人类之命运的最终决定权。

西塔非常喜爱姆塔，可惜的是，姆塔被洪水冲走了。她为失去唯一的伴侣感到伤心，她对此反思道："如果我对自己亲手做的东西都如此粗心大意，我还怎么指望众神注意到我呢？"① 往深处思索西塔这一心理活动，我们或许可以做出这样的推断：作者意在用这一细节来批判人类对自然的粗心态度；上帝造万物，并将其托付给人类照管，可是人类却"粗心大意"，不仅不用心照管它们，甚至滥用它们，因而上帝发怒，用自然灾难惩罚人类，进而收回曾给予人类的馈赠。

现在河水变得更加凶猛。菩提树在风雨中不停地颤动，吱吱作响。树上的西塔感觉自己在经历一场地震。随后，树开始随着强大的水流移动。就这样，这棵与岛屿一样古老的树被洪水连根拔起。整个岛被洪水淹没了。漂流途中，西塔忘记了孤独，因为菩提树和鸟蛋还在陪伴着她。漂流中的菩提树忽上忽下，忽左忽右。由于鸟蛋还在树上，那只乌鸦焦急地绕着树飞来飞去。突然，树旋转，鸟巢落入水中。西塔伤心地看着鸟蛋沉入水中，仿佛失去了心爱的朋友一般。现在，这棵菩提树成了她唯一的伴侣，她不想离开这棵树。她紧紧抱住树枝，就像婴儿紧紧依偎在母亲的怀抱中一样。

多年来，西塔一直与菩提树保持着密切的联系，菩提树成了她的好朋友。如今在危难时刻，菩提树肩负起拯救女孩的责任，它决心用它"垂死的手臂"抱住她，"不让她落入水中"。文中描述道："这棵树带着她。她并不孤单……这棵树是她的朋友，它认识她……现在，它用苍老而垂死的手臂抱着她，仿佛已下定决心不让她落入水中。"②

菩提树在转弯处撞上沙洲后，再也不能移动了。在河水的咆哮声中，西塔突然听到有人在喊她。一个名叫维杰（Vijay）的男孩划着小船来到菩提树旁，帮她上了船。他们一起离开了大树。当她回头看时，菩提树慢慢淹没于河水中。维杰来自附近的村庄，该村离西塔家所在的小岛大约六英里远。维杰要去沙冈镇卖芒果。他递给西塔一个，她喜欢芒果的甜味。维杰奋力划船前行，一段时间后，在一个水流不是很强的转弯处停了下来。当晚，他们在船上休息时，许多动物都在寻找可以栖息的地方，其中一条大蟒蛇从两人身边爬过，却没有伤

---

①　BOND R. Dust on the Mountain：Collected Stories ［M］. New Delhi：Penguin Books India Pvt Ltd，2009：229.

②　BOND R. Dust on the Mountain：Collected Stories ［M］. New Delhi：Penguin Books India Pvt Ltd，2009：231.

害他们。西塔建议爬到树上，这样可以防止动物伤害他们。维杰不同意她的建议，并告诉她：“今晚，这些动物并不危险。它们甚至不会相互捕杀。它们只对到达陆地感兴趣。这一次，鹿不会受到虎和豹的威胁。”① 在洪水灾害面前，无论是人类还是非人类，无论是强者还是弱者，无论是捕食者还是被捕食者，他们都不再危险，不再相互厮杀，他们唯一关心的是如何在洪水中活下来，他们只对到达陆地感兴趣。

疲惫的西塔很快入睡了。不久后，她被鸟鸣声惊醒。维杰为她吹起长笛。她再次入睡，她在梦中看到和维杰长得一模一样的克里希纳神，她和他坐在一只白色大鸟上，这只鸟“飞过群山，飞过喜马拉雅山的雪峰，飞入众神所在的仙境”②。这一描述不仅预示着西塔因男孩的帮助而获救，也预示着人与自然的和谐共生。

邦德笔下的乡村人物大都乐于向陷于困境中的人伸出援助之手。维杰划船穿过树林后，很快便看到山顶上有个村庄。在村民胡库姆·辛格（Hukum Singh）的帮助下，他们首先来到格劳利镇（Karauli），然后从那里乘火车来到沙冈镇。邦德对乡村人善良的品性持有坚定的信念。在他的故事中，栖居乡村的人几乎从来不会伤害他人，也不会伤害自然。西塔、维杰和辛格就是邦德笔下典型的乡村人，他们心地善良，乐于助人，热爱自然。阿米塔·阿加瓦尔认为：“虽然滑坡、干旱、洪水等灾难会使困境升级，但他们强大的意志力、社会归属感以及与自然的有机统一有助于他们活下来。”③ 对于西塔而言，她有顽强的意志力，她心地善良，她有社会归属感，她能够与自然和谐相处，这些因素帮助她在洪水灾害中活了下来。

临别时，维杰将他心爱的长笛作为礼物送给西塔，并承诺以后到岛上找她。西塔在沙冈镇巧遇祖父，祖父将祖母的死讯告诉她。祖父还剩两只羊。几天后，祖父和西塔返回岛上。尽管小岛是一个很容易被洪水淹没的地方，但是祖父和西塔依然选择留在岛上，因为他们对河流乃至自然持有坚定的信仰，他们坚信大自然给予、索取、再给予的循环规律。他们忘记悲伤，决定在那个巨石上重

---

① BOND R. Dust on the Mountain: Collected Stories [M]. New Delhi: Penguin Books India Pvt Ltd, 2009: 235.

② BOND R. Dust on the Mountain: Collected Stories [M]. New Delhi: Penguin Books India Pvt Ltd, 2009: 236.

③ AGGARWAL A. The Fictional World of Ruskin Bond [M]. New Delhi: Sarup & Sons Publishers, 2005: 25.

建小屋。西塔为了报答菩提树的恩情，在它生长之地播下一颗芒果种子。渐渐地，洪水退去，生活恢复正常。祖父捕鱼，西塔把鱼做成美味的咖喱饭。祖父和西塔的生活经历使我们认识到，一个人只有了解自然、顺应自然、与自然和谐共处，才能过上物质简单、精神富有的生活。

西塔拿起长笛吹奏，她期盼那个救她的男孩的到来。有一天，维杰果然来到岛上。他坐在她旁边，两人把脚伸入清凉的河水中，他们可以看到河床上的沙子和鹅卵石。作者展现了两个儿童之间的简洁对话：

> 西塔说："河流有时愤怒，有时仁慈。"
> "我们都是河流的一部分，"维杰说。①

这里的河流代表着自然。西塔和维杰是邦德的代言人，他们的河流观和自然观实际上也是邦德的河流观和自然观。邦德通过两个儿童的话语展现了自然的两面性，以及自然和人类之间的亲密关系。邦德相信，以河流为代表的自然具有两面性（或者说两种情绪），既能给人带来益处，也能带来灾难；无论自然表现出何种情绪，热爱自然的人往往不愿意离开它，因为他们已经成为自然的一部分。对于西塔一家而言，尽管他们的家园被河流摧毁，但是他们依然不愿意离开河流，因为他们已经成为河流的一部分。

需要注意的是，故事的开头和结尾对同一条河流的描述具有细微的差别。故事开头对河流的描述是："在这条发源于喜马拉雅山、止于孟加拉湾的河流中间，有一个小岛。"② 故事结尾的描述是："这是一条好河，它深沉而强大，起于山间，止于大海。"③ 在开头句中，作者对河流的描述是客观的，没有使用带有感情色彩的词汇。而在结尾句中，作者却使用了一个带有感情色彩的形容词"好"（good）。一个"好"字凸显出作者对河流的喜爱之情。河流有时脾气不好，泛滥成灾，给人类和非人类带来不利的影响，如淹没村庄和森林、剥夺动物的生命、导致许多动物和人丧失家园等。但是，它在通常情况下是温和的，给人类和非人类带来了许多益处，因而河流总体是好的。米娜·霍拉纳就故事

---

① BOND R. Dust on the Mountain: Collected Stories [M]. New Delhi: Penguin Books India Pvt Ltd, 2009: 250-251.

② BOND R. Dust on the Mountain: Collected Stories [M]. New Delhi: Penguin Books India Pvt Ltd, 2009: 219.

③ BOND R. Dust on the Mountain: Collected Stories [M]. New Delhi: Penguin Books India Pvt Ltd, 2009: 251.

中的自然二元性评论道，该故事"没有表现出悲观的人生观；相反，它说明了印度教关于自然二元性的理念。河流不仅能够毁灭生命，也能维持生命。河流象征着至高无上的存在（The Supreme Being），所有被造物都被认为是它的一部分"①。河流代表着自然，象征着至高无上的存在，具有二元性，既能维持生命，也能毁灭生命。河流平静时，可以维持和造福人类和非人类生命；河流发怒时，可以伤害或毁灭人类和非人类生命。

值得注意的是，《西塔与河流》这个故事几乎包含了经典儿童冒险故事的所有要素，如生动的描述、紧张的氛围、些许的恐惧、些许的幻想、快乐的结局等，上述要素有助于儿童读者在享受阅读带来的乐趣的同时，吸收故事中的生态理念。

总之，邦德不吝笔墨地在《骑车穿过火焰》和《西塔与河流》中为我们分别展现了大火和洪水的巨大破坏力，让我们充分感受到自然之性格的另一面。此外，邦德在其作品中还为我们展现过地震的破坏力。例如，他在短篇《阿萨姆邦的地震》（"Earthquake in Assam"）中着重描写了发生在西隆（原为印度阿萨姆邦的首府）的地震灾害，为我们描绘出一幅世界末日般的景象：所有的砖石建筑被夷为平地，只有一家摇摇欲坠的木制店铺尚未倒下；尘土四处飞扬；人们四处奔波，妻子寻找丈夫，父母寻找孩子；布拉马普特拉河决堤，许多耕种者被淹死；一只老虎也被淹死②。

邦德之所以在《骑车穿过火焰》《西塔与河流》等儿童短篇小说中大力书写自然灾害，其主要目的或许是用洪水、森林火灾、地震、飓风、暴风雪等自然灾害来告诫人们尤其是儿童读者：人类并非大自然的主宰者；人类虽然在支配自然方面可以暂时取得一定程度的胜利，但不要过分陶醉于这种胜利，因为大自然永远拥有最后的决定权。

---

① KHORANA M. The Teller of Tales［A］∥SINGH P K. The Creative Contours of Ruskin Bond：An Anthology of Critical Writings［C］. New Delhi：Pencraft Publications, 1995：217.

② BOND R. The Book of Nature［M］. New Delhi：Penguin Books India Pvt Ltd, 2008：252.

第五章

罗斯金·邦德儿童短篇小说的生态拯救意识

　　生态拯救意识是指为了拯救地球上非人类和人类的命运而努力对人与自然的关系进行重构的意识。生态危机的实质是人性的危机、人格的危机。人的本性全面而充分的发展过程是一个不断推进的历史过程，正如马克思所言："整个历史也无非是人类本性的不断改变而已。"① 人格作为"人的规定"，是"本性"的应有之义。人类在不同历史时期展现出不同的人格主流形态，如原始社会的"族群人格"、封建社会的"依附人格"、工业文明社会的"占有式人格"、生态文明社会的"生态人格"等。占有式人格是造成人与自然对立与冲突的根源。占有式人格主体信守人类中心主义，认为人与自然的关系是主客二分的关系，他们亵渎和残害非人类自然存在物，将自身生命意义的实现建立在对非人类自然生命的剥夺的基础上，感受不到生命的充盈与丰沛。生态人格是对占有式人格的消解，是"一种寻求人与自然和谐共生的新型人格"，是"致力于解决生态危机的一种新型人格模式"②。生态人格是"基于对人与自然的真实关系的把握和认识而形成的作为生态主体的资格、规格和品格的统一"③，是一种寻求人与自身、人与人、人与自然之和谐关系的新型人格。生态人格主体认为人与自然是相互联系、相互依存的有机整体，他们能够放弃对非人类自然物的贪婪欲望，能够将伦理关怀的范围从人类自身延伸至整个生态系统，能够同非人类自然物建立情感联结，能够主动担负起对非人类自然物的保护责任，能够在敬畏与呵

---

① 中共中央马克思恩格斯列宁斯大林著作编译局. 马克思恩格斯选集（第1卷）[M]. 北京：人民出版社，1995：172.

② 张毓. 生态人格的生成逻辑及培育路径探析 [J]. 山西青年职业学院学报，2020，33（4）：101.

③ 彭立威，罗常军. 文明演进背景下的人格模式探析 [J]. 湖南师范大学社会科学学报，2011，40（3）：14.

护万物生命的过程中体验自身生命的意义与丰盈。生态人格并不是与生俱来的，而是个体在体验自然、认识自然、理解自然和改造自然的过程中逐步生成的。儿童是人类的希望，是未来生态环保事业的主力军。培育儿童的生态人格，是新时代构建人与自然关系、走出生态危机、拯救生态系统和人类命运的必然路径。童年是塑造生态人格的黄金期，长辈的积极引导以及儿童自身的生态体验在培育儿童生态人格方面发挥着重要的作用。

人格是一个整体，包括自我、本我和超我三个组成部分。心理能量在"三我"之间的传递和转移塑造出人格。心理是人格的重要组成部分。健康的人格离不开健康的心理。生态心理是生态人格的重要组成部分。生态人格的形成是以生态心理的形成为基础。生态心理是人的心态与自然生态相融合的结晶，是本我（试图支配自然的本能、欲望）、自我、超我（用以抑制本我的道德和理想）三者的和谐统一体。自我、本我、超我三者间的相互作用，对生态人格尤其是生态心理的形成发挥着重要作用。本我处于主导地位时，易使人成为生态破坏者；而超我对本我的约束、对自我的指导，加上自我对本我和超我之间冲突的调节，可以使人成为生态友好者、生态拯救者。塑造生态心理的最佳时期是童年。个体早年是否与自然形成积极的心理和情感联结，在很大程度上决定着其长大后对待自然的态度和情感是否积极。

环境同人的认知和心理之间存在密切的关系。英国阿尔斯特大学儿童和青少年心理健康专家托尼·卡西迪（Tony Cassidy）在其《环境心理学：情境中的行为和体验》（*Environmental Psychology：Behaviour and Experience in Context*）一书中强调："不仅环境影响个体，个体也影响环境。"[1] 环境影响人的心理和人格，人的心理和人格也影响环境。人和环境的互惠互利关系建立于二者良性互动的基础上。利希凯什·库马·辛格认为："环境潜移默化地影响着人的心理。环境可以帮助人产生至福和欣喜、恐惧和烦恼、浪漫和色情、悲伤和痛苦等感觉。"[2] 童年时期的经历对个体认知模式的形成至关重要，正如因杜·拉尼（Indu Rani）所言："童年经历在创造个体的认知模式方面发挥着关键作用，认

---

① CASSIDY T. Environmental Psychology：Behaviour and Experience in Context［M］. London：Psychology Press，1997：2-3.

② SINGH R K. Postmodern Psychological Aspects of Ecocriticism within/beyond the Ambit of Human Behavior［J］. The Criterion，2013，4（5）：1.

知模式包括思维、理解、感知、归因和个性。"① 童年时期的自然体验作为童年经历的重要组成部分，在塑造个体的认知模式方面发挥着非常重要的作用。

生态心理是心理生态批评（Psychoecocriticm）的重要研究对象。心理生态批评作为生态批评的一个分支，是心理学批评和生态批评的有机融合，主要研究生态/自然与人类心理之间的密切联系和相互作用。心理生态批评所涉及的重要术语包括本我（id）、自我（ego）、超我（superego）、生态疾病（ecopathy）、生态友爱（ecophilia）、生态平衡（ecological equilibrium 或者 ecolibrium）等。生态平衡包括生态心理平衡和生态系统平衡。

"生态疾病"所对应的英文单词 ecopathy 源于两个希腊单词 oikos 和 patheia，oikos 意为房屋或栖息地，patheia 意为痛苦或疾病。东方哲学研究专家雷·格里格（Ray Grigg）将生态疾病称为"环境疾病或紊乱症"，他认为该术语诞生于1979 年，那一年，西方研究佛教的学者强调了慈悲对于人类的重要性，以及慈悲在现代人类对待自然的态度中的缺失问题。在格里格看来，现代人类对传统文化和自然漠不关心，他们不断地与自然进行斗争，因此，自然不断遭受威胁和破坏，同时人也变得与自然格格不入②。

德里克·詹森（Derrick Jensen）和迈克尔·哈里斯（Michael Harris）这两位环境学领域的学者曾专门比较了生态病患者（ecopath）和精神病患者（psychopath）的行为，并列出了生态病患者的如下主要特征：

> 对环境中其他存在物的感受或福祉持有冷漠无情的态度；
> 反复表现出粗鲁且不负责任的态度，以及对生态规范、规则和义务的漠视；
> 不能维持持久的生态关系，尽管建立这样的关系并不困难；
> 非常低的挫折耐受力，非常低的攻击阈值（aggression threshold），通过对环境施暴来释放能量；
> 没有内疚感，不会从经验中学习，特别是不能从自然对人的威胁和惩罚中吸取教训；

---

① RANI I. Environmental Influence on the Childhood Development of Ruskin Bond's Rusty [J]. International Journal of English Language, Literature in Humanities, 2015, 3 (5)：679.
② GRIGG R. Ecopathy：The Environmental Disease [EB/OL]. The Commonsense Canadian. (2014-03-30) [2022-10-04]. https：//commonsensecanadian. ca/ecopathy-environmental -disease/.

存在这样一种明显的倾向：责怪他人，或者为那些导致文化与生态之冲突的行为编造令人难以置信的合理化理由。①

生态病患者的上述特征在邦德笔下的那些坚信人类中心主义的人物身上得到体现。

"生态友爱"所对应的英文单词 ecophilia 源于两个希腊单词 oikos 和 philia，oikos 意为房屋或栖息地，philia 意为兄弟般的友情和关爱。简言之，生态友爱意味着对自然的热爱和尊重。

古希腊伟大哲学家亚里士多德在其伦理学著作《尼各马科伦理学》（*Nicomachean Ethics*）的第八和第九卷中专门讨论了"友爱"（Friendship 或者 Fraternity）。亚里士多德认为，人们所爱的事物一般分为三类：对人有用或有利（advantage）的事物、令人感到愉悦（pleasure）的事物、自身是善（virtue）的事物。他据此将友爱分为三个类型或等级：利益友爱、愉悦友爱、美德友爱②。笔者据此提出生态友爱的三个类型，即利益型生态友爱（ecophilia of advantage）、愉悦型生态友爱（ecophilia of pleasure）、美德型生态友爱（ecophilia of virtue）。

利益型生态友爱是一种建立在追求物质利益之基础上的生态友爱。在利益型生态友爱模式下，人与自然友好关系的持续时间以及人对自然的友好态度，是由引发动机的利益的持续时间决定的。例如，男人 A 之所以喜欢一片土地，是因为他可以在这片土地上种植他可以食用和赚钱的农作物。可是，一旦土地丧失生产农作物的作用，他可能就不再喜欢这片土地。简言之，男人 A 主要是因为土地的外在价值而喜欢土地，他与土地的关系属于利益型生态友爱，这种关系以实现人自身利益为主要目的。此外，为了获取个人名利而为自然发声或者从事环保活动的人，他们与自然的关系也属于利益型生态友爱，因为他们并不真正热爱自然。

愉悦型生态友爱是一种建立在获取娱乐或享乐之基础上的生态友爱。例如，愉悦型生态友爱者认为，建生态公园的目的是便于人们享受感官的盛宴，建生态乡村或森林的目的是为城市人提供娱乐场所。对他们而言，自然只是一个为

---

① GRIGG R. Ecopathy：The Environmental Disease ［EB/OL］. The Commonsense Canadian. （2014-03-30）［2022-10-04］. https：//commonsensecanadian. ca/ecopathy-environmental-disease/.

② ARISTOTLE. Nicomachean Ethics ［M］. CRISP R，trans. Cambridge：Cambridge University Press，2017：141-162.

人类服务的客体、一个被剥夺了内在价值的他者。

美德型生态友爱是最高形式的生态友爱,它超越了利益和享乐。在这种关系中,自然不再是客体、他者,而是与人平等的主体、朋友。

心理生态批评的一个重要理论基础是奥地利著名心理学家西格蒙德·弗洛伊德(Sigmund Freud)的精神分析学理论尤其是人格结构理论。弗洛伊德认为,人类无法意识到自己的所有行为。在《无意识》(*The Unconscious*)一书中,他将人的心理比作一座冰山,很小一部分心理犹如露出水面的冰山的顶端,是有意识的、可见的;大部分的心理犹如隐藏在水面之下的那部分冰山,是无意识的、不可见的。在《自我与本我》(*The Ego and the Id*)一书中,弗洛伊德将人类的心理结构或人格结构分为三部分:本我、自我和超我。本我对应于原始、无组织,自我对应于有理性、有组织,超我对应于道德、理想。人生之路是从本我到自我再到超我的过程,每个人的人生都必须经历这三个阶段。

本我是最原始的"我",是天然、自然之"我"。本我是一切"我"存在的能量基础。在本我阶段,我们贪吃、贪睡、贪玩,而这些都是我们的本能。通常情况下,本我可以理解为本能、天性。本我是原始的、冲动的、本能的、非理性的、无计划的、非社会性的、难以满足的、无意识的心理状态,它由快乐、饥饿等基本驱动力构成,它与现实脱节。本我遵守快乐原则,它要求获得快乐的即时满足。本我是心理能量的仓库。本我的心理能量是流动的、可转移的。本我不会思考,不考虑现实和道德,它只是一味地渴望欲望得到满足,它犹如人格家庭中那个被宠坏的、爱放纵自我的孩子。弗洛伊德对本我的定义是:

> 它是我们人格中黑暗的、难以触及的部分……大部分的本我都是负面的,只能作为与自我相对应的一方来描述。如果我们用类比方法来理解本我的话,我们可以称它为混沌、大锅。它充满了来自本能的能量,但它无组织,不产生集体意志……思维的逻辑法不适用于它……它不懂价值判断,它不分善恶,它没有道德。①

自我是心理结构中有意识的、有计划的、能与现实环境互动的一个组成部分。自我遵循现实原则,是现实环境约束下的自我,也就是说,自我会受制于周围环境,受制于社会现实。自我是讲道理的、社会性的、理智的,它是人格

---

① SANDYWELL B. Reflexivity and the Crisis of Western Reason: Logological Investigations [M]. New York: Routledge, 1996: 355.

结构中具有防御、认知、知觉、执行等功能的一个组成部分。自我靠理性来整合信息、组织思想，进而帮助我们理解周围环境。自我的主要任务是处理和调节本我和超我这两种力量，希望依据现实来最大限度地减少自己与本我或超我之间的冲突，使三我之间达到最佳状态。正如美国新英格兰大学的哲学教授大卫•利文斯顿•史密斯（David Livingston Smith）所言，自我的任务是"将本我的欲望同现实的机会和约束进行调和"①。弗洛伊德将本我喻为一匹具有强大力量的马，将自我喻为"一个骑在马背上的人"，"他必须能驾驭这匹马"②。一旦自我满足本我的要求，本我往往会变得快乐，而拒绝其要求则会引起两方关系的紧张甚至冲突。

自我自身没有任何能量，它寄生在本我的能量库中，因而它必须关注自己所借用的力量。弗洛伊德认为，自我对本我持有一种自然的倾向，即习惯于将本我的意志转化为行动。但是，自我时常受到超我的监视。一旦自我犯了错，超我通常会通过施加负罪感、自卑感或焦虑感来惩罚自我。为了克服本我或超我带来的压力，自我设计了一系列的防御机制，如压抑、否认、投射、反向、补偿、幻想、转移、升华、内化、认同、合理化等。

超我是"心灵中的社会的前哨"③。一般而言，个体六岁以后，其超我的力量开始崛起。超我是社会性的，它遵循理想原则，是道德和伦理视野下的"我"。超我的最大目标是追求至善至美。超我的形成是道德规范和理想协同作用于自我的结果。当自我试图去满足本我之意志时，超我往往会对自我进行约束，要求自我遵循道德规范。超我是促使个体被社会接受和认可的必要条件。如果自我在调解本我的破坏性欲望时不受超我的约束和控制，那么，个体很可能会给他人乃至社会带来破坏性影响。超我主要包括两个部分，即道德良心和理想自我。如果自我屈服于本我，超我往往会惩罚自我，让其产生内疚感或负罪感，这体现了道德良心的作用。如果自我在控制本我的意志方面做得很好，超我会奖励自我，让其感到自豪，这体现了理想自我的作用。

道德良心和理想自我是个体人格发展中不可或缺的两个方面，两者之间存

①　SMITH D L. Freud's Philosophy of the Unconscious ［M］. Amsterdam：Kluwer Academic Publishers，1999：82.

②　SMITH D L. Freud's Philosophy of the Unconscious ［M］. Amsterdam：Kluwer Academic Publishers，1999：82.

③　SMITH D L. Freud's Philosophy of the Unconscious ［M］. Amsterdam：Kluwer Academic Publishers，1999：83.

在密切的关系。道德良心是个体对道德规范的内在感知和认同，道德良心促使个体在行为决策过程中考虑他人的权益和感受，遵守社会道德规范，并在必要时对自己的行为负责。一个具有道德良心的人，能够在面对道德困境时坚守原则，采取符合道德标准的行为。理想自我是个体对自己未来发展的期望，是个体努力的方向和动力的来源。一个具有理想自我的人，能够清晰地认识自己的优势和不足，能够制定合理的发展计划，并自愿为之付出努力。道德良心和理想自我在个体的发展中相互促进。一方面，道德良心为个体提供了行为准则和价值导向，使个体在追求理想自我的过程中能够坚守道德底线，避免偏离正确的发展方向。另一方面，理想自我为个体提供了目标和动力，使个体在道德实践中能够不断超越自我，达到更高层次的道德境界。

本我、自我、超我三者之间存在密切的关系。如果大部分心理能量被自我使用，其结果是符合现实的；如果大部分心理能量被超我使用，其结果就是符合道德的；如果大部分的心理能量被本我使用，其结果则是造成混乱。当自我或超我抑制本我心理能量的释放时，本我会试图突破约束。如果本我成功了，这意味着自我的理性力量被削弱，个体采取行动时往往会不顾现实；如果本我失败了，自我和超我则会将本我的心理能量转移到它们两者的行动中。本我或超我的过度作用会带来"三我"之间的不和谐。无论是本我还是超我都不应占据主导地位，因为过于强大的本我往往会使个体在生活中变得冲动、鲁莽，过于强大的超我则容易导致个体的生活被僵化的道德准则所支配。当本我或超我占据主导地位的时候，自我需要对其进行调节。

利希凯什·库马·辛格认为，"开发自然资源的倾向保存于本我之中"[①]。在辛格看来，人开采或剥削自然的行为是由人类本能的、非理性的、冲动的意志驱动的，简言之，本我往往驱使着人去开采或剥削自然。受本我支配的人往往不能理解自然与人类之间的密切关系，往往具有主宰自然和破坏自然的倾向。除非超我约束自我，自我约束本我，否则，人与自然之间的平衡或和谐是难以实现的。

弗洛伊德将个体人格的变化尤其是"内心冲突"（endopsychic conflict）归结为贯注（cathexis）和反贯注（anti-cathexis）之间的相互作用、相互制约。美国心理学家卡尔文·S. 霍尔（Calvin S. Hall）认为："实际上，人格的每一次变

---

① SINGH R K. Postmodern Psychological Aspects of Ecocriticism within/beyond the Ambit of Human Behavior [J]. The Criterion, 2013, 4 (5): 2.

化均被'贯注'与'反贯注'之间的相互作用所调节。"① "贯注"是指将心理能量（即力比多、驱力、心力）集中（或投注）到对象（如人、物体、想法、目标等）上，以释放身体的紧张、兴奋，进而满足潜意识的欲望。"反贯注"是指阻碍心理能量集中或投注到对象上，阻止释放身体的紧张、兴奋，使潜意识的欲望得不到满足。简言之，贯注是一种驱力、一种渴望满足潜意识之欲望的力量。反贯注则是一种阻力或拉力，一种阻止潜意识的欲望得到满足的力量。个体的内心冲突主要是指贯注和反贯注之间的相互作用，或者说是驱力和阻力之间的相互角力。内心冲突一般分为"本我-自我冲突"和"自我-超我冲突"。心理能量的流动、心理能量的管理、内心冲突等，都是复杂的心理现象。

为了将弗洛伊德所创的术语"Libidobesetzung"翻译成英语，作为精神分析领域的重要人物之一的詹姆斯·斯特雷奇（James Strachey）选择使用希腊语中的单词"Kathexis"，而"Kathexis"所对应的英文单词为"Cathexis"，其意为保持、占据或紧紧抓住某物。根据《梅里亚姆-韦伯斯特词典》（*Merriam-Webster Dictionary*）可知，cathexis 可追溯到希腊语中的动词"echein"，其意为"拥有或持有"某物。

本我的贯注和自我的反贯注就像邻国边境上的两支军队一样，一直处于持续的较量中。自我除了阻止心理能量流向本我所渴望的对象之外，还试图利用心理能量引导本我进行新的对象性贯注。另外，自我也试图利用心理能量，将本我、自我和超我统一为良好的整体，进而实现内心的和谐。

超我的道德良知反对本我的快乐原则和自我的现实原则。自我的反贯注能够中止或延缓本我的行动，而道德良知的反贯注则可以取消自我乃至本我的行动。至善至美是通过自我理想来实现的。正如卡尔文·S. 霍尔所言："心理能量被投注到理想上，而这些理想代表着内化的来自父母的道德价值观，代表着符合完美主义的对象性选择。一个将大量能量投注到自我理想之上的人，是理想主义的、品格高尚的……他更关心的是区分好坏……对这样的人来说，美德比真理还重要。"②

生态心理是人的心态与自然生态相融合的结晶，是本我、自我和超我的和谐统一体。自我、本我和超我三者之间能否形成良性的关系，能否以积极的方式相互影响，将关系到生态人格尤其是生态心理能否形成。本我处于主宰地位

---

① HALL C S. A Primer of Freudian Psychology [M]. Dublin: Mentor Books, 1954: 49.

② HALL C S. A Primer of Freudian Psychology [M]. Dublin: Mentor Books, 1954: 47.

时，易使人成为生态冷漠者、生态破坏者。而超我对自我的恰当约束，加上自我对本我和超我之间冲突的合理调节，可以帮助人成为生态友好者、生态拯救者。可见，从生态人格尤其是生态心理角度入手来寻求生态问题的解决之道是一个很好的突破口。从某种意义上说，培育公众的生态人格是应对生态危机的良方，而培育生态人格要抓住童年这一黄金期，因而培育儿童的生态人格具有重要的现实意义。

邦德不仅关注地球上各种各样的生态问题，而且针对这些问题提出了一些解决之道。邦德不喜欢以权威或命令式的语气表达生态观点。他喜欢以温和的语气表达生态观点，他劝告读者们为了地球和人类更美好的未来而听从他的观点。具体来看，为了解决生态问题，实现人与自然的和谐相生，他在其作品中像一位耐心的教师一样，以温和的语气表达出如下有关生态拯救的观点或建议：人们需要了解动物的生活习性，它们只有在饥饿或被激怒时才会伤害人；不要以发展的名义过度砍伐树木；植树造林不仅是为了人类，也是为了非人类生物；植树造林可以防止地球沦为沙漠；需要尊重动物权利，不得无缘无故地杀害动物；非人类动物同人类一样享有在地球上栖居的平等权利；保护森林及其中的动物是每个人义不容辞的责任；敬畏和保护自然的丰富性和多样性；等等。

一些学者已经认识到邦德短篇小说的生态拯救主题。例如，古奈兹·法特玛曾评论道："邦德的短篇小说旨在鼓励我们拯救世界上的野生动物。"[1] 阿米塔·阿加瓦尔曾评论道："罗斯金·邦德的小说强烈呼吁根除对人和动物所施加的邪恶和暴力，保持地球的美丽和健康。"[2]

更深入地看，邦德试图从新视角出发，以新方式来改变人对自然的态度、重塑人与自然的关系、实现人与自然的和谐共生。这个新视角就是心理和人格的视角。在他看来，生态问题源于心理问题。例如，在《山雨》（*Rain in the Mountains*）一书中，他将人类只重视发展却无视生态保护的问题归因于人的心理问题，他写道："我听说这个地区是'生态脆弱（eco-fragile）'区……哎……地球上大部分地方都是'生态脆弱'区，它们不得不忍受数百年或数千年的人类文明。我们是要以环境保护的名义停止所有的发展，还是不顾一切地继续发展

---

① FATMA G. Ruskin Bond's World：Thematic Influences of Nature，Children，and Love in His Major Works［M］. Ann Arbor：Modern History Press，2005：54.

② AGGARWAL A. The Fictional World of Ruskin Bond［M］. New Delhi：Sarup & Sons Publishers，2005：39.

呢？理性的人会谨慎行事。但是，人类真的理性吗？"① 理性代表着"三我"的协调统一，非理性代表着本我处于支配地位，非理性的人会不顾一切地满足欲望，破坏环境，追求发展。邦德希望人类在处理发展和保护之间的关系时，要成为理性的人，成为具有生态人格和生态心理的人。

如何培育人的生态人格呢？邦德认为，建立人同自然的情感联结，发挥自然对人潜移默化的影响，是培育生态人格的重要措施。关于自然对人性情的积极影响，英国文艺复兴时期的剧作家威廉·莎士比亚（William Shakespeare）在其《仲夏夜之梦》（*A Midsummer Night's Dream*）、《第十二夜》（*Twelfth Night*）等诸多喜剧，甚至他的悲喜剧《暴风雨》（*The Tempest*）中都展现过。在这些剧作中，大多数主人公所面临的复杂问题之所以最后都能解决，其中的一个重要原因就是他们在富有诗意的自然环境中栖居过一段时间，这段自然体验经历使他们变得心平气和，且学会了独立思考。邦德在其诸多儿童短篇小说中也展现了主人公们在自然影响下的心理转变过程。

邦德试图通过其儿童短篇小说来引导读者意识到自然对人的积极影响。在他看来，自然对人具有诸多积极影响。具体来看，他认为亲近自然就像品尝甘露、花蜜或琼浆一样令人愉悦，如此甘美的饮品始终向所有人免费开放，永不关闭。他认为大自然如同兴奋剂，能激发人的活力、想象力、自信心，消除低落的情绪，让人感到快乐。邦德从大城市迁到穆索里居住后，他对自然的爱和理解变得更深，其自然体验经历变得更丰富。在穆索里居住期间，有人曾问他："大自然是你的宗教信仰吗？"邦德答道："大自然不会向你许诺任何东西，如来生、对良好行为的奖赏、免受敌人的伤害、财富、幸福、后代以及所有人都渴望和祈祷的东西等。是的，大自然没有向人类许诺这些东西。大自然本身就是一种奖赏。大自然是用来欣赏、理解、体验和热爱的。"② 在邦德看来，当一个人身处大自然中的时候，尤其是当他欣赏、理解、体验和热爱自然的时候，其实，大自然在给予他各种"奖赏"。这里的"奖赏"指的是大自然对人的积极影响。邦德曾在其中篇小说《一把坚果》（*A Handful of Nuts*）中谈到自然体验尤其是在森林中漫步对其生命的积极影响："一种无比宁静的感觉笼罩着我。我感到与周围的环境——灌溉渠中水流的汩汩声、树木、鹦鹉、树皮、温暖的阳

---

①　BOND R. Rain in the Mountains：Notes from the Himalayas［M］. New Delhi：Penguin Books India Pvt Ltd, 1996：236.

②　BOND R. The Book of Nature［M］. New Delhi：Penguin Books India Pvt Ltd, 2008：viii-xi.

光、轻柔的微风、我脚边草地上的毛毛虫、草、每一片草叶……完全融为一体。我知道，如果我始终亲近这些存在物、这些在不断生长的存在物乃至大自然，我的生命就会鲜活起来。"① 学者穆卡勒尔就自然体验对邦德的影响写道："当邦德与自然待在一起时，他体验到巨大的自由、自信。当他与自然融合时，自然成了他的另一个自我，因而他在自然的陪伴下很容易感到自由、自信。与自然的融合，消除了他低落的情绪，激发了他的想象力，让他感到快乐。"② 邦德认为亲近自然能够缓解人的孤独感，他曾写道："亲近自然时，你永远不会感到孤独。不要把那些麻雀从你的阳台上赶走，因为它们不会侵入你的电脑。"③ 邦德认为大自然如同人类的母亲，大自然中的非人类自然存在物如同人类的兄弟姐妹；一个人倘若缺乏母亲的呵护和兄弟姐妹的陪伴，往往会感到空虚、孤独；当个体投入大自然母亲温暖的怀抱中的时候，易获得精神的自由和心灵的慰藉。邦德认为大自然有助于培育善良、公正等高尚品格，他的这一观点与英国著名作家约翰·罗斯金的观点不谋而合，后者曾写道：

> 虽然缺乏对大自然的爱并不意味着一定会受到谴责，但是，拥有对大自然的爱却是心地善良和公正道德观念的永恒标志，尽管这绝不是道德实践；对大自然的感受程度大体上同对高尚品格和美好的感受程度成正比；假如任何一个心灵从一开始就缺失它的话，那么，这个心灵则在许多方面是冷酷的、世俗的、堕落的……④

罗斯金·邦德同约翰·罗斯金一样也认为，一个人对大自然是否热爱，是衡量这个人内心是否善良、品格是否高尚的一个重要标志；一个对自然没有任何感受或情感的人通常是冷酷的、世俗的人。

邦德认为，儿童是人类的未来和希望，是未来地球家园的主要建设者，因而要塑造人的生态人格，首先应该着力培育儿童的生态人格。诚如阿米塔·阿加瓦尔所言："邦德的目标是向世间所有人传播爱和关怀，而儿童是他这一愿景

① BOND R. A Handful of Nuts [M]. New Delhi：Penguin Books India Pvt Ltd, 2009：29.
② MUKALEL B M J J. Vistas：A Study on the Early Writings of Ruskin Bond [M]. Nagpur：Dattsons, 2013：100.
③ BOND R. The Book of Nature [M]. New Delhi：Penguin Books India Pvt Ltd, 2008：28.
④ RUSKIN J. Landscape Mimesis and Mortality [A] // COUPE L. The Green Studies Reader：From Romanticism to Ecocriticism [C]. New York：Routledge, 2000：29.

的最积极接受者。"① 换言之，邦德将儿童视为他传播生态友爱理念的最重要对象。他认为，儿童和自然皆具有天真、纯洁等美好的特征；儿童天生乐于亲近自然，乐于在自然中嬉戏玩耍；儿童与自然之间存在亲密无间的关系，但如今这样的关系却变得日益疏远。他认识到当代儿童日益疏远自然的严重问题。当代儿童生活在钢筋混凝土筑成的丛林中，经常待在室内接触电视、手机、电影、电子游戏等电子设备，他们远离自然，感受不到自然体验的种种益处。他们的各种感官能力在退化，他们丧失了"第六感"（除了听觉、视觉、嗅觉、触觉、味觉之外的"心觉"），以致无法读懂自然，难以理解自然之于人类的意义，与自然之间的距离越来越远。

邦德认为，自然体验或自然联结对儿童具有诸多明显的积极影响。例如，自然体验对儿童身心健康问题具有较强的治愈力，哪怕只是静静地待在自然之中也对儿童有益。自然体验有助于培育儿童的生态意识。培养个体的生态意识最好从童年时期做起，童年时期的自然体验量以及对自然的态度在很大程度上决定着个体成年后对自然的态度。自然体验有助于提升儿童的道德品质。自然是最好的学校、最好的课堂、最好的教师，自然中蕴藏着无穷尽的奥秘和智慧，自然体验有助于拓宽儿童的视野，增加其生态知识，邦德曾写道："树集中体现了大自然的完美。从树的每一片叶、每一朵花、每一粒种子，及其身上大大小小的生物那里，我们都能看到大自然的完美。我们不停地向大自然学习。大地、海洋和天空仍有许多东西要告诉我们。大自然的笔记本永远不会合上。"② 大自然的笔记里包含着无穷尽的知识，而这些知识等待着儿童去探索和学习。

邦德认为，建立儿童与自然之间的情感联结是塑造儿童生态人格的重要措施，而要促进儿童与自然之间的情感联结需要从两方面做起。一是长辈的榜样示范作用。父母、祖父母等长辈需要具备热爱自然、亲近自然、敬畏自然和保护自然的意识，平时要积极融入自然和体验自然。由于儿童的心智尚不成熟，长辈有责任通过自己的一言一行来引导儿童走进自然、体验自然以及树立尊重自然、关爱自然和保护自然的意识。长辈要借助大自然的力量来培育儿童健全的人格。二是儿童自身的自然体验经历。儿童要有亲近自然的兴趣以及主动融入自然和体验自然的精神，要定期进行户外自然体验。如果一个人在童年时期

---

① AGGARWAL A. The Fictional World of Ruskin Bond [M]. New Delhi: Sarup & Sons Publishers, 2005: 91.

② BOND R. Classic Ruskin Bond Vol. 2: The Memoirs [M]. New Delhi: Penguin Books India Pvt Ltd, 2012: 274.

就不断接触大山、森林、河流、花草等自然因子，那么，这个人在长大后通常具有较强的亲近自然、顺应自然和保护自然的意识。个体在童年时期是否有自然体验经历，能否与自然建立情感联结，不仅会影响其生态环保意识能否早日树立，也会影响其身心是否健康，以及忍耐、谦逊等优秀品质能否早日形成。如果世界上的每个人都能从小就主动亲近自然、体验自然、热爱自然，积极接受生态伦理教育，那么，人与自然和谐相生的大同世界一定会早日到来。简言之，邦德不仅希望儿童多亲近自然，也希望父母、祖父母等长辈多陪孩子体验自然，更希望以后的社会能发展成为生态友爱型社会，而这一愿景或许要通过几代儿童与自然之间的亲密联结才能实现。

综上所述，儿童是人类的希望、未来生态环保事业的主力军，构建新型的儿童与自然关系是走出生态危机、拯救生态系统和人类命运的必然路径。在笔者看来，生态拯救意识主要涉及以下三个层面：一是培育儿童的生态人格，尤其是促进儿童人格结构中的自我、本我和超我的和谐统一。自我、本我和超我三者间的失衡，容易使人成为生态冷漠者、生态破坏者。自我、本我和超我三者间良性的相互作用，有助于人发展成为生态友爱者、生态保护者。二是发挥长辈在培育儿童的生态人格尤其是促进儿童与自然之联结方面的示范和引导作用。三是儿童自身需要积极融入自然，尽早建立与自然的情感联结。童年是生态人格生成的黄金期。个体早年与自然的联结程度，在很大程度上影响着其长大后对待自然的态度和行为。尤其是，自然联结关系到儿童的身心健康和全面发展。

邦德的不少儿童短篇小说蕴含浓厚的生态拯救意识，如：邦德将生态拯救的希望寄托于儿童身上；其笔下的一些人物在处理与自然的关系时，具有强烈的内心冲突，他们人格结构中的自我、本我、超我相互影响，导致其对待自然的态度经历从冷漠到友好的变化；其笔下的儿童大多乐于亲近自然、保护自然，他们的生态友爱观既源于其早期与自然的大量接触，也源于其长辈的积极影响；邦德坚信自然能抚慰儿童心灵，促进儿童健康成长，塑造儿童的健全人格。本章主要基于生态拯救意识的三个层面，通过重点分析文本中的人物从生态破坏者到生态拯救者的逐步转变以及引起转变的内因和外因，对邦德儿童短篇小说的生态拯救意识展开论述。

第一节　"三我"间的相互作用改变人对
自然的态度和行为

邦德将本我、自我和超我三者之间的密切关系、贯注和反贯注之间的相互作用等心理学现象融入其创作之中，他强调心理失衡往往会导致生态失衡，他建议通过疏导心理能量的流动来培育生态友爱者，进而实现生态平衡。从心理生态批评角度解读邦德的《国王与女树神》《白象》《四季的乌鸦》等儿童短篇小说，笔者发现，邦德的这些故事展现了主人公在处理与自然的关系时的心理发展过程，具体来看，他们对自然的态度经历了从生态漠视到生态友爱的转变，他们的人格经历了从占有式人格到生态人格的转变。邦德的这些作品是阐释本我、自我和超我三者之间的关系及其对个体心理乃至人格发展之影响的优秀文本。在本节中，笔者在细读文本的基础上着力分析了主人公人格结构中的本我、自我和超我三者之间的相互作用，探讨了"三我"之间的相互作用对人物的心理尤其是人格发展的重要影响，剖析了一些人物从生态漠视者转变为生态友爱者的原因。

一、《国王与女树神》：国王从古树掠夺者变为古树保护者

邦德的《国王与女树神》（"The King and the Tree Goddess"）犹如一个印度民间神话故事。此故事由小女孩柯基（Koki）的祖母在一个夏日之夜向孩子们讲述。故事以喜马拉雅山为背景。喜马拉雅山是云杉、橡树、松树、喜马拉雅雪杉等树木的天然仓库，喜马拉雅雪杉因系所有树木中最为高大和结实的树而被誉为"上帝之树"。该故事展现了作为故事主人公的国王对树（女树神）的态度的变化。国王想为自己建造一座前所未有的、最精美的、最独特的宫殿。为了实现这一愿望，国王决定建一座只由一根木柱支撑的宫殿，而木柱必须源自王国中最高大、最古老的喜马拉雅雪杉树。最高大、最古老的喜马拉雅雪杉树成了国王本我的贯注对象。换言之，为了实现建造宏伟宫殿的目标，国王的本我将所有的心理能量都投注于巨大而古老的喜马拉雅雪杉树上。

国王投注于喜马拉雅雪杉树上的心理能量如此强大，以至于他要求手下立即执行命令。他首先召见宰相，命令他必须迅速从王土之上的大山中找到最高

大的喜马拉雅雪杉树，并不惜任何代价将其运到建筑地。然而，令国王失望的是，宰相虽然在大山深处找到一棵理想的喜马拉雅雪杉树，但却因山路交通极为不便而无法将其从山中运出来。

本我所产生的本能的、冲动的欲望，促使国王丝毫不在乎自己的过分要求是否会给其他人和非人类生物带来麻烦。国王一心想得到一棵巨大的喜马拉雅雪杉树，于是他接着委派王子负责此事。他命令王子带领士兵们去实现他要建造一座"像任何神殿一样宏伟"的宫殿的愿望①。但是，王子的努力也化为泡影。即便士兵们动用大象来帮忙，但是由于山势对大象来说过于陡峭，他们没有完成国王交代的任务。

国王的本我欲望因外部环境的阻力（主要是交通不便）而受挫。由于外在困境超出众人的能力，国王无法继续推进最初的对象性贯注。于是，国王陷入对象被剥夺的状态。但是，面对过去的一次次失败，国王仍不甘心。国王想，既然无法从山上获取理想的大树，那么可以从平原上获取，于是他将贯注的对象转移到平原上的大树上，他命令手下从王土之上的众多公园里寻找一棵同样大的雪杉树。卡尔文·S. 霍尔就现实原则写道：

> 当个体将行动计划付诸实施以检验其是否可行时，他在进行现实验证。如果试验不成功，也就是说，如果没有找到或生产出所渴望的对象，则需要想出一个新的行动计划并对其进行验证。这种情况一直持续到找到正确的解决方案（现实），并通过适当的行动来消除紧张为止。②

为了实现本我所渴望的对象，国王制定出从大山中获取理想的雪杉树的计划，然而该计划却因外在环境的阻力而流产。于是，国王想出一个新的行动计划，渴望在平原上获取理想的雪杉树。

经过一番苦苦寻找，士兵们终于在城市的近郊找到一棵理想的雪杉树，但是，树上栖居着一位女树神，"她赋予了这棵树极大的力量、规模和美貌"③。此树因是女树神的居所而长期受到当地村民的崇拜。然而，如今为了完成国王交代的任务，士兵们带着花环、花灯、乐器来到树下，向这棵古树和女树神表

---

① BOND R. The Road to the Bazaar [M]. New Delhi：Rupa Publications India Pvt Ltd, 1993：43.

② HALL C S. A Primer of Freudian Psychology [M]. Dublin：Mentor Books, 1954：29.

③ BOND R. The Road to the Bazaar [M]. New Delhi：Rupa Publications India Pvt Ltd, 1993：44.

达敬意之后，"警告她必须离开其居所。七天之内，树必须被砍倒在地"①。士兵们手拉着手，一边跳舞，一边唱道："我们带着残忍的斧头来砍倒您古老的家园；/原谅我们吧，伟大的女树神，/我们在您的宝座前翩翩起舞！/为了取悦国王，我们必须/砍倒您最可爱的树。"② 听完歌曲后，女树神搞清了事情的原委，她告诉士兵们，他们的请求已经被她那弯腰的树枝和低语的树叶听到。

国王之女（公主）的观点完全不同于国王。公主反对国王为了满足个人欲望而砍伐古树的行为，她抗议道："雪杉树是圣树，只能用于建造寺庙。"③ 公主象征着超我，代表着道德和理想。公主敬畏自然，同情非人类生命，能够与非人类生命建立情感联结。她信守印度传统的泛神论思想，为自己和他人设立了一个很高的道德标准。

被欲望蒙蔽双眼的国王不顾女儿的反对，一意孤行。国王此时的人格属于占有型人格，他信守人类优于自然的人类中心主义观，宣称自己的权威凌驾于自然万物之上，妄想占有最高大的雪杉树，以满足自己的虚荣心和膨胀的欲望。他无视非人类生命，无法与非人类世界建立情感联结。国王丝毫不明白这样一个基本道理：自然是人类赖以生存和发展的基础，人类并非自然的主宰者；人类对自然的肆意干涉，将减少生命的丰富性和多样性。公主似乎很清楚，被欲望冲昏头脑的父亲无法与非人类世界建立情感联结，他将给非人类世界带来破坏。

女树神象征着自我，她努力在本我和超我之间寻求平衡。被冲动和本能支配的国王不顾一切地想砍树，遵循道德原则的超我竭力抑制国王的砍树欲望，遵循现实原则的女树神希望古树在矛盾或冲突已然存在的情况下能够健康成长。女树神试图通过采取以下行动，来让国王重新思考自己的欲望，进而使其对砍树的想法产生内疚和负罪感。夜晚，国王做了个奇怪的梦，梦中出现一个披着闪亮绿叶的身影，她说话的声音犹如"秋叶沙沙作响的声音"④。该身影就是女树神。女树神向国王请求道："伟大的国王，我是雪杉树女神。您的手下告诉

① BOND R. The Road to the Bazaar [M]. New Delhi: Rupa Publications India Pvt Ltd, 1993: 44.
② BOND R. The Road to the Bazaar [M]. New Delhi: Rupa Publications India Pvt Ltd, 1993: 44.
③ BOND R. The Road to the Bazaar [M]. New Delhi: Rupa Publications India Pvt Ltd, 1993: 43.
④ BOND R. The Road to the Bazaar [M]. New Delhi: Rupa Publications India Pvt Ltd, 1993: 44.

我，您打算砍倒我。我是来求您改变主意的。"国王拒绝了她的请求，并告诉她，他在所有的公园里没有找到其他强大到足以支撑起一座宫殿的树，"因此，我必须拥有它"①。国王已经下定决心要砍掉这棵雪杉树，他对雪杉树的占有欲没有丝毫的减弱。

象征着本我的国王所遵循的原则是快乐原则，而象征着自我的女树神所遵循的原则是现实原则。卡尔文·S. 霍尔曾写道："现实原则的目的是推迟能量的释放，直至满足欲望的现实对象被发现或生产出来。"② 由于国王（本我）不愿意改变其最初的对象性贯注，因而女树神（自我）必须改变策略，推迟本我能量的释放，找到其他能满足本我欲望的现实对象。

女树神对王土之上的所有村庄里的人都十分慷慨，为他们做出了许多贡献，因而一直备受他们的崇拜。基于这一事实，她请求国王重新考虑其决定。文中，女树神向国王解释道：

> 几百年来，您王国里所有村庄里的人都崇拜我，我对他们只有好处没有坏处。鸟儿在我身上筑巢。我给草地提供最迷人的绿荫。人们依靠在我的树干上休息，野生动物在我身上蹭来蹭去。大地赐福于我，在我具有保护作用的臂膀下生出新的草木。我用强劲的根系将泥土紧紧地结合一起。孩子们在我脚旁玩耍，从田野归来的妇女们在我提供的清凉中获得庇护。③

从以上描述不难看出，女树神代表着人类赖以生存的大自然。尽管女树神长期造福于王土之上的人类和非人类生命，尽管她做出了卑微的请求，但是，受本能支配的国王仍没有动摇自己的执念，丝毫不愿意做出让步，再次拒绝了女树神的请求。

当自我通过符合现实原则的"主要过程"无法实现目标时，它会诉诸"次要过程"，次要过程意味着"凭借通过思考和理性而制定出的行动计划来发现或生产出现实"④。在该故事中，女树神所采取的"主要过程"是通过阐述自己曾对王土之上的人做出的无私奉献来说服国王放弃砍伐古树的想法，然而该"主

---

①　BOND R. The Road to the Bazaar ［M］. New Delhi：Rupa Publications India Pvt Ltd，1993：45.

②　HALL C S. A Primer of Freudian Psychology ［M］. Dublin：Mentor Books，1954：28.

③　BOND R. The Road to the Bazaar ［M］. New Delhi：Rupa Publications India Pvt Ltd，1993：45.

④　HALL C S. A Primer of Freudian Psychology ［M］. Dublin：Mentor Books，1954：29.

要过程"在现实中行不通，于是女树神通过理性的思考制定出了新的行动计划，实行这一新计划的过程属于"次要过程"。在"次要过程"中，女树神展示了她的新的行动计划：她恳求国王答应她提出的最后请求，即不要一下子把她整个身体砍倒，而是把她的身体分为三部分——一砍下，首先砍下的是她的头部，然后是她的腰部，最后是她的根基。国王对这一奇怪的请求感到惊讶，并向她询问理由。她解释道："从我身上长出的几十棵小树已经在我身边长大。如果您强力一下子把我整个砍倒，那么，我这个重物肯定会压死我所有的孩子。但是，如果你把我分为三部分逐一砍下，那么，我的一些幼小的孩子就可以避免死亡。"① 女树神宁愿牺牲自己也要保全孩子性命的精神深深打动了国王，融化了他那颗冷酷无情的心。此刻，国王终于意识到自己的错误，他的本我力量开始削弱，其人格开始发生转变。

象征着自我的女树神成功化解了冲突。第二天早上，国王向他的孩子们和大臣们宣告，他放弃了在树柱上建造宫殿的想法，他以后要在石柱上而非树柱上建造宫殿。众人对国王的这一巨大改变感到惊讶。国王解释道："雪杉树里住着一位比我还要高贵的神灵。"② 从此以后，国王的子民们都效仿国王，以国王为榜样，选择用石头而非木材建房。高大而古老的雪杉树终于可以在森林里自由生长了。

女树神提出的"次要过程"实际上发挥着反贯注的作用。弗洛伊德认为，当人格结构中的某一个我获得能量时，其他两个我则会失去能量。该故事中，自我的能量增加后，本我和超我的能量则会削弱。超我（公主）没有最终获胜，因为国王最后依然没有放弃建造宫殿的想法，他只是放弃了在树柱上建宫殿的想法。本我（国王）也没有最终获胜，因为国王没有实现将宫殿建在树柱上的最初愿望。自我（女树神）依据现实原则在本我的欲望和超我的愿望之间做出平衡和协调。最终，国王做出让步，采用了折中的方法，将宫殿建在石柱上而非树柱上。

弗洛伊德在其著作《防御型神经精神病》（*Neuro-Psychoses of Defence*）中论述了自我的抑制功能。抑制是指撤回已投注到对象上的心理能量。自我运用抑制策略，成功削弱本我最初的欲望，实现符合现实的最佳结果。当自我明智地

---

① BOND R. The Road to the Bazaar [M]. New Delhi：Rupa Publications India Pvt Ltd, 1993：46.

② BOND R. The Road to the Bazaar [M]. New Delhi：Rupa Publications India Pvt Ltd, 1993：46.

履行它的抑制功能时，它可以引起调整，带来和谐①。代表自我的女树神对代表本我的国王之欲望的抑制，促使国王改变最初的非分之想，最终带来"三我"之间的和谐。这个故事是阐释自我对本我之抑制作用的恰当例子。

在女树神的积极影响下，国王从砍树者转变为护树者，这代表着他人格的蜕变，即他从占有式人格主体转变为了生态人格主体。邦德通过此故事希望人们能够像国王一样克制自己的欲望，及时停止对自然的破坏，最终学会热爱自然、尊重自然和保护自然。

二、《白象》：国王从大象占有者变为大象友好者

《白象》（"The White Elephant"）的主角是一只被赋予了诸多美德且能够像人一样具有言说能力的白象。白象无私、善良、忠诚，具有奉献精神和怜悯之心，也十分孝顺自己的母亲，尽管母亲双眼失明，身体虚弱，生活不能自理。与白象形成鲜明对比的是身为人类的林务员，他自私自利、忘恩负义，试图将白象捕获后送给国王，以换取物质利益。林务员对待白象的态度与《家中的老虎》中祖父对待老虎的态度形成了鲜明的对比。国王被白象的孝心感动后，从大象占有者转变为了大象友好者。作者或许意在通过人和动物之间的对比来赞扬动物的美德，揭露人类的恶习，进而帮助儿童读者树立正确的生态价值观和伦理观。

邦德的一些儿童短篇小说具有拟人化（anthropomorphic）特征，这类故事通常颠倒人和动物的特征，赋予动物以人类的特征，赋予人类以动物的特征，以凸显人类和动物之间的强烈反差。邦德作品中的拟人化语言，有助于塑造儿童读者的生态意识，培养他们对动物的同情心，正如一项研究所表明的那样：接触作品中的拟人化语言比接触表达事实的语言更能培养儿童的同情心；相较于阅读以写实方式书写动物的图书，阅读那些将动物拟人化的图书更有可能使儿童读者认同作者赋予动物的人类特征②。拟人化语言能够对儿童的意识产生更为持久的影响，更有助于他们将所学到的知识运用到真正的动物身上，也更有助于他们学习从动物身上映射出的美德。《白象》就是这样一个具有拟人化特征的

---

① HALL C S. A Primer of Freudian Psychology [M]. Dublin: Mentor Books, 1954: 28.

② GANEA P A, CANFIELD C F, SIMONS-GHAFARI K, et al. Do Cavies Talk? The Effect of Anthropomorphic Picture Books on Children's Knowledge about Animals [J]. Frontiers in Psychology, 2014, 5: 283.

故事。

故事开头，作者描述了白象的日常生活。在喜马拉雅山林中生活着一群大象，象群中最优秀的雄象是一头罕见的白象。白象的母亲年迈且双目失明，白象每天都要为母亲采摘甜美的野果，不幸的是，这些食物经常被其他的象偷吃。因此，它决定带着母亲离开象群，搬到遥远丛林中的一个山洞里生活。母子俩在那里平静而快乐地生活着。但是，一天傍晚，从林间传来一个男人的呼救声，打乱了母子俩的正常生活。白象急切地想去帮助求救者，它对母亲说道："那是陷入困境的人在求救，我必须去看看能否帮助他。"① 象妈妈深知人类的本性、伎俩和缺点，并用自己的亲身经历作为例子来劝告儿子不要去帮助人类。在象妈妈看来，人类总是不可靠的，他们经常用背叛来回报善良。文中写道：

> "不要去，我的孩子，"母亲说道，"虽然我又老又瞎，但我知道人类对待我们的方式，他们将以背叛来回报你的善良。"②

象妈妈关于人类以背叛来回报善良的观点，后来被白象的经历证明是正确的。

由于人类常以背叛来回报善良，因而许多动物不再信任人类。但是，善良的白象不忍心看到人类陷入困境，于是它不顾象妈妈的劝告，急忙跑出去帮助求救者。求救者看到白象后，害怕得拼命逃跑。白象一边追赶，一边安慰道："别害怕，陌生人。告诉我怎样才能帮到你。"③ 原来，求救者是一位在森林里迷路七天七夜的林务员，他因找不到回贝纳勒斯城（Benaras）的路而哭喊。白象熟悉森林的每个角落，愿意帮他走出森林。白象一路驮着他，将他带到了森林边缘，帮他找到了回家的路。在林务员离开之前，白象请求他不要把在林间遇到它的事告诉他人。

然而，象妈妈的担忧变为了现实。林务员回到贝纳勒斯城后，得知国王的宠物象最近死了，于是他心生自私的想法，想把白象抓来送给国王，进而从国王那里获取丰厚的赏金。文中写道："'国王会给我丰厚的奖赏。'男人想：'如

---

① BOND R. Nature Omnibus：A Bond with Nature ［M］. New Delhi：Ratna Sagar Pvt Ltd，2007：175.
② BOND R. Nature Omnibus：A Bond with Nature ［M］. New Delhi：Ratna Sagar Pvt Ltd，2007：175.
③ BOND R. Nature Omnibus：A Bond with Nature ［M］. New Delhi：Ratna Sagar Pvt Ltd，2007：177.

果我为他捕获那只出色的白象的话。'"① 贪婪、狡猾的林务员为了满足自己的物质欲望不惜出卖曾经救助过他的白象。林务员心理结构中的本我将几乎所有的心理能量都投注于白象上，换言之，白象成了林务员本我的贯注对象。林务员背信弃义，将他遇到白象的事告诉了国王。国王听后，非常高兴，立即下令捕捉白象。当白象看到林务员和一群驯象师时，它意识到自己被出卖了。它试图逃跑，但最终还是被捕获。无辜的白象沦为受害者，它为自己没有听从母亲的劝告而后悔。

白象被送给国王后，看起来十分难过。幸运的是，它得到了国王的宠爱。几天后，驯象师痛苦地来到国王面前，告诉国王，白象生病了，而且拒绝吃任何食物。国王听后急忙赶到养马场，问它生病和拒食的原因。国王和白象之间的对话传递出重要的信息，白象的回答改变了国王的想法。文中如此写道：

> "好动物，你怎么变了？你为什么拒绝进食呢？你想要什么，我都可以赐给你。"
>
> "伟大的国王，"白象悲伤地答道，"我只想回到森林里我那可怜的双目失明的母亲身边。母亲独自一人，还在挨饿，我怎么能吃得下饭呢？"②

白象十分挂念年迈且双目失明的母亲。为了回去照顾母亲，它下定决心要绝食，这一决心象征着超我的道德力量。道德力量对国王的自我进行影响，使其产生内心冲突，进而改变错误。文中写道："国王是个善良的国王，虽然他很想把白象占为己有，但他马上说道：'高贵的动物，你的善良使人类蒙羞。我给你自由，让你马上回到你母亲身边。'"③ 认识到自己错误的国王才是好国王。虽然国王非常渴望拥有白象，但为了让大象母子团聚，他还是决定放白象回家。国王的内心发生了巨大的转变，他从这件事中吸取了教训，他为自己曾经对白象采取的行为感到羞愧。白象通过用鼻子发出的响亮声音来感谢国王，然后离开了城市。

无论是在《白象》中还是在《国王与女树神》中，邦德都没有对人性感到

---

① BOND R. Nature Omnibus: A Bond with Nature [M]. New Delhi: Ratna Sagar Pvt Ltd, 2007: 177.

② BOND R. Nature Omnibus: A Bond with Nature [M]. New Delhi: Ratna Sagar Pvt Ltd, 2007: 178.

③ BOND R. Nature Omnibus: A Bond with Nature [M]. New Delhi: Ratna Sagar Pvt Ltd, 2007: 178.

绝望，他对像两位国王这样愿意承认并改正错误的人抱有希望。邦德通过《白象》这一故事，不仅将动物的高尚品德和人类的贪婪自私进行了鲜明的对比，而且强调了人类具有改错和行善的能力。

故事结尾处，白象被国王释放后，回到山洞中。当它发现自己的母亲还活着时，十分开心。白象将自己的经历告诉了象妈妈，象妈妈听完后说道："人类总是给我们的种族带来伤害。"① 白象并不同意象妈妈的说法，它恳求象妈妈以及我们所有人忘记林务员的背叛，只记得国王的善良。文中写道："'不是所有的人，母亲。'它开心地说道：'国王既高贵又慷慨，否则，我现在还被囚着呢。让我们忘掉林务员的背叛，只记得国王的善良吧！'"② 白象的上述观点彰显出作者对人性之善和自然之善的坚定信念。

故事中的林务官是一个完全被本我支配的人。为了获得物质利益，他不惜出卖恩人。如果我们像林务官那样被本我支配，只考虑自身的利益和欲望，那么，我们将可能给非人类动物乃至自然带来无法弥补的伤害，进而导致人与自然的关系不断恶化。

对于一个被本我支配的个体而言，超我有助于个体认识到自己曾对自然犯下的错误并改正错误。个体从恶向善的改变是本我、自我和超我三者相互作用的结果。在《白象》中，对于前期阶段的国王而言，其本我渴望拥有一只大象，其将心理能量贯注到大象上。在故事的后期阶段，相较于代表本我的国王，具有孝心的白象代表着超我。在遵循道德准则的白象的言行的感化下，国王采取"撤除贯注"（de-cathexis）的行动，也就是说，国王的自我撤除了本我对大象的对象性贯注，最终将白象释放回家。

《白象》这个寓言故事就像印度寓言童话集《五卷书》（*The Panchtantra*）中的许多故事一样，不仅具有很高的娱乐价值，也具有很高的教育价值。尽管《五卷书》中的动物们曾被人类背叛过，但是它们依然相信人类，因为在它们心中，大部分的人像《白象》中的国王一样，仍然是善良的。邦德试图通过《白象》这一故事来教育儿童读者们不要做像林务员那样的人，而要像国王那样学会克制欲望，去除"小我"意识，树立"大我"意识，多些悲悯和博爱情怀，唯有如此，我们才有可能赢得动物对人类的信任，实现人与动物的和谐相生。

---

① BOND R. Nature Omnibus：A Bond with Nature［M］. New Delhi：Ratna Sagar Pvt Ltd, 2007：179.

② BOND R. Nature Omnibus：A Bond with Nature［M］. New Delhi：Ratna Sagar Pvt Ltd, 2007：179.

三、《四季的乌鸦》：男孩从乌鸦残害者变为乌鸦保护者

邦德的儿童寓言故事《四季的乌鸦》（"A Crow for All Seasons"）展现了男孩小萨伊布与乌鸦之间的关系从敌视、冲突向友好、和谐的转变。该故事的第一人称叙述者是一只名叫斯皮迪的乌鸦。男孩对乌鸦的态度经历了从敌视到同情再到保护的转变，他在"三我"之间相互作用的影响下从乌鸦残害者逐渐转变为乌鸦保护者。

山脚下的一个平房里住着上校萨伊布、萨伊布夫人，以及他们的孙子小萨伊布。斯皮迪对三人进行了简单的描述和比较。上校萨伊布及其夫人对乌鸦没有恶意。上校萨伊布富有幽默感。萨伊布夫人对乌鸦很友善，经常将葱皮、土豆皮、面包皮等厨余垃圾扔到厨房外供乌鸦食用，还允许它们从垃圾桶里挑东西吃。当小萨伊布反对她这样做时，萨伊布夫人解释道："哎，我们都得谋生，乌鸦就是这样谋生的。"① 与两个长者不同的是，小萨伊布最初的人格属于占有式人格，他歧视、贬低甚至虐待乌鸦。他从一开始就对乌鸦十分苛刻，没有一点同情心，有时朝它们扔石头。尤其是，他厌恶斯皮迪，一看到它出现在平房附近就十分恼火，想方设法将其赶走。

男孩对乌鸦的最大仇视体现在他对乌鸦生命的剥夺上。斯皮迪描述了男孩用猎枪无情杀害其堂弟恰姆（Charm）的过程。一天，当恰姆飞到花园围墙上的时候，由于它长得太像斯皮迪，小萨伊布误把它当作斯皮迪，于是开枪射击它。受了重伤的恰姆死在花园里。上校萨伊布十分同情那只被打死的乌鸦。但是，男孩对乌鸦的死不仅没有丝毫的内疚和忏悔之意，反而认为这是他取得过的最大成就。从心理学角度来看，男孩出于憎恨和本能，杀死了一只乌鸦，这是他的本我进行对象性贯注的结果。

为了替恰姆报仇，斯皮迪以及"乌鸦兄弟会"中的其他成员召开紧急会议，通过了一项向男孩宣战的决议。只要看到男孩走出平房，走到院子里，斯皮迪等乌鸦就会一起飞过去，不停地啄他、抓他，"几只乌鸦就会尖叫着扑向他，咒骂他，猛烈地攻击他的头和手"②。最严重的一次报复差点要了男孩的命。那天，为了免遭乌鸦们的攻击，男孩决定开车出去兜风。汽车开动后，一群乌鸦突然俯冲下来，挤在引擎盖上，疯狂地拍打着挡风玻璃。男孩因视线被遮挡而

---

① BOND R. Panther's Moon and Other Stories［M］. New Delhi：India Puffin, 1991：92.

② BOND R. Panther's Moon and Other Stories［M］. New Delhi：India Puffin, 1991：95.

将车撞到一棵芒果树上。男孩不敢开车门，平房里的亲人们闻讯赶来，将他救出。男孩被乌鸦们的报复行为吓得不敢再离开平房，也不愿意吃饭。上校萨伊布说了一句富有哲理的话："大象永远不会忘记，乌鸦永远不会原谅。"① 动物同人一样具有记忆力，大象永远不会忘记它们曾经遭受的伤害，乌鸦永远不会原谅曾经给它们带来伤害的人。乌鸦们的报复事件暗含这样的生态道理：当人类对大自然的蔑视和破坏累积到一定程度时，大自然不再沉默不语，而是主动报复人类。

人类僭越自然不仅会导致生态问题，也会导致心理问题。换言之，人往往会因征服和疏远自然而出现心理异化问题。在乌鸦们的不断跟踪和纠缠之下，男孩因畏惧乌鸦们的报复而出现心理病症，变得有些焦虑和精神失常，其举止变得有些怪异。家人们开始担心他的健康，就连对手斯皮迪也开始担心他的健康，斯皮迪说道："我也很担心他。信不信由你，我们乌鸦是极少数真心希望保护人类的物种之一。"② 盲目自大的人认为乌鸦丑陋、可恶，对乌鸦缺乏关爱和同情，更不愿意保护它们。但是，乌鸦们却不计前嫌，它们担心"仇人"的病情，它们"真心希望保护人类"。这一对比凸显出乌鸦们的高贵品格。

为了帮助男孩尽早恢复健康，萨伊布夫妇决定带他到一个名叫"攀登者休憩所"的山间旅社休养一周。这一家人离开几天后，院子里的厨余垃圾越来越少，斯皮迪、斯洛等乌鸦因此面临生存困境，不得不为食物短缺问题犯愁。从斯皮迪和斯洛的如下对话，我们不难看出乌鸦是多么地依赖人类。

> "整个地方都属于我俩了，"我告诉斯洛。
>
> "是的，但是，这有什么用呢？所有人离开后，就再也没有丢弃的东西、赠送的东西、可以拿走的东西了！"斯洛说道。③

这里，邦德强调了乌鸦对人类的依赖性。由于面临生存困境，斯皮迪开始忏悔曾经对男孩施加的报复行为，它认识到正是它们的捣乱才导致萨伊布一家人离开的。斯皮迪深刻意识到乌鸦对人类的依赖性，最终接受了人类是乌鸦赖以生存的重要条件的事实，它说道："我才意识到，我们是多么地依赖人

---

① BOND R. Panther's Moon and Other Stories [M]. New Delhi：India Puffin, 1991：95.
② BOND R. Panther's Moon and Other Stories [M]. New Delhi：India Puffin, 1991：96.
③ BOND R. Panther's Moon and Other Stories [M]. New Delhi：India Puffin, 1991：96.

类呀!"①

　　为了让萨伊布一家人早日回归家园，斯皮迪决定到山间寻找他们。它飞过山丘、峡谷、森林，最后找到了他们所在的旅社。当时，男孩正躺在旅舍花园里的一把扶手椅上休息，斯皮迪耐心等待他醒来。男孩一睁眼便看到了斯皮迪，斯皮迪以友好的语气向他问好。男孩吓得从椅子上一跃而起，跑进屋里，同时尖叫道："是那只乌鸦，是那只乌鸦！它到处跟着我！"② 男孩逃回房间，把乌鸦飞到这里找他报仇的事告诉了萨伊布夫妇，但他们认为这是他的错觉，并劝告他，乌鸦跟随他并非为了向他复仇。

　　乌鸦对男孩的不断纠缠，以及男孩和乌鸦的反复接触，促使男孩对乌鸦的态度开始发生积极变化。态度是指"对承载重要社会意义的物体、群体、事件或符号所持有的一套相对持久的信念、情感和行为倾向"③。态度一般包括三个基本成分：一是情感成分，主要涉及个体对事物的感觉和情绪；二是行为（或意动）成分，主要涉及个体态度对其行为的影响方式；三是认知成分，主要涉及个体对事物的信念和知识。尽管不少学者均认为态度具有一致性，但是，美国社会心理学家 R. B. 扎洪茨（R. B. Zajonc）认为态度会发生积极变化，反复接触"态度对象或刺激对象"能为个体产生积极态度创造可能性④。由于和乌鸦的反复接触，小萨伊布内心逐渐发生变化，他开始思考如何化解同乌鸦的矛盾。他从调整自己心态、尝试同乌鸦建立情感联结做起，最终找到了化解矛盾的良方，他说道："没有它们，我活不下去。这就是解决我问题的方法。我不恨乌鸦，我爱它们。"⑤ 文中描述了男孩言行的变化：

　　　　"我现在感觉很好，"他继续说道，"如果你现在所做的事情与你之前所做的事情相反，那将会产生很大的影响！我以为我讨厌乌鸦，但事实上，我一直喜欢它们！"他拍打着双臂，模仿乌鸦的叫声，在花园里蹦蹦跳跳。⑥

　① BOND R. Panther's Moon and Other Stories［M］. New Delhi：India Puffin, 1991：97.
　② BOND R. Panther's Moon and Other Stories［M］. New Delhi：India Puffin, 1991：98.
　③ HOGG M A, VAUGHAN G M. Social Psychology：An Introduction［M］. London：Prentice Hall, 2005：150.
　④ ZAJONC R B. Attitudinal Effects of Mere Exposure［J］. Journal of Personality and Social Psychology, 1968, 9（2）：11.
　⑤ BOND R. Panther's Moon and Other Stories［M］. New Delhi：India Puffin, 1991：99.
　⑥ BOND R. Panther's Moon and Other Stories［M］. New Delhi：India Puffin, 1991：99.

男孩如今的言行表明，他不再憎恨乌鸦，他爱上了它们。倘若缺乏乌鸦这一频繁的刺激物，男孩对乌鸦的态度或许难以发生积极的变化。从某种意义上说，离刺激物越近，与刺激物的接触越频繁，个体对刺激物的态度越有可能变得积极起来。乌鸦反复刺激和影响男孩，促使他对乌鸦的态度发生变化。

男孩不再将乌鸦客体化，而是将其视为同人平等的主体，甚至从内心深处同乌鸦建立了真正的朋友关系，乌鸦成了他的"另一个自己"。亚里士多德在《尼各马科伦理学》中写道："朋友是另一个自我。"① 亚里士多德在该书中强调了以下重要观点：善是一种可以进行行动和选择的能力；幸福是人类生活中至高的善；高贵的友爱承担了联结自我与他者的职责，友爱是自我通向他者的敞开道路；在友爱中的个体能够坦诚地向他者敞开，将自己交付给他者；他者成为"另一个自我"，这是友爱的最高形式；每一次行动和选择都不应该以仇恨为目的，而应该努力偏离不平等、不相似，达成平等、相似，进而使得各方共享同一个世界。由于男孩对乌鸦的善和友爱，乌鸦们成了男孩的"另一个自我"。男孩和乌鸦都不再以仇恨为目的，这为他们共享同一个世界打下了基础。

男孩"认为自己是一只乌鸦"②，他将自己视为乌鸦群体的一分子。萨伊布夫人等人无法将自己视为乌鸦群体的一分子，因而当他们看到男孩的异常行为后，嘲笑他，认为他患了"夸大妄想（delusion of grandeur）"③ 症。夸大妄想是一种常见的心理障碍，患有此症的患者会毫无根据地认为自己具有非凡的才智（能力的夸大）、至高无上的地位（地位的夸大）、巨额的财富（财富的夸大）等。实际上，男孩并没有患"夸大妄想"症。从本质上看，男孩的"夸大妄想"症是他将伦理关怀的范围延伸至乌鸦，并将乌鸦视为"另一个自我"的结果。

男孩的巨大变化令斯皮迪感到惊讶。斯皮迪难以理解人心的变化，于是说道："他们今天恨你，明天又会爱你。"④ 其实，不仅男孩发生了巨大转变，乌鸦也发生了巨大转变。本不会原谅人类的乌鸦最终却原谅了人类，因为它们充分体会到了人类之于乌鸦的重要性。

---

① ARISTOTLE. Nicomachean Ethics ［M］. CRISP R，trans. Cambridge：Cambridge University Press，2017：29.

② BOND R. Panther's Moon and Other Stories ［M］. New Delhi：India Puffin，1991：99.

③ BOND R. Panther's Moon and Other Stories ［M］. New Delhi：India Puffin，1991：99.

④ BOND R. Panther's Moon and Other Stories ［M］. New Delhi：India Puffin，1991：99.

男孩身心恢复正常后，家人们认为回家的时候到了。萨伊布一家快乐地回归家园。故事结尾处，邦德为我们勾勒出一幅人与乌鸦和谐相处的美丽图景。清晨，男孩赤脚行走在草地上，他把面包、薄煎饼、米饭、咖喱茄子、自制乳脂糖等食物慷慨地撒给乌鸦们吃，乌鸦们欣然接受他的馈赠。男孩乐于与乌鸦共享食物和地理空间，这表明他已经将乌鸦视为与自己完全平等的朋友。

乌鸦们积极地回应男孩。作为对男孩的报答，斯洛首先将男孩推崇为乌鸦守护神"圣乌鸦"（St. Corvus），其他乌鸦齐呼道："乌鸦，乌鸦，乌鸦！"男孩因敬畏和关爱乌鸦而赢得乌鸦们对他的敬畏和关爱，"一些乌鸦正从他手中啄食东西，另一些栖息在他肩膀上。还有十几个立在草地上，它们在他周围形成了一个向他表达敬意的圆环"①。

由于男孩主动将自己视为一只乌鸦，将乌鸦视为他的"另一个自我"，因而他最终被乌鸦们接纳为其群体中的一员。人与乌鸦在相互依存、相互尊重、相互信任、互惠互利的基础上，建立起深深的情感联结，构建起双方和谐共荣的生命共同体。男孩的积极改变不仅使乌鸦们获得了幸福，而且使他自己获得了荣耀和快乐。男孩通过采取符合朋友准则和生态道德准则的行为，同乌鸦建立"你即是我，我即是你"的一体关系，其目的不再是单单获得自己的幸福，而是实现共同的幸福。

故事的最后一段展现了斯皮迪对人性变化的评价："从残害者到保护者；从兽性到圣洁。有时，也可能是相反的情况。你永远搞不懂人类！"②男孩从具有"兽性"特征的"残害者"转变为具有"圣洁"品格的"保护者"。换言之，男孩对自然的态度经历了从生态漠视型态度到生态友爱型态度的转变，男孩的人格经历了从占有型人格到生态人格的转变。

在该故事中，男孩在枪杀一只乌鸦之前，他内心中的"本我"一直处于主宰地位，乌鸦沦为男孩本我的贯注对象，"本我"渴望支配和主宰乌鸦。当"本我"的心理能量达到顶峰的时候，男孩枪杀了一只乌鸦。男孩在这一阶段对待自然的态度属于生态漠视型态度，其人格属于占有型人格。后来，由于乌鸦们对男孩的不断报复以及长辈们对他的开导，男孩内心中的"本我"力量逐渐弱化，"超我"力量逐渐增强。男孩开始反思并忏悔曾对乌鸦做过的错事。当男孩将自己视为一只乌鸦，并且与其他乌鸦快乐共处的时候，男孩内心中的"三我"

---

① BOND R. Panther's Moon and Other Stories［M］. New Delhi：India Puffin, 1991：100.

② BOND R. Panther's Moon and Other Stories［M］. New Delhi：India Puffin, 1991：100.

达到平衡状态。男孩在这一阶段对待自然的态度属于生态友爱型态度，其人格属于生态人格。

邦德通过此故事告诉我们尤其是儿童读者：人类的生态友爱态度是化解人与自然之矛盾的关键。邦德希望人人成为生态友爱者，希望人与自然的关系是建立在平等、友爱、共同幸福之基础上的关系，希望人类和非人类生命能够快乐地共享同一个地球家园。

四、《山上的粉尘》：从"小我"走向"生态大我"

在《山上的粉尘》（"Dust on the Mountains"）中，男孩比斯努对大山和自然的同情心不断增强，卡车司机普里塔姆因一次交通事故而彻底改变了对大山和自然的态度，两人最终从"小我"走向"生态大我"。

大山及其中的非人类自然生命已经被一心牟取物质利益的人类中心主义者摧毁殆尽。比斯努目睹满目疮痍的大山后，感到痛苦，他逐渐意识到正是人类的乱采滥伐才导致大山生态环境的不断恶化。但是，对于常年在采石场工作的普里塔姆而言，由于他对此类景象司空见惯，因而他对大山的遭遇无动于衷。在普里塔姆的内心发生根本转变之前，他唯一关心的是他的生计，他只在乎每天能驾驶他那辆卡车多跑几趟，多挣些钱。在此阶段，普里塔姆人格结构中的"三我"处于失衡状态，本我的力量占据上风，多挣些钱成为他内心中的本我的贯注对象；要求他关爱自然的超我的力量十分薄弱，因而他对大山缺乏感情，对自己参与破坏大山的行为从未懊悔过。

作者细致描述了普里塔姆遭遇的一次事故，这次事故为他人格结构中"三我"力量的优化乃至态度的转变提供了契机。有一天，由于工作过于劳累，普里塔姆和比斯努决定运完这一满车的石头后，去吃一顿好吃的晚餐。于是，普里塔姆把车开得比平时快。坐在石头上的工人们哼着歌。比斯努感到有些头晕，车门嘎吱嘎吱地响着，他劝普里塔姆不要开太快，但普里塔姆对此置若罔闻。几个急转弯后，路陡然向下。这时，一头骡子突然跑到路中间。为了避免卡车撞上骡子，普里塔姆向右猛打方向，救了骡子一命，但前方的路却向左急转弯，结果是卡车冲向悬崖。车上的工人们纷纷跳下车。飞驰的卡车撞上一块露出地面的较大岩石后，副驾驶的车门被振开，比斯努被从车里甩出。紧接着，卡车"侧翻两圈，最后依靠在一棵瘦骨嶙峋的老橡树的树干上"，"要不是那棵树，卡车早已坠入几百英尺深的峡谷底部了"①。幸运的是，比斯努被甩出后，落入荨麻丛中，只受点轻伤。多亏了那棵老橡树，卡车才未坠入山谷底部，普里塔姆才得以幸存。

这次事故发生的一个主要原因是普里塔姆试图挽救一头骡子。幸运的是，橡树接着拯救了普里塔姆。这两个细节表明，如果我们关心动物，自然也会关心我们。"拯救自然，自然也会拯救你"这一口号中所蕴含的生态道理，在此故事中得到很好的诠释。

普里塔姆锁骨骨折，肩膀脱臼，多根肋骨骨折，但还是捡回了一条命。男孩去医院看望他，他告诉男孩，他以后不想再干这份工作，他要回家乡陪伴自己的孩子们。经历此番劫难的普里塔姆获得顿悟，他认识到正是那棵老橡树将他从死神之手中救了回来，更认识到自然和生命的重要性，他感激地说道："要不是那棵树，卡车早就坠入山谷了，我也不可能在这里缠着绷带和你说话了。是那棵树救了我，记住这一点，孩子!"② 经历事故后，普里塔姆人格结构中的超我的力量不断增强，超我促使他感谢老树的救命之恩，促使他意识到自然对于人类的重要性。普里塔姆想把比斯努推荐给他的一位从事卡车运输的朋友，但比斯努拒绝了他的好意。

大自然通过这一事故给普里塔姆至少带来了两点提醒：一是提醒他远离开采石灰石这一自然破坏活动；二是提醒他认识到大自然是仁慈的，愿意救赎犯错者。男孩也因这次事故彻底醒悟，他也决定不再在石场工作，决定返回家乡在土地上劳作。遵循现实原则的自我促使本我和超我达到平衡状态，最终，普里塔姆和男孩实现内心"三我"之间的平衡，做出了回家乡的土地上劳作的决定。两人都明白了种树的重要性，也都意识到："在土地上种东西，总比把东西从土地中炸掉要好。"③ 两人最终都意识到了人与自然之间互惠互利关系：人类以什么样的态度对待自然，自然也会以同样的态度对待人类。简单地说，如果人类关心自然，自然会向人类广施恩惠；如果人类蹂躏自然，自然迟早会报复人类。两人的幡然醒悟值得称赞。

---

① BOND R. Dust on the Mountain: Collected Stories [M]. New Delhi: Penguin Books India Pvt Ltd, 2009: 500.

② BOND R. Dust on the Mountain: Collected Stories [M]. New Delhi: Penguin Books India Pvt Ltd, 2009: 502.

③ BOND R. Dust on the Mountain: Collected Stories [M]. New Delhi: Penguin Books India Pvt Ltd, 2009: 502.

　　普里塔姆心灵的蜕变是故事最大的亮点之一。那棵老橡树象征着人类赖以生存的大自然。普里塔姆一度是对大山、树木等自然物丧失情感的人类中心主义者。在事故发生之前，普里塔姆对待自然的态度属于生态漠视型态度，其人格属于占有型人格。但是，在事故发生之后，普里塔姆对待自然的态度属于生态友爱型态度，其人格属于生态人格。老橡树对普里塔姆生命乃至灵魂的拯救彻底改变了他的自然观、人生观和价值观，使他开始走向与自然、与家人、与社会相融之路，换言之，他开始从传统型的"小我"走向生态型的"大我"。

　　比斯努的旅程沿袭了"乡村生活→城镇打工→回归乡村"的循环模式。比斯努在打工之前，一直同家人居住在乡村，过着淳朴的、与自然一体式的生活。来到穆索里后，他目睹了令他感到不舒服的城镇生活。后来，他来到穆索里附近的采石场，矿业公司给大山和树木带来的巨大破坏令他感到极度不安。最终，他决定离开采石场，返回乡村，回归自然家园，在老家的田地上劳作。踏上乡村土地的那一刻，他长长地舒了一口气。他发现田野被积雪覆盖，山间的水流湍急。他受到母亲和妹妹的欢迎。文中展现了比斯努对土地、家园和自然的热爱和归属感："这是他的家，这些是他的田地！甚至这里的雪也是他的。当积雪融化时，他会整理田地，给它们施肥，让它们变得富饶起来。"①

　　回到家乡之后，比斯努精神倍增，感觉像换了个人似的。故事结尾处写道："当他大步走在这片他所热爱的土地上时，他感觉自己变得非常高大，非常强壮。"② 他之所以感到自己变得强大起来，根本原因在于他可以在他最热爱的土地上自由地劳作，他可以与树木等自然物进行亲密接触，他可以始终与家人相伴。家乡的土地，犹如一位引导比斯努远离喧嚣浮躁生活、追求诗意安宁生活的向导。比斯努对土地和家园的回归，暗示出乡村自然生活的可贵之处，而这样的生活在现代文明的影响下变得日益匮乏。

　　总之，邦德通过《山上的粉尘》这个故事希望更多仍在毁坏自然的人能像普里塔姆一样幡然醒悟，能像普里塔姆和比斯努一样扩大悲悯之心的圆周，走出"小我"，走向"生态大我"，实现与土地乃至自然的融合，最终走上爱绿、护绿和种绿的生态环保之路。

---

① BOND R. Dust on the Mountain：Collected Stories ［M］. New Delhi：Penguin Books India Pvt Ltd，2009：503.

② BOND R. Dust on the Mountain：Collected Stories ［M］. New Delhi：Penguin Books India Pvt Ltd，2009：503.

五、《月光下的黑豹》：终止本我释放的"死亡之舞"

在《月光下的黑豹》（"Panther's Moon"）中，邦德试图展现人猎杀黑豹之行为背后的心理原因。故事中的猎人被本我支配，其主要欲望是通过杀死黑豹来获取快乐或物质利益。作为一种消遣或盈利手段的打猎，凸显出猎人的杀戮本能及其追求享乐或物质利益的非理性欲望。无论是《月光下的黑豹》中的猎人们，还是《无处栖身的豹子》中的猎人们，他们对豹子冷漠无情，他们以猎杀豹子为乐，以从豹皮中获取物质利益为主要目标，他们无法同豹子建立良好的关系，他们的猎杀行为使豹子濒临灭绝，给生态系统造成巨大危害。因此，将他们称为生态病患者，一点也不为过。

在《月光下的黑豹》中，在猎人们还未侵入山林猎杀黑豹的时候，黑豹在山林中遵循食物的自然周期，它几乎未干扰过村民的正常生活，它同村民们保持着和谐共生的关系。但是，自黑豹被猎人追杀尤其是打伤以后，它因为难以猎捕到鹿等天然猎物而不得不到人类居住地附近捕食家畜，进而沦为食人豹。村民们为了维护自身的利益不被黑豹损害而不得不猎杀它。村民们与黑豹之间的关系由共生走向了对立。

本我是人格结构中复杂难懂、难以触及的部分。本我运作的目的主要是满足其对快乐或物质利益的强烈欲望，因而它运作时从不考虑后果、道德或逻辑。一位学者指出，寻求即时快乐的本我是"不遵守法律的、自私的、不遵守道德准则的……破坏性力量"①。一般而言，猎杀动物的行为是猎人的本我发挥主导作用的结果，是本我践行快乐原则的结果。快乐原则的目的是获得欲望的满足。故事中的猎人们的本我将心理能量投注于黑豹，猎人对黑豹的对象性贯注乃至猎杀通常不会为社会和道德所接受，容易导致紧张的关系甚至激烈的冲突。猎人们被本我支配着，沦为了违法的、自私的、不道德的破坏性力量。虽然猎人们未成功杀死黑豹，但比斯努以及其他村民却做到了这一点。在现实条件和现实原则的约束下，比斯努以及其他村民为了维护自身的基本生存和基本利益不得不杀死黑豹。

尽管比斯努对自己参与猎杀黑豹的行为感到些许懊悔，但他却认为杀死黑豹或许是解决村民和黑豹之冲突的唯一出路。冲突是由代表本我的猎人引起的，

---

① DOBIE A B. Theory into Practice: An Introduction to Literary Criticism [M]. Belmont: Wadsworth Cengage Learning, 2012: 57.

黑豹沦为猎人本我的贯注对象。代表自我的比斯努迎合了代表超我的村民们的道德标准，结束了猎人们释放的"死亡之舞"，使被本我扰乱的人豹关系恢复到和谐状态。虽然本我或超我在邦德的不少故事中占据主导地位，但理智的邦德却始终追求并展现本我、自我和超我三者之间的生态心理平衡。

第二节　长辈对儿童生态人格形成的积极影响

邦德儿童生态文学作品中的人物大致分为两类：一类是生态冷漠者和生态破坏者，另一类是生态友爱者和生态保护者。如何预防儿童沦为生态冷漠者和生态破坏者以及如何促进儿童成为生态友爱者和生态保护者，简言之，如何培育儿童的生态人格，是一个值得深思且很难解答的问题。邦德通过其儿童短篇小说为我们指出了一些解答这一问题的路径，例如，培育儿童的生态人格离不开长辈的及时引导以及持续的榜样示范。具体来看，在《樱桃树》中，邦德强调长辈在培育儿童与自然的情感联结以及儿童健全的人格方面的引导作用；在《我父亲在德拉的树》和《树岛》中，邦德强调长辈在培育儿童爱树和护树意识方面的榜样示范作用；在《花儿的希望》中，邦德强调长辈在引导儿童积极探索自然以及从事自然保护事业方面的重要作用。

一、《樱桃树》：长辈培育儿童对自然的情感及其健全的人格

鉴于态度以及人格的可塑性，培育个体的生态观乃至生态人格要抓好童年这一黄金期，尤其是要充分重视父母、祖父母等长辈在儿童生态观和生态人格培育方面的示范和引导作用。邦德从小深受其父亲和祖父的自然观和环保行为的影响，因而才会坚定不移地热爱自然、书写自然、保护自然。他的不少儿童短篇小说着力展现儿童在长辈的积极影响下与自然之间的良性互动。他笔下的不少儿童在长辈的影响下乐于与自然进行互动，学会了正确看待自然，学会了与自然和谐相处，他们的生态意识因此不断增强，此外，他们的品格乃至人格也得到潜移默化的影响。

在《樱桃树》（"The Cherry Tree"）中，邦德浓墨书写男孩拉凯什（Rakesh）与樱桃树（自然）之间的密切关系，展现樱桃树的顽强生命以及曲折的成长历程，颂扬男孩对樱桃树的悉心关爱和保护，凸显男孩在其祖父的教导下在陪伴

樱桃树成长的过程中日益增强的生态意识和日益健全的人格。从某种意义上说，文中的樱桃树不再是一个如机械一般的客体，而是一个同男孩平等的主体，甚至是一个不逊于主人公的角色。诚如一位印度学者在其论文《生态爱好者：罗斯金·邦德》（"Eco-phile: Ruskin Bond"）中所言："邦德的故事《樱桃树》是展示一棵树如何成为一个角色的极好例子。"①

绿色代表生机、幸福、欢乐。相较于其他颜色，绿色在《樱桃树》中占据主导地位。与绿色相比，红色象征着危险、威胁、死亡，红色在十八世纪爱尔兰诗人奥利弗·戈德史密斯（Oliver Goldsmith）的《荒村》（"The Deserted Village"）一诗中占据主导地位，诗人采用红色来凸显圈地运动给农村生态系统和田园风光带来的毁灭性破坏。邦德将绿色作为《樱桃树》这一故事的主色，意在凸显自然生机、美好的一面以及人与自然的快乐相处。

拉凯什的家位于离祖父家大约五十英里远的一个小村庄里，那里没有学校。为了能够上学，拉凯什住在了祖父家。祖父家位于穆索里的郊区，那里不仅有学校，也是森林开始的地方。祖父是一名退休的护林员，他对加瓦尔喜马拉雅山的地貌、植被、气候等都非常熟悉。

拉凯什六岁时，在祖父的教导下种下一粒樱桃籽。一天，放学回家的途中，拉凯什在穆索里的集市上买了一串产自克什米尔（Kashmir）河谷的甜美多汁的樱桃。在男孩所处的加瓦尔喜马拉雅山麓地带，到处是橡树和雪杉，然而水果植物却很少，其原因是多石的土壤和干燥的冷风不利于它们的生长。男孩一路上津津有味地品尝着樱桃。回到家时，他几乎把樱桃吃光了，只剩下三颗。给了祖父一颗后，他把剩下的两颗很快放入嘴里。祖父建议他把含在嘴里的最后一粒樱桃籽种在土壤中。他把最后一粒樱桃籽吐在手心中。他仔细地观察这粒樱桃籽，然后问道："祖父，樱桃籽是幸运的吗?"② 祖父答道："任何东西，如果你把它储存起来不用的话，都是不幸运的。如果你想获得好运，就必须让它发挥出一定的作用。"③ 人对非人类自然物的内在价值的重视，对于它们的可持续存在而言至关重要。在祖父眼中，尽管一粒樱桃籽微不足道，但它也有内在价值和存在意义。祖父从樱桃籽身上洞察到了生命乃至生存的意义。祖父正确

---

① MOHANRAJ S. Eco-phile: Ruskin Bond [A] // SINGH P K. The Creative Contours of Ruskin Bond: An Anthology of Critical Writing [C]. New Delhi: Pencraft Publications, 1995: 120.

② BOND R. The Cherry Tree [M]. New Delhi: India Puffin, 2012: 7.

③ BOND R. The Cherry Tree [M]. New Delhi: India Puffin, 2012: 8.

的自然观和生态观以及他的以身示范，是促使男孩生态意识逐渐增强以及樱桃籽逐渐发展为樱桃树的关键因素。

男孩问祖父如何对待这粒种子，祖父建议他"把它种在阴暗的角落里，这样它才不会被打扰"①。依照祖父的建议，男孩来到花园里的一个阴暗角落，他拿起铲子，松了松土，用拇指将樱桃籽按入土中。之后，他把樱桃籽的事忘得一干二净。

到了冬天，一阵阵冷风从满是积雪的高山上吹下来，在雪杉间发出"呜——呜——呜"的声音。冬天是身体和心灵的休眠期，缺少生命迹象。冬夜，祖父坐在炭火旁，给男孩讲人变成动物或鬼怪的故事、住在树上的人的故事、会跳动的豆子的故事、会哭泣的石头的故事等。祖父的视力不好，男孩时常读报纸给他听。祖孙俩相伴的场景是如此的美好、温馨。

当候鸟在空中排成 V 字形，向北飞往西伯利亚时，这预示着春天即将到来，预示着大自然即将焕发出勃勃生机。一个晴朗的早晨，男孩无意中发现花园的角落里长着一棵大约四英寸高的小苗，他盯着小苗看了一会儿，然后兴奋地喊道："祖父，快来看，樱桃种子发芽了。"② 祖父确信这棵树苗源自男孩种下的那粒樱桃籽。男孩盯着它看了好大一会儿。祖父建议他定期给小苗浇水，这样它才能快快长大。男孩悉心照顾它，并用鹅卵石围住其根部。"即使在雨水充足的时候，拉凯什有时也会给树浇水，他想让它知道他总在它旁边。"③ 之后的一段时间里，男孩每日都会用好奇的目光观察它是否生长，但是却发现它似乎长得很慢。尽管他决定以后不再观察它了，但是有时还是忍不住用眼角的余光瞥它一眼。

祖父常以谦卑、仁慈和博爱之心对待非人类自然生命，其态度潜移默化地影响着男孩对非人类自然生命的态度。渐渐地，男孩把樱桃树看作与人平等的鲜活生命，看作自己的朋友，一心挂念着它。八月中旬下了一场大雨。在雨水的滋润下，植物如雨后春笋般涌现出来，蕨类植物从树干上冒出，长长的草丛中冒出美丽的百合花，甚至连房屋的墙缝里都长出植物。樱桃树也不例外，在雨季迅速生长。

樱桃树的成长过程十分不易，男孩是它顽强生命力的见证者。樱桃树长到

---

① BOND R. The Cherry Tree［M］. New Delhi：India Puffin, 2012：14.
② BOND R. The Cherry Tree［M］. New Delhi：India Puffin, 2012：22.
③ BOND R. The Cherry Tree［M］. New Delhi：India Puffin, 2012：24.

大约两英尺高的时候，一只山羊闯入花园，啃食了除树干和两根细枝之外的其他所有部分。男孩十分伤心，将山羊一路驱赶下山，但祖父耐心地安慰并开导他，使他相信樱桃树具有强大的复原力，会一天天地好起来的，尤其是它的茎颇为结实，这有助于它度过此类逆境。果然，雨季结束时，它的树枝上长出了新叶。这表明樱桃树具有顽强的生命力。

但是，没过多久，樱桃树再遭不幸。一个割草的女人用镰刀将它砍为两截。镰刀代表着人类用以操控自然的工具。在她眼里，她想收割的草比一棵树的生命还要重要，因而她对树的遭遇无动于衷。祖父责备她，认为她未经允许不应该进入花园，尤其是她的行为不仅给樱桃树也给他的孙子带来了伤害。男孩十分悲伤，觉得它再也不能成活了。但是，令他们意想不到的是，樱桃树没有终止生命的意图，它活了下来，长出了几个嫩绿的新芽。阿米塔·阿加瓦尔曾对樱桃树的顽强意志评论道："樱桃树象征着不可战胜的生存力量。"① 樱桃树顽强的生命力潜移默化地塑造着男孩的生命观。

邦德曾夸赞树木具有优秀的自我管理能力。他在其作品中曾引用英国伟大剧作家萧伯纳（George Bernard Shaw）的一句话："没有人能够像树一样管理好自己的事务。"② 在邦德看来，树是人类学习的榜样，我们人类应该像树那样学会管理好自己的事情，学会独自面对困难、疗愈创伤，学会做一个像树那样坚韧而强大、沉默而宽容的人。

樱桃树在长大，男孩也在长大。男孩到了八岁时，长成了结实的小伙，他长有一头卷曲的黑发和一双深陷的黑眼睛。在那年的雨季，男孩回家帮父母干犁地、播种等农活。雨季结束后，男孩虽然看起来瘦了一些，但却像樱桃树一样坚强。他回到祖父家，发现樱桃树长高了一英尺，已经长到了他胸口的位置。这里，作者意在通过小树与男孩之间的类比表达这样一个观点：人类只不过是大自然中的普通一员，所有的人类和非人类生命都以类似的方式成长。这一观点暗合了深层生态学中的生物中心平等主义（biocentric egalitarianism）理念，即"对生命的成长方式及其形式怀有深层次的尊重乃至崇敬"③。

① AGGARWAL A. The Fictional World of Ruskin Bond [M]. New Delhi：Sarup & Sons Publishers, 2005：127.
② BOND R. Classic Ruskin Bond Vol. 2：The Memoirs [M]. New Delhi：Penguin Books India Pvt Ltd, 2012：274.
③ DRENGSON A, INOUE Y. The Deep Ecology Movement：An Introductory Anthology [C]. Berkeley：North Atlantic Books, 1995：83.

随着树的慢慢长大，它吸引来了越来越多的访客，如螳螂、大昆虫、毛毛虫等。樱桃树的第一位访客是一只翠绿色的螳螂，它转动着鼓鼓的双眼，凝视着男孩。它并没有伤害树，只是偶尔咬树叶。第二位访客是一只以樱桃树叶为食的毛毛虫。当它准备享用叶子时，男孩把它移走，放到了围墙上。他不想杀死毛毛虫，因为他在学校里学过关于毛毛虫总有一天会变成美丽蝴蝶的知识。毛毛虫固然丑陋，但男孩依然尊重其生存权利。男孩看着毛毛虫缓缓爬走时，说道："等你变成蝴蝶后，再来这里吧。"① 男孩希望毛毛虫变成蝴蝶后再到这棵树上玩，他知道到那时它就能在樱桃树上吸取花蜜、传播花粉了。这里，作者将毛毛虫变为蝴蝶、蝴蝶传粉等生态知识以有趣的方式传递给了小读者们。

历经重重障碍，樱桃树迎来了开花期、结果期。当树枝上长出第一朵淡粉色花时，祖父喊男孩过来欣赏，男孩惊奇地盯着它看。来年二月时，男孩九岁了，而这棵树虽然年龄还不到他的一半，但几乎和他一样高，树枝上开出了更多灿烂的花。作者写道："第二年，开出了更多的花……它长得比……祖父还要高。"② 樱桃树成了蜜蜂、鸟儿等生物的栖息地。"在樱桃树上，蜜蜂飞来采花蜜，小鸟飞来啄开花瓣，啄食花朵。树在整个春天一直保持其花朵的绽放，而且花总是比鸟多。"③

到了夏天，树枝上结出一些小樱桃，吸引来了鹩鸟、赤红山椒鸟等较大的鸟儿，它们兴高采烈地啄食樱桃。男孩想尝尝自己辛勤培育出的果实，于是摘了一个品尝起来，原以为很甜，结果却是酸的。祖父对他安慰道，来年树上会结出更多美味的樱桃。周围树林间的蟋蟀和蝉叫个不停。突然，樱桃树上响起昆虫欢快的叫声。在邦德笔下，鸟儿、昆虫等非人类自然物同人一样具有语言。正如美国作家克里斯托弗·曼尼斯（Christopher Manes）所言，就像人类拥有自己的语言一样，"鸟、风、蚯蚓、狼和瀑布也有自己的语言"④。邦德通过承认非人类自然物的语言，来强调非人类自然物同人类之间的相似性和平等关系。

邦德认为，只要人类以积极的态度和良好的行为对待自然，自然也会对人做出积极的回应。故事中的祖父持有类似的观点，并将此观点传递给了男孩。樱桃树的诞生、成长、开花和结果这一成长过程，增强了男孩对自然物发展规

---

① BOND R. The Cherry Tree［M］. New Delhi：India Puffin, 2012：27.
② BOND R. The Cherry Tree［M］. New Delhi：India Puffin, 2012：29.
③ BOND R. The Cherry Tree［M］. New Delhi：India Puffin, 2012：29.
④ MANES C. Nature and Silence［A］∥GLOTFELTY C, FROMM H. The Ecocriticism Reader：Landmarks in Literary Ecology［C］. Athens：The University of Georgia Press, 1996：15.

律的信任，使他懂得自然总会以积极的方式回应人类的善行。祖孙俩对樱桃树的关爱，换来了生机盎然的生态美景。一天，祖孙俩在树荫下享受樱桃树的陪伴。樱桃树给他们提供了荫凉和惬意。祖父累的时候，喜欢躺在树下的藤椅上休息，享受樱桃树带来的清凉和生机。拉凯什也喜欢躺在树下，透过翩翩起舞的树叶，欣赏天空美景。樱桃树欣欣向荣的景象犹如一幅树、鸟、虫、成人和孩子同欢共乐的生态诗意图，彰显出人类和非人类之间和谐共生的关系。

男孩及其祖父对樱桃树的感情日益加深。令男孩感到欣慰和自豪的是，他不仅没有浪费最后一粒樱桃籽，而且还帮它变成了一棵美丽的树。祖父对樱桃树的喜爱胜过其他任何一棵树，这是因为这棵树是他和孙子共同种下的。文中写道：

> "森林里有许多树，"拉凯什问道，"这棵树有什么特别之处吗？你为什么如此喜欢它？"
>
> "它是我们亲手种下的，"祖父答道，"这就是它如此特别的原因。"①

当代家长不管平时多忙，都要抽出一些时间陪孩子到户外开展一些自然体验活动，如播种、观鸟、爬树、捉昆虫、打水漂、林间散步等，因为这些活动能给孩子们留下美好且持久的印象，最终有益于他们的健康成长和全面发展。

在故事结尾处，男孩惊讶于这棵美丽的樱桃树竟是从一粒小小的种子演变而来的，樱桃树的成长经历激起男孩的幻想。他抚摸着光滑的树皮，用手指触摸叶子的尖端，轻声自言道："只是一粒小小的种子。我想知道这就是做上帝的感觉吗？"② 在《圣经》的开篇"创世纪"中，上帝创造了大地、太阳、星星、树木、青草、鱼儿、飞鸟、昆虫、野兽等非人类自然物，最后才创造出人类。亲手种下樱桃籽并陪它慢慢长大的男孩，如今站在已长大的樱桃树面前，思考令人惊奇的造物过程，感觉自己犹如上帝一样是个造物者。他想象着自己用一粒樱桃籽"创造"一棵树的过程类似于上帝造万物的过程。或许，这种惊奇感将会持续地激发男孩植树和护树的热情。

---

① BOND R. The Cherry Tree ［M］. New Delhi：India Puffin, 2012：30.

② BOND R. The Cherry Tree ［M］. New Delhi：India Puffin, 2012：30.

罗斯金·邦德这位杰出的印度儿童文学作家，从小就与大自然建立了深深的情感联结，创作了大量着力表现儿童与自然之关系的短篇小说。《樱桃树》就是一篇令儿童爱不释手、着力陶冶儿童生态情操、培育儿童生态人格的优秀短篇小说。该短篇小说的生态意蕴主要体现在以下几个方面：其一，成人在自然保护方面的榜样示范是儿童生态意识得以树立的重要条件。在樱桃树的成长过程中，不仅伴随着男孩与樱桃树之间的相互认同，更伴随着男孩与祖父之间的相互信任、相互支持。在树遭遇生存危机、男孩束手无策的时候，祖父适时给出良好的建议，然后男孩听从祖父的建议，帮助树度过危机，最终迎来了人与自然和谐相生的美好景象。倘若没有祖父的耐心陪伴和指导，男孩或许不可能会以谦卑和博爱的情怀对待树，树也不可能生存下来。祖父等长辈对儿童心灵的呵护、对自然的关爱，是建立儿童与自然之情感联结的重要条件。其二，男孩在同自然界中的一个普通生命的相处过程中，对树、鸟、虫、花、四季等自然物或自然现象有了真实的体验，明白了一粒籽发芽、长大、开花、结果的过程，懂得了一粒籽的内在价值和存在意义，获得了对自然和生命的深刻认识，最终不仅建立起他与自然之间的情感联结，还建立起他的生态友爱观。男孩最初种种子的目的是满足自己的味觉，但随着同树之间交流的加深，原有的目的转化为了对树的关爱和守护。其三，种一棵树其实是一件不费力气、随手可做的事，即使是一个六岁的孩子都可以做到。只需将种子压入湿润的土壤中，浇水数日，就可以让树芽破土而出。树长大后，不仅可以成为许多鸟儿和动物的栖息地，而且能为人提供美味的果实、新鲜的空气和温馨的陪伴。其四，树具有人所没有的优势，消解了人的优越性。故事中，樱桃树的生长速度比人快，寿命比人长，抗逆力和复原力比人强。樱桃籽发芽，成为一株小植物，然后慢慢长大，长得比拉凯什甚至比祖父还要高，其成长过程曲曲折折，其韧性值得称赞。邦德不惜笔墨地表现樱桃树的顽强生命，其重要目的在于降低人类高高在上的傲慢姿态，消解人类中心主义观。樱桃树所表现出的美好品格也在潜移默化地影响着男孩的品格，有助于塑造男孩健全的人格。其五，人应该成为自然的保护者，而非破坏者。邦德通过此故事呼吁儿童以真诚、谦卑、博爱的情怀对待自然生命，激励他们去种下一粒种子，为生态保护事业做出一份贡献，就像祖父激励拉凯什那样。

当今，生态危机日趋严重，地球家园伤痕累累。应对生态危机的关键在于塑造公众的生态意识，而塑造公众的生态意识要从儿童抓起。习近平总书记曾说过："少年儿童是祖国的未来，是中华民族的希望……未来总是由今天的少年儿童开创的……实现我们的梦想，靠我们这一代，更靠下一代。"① 当代儿童生态意识的强弱直接关系到生态文明建设事业的成败。研究邦德《樱桃树》的生态意蕴能为拉近儿童与自然之间的距离、培育儿童生态环保意识、推进生态文明建设、塑造儿童生态人格带来有益的启迪。倘若每个孩子都能像拉凯什那样用热情、爱心和行动播下一粒籽，种活一棵树，那么，地球必将成为绿意盎然、万物共荣的美丽家园。

二、《我父亲在德拉的树》《树岛》：长辈培育儿童爱树和护树的意识

印度英语文学批评家 M. K. 奈克（M. K. Naik）在其著作《印度英语文学史》（*A History of Indian English Literature*）中，恰如其分地指出邦德对树木和自然的真挚感情："邦德故事的另一特点是他对自然敏锐而积极的回应，也就是，'树和人之间极为密切的关系'。这不仅意味着他将自然描写视为一种叙事技巧，更意味着他对自然界的真情实感。在此方面，他有点像华兹华斯。"② 邦德与树之间具有密切的关系，他对树的情感真挚而热烈。邦德爱树和护树的意识深受其父亲的影响。邦德在《我父亲在德拉的树》（"My Father's Trees in Dehra"）中着力展现了父亲对树木的真挚情感，以及父亲对邦德爱树和护树之意识的影响。

邦德不仅热爱树，还提倡种树，他对树的情感深受其父亲的影响。《我父亲在德拉的树》着重讲述了这一点。该故事是一个自传体故事。故事的第一人称叙述者实际上是邦德本人。邦德回忆了小时候与父亲相处的经历，以及自己在父亲去世多年后重访德拉的经历。邦德在故事开篇处称赞德拉是印度唯一一个树木可以与人相媲美的地方，德拉的自然环境非常适合树木的生长，文中写道："德拉的空气湿润，土壤适合种子和根系的生长。"③

邦德忆起在德拉度过的童年时光，尤其是诸多与父亲和树有关的趣事。他忆起父亲和树木之间的密切关系。父亲喜爱树木，亲自种了许多树，乐于栖居林间。一天早上，当邦德和父亲坐在庭院台阶上休息时，他发现一棵攀缘植物的卷须缓缓移向父亲。作者细致描述了这一点：

---

① 习近平. 从小积极培育和践行社会主义核心价值观：在北京市海淀区民族小学主持召开座谈会时的讲话 [J]. 人民教育，2014（12）：6.

② NAIK M K. A History of Indian English Literature [M]. New Delhi：Sahitya Akademi，1995：250.

③ BOND R. Collected Fiction [M]. New Delhi：Penguin Books India Pvt Ltd，1999：112.

当我们坐在那里无所事事时，我注意到一株爬行藤蔓的卷须在我脚边缓缓蔓生……我发现，卷须几乎在不知不觉中从我身边经过，移向我的父亲。二十分钟后，它越过走廊的台阶，触碰到他的脚。在印度，这是最甜蜜的问候。这种现象与走廊台阶上的光和热有关，这可能是对这一植物行为的科学解释，但我更愿意认为，它的移动仅仅是出于对我父亲的爱。①

对邦德而言，卷须的移动虽然可以用科学知识来解释，但他却更愿意认为是父亲对植物的爱吸引着卷须不断移到父亲身边。邦德似乎相信，树木等植物不仅具有迁移的本领，也具有灵气，植物和人之间存在某种精神关联。热爱自然的人和自然之间存在某种神秘的、不为常人所理解的关系。真心热爱自然和融入自然的人才有可能窥见隐匿在自然之中的"神"，隐匿在自然中的"神"或许只向真心热爱自然和融入自然的人显现。正如越南现代著名的禅宗僧人释一行禅师（Thich Nhat Hanh）所言："只有当一个艺术家同一棵树建立真诚的关系时，这棵树才会向他或她显示自己。"② 父亲同树等植物建立了真诚的关系，这或许是藤蔓向父亲显示自己的原因。

邦德忆起父亲对植树的热情。邦德小时候常和父亲一起植树，父亲试图在年少的邦德心中植入爱树、种树的理念。父亲的一言一行塑造着他对树的态度。父亲喜欢在庭院里及房屋周围种些树。在雨季，父亲到丛林中找到一些插枝、幼苗和开花的灌木，将它们带回家，种在庭院里以及房屋周围，而且还细心照料它们，直至其长大。父亲不仅在自家周围种树，还在户外林地里种树。邦德记得小时候和父亲一起带着插枝和幼苗，走进丛林，将它种在婆罗双树和希杉之间的土地上。

父亲曾向年少的邦德强调了树木的重要性："如果人们继续砍伐树而不种树，很快就会没有森林，世界将变成一个广阔的沙漠。"③ 父亲这番令人警醒的话深深影响着邦德，因而他怀着极大的热情在一个岩石小岛上花了一整天的时间帮父亲植树。在父亲看来，只有人类多爱树、多种树，树才会不断地繁衍生息；倘若人类一味地砍伐树，那么，世界将沦为一望无尽的沙漠。父亲的这些观点对邦德树木观和自然观的早期形成具有积极的影响。在父亲的影响下，邦

---

① BOND R. Collected Fiction ［M］. New Delhi：Penguin Books India Pvt Ltd, 1999：119.

② HANH T N. Love in Action ［A］// TOBIAS M, COWAN G. The Soul of Nature：Celebrating the Spirit of the Earth ［C］. New York：Plume, 1996：130.

③ BOND R. Collected Fiction ［M］. New Delhi：Penguin Books India Pvt Ltd, 1999：119.

德认识到，没有树木的世界对他来说就像是一场噩梦，这也是他永远不愿意在没有树木的月亮上生活的原因。

父亲去世多年后，邦德回到德拉，来到曾经和父亲一起种树的地方。他想念那些树，而树仿佛认识他，向他招手，欢迎他归来，"这些树仿佛认识我，它们发出沙沙声，仿佛在召唤我走近些。环顾四周，我发现在我们当年所种的树木的庇护下，其他的树、野生植物和草都已经长出"①。作为一位生态人文主义者，邦德将自然人格化，将人类的性征赋予自然，于是树木仿佛在向他说话，向他招手。总之，父亲对树的情感和态度深深影响了邦德对树乃至自然的情感和态度，父亲的榜样示范作用是邦德矢志不渝地热爱树、尊崇树和保护树的一个重要原因。

邦德的儿童短篇小说《树岛》（"An Island of Trees"）着力展现了父母、祖父母等长辈在培育儿童的生态保护意识尤其是爱树、植树和护树意识方面的重要作用。在《树岛》中，祖母是故事的叙述者。祖母和她十岁的孙女珂吉（Koki）坐在一棵古老的菠萝蜜树下的一个吊床上乘凉歇息时，展开对话。祖母回忆了自己小时候同父亲（即珂吉的外曾祖父）、树、花等植物相处的美好时光，并将往事讲给珂吉听。祖母通过讲述父亲对树等植物的热爱与保护，使珂吉获得有关爱树、植树和护树的生态智慧，引导其认识到树木之于人类和生态系统的重要性。

祖母深信，树木等植物对父亲的爱同父亲对它们的爱一样温柔，她回忆道："我一直无法忘记，树木等植物温柔地爱着我的父亲，就像他温柔地爱着它们一样。"② 她忆起小时候独自坐在树下时的情形，当时她感到孤独、失落。但是，当父亲来到她身边后，愁闷的情绪很快消散，花园成了快乐之地，周围的树也变得友好起来。祖母解释道，父亲曾在印度林业局工作多年，这或许是他了解和热爱树木一个主要原因。退休后，他在小镇的郊区建了一栋平房，并在平房周围种植了酸橙树、芒果树、橘子树、番石榴树等树。

祖母讲述了父亲与一棵老菩提树之间的故事。这棵菩提树具有顽强的生命力，它强行穿过一座废弃古庙的墙壁。在祖母心中，这棵古树同人一样有着自己的想法，她回忆道："它（老菩提树）曾用旺盛的生命力把墙砖撞落，强行穿

① BOND R. Collected Fiction [M]. New Delhi：Penguin Books India Pvt Ltd, 1999：120.
② BOND R. Nature Omnibus：A Bond with Nature [M]. New Delhi：Ratna Sagar Pvt Ltd, 2007：51.

过一座废弃古庙的墙壁。它非常喜欢炫耀自己。即便周围没有风，它树上那些胸膛宽大、腰身纤细的树叶也会像陀螺一样旋转，仿佛下定决心吸引你的注意，邀请你走进其荫凉处。"① 由于这棵古树强行穿过一座古庙的墙壁，给古庙带来了破坏，因而父亲和母亲围绕是否要砍掉此树发生争执。祖母说道："我母亲想砍掉这棵菩提树，但我父亲说他要把树和寺庙都救下来。于是他围绕这棵树修建了寺庙……树保护着寺庙，寺庙也保护着树。"②

　　面对要古树还是要古庙这样的难题，父亲既没有为了拯救一座古庙而摧毁一棵古树，也没有为了拯救古树而完全抛弃古庙。相反，他通过移动古庙墙壁的位置来达到对二者的同时保护。最终，"树保护着寺庙，寺庙也保护着树"，寺庙与古树得以长期相互庇护、和谐共处。这个事使我们联想到"发展与保护"的问题。作者或许通过此事来教导那些试图以发展的名义来破坏自然的人，使他们认识到发展与保护之间的矛盾并不是不可调和的。父亲的做法使我们认识到，只要措施得当，我们既可以保护自然，也可以实现经济和社会的发展。

　　祖母向珂吉讲述了房屋后面一棵老榕树。在她心目中，这棵树就是一个小型世界，"榕树本身就是一个世界，里面栖息着小动物和大昆虫。当树叶依然处于粉嫩状态的时候，精美的地图蝶会过来拜访这些叶子，把它的卵托付给它们照顾"③。一棵树在人类眼中可能没有多大价值，但是在小生物眼中却是它们的整个世界。倘若缺少这棵树，许许多多的小生物可能会丧失栖息地、食物来源甚至生命。

　　父亲对植树怀有极大的热情。父亲坚信，植树具有诸多益处。父亲不满足于在花园里或房屋附近种树，他想种下更多的树，他想创造一片森林。因此，每逢雨季，他都会拿着插枝、树苗，扛着植树工具，走到灌木丛中以及河床附近，找一片裸露之地将插枝、树苗种下，希望那里有朝一日可以变为森林。父亲不在乎是否有人去那里观赏他的森林。就父亲在荒无人烟之地植树的原因，祖母解释道："父亲告诉我，为什么不仅野生动物需要树，而且人类也需要树呢？那是因为树木可以阻挡沙漠、吸收雨水、防止河岸被冲毁。我们植树不是

---

① BOND R. Nature Omnibus: A Bond with Nature [M]. New Delhi: Ratna Sagar Pvt Ltd, 2007: 52.

② BOND R. Nature Omnibus: A Bond with Nature [M]. New Delhi: Ratna Sagar Pvt Ltd, 2007: 52.

③ BOND R. Nature Omnibus: A Bond with Nature [M]. New Delhi: Ratna Sagar Pvt Ltd, 2007: 54.

为了让人看，而是为了地球，为了那些栖居在地球上并且需要更多食物和居所的鸟类和动物。"① 父亲植树的根本目的，不仅仅是为了人类的利益，更是为了地球，为了无数栖居在地球上的非人类自然生命的福祉。

美国的一位文学与环境研究专家肯·希尔特纳（Ken Hiltner）曾写道："当我们处于一种内在关系时，我们不会把与我们有关的存在物客观化。因此，河流、山脉、植物、动物等存在物并不是与我们分开的……而是与我们共存于同一个地方，且是我们自我的一部分。"② 故事中的父亲已经同树木建立起深层的"内在关系"。在他心中，树不是仅为人类所用的客体，而是同人平等的主体；无论是人还是树，都是地方生态系统的一个组成部分；树与父亲共存于同一个地方，树已成为父亲自我的一部分。换言之，父亲的自我已发展成为"生态大我"，他已经将自己同树木、地方乃至自然紧密地融为一体。

父亲因为太爱树木，所以极力反对滥伐树木的行为。他对世上无树的境况深感担忧。他认为地球上的绿色同金子一样珍贵，没有树的世界就像是一场噩梦："但是，人们每天都在砍伐树木而不去种植树木。如果这种情况持续下去的话，终有一天，森林将会消失殆尽，世界将沦为一个大沙漠！"③ 如果人类一味地伐树而不种树，如果人类不提升爱树、植树和护树的意识，或许终有一日，父亲的担忧将变为现实，世界将变为一个巨大而荒凉的沙漠。

父亲无私植树的行为最终得到回报。故事结尾处，祖母讲述了她时隔二十多年回老家的经历，期间她特意来到她和父亲当年植树的地方，那个小岛已成为绿色的小天堂。在那里，她看到了许多绿色鹦鹉、一只小梅花鹿和一只野鸡。小动物们似乎把她当作外人，不太愿意和她交流。"当我走向树林时，我注意到已经有许多鹦鹉栖居其间。一只小梅花鹿逃入灌木丛中躲藏起来。一只野鸡对我盘问道：'你是谁？你是谁？你是谁？'"④ 但是，那里的树却似乎认识"我"，向"我"招手，召唤"我"走近些。祖母站在父亲所种的树旁，用手抚摸着树皮，感觉就像抚摸着老朋友的手一样，"环顾四周，我注意到，在我们当年所种

① BOND R. Nature Omnibus：A Bond with Nature［M］. New Delhi：Ratna Sagar Pvt Ltd，2007：55.

② HILTNER K. Milton and Ecology［M］. Cambridge：Cambridge University Press，2003：12.

③ BOND R. Nature Omnibus：A Bond with Nature［M］. New Delhi：Ratna Sagar Pvt Ltd，2007：55.

④ BOND R. Nature Omnibus：A Bond with Nature［M］. New Delhi：Ratna Sagar Pvt Ltd，2007：59.

的树木的庇护下，小树、草等野生植物蓬勃生长着"①。曾经寸草不生的地方，如今已经成为富有生机的地方。正所谓，前人栽树，后人乘凉。倘若父亲没有长远的眼光和强烈的责任感，倘若父亲不考虑未来人类和非人类的福祉，倘若父亲当年不种下这些树，或许就不会有如今生机勃勃的绿色天堂。

如今这片地方因树木等植物数量的成倍增加而呈现出树林的样貌。如此一来，父亲当年想把这里变为树林的梦想也就变为了现实。祖母感叹道："树木大量繁殖了！森林在移动！在世界上的一个小角落里，我父亲的梦想实现了，树又在移动了！"② 树的移动，代表着树的不断繁衍及其数量的不断增加。

父亲有关爱绿、植绿和护绿的一言一行塑造着女儿的树木观和自然观。同样，祖母的一言一行尤其是她所讲述的故事，也在塑造着珂吉的树木观和自然观。笔者相信，文本外的小读者们会被文本中父亲植绿和护绿的行为所感动。邦德通过《树岛》这一故事给儿童读者上了一堂生动有趣且有意义的生态教育课，激励着他们去爱树、植树、护树。该故事在儿童生态教育方面的作用或许能抵得上成百上千篇关于拯救树木的论文或时政评论文章。文本中父亲的梦想已经实现，而现实中人类的绿色地球家园梦还远远没有实现。只有人人自愿爱树、植树、护树，绿色地球家园梦才有可能变为现实。

三、《花儿的希望》：长辈引导儿童认识到儿童是自然的希望

基于对加瓦尔喜马拉雅山上各种花的观察和思索，邦德创作出儿童短篇小说《花儿的希望》（"The Prospect of Flowers"）。该故事讲述了一位因热爱自然而植根于偏远之地的隐士——英国老妇人麦肯齐女士（Miss Mackenzie）——对稀有花卉物种的珍爱和保护。麦肯齐女士已八十多岁，但一生未婚。她独自栖居在喜马拉雅山间一个被人遗忘的避暑小镇中的一个整洁的小屋里，该小屋名叫"桑树小屋"。此屋附近的大多数房子因长期无人居住而变得破败不堪。这些房屋是英国人一百多年前为逃离印度平原上的酷热天气而建造的。她从十几岁起就住在这个小镇中。如今，她在印度举目无亲，她的父母已经离世三十年，她的兄弟姐妹也已不在人世，她仅靠每月四十卢比的抚恤金和她年轻时结交的

① BOND R. Nature Omnibus：A Bond with Nature［M］. New Delhi：Ratna Sagar Pvt Ltd, 2007：60.
② BOND R. Nature Omnibus：A Bond with Nature［M］. New Delhi：Ratna Sagar Pvt Ltd, 2007：61.

一位朋友从新西兰寄来的礼物度日。她无意返回英国，因为她知道自己无法融入战后的英国社会。她与外面世界的联系极少。除了当地教堂的神父、每月给她送一次包裹的邮递员、每隔一天给她送牛奶的送奶工之外，她几乎没有访客。

麦肯齐女士虽然过着简单的物质生活，但其精神世界却是富有的，其富有的精神世界源于她与花草的情感联结。麦肯齐女士有两个主要的爱好：一是养猫，二是养花。花卉和宠物猫是她的主要伴侣。她养有一只大黑猫，它长有一双明亮的黄眼睛。她有一个小花园，花园里种满了她喜爱的花。"她在小花园里种了大丽花、菊花、剑兰以及一些稀有的兰花。她对野花、树木、鸟类和昆虫都很了解。"① 对她而言，花园是她可以安放心灵的地方，是她唯一的世界，是她生命力量的源泉。她一生在这些花上倾注了大量的时间和精力，因而她不仅对花卉有着深入的了解，更与它们建立了深深的情感联结。

一天，一个名叫阿尼尔（Anil）的小男孩无意间闯入麦肯齐女士的花园。男孩是当地一所英语学校的学生。麦肯齐女士看到男孩后，有些生气，问他来这里的原因。男孩惊慌失措，试图爬上山坡逃走，但却因踩到松针而滑倒，然后顺着山坡滑下来，跌入花园中的旱金莲苗床中。羞愧的男孩向她道出来这里的真实意图——采摘花朵，因为他非常喜欢这里的花。当得知男孩对花怀有浓厚的兴趣时，麦肯齐女士感到很欣慰，因为她已经很久没有见过一个对花感兴趣的人了。

麦肯齐女士耐心地向他讲解花卉知识："这个是野生海棠，而那个紫色的是鼠尾草，但它不是野生的。"② 她向男孩介绍了诸多种罕见的、至今仍不为现代植物学家们所知的花或草。故事中的大量对话反映出麦肯齐女士具有丰富的花卉知识。

男孩将他想当一名植物学家的梦想告诉了麦肯齐女士。得知男孩的梦想后，她又喜又惊，说道："嗯，这很不寻常。在你这个年龄段的大多数男孩都想当飞行员、士兵或者工程师，但你却想当植物学家。嗯，这很好。看来这个世界还是有希望的。"③ 这里，邦德通过麦肯齐女士之口表达了他对青少年职业取向的

---

① BOND R. Dust on the Mountain：Collected Stories ［M］. New Delhi：Penguin Books India Pvt Ltd，2009：214.

② BOND R. Dust on the Mountain：Collected Stories ［M］. New Delhi：Penguin Books India Pvt Ltd，2009：215.

③ BOND R. Dust on the Mountain：Collected Stories ［M］. New Delhi：Penguin Books India Pvt Ltd，2009：215.

看法。当今，许许多多的孩子都渴望成为医生、工程师、飞行员或公务员。植物学、动物学和博物学专业几乎成了无人问津的专业，很少有孩子愿意当植物学家、动物学家、博物学家，而这实际上是人与自然关系日益疏远的结果。在邦德看来，尽管像阿尼尔这样真正对花卉感兴趣的孩子比较少，但是只要世上还有一些对花卉感兴趣的孩子，那么，这个世界还是有希望的，由此凸显出邦德对未来世界的乐观态度。从某种意义上说，一个人只有在童年时期多了解自然、体验自然，他才有可能真正喜爱植物学、博物学等与自然密切相关的专业，继而才会为传播自然知识和保护自然环境做出贡献，最终这个世界才会有希望，地球家园才会有美好的前景。

麦肯齐女士考察了男孩的花卉知识。她将一些花指给他看，问他是否知道这些花。令她开心的是，男孩认出了这些花，看来他对花有一定的研究，但她对他没有一本关于花卉的书感到遗憾，于是向他推荐了一本。她从书架上抽出一本厚厚的书，说道："这本《喜马拉雅山植物志》（*Flora Himaliensis*）出版于1892年，可能是印度现存的唯一的一本。"① 她继而解释道："这是一本非常珍贵的书，阿尼尔。其他博物学家都不曾记录过如此多的喜马拉雅野花。我先告诉你这样一个事实：有许多花卉和植物至今仍然没有被时髦的植物学家们了解，因为他们把时间都花在了显微镜上，而不是大山上。"② 在她看来，当今的植物学家们宁愿整天待在实验室里用显微镜观察植物，也不愿意亲自到山上探索它们，尽管许多花卉植物对于他们来说仍然是未知的。她认为喜马拉雅山是许多仍不为人知的花儿的天然储存地，她鼓励男孩多在山间花些时间，以便发现更多未知的花，获取更多的花卉知识。她希望男孩有一天能够在花卉研究领域有所作为。麦肯齐女士的上述观点同著名教育家陶行知先生的观点较为一致。陶行知先生强调大自然是活的书，自然科学知识需要从大自然中获取，"花草是活书，树木是活书，飞禽、走兽、小虫、微生物是活书，山川湖海、风云雨雪、天体运行都是活书"③。麦肯齐女士不仅希望男孩多阅读《喜马拉雅山植物志》这本纸质书，更希望他多阅读大自然这本"活书"。

男孩时常拜访麦肯齐女士，几乎每次都带一些野花请她辨认。慢慢地，两

---

① BOND R. Dust on the Mountain：Collected Stories［M］. New Delhi：Penguin Books India Pvt Ltd，2009：215.

② BOND R. Dust on the Mountain：Collected Stories［M］. New Delhi：Penguin Books India Pvt Ltd，2009：215-216.

③ 顾明远，边守正. 陶行知选集［M］. 北京：教育科学出版社，2011：477.

人建立了友谊。文中介绍了男孩频繁拜访她的一些原因："部分原因是她了解野花，并且他真的很想成为一名植物学家。部分原因是她身上散发出新鲜出炉的面包的气味，而这种气味他祖母身上也有。部分原因是她很孤独，有时候一个十二岁男孩比成年人更能觉察到孤独。还有一部分原因是他和其他孩子有些不同。"①

由于男孩所在的学校要在十月底关闭，因而男孩在学校关闭的前一天去向麦肯齐女士道别。麦肯齐女士把《喜马拉雅山植物志》这本书赠送给了男孩，她认为男孩是拥有这本书的最佳人选，否则它只会落入废品收购商之手。男孩说，这本书太珍贵了，她应该自己保存着，他第二年还会回来，到时候再来看这本书。麦肯齐女士说，明年她可能去英国，不再待在这里了。事实上，她给出的只是善意的谎言，因为她的家在山上，在橡树、枫树和雪杉之间。男孩整了整领结，把书夹在腋下，向麦肯齐女士道别后，便离开了。

文中，麦肯齐女士与男孩之间的对话颇多。这些对话不仅有助于我们理解人与人之间的关系，更有助于我们理解人与自然之间的关系。苏联文艺理论家和批评家米哈伊尔・巴赫金（Mikhail Bakhtin）认为，文本中的对话是一种表现现实的理想形式，"对话理论（dialogics）在景观文学中的应用……使分析景观内的人以及各个组成部分之间的生态关系成为可能"②。麦肯齐女士与男孩之间的对话，不仅展现了麦肯齐女士与男孩之间的友好关系，更凸显了麦肯齐女士和男孩同花草树木之间的密切关系。

那年的冬天来得比较早，麦肯齐女士没能度过冬天。由于冬季的花园里尚未长出能够抚慰她灵魂的花朵，因此她的灵魂去了"生长着蓝色龙胆草和紫色耧斗菜的大山"③。这一细节表明麦肯齐女士死后仍选择与花待在一起。

麦肯齐女士以大山为家，以鲜花为友，过着简朴而诗意的生活。她本可以回到其祖辈生活过的土地——英国——生活，但她却选择留在印度的群山中，待在橡树、枫树和雪杉之间。这进一步说明花卉世界是老人最愿意栖居和回归的地方。

---

① BOND R. Dust on the Mountain: Collected Stories [M]. New Delhi: Penguin Books India Pvt Ltd, 2009: 217.

② GLOTFELTY C, FROMM H. The Ecocriticism Reader: Landmarks in Literary Ecology [C]. Athens: The University of Georgia Press, 1996: 374.

③ BOND R. Dust on the Mountain: Collected Stories [M]. New Delhi: Penguin Books India Pvt Ltd, 2009: 218.

麦肯齐女士将花儿的未来寄托于男孩身上，希望男孩能多了解花、探索花、保护花，因为像男孩一样的儿童才是花儿的希望、自然的希望。麦肯齐女士在树立男孩走进花卉和探索花卉的意识方面发挥着重要的指导作用。麦肯齐女士向男孩提出的那些关于走进自然和探索自然的建议，值得我们学习和借鉴。当今儿童应该多走进自然、了解花草树木、增加博物学知识，只有这样，花儿才有希望，自然才有希望。

第三节 自然联结对儿童生态人格形成的积极影响

关于如何培育儿童的生态人格的问题，邦德在其儿童短篇小说中除了为我们提供长辈的榜样示范这一路径之外，还为我们指出了另一路径，即儿童自身需要乐于接触自然、体验自然，需要与自然具有较多的互动和交流，尤其是要与自然建立情感联结，因为自然联结对塑造儿童的生态人格具有积极的作用。具体来看，在《西塔与河流》和《长笛手》中，邦德强调了自然联结对儿童生态观的积极影响；在《葬礼》《熟人之死》《路过的宾雅》等作品中，邦德强调了自然联结对儿童身心健康的积极影响；在《充满回忆的花园》《窗》《山中的村庄》等作品中，邦德强调了自然联结对儿童视野、忍耐、谦逊等能力和品质的积极影响。

一、《西塔与河流》《长笛手》：自然联结对儿童生态观的积极影响

邦德曾写道："当我们走近自然时，我们会更好地理解生命，因为我们最初是从自然界中产生的，而且我们直到现在一直属于自然界。"[1] 在邦德看来，由于人类来自自然，并且一直属于自然，因而当我们走进自然时，会更好地理解生命。这里的生命不仅包括人类生命，也包括非人类生命。邦德的这一观点更适合于儿童。如果儿童能够增加自然接触量，那么，他们对非人类自然存在物以及人与自然的关系会有更好的理解，进而慢慢树立正确的生态观。

在《西塔与河流》（"Sita and the River"）中，故事主人公西塔同她所处的河流生态环境不仅具有长期的良性互动，还建立起牢固的情感联结，良性的互

① BOND R. The Book of Nature [M]. New Delhi：Penguin Books India Pvt Ltd, 2008：59.

动和牢固的情感联结塑造出西塔的生态友爱观和生态整体观。除了布娃娃姆塔之外，西塔平时最乐于接触的非人类物就是河流。对她来说，河流不仅是一种物质环境，更是一种她可以与之建立情感联结的存在物。西塔对河流以及河流与人类之间的互惠关系抱有坚定的信念。

邦德坚信，自然对人类具有积极的影响，永远不会蓄意与人类作对。作为邦德的代言人，西塔持有类似的观点。和布娃娃姆塔交谈时，西塔向它询问洪水是否会流入小屋，她得到的答案实际上是她自己的真实想法。文中写道：

> "你认为河水会流入小屋吗？"西塔问道。
> "如果它继续这样流下去，并且继续上涨的话，那么，它会流入小屋。"
> "我害怕河水，姆塔。你不害怕吗？"
> "别怕。这条河一直对我们很好。"①

西塔多年来与河流的频繁接触，加深了她与河流的情谊，以至于她认为这条河一直对他们"很好"。即使河水淹没了岛屿，毁掉了小屋，乃至威胁到她的生命，她对河流依然抱有乐观的态度，这充分体现了她对自然的信任以及她的生态友爱观。

对西塔而言，代表自然的河流具有自己的运行规律，河水泛滥只是一种自然现象，并不是在故意破坏她的家园。西塔以积极的态度看待自然，自然也以积极的方式回应她。小岛被洪水淹没后，西塔依靠漂浮在河面上的菩提树活了下来，这象征着自然对人类的救赎。西塔和维杰之间的如下对话展现了邦德对河流以及人河关系的深刻理解：

> 西塔说："河水有时愤怒，有时仁慈。"
> "我们都是河流的一部分，"维杰说。②

只有像西塔、维杰这样曾长期与河流亲密接触过的人，才能全面认识到河流有时愤怒、有时仁慈的性格，也才能深刻认识到：人只是河流的一个组成部分，只是自然的一个组成部分。

---

① BOND R. Dust on the Mountain：Collected Stories［M］. New Delhi：Penguin Books India Pvt Ltd，2009：224.

② BOND R. Dust on the Mountain：Collected Stories［M］. New Delhi：Penguin Books India Pvt Ltd，2009：250-251.

　　尽管河流有时会给人类和非人类带来危害，但西塔对河流的态度并不悲观、失望，她依然相信自然的仁慈和治愈力。简言之，西塔与河流的关系是一种建立在友情、信任和平等之基础上的关系，她的生态友爱观和生态整体观源于她和河流之间频繁的亲密接触。

　　邦德的《长笛手》（"The Flute Player"）强调了乡村自然体验对儿童的自然观和动物伦理观的积极影响。故事的主人公是一个名叫卡姆拉（Kamla）的小女孩。卡姆拉随家人一起从英国的大城市来到位于印度斋浦尔（Jaipur）市郊的祖母家。无论是在英国还是在印度，她比较熟悉城市生活，但对乡村生活缺乏了解。"卡姆拉对英国的乡村知之甚少，对印度城市之外的地方知道的更少。"① 祖母家离田野和乡村不远。因此，在返回英国之前的最后几天里，她决定到田野和乡村里体验一番。当祖母睡着时，她从后门溜出，穿过将城市和绿色平原分隔开来的大路，"穿过尘土，穿过路旁的蓝花楹树，跑进田野……突然间，她的世界变为一个更大、更多彩的地方"②。宽广而多彩的田野吸引着女孩投入其怀抱。

　　在邦德看来，乡村比城市安全，甚至乡村的动物不会危害人。卡姆拉看到一头骆驼围绕水井绕来绕去，它在拉动水车以抽出井水浇灌田地。"她的祖母曾告诉她不要一个人在城市里乱跑。但这里不是城市，而且据她所知，骆驼不会攻击人。"③ 卡姆拉相信骆驼不会伤人，因而她朝着骆驼的方向走去。骆驼一直在做自己的事务，丝毫没有理会卡姆拉，甚至没有正看她一眼。邦德对乡村是美好的以及乡村里的动物对人无害的信念在这里得到体现。

　　卡姆拉在田地遇到一个名叫罗米（Romi）的乡村男孩，他负责照看骆驼。两人很快认识。男孩送给她一个芒果。之后，他们一起开心地观察和讨论蓝松鸦、鹦鹉、骆驼、乌龟、松鼠、蛇等动物。

　　当两人一起观察和讨论蓝松鸦的时候，卡姆拉忆起祖母曾给她讲过的一个关于蓝松鸦的故事，并将这个故事讲给罗米听。为了帮助卡姆拉了解神圣的蓝松鸦，祖母向她讲述了印度神话中的湿婆神（Lord Shiva）的故事。为了拯救世

---

① BOND R. The Rooms of Many Colours [M]. New Delhi：Penguin Books India Pvt Ltd, 2009：56.

② BOND R. The Rooms of Many Colours [M]. New Delhi：Penguin Books India Pvt Ltd, 2009：56.

③ BOND R. The Rooms of Many Colours [M]. New Delhi：Penguin Books India Pvt Ltd, 2009：57.

界，湿婆神口服毒药，但却把毒药停留在喉咙处，没有让它继续往身体里流。祖母说道："它们是神圣的鸟，不是吗？它们的神圣源于它们的蓝色喉咙。"① 蓝松鸦的喉咙处有一圈蓝色羽毛，这不禁让人联想起湿婆神为拯救世界而将毒药停留在喉咙处的行为。

尽管罗米不识字，但他认识许多动物。他向卡姆拉讲述了有关松鼠的故事。在他看来，松鼠是一种神圣的动物，因为它们颇受出生在农民家庭的克里希纳神的喜爱。罗米解释道："这就是松鼠背上有四条黑色条纹的原因……而这些条纹是他（克里希纳神）手指上的印记。"② 克里希纳神因肤色黝黑而被称为"黑天""黑色之神"。松鼠背上的黑色条纹让人不禁想起克里希纳神的黑色手指。

卡姆拉问罗米能否抓住松鼠，他说抓不住，因为它们跑得太快了。但他告诉她，有一次他抓到了一条蛇，他没有杀死它，而是将其扔进了井里。罗米说道："我抓住蛇的尾巴，把它丢进一口老井里。那口井里到处是蛇。每当我们抓到一条蛇，我们不会杀死它，而是把它扔进井里！这样它们就出不来了。"③ 罗米对蛇的态度实际上就是邦德对蛇的态度。作者试图向我们传达这样一则信息：人类不应该一看到像蛇这样的令人畏惧的爬行动物，就一心想杀之，相反，我们应该像罗米一样去尊重和保护它们的生命。

两人孩子继续往前走，发现一只乌龟。卡姆拉刚抱起乌龟，它的头和腿就缩进了壳里。他们很快将它放回原处，因为他们看到那里有一些刚孵出不久的蛋。这一细节凸显出两个孩子对乌龟生命的敬畏和珍爱。

当卡姆拉要返回祖母家的时候，罗米邀请卡姆拉再来田野玩，她答应了。故事的最后，罗米将自己的笛子作为礼物送给卡姆拉，她欣然接受。首次见面，罗米就乐于付出，同时不期望任何回报，这体现出乡村人的无私和慷慨。在邦德看来，乡村人淳朴、善良的品格或许是大自然作用的结果，经常亲近自然的人通常心地善良。

《长笛手》彰显出儿童对乡村和田野的向往，表现出他们对动物的热爱和敬畏。该故事告诉我们：儿童在自然中的快乐体验不仅有助于他们获得丰富的感

---

① BOND R. The Rooms of Many Colours [M]. New Delhi：Penguin Books India Pvt Ltd, 2009：57.

② BOND R. The Rooms of Many Colours [M]. New Delhi：Penguin Books India Pvt Ltd, 2009：58.

③ BOND R. The Rooms of Many Colours [M]. New Delhi：Penguin Books India Pvt Ltd, 2009：58.

官体验和自然知识，而且有助于培育他们的自然观和动物伦理观，进而促进他们的生态人格的生成。

二、《葬礼》《熟人之死》《路过的宾雅》等 4 个文本：自然联结对儿童身心健康的积极影响

当今不少儿童因承受太多的压力而出现焦虑、浮躁、抑郁等负面情绪，而儿童与自然的联结有助于缓解儿童的压力，有助于他们放松自我、减少消极情绪、树立积极情绪。户外自然体验促使他们的大脑分泌出更多的多巴胺，将其情绪调节到最佳状态，使他们在自然中变得更加快乐、活泼。对于平时承受很大压力的孩子而言，如果他们每天能抽出 1 小时的时间到户外活动，或者每天坚持跑步 10 至 20 分钟，这有助于他们形成良好的精神状态。"相较于城市街道、商业广场等城市空间，公园、绿地等自然空间更为开阔，令人心旷神怡，是帮助孩子放松身心的理想场所。在喧嚣声不断的街道上或人来人往的商业广场中，孩子们很难产生放松、自在的感觉，而在约束规则较少的绿地里，孩子们可以无拘无束地活动，自由自在地释放压力、放松自我。"① 相较于城市街道、商业广场等城市空间，户外自然空间为儿童提供了一个可以进行多种自由活动的舞台，更能发展其粗大运动技能（如爬行、滚翻、跑步、游泳、跳绳等）和精细运动技能（如扣扣子、系鞋带、穿线、抛接球等）。"平时热爱自然体验的孩子在身体的灵活性、平衡性、协调性等方面具有更好的表现。户外活动的时间长度是影响儿童身体素质的一个重要因素。户外活动时间较长的孩子往往身体素质更好。"② 简言之，自然联结对儿童身心健康具有积极的影响。

邦德的半自传体儿童短篇小说《葬礼》（"The Funeral"）强调了这样一个观点：儿童与自然的联结有助于儿童理解大自然变化过程和人类生命过程的相似性，找到释放压力和消极情绪的出口，获得活下去的希望和动力，进而促进其心理健康，培育其良好的心态。

人类心理发展的关键时期一般在十二岁之前。童年时期所遭遇的与创伤、暴力、杀戮、死亡等有关的事情，以及缺少亲人的关爱，通常会对儿童的心理产生持久的负面影响，进而导致其"三我"之间关系的失衡。之后，他们很可能被本我支配，在生活中缺乏判断力，无法判断自己的行为对他人的影响。对

---

① 付文中. 自然联结对儿童的益处及其实现策略 [J]. 当代教研论丛，2023，9（7）：10.
② 付文中. 自然联结对儿童的益处及其实现策略 [J]. 当代教研论丛，2023，9（7）：11.

于这类儿童而言，接触自然、融入自然、体验自然，有助于缓解其心理问题，进而促进其心理健康。邦德笔下的不少儿童通过与自然的亲密接触，逐渐发展为有同情心、同理心和宽容心的人。即使遇到较大的困难和压力，他们依然能够做到沉着、冷静，保持良好的心态。

邦德的故事通常是比较写实的，有时他会在故事中加入一些想象的成分，《葬礼》就是一个包含想象成分的半自传体作品。故事的主人公兼第一人称叙述者"我"回忆了小时候参加父亲葬礼时的所见、所闻、所想、所思。在该故事中，男孩与自然的密切联系在很大程度上影响着他对自然的态度、他的心理乃至性格。男孩不仅把人视为自然的一分子，而且不再把自然视为无生命或无意识的客体，而是将其视为同人平等的、有意识的主体。男孩的父亲活着的时候是促使男孩同自然建立良性关系的重要动因。父亲去世后，在葬礼那天，男孩跟随哀悼者来到墓地。他望着巍峨的喜马拉雅山以及覆盖在山上的积雪在想，也许之所以选择此地作为父亲的墓地，可能是因为如果父亲有一天真的复活了，他能一眼就看到阳光照耀雪山的美景。当父亲的棺材下葬时，男孩担心父亲被埋于地下后，无法出来，他害怕父亲不会复活。男孩幻想着泥土深处可能存在一个更美好的世界，幻想着他亲爱的父亲能以某种方式复活，幻想着父亲也许会通过变成一棵树而逃离坟墓。男孩通过这种幻想来安慰自己。父亲的死亡并没有让男孩感到绝望，相反，男孩对死亡有了新的理解，他相信自然为死者获得重生创造了机会。男孩进一步想象着，如果他死后要像父亲那样被埋葬的话，他会想方设法从地下逃出去，通过自然提供的机会获得重生。文中写道：

> "也许他（男孩的父亲）会长成一棵树，然后他就这样逃脱了！"男孩想，"如果有一天我像他这样被埋起来的话，我会钻进植物的根里，然后变成一朵花，然后可能会飞来一只鸟，把我的种子带走……我总有办法逃出去的！"①

从男孩的内心表白，我们不仅可以看出大自然内部的密切关系和循环规律，也可以感受到男孩对死亡的乐观态度。尘归尘，土归土，人是从土里出来的，人本是尘土，人死后仍要归于尘土。换言之，人来自大自然，人死后仍要归于大自然。从本质上看，犹如能量在自然界中没有彻底消失一样，人死后在大自

① BOND R. Dust on the Mountain：Collected Stories ［M］. New Delhi：Penguin Books India Pvt Ltd，2009：481.

然中只是改变了存在的形式。人死后转化为的物质被其他自然存在物吸收，进而成为自然界物质循环的一部分。这或许是男孩相信自己在死亡后总能以某种方式从坟墓里逃出去并获得重生的原因。男孩对生与死的看法源于他对自然规律的深刻了解，而他对自然规律的深刻了解源于他曾经与自然的密切联系。

男孩的父亲活着的时候，以各种方式引导男孩亲近自然。有时，他带着男孩到户外自然环境中散步，有时他有意识地对男孩进行相关的教导，比如向男孩讲解生长在山坡上的各种野花、鸟和昆虫，"这些……他的父亲都曾向他指出并描述过"①。

邦德笔下不少的儿童热爱自然，对自然具有敏锐的意识，尤其是能够与自然融为一体。邦德颂扬儿童与自然的天然联系和情感联结，倡导儿童与自然融为一体，强调儿童与自然的联结既可以发生在身体层面，也可以发生在心理和精神层面。值得注意的是，只有当儿童的大脑不断获得相关的良性刺激的时候，儿童与自然的情感联结才有可能建立。"弗洛伊德相信，在连续几代的许多个体中以极高的频率和强度被不断重复的经验，会永久地沉淀在本我之中。"② 相较于与自然没有建立情感联结的孩子，那些与自然建立情感联结的孩子将来更有可能成长为亲自然的人。如果每一代父母都重视孩子与自然的情感联结，如果每一代儿童都能与自然建立情感联结，那么，亲自然的经验因不断重复而将"永久地沉淀在本我之中"。

个体在童年时期的自然体验，以及从成年人那里接受的自然教育，将对个体的自然观和心理健康产生重要的影响。学者安比卡·巴拉在其论文中讨论过两个基本假设：第一个假设是，早期没有接触过自然环境的儿童，一般不会关心自然、尊重自然，也认识不到自然的内在价值；第二个假设是，与自然环境的良性互动是促进儿童健康发展的一个重要因素③。邦德十岁时失去父亲，这一悲剧之所以没有给他带来心理创伤，其中的一个重要原因可能是他丰富的自然体验经历。通过自然体验，邦德不仅从自然那里找到了释放压力和消极情绪的出口，也找到了活下去的希望和动力。

邦德在《路过的宾雅》（"Binya Passes By"）中传达出自然联结有助于缓

① BOND R. Dust on the Mountain：Collected Stories ［M］. New Delhi：Penguin Books India Pvt Ltd，2009：480.

② HALL C S. A Primer of Freudian Psychology ［M］. Dublin：Mentor Books，1954：26-27.

③ BHALLA A. Eco-consciousness through Children's Literature—A Study ［J］. Indian Review of World Literature in English，2012，8（2）：1-8.

解低落情绪的观点。故事的第一人称叙述者"我"回忆了自己年轻时候与女孩宾雅之间的关系。叙述者从宾雅身上感受到原始的纯真、对时间流逝的不在意、对自然的亲近。宾雅让人不禁想起华兹华斯笔下那个在阳光和雨水的滋润下自由生长的天真女孩露西。无论是邦德笔下的宾雅还是华兹华斯笔下的露西，她们都与自然形成了一体关系。每当与女孩在一起时，叙述者具有快乐的情绪。女孩离开后，叙述者情绪低落，他试图通过亲近自然来缓解低落的情绪。

叙述者在茂密的森林中散步时，偶然听到林间传来女孩的歌声，她的歌声甜美、悠扬，令人陶醉。他因此想认识女孩。可是，女孩处于森林深处的某一角落，他没有找到她。第二天，他来到帕里蒂巴山脚下的小溪边。这里一片寂静，他只听到溪水在石床上流淌的声音。大概十五分钟后，他感觉有人在注视着他。他从树丛中探出头，望了望，但没发现一人。他返回家中，在看书的时候再次听到那优美的歌声。叙述者顺着歌声找到了女孩，女孩名叫宾雅，时常在山上放牛，喜欢采摘越橘。邦德描绘了她美丽的外貌："她容光焕发，肤色如蜜，嘴唇上沾有紫色的汁液。"①

叙述者向她询问年龄，她说十五六岁，但不知道准确的年龄，因为她的母亲在她很小的时候就去世了。她从小和祖母一起生活，而祖母不记得她准确的年龄。她向叙述者提出了一个关于年龄的问题："记住年龄重要吗？"叙述者答道："不，不重要。反正在这里不重要，在山上不重要。对大山来说，一百年不过是一日。"② 叙述者的话富有哲理，他认为宾雅是个天真无邪的女孩，是大山的孩子，她对山外世界中所发生的事不感兴趣。通过叙述者和宾雅之间的如下对话，我们大体可以感受到宾雅的生活观。

> "忘记年龄更好。"
>
> "那倒是真的，"我说，"但有时，人必须填写表格之类的东西，还得写明自己的年龄。"
>
> "我从来没填过表格，也从来没见过表格。"
>
> "我希望你永远不会见到表格。它是一张写满了无用信息的纸。表格是人类进步的一部分。"

---

① BOND R. Dust on the Mountain: Collected Stories [M]. New Delhi: Penguin Books India Pvt Ltd, 2009: 340.

② BOND R. Dust on the Mountain: Collected Stories [M]. New Delhi: Penguin Books India Pvt Ltd, 2009: 341.

"进步?"

"是的，你不开心吗?"

"不。"

"你饥饿吗?"

"不。"

"那你就无须进步了。野生的越橘更好。"①

　　天真、淳朴的宾雅对表格、进步等现代城市生活中的重要东西不了解，也不在乎，但她依然是开心的。叙述者似乎认同女孩的生活观。在他看来，长期生活在大山中的人或许只期望作为自然的一部分在山间一直过着幸福而平静的生活，他们对城市人所看重的东西往往不在乎。

　　在叙述者心中，宾雅因具有大自然的特征而显得格外迷人。文中写道："宾雅代表着另一种存在——一种狂野的、梦幻般的、童话般的存在。她走近幽灵出没的岩石、老树和小草。她从它们身上吸收了某种东西——一种原始的纯真、一种对时间和事件流逝的漠不关心、一种对森林和山脉的亲近，这种东西使她变得独特而迷人。"② 邦德通过上述描述强调了宾雅与自然之间的亲密关系，以及宾雅纯真、原始、迷人的特征。

　　叙述者感觉自己好像爱上了宾雅，但又想抑制这种情感。由于他接连好几天没见到宾雅，因而他来到村里找她。他从一个小男孩那儿得知，宾雅去了她母亲的村庄，那里离这大约一百英里远。宾雅的离开，意味着叙述者爱情的幻灭，这让他感到闷闷不乐。"我陷入忧思。我闷闷不乐地走过橡树林，几乎听不到鸟儿们——有着甜美歌喉的啸鸫、刺耳的巨嘴鸟、声音悦耳的鸽子——的叫声。"③ 一般而言，当人悲伤的时候，即便是美妙的歌声，听起来也不再美妙；即便是美丽的风景，看起来也不再美丽。为了让自己从悲伤中走出来，叙述者选择融入自然，借以获得精神力量，进而走向新生。文中这样写道：

　　我早早起床。趁着草地上的露水依然新鲜，我走下山，来到小溪边，

---

① BOND R. Dust on the Mountain: Collected Stories [M]. New Delhi: Penguin Books India Pvt Ltd, 2009: 342.

② BOND R. Dust on the Mountain: Collected Stories [M]. New Delhi: Penguin Books India Pvt Ltd, 2009: 345.

③ BOND R. Dust on the Mountain: Collected Stories [M]. New Delhi: Penguin Books India Pvt Ltd, 2009: 346.

然后来到一个小山上，那里有棵松树孤零零地生长着，风在它纤细的树枝间呼呼作响。这是我最喜欢的地方，也是我获得力量的地方，我不时地来这里获得新生。我躺在草地上，做着梦，蔚蓝天空中的白云在我上方旋转。①

简言之，亲近自然、融入自然，有助于叙述者重拾"力量"，获得"新生"。

在短篇结尾处，作者写道："幸福总是让我更加热情地回应自然。而当我感到痛苦时，我的情感开始向内转。"② 作者认为，自然体验能给人带来巨大的幸福和快乐，感到幸福和快乐的人通常会更加热情地回应自然。然而，一旦遇到令人痛苦的事，人通常会将其情感"向内转"（turn inward）。"向内转"是指人将注意力、思考或情感的对象从外部世界转向内心世界。有的人在"向内转"的过程中，把自己长期困在室内等封闭空间里，不愿意接触外面的世界，结果是他们慢慢出现心理问题，最终无法正常生活。而有的人在"向内转"的过程中，懂得走出室内，到户外自然环境中释放压力，排解忧愁，结果是他们慢慢从情绪的低谷中走出来，逐渐恢复了正常的生活。而邦德属于后者。无论心情怎样，他都会坚持每天走进自然，在自然中调节和优化情绪。对于当代儿童而言，走进自然和体验自然是缓解和消除他们不良情绪的一个好方法。

在《熟人之死》（"Death of a Familiar"）中，邦德强调了大山自然环境对性情的积极影响。该故事主要将城镇环境对青年苏尼尔（Sunil）的消极影响和大山环境对他的积极影响进行了鲜明的对比。

苏尼尔是故事第一人称叙述者"我"的一个朋友，他是一名大学生，长期居住在印度北部平原上一个名叫斯哈赫甘杰（Shahganj）的小城镇。在此镇里，苏尼尔通常有不好的表现，他参与了盗窃、性犯罪等违法活动。具体来看，当一个被苏尼尔欺诈的水果商想向警方报案时，失控的苏尼尔朝水果商头部扔了一块砖头，差点要了水果商的命。此外，苏尼尔爱调戏女孩。有一次，他因调戏一个女孩而被女孩的哥哥以及其他几个男士殴打。考虑到苏尼尔的犯罪活动较多，叙述者建议苏尼尔离开斯哈赫甘杰，到印度北部的西姆拉（Simla）山站

---

① BOND R. Dust on the Mountain：Collected Stories ［M］. New Delhi：Penguin Books India Pvt Ltd，2009：345.

② BOND R. Dust on the Mountain：Collected Stories ［M］. New Delhi：Penguin Books India Pvt Ltd，2009：346.

生活几个星期，苏尼尔同意了这一建议。

令叙述者大吃一惊的是，虽然苏尼尔在斯哈赫甘杰表现得很不好，但是，当他来到西姆拉山站以后，开始有良好的表现。苏尼尔有生以来第一次来到大山间，他感受到大山的神奇和美妙，并对探索山谷、森林和瀑布产生兴趣。他似乎不再以自我为中心，似乎完全忘记了城镇生活的种种诱惑。然而，当苏尼尔返回到斯哈赫甘杰以后，他故态复萌，又开始调戏女性。最后，他被他的两个朋友杀害，因为他勾引了他们的妻子。

邦德坚信，大山自然环境能够改变人的性情。他在故事中通过叙述者之口表达出这一信念："我相信，如果一个人在大山中待上足够长的时间，大山确实会影响其性格。倘若苏尼尔是在山中而不是在难民镇区长大，我毫不怀疑他将成为一个不一样的人。"① 大山自然环境可以在很大程度上改变一个人的性情。苏尼尔在斯哈赫甘杰和西姆拉这两个截然不同的地方生活时，展现出完全不同的性情。倘若苏尼尔是在西姆拉这个具有大山的地方长大，他很可能成为一个不一样的人，一个具有良好性情和道德的人。

城市环境容易导致人性情的恶化，这或许是城市里的犯罪率比较高的一个原因。一项科学研究表明，自然体验的缺乏影响城市居民的行为，尤其是城市中的公园以及其他开放空间的缺失或不可接近性同高犯罪率、抑郁症以及其他城市疾病之间存在联系②。与城市环境相比，大山自然环境易于塑造良好的性情，因而山区里的犯罪率相对较低。苏尼尔在城市里容易犯罪，但是在大山中却不犯罪，这一例子是诠释上述观点的恰当证据。邦德在其短篇小说《拉尔探长的案件》（"A Case for Inspector Lal"）中也曾强调大山自然环境中的犯罪率低的观点："那里几乎未发生过什么事。盗窃和诈骗案件很少，夏天偶尔会发生打架行为。谋杀案大约每十年发生一次。"③

简言之，邦德通过《熟人之死》这一故事强调了这一核心观点：大山自然环境有助于减少人的暴躁、怨恨、狡诈等不良情绪，有助于培育积极向上的情绪，有助于塑造生态人格。

在《漫步于加瓦尔》（"A Walk through Garhwal"）中，邦德强调了加瓦尔

---

① BOND R. Collected Fiction [M]. New Delhi: Penguin Books India Pvt Ltd, 1999: 67.

② New Hampshire Children in Nature Coalition. Opening Doors to Happier, Healthier Lives [EB/OL]. readkong. （2019-07-22）[2023-10-07]. https://www.readkong.com/page/opening-doors-to-happier-healthier-lives-1338329.

③ BOND R. Collected Fiction [M]. New Delhi: Penguin Books India Pvt Ltd, 1999: 91.

地区的自然环境对加瓦尔人性格和身心健康的积极影响。作者简要描述了加瓦尔地区的特征："加瓦尔是印度最北端的地区之一，与西藏接壤，拥有巨大的雪山……这里人口稀少，人们的生活不富裕。"①

加瓦尔独特的自然环境塑造出加瓦尔人坚强而开朗的性格。加瓦尔人的生活较为艰辛。有时，为了生存，他们不得不与恶劣的环境做斗争。文中赞扬了加瓦尔人因环境而生的诸多美好性格："然而，他们是开朗的人，他们坚韧不拔，具有惊人的忍耐力。他们想方设法在这片贫瘠的……土地上勉强维持着不稳定的生活。"②

作者忆起在加瓦尔的曼佳瑞村度过的美好生活。通过近距离观察加瓦尔人的日常生活，他发现山区的自然环境有助于增进他们的健康和福祉。就身体健康而言，"山区清新的空气和简单的饮食使加瓦尔人远离大多数疾病，帮助他们从比较常见的疾病中恢复过来"③。山区的自然环境有助于增进心理健康，降低犯罪意识。在那里，最大的危险并不是来自犯罪，而是来自"意外的灾难，如斧头或镰刀带来的意外伤害、野生动物的攻击等"④。同城市里的高犯罪率相比，这里很少发生偷窃、抢劫等犯罪事件。除了小偷小摸之外，曼佳瑞村里几乎没有发生过暴力犯罪事件。作者认为，加瓦尔地区犯罪事件很少的一个主要原因是新鲜空气对当地人的积极影响。简言之，优美的自然环境和新鲜的空气有助于增进人的身心健康、提高其幸福感。

三、《充满回忆的花园》《窗》《山中的村庄》等 6 个文本：自然联结对儿童视野、忍耐、谦逊等能力和品质的积极影响

邦德笔下的不少儿童主人公们都居住在离山林比较近的地方，他们与自然的接触十分频繁。自然体验使他们变得独立、自信、谦逊、乐观。自然体验拓展了他们的视野，增强了他们的忍耐力和冒险精神。邦德相信，自然联结对培育儿童的视野、忍耐、谦逊等能力和品质具有积极的影响。

---

① BOND R. The Rupa Book of Ruskin Bond's Himalayan Tales [M]. New Delhi: Rupa and Company, 2005: 70.

② BOND R. The Rupa Book of Ruskin Bond's Himalayan Tales [M]. New Delhi: Rupa and Company, 2005: 70.

③ BOND R. The Rupa Book of Ruskin Bond's Himalayan Tales [M]. New Delhi: Rupa and Company, 2005: 76.

④ BOND R. The Rupa Book of Ruskin Bond's Himalayan Tales [M]. New Delhi: Rupa and Company, 2005: 76.

邦德从小就对花儿情有独钟。他一直梦想着拥有一个属于自己的花园，但他不希望自己的花园成为英国文艺复兴时期哲学家弗朗西斯·培根（Francis Bacon）所喜欢的那种有条不紊的花园。他希望自己的花园能像他深奥的智慧一样，是不整齐的、未经规划的。在邦德小时候，他祖母的花园犹如一个由各种形状和大小的花坛组成的迷宫，这是他最喜爱的花园。祖母的花园深深印在他的脑海中，以至于后来每当他心情不好时，他会闭上眼睛，想象着自己徜徉于花园里的波斯菊花丛和玫瑰花丛间，这使他烦躁的心得到了安抚。此外，在邦德年轻的时候，他常看到安妮·鲍威尔（Annie Powell）这位老人在清晨给她花园里的各种植物浇水，她手拿水壶，有条不紊地从一个花坛走向另一个花坛，尽心尽力地为每株植物浇水，她说"她喜欢在浇完水后，看叶片和花朵闪闪发光的样子，这让她每天的生活都焕然一新"①。安妮·鲍威尔与花儿的亲密联结潜移默化地塑造着邦德对花儿的积极态度。在《充满回忆的花园》（"The Garden of Memories"）中，故事的第一人称叙述者不仅回忆了其祖父母同花儿之间的密切联系，而且强调了自然体验尤其是与花儿的联结对儿童各种感官能力的积极影响。

祖父平时喜欢种树、养动物，而祖母喜欢在花园里种花。花园里不仅种有散发香气的甜豌豆，也有夹竹桃、金鱼草、飞燕草、牵牛花、罂粟花等美丽的花。祖父在世的时候因喜欢观看花园里的蝴蝶而时常帮祖母种花。祖父离世后，其灵魂不愿离去，依然徜徉于他三十年前亲手建造的房子周围。祖母平时爱花和种花，这不仅是因为她自身的兴趣，也是因为她想让祖父的灵魂开心。祖父母对花儿的喜爱潜移默化地培育了叙述者对花儿的喜爱。

叙述者像祖父母一样喜欢绚丽多彩的花。在花的影响下，他成了一个感官主义者。他在书中写道："花儿让我成了一个感官主义者，它们让我懂得了嗅觉、色彩和触觉给人带来的乐趣。是的，也包括触觉，这是因为将一朵玫瑰花按在嘴唇上，就好像接受了一个温柔的、踌躇的、探索性的吻。"② 与花草树木等自然物的频繁接触，有助于增强儿童的听觉、嗅觉、触觉、味觉、视觉等感官能力，进而有助于他们从自然体验中获得各种各样的乐趣。

---

① BOND R. The Book of Nature［M］. New Delhi：Penguin Books India Pvt Ltd，2008：37.

② BOND R. The Parrot Who Wouldn't Talk and Other Stories［M］. New Delhi：Motilal Penguin India，2008：102.

在室内通过窗户所获得的自然体验也属于自然体验，对人也具有积极影响。邦德的《窗》（"The Window"）展现了人、窗户和户外自然世界三者之间的密切关系，揭示出窗户的诸多神奇作用，例如，有助于拓宽室内人的视野，有助于室内人观察自然世界、了解户外世界，有助于拉近人与自然之间的距离，有助于室内人感受户外自然世界之于人类的重要意义。

故事开篇处简要展现了叙述者窗外的自然世界。文中写道："对面的那棵榕树是我的，栖息在树上的动物们是我的同胞，它们是两只松鼠、几只八哥、一只乌鸦，夜间的时候还有一对狐蝠。松鼠在下午的时候忙碌，鸟儿在早上和晚上的时候忙碌，狐狸在夜间的时候忙碌。"① 窗户对面的那棵榕树是叙述者平时观察的对象，他将树上的松鼠、八哥、乌鸦等动物视为"同胞"，这里反映出叙述者对动物的喜爱和尊重。在他心目中，动物和人类是平等的。

叙述者独自待在房间里的时候，他逐渐感受到窗户带给他的神奇作用。例如，在榕树上栖息的动物给他带来创作灵感，成为他写作的对象。透过窗户观察户外世界，可以缓解他的孤独感，拓宽他的视野。文中写道："起初，我在屋内很孤独，但是后来我发现了窗户的魔力。通过窗户，我可以望向榕树，望向花园，望向建筑物旁那条宽宽的路，望向其他房屋的屋顶，望向道路和田野，一直望到地平线。"② 叙述者通过窗户可以看到"花园""道路""田野"甚至"地平线"，他的视野得到不断拓展。窗户还帮助他结交了一位好朋友。有一天，他看到一个女孩和一个老妇人从马车上下来，然后走进她们的房子。女孩大约十一岁，名叫柯基（Koki）。叙述者同女孩逐渐建立起友好关系。

有一天，下起了雨，柯基跑到屋顶，在雨中高兴得又喊又跳。她说道："这里就像电影院，窗户是银幕，世界是图像。"③ 窗户是观察自然、了解世界的一个重要渠道。通过窗户向外看，犹如观看一部从各个角度展现美妙世界的电影。如今，许多儿童待在室内的时间越来越长，他们与户外自然世界接触的时间越来越少，以致他们患了"自然缺失症"。对于"自然缺失症"儿童而言，通过窗户接触户外自然世界，亦是一种与自然建立联结的方式，这一方式不仅能拓

---

① BOND R. Dust on the Mountain：Collected Stories ［M］. New Delhi：Penguin Books India Pvt Ltd，2009：38.

② BOND R. Dust on the Mountain：Collected Stories ［M］. New Delhi：Penguin Books India Pvt Ltd，2009：38.

③ BOND R. Dust on the Mountain：Collected Stories ［M］. New Delhi：Penguin Books India Pvt Ltd，2009：40.

宽他们的视野，也有益于他们的身心健康。

窗户是户外自然物进入室内的渠道。当窗户外一株三角梅的长长根系经窗户爬进室内的时候，柯基担忧道："如果不破坏这株匍匐植物，我们就无法关上窗户。"叙述者回应道："那我们就永远不关窗户了。"① 就这样，他们允许匍匐植物进入室内空间。这一细节凸显出叙述者对户外世界的重视，尤其是对户外植物的喜爱和尊重。在邦德看来，窗户不仅是人的心灵和视野从室内拓展到户外的渠道，也是户外自然物融入室内空间的渠道。可见，窗户在构建人与自然尤其是儿童与自然的联结方面发挥着不可忽视的作用。

邦德在《屋顶上的猴子》（"Monkey on the Roof"）中强调了这两个观点：爬树等自然体验有助于提升儿童的身体敏捷性、冒险精神和生活能力；自然体验对于儿童的重要性大于考试成绩。文中，叙述者谈到了送奶工的儿子考试成绩比较差的事情。其他人往往因为男孩成绩差而对他感到失望，但是，叙述者却因看到男孩擅长爬树的优点而对他抱有希望。在叙述者看来，只要男孩会爬树，就能在生活中成为一个成功的人；一个人通常需要靠一项良好的技能才能生存下去，当然，送奶工的儿子不可能一辈子只靠爬树生活，但是，通过爬树训练出的敏捷性和冒险精神将支撑他以后的生活②。这里，作者通过叙述者之口强调了爬树等自然体验对提升儿童的身体敏捷性、冒险精神和生活能力的积极影响。

邦德在《山中的村庄》（"A Village in the Mountains"）中强调了大山有助于塑造谦逊、忍耐等美好品格的观点。故事的叙述者在加瓦尔喜马拉雅山中的曼佳瑞村居住期间，近距离观察了大山上的景物以及加瓦尔人的日常活动，颂扬了壮丽的大山风景以及加瓦尔人的美好品格和质朴生活。

叙述者指出，无论用什么样的语言都无法形容喜马拉雅山的壮丽。他写道："印度历史初期的一位诗人曾这样说道：'就算是在神祇的百世，我也无法向你传扬喜马拉雅山的辉煌。'自这位诗人以后，再也无人能够真实而公正地评价喜马拉雅山。尽管我们已经攀登过喜马拉雅山上的一些高高的山峰，但这些山看起来依然遥远、神秘、原始。"③ 印度诗人所说的那句话表明，喜马拉雅山的壮丽和辉煌是人类无法用语言来描绘的。

---

① BOND R. Dust on the Mountain：Collected Stories ［M］. New Delhi：Penguin Books India Pvt Ltd，2009：40.
② BOND R. Funny Side Up ［M］. New Delhi：Rupa Publications India，2006：5.
③ BOND R. The Book of Nature ［M］. New Delhi：Penguin Books India Pvt Ltd，2008：49.

在邦德看来，接触和体验大山自然环境有助于培育谦逊、忍耐等美好的品格。叙述者认为，由于长期受到喜马拉雅山自然环境的影响，生活在那里的加瓦尔人养成了谦逊、忍耐、平静和矜持的品格。文中写道："难怪在加瓦尔地区，生活在这些山上的人以及生活在云雾缭绕的山谷里的人，早已学会了谦逊、忍耐、平静和矜持。"①

1995 年，邦德的儿童短篇小说《蓝色雨伞》（"The Blue Umbrella"）被印度《育儿杂志》（*Parenting Magazine*）评为年度十佳图书之一，邦德因此书而获得儿童文学杰出成就奖。《蓝色雨伞》以加瓦尔喜马拉雅山区为主要背景，展现了十岁女孩宾雅（Binya）与自然之间的亲密联系，以及她善良、宽容、不注重物质利益的美德。宾雅住在山区，喜欢光脚行走在岩石或草地上。她家养有两只可爱的奶牛，一只名叫尼鲁（Neelu），另一只名叫高里（Gori）。她乐于和牛待在一起，有时会跟随它们进入某个遥远的山谷，结果很晚才回到家中。宾雅的父亲两年前去世，她和母亲、哥哥、奶牛一起生活。她家的田地里种有土豆、洋葱、生姜、豆子、玉米、芥菜等作物，这些作物勉强维持他们一家的生计。宾雅在大山里过着物质简单、精神富有的生活。文中对宾雅外貌的描述如下："像大多数山里的女孩一样，宾雅身体结实，皮肤白皙，脸颊粉红，眼睛乌黑，黑发扎成了辫子。她手腕上戴着漂亮的玻璃手镯。她的项链上挂着一个豹爪。豹爪是个幸运符，因而她总是戴着它。"②

宾雅属于大山，喜欢融入大山。在她看来，黑暗的森林和孤寂的山顶并不可怕，可怕的是平原上喧嚣的人群。文中写道："黑暗的森林和孤寂的山顶，对她来说并不可怕。只有当她在城镇里被集市上的人挤来挤去时，她才感到紧张和失落。"③ 这一对比凸显出宾雅对山林的喜爱以及对城镇的反感。

该故事展现了城市人过分看重物质利益的心理及其对山里人的歧视。一些来山上野餐的城市人看到宾雅身上又破又脏的衣服后，开始对山里人评头论足。其中一个女士被宾雅项链上的豹爪吸引，于是想将其据为己有。文中展现了这位女士及其丈夫对宾雅的歧视：

"那就买下吧。给她两三卢比，她肯定需要钱。"男士看起来手头有点拮据，但又急于取悦他年轻的妻子，于是他一边拿出一张两卢比的纸币递

① BOND R. The Book of Nature［M］. New Delhi：Penguin Books India Pvt Ltd, 2008：49.
② BOND R. Children's Omnibus［M］. New Delhi：Rupa and Company, 2007：18-19.
③ BOND R. Children's Omnibus［M］. New Delhi：Rupa and Company, 2007：19.

给宾雅，一边向她暗示想用吊坠换她的项链。宾雅把手放在项链上，生怕这个兴奋的女人会把它抢走。宾雅郑重地摇了摇头，男士又拿出一张五卢比的纸币给她，她再次摇了摇头。"她真傻！"年轻女士感叹道。①

这对来自城市的夫妻想当然地认为，贫穷的宾雅会为了钱而舍弃任何东西。可是，令他们失望的是，不管他们给多少钱，宾雅都不愿意舍弃她心爱的项链。宾雅的做法颠覆了女士的传统认知，因而她认为宾雅很傻。宾雅的做法彰显出她轻视物质利益的美德。

该故事还展现了拉姆·巴罗萨（Ram Bharosa）这位贪婪狡诈的老商人与宾雅之间的矛盾。宾雅有一把蓝色伞，"那把伞就像一朵花，一朵绽放于干燥、褐色山坡上的大蓝花"②。为了占有这把蓝伞，巴罗萨想出一些诡计，可是，宾雅却一一识破了他的诡计。就像邦德的其他故事一样，该故事以二者的和解结束。巴罗萨消除了自己的贪欲，不再想占有蓝伞，而善良的宾雅最后把蓝伞作为礼物送给了巴罗萨。总之，故事中的宾雅在优美而宁静的大山环境的熏陶下形成了善良、宽容、不看重物质利益的美好品格。

自然联结还有助于增进友谊和自信。在邦德的《隐蔽的池塘》（"The Hidden Pool"）中，一位英国工程师的十五岁儿子劳里（Laurie）在山间发现了一个隐秘的池塘，这个池塘使他与阿尼尔（Anil）和卡迈勒（Kamal）结下友谊。三个少年在池塘里一起游泳、摔跤，还一起做出到海拔约一万两千英尺的冰川徒步旅行的计划③。他们在山间的徒步旅行不仅增强了他们对喜马拉雅山的热爱和尊重，还激发出他们的自信。

---

① BOND R. Children's Omnibus ［M］. New Delhi：Rupa and Company，2007：20-21.

② BOND R. Children's Omnibus ［M］. New Delhi：Rupa and Company，2007：22.

③ BOND R. The Night Train at Deoli and Other Stories ［M］. New Delhi：Penguin Books India Pvt Ltd，1998：59.

结　语

　　本书是 2021 年度教育部人文社会科学研究青年基金项目"罗斯金·邦德儿童短篇小说的生态意识研究"（项目编号：21YJC752004）的最终结项成果，该选题源于当今全球日趋严重的生态危机以及儿童与自然关系日益疏远的严峻现实。20 世纪 60 年代以来，山林面积锐减、河流污染、动物灭绝、全球变暖、大气污染、酸雨蔓延、生物多样性锐减等全球性生态问题日趋严重，时刻威胁着人类的生存和发展。生态问题是世界各国必须携手解决的重大问题，保护自然已经成为全人类的共识，实现人与自然的和谐共生已经成为全人类的共同梦想。而解决生态问题、实现人与自然和谐共生的关键在于提升人类生态意识的整体水平。若要提升人类生态意识的整体水平，则需要从培育儿童的生态意识做起。尤其是在儿童"自然缺失症"日益蔓延的大背景下，培育儿童的生态意识变得更为紧迫、更为重要。若要有效地培育儿童的生态意识，则离不开儿童生态教育这一重要手段。文学尤其是儿童文学具有树立儿童正确的世界观、价值观、伦理观和审美观的教育功能。儿童生态文学作为儿童文学和生态文学融合的产物，具有培育儿童的生态世界观、生态价值观、生态伦理观和生态审美观的功能，在塑造儿童的生态意识方面发挥着"润物细无声"的作用。罗斯金·邦德是印度现当代文坛上杰出的儿童文学作家、短篇小说家和生态文学作家，他的儿童短篇小说以"儿童与自然"为关注点，蕴含着丰富而深邃的生态理念，堪称优秀的儿童生态文学作品。《罗斯金·邦德儿童短篇小说的生态意识研究》一书以生态批评相关的理论为依托，在细读罗斯金·邦德近 70 篇儿童短篇小说的基础上，系统梳理、全面展示这些作品的生态意识，为推进国内外生态批评视野下罗斯金·邦德儿童短篇小说的研究做出了一份贡献。

本书的核心内容为第三至第五章。笔者在这三章中从生态批评角度全面而深入地论述了罗斯金·邦德儿童短篇小说的生态意识，尤其是生态和谐意识、生态拯救意识和生态忧患意识。本书主要的创新之处就体现在这三章中。笔者接下来简要回顾这三章的主要内容和核心观点，回顾主要内容和核心观点意在彰显本研究的创新之处。

笔者在第三章中着重论述了罗斯金·邦德儿童短篇小说的生态和谐意识，指出邦德是一位具有生态整体观、生态伦理观和生态审美观的儿童生态文学作家，他的许多儿童短篇小说具有浓郁的生态整体意识、生态伦理意识和生态审美意识。

首先，邦德具有生态整体观。具体来看，他自称是自然之子，他与自然融为一体，他对加瓦尔喜马拉雅山怀有深深的依恋，他同山、树、花等非人类自然存在物建立起亲密无间的关系，他将它们视为自己的亲友；他认为人类栖居自然之中就像孩子依偎在母亲温暖的怀抱中一样，可以从中获得心灵的慰藉；他认为人类只是大自然中的普通一员，绝不是至高无上的主宰者；他强调既然人是自然的一分子，那么，人类就不应该疏远自然，而应该积极融入自然；他强调人同非人类的相似性，凸显两者之间的平等关系；他强调大自然中不仅存在和谐共生的现象，也存在竞争或冲突的现象；他认为自然是一个有机整体，自然是促使万物生生不息的万能力量，自然万物之间存在客观而复杂的联系，它们相互联系、相互影响，没有哪个成员可以脱离其他成员而独立存在；他强调每种非人类自然存在物对于维持生态系统的和谐、稳定和健康而言都是不可或缺的；他强调树木等植物是大自然重要的组成部分，对于维系生态系统的平衡和人类社会的可持续发展具有不可忽视的作用。上述生态整体观在邦德的《母亲山》《榕树上的历险》《鹰眼》《附近的灌木丛对许多鸟儿都有益》《神圣之树》等15个文本中得到充分的体现。阅读这些儿童短篇小说有助于培育儿童的生态整体意识。

其次，邦德具有生态伦理观。具体来看，他将伦理关怀的范围从人类拓展到非人类动物生命，他长期与鸟类、昆虫、爬行动物、哺乳动物等非人类动物保持密切的关系；他认为每种动物在自然中都享有特定的位置，都具有内在价值和生存权利；他为动物代言，将它们置于与人类平等的地位，将它们视为人类的同胞；他敬畏动物的生命，主张动物同人类一样享有在地球上生存的权利，并且这种权利是不容侵犯的；他期盼人类和动物的和谐共生，认为人类只有以同情和博爱之心善待动物，才有可能同它们建立起情感联结，进而构筑和谐共生的关系；他呼吁人类保护动物。上述生态伦理观在邦德的《家中的老虎》《无处栖身的豹子》《大大小小的动物》《跳舞地带》《犹如灼灼火焰一般的虎》《隧道》等13个文本中得到有力的体现。阅读这些儿童短篇小说有助于培育儿童的生态伦理意识。

再次，邦德具有生态审美观。具体来看，他强调自然万物皆美，他欣赏每一种非人类自然存在物；在他心目中，山、河、树、花、鸟、兽、虫等非人类自然存在物，并不是低人一等的客体或他者，而是同人类平等共享生态空间的主体；他认为人与自然的关系应当是"主体间性"关系，在这种关系中，人同植物、动物等非人类自然存在物愉快交流、平等互动；他认为乌鸦、变色龙、猫头鹰等长期以来被人歧视的动物也是美丽的，他讴歌它们的优点，试图以此来消除人们对它们的偏见；他强调儿童与自然的一体性，倡导儿童走进自然、游戏自然、在自然中诗意地栖居。上述生态审美观在邦德的《四季的乌鸦》《变色龙亨利》《我的三只熊》《最后一次马车之旅》《我高大的绿色朋友们》《男孩与河流》《番石榴成熟时》《榕树上的历险》等12个文本中得到充分的体现。阅读这些儿童短篇小说有助于培育儿童的生态审美意识。

笔者在第四章中着重论述了罗斯金·邦德儿童短篇小说的生态忧患意识，指出邦德是一位具有深切生态忧患意识的儿童生态文学作家，他的许多儿童短篇小说具有强烈的生态忧患意识。邦德在不少作品中大力书写人类对自然的漠视、亵渎和破坏，展现滥伐森林、肆意开山、滥杀动物等人类的行径给自然带来的破坏，对生态危机和生态灭绝予以极大的关注。在他看来，人类是导致生态危机和生态灭绝的罪魁祸首。人类虽为自然的一分子，却一直妄图主宰自然，将自己置于万物之上，无视自然之于人类的重要性。邦德不反对发展，也不赞成过度开发自然，但他反对人类以发展的名义肆意毁坏山林。如果人类以发展的名义肆无忌惮地借助炸药开山、采矿和建路，将导致自然资源日益枯竭、非人类自然生命不断衰亡。如果人类一味地毁树而不种树，世界将变为巨大的荒漠。邦德深切担忧虎、豹等野生动物的生存问题。山林是虎、豹等许多动物的天然栖息地，是人类获取资源和利益的天然仓库。人类和动物为了维系各自的生存或利益而发生冲突。人类中心主义者摧毁山林和猎杀动物的行径不仅导致许多动物丧失栖息地，还导致一些动物受伤，受伤的动物因丧失捕食天然猎物的能力而不得不到人类居住地捕食家畜，最终沦为食人兽。动物沦为食人兽的根本原因是人类的贪婪欲望。一桩桩食人兽被伤害或杀害的悲剧的起因往往源于人类。虎、豹等动物猎杀其他动物，只是为了满足自身的基本生存需求，而人类猎杀动物，却是为了生计之外的非必要需求。邦德强调了动物灭绝问题，老虎等大型野生动物的濒临灭绝将对自然生态平衡构成巨大威胁，因而他呼吁人类敬畏和保护老虎等野生动物。邦德在其作品中还揭露了大坝建设给当地的人和非人类自然生命带来的严重威胁，城市化发展对自然、人性、传统道德观念的消极影响，以及现代战争给人类和自然带来的巨大破坏。此外，邦德在其作品中书写了洪水、火灾、干旱、高温等不同形式的自然灾害，不仅意在强调这些灾害是自然对人类的报复，而且意在促使人类认识到自己在大自然面前的渺小，提醒人类敬畏自然。上述生态忧患意识在邦德的《无处栖身的豹子》《犹如灼灼火焰一般的虎》《山上的粉尘》《树木的死亡》《月光下的黑豹》《比娜的长途跋涉》《风筝匠》《逃离爪哇》《骑车穿过火焰》《西塔与河流》等17个文本中得到有力的体现。阅读这些儿童短篇小说有助于激发儿童的生态忧患意识。

笔者在第五章中着重论述了罗斯金·邦德儿童短篇小说的生态拯救意识，指出邦德是一位具有生态拯救意识的儿童生态文学作家，他的诸多儿童短篇小说具有强烈的生态拯救意识。为了拯救生态系统和人类命运、实现人与自然的和谐共生，邦德试图从新视角重塑人与自然之间的关系，而这个新视角就是人格视角。在他看来，生态危机的实质是人格的危机；若要走出生态危机，必须将人类的占有式人格转变为生态人格。人格结构中的本我、自我和超我三者之间相互联系、相互影响，"三我"之间能否形成良性的关系，将关系到生态人格能否形成。部分学者认为，主宰和剥削自然的行为被人的本能所支配，换句话说，受本我支配的人往往具有主宰和剥削自然的倾向。进一步来看，个体在处理与自然的关系时，如果其人格结构中的本我处于主宰地位，那么，此人容易成为生态冷漠者、生态破坏者。而超我对自我的恰当约束，加上自我对本我和超我之间冲突的合理调节，可以促使人转变为生态友好者、生态拯救者。可见，从生态人格角度入手来寻求生态危机的解决之道不失为一个突破口。从某种意义上说，培育公众的生态人格是应对生态危机的一个良方。若要培育公众的生态人格，则需要抓住童年这一教育黄金期，因而培育儿童的生态人格显得格外重要。儿童与自然之间的联结对培育儿童的生态观、促进儿童健康成长和全面发展具有重要的影响。尽早建立儿童同自然之间的情感联结是培育儿童生态人格的关键。若要建立儿童同自然之间的情感联结，离不开两个重要措施：一是发挥长辈在促进儿童与自然之联结方面的示范和引导作用；二是儿童自身要有丰富的自然体验经历。上述生态拯救意识在邦德的《国王与女树神》《白象》《四季的乌鸦》《樱桃树》《我父亲在德拉的树》《花儿的希望》《葬礼》《熟人之死》等21个文本中得到充分的体现。阅读这些儿童短篇小说有助于培育儿童的生态拯救意识。

通过对本书第三至第五章主要内容和核心观点的回顾，我们不难看出本研究的三个主要创新之处。其一，本书采用跨学科的生态批评视角，综合运用生态伦理学、生态美学、生态心理学等学科的知识和理论，尤其是在第五章尝试采用心理生态批评理论，来研究邦德的儿童短篇小说，具有突破性。其二，现有的研究基本上都是围绕邦德的几篇短篇小说展开研究，而本书却把邦德的近70篇儿童短篇小说都纳入研究范畴，在研究的广度上实现了拓展，具有综合性。其三，现有的研究大都是从几个小侧面来研究邦德短篇小说的生态意识，而本书却从10个大侧面（以第三至第五章的二级标题为参照）和33个小侧面（以第三至第五章的三级标题为参照）来研究邦德儿童短篇小说的生态意识，因此，本研究具有全面性和系统性。

罗斯金·邦德是印度现当代文坛著名的短篇小说家和儿童生态文学作家。他的不少短篇小说都属于儿童生态文学作品。研究罗斯金·邦德的儿童生态文学作品至少可以为推进我国儿童生态文学创作的发展乃至生态文明建设带来四点启示。

一是提升作家的生态意识。个体生态意识的强弱主要受到其生态知识素养、生态伦理素养、生态情感素养和生态审美素养的影响。邦德具有渊博的生态知识，既涉及树、鸟、虫等普通的小生物，又涉及人类共同的家园——地球。他心怀自然万物，将伦理关怀的对象拓展至所有的非人类生命乃至整个地球。他一生像孩童一样着迷于自然，与自然建立了深厚的情感联结，并希冀整个人类对自然心怀感恩和敬畏之情。倘若缺乏这些生态意识，邦德或许很难创造出那么多优秀的生态文学作品。邦德为我们树立了榜样。我国的作家，特别是生态文学作家，要着力提升自身的生态素养，强化生态意识，这是丰富作品内涵与增强作品感染力的前提之一。

二是作家要积极践行生态理念。理念是行动的先导，倘若只有理念而无行动，那么，理念等同于空谈。邦德不仅在其儿童生态文学作品中提出了一系列超前的生态理念，着力展现生态和谐意识、生态忧患意识和生态拯救意识，更在现实生活中践行这些理念和意识。他为推动印度当代生态环保和生态教育事业的发展做出了不容小觑的贡献。我国的作家也要多关注我国乃至全球的生态问题，积极投身生态文明教育和生态环保实践，多为我国的生态文明建设事业增砖添瓦。

三是创作儿童生态文学作品时可从小切口展示大理念。做好"小切口"的前提是，儿童生态文学作家要对自己感兴趣的某一"小领域"或"小天地"进行反复的思考和深刻的探索。邦德的儿童生态文学作品大都是以加瓦尔喜马拉雅山这一"小天地"为创作背景。数十年来，他在这一"小天地"中不断地观察自然、聆听自然、亲近自然、感受自然，进而创作出许多以加瓦尔喜马拉雅山为题材的作品，同时这些作品常常又不局限于加瓦尔喜马拉雅山本身，还折射了他宽广的生态观。我国儿童生态文学作家可以学习邦德"小天地""大视野"的创作理念，一方面，将某个地方（如山脉、岛屿、沙漠、森林、村落等）确定为自己的"小天地"，然后能够在平时多观察、探索、研究、书写这一地方中的人、非人类生物（如竹、蝉、蚯蚓、蚂蚁、萤火虫等），以及人与非人类之间的关系，要相信在"小天地"中也可以大有作为；另一方面，在围绕"小天地"创作时,视野要打开,要有宏大视野,让作品反映或折射出"小天地"与生态系统、大自然、人类社会、地球乃至其他星球之间的联系,要着力塑造儿童读者的生态整体观和生态世界观。

四是儿童生态文学作家要努力创作出集科学性、知识性、艺术性、可读性、趣味性于一身的儿童生态文学作品。一些儿童生态文学作家将可读性和趣味性奉为圭臬,但却忽视了科学性、知识性、艺术性这些重要准则,结果是其作品在传递生态知识和塑造生态理念方面没有达到良好的效果。邦德的《榕树上的历险》《鹰眼》《家中的老虎》《无处栖身的豹子》《大大小小的动物》《犹如灼灼火焰一般的虎》《四季的乌鸦》《变色龙亨利》《山上的粉尘》《月光下的黑豹》《比娜的长途跋涉》《骑车穿过火焰》《西塔与河流》《国王与女树神》《白象》《樱桃树》《花儿的希望》等儿童短篇小说,堪称优秀的儿童生态文学作品。这些作品不仅具有很强的艺术性、可读性和趣味性,也具有较强的科学性和知识性,因而它们在培育儿童的生态意识方面发挥着其他作品所难以企及的作用。邦德的创作语言简朴、生动,其作品深入浅出、通俗易懂。邦德为我国儿童生态文学作家在如何将生态知识和生态理念高效地传递给儿童读者方面树立了典范。

本书具有较强的理论意义和现实意义。从理论意义上看,本研究可以丰富罗斯金·邦德及其作品研究的内容和方法,弥补国内外邦德儿童短篇小说生态批评研究的严重不足,推动国内极其薄弱的邦德及其作品研究。本书通过深化邦德儿童短篇小说与生态批评的结合,有助于充实儿童文学理论体系和生态批评理论体系,推动儿童文学研究、生态文学研究和生态批评研究协同向纵深发展。从实践意义上看,本书可以促进邦德儿童生态文学作品早日成为我国儿童阅读和欣赏的对象,可以为我国方兴未艾的儿童生态文学创作提供些许借鉴,可以为构建儿童与自然之间的联结,唤起儿童亲近自然、敬畏自然和保护自然的意识,培育儿童生态人格,缓解生态危机,推进生态文明建设做出些许贡献。

参考文献

一、外文文献

（一）专著

［1］ ABRAMS M H，HARPHAM G G. A Glossary of Literary Terms ［M］. New Delhi：Thomson Wadsworth，2005.

［2］ AGGARWAL A. The Fictional World of Ruskin Bond ［M］. New Delhi：Sarup & Sons Publishers，2005.

［3］ AGGARWAL A. Ruskin Bond：The Writer Saint of Garhwal Himalaya ［M］. New Delhi：Sarup Book Publishers，2010.

［4］ ARISTOTLE. Nicomachean Ethics ［M］. CRISP R，trans. Cambridge：Cambridge University Press，2017.

［5］ BATE J. The Song of The Earth ［M］. Cambridge：Harvard University Press，2000.

［6］ BHATT M D. Ruskin Bond as a Short Story Writer：A Critical Study ［M］. New Delhi：Sarup & Sons Publishers，2008.

［7］ BOND R. A Garland of Memories ［M］. New Delhi：Mukul Prakashan，1982.

［8］ BOND R. Once upon a Monsoon Time ［M］. New Delhi：Penguin Books India Pvt Ltd，1988.

［9］ BOND R. Time Stops at Shamli and Other Stories ［M］. New Delhi：Penguin Books India Pvt Ltd，1989.

［10］ BOND R. Our Trees Still Grow in Dehra ［M］. New Delhi：Penguin Books India Pvt Ltd，1991.

［11］ BOND R. Panther's Moon and Other Stories ［M］. New Delhi：India Puffin，1991.

［12］ BOND R. Strange Men，Strange Places ［M］. New Delhi：Rupa Publications India Pvt Ltd，1992.

[13] BOND R. Ganga Descends [M]. Dehradun: The English Book Depot, 1992.

[14] BOND R. The Road to the Bazaar [M]. New Delhi: Rupa Publications India Pvt Ltd, 1993.

[15] BOND R. The Best of Ruskin Bond [M]. New Delhi: Penguin Books India Pvt Ltd, 1994.

[16] BOND R. Rain in the Mountains: Notes from the Himalayas [M]. New Delhi: Penguin Books India Pvt Ltd, 1996.

[17] BOND R. Scenes from a Writer's Life [M]. New Delhi: Penguin Books India Pvt Ltd, 1997.

[18] BOND R. The Lamp Is Lit: Leaves from a Journal [M]. New Delhi: Penguin Books India Pvt Ltd, 1998.

[19] BOND R. The Night Train at Deoli and Other Stories [M]. New Delhi: Penguin Books India Pvt Ltd, 1998.

[20] BOND R. Collected Fiction [M]. New Delhi: Penguin Books India Pvt Ltd, 1999.

[21] BOND R. Treasury of Stories for Children [M]. New Delhi: Penguin Books India Pvt Ltd, 2000.

[22] BOND R. The Rupa Book of Ruskin Bond's Himalayan Tales [M]. New Delhi: Rupa and Company, 2005.

[23] BOND R. Funny Side Up [M]. New Delhi: Rupa Publications India, 2006.

[24] BOND R. Children's Omnibus [M]. New Delhi: Rupa and Company, 2007.

[25] BOND R. Nature Omnibus: A Bond with Nature [M]. New Delhi: Ratna Sagar Pvt Ltd, 2007.

[26] BOND R. The Book of Nature [M]. New Delhi: Penguin Books India Pvt Ltd, 2008.

[27] BOND R. The Parrot Who Wouldn't Talk and Other Stories [M]. New Delhi: Motilal Penguin India, 2008.

[28] BOND R. A Handful of Nuts [M]. New Delhi: Penguin Books India Pvt Ltd, 2009.

[29] BOND R. Dust on the Mountain: Collected Stories [M]. New Delhi: Penguin Books India Pvt Ltd, 2009.

[30] BOND R. Notes from the Small Room [M]. New Delhi: Penguin Books India Pvt Ltd, 2009.

[31] BOND R. The Rooms of Many Colours [M]. New Delhi: Penguin Books India Pvt Ltd, 2009.

[32] BOND R. The Kitemaker: Stories [M]. New Delhi: Penguin Books India Pvt Ltd, 2011.

[33] BOND R. The Cherry Tree [M]. New Delhi: India Puffin, 2012.

[34] BOND R. Classic Ruskin Bond Vol. 2: The Memoirs [M]. New Delhi: Penguin Books India Pvt Ltd, 2012.

[35] BOND R. The Essential Collection for Young Readers [M]. New Delhi: Rupa Publications India Pvt Ltd, 2015.

[36] BOND R. My Favourite Nature Stories [M]. New Delhi: Rupa Publications India Pvt Ltd, 2016.

[37] BOND R. Hip-Hop Nature Boy and Other Poems [M]. New Delhi: India Puffin, 2017.

[38] BOTKIN D B. Discordant Harmonies: A New Ecology for the Twenty-first Century [M]. New York: Oxford University Press, 1992.

[39] CAMPBELL S. The Land and Language of Desire [M]. London: University of Georgia Press, 1996.

[40] CASSIDY T. Environmental Psychology: Behaviour and Experience in Context [M]. London: Psychology Press, 1997.

[41] CORBETT J, HAWKINS R E. Jim Corbett's India [M]. Oxford: Oxford University Press, 1987.

[42] DOBIE A B. Theory into Practice: An Introduction to Literary Criticism [M]. Belmont: Wadsworth Cengage Learning, 2012.

[43] DWIVEDI O P. World Religions and the Environment [M]. New Delhi: Gitanjali Publishing House, 1989.

[44] EINSTEIN A. Bite-Size Einstein: Quotations on Just about Everything from the Greatest Mind of the Twentieth Century [M]. New York: St. Martin's Press, 2015.

[45] ELIADE M. Shamanism: Archaic Techniques of Ecstacy [M]. Princeton: Princeton University Press, 1972.

[46] FATMA G. Ruskin Bond's World: Thematic Influences of Nature, Children, and Love in His Major Works [M]. Ann Arbor: Modern History Press,

2005.

[47] GARRARD G. Ecocriticism (New Critical Idiom) [M]. New Delhi: Atlantic Publishers Pvt Ltd, 2012.

[48] GHOSH A. The Hungry Tide [M]. London: HarperCollins Publishers, 2004.

[49] GHOSH P. Indian Government and Politics [M]. New Delhi: PHI Learning, 2017.

[50] GOPAL R. Kalidasa: His Art and Culture [M]. New Delhi: Concept Publishing Company, 1984.

[51] GUHA R. Environmentalism: A Global History [M]. New Delhi: Oxford University Press, 2000.

[52] HALL C S. A Primer of Freudian Psychology [M]. Dublin: Mentor Books, 1954.

[53] HILTNER K. Milton and Ecology [M]. Cambridge: Cambridge University Press, 2003.

[54] HOGG M A, VAUGHAN G M. Social Psychology: An Introduction [M]. London: Prentice Hall, 2005.

[55] JAIN P. Dharma and Ecology of Hindu Communities: Sustenance and Sustainability [M]. Farnham: Ashgate, 2011.

[56] KHORANA M G. The Life and Works of Ruskin Bond [M]. Westport: Greenwood Publishing Group Inc., 2003.

[57] KIPLING R. The Second Jungle Book [M]. London: Macmillan Children's Books, 1984.

[58] LEOPOLD A. A Sand County Almanac with Essays on Conservation from Round River [M]. New York: Ballantine, 1970.

[59] LOUV R. Last Child in the Woods: Saving Our Children from Nature - Deficit Disorder [M]. Chapel Hill: Algonquin Books, 2005.

[60] LOVE G A. Practical Ecocriticism: Literature, Biology and the Environment [M]. Charlottesville: University of Virginia Press, 2003.

[61] MASON M R. Doomsdays Scenarios [M]. Wilton Manors: AMF Publishing, 2015.

[62] MCCLOSKEY H J. Ecological Ethics and Politics [M]. Totowa: Rowman and Littlefield, 1983.

[63] MCKIBBEN B. The End of Nature [M]. London: Viking Penguin,

1990.

[64] MERCHANT C. Radical Ecology: The Search for a Livable World [M]. New York: Routledge, 2005.

[65] MUKALEL B M J J. Vistas: A Study on the Early Writings of Ruskin Bond [M]. Nagpur: Dattsons, 2013.

[66] NAIK M K. A History of Indian English Literature [M]. New Delhi: Sahitya Akademi, 1995.

[67] NARAYAN R K. Malgudi Days [M]. New Delhi: Penguin Books India Pvt Ltd, 2006.

[68] NOOROKARIYIL S. Children of the Rainbow: An Integral Vision and Spirituality for Our Wounded Planet [M]. New Delhi: Media House Publications Pvt Ltd, 2007.

[69] ODUM E P. Fundamentals of Ecology [M]. Dehra Dun: Natraj Publishers, 1996.

[70] RAO R. Kanthapura [M]. New Delhi: Oxford University Press, 2006.

[71] REID I. The Short Story (Critical Idiom) [M]. London: Methuen and Company Ltd, 1977.

[72] ROUSSEAU J - J. The Social Contract [M]. CRANSTON M, trans. London: Penguin Books, 1968.

[73] SAILI G. Ruskin, Our Enduring Bond [M]. New Delhi: Roli Books, 2004.

[74] SANDYWELL B. Reflexivity and the Crisis of Western Reason: Logological Investigations [M]. New York: Routledge, 1996.

[75] SHAW N N. Ruskin Bond of India: A True Son of the Soil [M]. New Delhi: Atlantic Publishers and Distributors Pvt Ltd, 2008.

[76] SHELDRAKE R. The Rebirth of Nature: Greening of Science and God [M]. Rochester, VT: Park Street Press, 1991.

[77] SITESH A. The Short Story: Indian English Literature [M]. New Delhi: Indira Gandhi National Open University, 2003.

[78] SMITH D L. Freud's Philosophy of the Unconscious [M]. Amsterdam: Kluwer Academic Publishers, 1999.

[79] THAKUR K R. Ruskin Bond: Interpreter of Human Relationship [M]. Bhubaneswar: Prakash Book Depot, 2011.

[80] WILSON E O. Biophilia: The Human Bond with Other Species [M].

Cambridge: Harvard University Press, 1984.

[81] WORDSWORTH W. The Complete Poetical Works of William Wordsworth [M]. London: Macmillian and Co. , 1888.

(二) 期刊

[1] ALAM K, HALDER U K. A Pioneer of Environmental Movements in India: Bishnoi Movement [J]. Journal of Education & Development, 2018, 8 (15): 283–287.

[2] BHALLA A. Eco‐consciousness through Children's Literature —A Study [J]. Indian Review of World Literature in English, 2012, 8 (2): 1–8.

[3] BORSE D. A Study of Ruskin Bond's Selected Short Stories in the Light of Ecocriticism [J]. Paripex Indian Journal of Research, 2015, 4 (2): 112–113.

[4] CHAPPLE C K. Religious Environmentalism: Thomas Berry, the Bishnoi, and Satish Kumar [J]. Dialog, 2011, 50 (4): 336–343.

[5] CHAWLA L. Ecstatic Places [J]. Children's Environments Quarterly, 1990, 7 (4): 18–23.

[6] GAARD G. Children's Environmental Literature: From Ecocriticism to Ecopedagogy [J] Neohelicon, 2009, 36 (2): 321–334.

[7] GADGIL M, GUHA R. Ecological Conflicts and the Environmental Movement in India [J]. Development and Change, 2010, 25 (1): 101–136.

[8] GANEA P A, CANFIELD C F, SIMONS–GHAFARI K, et al. Do Cavies Talk? The Effect of Anthropomorphic Picture Books on Children's Knowledge about Animals [J]. Frontiers in Psychology, 2014, 5: 283.

[9] IYAPPAN V, GNANAPRAKASAM V. The Denizens and Inseparable Relationship of Nature in the Works of Ruskin Bond [J]. Asia Pacific Journal of Nature, 2014, 1 (21): 183–187.

[10] JAIN P. Bishnoi: An Eco–Theological "New Religious Movement" in the Indian Desert [J]. Journal of Vaishnava Studies, 2010, 19 (1): 1–20.

[11] KUMAR M. Claims on Natural Resources: Exploring the Role of Political Power in Pre‐Colonial Rajasthan, India [J]. Conservation and Society, 2005, 3 (1): 134–149.

[12] MAKWANYA P, DICK M. An Analysis of Children's Poems in Environment and Climate Change Adaptation and Mitigation: A Participatory Approach, Catching Them Young [J]. The International Journal of Engineering and Sciences, 2014, 3

(7): 10-15.

[13] NAESS A. Self-Realisation: An Ecological Approach to Being in the World [J]. The Trumpeter, 1987, 4 (3): 35-42.

[14] QAZI K A. Ecological Ethics and Environmental Consciousness in Bond's Selected Short Stories [J]. International Journal of English and Education, 2012, 1 (2): 291-297.

[15] RAMASWAMY S. Greening the Young Mind: Eco - consciousness in Contemporary English Language Fiction for Children and Young Adults in India [J]. Language in India, 2019, 19 (5): 1-147.

[16] RANI I. Environmental Influence on the Childhood Development of Ruskin Bond's Rusty [J]. International Journal of English Language, Literature in Humanities, 2015, 3 (5): 677-681.

[17] RASHMI A. An Aesthetics of Earth: An Ecocritical Reading of Ruskin Bond's Short Stories [J]. Journal of English Literature and Language, 2010 (4): 1-7.

[18] REVATHY M, ARPUTHAMALAR A. The Art of Teaching Morals through the Short Stories with Reference to Ruskin Bond's Select Short Stories [J]. International Journal of Mechanical and Production Engineering Research and Development (IJMPERD), 2020, 10 (3): 2817-2822.

[19] SHIKHA K. Ecocriticism in Indian Fiction [J]. Indian Review of World Literature in English, 2011, 7 (1): 1-11.

[20] SINGH R K. Postmodern Psychological Aspects of Ecocriticism within/beyond the Ambit of Human Behavior [J]. The Criterion, 2013, 4 (5): 1-5.

[21] SINGH S. Environmental Issues in Ruskin Bond's Select Short Stories [J]. International Journal of English Language, Literature and Humanities, 2015, 3 (2): 205-213.

[22] TIWARI J. Environmental Concerns in Selected Short Stories of Ruskin Bond [J]. International Journal of English Language, Literature and Humanities, 2016, 4 (7): 525-530.

[23] ZAJONC R B. Attitudinal Effects of Mere Exposure [J]. Journal of Personality and Social Psychology, 1968, 9 (2): 1-27.

(三) 电子

[1] CHARLES C, WHEELER K. Children and Nature Worldwide: An

Exploration of Children's Experience of the Outdoors and Nature with Associated Risks and Benefits [EB/OL]. spacecrafted. com. (2022 – 01 – 12) [2023 – 04 – 14]. https：//static. spacecrafted. com/a60a6756a1124f3b8aa05f622e7ba46e/r/ad128d0cb61e49de836c0ab46715578d/1/d19248adc8ab4bf182a7e448fb72001b. pdf.

[2] DEEFHOLTS M. A Chat with Ruskin Bond [EB/OL]. margaretdeefholts. (2000–10–26) [2023–08–10]. http：//margaretdeefholts. com/ruskinbond. html.

[3] DEVI P. Bishnoi Community：The Ecologist [EB/OL]. traveldiaryparnashree. (2012–10–13) [2023–07–20]. https：//traveldiaryparnashree. com/2012/10/bishnoi–community–ecologist. html.

[4] GRIGG R. Ecopathy：The Environmental Disease [EB/OL]. The Commonsense Canadian. (2014–03–30) [2022–10–04]. https：//commonsensecanadian. ca/ecopathy–environmental–disease/.

[5] JOWIT J. British Campaigner Urges UN to Accept "Ecocide" as International Crime [EB/OL]. 350resources. (2010–04–10) [2021–09–24]. https：//www. 350resources. org. uk/2010/04/10/british–campaigner–urges–un–to–accept–ecocide–as–international–crime/.

[6] New Hampshire Children in Nature Coalition. Opening Doors to Happier, Healthier Lives [EB/OL]. readkong. (2019–07–22) [2023–10–07]. https：//www. readkong. com/page/opening–doors–to–happier–healthier–lives–1338329.

[7] PATHAK N. Bonded to Nature [EB/OL]. LifePositive. (2015–05–01) [2023–08–08]. https：//www. lifepositive. com/bonded–to–nature/.

[8] TAMRIN A F. Children's Literature：As a Way of Raising Environmental Consciousness—A Study [EB/OL]. OSFHOME. (2018–05–28) [2023–05–14]. https：//osf. io/ft9yj/.

[9] WILSON R A. What Can I Teach My Young Child about the Environment? [EB/OL]. kindernature. (2015–06–15) [2023–05–14]. http：//kindernature. org/wp-content/uploads/2015/06/What–Can–I–Teach–My–Young–Child–About–the–Environment. pdf.

（四）其他

[1] ARMSTRONG S J, BOTZLER R G. The Animal Ethics Reader [C]. New York：Routledge, 2003.

[2] BALACHANDRAN K. Critical Essays on Australian Literature [C]. New Delhi：Arise Publishers and Distributors, 2010.

[3] BOBB D. Natural Bond [A] // SINGH P K. The Creative Contours of Ruskin Bond: An Anthology of Critical Writings [C]. New Delhi: Pencraft Publications, 1995: 248-251.

[4] CHAWLA L. Spots of Time: Manifold Ways of Being in Nature in Childhood [A] // KAHN P H, KELLERT S R. Children and Nature: Psychological, Sociocultural, and Evolutionary Investigations [C]. Cambridge: The MIT Press, 2002: 199-226.

[5] CLARE J. The Lament of Swordy Well [A] // CLARE J, WILLIAMS M, WILLIAMS R. John Clare: Selected Poetry and Prose [C]. London: Routledge, 1986: 94-95.

[6] COUPE L. The Green Studies Reader: From Romanticism to Ecocriticism [C]. London: Routledge, 2000.

[7] DRENGSON A, INOUE Y. The Deep Ecology Movement: An Introductory Anthology [C]. Berkeley: North Atlantic Books, 1995.

[8] ELAMPARITHY S. From Waste Land to Wonder Land: The Psychology of Eco-degradation and the Way Out [A] // SURESH F. Contemporary Contemplation on Ecoliterature [C]. New Delhi: Authors Press, 2012: 126-130.

[9] ELVEY A, DYER K, GUESS D. Ecological Aspects of War: Engagements with Biblical Texts [C]. New York: T & T Clark, 2017.

[10] FRAULEY J. C. Wright Mills and the Criminological Imagination: Prospects for Creative Inquiry [C]. London: Routledge, 2016.

[11] FROMM H. From Transcendence to Obsolescence [A] // GLOTFELTY C, FROMM H. The Ecocriticism Reader: Landmarks in Literary Ecology [C]. Athens: The University of Georgia Press, 1996: 30-39.

[12] GERSDORF C, MAYER S. Nature in Literary and Cultural Studies: Transatlantic Conversations on Ecocriticism [C]. Amsterdam: Rodopi, 2006.

[13] GLOTFELTY C, FROMM H. The Ecocriticism Reader: Landmarks in Literary Ecology [C]. Athens: The University of Georgia Press, 1996.

[14] GLOTFELTY C. Introduction: Literary Studies in an Age of Environmental Crisis [A] // GLOTFELTY C, HAROLD F. The Ecocriticism Reader: Landmarks in Literary Ecology [C]. Athens: The University of Georgia Press, 1996: xv-xxxvii.

[15] HANH T N. Love in Action [A] // TOBIAS M, COWAN G. The Soul of Nature: Celebrating the Spirit of the Earth [C]. New York: Plume, 1996: 123-136.

[16] KHORANA M. Ruskin Bond: In the Lap of the Himalayas [A] // SINGH

P K. The Creative Contours of Ruskin Bond: An Anthology of Critical Writings [C]. New Delhi: Pencraft Publications, 1995: 149-155.

[17] KHORANA M. The Teller of Tales [A] // SINGH P K. The Creative Contours of Ruskin Bond: An Anthology of Critical Writings [C]. New Delhi: Pencraft Publications, 1995: 215-223.

[18] KIDD K B, DOBRIN S I. Wild Things: Children's Culture and Ecocriticism [C]. Detroit: Wayne State University Press, 2004.

[19] MANES C. Nature and Silence [A] // GLOTFELTY C, FROMM H. The Ecocriticism Reader: Landmarks in Literary Ecology [C]. Athens: The University of Georgia Press, 1996: 15-29.

[20] MCNEILL J R, UNGER C R. Environmental Histories of the Cold War [C]. Cambridge: Cambridge University Press, 2010.

[21] MOHANRAJ S. Eco-phile: Ruskin Bond [A] // SINGH P K. The Creative Contours of Ruskin Bond: An Anthology of Critical Writing [C]. New Delhi: Pencraft Publications, 1995: 119-124.

[22] MOHANTY N. The Quest for Slyvan Solitude [A] // SINGH P K. The Creative Contours of Ruskin Bond: An Anthology of Critical Writing [C]. New Delhi: Pencraft Publications, 1995: 251-255.

[23] NAIK M K. Perspectives on Indian Fiction in English [C]. New Delhi: Abhinav Publications, 1985.

[24] PAEHLKE R C. Conservation and Environmentalism [C]. Chicago: Fitzroy Dearborn Publishers, 1995.

[25] RAHN S, SMITH L, ZIPES J. Green Worlds: Nature and Ecology [C]. Baltimore: The Johns Hopkins University Press, 1995.

[26] RIGBY K. Ecocriticism [A] // WOLFREYS J. Introducing Criticism at the 21st Century [C]. Edinburgh: Edinburgh University Press, 2002: 151-178.

[27] RUSKIN J. Landscape Mimesis and Mortality [A] // COUPE L. The Green Studies Reader: From Romanticism to Ecocriticism [C]. New York: Routledge, 2000: 26-31.

[28] SELVAMONY N, ALEX R. Essays in Ecocriticism [C]. New Delhi: Sarup & Sons Publishers, 2007.

[29] SINGH P K. The Creative Contours of Ruskin Bond: An Anthology of Critical Writing [C]. New Delhi: Pencraft Publications, 1995.

[30] THOREAU H D. Where I Lived, and What I Lived for [A] //

ANDERSON C，RUNCIMAN L. A Forest of Voices：Reading and Writing the Environment［C］. Mountain View，CA：Mayfield Publishing Company，1995：280-291.

［31］WILDER M P. The Wit and Humor of America（Volume 4）［C］. New York：Funk and Wagnalls Company，2006.

二、中文文献

（一）专著

［1］［奥］弗洛伊德. 精神分析引论［M］. 高觉敷，译. 北京：商务印书馆，2017.

［2］［德］海德格尔. 人，诗意地安居——海德格尔语要［M］. 郜元宝，译. 上海：上海远东出版社，1995.

［3］［德］海德格尔. 荷尔德林诗的阐释［M］. 孙周兴，译. 北京：商务印书馆，2014.

［4］［美］布伊尔. 环境批评的未来：环境危机与文学想象［M］. 刘蓓，译. 北京：北京大学出版社，2010.

［5］［美］段义孚. 恋地情结［M］. 志丞，刘苏，译. 北京：商务印书馆，2018.

［6］［美］福斯特. 生态危机与资本主义［M］. 耿建新，宋兴无，译. 上海：译文出版社，2006.

［7］［美］康芒纳. 封闭的循环：自然、人和技术［M］. 侯文蕙，译. 长春：吉林人民出版社，1997.

［8］［美］罗尔斯顿. 环境伦理学［M］. 杨通进，译. 北京：中国社会科学出版社，2000.

［9］［美］洛夫. 实用生态批评：文学、生物学及环境［M］. 胡志红，王敬民，徐常勇，译. 北京：北京大学出版社，2010.

［10］［美］纳什. 大自然的权利：环境伦理学史［M］. 杨通进，译. 青岛：青岛出版社，2005.

［11］［美］斯洛维克. 走出去思考：入世、出世及生态批评的职责［M］. 韦清琦，译. 北京：北京大学出版社，2010.

［12］［英］汤因比. 人类与大地母亲：一部叙事体世界历史［M］. 徐波，等译. 上海：上海人民出版社，2001.

［13］［英］威廉斯. 乡村与城市［M］. 韩子满，刘戈，徐珊珊，译. 北京：商务印书馆，2013.

[14] 陈泽环, 朱林. 天才博士与非洲丛林: 诺贝尔和平奖获得者阿尔贝特·施韦泽传 [M]. 南昌: 江西人民出版社, 1995.

[15] 顾明远, 边守正. 陶行知选集 [M]. 北京: 教育科学出版社, 2011.

[16] 何怀弘. 生态伦理: 精神资源与哲学基础 [M]. 保定: 河北大学出版社, 2002.

[17] 胡志红. 西方生态批评研究 [M]. 北京: 中国社会科学出版社, 2006.

[18] 雷毅. 生态伦理学 [M]. 西安: 陕西人民教育出版社, 2000.

[19] 雷毅. 深层生态学思想研究 [M]. 北京: 清华大学出版社, 2001.

[20] 鲁枢元. 生态文艺学 [M]. 西安: 陕西人民教育出版社, 2000.

[21] 鲁枢元. 生态批评的空间 [M]. 上海: 华东师范大学出版社, 2006.

[22] 陶行知. 陶行知全集 [M]. 成都: 四川教育出版社, 2005.

[23] 王诺. 欧美生态文学 [M]. 北京: 北京大学出版社, 2003.

[24] 王诺. 欧美生态批评: 生态文学研究概论 [M]. 上海: 学林出版社, 2008.

[25] 徐恒醇. 生态美学 [M]. 西安: 陕西人民教育出版社, 2000.

[26] 袁鼎生. 生态艺术哲学 [M]. 北京: 商务印书馆, 2007.

[27] 曾繁仁. 生态美学导论 [M]. 北京: 商务印书馆, 2010.

[28] 中共中央马克思恩格斯列宁斯大林著作编译局. 马克思恩格斯选集 (第1卷) [M]. 北京: 人民出版社, 1995.

[29] 周宪. 20世纪西方美学 [M]. 北京: 高等教育出版社, 2004.

(二) 期刊
[1] 程相占. 构建生态人文主义新型美学 [J]. 中国地质大学学报 (社会科学版), 2020, 20 (2): 149-152.

[2] 付文中, 胡泓. 从《鹿苑长春》看儿童文学的生态观培育走向 [J]. 现代语文, 2006 (7): 75-76.

[3] 付文中. 论罗斯金·邦德小说中的 "儿童与自然" 书写 [J]. 齐齐哈尔师范高等专科学校学报, 2019 (6): 65-67.

[4] 付文中. 论自然对儿童的重要影响 [J]. 鄱阳湖学刊, 2019 (3): 73-82, 127.

[5] 付文中. 论儿童与自然再联结的益处及实现策略 [J]. 教育导刊: 下半月, 2020 (8): 43-47.

[6] 付文中. 儿童自然缺失症略论——基于英国学界的文献考察 [J]. 江

苏第二师范学院学报，2021，37（2）：37-44，124.

[7] 付文中.论罗斯金·邦德短篇小说的生态忧患意识 [J].齐齐哈尔师范高等专科学校学报，2021（6）：63-65，68.

[8] 付文中.论罗斯金·邦德《樱桃树》的生态意蕴 [J].齐齐哈尔师范高等专科学校学报，2021（2）：77-79.

[9] 付文中.罗斯金·邦德短篇小说中的生态教育思想解析 [J].河南工程学院学报（社会科学版），2021，36（2）：86-92.

[10] 付文中.基于自然联结的教学对儿童学习的积极影响——基于30年来欧美学界相关文献的考察 [J].山东青年政治学院学报，2022，38（6）：45-52.

[11] 付文中.自然联结对儿童的益处及其实现策略 [J].当代教研论丛，2023，9（7）：9-12.

[12] 聂珍钊.从人类中心主义到人类主体：生态危机解困之路 [J].外国文学研究，2020，42（1）：22-33.

[13] 彭立威，罗常军.文明演进背景下的人格模式探析 [J].湖南师范大学社会科学学报，2011，40（3）：14-17.

[14] 秦春.生态批评的心理学向度：以生态心理学为视点的考察 [J].喀什大学学报，2020，41（1）：48-53.

[15] 王诺."生态整体主义"辩 [J].读书，2004（2）：25-33.

[16] 王卓.新文科时代文学与教育学跨学科融通的学科意义、路径及发展构想 [J].山东外语教学，2022，43（1）：65-75.

[17] 习近平.从小积极培育和践行社会主义核心价值观：在北京市海淀区民族小学主持召开座谈会时的讲话 [J].人民教育，2014（12）：6-8.

[18] 肖辉，刘铁桥，肖蒙，等.构建全球统一的生态环境治理法律运行机制探究 [J].河北环境工程学院学报，2023，33（5）：21-26.

[19] 徐洁.论生态人格的内涵及其培育 [J].当代教育科学，2020（1）：19-23.

[20] 余谋昌.走出人类中心主义 [J].自然辩证法研究，1994，10（7）：8-14，47.

[21] 张娜，付文中.论海明威的生态伦理思想及其成因 [J].文学教育（上），2012（4）：34-35.

[22] 张毓.生态人格的生成逻辑及培育路径探析 [J].山西青年职业学院学报，2020，33（4）：101-103.

后　记

当我于2024年4月22日写下"后记"二字时，代表着我三年前用心播下的"种子"，通过我的辛勤耕耘，如今终于结出一颗"果实"——专著《罗斯金·邦德儿童短篇小说的生态意识研究》。这颗"果实"的诞生，除了源于作者的刻苦勤奋这个"内因"之外，也离不开一些"外因"的积极影响。在书稿完成之际，我要借此机会感谢那些曾经给予我指导、支持和帮助的"外因"。这些"外因"可能是人，也可能是物，可能近在身边，也可能远在异国。

我首先要感谢我的导师胡泓教授。她于2002年发表的《"老水手"的漫长旅程——从文学视窗中看人类生态意识的衍变》一文，犹如夜海中的灯塔，为我指明了前行的方向，帮助我确立了我至今仍然在坚持的研究兴趣点——生态文学批评。恩师严谨的治学精神以及和蔼可亲的性格，给我留下了深刻的印象。没有恩师的教诲和指导，我不可能取得今天的成绩。

我要感谢大自然。虽然大自然中的花、草、树、鱼、虫、鸟等非人类自然物不会言说，但于我而言，它们是与我平等的主体，它们是我的朋友。做学术研究，离不开健康的身心。为了具备良好的身心素质，我给自己定了一个日常计划：每天早晨独自在户外自然环境中跑步至少三千米。在户外晨跑的过程中，我不仅可以欣赏植物、聆听鸟鸣、感受晨风，甚至可以忘却一些烦心事。每次与自然的近距离接触有助于将我浮躁、焦虑的内心复归平静。感谢大自然对我生命的滋养、对我心灵的慰藉。

我要感谢我那"自然"而快乐的童年。我生在一个农村，虽然家境贫寒，但我的童年却是快乐的，因为我可以自由地在自然中游玩，做我喜欢做的那些事，如在树林里爬树、在河水中游泳、在田野里捉虫子、在麦田里翻滚、在玉米地里捉迷藏、在河边放羊等。每当想起童年趣事，心中不禁涌起一股暖流。即便上了初中，学习任务变重，我仍然会在周末和假期的时候和儿时的伙伴一起到自然中游玩。初中生物课在不少学生看来是一门枯燥乏味的课，但于我而言却是一门有趣的课。为了记住苔藓植物、蕨类植物和被子植物的特征，我会在周末的时候到野外找到一个具有代表性的植物，拿在手中仔细观察，然后用学过的知识去描述它的特征。为了记住蝗虫的身体分部以及形态结构特点，我在田地里捉了一只大蝗虫，捏住其双翅，用心观察其身体结构，依据学过的知识辨认蝗虫的触角、复眼、气门、前足、后足、中足等部位，解释其各自的功能。记得初二下学期生物期末考试最后一道大题刚好考了有关蝗虫的知识点，那次考试，我得了满分，是全校唯一一个获得生物满分的学生。平时的自然观察和自然体验经历是我获得生物满分的一个重要原因。童年时期的自然观察和自然体验经历也可能是我近二十年来热爱户外自然体验和热爱生态文学研究的一个重要原因。

我要感谢从未谋过面的罗斯金·邦德先生。通过对印度儿童文学作家罗斯金·邦德作品三年的深入研究，我发现自己与罗斯金·邦德先生有些相似之处。例如，邦德先生是一个性格内向、喜欢独处的人，一个不喜欢喧嚣的城市生活却喜欢平静的自然生活的人，一个乐于体验自然和亲近自然的人，一个乐于和孩子打交道的人，而我也是这样的人。这是我选择从生态角度研究罗斯金·邦德儿童文学作品的一个重要原因。虽然邦德先生远在印度，虽然我与他从未谋过面，但是，他的自然观、人生观和价值观之于我的影响却是巨大的。当我的小儿子问我："爸爸，你的梦想是什么呀？"我答道："希望有一天去加瓦尔喜马拉雅山，见见罗斯金·邦德先生。"不知这个梦想何时能实现。今年，邦德先生已至鲐背之年，笔者祝愿老先生福如东海、寿比南山。邦德先生曾谦虚地自评道："在作家中，我算不上什么大人物，我甚至连小人物也算不上。我只是一颗躺在沙滩上的鹅卵石。不过，我倒希望自己是一颗光滑、圆润、色彩斑斓的鹅卵石，我希望有人会把我捡起来，从拿着我的过程中获得一点快乐，甚至希望他可以把我放进他的口袋里。"[1] 在印度老中少三代人中，已有许许多多的人成了邦德的忠实粉丝，乐于阅读他的文学作品。而在中国，邦德这颗"鹅卵石"对于我们而言却是十分陌生的。这里，笔者希望越来越多的中国读者能够捡起这颗来自印度的"鹅卵石"，并将其放进自己的口袋里。

我要感谢我的两个孩子。大儿子 2012 年出生，小儿子 2017 年出生。由于对大自然和生态文学的热爱，我在给两个孩子起名字的时候，有意选择代表自然的汉字。大儿子名字中的"昀"字代表着阳光，小儿子名字中的"蔚"字代表着草木茂盛的样子。我期望两个孩子能够像阳光下的小树苗一样茁壮成长。2013 年，我读完《林间最后的小孩：拯救自然缺失症儿童》一书后，对"儿童自然缺失症""儿童与自然的联结"产生研究兴趣的一个直接原因是，为了自己孩子的身心健康。《林间最后的小孩》这本书的核心观点包括：到户外接触自然

---

① BOND R. The Lamp Is Lit：Leaves from a Journal［M］. New Delhi：Penguin Books India Pvt Ltd，1998：xi.

对儿童有益，待在室内疏远自然对儿童有害，自然体验是童年不可或缺的一个组成部分，等等。这些观点深深印在我的脑海里。作为一名教育工作者和两个孩子的父亲，我平时不仅研究"儿童与自然"，牢记《林间最后的小孩》中的核心观点，更在日常生活中以身示范，积极引导和陪伴自己的孩子到户外体验自然。我希望两个孩子在成人以前就要像孩子的样子，希望他们长大后在回顾其童年经历时，脑海里能多些美好的回忆。大儿子三岁之前，吃了晚饭后，总喜欢待在家里看电视，这一习惯不仅有害于身体健康，也阻碍了他与户外自然的接触。为了他的身心健康，我于2015年六月份果断把家里的电视拆下，藏在柜子里。在拆下电视后的一段时间里，我发现了一个明显的变化：孩子到户外玩耍的时间明显增多，孩子对户外玩耍的兴趣不断增强。小儿子从出生至今在家里没有看过电视，因为电视从2015年至今一直"睡"在柜子里。多年来，我和孩子践行"每天户外活动1小时"和"每个周末户外自然体验半天"的计划。多年来的坚持，换来的是孩子的身心健康、丰富的想象力、良好的学习习惯、优秀的学习成绩等。和孩子一起在户外体验自然，不仅对孩子有益，而且帮我找回了"童心"，让我的心灵回归简单与宁静。

我要感谢国内外从事相关研究的学者。在写作过程中，我参考了国内外学者的大量著述，他们的学术观点给了我有益的启发。感谢郑州航空工业管理学院外国语学院领导和全体同事多年来对我的支持和帮助。感谢所有曾给予我帮助的老师和朋友。感谢我的父母和妻子，他们无私的爱和始终如一的支持永远是我前进的动力。贤惠、勤劳的妻子承担了大量的家务劳动，使我可以静心写作。感谢为本书的编辑和出版付出大量心血的编辑们。

最后，我写下邦德的两句关于梦想的励志名言，与大家共勉。邦德曾在其散文《你的梦想是什么》（"What's Your Dream"）中强调了坚持梦想的重要性，他写道："坚持你的梦想，不要让梦想消逝。没有梦想，我们就成了残疾者，成了无法飞翔的鸟儿。"① 邦德的一个重要梦想是保护大自然、促进儿童与自然的情感联结、实现人与自然的和谐相生，他为实现这个梦想笔耕不辍数十载。"绿色地球家园梦"尤其是"美丽中国梦"的实现离不开每个人的努力和坚持。但愿拙著能为"绿色地球家园梦"尤其是"美丽中国梦"的实现贡献绵薄之力。

付文中
2024年4月

① BOND R. The Lamp Is Lit：Leaves from a Journal ［M］. New Delhi：Penguin Books India Pvt Ltd，1998：23-24.